蘋洲漁笛譜箋疏

The Annotation and Analysis about the
Poetry of Pinzhou Yudi

蔡國強 箋疏

科学出版社
北 京

内 容 簡 介

　　宋代著名詞人周密，是宋末四大詞家之一，精通音律，詞品典雅，格律嚴謹。本書首次對周密詞集作了全面深入的箋註疏解，兼顧學術與普及，尤其注重對詩詞創作者的指導。因此，本書與其他箋註類圖書不同，特別關注解析詞作的韻律，被詞學界譽爲詞集箋注的 2.0 版本，可以使讀者對作品有一個更深入完整的理解。本書在箋注中強調不做大詞典的搬運工，特別注重詞典中未收詞語的解釋，對詞典中已收但與作品有差异的詞語、歷史上一直誤解的詞語及主流解釋不符合作品語境的詞語，也給予了詳細的辨析。

　　本書適合宋代文學研究者及古典文化愛好者閱讀，并專爲詩詞寫作者量身定製。

圖書在版編目（CIP）數據

蘋洲漁笛譜箋疏 / 蔡國强箋疏. —北京：科學出版社，2023.6
ISBN 978-7-03-075675-6

Ⅰ．①蘋⋯　Ⅱ．①蔡⋯　Ⅲ．①宋詞-詩詞研究　Ⅳ．①I207.23

中國國家版本館 CIP 數據核字（2023）第 103052 號

責任編輯：任曉剛 / 責任校對：王曉茜
責任印製：張　偉 / 封面設計：楠竹文化

科学出版社 出版
北京東黃城根北街 16 號
郵政編碼：100717
http://www.sciencep.com

北京中石油彩色印刷有限責任公司 印刷
科學出版社發行　各地新華書店經銷

*

2023 年 6 月第 一 版　　開本：720×1000　1/16
2023 年 6 月第一次印刷　　印張：30 1/2
字數：543 000
定價：168.00 元

（如有印裝品質問題，我社負責調換）

国家社科基金后期资助项目
出版说明

　　后期资助项目是国家社科基金设立的一类重要项目,旨在鼓励广大社科研究者潜心治学,支持基础研究多出优秀成果。它是经过严格评审,从接近完成的科研成果中遴选立项的。为扩大后期资助项目的影响,更好地推动学术发展,促进成果转化,全国哲学社会科学工作办公室按照"统一设计、统一标识、统一版式、形成系列"的总体要求,组织出版国家社科基金后期资助项目成果。

全国哲学社会科学工作办公室

《蘋洲漁笛譜箋疏》序

王兆鵬

（中國詞學研究會會長）

  本書作者是做學問的高手，他本是科班出身，大學畢業後在大學裏教過古漢語，後因故離開高校，所以一直獨行于學界之外。退休後，華麗轉身，重回學術，一發不可收，兩三年内就在華東師範大學出版社出版《欽定詞譜考正》（2017年）和《詞律考正》（2019年），訂正二書的錯誤四千餘處。没有過硬的真功夫，要發現數百年來奉爲圭臬的典範性著作中這麽多乖舛訛失，根本做不到。人云亦云地說好容易，要真刀真槍地指瑕正謬很難，因爲這些瑕疵謬誤不是常識性的，而是觀念的局限所造成，没有洞見卓識不可能發現。他的研究課題和成果，得到學界的充分認可。五年來，他主持了兩個國家社會科學基金重大項目的子課題、一個國家社會科學基金重點項目、兩個國家社會科學基金後期資助項目、一個浙江省社會科學基金重點項目、兩個浙江省社會科學基金後期資助項目。《欽定詞譜考正》獲得浙江省社會科學優秀成果二等獎。別説是退休的編外人員，就是高校體制内的在職教授、研究員，幾年之内，也很難獲得這麽多項目、取得這麽多成果。尤其是國家社會科學基金後期資助項目，那是要自己的成果完成了百分之八十才能通過學界的匿名評審而獲得立項資助的。

  本書作者更是罕見的快手，很像宋代的劉敞，才思敏捷，揮毫萬字。他還有一種特殊的本事，能同時做兩個課題、寫兩本書，如同書法的左右開弓。2019年12月初，他在微信中説，正在做一個課題，想同時注釋一本詞集，調劑一下寫作内容和節奏，問我注哪家詞集爲好。我建議他做周密的詞集校注，因爲宋代名家詞，基本上都有了箋注本，唯獨宋末四大詞人之一的周密詞，還没有完善理想的箋注本。他欣然認可，過兩天就寄來樣稿跟我討論，商定體例後，他著手箋注。次年3月初，他就電郵傳來初稿《蘋洲漁笛譜箋疏》，著實讓我震撼了一把。僅僅80天時間，就寫成一部30多萬字的詞集校注，不是我命題建議、親歷其事，簡直難以置信。每天得寫三四千字！要知道，校記可不是在電腦上思如泉湧般地打出字句就行，而是要比對不同的詞集版本、逐字逐句地比對校勘；注釋也要查閱辭典、引證典籍，這都是要花大氣力、笨功夫的。當時又適逢疫情期間，僅僅是找到周密詞的不同版本都不容易。他告訴我，每天寫作 15 個小時，真是勤奮又高效！初稿完成後，申報國家社會科學基金後期資助項目，又一舉中的，獲得重點資助。這幾年他申請國家社會科學基金、浙江省社會科學基金項目，幾乎是彈無虛發，可見其成果的学术水準深得匿名評審專家的認可。立項後，本書又幾經打磨修訂，方擬付梓。

　　本書是一部具有開拓性、創新性的力作。詞集箋注，自南宋傅幹《注坡詞》、陳元龍注《片玉詞》以來，已有八百多年的歷史，體例格局不斷發展，早就成熟定型。校勘、箋注、輯評、考辨是詞集箋注的四大任務。而本書在此基礎上，新增韻律、譜注、疏解、附錄四項。詞集箋注，例有附錄，但一般是全書之末附錄有關詞集序跋、詞人生平、評論資料，而本書除了書末附錄之外，每篇詞作後也有附錄，主要輯錄并世與後世同題或追和之作，相互參證，以見周密詞的創作"前因"和接受"後果"。

　　本書最有新意的是"韻律"考釋。唐宋詞，原本是音樂文學，而其音樂性，主要體現在韻律方面，故而校注詞集，韻律的校釋是應有之義。其實，早在清末民初，朱彊村校勘詞籍，就已注意詞律校勘。吳熊和先生曾撰《〈彊村叢書〉與詞籍校勘》一文，總結朱彊村校勘詞籍的八條經驗：尊源流、擇善本、別詩詞、補遺佚、存本色、訂詞題、校詞律、證本事。[①]其中校詞律又包括校調名、校宮調、校自度曲、校句法、校字聲、校用韻六項。先師唐圭璋先生校敦煌詞、校宋金元詞，也注意韻律的校訂，曾指出，唐宋時代，"作者以歌唱爲主，可以自由運用叶韻"，異部通叶、方言叶韻等是常見現象。[②]但歷來的詞別集校注，不大重視詞作韻律的校釋。吳熊和先生的高第吳蓓教授 2007 年出版的《夢窗詞彙校箋釋集評》，首列"聲律"一欄，說明各詞的用韻情況，如謂"用仄韻，與柳永詞同體""平韻，與姜夔詞同體"等，并輯錄前賢往哲有關夢窗詞詞律的評說。其同門陶然教授《樂章集校箋》，也設"訂律"一目，主要輯錄《欽定詞譜》《詞律》《詞繫》有關柳詞韻律的解說。

　　如果説吳、陶二教授對夢窗詞、柳永詞詞律的解説，是草創時期的 1.0 版，那麼，本書對"韻律"的校釋，則是 2.0 升級版。這一是本書作者的韻律意識更自覺。他認爲，詞"的韻律具有千變萬化的區別，即便是同一個《滿江紅》，也有無數種韻律上的變化，舉凡調式、韻式、句式，等等，都會在每一首詞中留下很自我的印記。而恰恰這種韻律上的不同和變化，才是這個詞作的個性特徵，是在箋注中最需要講清楚的，否則讀者就無法完整地明白它的藝術特徵是什麼。有鑒於此，對詞集的箋注，挖掘、梳理、剖析其韻律上

[①] 吳熊和：《唐宋詞通論》附錄，杭州：浙江古籍出版社，1985 年版，第 428—433 頁。
[②] 唐圭璋著，王兆鵬編：《詞學探微》，北京：商務印書館，2020 年版，第 368、565 頁。

的特點",應該是詞集箋注不可或缺的工作。二是對詞體韻律的體認更深入。本書作者深諳詞律之學,全面深入考訂過《詞譜》《詞律》的得失,對宋詞的韻律爛熟於心,故而對周密每首詞韻律所包含的調式、韻式、句式的體悟解說深入細緻到位,不僅有助於閱讀時理解欣賞,也更有益於創作時揣摩學習。三是作者的立意更高遠、更有理論深度。作者試圖通過對周密詞韻律的個案闡釋,還原唐宋詞韻的真實原貌,由個別到一般,由現象到本質,由對周密詞韻的認識而上升到對整個唐宋詞韻的普遍性、規律性認識。

　　長期以來,我們對唐宋詞韻律的認識、評價標準,都是遵循明清人建立的標準體系。明清人建立的一套詞體、詞律、詞韻體系,固然是在總結唐宋人詞作實踐的基礎上形成的,但畢竟帶有明清人特定的時代印記、主觀判斷和認識局限,并不完全符合唐宋詞作的實際。以明清人確立的條條框框去衡量原生態的自由活潑、豐富多彩的唐宋詞,不免枘鑿方圓、削足適履。所以,作者下決心要在箋注中對周密詞的韻律做詳實細緻的分析,分析的內容包括"該詞的主韻是什麼、輔韻是什麼、是哪些部在混叶、其混叶的韻字是什麼、其混叶的原因是什麼,若有可能,還可以做進一步效果簡析、協助辨析版本、協助辨析詞體體式、輔助糾正句讀、追溯相關字在古音中的所屬、追溯相關字在方音中的所屬等等學術研究。既然詞爲韻文,那麼韻文韻文,如果我們連個韻都不講明白,尤其是詞中特有的現象都不講明白,如此的箋注,與箋注一段散文又有什麼區別呢?對部分缺乏分辨能力的讀者而言,面對這種十分矛盾的用韻現象,豈不是不讀猶可,越讀越糊塗"。由此可見作者注重韻律分析的良苦用心。本書對韻律的解說,可成爲今後詞集箋注的新範式。

　　本書的校記也很有特色。古籍校勘,本來是既校異同,也校是非。但如今好多古籍的校勘,只校異同,不定是非。本書的校記,既校錄各版本文字的異同,也儘量對異文作出是非判斷,這很能見出作者的學識、素養。如歌詠西湖十景的《減字木蘭慢》,較多的版本作"木蘭花慢",作者參考其他詞人的同調之作,認爲應是"減字木蘭花慢"的別名,而非抄誤、刻誤。又如,該詞中的"咫尺",一本作"只赤",校記引明人趙崡《石墨鐫華》,證明二者相通,甚有説服力。再如"畫雁"一本作"書雁",校記判斷説:"'畫雁'對'候蛩',均爲時間範疇之文字,故'書'字應是形近而誤。"所言合理。另如,"坼",有的版本作"拆",或"折",校記説:"此三字古籍中經常混淆,未必是誤刻,拆、坼,均有(花蕾)裂開義,可以相通,但'折'字既無此義,音也不同,因此是誤用。"復如,"烏啼",一本作"烏嗁",二字意義上皆可通。校記説:"本句第四字依律須用仄聲,否則四連平,韻律失諧。"故"烏嗁"爲誤。如此判斷是非,有理有據,讀者完全可以信從。

語詞箋釋，也多新見。不僅僅是注音釋義，還辨析詞義异同，如謂"薇帳，即羅帳，美稱"。引李賀《河南府試十二月樂詞》詩以證："勞勞胡燕怨酣春，薇帳逗煙生綠塵。"又引王琦注云："薇帳，猶蕙帳。"一般箋注，到此已完成任務。可本書作者并不滿足，而是進一步辨析説："蕙帳"詞義單純，"薇帳"尚有別意，如范成大《初秋閑記園池草木》詩云："薇帳半年春艷，桂叢四季秋香"，即意謂"紫薇"。

　　有時糾正舊注之誤，也言必有據。如注"扶疏：植物生長得挺直而疏朗的樣子，通常都解爲'枝葉繁茂而分披貌'，誤"。進而辨析："扶，即'扶摇直上'之'扶'，意謂'向上攀'；疏，即'疏朗有致'之'疏'，意謂'不繁密'。如南北朝謝朓《游東堂咏桐》：'葉生既婀娜，葉落更扶疏。'葉落扶疏，顯然不是'枝葉繁茂'之意。至於陶淵明的'孟夏草木長，繞屋樹扶疏'，似乎就是'茂密'了，其實也不一定，因爲這個語境中用'挺直而疏朗'來解釋也未必就不通，更何況漢語還有偏義複詞的用法。本句或用貫休《少監三首》詩意：'荀氏門風龍變化，謝家庭樹玉扶疏。'"於此疏解辨析，既使人明白字詞的原意，也豁然貫通詞作的含意。這樣的辨析糾誤，既顯學問見識，更見苦心孤詣、用力投入。確實不是搬運字典就能做到的。

　　對作品的疏解，時有深造妙得之論。不僅揭示作者的藝術匠心，也直陳其利病得失。如説《减字木蘭慢・蘇堤春曉》之"東園。夜游乍散。聽金壺、逗曉歇花簽"是"敗筆"，因其"游離主題，畢竟東園遠在東門附近，與蘇堤隔整整一個城，并無瓜葛，寫蘇堤而説東園，便祇剩下一個已經寫透的'曉'了，故若易'東園'之事爲'橋邊'或'堤邊'之事，則大好。"這是行家裏手之言。評詞，説優長易，指不足難。沒有創作經驗，不深諳此道，不敢輕言古人的短處。近代學者中，錢鍾書、吴世昌先生喜言唐宋詩人詞家的利病得失。本書作者，不獨能言之，亦善言之！

　　本書作者爲誰？杭州蔡國强也。序之者誰？鄂州王兆鵬也！時辛丑中秋。

詞集韻律疏解的意義

（代自序）

  箋注，自古以來就是文化傳播乃至傳承的重要方式。如果説中華文化没有箋注就可能會產生斷裂，恐怕是不過分的。尤其在今天，箋注類圖書的重要性，尤其顯得突出。

  近日因爲幾個項目所關，手頭有兩本詞集在進行箋注，其中甘苦頓知。同時，因爲比往時更多地接觸了一些箋注類圖書，發現今天的詞集箋注，基本不對每個詞本有的韻律特徵進行分析。我們知道，任何一個藝術作品都存在内容和形式兩個方面，如果詞箋注的時候，僅僅關注内容方面的語詞詮釋等分析，而對形式方面的韻律放棄分析，無疑，這樣的"箋注"是殘缺的。詞不同于詩，詩的形式要相對簡單，就那麽幾種句法模式，所以無須在每一首詩的箋注中不斷去重複那些相同的韻律特徵的分析。但是詞則不同，它的韻律具有千變萬化的區別，即便是同一個詞牌《滿江紅》，也有無數種韻律上的變化，舉凡調式、韻式、句式等，都會在每一首詞中留下很自我的印記。而恰恰這種韻律上的不同和變化，才是這個詞作形式上的個性特徵，也是在箋注中最需要講清楚的，否則讀者就無法完整地明白它的藝術特徵是什麼。箋注一首詞，就和箋注一首詩，甚至和箋注一段文没有任何區別了。

  要彌補這個重要的缺失，一個必須持有的對策是：今天對詞集的箋注，挖掘、梳理、剖析其韻律上的特點，應該是一項避免詞集箋注成爲"殘本"的不可或缺的工作，其對作品乃至對箋注的作用，大致表現在這樣幾個方面。

  （一）疏解詞的韻律，可加深對詞作内容的理解

  吃透韻律是做好箋注的一個重要基礎，否則，如果在韻律上没有一個透徹的瞭解，很多詞的架構、句拍、韻法就無法幫助讀者進行透徹的理解，那麼對詞集在字句上的箋注，就難免會產生瑕疵。但恰恰這一點是詞集箋注中所基本闕如的。

  沈義父的《樂府指迷》中有一個很典型的例子。關于柳永《木蘭花慢》詞的起拍，他有一個這樣的理解："近時詞人，多不詳看古曲，下句命意處，但隨俗念過便了。如柳詞《木蘭花慢》云'拆桐花爛漫'，此正是第一句，不用空頭字在上，故用'拆'字，言開了桐花爛漫也。有人不曉此意，乃云此

花名爲'拆桐',于詞中云開到拆桐花,開了又拆,此何意也。"①

作爲一個詞調的起拍,其韻律特點是:五字句的句法有時候可以根據不同的韻律環境做不同的調整,而不必死守某一種句法。《木蘭花慢》的起拍正是如此,它可以是一個一領四的折腰句法,如柳永的另一首作"倚危樓佇立",也可以是一個平起仄收式的律句,如張炎的"龜峰深處隱"。

同樣的例子不局限於本調,又如:

《八聲甘州》既有吳文英那樣的折腰式句法,如"渺空煙四遠",也有張炎那樣的律句句法,如"隔花窺半面"。

《憶舊遊》既有周邦彥那樣的折腰式句法,如"記愁橫淺黛",也有吳文英那樣的律句句法,如"送人猶未苦"。

《玉漏遲》既有姚燧那樣的折腰式句法,如"溯丹青未了",也有程垓那樣的律句句法,如"一春渾不見"。

即便是同一個作者,也經常有兼而取之的情況,如周邦彥的《瑞鶴仙》,既有折腰的"悄郊原帶郭",也有律句的"暖煙籠細柳";趙文的《塞翁吟》,既有折腰的"又海棠開後",也有律句的"坐對梅花笑"。

爲何會形成這樣的一種韻律特徵?這固然和五字句在起調時的自身特徵有關,當一個詞調入手開始創作的時候,勢必有一個基本情緒的選定,然後由情緒而韻律的選定,是激昂、拗怒、頓挫,還是舒緩、悠揚、休閒,不同的情緒就會在韻律上傾向於使用不同的句法,因無關主題,姑不展開。更主要的是,詞句的選擇本身,并不是如今天我們所理解的那樣"嚴謹",今天很多所謂的"韻律特徵",多是被清人人爲賦予的,其中摻雜了很多後詞樂時代的主觀因素,多不源於唐宋。即便是宋人沈義父,也由於主觀上的認知問題,忽略了五字句韻律的這一内在特徵,所以將"拆桐之花"理解爲"拆了桐花",但因爲他的威望,這個解釋一來就成了該句基本格律的詮釋,如龍榆生先生在《唐宋詞格律》中,就特意對"拆桐花爛漫"做了如是說明:"開端是上一下四句法。"②

如果我們在箋注這首詞的時候,知道這一韻律特徵,那麽無疑就會在這個起拍上多一些斟酌,從而會很容易就知道"拆桐"爲何物,而予以準確箋注,至少可以給出兩種不同韻律的分析,以提醒讀者。

作爲一種植物,"拆桐"當然是存在的,是一種落葉喬木,清明時節開花,所以柳永的第一句組是"拆桐花爛漫,乍疏雨、洗清明"。衹是,我們確實未在唐人的筆下見過,這或許是一個始於宋代的稱說,沈義父之所以出現這樣

---

① 唐圭璋編:《詞話叢編》,北京:中華書局,1986年版,第282頁。
② 龍榆生編著:《唐宋詞格律》,上海:上海古籍出版社,2010年版,第102頁。

的判斷，應該與此有關。至于證明"拆桐"存在的書證，可略舉幾例：

宋周密《鷓鴣天·清明》："拆桐開盡鶯聲老，無奈春何祇醉眠。"
宋武衍《春日湖上》："拆桐花上雨初乾，寒食游人盡出關。"
宋高翥《春日北山》："春色滿山歸不去，拆桐花裏畫眉啼。"

這是一個很典型的因爲忽視韻律特徵而導致的詮釋誤差，如果這個情況出現在一本箋注類的詞集中，那麽無疑這一條箋注是有瑕疵的。據筆者所見，目前的柳永詞箋注中，這一句便都是循沈義父的解釋。其實，從文法的角度來分析這一句，也可以找到其不當的原因："拆"表示"裂開"之意的時候，是一個不及物動詞，我們用"拆梅""拆桃"進行搜索，祇勉強搜到了一句宋人劉燾的《菩薩蠻》回文"拆梅寒映月。月映寒梅拆"，而因爲它的不及物性，這裏的"拆梅"顯然也祇是偏正結構，而非動賓結構，此外，"拆"是"裂開"的意思，尚在將開未開的時候，既如此，那麽又何來"爛漫"可言呢？

再如周密的《減字木蘭慢》："恰芳菲夢醒，漾殘月、轉湘簾。正翠崦收鐘，彤墀放仗，臺榭輕煙。**東園**。**夜游乍散**，聽金壺、逗曉歇花籤。宮柳微開露眼，小鶯寂妒春眠。　　**冰奩**。**黛淺紅鮮**。臨曉鑒、競晨妍。怕誤却佳期，宿妝旋整，忙上雕軿。**都緣**。**探芳起蚤**，看堤邊、早有已開船。薇帳殘香淚蠟，有人病酒懨懨。"其中的粗體部分就文法而言都是一個六字句，所以第二字被稱爲"藏韻""暗韻"乃至更直截了當的"句中短韻"，但今天大都因清人詞譜而稱其爲"二字一句，四字一句"。如果我們的箋注不予說明，讀者仍然按照兩句的理念理解甚至創作，怎麽可能有一個準確的認識和正確的填詞構思？當然，如《全宋詞》那樣，將"都緣探芳起蚤"六字一氣不讀斷，也是不準確的。①

又如周密《八聲甘州》的後段："曲折冷紅幽翠，涉流花澗净，步月堂虛。羨風流魚鳥，來往賀家湖。認秦鬟、越妝窺鏡，倚斜陽、人在會稽圖。圖多賞、池香洗硯，山秀藏書。"②該詞後段第一句組的收束，是一個很具個性化的填法。他采用的是一字逗領四字儷句結構，其中四字句更是一個較少使用的三一式句法。瞭解這個韻律特徵，對于吃透這個第一句組的藝術特色，無疑是一個唯一的方式方法。

（二）疏解詞的韻律，可使讀者明瞭唐宋詞韻的真實面貌

今天的詞韻系統，無論是研究層面的還是創作層面的，其施用標準并不是唐宋系統，而是明清系統。這是一個很怪异的問題。就創作界而言，因爲

---

① 唐圭璋編：《全宋詞》，北京：中華書局，1965年版，第3264頁。
② 唐圭璋編：《全宋詞》，北京：中華書局，1965年版，第3289頁。

長期來都以清人戈載的《詞林正韻》作爲標準詞韻，因此，對唐宋詞中的用韻就形成了"學用兩層皮"的現象：一方面，讀的經典中，有大量自成一體的與《詞林正韻》不盡相合的用韻方式；另一方面，所填的作品中，完全恪守清人詞韻系統，甚至連步唐宋名篇的時候，都要小心翼翼繞開那些與《詞林正韻》不合的作品。

具體來說，宋代詞韻系統內部至少有如下四種類型的韻，與清代擬定的詞韻系統是有很大出入的。

其一，入聲類韻部的通叶。仍以《詞林正韻》爲例，該韻書將詞韻分爲十九部，其中入聲又細分爲"屋沃、覺藥、質陌、物月、合洽"五部，這種分類雖然也是基於宋詞實際而來，但是與宋詞實際却有較大的距離。比如宋末四大詞家中，祇有生活在宜興的蔣捷的詞中，尚未見有跨部叶韻的詞作，其餘三家生活在浙江區域內的周密、張炎、王沂孫的詞作中均有大量的跨部韻混合使用的情況（蔣捷的作品中之所以未見跨部用韻，更大的原因也應該在是否遵循韻書，而非地域原因）。例如：

張炎《淡黃柳》前段："楚腰一捻，羞剪青丝結。力未勝春嬌怯怯。暗托鶯聲細説。愁蹙眉心鬥雙葉。"全詞以《詞林正韻》的十八部詞韻爲基本韻，但在第一個主韻位置用了其十九部韻的"怯"。張炎這兩部的混叶并不是偶然的，另一首《石州慢》可以證明在"張炎詞韻系統"中，它們本是一部："野色驚秋，隨意散愁，踏碎黃葉。誰家籬院閑花，似語試妝嬌怯。"而我們從周密的《夜行船》詞中"哀角吹霜寒正怯。倚瑶筝、暗愁誰説"的"怯""説"混叶，《醉落魄》中"餘寒正怯。金釵影卸東風揭"的"怯""揭"混叶，更可以看出張炎的混叶不僅不是誤叶，也不是個人喜好問題，而是代表了一個"系統"特點。僅就此例，至少可以證明十九部中"怯"字是可以與十八部通叶的，更何況還有大量其他的實例，可以證明兩部之間更多韻字的通叶。

其二，開口音和閉口音兩類韻部的通叶。儘管今天部分人依然能清晰地辨析出開口音和閉口音之間的差异，但宋詞最發達的江南地區，在宋代似乎就已經同化（或至少是部分同化）了二者的區別。雖然由於《詞林正韻》立足的是平水韻系統，是在其基礎上改進而來，所以開、閉區分非常清晰，但實際上《詞林正韻》開口音的第六、第七部與閉口音的第十三、十四部，在宋詞中混叶却有大量的實例可尋。仍以宋末四大詞家爲例：

王沂孫的《三姝媚》以明清詞韻中的第七部爲基本韻，其前段爲："蘭缸花半綻。正西窗淒淒，斷螢新雁。別人逢稀，謾相看華髮，共成銷黯。總是飄零，更休賦、梨花秋苑。何況如今，離思難禁，俊才都減。"其中的"黯""減"爲十七部閉口韻，兩個都在主韻的位置上，但都屬于他部混叶。

周密《齊天樂》以明清詞韻中的第六部爲基本韻："宮檐融暖晨妝懶。輕霞未匀酥臉。倚竹嬌鬟，臨流瘦影，依約尊前重見。盈盈笑靨。映珠絡玲瓏，翠綃葱倩。夢入羅浮，滿衣清露暗香染。　東風千樹易老，怕紅顔旋減。芳意偷變。贈遠天寒，吟香夜永，多少江南新怨。瓊疏静掩。任剪雪裁雲，競誇輕艷。畫角黄昏，夢隨春共遠。"其中混叶第十四部的"臉""靨""染""掩""艷"。

其三，運用古音進行通叶。這一部分的内容可分爲兩種：一種是所謂的"三聲叶"，即平上去三聲通叶，一種是異部通叶，如明清詞韻中的第三部和第四部通叶、第八部和第十二部通叶。前者就明清系統的詞韻本身而言，并未牴牾，但在箋注著作中則應當予以明確。後者則已經完全不同于明清詞韻系統，尤應予以詳釋，厘清兩者之間的差異及形成這種差異的原因，以便使讀者可以清晰地認識到，所謂的唐宋詞之原貌究竟是如何的，這應該是箋注的重要任務。在清人的詞譜專著中，對這類問題辨析較爲細緻，但也有一些疏漏，例如在《欽定詞譜》中就專門指出宋詞的一個特色是"宋詞間用古韻"①。例如：

周紫芝《千秋歲》的後段："試問春多少。恩入芝蘭厚。松不老，山長久。星占南極遠，家是椒房舊。君一笑。金鑾看取人歸後。"《欽定詞譜》就指出："後段起句'少'字、第七句'笑'字俱以'筱'叶'有'，亦古韻也。"但是，同樣的通叶，在劉光祖的《長相思》中便被視爲異類："玉樽涼。玉人涼。若聽離歌須斷腸。休疑成鬢霜。　畫橋西，畫橋東。有淚分明清漲同。如何留醉翁。"《欽定詞譜》以爲是"後段平韻另换"②，而一百多首宋詞中僅此一首"另换"，顯然是可疑的。這種東冬混叶江陽的情況宋詞中并非偶例，如辛棄疾《醉翁操》有："长松。之风。如公。肯余从。山中。人心與吾兮谁同。湛湛千里之江。上有楓。"這裏的"江"字就是第二部循古韻通叶第一部東冬韻。

其四，運用方音進行通叶。詞作爲一種新的形式，在用韻制度上既然突破了平水韻，那麽以各種協韻的方式進行押韻，就成了一種必然，這是可以將方音納入到用韻系統中來的基礎。按照傳統的說法，用清儒杜文瀾的話來說就是："宋詞用韻，祇重五音，可以古韻、土音通叶。"③

方音入韻最經典的例子是宋孝宗破解林外的《洞仙歌》："飛梁壓水，虹影澄清曉。橘裏漁村半煙草。今來古往，物是人非，天地裏，唯有江山不老。　雨巾風帽。四海誰知我。一劍横空幾番過。按玉龍、嘶未斷，月

---

① [清]陳敬廷等編著：《欽定詞譜》，北京：中國書店，1983年版，第875頁。
② [清]陳敬廷等編著：《欽定詞譜》，北京：中國書店，1983年版，第145頁。
③ [清]萬樹：《詞律》卷十四，清康熙二十六年（1687年）堆絮園刻本，第8頁上。

冷波寒，歸去也、林屋洞天無鎖。認雲屏煙障是吾廬，任滿地蒼苔，年年不掃。"當時傳該詞爲仙人所作，但宋孝宗以第九部的"我、過、鎖"字叶第八部的"曉、草、老"，"以其用韻蓋閩音"，從而斷定是福建人所寫。①

又如王沂孫《齊天樂》詞就是很好的印證了，吳方言至少在宋末就已經前後鼻音通用了："碧痕初化池塘草，熒熒野光相趁。扇薄星流，盤明露滴，零落秋原飛燐。練裳暗近。記穿柳生涼，度荷分暝。誤我殘編，翠囊空嘆夢無準。樓陰時過數點，倚欄人未睡，曾賦幽恨。漢苑飄苔，秦陵墜葉，千古淒涼不盡。何人爲省。但隔水餘暉，傍林殘影。已覺蕭疏，更堪秋夜永。"但是，如果我們今天遵循《詞林正韻》進行創作，這樣的混叶就會被視爲是一種違律的用法。

有時候，這些問題還會綜合在一首詞中，如王沂孫《瑣窗寒》是以第六部真韻開口音爲基本韻的，但是其後段作："芳景。還重省。向薄曉窺簾，嫩陰欹枕。桐花漸老，已做一番風信。又看看、綠遍西湖，早催塞北歸雁影。等舊時、爲帶將歸，幷帶江南恨。"其中"枕"爲閉口音，"景、省、影"又是十一部梗韻字，這樣的綜合性混叶，自然也在情理之中。

這些詞中的特殊現象，作爲一本箋注類專著，自然應該向讀者詳細指出，幷予以必要的分析，這些應予指出及分析的內容，至少應該包括該詞的主韻是什麽、輔韻是什麽、是哪些部在混叶、其混叶的韻字是什麽、其混叶的原因是什麽，若有可能，還可以做進一步效果簡析、協助辨析版本、協助辨析詞體體式、輔助糾正句讀、追溯相關字在古音中的所屬、追溯相關字在方音中的所屬等學術研究。既然詞爲韻文，那麽如果我們連個韻都不講明白，尤其是詞中特有的現象都不講明白，如此的箋注，與箋注一段散文又有什麽區別呢？

（三）疏解詞的韻律，可以幫助考證版本和詞的體式

韻律既然是一個有序可循的規則，那麽它必定在古籍的校勘中可以起到一個重要的輔助和參考作用，因爲無序可循、有違規則，是一個版本不可信的基本特徵。如果我們在箋注工作中，能從韻律的角度入手，指證一些版本的不規則，無疑是提高箋注著作質量的重要手段。

我們僅以周密《蘋洲漁笛譜》爲例，舉例說明。

其一，把握韻律特徵可給文字正誤提供佐證。如周密《西江月》的前段，四印齋本爲："情縷紅絲冉冉，啼花碧袖熒熒。迷香雙蝶下庭心。一桁愔愔簾影。"其中的結拍，丙午本《蘋洲漁笛譜》作"一行愔愔簾影"。這一類文字

---

① 事見葉紹翁：《四朝聞見錄》卷三，"洞仙歌"條。

的正誤取捨，從句子本身的韻律入手，可能是一個最好的辦法，研究本調前段歇拍，該句依律都是采用的仄起式的句法，因此，儘管知不足齋本、彊村叢書本等多作"一行"，但周密顯然不會在《西江月》這麼一個極熟的詞調上違律用句，因此，據以采用四印齋本改爲"一桁"，是一個正確的選項。

其二，把握韻律特徵可給文字衍奪提供佐證。周密《憶舊游》的後段末一句組也有兩種版本，其中知不足齋毛校本《蘋洲漁笛譜》、知不足齋本《草窗詞》、四印齋本《草窗詞》、光緒十一年（1885年）本《宋七家詞選》爲同一版本，都是十二字的："恨寶瑟無聲，愁痕沁碧江上峰。"縱觀宋詞，本調後段末一句組多是如此模式的五字一句、七字一句，二十六首有二十四首如是填，知不足齋本幷注云："一作'江上孤峰'，非是。"祇有丙午本《蘋洲漁笛譜》和彊村叢書本《蘋洲漁笛譜》作"江上孤峰"結拍。一般而論，似乎十二字是底本無疑。但是，周密詞恰恰在韻律上與這些填法有所不同，是略有調整的，他的另一首《憶舊游》與此相同，後段末一句組作"但夢繞西泠，空江冷月，魂斷隨潮"，也是十三字，添一字作五四四式句法。這種句法就全詞的韻律考察，應是刻意而爲，因爲前段末一句組正是五四四式句法："奈恨絶冰弦，塵消翠譜，別鳳離鴻"，別首前段末一句組爲"對婉娩年芳，漂零身世，酒趁愁消"。如此調整，無疑前後段韻律更爲協和，具有另一種韻律特色，也非常符合詞體變化的一般規則，因此，據此認定本詞"江上孤峰"句中幷無衍字，是有韻律依據的。

其三，把握韻律特徵可爲判斷句子殘缺提供佐證。周密的《玉京秋》前段，目前幾乎所有的版本都是："煙水闊。高林弄殘照，晚蜩凄切。碧砧度韻，銀床飄葉。衣濕桐陰露冷，采涼花、時賦秋雪。嘆輕別。一襟幽事，砌蛩能説。"其中的第二句組爲四字兩句。《全宋詞》本于彊村叢書本，因此也均闕此一句，而現有的其他標點本基本都從《全宋詞》，所以至今所見均如此。但是，從韻律的角度入手考察全詞，本調後段第二句組却是十二字，四字三句，其基本結構爲"仄平，平仄，平仄"六小頓，所以，與之相對應的前段第二句組，依據基本的韻律規則，自然應該也是十二字，四字三句六小頓，故各本就存在奪四字的嫌疑。再從旋律本身來看，如果是四字兩句，也應該是"仄平，平仄"四小頓才更和諧，一個較之其他句組都要少很多字的短句組，偏偏用兩個句法相同的四字句，嫌疑尤大。唯有《詞緯》中第二句組爲"畫角吹寒，碧砧度韻，銀床飄葉"，正合前段第二句組的"仄平，平仄，平仄"六小頓，所以可以斷定儘管祇有《詞緯》如此，也無疑它是的本。

其四，把握韻律特徵，可以爲厘清詞的用韻提供佐證。有時候不同的版本也會在詞作用韻的問題上形成一種差异，如周密的《真珠簾》，乾隆五十一年（1786年）江恂刻本《蘋洲漁笛譜》中，其前段第一句組作"寶階斜轉春宵永，雲屏敞、霧捲東風新霽。"而光緒十一年（1885年）本《宋七家詞選》則作"寶階斜轉春宵霽。雲屏敞、霧捲東風新霽。"首句一字之差，却關乎這個詞調的起調問題。我們如果從版本的角度入手，無法獲得一個孰是孰非的答案，那麼就不妨從韻律的角度入手進行研究，同樣也可以獲得一個更爲可信的選擇，那就是：由於本調的起拍宋詞諸家多做叶韻處理，祇有張炎一首"綠房幾夜迎清曉，光摇動、素月溶溶如水"未叶韻，因此這裏顯然以選擇光緒本爲佳，認定本詞起拍以入韻爲正。

因爲版本的問題所形成的正誤舛訛問題，是古籍整理中一個最大的需要解決的問題，前述的幾種情况，還都是版本不同尚可比照的，更有很多情况下，今天所見的各種版本本身並無差异，但是其中却很明顯地存在文字錯訛的可能。在這種情况下，作爲一個格律化的詞作，通過韻律的分析來追溯文字錯訛的淵源，可能是最有説服力的一種方式了。清儒萬樹即用這種方式破解了大量的詞體"迷案"，但仍有很多此類版本上的詞體殘缺的缺憾存在。周邦彦的《繡鸞鳳花犯》就是一個比較典型的例子。

該調首見于周邦彦，其後今日可見的幾乎都在宋末元初，祇有方千里一首晚數十年。以本調現有的體式來看，其調原本應是一個十分諧和工穩的結構，前後段第一句組與末一句組的字句對應非常整齊，唯獨第二句組和第三句組却反而字句參差，因此這種參差，很大程度上是因爲文字的衍奪而形成的，如果我們以萬樹式的校詞方式，將周邦彦的詞予以補足，那麼這兩個句組無疑也是對應整齊的結構，可以是：

前段：
疑净洗，鉛華□，無限佳麗。□□□、去年勝賞，曾孤倚、冰盤同燕喜。
後段：
吟望久，青苔上，旋看飛墜。相將見、脆圓薦酒，人正在、空江煙浪裏。

這是前後段的第二、第三句組，墨釘爲應補足的文字，這樣的架構才是合乎該詞體的原貌的。而我們從宋末的其他本調作品形式來看，基本可以得出這樣一些判斷：第一，該詞調斷層已久，中間幾無人摹寫，則宋末所見的周邦彦詞應該是已經有所殘缺了；第二，類似的情况並非一兩首，從這些作品來看，宋末的一些詞調，即便在深諳音律的周密等人那裏，也祇是文本詞，而非樂詞了。由此可見，在箋注中重視韻律的闡發，實在是整個箋注流程中不可或缺的一個重要環節。

（四）疏解詞的韻律，可以幫助準確點讀詞句

詞的箋注，有一個較普遍的問題，就是對一首詞的句讀，我們往往是按

照清儒詞譜所規定的做。這種貌似很規矩的標點，實際上是不夠嚴謹的。

　　從韻律的角度來說，同一個詞體可以有千變萬化的不同，而之所以每個詞體中有大量的字句完全相同的作品存在，并不是因爲韻律規定必須如此，而是因爲填的人習慣于依樣畫葫蘆而已。實際上，按照詞的韻律固有規則，每個人都可以微調自己的作品：增減一個字、增減一個韻、變更一個句法、讀破一個句子，我們在詞譜上所見到的無數"又一體"，就是這麼來的。這是一個非常重要的認識。既然如此，對同一個詞體的不同作品，自然就不可以用一個固定的模式去給予點讀，《詞律》和《欽定詞譜》之所以會有四千餘個瑕疵甚至錯誤存在，也正是因爲這樣的原因。①

　　正因爲如此，在這一個類別中我們經常可以遇到的一個問題是：我們在箋注中的某一首詞作，完全可能就是一個尚未進入清代詞譜學家視野中的作品，因此，它就完全可能會存在與譜書中諸體不同的變異。儘管這種變異有時候可能是小變化，這也很需要我們箋注人將它挑選出來，標點清楚，疏解清楚。

　　另一種情況是，在詞譜專著中某一個組合的多種讀法已經都被前人指明了，那麼我們在箋注的時候就必須判斷其正確的歸屬，而不是懶人做法，但凡已經有人句讀過了的就直接抄錄。例如，周密的兩首《八聲甘州》就是一個典型的例子。在周密的這兩首詞中，其起首的第一句組目前各標點本分別是這樣讀的："漸萋萋、芳草綠江南，輕暉弄春容"和"信山陰、道上景多奇，仙翁幻吟壺"②，各標點本均照此抄錄。

　　誠然，本調起拍雖然是一個領字領起七字的句法，因此以八字一氣貫之爲正格，但詞譜中更多的體式是八字讀斷的模式，所以今標點本標點本調也多有讀爲上三下五式者。祇是，于韻律的角度而言，多爲誤點。僅以此二首而言，"萋萋芳草""山陰道上"兩個四字，顯然就是這個句子中最緊密的語言單位，即便從文法的角度而言，也不應該選擇被讀破的讀法。同樣，更短的句子也是如此，如周密《長亭怨慢》的"記千竹萬荷深處"，這是一個七字折腰句，這一句式通常有兩種文法結構，一種是姜夔式的"漸吹盡、枝頭香絮"，可以讀成上三下四，一種就是"記、千竹萬荷深處"，而前一種祇要不是二字起，其實都可以讀爲上一下六。祇是今人每每囿于詞譜的標識，如本句標點本均標爲"記千竹、萬荷深處"，似乎恪守韻律，實際上是重明清之"律"而輕唐宋之"體"，"千竹萬荷"是一個緊密不可分的語言單位，若讀成上三下四式，詞的氣脈就斷了。因此，對古詞的句讀，還是需要兼顧詞意本身的，

---

① 數據據筆者所著《欽定詞譜考正》《詞律考正》。
② 唐圭璋編：《全宋詞》，北京：中華書局，1965年版，第3289頁。

不能死扣詞譜，尤其是在當詞早已脫離了詞樂，成爲案頭作品的今天，在遵守韻律的基礎上強調詞意的表達，應該成爲一個箋注原則。同樣的道理，對創作者來説也是如此，一個句子，應該按照你自己的構思，在基本遵循韻律的基礎上，可以對譜書有所突破。

如果説前述實例畢竟是在一個句子内，那麽，有的增減句子的讀法或許錯誤更爲嚴重。例如秦觀的《鼓笛慢》前段第二句組："到如今誰把，雕鞍鎖定，阻游人來往"①，這是《全宋詞》的讀法，其依據或來自萬樹的《詞律》，但是，"到如今誰把，雕鞍鎖定"已然將句子讀破，當讀爲"到如今、誰把雕鞍鎖定"才是準確的讀法，這種差異形成的本身，正是《欽定詞譜》所謂的"攤破句法"，而每一個具體的詞究竟如何認定是否讀破，則正是我們箋注類著作應該重點考慮的問題之一。②

釐清句讀也可以幫助深入認識詞的整體結構，再比如周密的《露華》："暖消蕙雪，漸水紋漾錦，雲澹波溶。岸香弄蕊，新枝輕裛條風。次第燕歸將近，愛柳眉、桃靨煙濃。鴛徑小，芳屏聚蝶，翠渚飄鴻。　　六橋舊情如夢，記扇底宫眉，花下游驄。選歌試舞，連宵戀醉珍叢。怕裏早鶯啼醒，問杏鈿、誰點愁紅。心事悄，春嬌又入翠峰。"

這個詞體從整體考察，屬于一種添頭式結構，如果去掉後段的添頭"六橋"二字，則前後段起調乃至第二、第三句組的結構完全相同，可見"六橋"二字是一個游離于全詞整體結構之外的成分，就句拍而言，本句就是一個二字領四字的折腰句法，這是宋詞中比重很大的一種類型。因此，準確的句讀應該是"六橋、舊情如夢"。這可以解釋在詞發展已經極爲成熟的南宋末期，這一新創的詞體何以在過片這一重要部位，會采用一個看上去似乎是完全不律的句式。而真正使用六字句的，如張炎詞，便是"一掬瑩然生意"，依然是一個規正的仄起式的律句句法。兩種填法，都極爲遵循基本格律，細玩兩句詞意，其别自現。

此外，前人規範的有些司空見怪的標點似乎已經約定俗成，但未必就是正確的讀法，如果能通過韻律的疏解予以撥亂反正，無疑也是具有很好的學術價值的。例如《滿江紅》的前後末一句組，目前通常都是"遣行客、當此念回程，傷漂泊"，但我們研究《滿江紅》的韻律後發現，柳永的這種韻律表達其實早就已經被抛弃了，除了柳詞，選擇這樣的模式的詞作，百不足一，宋人填此，基本上都采用的是張先的"記畫橋深處，水邊亭、曾偷約"。就韻

---

① 唐圭璋編：《全宋詞》，北京：中華書局，1965 年版，第 454 頁。
② 筆者更疑本句攤破句法後，本爲"如今、誰把雕鞍鎖定"，正如趙長卿的"多情、爲與牡丹長約"。這樣才與後段的"那堪、萬里却尋歸路"完美對應，而後段也不當讀爲四字二句。

律特徵而言，兩者僅一字平仄之差，但後者不僅可以仍舊是柳式的讀法，還可以是張式的讀法，而考察宋詞實際，有大量的張式是不可以讀爲柳式的，但是，我們今天所有的張式填法，却從未見有五字一句、六字一句這樣的句讀，以致形成了太多的破句，很多名家之作被讀壞了，如：

賀鑄的"信醉鄉絕境，待名流、供行樂"，不應該是"信醉鄉、絕境待名流，供行樂"；

范成大的"打梁州簫鼓，浪花中、跳魚立"，不應該是"打梁州、簫鼓浪花中，跳魚立"；

王質的"恐狂風顛雨，岸多摧、舟難艤"，不應該是"恐狂風、顛雨岸多摧，舟難艤"；

辛弃疾的"拚一襟寂寞，淚彈秋、無人會"，不應該是"拚一襟、寂寞淚彈秋，無人會"；

吴文英的"有花香竹色，賦閑情、供吟筆"，不應該是"有花香、竹色賦閑情，供吟筆"；

蔣捷的"况無情世故，蕩摩中、凋英偉"，不應該是"况無情、世故蕩摩中，凋英偉"；

張炎的"任醉笻游屐，過平生、千年客"，不應該是"任醉笻、游屐過平生，千年客"。

更關鍵的是，這兩種讀法的韻律特徵是完全不同的，一諧和、一拗怒，如何選擇，詞人必定在創作的時候會有所選擇，這種選擇，就需要我們在進行箋注的時候將其挖掘出來，告訴讀者。

（五）餘論

綜上所述，對一部詞集進行箋注，其實最重要的還不是考釋版本、繫人繫事，更不是做"大詞典的搬運工"，而是詳釋它的韻律特徵。一部詞集在韻律上有一個詳細到位的分析，是詞集箋注工作中的一個不可或缺却又長期以來一直甚缺的任務。做好這個工作，不僅對廣大希望吃透作品的詩詞愛好者有重要幫助，對圈子更小的相關詞學研究者也更是如此。很多相關的研究，都有賴於對韻律的認識，不知一首詞的韻律而想對它做出完美的解析，是不可能的。

現在的問題是，爲什麽一直來我們都忽略了這一個重要的箋疏環節？這其中的原委或可從下面幾個方面推知：

第一，這是一個"先天遺傳"問題。詞箋疏這種文體來源于文箋疏和詩箋疏，這是兩種在詞產生前就已經很成熟了的文體樣式，但是由于詩、文都不存在詞那樣複雜的韻律，即便同樣爲韻文的詩，也遠比詞要簡單得多，因此，在詩文的箋疏中忽略不提其韻律特徵，也就在情理之中。這種夔一足矣的實際情況，極大地影響甚至左右了詞的箋疏。文且不提，以詩來說，在詞文學最發達的宋代，便是"千家注杜"的時代，但是以筆者研究杜詩所得的印記來說，所有的"注杜"中都不存在系統性地對杜詩的韻律進行研究的專論。比如唐詩中的古體詩，我以爲就韻律的角度來說，有兩種不同的種類，一種是沿襲漢魏之風的古體詩，我稱其爲"傳統古""本古"；另一種則是受近體詩影響的"格律古""律古"，那麼兩者在韻律上的特徵、差異、相互之間的影響、其源、其流各是什麼？似未見提及，而這種辨析很重要，完全可以專門深入研究。正因爲詩文的箋疏基本置韻律于不顧，那麼作爲其"直系親屬"的詞箋疏不涉及韻律也就在情理之中了。

第二，音樂藝術的案頭化，是促成重內容、輕韻律的箋疏模式得以長期傳承的主要因素。尤其是進入到了後詞樂時代，詞在衆人的眼裏本質上只不過是一種長短不齊的詩而已，因此與"詩箋疏"同等對待，便是順理成章之事。現在可以考知的，詞集的箋注始于宋代，南宋紹興初，時有傅幹箋注蘇軾詞集，在京城臨安鏤版發行了《注坡詞》，後元代又有無名氏的《增修箋注妙選草堂詩餘》，入選的標準本來就已經不再是是否"唱得好聽"了，因此，其內容主要側重于釋詞、釋典、輯評及詞人介紹，走的就是"詩箋疏"的路子便在意料之中。其後《草堂詩餘》在明代大熱，因此又有多種箋注類著作問世，如顧從敬的《類選箋釋草堂詩餘》、錢允治的《類編箋釋續選草堂詩餘》等，箋注內容除增添了"句解"一項外，其餘不出元箋。而清代最著名也是很早的，則非查爲仁、厲鶚的《絕妙好詞箋》莫屬，其主要內容側重于詞人生平考訂、作品相關史料收集、前人評論輯佚、其餘版本考校，而並不涉及韻律問題。之所以如此，"妙選""絕妙"之類的標籤足以說明其重文本輕韻律的傾向了。

第三，詞箋疏模式在清代、民國形成的"氣場"，對後世的影響是深遠的。前述的這種體例在兩代影響極大，有些即便沒有冠以"箋注"之名的詞集，也是依其樣式編撰，典型的如江昱的《蘋洲漁笛譜》，便是如此，其模式完全就是"絕妙詞箋"式的，而到了清末民初，朱孝臧的彊村叢書、王鵬運的四印齋所刻詞，其中都涉及了很多箋疏的內容，規模和影響都可謂宏大，但由於立足點在古籍整理上因此也都大致不脫其藩籬。進入民國後，清末劉繼增的《南唐二主詞箋》、楊鐵夫的《夢窗詞選箋釋》《清真詞選箋釋》、陳柱的《白石道人詞箋平》、唐圭璋的《宋詞三百首箋注》、夏承燾的《姜白石詞編年箋校》、龍榆生的《東坡樂府箋》，等等，這些箋注本在體例上大致都不脫校、注、箋、考、評這樣一些內容，基本走的還是傳統箋疏的老路子，似乎談"律"只是詞譜專著的本分，與箋疏無關。由于這些人物本身都是重量級的詞學泰斗，他們所形成的強大的"詞箋疏氣場"，足以一直影響到今天，使今天的學者不暇旁騖。

第四，韻律研究向來是一個冷門，是造成詞箋疏不談韻律的直接原因。1949年以後尤其是改革開放之後，無疑是詞箋疏進入"百家齊箋"的時期，大量的詞箋疏專著紛紛問世，林林總總，百花齊放，但這一時期恰恰又是最重內容輕形式的時期，這樣，對于韻律的教學與研究，就甚至呈現出一種幾乎空白的狀態。另，擅長韻律研究的學人，因爲冷門而角逐便少，所以在這個領域有太多的課題能做，抽出時間來做一個詞箋疏，恐怕自我評價都會有點"不務正業"了，更何況還有一些學術機制上的原因，使得這方面的研究所見極罕。寸光之中，只有陳匪石先生的《宋詞舉》，是我所見到的唯一一部涉及了韻律箋疏這一項內容的專著。該書中每首詞的"考律"部分，雖有個別詞例的分析略顯過于簡潔，未作深入，有些問題還是從傳統角度切入，而不是從韻律角度切入，但可以認爲已經全方位涉及了韻律的問題，體式、用韻、句法、字聲等諸多方面均有大量涉及，很多內容讀後都有令人醍醐灌頂之感，是不可多得的一部詞箋疏。

由于存在這樣的一些原因，詞箋疏中的韻律研究處于一種待開發狀態，便屬正常，鑒于脫節日久，相關專業甚至有必要開設韻律基礎的課程。至于在目前這樣的現狀下，在給一部詞集作箋疏的時候，我們該怎樣著手疏解韻律，在這個過程中要注意哪些問題，通過《〈蘋洲漁笛譜〉箋疏》一書的實踐，我們以爲有這樣幾點可以提出來與同仁分享：

第一，關注詞作的用韻問題。唐宋詞本身未必有一個詞韻系統，但較之理論上的明清系統，不妨在對比中稱之爲實用的唐宋系統，兩者似乎都是"詞韻"，但實際上并非一體，通過唐宋詞中的實際用韻與明清詞韻系統的比照，可以研究很多相關的內容。包括不少清詞本身，實際上使用的也仍然是唐宋系統，并不選用清人的韻書系統。說清楚這個問題，對今人的創作乃至研究，都有重要的指導意義。

第二，關注詞作的句式問題。這個問題尤其不要被傳統詞譜誤導，因爲傳統詞譜中所分析的基本都是"詞作"，而不是"詞調"，將一個"豹斑"拿來研究"豹子"，多會出錯，儘管我們都知道那個斑是豹子的。詞的句式是需要放在一個宏觀的角度進行分析的，絕非清儒"又一體"理念下的那種"一是一，二是二"，將這個問題搞清楚，才能高屋建瓴，真正釐清每一首具體的作品。

第三，關注詞作的字音問題。詞爲詩餘，就韻律而言，詞就是近體詩的一個特殊類型，因此有人稱其爲"律詞"。基于這種事實，詞句就是詩句，或者説就是律句，極大多數非律的拗句，實踐證明或是句子本身是抄誤、刻誤、填誤，或是我們自己没有讀明白。而那種"拗澀不順者，皆音律最妙處"①的論點，儘管是當前的主流説法，却不够严謹。

　　第四，關注詞作的體式問題。詞是很典型的美文，總體上往往是在起調、結拍、過變上作一些基本的調節，尤其是慢詞，幾乎絶大部分詞調都在這些方面進行韻律上的變化。但通體呈現出來的和諧美，則是通過每一個具體的局部細節所實現的。逗結構、托結構、句法讀破、駢儷化等，結合是否用韻，形成了每一個不同詞調的各種變化。而詞是字本位的而非句本位的這一認識，在這個方面也至關重要。

　　從這樣幾個方面入手進行韻律剖析，一首詞在形式方面的個性特徵基本上就有一個比較完整的認識了。而通常我們在談詞的"形式"的時候，所涉及的内容其實是非常表面的、粗淺的甚至是臉譜化的，往往只是糾纏于幾個修辭手法、是豪放邊是婉約、起承轉合如何、用字用詞之妙等幾個方面，以致形成了千篇一律的套路。更重要的是，藝術形式的問題實際上是一個客觀存在，而上述種種，則往往都會摻入一個讀者過多的主觀感悟，以致我們讀到的"藝術特色"往往并不是作品客觀存在的内容，而是疏解人主觀理解的叙述而已。

　　期望有更多更好更到位的韻律分析，出現在今後的詞集箋疏中。

---

① 吴梅：《詞學通論》，上海：復旦大學出版社，2005年版，第8頁。關于這個問題，無關主題，不展開。霜崖先生的這個説法也非原創，而是源自萬樹，將"拗句"解釋爲"拗澀的句子"，不準確。

箋 疏 說 明

1. 本書正卷二卷，以國家圖書館藏乾隆丙午刻本[即乾隆五十一年（1786年）江昱刻本]《蘋洲漁笛譜》爲底本（簡稱"丙午本"），該本無集外詞，集外詞仍以別本乾隆五十一年（1786年）江昱刻本爲底本。

2. 參校本包括知不足齋毛扆校本《蘋洲漁笛譜》（簡稱毛校本）、彊村叢書本《蘋洲漁笛譜》（簡稱彊村本）、知不足齋本《草窗詞》（簡稱知不足齋本）、四印齋本《草窗詞》（簡稱四印齋本）、芝蘭之室刻《弁陽老人詞》（簡稱芝蘭本）及咸豐辛酉曼陀羅華閣叢書本《草窗詞》四卷（簡稱辛酉本）。

3. 旁校本有光緒十一年（1885年）刻《宋七家詞選》草窗詞卷（簡稱光緒本）、掃葉山房本《絕妙好詞箋》（簡稱掃葉本）、康熙戊午裘杼樓本《詞綜》（簡稱裘杼樓本）、知不足齋本《樂府補題》（簡稱補題本）。

4. 异體字、避諱字，在不涉及專用時，徑改爲正體字，如"鷟"即改爲"鶯"，"為""綵""稾、藁"之類即改爲"爲""彩""稿"等，不作校注。

5. 爲保持文獻原貌部分异體字，均從底本，注不改，如淚、煙、韻、霑等。另，不同版本用字不一，均從原文獻。

6. 本書體例包括原詞、校記、箋釋、考證、韻律、譜注、疏解、輯評、附錄九部分，內容根據實際情況而作刪減，隨詞而定。

7. 原著另有少量江昱注文，今基本移至【輯評】中，少量文字補入【考證】或【箋釋】。彊村叢書本中也有若干朱彊村注語，一并收入【輯評】。

8. 考證部分，除了編年、繫地、繫人、繫事外，也有部分涉及詞調且不涉及詞的韻律的考訂內容。

9. 韻律部分，爲今日箋注類著作中所無，詳析詞體韻律特徵，因各詞有別，故所關涉之內容不盡相同。該部分內容尤合填詞愛好者參考。極個別詞又附【譜注】，作爲對【韻律】的補充。

10. 原文尚有【疏解】部分，是筆者對周密詞的閱讀和理解，所謂世有一千個哈姆雷特，故未必就是標準答案，但供參考而已。後因爲覺得該部分內容太過主觀，故均刪去，唯第一首一篇，因爲覺得有佐證該詞【考證】的作用，所以保存了下來。

11. 今有一些書籍中涉及周密詞賞析，也有些《全宋詞》的評注、詮釋類專著中有對周密詞的箋注，其中涉及一些注釋有誤的情況，也在本書中有所論及，但不一一注明，均用"或謂""或云"等代替。

12. 古詞中有"均、拍"概念，均，讀 yùn，今人容易誤讀。且這一概念久已不用，爲更適合今人閱讀，本書另擇"句組"一詞以對應，故本書中的"句組"爲專有名詞，祇指"均"而言。另"/""//"表示前後并列關係。

13. 爲方便读者阅读，每首词后附以标号。

14. 周密詞對後世影響極大，故元明清有很多詩詞徑用或化用其詞中佳句或語詞，此類文學源流之挖掘，對今人詩詞創作具有不可估量的啓迪作用，因此，本書原擬獨立專闢"源流"一欄，盡數此類實例，但考慮到架構不宜過于繁複，因此，但凡周詞中吸收前人詩詞的句例，後人吸收周詞詩詞的句例，均并入【箋釋】中，後人步周詞韻的作品，則并入【附錄】中，以觀其對前人之繼承及後人之接受。

目　录

《〈蘋洲漁笛譜〉箋疏》序 …………………………………………… i
詞集韻律疏解的意義 …………………………………………… v
箋疏説明 …………………………………………………………… xix
《蘋洲漁笛譜》卷一 ……………………………………………… 1
減字木蘭慢 ………………………………………………………… 1
　　　　蘇堤春曉 ………………………………………………… 5
　　又　平湖秋月 ………………………………………………… 11
　　又　斷橋殘雪 ………………………………………………… 16
　　又　雷峰落照 ………………………………………………… 21
　　又　麯院風荷 ………………………………………………… 26
　　又　花港觀魚 ………………………………………………… 30
　　又　南屏晚鐘 ………………………………………………… 35
　　又　柳浪聞鶯 ………………………………………………… 38
　　又　三潭印月 ………………………………………………… 42
　　又　兩峰插雲 ………………………………………………… 46
踏莎行（殘句）…………………………………………………… 50
浪淘沙 ……………………………………………………………… 51
浣溪沙 ……………………………………………………………… 52
浣溪沙 ……………………………………………………………… 53
浣溪沙 ……………………………………………………………… 54
東風第一枝　早春賦 …………………………………………… 55
楚宮春　爲洛花度無射宮 ……………………………………… 58
大聖樂　東園餞春即席分題 …………………………………… 61
三犯渡江雲 ……………………………………………………… 66
露華　次張窅雲韻 ……………………………………………… 70
桃源憶故人 ……………………………………………………… 73
糖多令 …………………………………………………………… 74
西江月 …………………………………………………………… 76

菩薩蠻 ……………………………………………………	77
繡鸞鳳花犯　賦水仙 ……………………………………	78
探春慢　修門度歲和友人韻 ……………………………	81
瑶花慢 ……………………………………………………	85
玉京秋 ……………………………………………………	89
鷓鴣天 ……………………………………………………	92
夜行船 ……………………………………………………	94
采綠吟 ……………………………………………………	95
解語花 ……………………………………………………	100
曲游春 ……………………………………………………	103
大聖樂　次施中山蒲節韻 ………………………………	109
桂枝香　雲洞賦桂 ………………………………………	113
杏花天　賦莫愁 …………………………………………	116
又　　賦昭君 …………………………………………	119
南樓令　次陳君衡韻 ……………………………………	121
又　　又次君衡韻 ……………………………………	124
秋霽 ………………………………………………………	125
齊天樂 ……………………………………………………	129
憶舊游　落梅賦 …………………………………………	132
一枝春 ……………………………………………………	134
又　　一枝春 …………………………………………	138
點絳脣 ……………………………………………………	141
戀繡衾　賦蝶 ……………………………………………	142
江城子　賦玉盤盂芍藥寄意 ……………………………	144
綠蓋舞風輕　白蓮賦 ……………………………………	146
玲瓏四犯　戲調夢窗 ……………………………………	149
謁金門 ……………………………………………………	152
眼兒媚 ……………………………………………………	153
拜星月慢 …………………………………………………	155
好事近 ……………………………………………………	159

《蘋洲漁笛譜》卷二 …………………………………… **161**

長亭怨慢　歲丙午、丁未 ………………………………	161
齊天樂 ……………………………………………………	168
月邊嬌　元夕懷舊 ………………………………………	171
宴清都　登霅川圖有賦 …………………………………	175
梅花引　次韻筼房賦落梅 ………………………………	178
瑞鶴仙 ……………………………………………………	181
倚風嬌近　填霞翁譜賦大花 ……………………………	184

英臺近	187
浪淘沙	189
浣溪沙	190
又　浣溪沙	191
齊天樂	192
大酺　春陰懷舊	196
霓裳中序第一　次簣房韻	199
過秦樓　避暑次宙雲韻	204
聲聲慢	206
又　聲聲慢	210
風入松　立春日即席次寄閒韻	213
浪淘沙	214
鷓鴣天	215
夜行船	217
齊天樂	218
滿庭芳　賦湘梅	220
清平樂　次宙雲韻	222
又　再次前韻	223
乳燕飛	224
掃花游　用清真韻	227
龍吟曲　賦寶山園表裏畫圖	230
風入松　爲謝省齋賦林塾清趣	232
鳳棲梧　賦生香亭	234
少年游　賦涇雲軒	235
西江月　荼蘼閣春賦	236
清平樂　橫玉亭秋倚	237
朝中措　東山棋墅	238
聞鵲喜　吳山觀濤	241
浣溪沙　題紫清道院	244
吳山青　賦無心處茅亭	245
英臺近　賦攬秀園	246
長相思	250
清平樂	251
又　杜陵春游圖	252
又　三白圖	253
柳梢青	254
又　柳梢青	257
又　柳梢青	258

又	柳梢青	258
南樓令	次陳君衡韻	261
又	戲次趙元父韻	262
聲聲慢	九日松澗席	264
明月引		265
又	養源再賦余亦載賡	268
六幺令	次韻劉養源賦雪	270
又	再雪再和	272
謁金門	次西麓韻	274
好事近	次梅溪寄別韻	275
聲聲慢	柳花咏	277
憶舊游	次韻簣房有懷東園	279
水龍吟	次陳君衡見寄韻	281
又	次張斗南韻	283
徵招	九日登高	286
酹江月	中秋對月	289

《蘋洲漁笛譜》集外詞 293

夜合花	茉莉	293
水龍吟	白蓮	295
天香	龍涎香	301
珍珠簾	琉璃簾	305
疏影	梅影	307
齊天樂	蟬	310
滿江紅	寄剡中自醉兄	315
玉漏遲	題吳夢窗詞集	319
西江月	懷剡	323
杏花天		324
四字令	訪友不遇	325
醉落魄	洪仲魯之江西書以爲別	326
祝英臺近	後溪次韻日熙堂主人	328
甘州	燈夕寄二隱	330
又	題疏寮園	333
齊天樂	次二隱寄梅	335
憶舊游	寄王聖與	337
聲聲慢	送王聖與次韻	340
踏莎行	題中仙詞卷	344
國香慢	夷則商賦子固凌波圖	346
一萼紅	登蓬萊閣有感	350

掃花游	九日懷歸	355
三姝媚	送聖與還越	357
獻仙音	吊雪香亭梅	360
高陽臺	送陳君衡被召	364
慶宮春	送趙元父過吳	367
高陽臺	寄越中諸友	370
探芳訊	西泠春感	373

效顰十解 ... 378

四字令	擬花間	378
西江月	延祥觀拒霜擬稼軒	379
江城子	擬蒲江	382
少年游	宮詞擬梅溪	384
好事近	擬東澤	386
西江月	擬花翁	387
醉落魄	擬參晦	389
朝中措	茉莉擬夢窗	390
醉落魄	擬二隱	392
浣溪沙	擬梅川	394
踏莎行	與莫兩山談邗城舊事	395

附錄 ... 399

附錄一	調名音序檢索表	399
附錄二	周密自創詞彙五十九例	404
附錄三	誤收詞	410
附錄四	周密詩詞序跋錄	411
附錄五	宋人題詞	422
附錄六	綜評	426
附錄七	周密生平事迹及資料	432

後記 ... 450

參考著作 ... 453

《蘋洲漁笛譜》卷一

[宋]周密原著
蔡國强 箋疏

减字木蘭慢[一]

西湖十景尚矣[1]。張成子嘗賦《應天長》十闋，誇余曰："是古今詞家未能道者。"余時年少氣鋭[2]，謂："此人間景，余與子皆人間人，子能道，余顧不能道耶？"冥搜六日而詞成。成子驚賞敏妙，許放出一頭地[3]。异時[二]，霞翁見之[4]，曰："語麗矣，如律未協何？"遂相與訂正，閲數月而後定[5]。是知詞不難作，而難于改；語不難工，而難于協。翁往矣，賞音寂然。姑述其概，以寄余懷云[三]。

【校記】

[一] 毛校本、知不足齋本、四印齋本并作"减字木蘭慢"，丙午本、彊村本、芝蘭本則易名爲"木蘭花慢"。蔡按：調名與詞及詞樂并無内在關係，僅一標籤而已，故一詞可有數個別名，"减字木蘭慢"當是草窗所用調名，丙午本和彊村本等，應是後人據律所易之名。從陳允平稱之爲"木蘭花"來看，"木蘭花"應是正名，"慢"字是調類標籤。而其實宋末"减字木蘭慢"之名已經有所流行，并非草窗獨有，如時陸文圭有"怪東風太早""九皋明月夜"兩首，調名爲"减字木蘭花慢"，與周詞同名略异，其中前一首并有小序云"和心淵春雪詞"，則以和詞一般特性推測，該心淵所填之作，應亦爲"减字木蘭花慢"。由此可知，《减字木蘭慢》當屬本調別名，而非抄誤、刻誤或填誤，今人不知，無非各詞譜均失收而已。今據毛校本改。

[二] 時，彊村本作"日"。

[三] 知不足齋本中無本序，四印齋本中，此序在第一首後。芝蘭本序後有注云："張成子，名龍榮，號梅深。《詞綜》載西湖十景《應天長》二闋，乃張子成，名矩，號梅淵作。《詞綜》誤與。"

【箋釋】

[1] 尚：歷史久遠之意。唐長孫無忌《唐律疏議》卷一云："殺人者死，傷人者刑，百王之所同，其所由來，尚矣。"

[2] 年少氣銳：蓋指周密二十歲光景，詳參【考證】。

[3] 放出一頭地：宋時俗語，比喻高人一著。《歐陽修集》卷一四九《與梅聖俞》云："讀軾書，不覺汗出，快哉快哉！老夫當避路，放他出一頭地也。可喜可喜。"

[4] 霞翁：即楊纘①，周密亦師亦友者，詳參【考證】。

[5] 閱：通"越"，經歷之意。《建炎以來繫年要錄》卷三十三云："禁軍左指揮使鄭立，亦拳勇忠憤共激，士卒晝夜備禦，不少怠。閱數日，宗弼親督衆攻城。"

【考證】

這一組聯章詞，根據題序看，應該是作于周密早期，約二十歲左右，因此有與人鬥氣填詞之舉，而"此人間景，余與子皆人間人，子能道，余顧不能道耶？"這樣的話不但能說，而且還能訴諸于文字，則可見張龍榮應該是周密的熟友。張龍榮：周密《絕妙好詞》卷五收其《摸魚兒·重過西湖》一首，云："龍榮，字成子，號梅深。"（四印齋本引謂："張龍榮一首，箋：龍榮，字成子，號梅溪。"梅溪，應是"梅深"之誤。）《全宋詞》疑即爲張矩，故云："矩，字成子，號梅深。《絕妙好詞》作張龍榮，或別名也。《陽春白雪》作張榘，今從《花草粹編》。"蔡按：《全宋詞》關于字號的説法，疑即采《絕妙好詞》。檢同爲南宋人趙聞禮所編《陽春白雪》卷五，該詞之作者爲"張梅深榘"，其卷八更有西湖十景聯章十首，應即周密所指"誇余"之作，作者更作"張梅深榘 成子"，按其體例，大字爲字，小字爲名及號，則可知張龍榮即張榘，以周密本爲張龍榮友人而論，所謂別名，也應該視"張榘"爲別名更恰。其次，"榘"字雖即"矩"字的別寫，但于姓名中便不可通，因此，明人的《花草粹編》于此未必可從，雖清人也有從之者，如清葛萬里《別號錄》卷一謂："梅淵，張矩，子成"，《歷代詩餘》卷一百七亦云："張矩，字子成，有《梅淵集》。""淵"即"深"也，"子成"或是倒誤。又按，南宋另有一張榘，宋人陳起《江湖後集》卷八收其詩作五十五首，云："榘，字方叔，南徐人"，而并非"成子"或"子成"，此人号芸窗，有《芸窗詞》一卷，張龍榮號梅深，或一號梅淵，有《梅淵詞》。南徐的張榘早周密一輩，周密尚在孩嬰時既已出仕，《景定建康志》卷二十四記載，周密二歲時他擔任建康觀察推官。

---

① 原文獻有楊纘、楊瓚兩種寫法，原文獻引用保持不變，其餘用楊纘。

而這一組聯章詞周密最有可能的創作時間,他還在擔任句容令,即便來杭州遇到周密,也是偶遇的交往,絕不可能有對前輩說"子能道,余顧不能道耶?"這樣失禮失敬的話,所以,此張榘非彼張榘。要之,今通常所稱南宋詞人"張矩",可能并不存在,祇是後人對"張榘"的不當簡化而已,因此仍以采用"張龍榮"更宜。

周密少年時,十歲隨父自閩邊浙,應到過京城杭州,而從《癸辛雜識》中記載太學的規章制度等極爲詳備來看,二十二歲之前,尚屬"年少氣銳"的時光,極可能曾經在杭州太學就讀,至二十三歲之後則已離開杭州。因此,這一組詞的寫作年代,基本可以認定是寫在二十二歲之前。而張龍榮填詞之後"誇余"之舉,同樣可以見出也是"年少氣銳"之人,如果周密嘗就讀太學,則以其社會交際圈推論,極可能就是太學的同學。此後,陳允平有"西湖十景"組詞,其跋云:"右十景,先輩寄之歌咏者多矣。雪川周公謹,以所作《木蘭花》示予,約同賦,因成。時景定癸亥歲也。"則周密本組詞必作於景定四年(1263年)周密三十二歲之前。同賦,意謂同賦十景,而并非一起賦,因爲在陳允平填詞之前,周密已經完成,所以是"張成子嘗賦《應天長》十闋,誇余曰"這樣的追叙口吻,所以是"余時年少""异時,霞翁見之"這樣的時間交代,所以是"以所作《木蘭花》示予",即"以舊作示予",因此這個"所作"的時間,可以認定是景定四年之前,但不能認定究竟是前幾年。而我們從景定四年(1263年)周密已經是三十二歲的壯年(《禮記·曲禮》云:"三十曰壯。")而不是"年少氣銳"之時、陳詞并非也是用的同一詞調、二人沒有分韻或步韻、周密詞本身的稚弱,由這四點來看,可以認定周詞所作不在是年,夏承燾先生《周草窗年譜》和吳熊和先生的《唐宋詞彙評·兩宋卷》認定爲本組詞也作於景定四年者,以致成了學界定論,或非。

要之,本組詞約成稿於淳祐八年(1248年)至淳祐十一年(1275年)左右,時周密十七至二十歲,作於杭州。

霞翁即楊纘,《浩然齋雅談》卷下云:"楊瓚,字嗣翁,號守齋,又稱紫霞,本鄱陽洪氏,恭聖太后侄楊石之子麟孫早夭,遂祝爲嗣。時數歲,往謝史衛王,王戲命對,云'小官人當上小學',即答云:'大丞相已立大功'。衛王大驚喜,以爲遠器。公廉介自將,一時貴戚無不敬憚,氣習爲之一變。公洞曉律吕,嘗自製琴曲二百操。又常云:'琴,一弦可以盡曲中諸調。'當廣樂合奏,一字之誤,公必顧之。故國工樂師,無不嘆服,以爲近世知音,無出其右者。仕至司農卿、浙東帥。以女選進淑妃,贈少師。所度曲多自製譜,後皆散失。"元夏文彦《圖繪寶鑒》卷三云:"楊瓚,字繼翁。恭仁皇后侄孫、太師次山之孫。度宗朝,女爲淑妃,官列卿。好古博雅,善琴,倚調製曲,有《紫霞洞譜》傳世。時作墨竹,自號守齋。"按:恭仁,應是"恭聖"之誤。《紫霞洞譜》，又稱《紫霞洞琴譜》。

【輯評】

江昱原按：《絶妙好詞》云："張龍榮，字成子，號梅深。"《齊東野語》云："往時余客霞翁之門，翁知音，妙天下，而琴尤精詣，自製曲數百解，皆平澹清越，灝然太古之遺音也。翁往矣，回思著唐衣坐紫霞樓，調手製閑素琴，第製《瓊林》《玉樹》二曲，供客以玻璃瓶洛花，飲客以玉缸春酒，笑語竟夕不休，猶昨日事。而人琴俱亡，冢上之木已拱矣。悲哉。"

明毛扆知不足齋本《蘋洲漁笛譜》按語："西湖十景詞，向缺末二首，偶閱《錢塘志》中載公謹詞三首，所缺者恰有之，亟命兒抄補。其餘脱落處，未識今生得見全本否也。"

清沈雄《古今詞話》引明楊慎《詞品》卷下云："朱彝尊曰：'公謹賦西湖十景，當日屬和者衆，而今集無之……可見詞之傳不傳，亦有幸有不幸也。'"又引《樂府紀聞》云："西湖十景，梅深張子成賦《應天長》，草窗周公謹賦《木蘭花慢》，皆晚宋名家。惜工夫有餘而氣韻不足，故每篇末必寓以傷感焉。"

清陳廷焯《白雨齋詞話》卷二云："公謹《木蘭花慢·西湖十景》十章，不過無謂游詞耳，《蓉塘詩話》獨賞之，何也？"

清陳廷焯《白雨齋詞話》卷二云："西麓西湖十咏，多感時之語，時時寄托，忠厚和平，真可亞于中仙。下視草窗十闋，直不足比數矣。如《探春·蘇堤春曉》云：'搔首捲簾看，認何處、六橋煙柳。'《秋霽·平湖秋月》云：'對西風、憑誰問取，人間那得有今夕。應笑廣寒宮殿窄。露冷煙澹，還看數點殘星，兩行新雁，倚樓橫笛。'《掃花游·雷峰夕照》云：'可惜流年，付與朝鐘暮鼓。'《驀山溪·花港觀魚》云：'宮溝泉滑，怕有題紅句。鈎餌已忘機，都付與、人間兒女。濠梁興在，鷗鷺笑人癡，三湘夢、五湖心，雲水蒼茫處。'《齊天樂·南屏晚鐘》云：'御苑煙花，宮斜露草，幾度西風彈指。'似此之類，皆令人思。讀之既久，其味彌長。諸詞作于景定癸亥歲，閲十餘年，宋亡矣。'三湘夢'三句，推開説，先生其有遺世之心乎？"

清陳廷焯《白雨齋詞話》卷七云："題咏西湖十景，惟陳西麓感時傷事，得風人之正。草窗《木蘭花慢》十闋，泛寫景物，了無深義。張成子《應天長》十章，才氣不逮草窗，而時有與西麓暗合處。如'蘇堤春曉'云：'草色舊迎雕輦，蒙茸暗香陌。''曲院荷風'云：'田田處，成暗綠。正萬羽、背風斜矗。亂鷗去，不信雙鴛，午睡猶熟。''花港觀魚'云：'禹浪未成頭角，吞舟膽猶怯。湖山外，江海迥。怕自有、暗泉流接。楚天遠，尺素無期，枉誤停楫。'下云：'濠梁興，歸未愜。記舊伴、袖携留摺。指魚水、總是心期，休怨三叠。'南屏晚鐘'云：'歡娛地，空浪迹。漫記省、五更聞得。''柳浪聞鶯'云：'昆明事，休更説。費夢繞、建章宫闕。''兩峰插雲'云：'唤醒睡龍蒼角，盤空壯商翼。西湖路，成倦客。待倩寫、素縑千尺。'此類皆有亡國之感。不及西麓之深厚，固勝似草窗作。趙聞禮録入《陽春白雪》集中，未爲無見。"

　　清沈雄《古今詞話·詞評》下卷引《樂府紀聞》云："宗吉……嘗居西湖富清樓，製《摸魚子》十首，曰'西湖十景'。梅深張子成，賦《應天長》，草窗周公謹，賦《木蘭花慢》，皆晚宋名家。惜工夫有餘而氣韻不足，故每篇末必寓以傷感焉。"

　　清于敏中等《日下舊聞考》云："南渡詩人若陳允平（衡仲）、張槃（叔安）、周密（公謹）、奚㴠（倬然），皆有西湖十景詞。"

　　清樓儼《洗硯齋集·書西湖十景詞後》云："南渡詞人陳允平衡仲、張槃叔安、周密公謹、奚㴠卓然，皆有'西湖十景'詞。今《日湖漁唱》有'十景'詞，清俊可誦。《絶妙好詞》有奚㴠一詞，亦警切動人（《芳草》'南屏晚鐘'）。若周密之《木蘭花慢》詞十闋，雖見《日湖漁唱》詞注，百禾中挑抄本無之。張槃詞僅見《綺羅香》《浣溪沙》兩調，而非十景。《花草粹編》載《應天長》'十景'詞，乃作張矩，而非張槃。猶記丙戌秋杪，在雲間輯《欽定詞譜》，吾師竹垞先生命搜宋人《建康》（周應合撰）、《臨安》（潛説友輯）二志，必多未見之詞。今以匆匆赴北不果。或者《臨安志》中，猶及載周密詞乎？衡仲詞注又云：'十景'先輩寄之歌咏者多，恐又不止公謹詞矣。"（本條摘自《唐宋詞彙評·兩宋卷》）

蘇堤春曉[1]

　　恰芳菲夢醒，漾殘月、轉湘簾[一]。正翠崦收鐘[2]，彤墀放仗[3]，臺樹輕煙。東園。夜游乍散，聽金壺、逗曉歇花籤[4]。宫柳微開露眼[二][5]，小鶯寂妒春眠[三][6]。　　冰奩[7]。黛淺紅鮮。臨曉鑒、競晨妍[四]。怕誤却佳期，宿妝旋整[8]，忙上雕軿[9]。都緣。探芳起蚤[五]，看堤邊、早有已開船。薇帳殘香涙蠟[10]，有人病酒懨懨[六][11]。　　　　（第一）

【校記】

[一] 湘簾，《絶妙好詞箋》一作"湘策"，失韻，誤。

[二] 露，掃葉本引《蓉塘詩話》作"霞"。按：《絶妙好詞》本中未收録西湖十景詞，僅《絶妙好詞箋》作爲附録收入，故後文西湖十景詞下，徑作"某，掃葉本作某"，不注引。知不足齋本或有注云"《蓉塘詩話》作某"者，芝蘭本或有注云"《絶妙好詞箋》作某"者，則俱不録注。

[三] 寂妒，掃葉本、芝蘭本作"最泥"。
[四] 曉鑒，掃葉本、芝蘭本作"曉鏡"。
[五] 起蚤，掃葉本、芝蘭本并作"早起"。
[六] 懨懨，掃葉本、芝蘭本并作"厭厭"，通。

【箋釋】

[1] 蘇堤：舊稱"蘇公堤"，元祐四年（1089年）蘇東坡任杭州刺史時，利用疏浚西湖所挖之淤泥葑草，堆築起一條橫跨西湖、南北走向的人工堤。詳參【考證】。

[2] 收鐘：蘇堤之南端，鄰近南屏山麓有名刹净寺，收鐘亦即指净寺"晨鐘甫歇，餘音落于山中"之意。

[3] 彤墀：宮中之臺階，常用來代指朝廷。唐韓愈《歸彭城》詩云："我欲進短策，無由至彤墀。"放仗：古代皇帝早朝，有一套程式，清陳元龍《格致鏡原》卷三十一"儀仗"中引《儀衛志》云："朝衛之仗，三衛番上，分爲五仗，皆帶刀捉仗，列于東西廊下。每日以四十六人，立內廊閣外，號曰'內仗'，朝罷放仗。"具體操作，按清秦蕙田《五禮通考》卷十五記載，則是："舍人稱：'奉敕放仗！'百僚以下再拜，退。"以上二句，皆爲寫"曉"時的具體人事。

[4] 金壺：銅製的漏壺，美稱（漢語中特有的一種具有誇譽、贊賞的措辭，往往用更美好的文字來進行修飾，參見第三首【箋釋】[2]）。古代用來計時的工具。南朝梁蕭綱《玄圃寒夕》詩云："洞門扉未掩，金壺漏已催。"逗曉：破曉。逗，接近之意。宋代習用語。吳文英《玉燭新》詞云："移燈夜語西窗，逗曉帳迷香，問何時又。"花籤：漏壺中飾有花紋的指針，用來指示時間刻度。

[5] 眼：柳眼，古人將春天的柳樹新葉狀爲"眼"。如唐元稹《生春》詩云："何處生春早，春生柳眼中。"露眼：垂露的葉子，帶露的葉子。唐羅虬《過友人故居》詩云："堤草襄空垂露眼，渚浦穿浪湊煙芽。"

[6] 寂妒：疑爲"嫉妒"之別寫。蔡按：黃鶯慣于清晨就鳴啼，可謂不得惬意春眠，所以說嫉妒可以睡懶覺享受"春眠不覺曉"者，如果從對偶的角度認"寂妒"爲偏正式詞，黃鶯亦"寂"，則何妒之有。

[7] 冰奩：梳妝用的鏡子，美稱。宋陳造《同沈守勸農》詩云："林花斷續碧溪長，好在冰奩照靚妝。"

[8] 宿妝：詞典中通常解釋爲舊妝、殘妝，不確。所謂"宿妝"實際上即"夜妝"，通常都是爲特定的人、特定的事所爲。在妝後的當日實際上是新妝，

唯有到了次日晨起之時的"宿妝"，才可算作舊妝、殘妝，詳參第一百四十二首【箋釋】[2]。

[9] 軿，多音字，此讀 pián。雕軿：清朱駿聲《説文通訓定聲》云："輜、軿皆衣車，前後皆蔽曰'輜'，前有蔽曰'軿'。"故此爲泛指車身有雕飾，有帷幕，有頂蓋的輕便式車子。

[10] 薇帳：即羅帳，美稱。唐李賀《河南府試十二月樂詞》詩云："勞勞胡燕怨酣春，薇帳逗煙生綠塵。"清王琦注云："薇帳，猶蕙帳。"蔡按：本詞如此，但"蕙帳"詞義單純，"薇帳"則尚有別意，如宋范成大《初秋閑記園池草木》詩云"薇帳半年春艷，桂叢四季秋香"，即意謂紫薇。或引王琦別注云："薇帳，薔薇交延，叢遮若帳也。"蓋誤。因爲此處是寫室内，自與薔薇帳無涉。

[11] 病酒：沉溺于飲酒之中而導致大醉。唐元稹《病醉》詩云："醉伴見儂因病酒，道儂無酒不相窺。"

【考證】

蘇堤，原稱"蘇公堤"，《武林舊事》卷五云："蘇公堤：元祐中，東坡守杭日所築，起南訖北，橫截湖面，夾道雜植花柳，中爲六橋、九亭。坡詩云：'六橋橫絶天漢上，北山始與南屏通。忽驚二十五萬丈，老蓴席捲蒼煙空。'後守林希，榜之曰'蘇公堤'。"（蔡按：四庫全書本《武林舊事》，"元祐"誤作"元和"。元和爲唐代年號。）按《武林舊事》記載，蘇公堤從當時的南新路直至北新路路口。而從麯院至螞蟥橋一段，則稱之爲"小新堤"，應是後來新築的一段，所以最早真正姓蘇的堤，是從今天的南山路到麯院的一段，那麽，六橋最後一座"跨虹橋"，也是和小新堤作爲"第二期工程"纔有的。

清梁詩正《西湖志纂》卷三云："蘇堤春曉樓：在蘇堤第四橋之南，康熙三十八年，聖祖仁皇帝御書'蘇堤春曉'，爲西湖十景之首，恭建御碑亭。"此樓今已不存，碑在壓堤橋南端。至于西湖十景之首，宋祝穆《方輿勝覽》云："序西湖十景，首平湖秋月。"與梁詩正説法不同，似應以祝穆之説爲是。至于周密將"蘇堤春曉"列爲第一，應該衹是創作時的序列，而與"西湖十景"的序列無關。仍然根據《方輿勝覽》的排序，其十景依次爲：平湖秋月、蘇堤春曉、斷橋殘雪、雷峰落照、南屏晚鐘、麯院風荷、花港觀魚、柳浪聞鶯、三潭印月、兩峰插雲，這個排序，與同是宋人李劉的《四六標準》卷三十六中"湖之勝"條所記，是完全一樣的，而與周密的詞序基本不同。

【韻律】

本調載于《欽定詞譜》第二十九卷，本詞用第二式柳永"倚危樓佇立"詞體，唯後段第一句入韻，與柳詞該體略有小异，這種差异是詞的韻律中最一般的微調，無關乎體式的變化。通常詞的變化都在起結過變處，且詞以韻爲拍，這些關鍵部位增拍，是常用手法。具體而言，本詞韻律上尚有如下細節需要注意：

漾殘月、轉湘簾。簾，與後文的"籤""奩""懨"均爲閉口音，則本詞以閉口音起結、過片，全詞應是以十四鹽爲主韻，儘管韻脚中開口音遠多于閉口音。開口音、閉口音的合用，在宋詞中雖爲數不多，但從周密的方音中可探知：宋時浙江兩者已經混用不辨，兩者相叶亦已開其端，這一點從其他一些浙江詞人的作品中可以得到印證。

東園。夜游乍散。此六字就文法意義來說，本爲一句，與過片之"冰奩。黛淺紅鮮"，後段對應句之"都緣。探芳起蚤"爲同一類型，本調的特色之一亦即此三句均植入句中腹韻。今人每將此類句法理解爲二字一句、四字一句，甚誤。或忽略句中韻，如《全宋詞》失記後段"緣"字爲句中腹韻，亦誤。創作構思，于此尤須注意。

忙上雕軿。軿，二讀字，這裏應讀 pián，平声，在先部韻。其他從"并"之字亦有 pián 聲，又如"駢""胼""骿"等，皆是。

【疏解】

這一組詞爲周密的早期作品。本詞起拍即緊扣題旨，"芳菲"者，春也；"夢醒"者，曉也。然後殘月落、寺鐘收、墀仗放、輕煙起、夜游散、花籤歇，一路寫來，都是説的"曉"字，内容雖然單一，但是因爲從各種角度落筆，所以讀來尚無單調之感，祇是細玩之下，未免有不够豐盈厚實之失。這或許正是因爲"年少氣鋭"，爲寫而寫所形成的瑕疵，一個"曉"字，用一個句組的篇幅足矣，在第一句組總寫、第二句組寫曉、末一句組寫"春"的構思下，留出第三句組寫"蘇堤"，或最爲得法。如末一句組祇用二句，用春季最典型的新柳、小鶯來寫"春"，就足以表達，這樣的收束也彌補了一些寫"曉"拖沓、凑泊造成的遺憾。周密在編《絕妙好詞》的時候，本組詞一首未録入，顯然這十首詞他自己也是并不看好的，儘管根據題序，這組詞應該是經楊守齋點撥後有過修改的。當然，楊守齋側重的祇是音律上的修正，文字上因爲"語麗矣"或并無涉及，所以後段仍然没有宕開，大量的筆墨用在寫美人的梳妝晨起、出門探芳，寫的仍是一個"曉"字，以致全詞在内容上并不飽滿，也許，在當時一首詞祇要唱起來悦耳，便也是一種成功，不像今天我們填詞，心心念念總在想著主旨、意義。

這是一首慢詞，前後段各四個句組。前段第一句組兩拍："恰芳菲夢醒，漾殘月、轉湘簾。"用一個極典型的"殘月"意象寫"春曉"，殘的是過往，曉的是今朝，起調既有錯落，又非常周正到位。第二句組"正翠崦收鐘，彤墀放仗，臺樹輕煙"，前兩拍用一個一字逗領四字儷句的結構，以聽覺起，收拍則用一個四字句，以視覺收，一個句組內的章法依然很周正。第三句組"東園。夜游乍散，聽金壺、逗曉歇花籤"，這一個句組實是敗筆，不在無須繼續寫曉，而在略覺游離主題，畢竟東園遠在東門附近，與蘇堤隔整整一個城，并無瓜葛，寫蘇堤而說東園，便祇剩下了一個已經寫透了的"曉"了，故若易"東園"之事為"橋邊"或"堤邊"之事，則大好。第四句組扣住蘇堤、春、曉，用一個六字儷句"宮柳微開露眼，小鶯寂妒春眠"收束，一木一鳥，一靜一動，自是裏手筆法，很是停當。

過片後，第一句組"冰奩。黛淺紅鮮。臨曉鑒、競晨妍"，是虛擬一個美人晨起的場景，其構思應該是從前結的"春眠"而來，祇是結合主題，較為勉強。或以為"冰奩"借指平明如鏡的湖水，似過度詮釋，因為前段寫景物，則後段寫人事，本為填詞的常法。第二句組"怕誤却佳期，宿妝旋整，忙上雕軿"和第三句組"都緣。探芳起蚤，看堤邊、早有已開船"承前，寫妝罷出門到蘇堤探芳，雖然與第一句組一氣而下，但與詞的主旨的關聯未免太弱，更重要的是寫到這裏，已經將前段的"東園"完全忘記了，而沒有這裏的呼應，"東園"更成了一個與劇情無關的道具。所以我們認為，如果將"東園"之事易為六橋之事，則全篇自然會渾然一體，何況，"六橋"本是寫蘇堤的最大道具，捨之便覺缺憾。末一句組"薇帳殘香淚蠟，有人病酒懨懨"，又回到了晨妝現場，因"有人病酒懨懨"，開船探芳旋即化為泡影，詞自此一跌，正是《樂府紀聞》說的"篇末必寓以傷感"。這種傷感的表露，無疑是青年周密試圖以此來增加詞的厚重感而刻意做出的設計，效果未必好，但是反正後事如何，讀者自會各作分曉，也算是一種老到結法。

【輯評】

江昱注：《方輿勝覽》云："西湖：在州西，周迴三十里，其澗出諸澗泉，山川秀發，四時畫舫遨游，歌鼓之聲不絕。好事者嘗命十題，有曰：平湖秋月、蘇堤春曉、斷橋殘雪、雷峰落照、南屏晚鐘、麯院風荷、花港觀魚、柳浪聞鶯、三潭印月、兩峰插雲。"

《西湖志》云："宋元祐間，蘇軾築堤湖上，自南山拒北山，夾道植柳。林希榜曰'蘇公堤'。"

俞陛雲《唐五代兩宋詞選釋》云："首三句在將曉之前，'芳菲'二字更關合春意。'翠崦'三句已破曉矣。'東園'句回憶夜游，布局便有頓挫。'宮柳'二句賦'春曉'，而垂柳啼鶯，兼有蘇堤之景。以上闋寫景，故下闋換言人事。'冰奩'三句，言春城處處晨妝，有阿房宮綠雲擾擾、爭梳曉鬟之狀。'怕誤却佳期'三句，因游湖而早起，蘇堤曉色自在麗人盼想之中。'早開船'句推進一層寫法，見更有早者，以寫足春曉之意。'薇帳'結句及反映之筆，亦有中酒高眠、辜負曉風春色者，意更周匝。"（按："及反映之筆"，疑是"乃反映之筆"之誤。）

【附錄】

宋張龍榮《應天長·蘇堤春曉》云："曙林帶暝，晴靄弄霏，鶯花未認游客。草色舊迎雕輦，蒙茸暗香陌。鞦韆架、閑曉索。正露洗、繡鴛痕窄。費人省、隔夜濃歡，醒處先覺。　重過湧金樓，畫舫紅旌，催向段橋泊。又怕晚天無準，東風妒芳約。垂楊岸、今勝昨。水院近、占先春酌。恁時候、不道歸來，香斷灯落。"

宋陳允平《探春·蘇堤春曉》云："上苑烏啼，中洲鷺起，疏鐘纔度雲窈。篆冷香篝，燈微塵幌，殘夢猶吟芳草。搔首捲簾看，認何處、六橋煙柳。翠橈纜舣西泠，趁取過湖人少。　掠水風花繚繞。還暗憶年時，旗亭歌酒。隱約春聲，鈿車寶勒，次第鳳城開了。惟有踏青心，縱早起、不嫌寒峭。畫闌閑立，東風舊紅誰掃。"

宋王洧《湖山十景·蘇堤春曉》云："孤山落月趁疏鐘，畫舫參差柳岸風。鶯夢初醒人未起，金鴉飛上五雲東。"

元尹廷高《蘇堤春曉》云："翰苑仙人去不還，長留遺迹重湖山。一鈎殘月鶯呼夢，詩在煙光柳色間。"

明聶大年《西湖十景·蘇堤春曉》云："樹煙花霧繞堤沙，樓閣朦朧一半遮。三竺鐘聲催落月，六橋柳色帶棲鴉。綠窗睡覺聞啼鳥，綺閣妝殘喚賣花。遙望酒旗何處是，炊煙起處有人家。"

明馬洪《西湖十景南鄉子詞·蘇堤春曉》云："煙樹帶鶯啼。催得紗窗月漸低。金鎖嚴城門四扇，開齊。縹緲樓臺影尚迷。　已有玉驄嘶。花露香塵踏作泥。可是尋芳人起早，相攜。占斷風流向此堤。"

明瞿佑《摸魚兒·蘇堤春曉》云："望西湖、柳煙花霧，樓臺非遠非近。蘇堤十里籠春曉，山色空濛難認。風漸順。忽聽得、鳴榔驚起沙鷗陣。瑤階露潤。把繡幕微褰，紗窗半起，未審甚時分。　憑闌處，水影初浮日暈。游船未許開盡。賣花聲裏香塵起，羅帳玉人猶困。君莫問。君不見，繁華易覺光陰迅。先尋芳信。怕綠葉成陰，紅英結子，留作异時恨。"

明莫瑤《蝶戀花・蘇堤春曉》云："十里樓臺花霧繞。宜雨宜晴，山色籠春曉。楊柳梢頭殘月小。海棠枝上猶眠鳥。　蘭帳玉人初睡覺。試問樓前、畫舫開多少。報道尋芳人起早。紫騮嘶過香塵道。"

明陳霆《踏莎行・蘇堤春曉》云："花露薄紅，柳煙迷翠。亂山蔥茜非人世。早鶯啼送六橋春，綺窗殘月人初起。　城鑰纔開，曙光漸退。湖船尚在停篙處。東風滿道濕芳泥，夜來堤上催花雨。"

明張寧《西湖十咏爲李載章題・蘇堤春曉》云："楊柳滿長堤。花明路不迷。畫船人未起，側枕聽鶯啼。"

清厲鶚《清江引・蘇堤春曉》云："誰家總宜船玩景。落月長堤映。柳煙舒翠屏，花露揩明鏡。西施帳中春夢醒。"

清楊玉銜《木蘭花慢・蘇堤春曉》云："恨東風料峭，殘紅掃，撲珠簾。正十里菰蒲，六橋楊柳，畫出晴煙。窺園。董惟舊事，逗春心、破例罷芸簽。招我黃鸝三請，薰人芳草堪眠。　眉奩。黛點螺鮮。欣薄霽，惜暄妍。早預約鄰娃，踏青鬥草，謝却雲軒。延緣。鞦韆罷戲，整釵環、又上裏湖船。拾翠歸歌緩緩，解酲病忘懨懨。"

又[一]　平湖秋月

碧霄澄暮靄[1]，引瓊駕、碾秋光[2]。看翠闕風高[3]，珠樓夜午[4]，誰搗玄霜[二][5]。滄茫。玉田萬頃[6]，趁仙查、咫尺接天潢[三][7]。仿佛凌波步影，露濃佩冷衣凉[四]。　明璫[五][8]。净洗新妝。隨皓彩、過西廂[六][9]。正霧衣香潤[10]，雲鬟紺濕[11]，私語相將。鴛鴦。誤驚夢曉[七]，掠芙蓉、度影入銀塘[12]。十二闌干佇立[13]，鳳簫怨徹清商[14]。　　　（第二）

【校記】

[一] 丙午本從本詞起僅有題序，而無調名，是聯章模式。今統一體例補"又"字，後八首及其他詞調聯章者同此，不再校記。

[二] 玄，毛校本、知不足齋本、辛酉本、光緒本、掃葉本并作"元"。二字本一。

[三] 查，掃葉本作"槎"。咫尺，丙午本、毛校本、知不足齋本并作"只赤"，據彊村本改。蔡按：只赤，即"咫尺"，明人趙崡《石墨鐫華》云："（邵餗所書宋人游師雄碑文），其書'只尺'作'只赤'，'赤'與'尺'通，楊用

修以'尺牘'爲'赤牘',本之《禽經》:'雉上有丈,鷄上有赤。'王元美又引《華山石闕》云'高二丈二赤',《平等寺碑》云'高二丈八赤'。而疑其隱僻,欲改作'尺牘'。據此志,則宋已多用之,非僻也。"所謂"赤"與"尺"通者,是說二字的音通,非字義通。而"只"與"咫"的關係,則祇是古今字而已,本即一字。

[四] 佩冷,掃葉本作"環佩"。

[五] 明璫,掃葉本作"鳴璫"。

[六] 彩,四印齋本作"采",《絕妙好詞箋》一作"影"。

[七] 夢曉,掃葉本作"曉夢"。

【箋釋】

[1] 本句是使動句法,倒裝語意,即"碧霄暮靄澄"之意。起拍用非常規句法,即所謂"生色",有先聲奪人、捉人眼球的功效。

[2] 瓊駕:晶瑩明亮的月亮。周密自創詞彙。瓊:用以美稱之詞,而非美玉本身,所以《詩經》等書中所稱的"瓊琚、瓊玖、瓊華、瓊英"之類的飾品,猶今天說"漂亮的琚玉""美麗的花朵"等,而不能將其理解爲某一種特定的玉。"瓊琚"是一種玉,而不是兩種,"瓊珠"是漂亮的珍珠,而不是"美玉製成的珍珠"。因此,古來多有將這裏的"瓊"釋爲"美玉"者,是不知禮儀之邦有"美稱"一說,蓋誤。駕:古人認爲日月之所以會運行,都是因爲有一輛車在拉著。近人趙尊岳《蝶戀花》詞云"玉色珠光瓊引駕。天與姮娥,占斷清秋夜",應是用本詞意而填。

[3] 翠闕:周密自創詞彙,這裏指"月宮"。翠:即前文的"碧霄"。

[4] 珠樓:華麗的樓臺亭閣,"珠"亦爲美詞。唐以前但有"朱樓"而無"珠樓"一說,疑是唐人將"朱樓"美化後的詞。此兼指月宮和平湖秋月的系列建築。夜午:午夜。宋方岳《又和諸公作雪月歌》詩云:"月觀夜午雪觀早,酒興崔嵬詩潦草。"

[5] 玄霜:傳說中的仙藥。《歲時廣記》卷四云:"《拾遺記》:'廣延國霜,色紺碧。'又云:'嵊州霜,紺色。'《漢武帝內傳》曰:'仙家上藥,有玄霜、紺雪。'"本詞所指爲玉兔所搗之藥。

[6] 玉田:《搜神記》卷十一記載,雒陽人楊伯雍受仙人點化,在山中種玉,"天子聞而異之,拜爲大夫。乃于種玉處,四角作大石柱,各一丈,中央一頃地,名曰'玉田'"。後以"玉田"形容大片呈現出晶瑩、明亮、皎潔氣象的人境,如鋪蓋著白雪的大地,如月光照耀下的大地等,這裏指的是月光照耀下的湖面。本句擷用宋張孝祥《念奴嬌·過洞庭》詞意,其云:"玉鑒瓊

田三萬頃，著我扁舟一葉。"

[7] 查，即"楂"，通"槎"。仙槎：即仙人乘坐的船隻。南朝沈君攸《桂楫泛河中》詩云："仙查逐源終未極，蘇亭遺迹上難遷。"天潢：天河。南朝何遜《七夕》詩云："仙車駐七襄，鳳駕出天潢。"

[8] 明璫：此爲明珠之意，形容月亮。三國魏曹植《洛神賦》云："無微情以效爱兮，獻江南之明璫。"

[9] 皓彩：皎潔的月亮。今人的詞典中將其釋爲"月光"，或誤，如《漢語大詞典》所舉三例，所指皆非"月光"。又如唐李德裕《潭上喜見新月》詩云"皓彩松上見，寒光波際輕"，"皓彩"爲月，"寒光"方是月光。

[10] 霧衣：這裏指的是月宫中的仙女所穿的衣裳。唐李賀《昌谷》詩云："霧衣夜披拂，眠壇夢真粹。"清王琦注云："霧衣，神女所服之衣。"

[11] 紺濕：周密自創詞彙，狀雲鬟給人的視覺感受。紺是色彩，濕是狀態。健康發亮的烏髮往往有一種濕漉漉的感覺，今人所謂"保濕"，正是追求這樣的效果，故云。

[12] 度影：移動影像。意同"掠影"，而非高速度。南朝陳叔寶《巫山高》詩云："仙姬將夜月，度影自浮沉。"

[13] 十二：詩詞中的"十二"，多非實指，等于説"許多"。十二闌干佇立，意謂"佇立在道道闌干之前"。唐吴融《太保中書令軍前新樓》詩云："十二闌干壓錦城，半空人語落灘聲。"

[14] 鳳簫：即排簫，它纔是古時所説的正宗的"簫"。排簫由十餘管乃至二十餘管排列組成，自短而長，猶如鳳翼，故名。鳳簫之音沉鬱、嗚咽、哀怨，無歡快之音，所以説"怨徹"。《樂律全書》卷八引《朱熹語録》云："今之簫管，乃是古之笛，雲簫方是古之簫。雲簫者，排簫也。其長短、管數，經典無明文。"清商：即指商聲，爲古代五音之一，其聲調淒清悲涼。但這裏應該指的是"秋風"，五音中商音對五行中金，四季中秋亦屬金，故秋風亦稱"金風""商風"。前文多寫平湖、月，而結拍于秋，輕重協調，構思極爲諧和。唐杜甫《秋笛》詩云："清商欲盡奏，奏苦血霑衣。"

【考證】

平湖秋月：根據江昱所引《西湖志》，可見其景至少宋代已經存在，且爲西湖十景之首，但當時或祇是一派自然風光，并無人文景觀。清《南巡盛典》卷八十六云："宋時有'龍王堂'，在蘇堤三橋之南，明季移建孤山路口，據全湖之勝。後圮。康熙三十八年聖祖巡幸西湖，建亭其址，前爲石臺，上懸御書'平湖秋月'扁額，旁構水軒，恭摹宸翰。"則可知平湖秋月的舊建築，最早是從蘇堤整體遷移而來的拆遷戶"龍王堂"，龍王堂傾圮之後，又復爲"合水月以觀"的自然景觀，直到清代的康熙南巡，纔大興土木，形成了而今所見的風貌。

【韻律】

本調載于《欽定詞譜》第二十九卷，本詞用第一式柳永"拆桐花爛漫"詞體，唯前後段第三句組收拍，用的是三字領五字的句式，與柳詞一領七不同，這種差異是詞的韻律中最細微、最一般的微調，無關乎體式的變化，但韻律完全不同。後人填此，可根據作品表達之需擇用，使內容與韻律更加諧和。

具體而言，本詞韻律上尚有如下細節需要注意：

引瓊駕、碾秋光。詞中的標點主要表達韻律關係，與普通行文中的標點符號有差異，不屬于同一系統，其中"。"爲韻號，表示韻腳所在；","爲句號，表示詞中的一個句拍；"、"爲逗號，表示二字逗、三字逗等"逗結構"所在。因此，"引瓊駕、碾秋光"六字爲詞中韻律意義上的一句，不可以文法意義理解爲兩句，故句子中間不可用","號。

滄茫。玉田萬頃；鴛鴦。誤驚夢曉。如前一首所叙，這兩句均爲六字一句，而其句法則是律拗句法，二、四字俱爲平聲，第五字則必爲仄聲，例如宋末四大家本調共計三十一首，衹有張炎一句第五字爲平聲，作"只恐爛柯人到"，但因其句法已經改變，第二字仄讀，所以不同。此類律拗句法，講律法的書中不予論及，所以務須注意。

【輯評】

江昱注《西湖志》云："宋祝穆《方輿勝覽》：'序西湖十景，首平湖秋月，蓋湖際秋而益澄，月至秋而逾潔，合水月以觀，而全湖之精神始出也。'"

俞陛雲《唐五代兩宋詞選釋》云："首三句言月之初出，用'碾'字殊精。'翠闕'三句已月到天中，湖光一白，故接以'玉田'四句，寫平湖月色。'凌波'二句咏湖月而兼有人在。下闋即咏游湖玩月之人，鴛鴦驚夢，寫月湖之幽景入妙。結句闌畔吹簫，乃賞月之餘波也。"

清陳廷焯《雲韶集》云：《減字木蘭慢·碧霄澄暮靄》詞，"風骨高，情韻深，有夜月秋雲之妙"。

【附錄】

宋張龍榮《應天長·平湖秋月》云："候蛩探暝，畫雁寄寒，西風暗剪綃織。報導鳳城催鑰，笙歌散無迹。冰輪駕、星緯逼。漸款引、素娥游歷。夜妆靓、獨展菱花，澹絢秋色。　　人在湧金樓，漏迴繩低，光重袖香滴。笑語又驚棲鵲，南飛傍林闃。孤山影、波共碧。向此際、隱逎如識。夢仙游、倚遍霓裳，何處聞笛。"

宋陳允平《秋霽·平湖秋月》云："千頃玻璃，遠送目斜陽，漸下林闃。題葉人歸，采菱舟散，望中水天一色。碾空桂魄。玉繩低轉雲無迹。有素鷗，閑伴夜深，呼棹過環碧。　　相思萬里，頓隔嬋媛，幾回瓊臺，同駐鸞翼。對西風、恁誰問取，人間那得有今夕。應笑廣寒宮殿窄。露冷煙澹，還看數點殘星，兩行新雁，倚樓橫笛。"

宋王洧《湖山十景·平湖秋月》云："萬頃寒光一夕鋪。冰輪行處片雲無。鷲峰搖度西風冷，桂子紛紛點玉壺。"

元尹廷高《平湖秋月》云："爛銀盤挂六橋東。色貫玻瓈徹底空。千頃清光無著處，夜深分付與漁翁。"

明聶大年《西湖十景·平湖秋月》云："曾向湖堤夜扣舷。愛看波影弄嬋娟。一塵不動天連水，萬籟無聲客在船。赤壁未醒玄鶴夢，驪宮偏惱老龍眠。朗吟玉塔微瀾句，長笑凌空氣浩然。"

明馬洪《西湖十景南鄉子詞·平湖秋月》云："月似白蓮浮。水似璃田綠汞流。閑憶何時曾勝賞，中秋。一瓣芙蓉是彩舟。　　風露冷颼颼。水月仙人跨玉虬。笑道西湖元有對，瀛洲。却在蓬萊欲盡頭。"

明瞿佑《摸魚兒·平湖秋月》云："望西湖、斷虹收雨，長天秋水一色。姮娥捧出黃金鏡，照我清尊瑤席。風浪息。想此際、驪龍熟睡鮫人泣。吹殘短笛。對香霧雲鬟，清輝玉臂，今夕是何夕。　　憑闌處，聽盡更籌漏刻。人間此景難得。滿身風露颼颼冷，何用水晶屏隔。君莫惜。君不見、坡仙樂事俱塵迹。扁舟二客。向赤壁重游，山高水落，孤鶴夢中識。"

明莫瑤《蝶戀花·平湖秋月》云："璧月沉輝湖淥靚。一色琉璃、倒浸山河影。花外瓊宮明愈瑩。人間無此清涼境。　　笑擷芙蓉乘舴艋。醉掬文漪、搖動金千頃。欲喚坡仙同賦咏。桂花露濕衣襟冷。"

明陳霆《巫山一段雲·平湖秋月》云："鴉鳥層林晚，菰蒲片雨晴。長煙收盡水雲平。湖月十分明。　　橫笛臨風曲，疏鐘隔水聲。兩三漁火近蕪汀。時有雁鵝驚。"

明張寧《西湖十咏爲李載章題·平湖秋月》云："風靜片雲消，寒波浸凉月。疑有夜吟人，推篷落楓葉。"

清厲鶚《清江引·平湖秋月》云："月明滿湖剛著我。不攪魚龍卧。碧瀾寸寸秋，桂子紛紛墮。星河醉鷺都繞舸。

清楊玉銜《木蘭花慢·平湖秋月》云："蕩全湖暮色，莽空闊，浸寒光。更吹老西風，山容減黛，橋迹微霜。微茫。白波無際，舞魚龍、匝地瀉銀潢。孤鶴橫江掠影，幾人擊槳招凉。　鳴璫。西子初妝。桐葉響，徹東廂。有晶宮幻出，珠光火齊，劍氣干將。鴛鴦。倩他鵲影，作藍橋、渡我湧金塘。莫似琵琶浦口，浮梁來往參商。"

清沈善寶《浪淘沙·平湖秋月》云："浩魄映平湖。一顆驪珠。琉璃萬頃水平鋪。月色波光同浩渺，人在冰壺。　山色有還無。入望模糊。一聲漁唱出菰蒲。柔櫓忽驚鷗夢醒，詩境難圖。"

又　斷橋殘雪

覓梅花信息[1]，擁吟袖、莫鞭寒[一]。自放鶴人歸[2]，月香水影[二][3]，詩冷孤山[三][4]。等閑。泮寒睍暖[四][5]，看融城、御水到人間[五][6]。瓦隴竹根更好[7]，柳邊小駐游鞍。　琅玕[8]。半倚雲灣[六]。孤棹晚、載詩還。是醉魂醒處，畫橋第二[9]，奩月初三[七][10]。東闌。有人步玉[11]，怪冰泥、沁濕錦鴛斑[八][12]。還見晴波漲綠[九][13]，謝池夢草相關[十][14]。　（第三）

【校記】

[一] 莫，知不足齋本、四印齋本、辛酉本、彊村本、掃葉本作"暮"。古今字，不改。

[二] 光緒本作"冰壺雲影"。

[三] 詩，光緒本作"春"。

[四] 睍，丙午本原作"睨"，誤，據毛校本、彊村本改。掃葉本作"睨"，尤誤。

[五] 融城，《絕妙好詞箋》一作"融成"。

[六] 雲灣，光緒本作"林巒"。

[七] 此二句光緒本作"初三月夜，第二橋灣"。

[八] 冰，光緒本作"香"。鴛，掃葉本作"鸞"。斑，丙午本原作"班"，通假字，據毛校本、彊村本、知不足齋本、四印齋本、光緒本、掃葉本改。

[九] 晴波，芝蘭本作"暗波"。

[十] 夢草，《絕妙好詞箋》一作"夢章"。

【箋釋】

[1] 斷橋本無梅，因此"尋梅信息"便是暗示已從孤山訪梅歸來，由斷橋踏雪而過。這裏的"覓"，從後一句"莫鞭"中可以探知，是動作的完成時，

不是將來時，乃是"覓得"的意思。

[2] 放鶴人：指孤山放鶴亭主人、宋代詩人林逋。《大清一統志》卷二百一十七云："放鶴亭，在錢塘縣孤山，北宋林逋舊廬。逋性愛梅，又嘗蓄兩鶴，時泛小艇游西湖，客至，童子開籠縱鶴，逋即歸。元至元間，提舉余謙茸其基，復置梅數百本，于山構梅亭其下。本朝康熙三十四年重建。"林逋隱居孤山時，植梅養鶴，一生梅妻鶴子，不仕不娶。歸：回家。回家是中國人對死去的委婉說法，古今皆然。明高啓《梅花六首》詩云"騎驢客醉風吹帽，放鶴人歸雪滿舟"，擷用周密本句而成。

[3] 月香：即黃昏月下的暗香；水影：即清淺水中的疏影。四字濃縮林逋名句"疏影橫斜水清淺，暗香浮動月黃昏"，語出先生前人鄭厚的《林和靖墓》詩"月香水影詩空好，鶴怨猿驚客共哀"，但字面上則又是陳述式結構。

[4] 本句意謂：自林逋之後，孤山便以梅著稱，春夏秋的其他詩詞都不被人所矚目，文人但有詩詞，皆與梅花、冰雪有關，故云"詩冷"。

[5] 泮寒：消解寒氣。晛暖：漸趨和暖。

[6] 融城：天晴放暖時，全城各處的積雪都在消解，給人的感覺仿佛整個城市都融化了，是極佳的形象思維。典出唐杜甫《晚出左掖》詩"樓雪融城濕，宮雲去殿低"。御水：皇宮裏的水。《後漢書·宦者傳·曹節》曰："苟營私門，多蓄財貨，繕修第舍，連里竟巷。盜取御水以作魚釣，車馬服玩擬于天家。"唐李賢注云："水入宮苑爲御水。"

[7] 瓦隴、竹根在雪後都被覆沒掩蓋而不能見，但又是較早消化的地方，待雪化之後會令人覺得更加清爽，曾歷者自知，極恰。

[8] 琅玕：本指碧緑的美石，喻青竹。唐元稹《種竹》詩云："可憐亭亭幹，一一青琅玕。"

[9] 自孤山循白堤載詩還城，先過錦帶橋，再過斷橋，故云斷橋爲"第二"。

[10] 奩月：周密自創詞彙，明鏡般的月亮。此"奩"字猶"蘇堤春曉"一首中的"冰奩"，借代爲鏡子之義。奩月初三，則是指月色僅如細眉一彎，暗示夜間之所以明亮，非因月色，而爲雪色。

[11] 步玉：原多意謂"步玉墀""步玉階""步玉堂"之類，是中心詞省略的用法，周密始用於"步雪"，是比喻用法，意謂行走在皎潔如玉的雪地中。清項鴻祚《齊天樂》詞云"東闌有人步玉，恨鋪平蘚徑，好事偏阻"，徑用本句，甚恰。

[12] 冰泥：雪中之泥。典出宋蘇轍《同王适賦雪》詩"坐看酒甕誰敢嘗，歸踏冰泥屢成濺"。錦鸂：周密自創詞彙。繡著錦鸂的鞋靴。周密在另一首《鷓

鴣天》中亦有用及："金鴨冷、錦鴆閑。銀缸空照小屏山"，意謂因爲清明連綿的雨季，致使閉門不得出，祇能獨倚樓中，閑了錦鞋。

[13] 漲綠：漲綠水，中心詞"水"字省略，多用來指春天河水、湖水之漲。傳統漢語習慣在動作中省略中心詞，僅以修飾詞替代，因爲修飾詞纔是最具特性色彩的，而中心詞則往往在語境中是不言而喻的。如"披紅挂彩"即"披紅綢、挂彩帶"，"披堅執鋭"即"披堅的鎧甲、執鋭的槍戟"，等等。以本句而言，"水"字不言而喻，所以可以省略。

[14] 謝池：本指南北朝詩人謝靈運家的池塘，指代謝家，後泛指詩人家的池塘，指代詩人家。如宋王十朋《次韻劉判官見贈》詩云"謝池一別真成夢，鑒水相逢似有緣"，即謂在"劉家一別"。這種用法將對方比喻成名賢謝靈運，故本質上也是一種美稱。夢草：《南史》卷十九《謝惠連傳》記載："惠連年十歲能屬文，族兄靈運嘉賞之，云'每有篇章，對惠連輒得佳語'。嘗于永嘉西堂思詩，竟日不就，忽夢見惠連，即得'池塘生春草'，大以爲工。常云'此語有神功，非吾語也'。"故後世以此夢中所得之"草"爲典，謂有神來之筆，得佳製。

【考證】

斷橋之名的來源，有幾種說法。一謂原名"段家橋"，因讀音而誤爲"斷橋"，這是今天的主流說法之一，從者最多。來源或據周密《武林舊事》卷五云："斷橋又名'段家橋'，萬柳如雲，望如裙帶。"一謂斷橋因孤山路至此而斷，故名。清嵇曾筠《浙江通志》卷三十三云："以孤山之路，至此而斷，故名。"另有一說謂是舊時斷橋上有亭，雪天雪花但落亭兩側橋上，遠望似橋身斷。這一說法無前人記載，疑是據民國時老照片附會而來，不可稽之。

因"段家橋"訛爲"斷橋"的說法有些想當然，至今也未見有說某橋名"段家橋"的，"段家橋"除了爲"斷橋"背書外，別無記載，這種影子似的名字，多不可靠。且從語言的角度說，正常的情況下，段家橋縱使誤作斷橋，也該有一個先誤作"斷家橋"的過程，但"斷家橋"一名顯然不通，不可能有生命力，所以書無記載，至于《浙江通志》上所引的張祜詩"斷家橋蘚合"，則很可能是引用者的杜撰。

至于"孤山路至此而斷"的說法，也屬于人云亦云。孤山路的頭尾，在清梁詩正的《西湖志纂》卷一中有很明白的記載："湖分爲三，而路則有五：出錢塘門、過段家橋、沿白沙堤至孤山而西，而西經蘇堤，合趙堤、楊堤爲一路，曰：孤山路。"也就是說，孤山路起自錢塘門，終至三堤，斷橋祇是其中間的一點，并不存在"孤山路至此而斷"的情況。其實，按照漢語的習慣，真有這樣的狀態存在，也應該說"斷路"而不是"斷橋"，對于橋而言，倒應該是"連橋"纔對。

斷橋之名應該是源自唐代張祜的詩句，他在《題杭州孤山寺》中有"斷橋荒蘚合，空院落花深"之句，其意思與橋之斷毫無關係，說的是：橋兩端的荒蘚因爲長得太盛，蔓延到橋上匯合，將橋上的路都阻斷了。路，是詩詞中中心詞省略的常用手法（關于中心詞省略問題，本書將多處談及，詳參本詞【箋釋】[13]）。

要之，斷橋是一個很古老的名字，起于中唐，明田汝成《西湖游覽志》卷二載："斷橋本名寶祐橋，呼'斷橋'自唐始"之說亦誤，因爲宋潛說友《咸淳臨安志》卷二十一云："斷橋，今名寶祐橋，孤山路口。""寶祐橋"是宋代的名字，或以宋理宗寶祐年號而命名，所以自然就不存在"本名寶祐橋"一說了。

【韻律】

本調載于《欽定詞譜》第二十九卷，本詞用第二式柳永"倚危樓佇立"詞體，唯後段第一句入韻，與柳詞該體略有小异，這種差異是詞的韻律中最一般的微調，無關乎體式的變化。通常詞的變化都在起結過變處，且詞以韻爲拍，這些關鍵部位增拍，是常用手法。

具體而言，本詞韻律上尚有如下細節需要注意：

奩月初三。後段第二句組的韻脚，是一個詞韻十四部的閉口音，通叶其他第七部詞韻的開口音。這種開口音与閉口音混叶的情況，在宋代已經是一種常態，仍以著名的宋末四大家爲例，除了蔣捷之外，周密、王沂孫、張炎均存在混叶的創作實例，這種創作實例必然對浙西詞派產生影響，更何況還有地域方音的影響。而蔣捷也在吳方言區內，可見其用韻也應該祇是循韻書而填的緣故。

【輯評】

江昱注：《西湖志》云："出錢唐門，循湖而行，入白沙堤，第一橋曰'斷橋'。界于前後湖之中，水光潋灔，橋影倒浸，如玉腰金背。凡探梅孤山，蠟屐過此，輒值春雪未銷，葛嶺一帶樓臺高下，如鋪瓊砌玉，晶瑩朗澈，不啻玉山上行。"

朱彊村注：《武林舊事》云："斷橋又名段家橋，萬柳如雲，望如裙帶。"

俞陛雲《唐五代兩宋詞選釋》云："咏'蘇堤春曉'，則言曉妝之人；咏'平湖秋月'，則言倚闌之人；此咏'殘雪'，則言尋梅及踏雪之人，景中有人，便增姿態，詞家之思路也。凡自城中至孤山探雪後梅花者，必道出斷橋，故在題前著筆，而用'寒''冷'等字，以狀雪後。因沿堤尚有錦帶橋，故云'畫橋第二'，非蘇堤之第二橋也。此詞咏'殘雪'，不及《春曉》《秋月》二詞境界寬展，著想較難。而'瓦隴竹根'及冰鞋踏濕等句，頗見思致。結句'晴波漲綠'，則言雪消而春水漸生矣。"

【附錄】

宋張龍榮《應天長·斷橋殘雪》云："毿㲯沍曉，篙水漲漪，孤山漸捲雲簇。又見岸容舒臘，菱花照新沐。橫斜樹、香未北。倩點綴、數梢疏玉。斷腸處，日影輕消，休怨霜竹。　簾上湧金樓，酒艷酥融，金縷試春曲。最好半殘鳱鵲，登臨快心目。瑤臺夢、春未足。更看取、灑窗填屋。灞橋外、柳下吟鞭，歸趁游燭。"

宋陳允平《百字令·斷橋殘雪》云："凝雲沍曉，正花纔積，荻絮初殘。華表翩躚何處鶴，愛吟人在孤山。凍解苔鋪，冰融沙砌，誰憑玉勾闌。茸衫氈帽，冷香吹上吟鞍。　將次柳際瓊銷，梅邊粉瘦，添做十分寒。閑踏輕澌來薦菊，半潭新漲微瀾。水北峰巒，城陰樓觀，留向月中看。巘雲深處，好風飛下晴湍。"

宋王洧《湖山十景·斷橋殘雪》云："望湖亭外半青山。跨水修梁影亦寒。待伴痕邊分草綠，鶴驚碎玉啄闌干。"

元尹廷高《斷橋殘雪》云："數板瓊瑤踏未乾。沉吟不度據征鞍。孤山霽色無尋處，笑指梅花隔歲寒。"

明聶大年《西湖十景·斷橋殘雪》云："醉裏曾登白玉梯。東風吹暖又成泥。玉腰蟠蜺垂天閼，銀色樓臺夾岸迷。九井晴添新水活，兩峰濃壓宿雲低。衝寒爲訪梅花信，十里銀沙印馬蹄。"

明馬洪《西湖十景南鄉子詞·斷橋殘雪》云："雪覆畫闌橋。銀背鯨鯢不動搖。題柱相如閑袖手，無憀。錯認梅花昨夜飄。　步步踏璃瑤。猶勝山僧立到腰。紅日漸高風漸暖，旋消。添作春波送畫橈。"

明瞿佑《摸魚兒·斷橋殘雪》云："望西湖、玉花飄後，嫩寒猶自凝沍。瑤臺夢斷飛瓊老，惆悵今吾非故。斜日暮。試指點、橋南橋北經行路。佳期又誤。正環玦隨波，淚鉛成水，流入裏湖去。　憑闌處，十里銀沙分布。水泥深阻行步。孤山欲訪梅花信，除是扁舟飛渡。君莫訴。君不見、酒尊誰酹逋仙墓。詩魂未遇。但寂寞黃昏，月香水影，吟盡斷腸句。"

明莫瑤《蝶戀花·斷橋殘雪》云："快雪時晴寒尚沍。玉屑銀沙、紛滿湖南路。一道垂虹如約素。裙腰草色非前度。　斷玦遺環愁日暮。想像凌波、羅襪應難步。欲探梅花無處所。山童指點逋仙墓。"

明張寧《西湖十咏爲李載章題》中無"斷橋殘雪",有"孤山梅雪"云:"春意逼溪橋,寒香閉蓬户。山人不出門,驛使在途旅。"

清厲鶚《清江引·斷橋殘雪》云:"水南數峰皴粉少。玉蝀澄餘照。鷗邊草欲蘇,驢背梅初笑。林逋宅荒猶未掃。"

清楊玉銜《木蘭花慢·斷橋殘雪》云:"煮羔羊美酒,銷金帳,不知寒。忽曉色通簾,瓊樓玉宇,妝點湖山。人閑。梅花消息,指西泠、香在有無間。重訪段家故事,醉魂扶上雕鞍。　琅玕。竹醉前灣。招鷴去,伴鷗還。看冰澌漸解,湖煙織半,峽水流三。憑闌。詩肩暗聳,怪吟髭、未老已先斑。沽酒人過斷塊,停鞭客叩禪關。"

又　雷峰落照

塔輪分斷雨[1],倒霞影、漾新晴。看滿鑒春紅[2],輕橈占岸[一][3],疊鼓收聲。簾旌。半鈎待燕[4],料香濃徑遠趁蜂程[5]。芳陌人扶醉玉[6],路傍懶拾遺簪[二]。　郊坰[7]。未厭游情[三]。雲暮合、謾銷凝。想罷歌停舞,煙花露柳,都付棲鶯。重闉。已催鳳鑰[8],正鈿車繡勒入爭門[9]。銀燭擎花夜暖,禁街澹月黃昏。　　　　　　（第四）

【校記】

[一] 一占,掃葉本作"古",應誤。蔡按:此八字爲儷句,"占岸"和"收聲"相對,故"古"字顯誤。

[二] 二傍,彊村本、四印齋本并作"旁"。蔡按:傍,通"旁",故不改。懶拾,《絕妙好詞箋》一作"顆拾",不通。

[三] 游情,《絕妙好詞箋》一作"游悄",失韻,刻誤。

【箋釋】

[1] 塔輪:塔頂的金屬圈,一般用銅製成,客觀上會有一種避雷針的效果,以避免雷擊導致的"天火"。因爲處于塔的最高端,日出最先照到,日落最後離開,故吸收日月精華最爲豐富,是寶塔聚集精華之所在。唐張祐《秋夜登潤州慈和寺上方》詩云"清夜浮埃暫歇廬,塔輪金照露華鮮",這是日出之描述;唐李洞《登圭峰舊隱寄薦福棲白上人》詩云"返照塔輪邊,殘霖滴幾懸",這是日落之描述。斷雨:剛剛停止的雨。本句後被張炎改用,作《瑞鶴仙·趙文升席上代去姬寫懷》,詞云:"楚雲分斷雨。問那回、因甚琴心先許。"其詞義也隨之改變。

[2] 滿鑒：意謂滿湖。通常以"湖水如鑒"作比况，故云。宋金君卿《留題楊子陸清照亭》詩云："清景月生晝，寒光冰滿鑒。狎鳥自相得，輕舠不容泛。"

[3] 輕橈：輕便的船槳，借代爲輕舟小船。清項鴻祚《摸魚兒》詞云："殘簫倦鼓，剩占岸輕橈，垂簾小榭，煙柳斷腸暮。"化用"輕橈占岸，叠鼓收聲"入詞。

[4] 簾旌：門簾上端一截用絲織品相綴，以爲裝飾，稱"簾旌"，可單獨撩開通風，而保持垂簾的遮蔽性。唐李商隱《正月崇讓宅》詩云："蝙拂簾旌終展轉，鼠翻窗網小驚猜。"

[5] 蜂程：猶言"辛勤之路"。元釋善住《己未歲感事》詩云："階前蟻陳衝還破，花底蜂程挽莫回。"

[6] 醉玉："醉了的玉人"之簡說，中心詞省略。唐齊己《寄答武陵幕中何支使》詩云："騷雅鏘金擲，風流醉玉頹。"

[7] 郊坰：郊野。南朝何遜《贈江長史別》詩云："餞道出郊坰，把袂臨洲渚。"

[8] 重闉：外城門。宋曾公亮《武經總要·守城》云："城外甕城，或圓或方，視地形爲之，高厚與城等。"闉，即該甕城的城門，因是門外之門，故稱"重闉"。唐楊炯《和劉長史答十九兄》詩云："鼓鼙鳴九域，風火集重闉。"
鳳鑰：製成鳳形的鑰匙。

[9] 鈿車：用金飾的豪車。唐元稹《痁臥聞幕中諸公徵樂會飲因有戲呈三十韻》詩云："鈿車迎妓樂，銀翰屈朋儕。"繡勒：有華美考究裝飾的馬籠頭。宋蘇軾《戚氏》詞云："爭解繡勒香韉。鸞輅駐蹕，八馬戲芝田。"入爭門："爭門入"的倒裝。爭門：爭著進（出）門之意，宋人語。宋司馬光《和君貺清明與上巳同日泛舟洛川十韻》詩云："華轂爭門去，輕簾夾路垂。"

【考證】

雷峰落照，今稱爲"雷峰夕照"，而在宋人吳自牧《夢粱錄》、祝穆《方輿勝覽》、李劉《四六標準》，以及宋代詞人張龍榮、周密、陳允平的詞中，原本都是"落照"（江昱所引張詞作"雷峰夕照"，是其擅改，該詞今存最早的應是《花草粹編》，用的仍是"落照"）。之後的《永樂大典》《明一統志》《浙江通志》等要籍，也都如此稱說。

該名稱的第一次改易，應該是康熙帝，清和珅等在《大清一統志》第一百卷中如此記載："本朝康熙三十八年，聖祖仁皇帝南巡，駐蹕西湖，并賜題咏，建亭勒石，更'麯院荷風'爲'曲院風荷'，'雷峰落照'爲'雷峰西照'，'南屏晚鐘'爲'南屏曉鐘'，'兩峰插雲'爲'雙峰插雲'。"但除了《西湖志纂》外，就祇有《南巡盛典》《皇朝通志》《御製詩集》用到，且也不是襲用，而是復述事件。而在詩文中，寸光所見，則祇有清幻敏《竺峰敏禪師語錄》中有一首五言絕句。可見這個名字雖然出自聖旨口，也顯然不被大家所認可。

至于今天通行的稱謂"雷峰夕照"，一個常見的說法是康熙改"西照"爲"夕照"而來。康熙所改，和珅已經言之甚詳，而今人之所以出這樣的烏龍，是因爲今天的碑文是"夕照"。實際上原碑已于"文化大革命"中毀滅，一字不存，今天的碑文是從康熙其他文章中集字而成，本非原貌。而"雷峰夕照"其名源遠流長，是一個至少在宋代就已經出現的老名字，宋王洧《湖山十景》詩中即用"雷峰夕照"之名，明人的《西湖游覽志》《武林梵志》《書畫跋跋》及王世貞、張寧的筆下都是"雷峰夕照"。這個名字的緣起，江昱引《西湖志》注云："净慈寺北，有山自九曜峰來，逶迤起伏，爲南屏之支脈。昔郡人雷就居之，因名'雷峰'。吳越王妃建塔于峰頂，每當夕陽西墜，塔影橫空，此景最佳。"所以，他認爲"夕照"應該是出于林和靖《中峰》詩（中峰即雷峰）："中峰一徑分，盤折上幽雲。夕照前村見，秋濤隔嶺聞。長松含古翠，衰藥動微薰。自愛蘇門嘯，懷賢思不群。""故十景有'雷峰夕照'之目。"江昱的這個說法應該是合理的。

【韻律】

本調載于《欽定詞譜》第二十九卷，本詞用第一式柳永"拆桐花爛漫"詞體，唯後段第二句組采用讀破手法，起拍不用一字逗領四字二句句法，而用五字起、八字收的韻律模式，與柳詞該體的開合不同，這種差異是詞的韻律中最一般的微調，無關乎體式的變化。

具體而言，本詞韻律上尚有如下細節需要注意：

塔輪分斷雨。本調爲柳永所創，起拍正格的句法爲一字逗領四字，如"恰芳菲夢醒"之類，柳詞三首，兩首皆如此，呂渭老、辛棄疾改爲平起仄收式律句。周密十首，八首用律句句法，較之一四式句法，如此起調顯然韻律更爲和諧舒緩，不再拗怒，更適合"西湖十景"這類主題的表達。

料香濃徑遠趁蜂程；正鈿車繡勒入爭門。這兩句每拍八字，例以上三下五式折腰句法爲正，宋詞多如此填，但這一句法在一定的情況下也可以轉變，改爲一字逗領七字句法，尤其在詞樂不存之後，韻律中的句法常常會被文法左右，因此在保證韻律不變的情況下，根據文法上的差異，也可微調句法，如本詞此二句便是。這兩句中，由於"香濃徑遠"和"鈿車繡勒"已成爲一個更小、更緊密的語言單位，不宜如《全宋詞》那樣標點爲三五式而讀成破句，句讀時以一七式視之，便更合乎今天的閱讀習慣。參後第七首。

路傍懶拾遺簪。本詞以庚青韻爲基調，雜以侵真韻，這類押韻方式在宋詞中已成一般類型，時有所見，儘管入清後的詞韻韻書多將這兩者予以截然分割，但在唐宋詞系統中并非出韻。如依照《詞林正韻》，則應當侵韻獨用，但本詞"簪"字不僅與後段的真部"闉"字叶韻，更與元部"門""昏"二字相叶。今人填詞，自應以宋詞爲範。

【輯評】

俞陛雲《唐五代兩宋詞選釋》云："雷峰塔爲吳越王時黃妃所建，亦稱黃妃塔。後經劫火，闌檻悉毀，僅餘塔身。紅磚巍然，峙于雷峰高阜上，夕陽照之，古紅與山翠相映，其狀頹然一翁。昔人詩云：'雷峰穨塔暮煙中。潦倒斜陽似醉翁。'又云：'雷峰如老衲。'民國初年，塔圮。塔磚有吳王、吳妃等字，最精者，磚有孔穴，中藏佛經一卷，錦裝玉籤具在。余于塔圮時得一磚，中有藏經，雖字稍損，在宋刻善本之前也。此詞起筆即咏塔，以後言游人之多，風景之美，想見塔之壯麗，層層皆可登臨。詞中咏雷峰塔之處少，咏夕照光景者多，其地近接清波門，游湖者自北而南，經塔畔入城，故有'鈿車爭門'之句也。"

【附錄】

《西湖志纂》卷一云："雷峰西照：出清波門，過茶坊嶺，有峰自九曜山來。逶迤起伏，蓋南屏之支麓也。舊名'中峰'，穿窿迴映，亦曰'回峰'。《咸淳臨安志》又稱郡人雷就所居，遂名'雷峰'。吳越王妃建塔于峰頂，林逋《中峰》詩云'夕照前村見'，故十景有'雷峰夕照'之目。"

宋周密《武林舊事》云："雷峰顯嚴院，郡人雷氏所居，故名'雷峰'，錢王妃建寺西塔，名'皇妃塔'。"

宋張龍榮《應天長・雷峰夕照》云："磬圓樹杪，舟亂柳津，斜陽又滿東角。可是暮情堪剪，平分付煙郭。西風影、吹易落。認滿眼脆紅光爍。算惟有，塔起半輪，千載如昨。　誰信湧金樓，此際憑闌，人共楚天約。準擬換樽陪月，繒空捲塵幕。飛鴻倦、低未泊。斗倒指、數來邊錯。笑聲裏、立盡黃昏，剛下簾箔。"

宋林逋《林和靖集》卷一《中峰》云："中峰一徑分，盤折上幽雲。夕照前村見，秋濤隔嶺聞。長松含古翠，衰藥動微薰。自愛蘇門嘯，懷賢事不群。"蔡按：事不群，《石倉歷代詩選》卷一百三十八作"思不群"。

宋陳允平《掃花游·雷峰落照》云："數峰蘸碧，記載酒甘園，柳塘花塢。最堪避暑。愛蓮香送晚，翠嬌紅嫵。欸乃菱歌乍起，蘭橈競舉。日斜處。望孤鶩斷霞，初下芳杜。　　遙想山寺古。看倒影金輪，溯光朱戶。暝煙帶樹。有投林鷺宿，憑樓僧語。可惜流年，付與朝鐘暮鼓。漫凝佇。步長橋、月明歸去。"

宋王洧《湖山十景·雷峰夕照》云："塔影初收日色昏。隔墻人語近甘園。南山游遍分歸路，半入錢唐半暗門。"

元尹廷高《雷峰落照》云："煙光山色澹溟濛。千尺浮圖兀倚空。湖上畫船歸欲盡，孤峰猶帶夕陽紅。"

明聶大年《西湖十景·雷峰夕照》云："宜雨宜晴晚更宜。西湖端可比西施。霞穿樓閣紅光繞，雲捲笙歌逸韻隨。山紫翠中樵唱遠，樹蒼黃外馬歸遲。何人解畫瀟湘景，并與口村作二奇。"

明馬洪《西湖十景南鄉子詞·雷峰夕照》云："高塔聳層層。斜日明時景倍增。常是游湖船攏岸，尋登。看遍千峰紫翠凝。　　暮色滿觚棱。留照溪邊掃葉僧。鴉背分金猶未了，生憎。幾處人家又上燈。"

明瞿佑《摸魚兒·雷峰夕照》云："望西湖、雷峰夕照，霞光雲彩紅綮。相輪高聳猶難礙，何況鈴音低喚。堪愛玩。最好是、前山紫翠峰腰斷。平銜一半。似金鏡初分，火珠將墜，萬丈瑞光散。　　憑闌處，催罷舞群歌伴。游船競泊芳岸。雕輧繡勒爭門入，贏得六街塵亂。君莫嘆。君不見、疏星澹月橫微漢。敲棋待旦。聽鯨吼華鐘，鼉鳴急鼓，光景暗中換。"

明莫瑤《蝶戀花·雷峰夕照》云："古塔斜陽紅欲暝。西崦人家、半在桑榆影。水印殘霞如濯錦。煙花佛國非凡境。　　十里畫船歸欲盡。漁唱菱歌、別是湖中景。待月有人樓上等。珠簾半捲欄重憑。"

明陳霆《行香子·雷峰夕照》云："斂盡湖煙。澹盡湖天。望西泠、晚盡湖山。林皋燒遠，鴉背金寒。看半棱陰，兩竿影，落湖間。　　殘霞搖映，浮嵐半掩。透斜紅、一縷峰前。何人無事，倚杖閑觀。正水雲中，蓮唱寂，釣舟邊。"

明張寧《西湖十咏為李載章題·雷峰夕照》云："爽朗忽蒼茫。山高易夕陽。百年歌舞地，消得幾昏黃。"

清厲鶚《清江引·雷峰夕照》云："黃妃塔頹如醉叟。大好殘陽逗。渾疑劫燒餘，忽訝飛光候。漁村網收人喚酒。"

清末民初楊玉銜《木蘭花慢·雷峰落照。塔雖圮幸舊游不遠仍可想像得之》一首，步周密韻而作："倒揮天外筆，巨靈手、寫春晴。看定後枯僧，殘蘿衱影，怖鴿鈴聲。搖旌。鄉心梗觸，欲登臨、無路認歸程。夕照尋碑瓦礫，碧油車墜鈿簪。　林坰。逗我詩情。煙紫合、嶂青凝。縱湖山無恙，黃妃春夢，空付流鶯。城闉。數聲畫角，待歸鴉、虛掩候潮門。南北高峰月對，何愁樹暝煙昏。"

又　麯院風荷[1]

軟塵飛不到[2]，過微雨、錦機張[3]。正蔭緑池幽[一]，交枝徑窄[二]，臨水追凉[4]。宮妝。蓋羅障暑[5]，泛青蘋、亂舞五雲裳[6]。迷眼紅綃絳彩，翠深偷見鴛鴦。　湖光。兩岸瀟湘[7]。風薦爽、扇摇香。算惱人偏是[三][8]，縈絲露藕[四]，連理秋房[9]。涉江。采芳舊恨，怕紅衣、夜冷落横塘[10]。折得荷花忘却[五][11]，棹歌唱入斜陽[12]。　　　（第五）

【校記】

[一] 蔭緑，掃葉本作"緑蔭"。

[二] 枝，掃葉本作"柯"。

[三] 算，掃葉本作"鼻"，刻誤。芝蘭本本句奪"惱"字。

[四] 絲，丙午本原作"緣"，據毛校本、知不足齋本、彊村本、四印齋本改。

[五] 忘，丙午本原作"妄"，刻誤，據毛校本、知不足齋本、彊村本、四印齋本改。

【箋釋】

[1] 麯院風荷：杭州西湖風景名勝之一。《西湖志纂》卷一云："曲院風荷，宋時取金沙澗之水造麯，以釀官酒，名'麯院'。中多荷花，在行春橋西，靈竺路所從入也。舊稱'麯院荷風'。"

[2] 軟塵：宋人詞彙，城市中的飛塵，尤指鬧市中的飛塵。宋史達祖《風流子》詞云："悵東風巷陌，草迷春恨，軟塵庭户，花誤幽期。"

[3] 錦機：織錦的織機。這裏是一種比況，意謂微雨後的一派風光，猶如錦機織成般絢爛。如唐張祜《薔薇花》詩云"曉風抹盡燕支顆，夜雨催成蜀錦機"，也是類似手法。或謂錦機即彩虹者，非是。

[4] 追凉：乘凉。南朝庾肩吾《和晉安王薄晚逐凉北樓回望應教》詩云："向夕紛喧屏，追凉飛觀中。"本句改用宋吴文英《婆羅門引·郭清華席上爲放琴客而新有所盼賦以見喜》詞"幽情暗寄蓮房。弄雪調冰重會，臨水暮追凉"。

[5] 蓋羅：車蓋上的絲織物。是韻律需要的情況下對"羅蓋"的倒裝，此謂用絲織物製成的車蓋遮擋日光，以此比況荷葉。晉陸機《前緩聲歌》云"蕭

肅霄駕動，翩翩翠蓋羅"，也是韻律所需的倒裝。

[6] 五雲裳：以五彩之雲爲裝飾的衣裳。這裏比喻荷花。亂舞：暗示有"風"。此二句寫麯院中的"荷"與"風"。

[7] 瀟湘：即今湖南。古時瀟湘盛產荷花，因此，以地名相綴的唯有"楚蓮""湘蓮"，而無吳蓮、浙蓮、皖蓮之類。至今"中國荷花節""荷花機場"等均在湖南。或曰"湖南又稱芙蓉國，芙蓉即荷花"者，非是，蓋"芙蓉國"之"芙蓉"爲木芙蓉，并非荷花。

[8] 惱人偏是：詞中語。有些語詞祇適合用于詞中，不宜用于詩中，我們稱之爲詞中語。此爲周密自創詞彙。惱人：逗人，招惹人。這個句組中所寫的蓮藕、蓮子均是可食美味，故曰"惱人"。唐羅隱《春日葉秀才曲江》詩云："春色惱人遮不得，別愁如瘧避還來。"

[9] 秋房：蓮花入秋後結成蓮蓬，稱爲"蓮房""秋房"。唐杜甫《秋興》詩云："波漂菰米沉雲黑，露冷蓮房墜粉紅。"唐白居易《題元八溪居》詩云："晚葉尚開紅躑躅，秋房初結白芙蓉。"

[10] 紅衣：此指即將凋零的荷花花瓣。橫塘：泛指各種池、塘、湖，此謂西湖。又如宋陳允平《醜奴兒》詞云"白鷺橫塘。一片孤山幾夕陽"，也是指西湖。

[11] 本句采用唐滕傳胤《鄭鋒宅神》詩"折得蓮花渾忘却，空將荷葉蓋頭歸"，形容其游玩之盡興、忘情。

[12] 近人田翠竹《歸燕曲》詩云"牧童輕吹野鷺飛，漁歌唱入斜陽裏"，即本此。

【考證】

"麯院風荷"應該是該景點的正式名稱，但舊有另一種稱謂，曰"麯院荷風"。就今存典籍看，多稱"麯院風荷"，如宋祝穆《方輿勝覽》卷一云"好事者嘗命十題，有曰：平湖秋月、蘇堤春曉、斷橋殘雪、雷峰落照、南屏晚鐘、麯院風荷、花港觀魚、柳浪聞鶯、三潭印月、兩峰插雲"，宋潛說友《咸淳臨安志》卷九十三、宋李劉《四六標準》卷三十六，也是如此稱說，長期生活在杭州的宋人張龍榮、周密及陳允平等，也均在其詩詞中如此采用，可見至少在宋朝，這一名稱既已約定俗成。其後的《永樂大典》《明一統志》《西湖游覽志》等明朝著作及清朝的《浙江通志》《西湖志纂》《日下舊聞考》《皇朝通志》，也都襲用這一稱說。

獨宋末吳自牧在《夢粱錄》卷十二中稱之爲"麯院荷風"，其云："近者畫家稱，湖山四時景色最奇者有十，曰：蘇堤春曉、麯院荷風、平湖秋月、斷橋殘雪、柳岸聞鶯、花港觀魚、雷峰落照、兩峰插雲、南屏晚鐘、三潭印月。"但後人史志中則無人沿用這一名稱。我大膽地認爲，吳自牧這裏其實是一個誤筆，錯將"風荷"寫作"荷風"，理由有二：其一，該十景中另將"柳浪聞鶯"誤寫成"柳岸聞鶯"，可見吳自牧對西湖十景之名并不是非常熟悉；其二，"風荷"重點在"荷"，符合景點的實際狀態，"荷風"重點在"風"，若確有此名，則此處應該不是賞荷處，而是乘涼處了。至于吳自牧也是錢塘人，何以會弄錯，看今日老杭州們是否能百分百都說準確西湖十景即可知，理一。

但今人的主流觀念，則都以爲"麯院荷風"是一個更早的名稱，其後才由康熙皇帝改爲"曲院風荷"。這一烏龍源自清人和珅，和珅等在《大清一統志》第一百卷中如此記載："本朝康熙三十八年，聖祖仁皇帝南巡，駐蹕西湖，并賜題咏，建亭勒石，更'麯院荷風'爲'曲院風荷'，'雷峰落照'爲'雷峰西照'，'南屏晚鐘'爲'南屏曉鐘'，'兩峰插雲'爲'雙峰插雲'。""風荷"本是主流叫法，康熙帝并未改易，和珅于此孤陋寡聞而已，至于"曲院"，其實也衹是懶筆。

【韻律】

本調載于《欽定詞譜》第二十九卷，本詞用第一式柳永"拆桐花爛漫"詞體，唯前後段第二句組起合采用參差手法，前段九字起、四字收，後段五字起、八字收，這種句法在詞樂時代歌手可以在演唱中調節，但在後詞樂時代則韻律上必然造成整體上的不諧和，屬于韻律瑕疵，填者須戒。本詞韻律上尚有如下細節需要注意：

迷眼紅綃絳彩，翠深偷見鴛鴦；折得荷花忘却，棹歌唱入斜陽。本調前後段末一句組，例作六字兩句，一般情況下在詞中這種句式往往以對仗爲正，但本調則以不對仗爲正，自柳永三首起，吳文英、蔣捷、周密等大多如此，張炎詞略多，但最後收煞中也基本不用對偶。觀宋代名家之作，可知本調兩個末一句組，須以行雲流水式韻律收束，最爲本色。

【輯評】

俞陛雲《唐五代兩宋詞選釋》云："曲院在湖之西，前後瀕湖，地極幽静，故起筆云'塵飛不到'。上闋咏荷，而'亂舞雲裳'句更切合'風荷'。'鴛鴦'句翠深紅絢處，有微步凌波人在，故下闋接以'摇扇''采芳'等句。因有涉江舊恨，故'露藕''秋房'，由咏荷而涉遐想。歇拍處折花歸去，所謂'忘却荷花記得愁'也。"

【附錄】

周密《武林舊事》云："淳祐中，趙京尹與，自北新路第二橋，至麯院築堤，以通靈竺之路，中作四面堂、三亭，夾岸花柳比蘇堤。"

張龍榮《應天長·麯院風荷》云："換橋度艇，添柳護堤，坡仙舊欠今續。四面水窗如染，香波釀春麯。田田處、成暗綠。正萬羽、背風斜矗。亂鷗去、不信雙鴛，午睡猶熟。　還記湧金樓，共撫雕闌，低度浣沙曲。自與故人輕別，榮枯換涼燠。亭亭影、驚艷目。忍到手、又成輕觸。悄無語、獨捻花鬚，心事曾卜。"

清梁詩正《西湖志纂》卷三云："曲院風荷亭：在蘇堤跨虹橋西，康熙三十八年，聖祖仁皇帝御書'曲院風荷'，爲西湖十景之一，遂建亭。其處，內有迎薰閣，東爲望春樓，乾隆十六年春聖駕南巡。"

宋陳允平《八聲甘州·麯院風荷》云："放船楊柳下，聽鳴蟬、薰風小新堤。正煙葒露蓼，飛塵釀玉，第五橋西。搖認青羅蓋底，宮女夜游池。誰在鴛鴦浦，獨棹玻璃。　一片天機雲錦，見凌波碧翠，照日胭脂。是西湖西子，晴抹雨妝時。便相將無情秋思，向菰蒲深處落紅衣。醺醺裏，半篙香夢，月轉星移。"

宋王洧《湖山十景·麯院風荷》云："避暑人歸自冷泉。埠頭雲錦晚風天。愛渠香陣隨人遠，行過高橋方買船。"

元尹廷高《麯院荷風》云："虛堂四面枕湖光。醖作芙蕖萬斛香。獨笑南薰更多事，強教西子舞霓裳。"

明聶大年《西湖十景·麯院風荷》云："翠圍紅統戰縱橫。似看吳宮習女兵。飛雪翻空雲影亂，游魚吹浪水紋生。錦裳零落香猶在，銅柱欹斜露半傾。兩腋新涼驚酒醒，畫船吹送按歌聲。"

明馬洪《西湖十景南鄉子詞·麯院風荷》云："曲院水風涼。萬柄高荷掩鏡光。露挹翠盤何所似，瓊漿。瀉下波心水亦香。　花底浴鴛鴦。五月西湖錦繡鄉。畫舫采蓮誰氏女，紅妝。唱得歌聲最惱腸。"

明瞿佑《摸魚兒·麯院荷風》云："望西湖、藕花風起，紗窗午夢初覺。吳娃小艇貪游戲，衝破浮萍一道。閑自料。多應是、凌波競赴仙娥召。輕搖桂棹。愛香袖翻空，明妝映水，齊唱采蓮調。　憑闌處，兩岸波光相照。樓臺簾影顛倒。蜻蜓飛去鴛鴦散，應有玉顏歡笑。君莫誚。君不見、流光過眼催年少。新涼又到。漸苦入芳心，絲纏香竅，荷背雨聲鬧。"

明莫瑤《蝶戀花·麯院荷風》云："五月涼風來麯院。綠水芙蕖、紅白都開遍。風遞花香清不斷。采蓮舟過歌聲緩。　醉折碧筩供笑玩。翠盖紅銷、高下翻零亂。向晚新涼生酒面。六銖衣薄停紈扇。"

明陳霆《西江月·曲院荷風》云："獵獵青蒲弄水，陰陰綠樹生涼。南薰吹到藕花莊。柳下正多游舫。　驟雨打穿翠蓋，浮萍放出紅妝。畫闌十二憑湖光。時有暗香來往。"

明張寧《西湖十咏爲李載章題·曲院荷風》云："涼氣度芳洲。香來水正流。時聞采蓮曲，不見采蓮舟。"

清厲鶚《清江引·曲院風荷》云："風漪四圍深院宇。荷氣銷炎處。斜明柳外虹，亂颭萍間鷺。來看翠盤高下舞。"

北京頤和園中，清代有建仿"麯院風荷"的景點，清于敏中等《日下舊聞考》中有較詳細的記載："'坐石臨流'東南，當碧桐書院，正東爲麯院風荷，五楹南嚮。其西佛樓，爲'洛迦勝境'。"

"麯院風荷，四十景之一，額爲皇上御書，'洛迦勝境'額亦御書。"

"乾隆九年，御制'麯院風荷'詩：'西湖麯院，爲宋時酒務地，荷花最多，是有麯院風荷之名。茲處紅衣印波，長虹搖影，風景相似，故以其名名之。香遠風清誰解圖。亭亭花底睡雙鳧。停橈堤畔饒真賞，那數餘杭西子湖。'"

"麯院風荷之南，跨池東西，橋九空，坊楔二；西爲金鰲，東爲玉蝀。金鰲：西南河外室，爲四圍佳麗；玉蝀：東有亭，爲'飲練''長虹'。又，東南度橋，折而北，設城關，爲寧和鎮，其東南，爲東樓門。"

"麯院風荷之北，爲同樂園，前後樓各五楹，南嚮。其前爲清音閣，北向。東爲永日堂，中有南北長街，街西爲抱樸草堂，街北度雙橋爲舍，衛城前，樹坊楔三城；南面爲多寶閣，內爲山門，正殿爲壽國壽民；後爲仁慈殿，又後爲普福宮，城北爲最勝閣。"

又　花港觀魚

六橋春浪暖[1]，漲桃雨、鱖初肥[2]。正短棹輕蓑[3]，牽筩荇帶[4]，縈網蒓絲[5]。依稀。岸紅溯遠，漾仙舟、誤入武陵溪[一]。何處金刀膾玉[二][6]，畫船傍柳頻催。　芳堤。漸滿斜暉。舟葉亂、浪花飛[7]。聽暮榔聲合[8]，鷗沉暗渚[三]，鷺起煙磯。忘機[四][9]。夜深浪靜[五]，任煙寒、自載月明歸。三十六鱗過卻[10]，素箋不寄相思[11]。　　　（第六）

【校記】

[一] 漾仙舟，掃葉本、芝蘭本并作"泛仙舟"。
[二] 刀膾，掃葉本作"劊刀"，誤。膾，《絕妙好詞箋》一作"贈"，亦誤。
[三] 鷗，四印齋本作"漚"，通，該本"鷗"字均用"漚"替。
[四] 忘機，掃葉本作"漣漪"。
[五] 深，芝蘭本作"浪"，刻誤。静，掃葉本作"深"，誤。

【箋釋】

[1] 六橋：即蘇堤上的六座石拱橋，自南向北其名依次爲：映波、鎖瀾、望山、壓堤、東浦、跨虹。

[2] 桃雨：即桃花雨，桃花開時雨水較多，亦即春雨。宋王庭珪《春日携頣子同劉養正教授游净國寺至李家園》詩云："柳絲摇嫩綠，桃雨落輕紅。"本句化用唐張志和《漁父》詞"西塞山前白鷺飛，桃花流水鱖魚肥"。

[3] 短棹輕蓑：宋人詩詞中意象，通常用于自在逍遥、無牽無挂的語境中。語出宋晁端禮《水調歌頭》詞"未用輕蓑短棹。猶有青鞋黄帽。行處即吾家"。

[4] 箵：捕魚用的竹製罛筒，置于水下，游魚進筒則不得出。唐陸龜蒙《自遣》詩云："前溪一夜春流急，已學嚴灘下釣箵。"荇帶：即荇菜，水生植物。本句猶言荇菜纏繞著釣筒。

[5] 蓴絲：即蓴菜，也是水生植物。此三句爲本詞第二句組，意謂：正短棹輕蓑，捕魚時候。

[6] 膾玉：切魚片。魚肉潔白似玉，故云。宋吴文英《木蘭花慢·送翁五峰游江陵》詞云："一醉蓴絲膾玉，忍教菊老松深。"

[7] 舟葉：小舟。古人常喻小舟如葉，故云。宋陽枋《社日過洞庭》詩云："社風吹雨楚江晴，舟葉輕飛過洞庭。"

[8] 暮榔：傍晚的鳴榔。唐李白《送殷淑》詩云："惜别耐取醉，鳴榔且長謡。"王琦注："所謂鳴榔者，常是擊船以爲歌聲之節，猶叩舷而歌之義。"這裏寫漁人傍晚打魚歸來，以鳴榔擊舷而唱。合：應和，指多條漁舟上的鳴榔相互應和。

[9] 忘機：指全身心陶醉于大自然中，全然放下了功名利禄的一種逍遥無争的狀態。機，機心。處世時需要有處世的機謀，即機心。唐王績《春旦直疏》詩云："誰知忘機者，寂泊存其精。"

[10] 三十六鱗：鯉魚的别稱。唐段成式《酉陽雜俎·鱗介篇》云："鯉，脊中鱗一道，每鱗有小黑點，大小皆三十六鱗。"唐盧仝《觀放魚歌》云："三十六鱗如抹朱，水苞弘窟有蛟蠹。"

[11] 素箋：此謂絹書。晉陸機《文賦》云："函綿邈于尺素，吐滂沛乎寸心。"唐劉良注云："素，帛也。古人用以書也。"漢蔡邕《飲馬長城窟行》詩云："客從遠方來，遺我雙鯉魚。呼兒烹鯉魚，中有尺素書。"本句化用宋向滈《青玉案》詞"紅箋不寄相思句。人在瀟湘雁回處。屈指歸期秋已暮"。

【考證】

花港觀魚在蘇公堤的南端，至少在宋代已經是著名景點。明田汝成《西湖游覽志》卷二云：蘇堤的"第三橋曰'望山'，與西岸第四橋斜對，水名'花港'，所謂'花港觀魚'者是也。"清梁詩正《西湖志纂》卷一所述尤詳，云："花港通花家山，山下有園，爲宋内侍盧允昇別墅。景物奇秀，鑿池甃石，引湖水其中，畜異魚數十種，稱'花港觀魚'，後湮廢。康熙三十八年，建樓于花港南，當三臺山出入之徑，去定香橋數十步。飛甍倒水，重檐接霄，珠網綺疏，輝映雲日。旁浚方池，清可見底，揚鬐鼓鬣之狀，鱗萃畢陳。或潛深淵，或躍清波，以泳以游，咸若其性，雖濠濮之間，無以逾此。恭懸聖祖仁皇帝御書扁額，樓北建御書碑亭，亭後置高軒，環以曲廊，叠石爲山，重門洞啓，花徑逶迤，爲湖南最勝處。"

【韻律】

本調載於《欽定詞譜》第二十九卷，本詞用第一式柳永"拆桐花爛漫"詞體，唯後段第二句組采用讀破手法，起拍以五字，收拍以八字，韻律與柳詞的九字起、四字收結構貌似而實非，這種差異是詞的韻律中最一般的微調，無關乎體式的變化。

岸紅溯遠，夜深浪静。詞中的四字結構，通常情況下第一、第三字的平仄都可不拘，尤其是平起式的四字句，又是首字爲仄的時候，則常常會采用"仄平平仄"這樣的拗句模式作爲正格，以獲得韻律上的和諧性，甚至在具體的應用中，"仄平平仄"的數量并不少於"平平仄仄"，但是本調的前後段第三句組中的四字結構，則是例外。例如周密十首，每一句組中都是"仄平仄仄"的填法，"溯"字、"浪"字這兩個字位絕不用平聲字，就本調的韻律來説，這是最合乎標準的填法。但是清代詞譜家不知這一關紐，或者是如《欽定詞譜》那樣，因爲幾首誤填的詞例來參照，認爲這兩處都是可平可仄，或是如秦巘的《詞繫》那樣，從一個極端到另一個極端，認爲這兩處必須用去聲，而其中所依據的律理何在，則一概無從説起。實際上，這兩處都是"僞四字句"，它們原本是六字句，即"依稀岸紅溯遠"和"忘機夜深浪静"，而其句法則是平起式的律拗句子，因此依律第五字不得用平聲。《欽定詞譜》所依據的李彭老詞，用"田田滿階榆莢""吟邊夢雲飛遠"，兩句均失律。傳統研究每每以實證爲基本手段，而不循律理，故多不堪推敲。

縹緲際城堞。附帶説一下江昱所引張龍榮的慢詞《應天長》，該調後段第一句組依律應該是十四字，但是有兩種填法，一種是柳永式的一五一九："把酒與君説。恁好景良辰、怎忍虛設"，後九字實爲一個慢拍，《欽定詞譜》中有三首相同，其中葉夢得的"便細雨斜風、有誰拘束"、無名氏的"想媚容今宵、怨郎不住"都是同一格。另一種是周邦彥式的"長記那回時，邂逅相逢、郊外駐油壁"，九字讀破，由"恁"字這樣的單起式句法改爲雙起式句法，韻律上較前者更爲舒緩和諧。無論哪種填法，後一拍均爲九字，因此，丙午本上張詞的"帶草蠻煙，縹緲城堞"八字，依據韻律而論，必是奪一"際"字無疑。

【輯評】

清張德瀛《詞徵》卷三云："前人詞，多喜用三十六字……周公謹《木蘭花慢》'三十六鱗過却'……用算博士語，皆有致。"

俞陛雲《唐五代兩宋詞選釋》云："起三句實賦本題。以下'短棹'六句用'荇帶''蓴絲'作陪襯。'金刀'二句由得魚而作膾，宋嫂魚羹風味，得出網湖魚而益美。下関舟過浪飛，鷗沉長鷺起，皆狀移舟暮歸之景。鳴榔及'三十六鱗'句，仍由魚字生情。通篇寫水鄉風物，如身作煙波釣徒矣。"

【附錄】

宋吴自牧《夢粱錄》卷十二云："近者，畫家稱湖山四時景色最奇者有十，曰：蘇堤春曉、麯院荷風、平湖秋月、斷橋殘雪、柳岸聞鶯、花港觀魚、雷峰落照、兩峰插雲、南屏晚鐘、三潭印月。"

《西湖志纂》卷一云："乾隆十六年春，聖駕巡幸，御製《花港觀魚》詩：'花家山下流花港，花著魚身魚嗋花。最是春光萃西子，底須秋水悟南華。'"

張龍榮《應天長·花港觀魚》云："岸容浣錦，波影墮紅，纖鱗巧避鳧嗛。禹浪未成頭角，吞舟膽猶怯。湖山水、江海匝。怕自有、暗泉流接。楚天遠、尺素無期，枉語停楫。　　回望湧金樓，帶草蠻煙，縹緲際城堞。漸見暮榔敲月，輕舫亂如葉。濠梁興、歸未愜。記舊伴、袖携留搯。指魚水、總是心期，休怨三疊。"

宋陳允平《驀山溪·花港观魚》云："春波浮淥，小隱桃溪路。煙雨正林塘，翠不礙、錦鱗來去。芹香藻膩，偏愛鯉花肥，檣影下、柳陰中，逐浪吹萍絮。　　宫溝泉滑，怕有題紅句。鈎餌已忘機，都付與、人間兒女。濠梁興在，鷗鷺笑人癡。三湘夢、五湖心，雲水蒼茫处。"

宋王洧《湖山十景·花港觀魚》云："斷汊惟餘舊姓傅，倚闌投餌説當年。沙鷗會見園興廢，近日游人又玉泉。"

元尹廷高《花港觀魚》云："細雨初收逐隊嬉。何人注目俯寒漪。紅妝静立闌干外，吞盡殘香渠未知。"

明聶大年《西湖十景·花港觀魚》云："湖上春來水拍空。桃花浪暖柳陰濃。微翻荇帶彩千尺，亂躍萍星翠幾重。洲渚此時多避鷺，風雲何日去爲龍。個中縱有濠梁樂，闊網深罾不汝容。"

明馬洪《西湖十景南鄉子詞·花港觀魚》云："小港傍湖湑。花影中間戲錦鱗。漁識放生池有禁，收綸。水暖蘋香十里春。　　花憶上龍門。猶隔千山與萬津。好向碧波深處去，藏身。無數花前憶鱠人。"

明瞿佑《摸魚兒·花港觀魚》云："望西湖、兩堤新漲，粼粼緑痕微起。水香波暖魚初上，來往岸唇沙觜。游棹欹。又驚散、茫然一去何曾止。春融十里。愛桃浪翻紅，萍星散紫，此樂可知矣。　　憑闌處，閑把金鈎垂水。波心頻掣雙鯉。纖絲暗逐長竿裊，牽動一簾紋綺。君莫喜。君不見、區區名利皆香餌。朝恩暮已。便紫綬金章，不如蓑笠，長卧釣船裏。"

明莫璠《蝶戀花·花港觀魚》云："杜若浮香春霽雨。浪暖桃花、錦漲鴛鴦渚。碧藻叢深菱葉底。纖鱗吹沫摇頰尾。　　戲把金鈎垂緑水。却憶雕闌、翠袖人同倚。腸斷蕭娘書一紙。相思欲報憑雙鯉。"

明陳霆《摸魚兒·花港觀魚》云："甚朝來、斜風細雨，觀魚正有佳趣。緑蓑青笠尋常挂，誰道水鄉難寄。堪畫處。最好是、荻花亂點舟三四。鷗飛鷺起。更落網驚腥，鳴榔畏響，潭有老蛟睡。　　紅塵路，比與煙波名利。尋思總是難事。華亭唳鶴東門犬，何似得魚情味。君試覷。繞平湖、水雲十里皆生計。紅鱗買醉。世事不相關，柳陰敧枕，湖上晚峰翠。"

明張寧《西湖十咏爲李載章題·花港觀魚》云："圉圉復洋洋。芰青露藻香。前湖張水戲，誰解步濠梁。"

清厲鶚《清江引·花港觀魚》云："東風倚闌花似雪。小汊分鱗鬣。魚將花吐吞，花逐魚明滅。人生不如魚樂也。"

清楊玉衔《木蘭花慢·花港觀魚。碑字作魚不作漁周詞多説漁事今矯之》一首，步周密韻而作："一篙春水活，鴛鴦瘦，鱖魚肥。正梁環半畝，花飄墜餌，柳釣垂絲。紅稀。芹香藻膩，漲春痕、泉脉接西溪。今古濠梁此意，浮沉潮信相催。　　蘇堤。天繪晴暉。波灩灩，鷺飛飛。有垂鱗逸叟，門藏桃塢，琴枕苔磯。禪機。夜寒不餌，笑鸕鷀、空自忍饑歸。江水莊周漫借，蓴羹張翰空思。"

又　南屏晚鐘

疏鐘敲暝色[1]，正遠樹、綠愔愔[2]。看渡水僧歸，投林鳥聚，煙冷秋屏。孤雲。漸沉雁影，尚殘簫倦鼓別游人[3]。宮柳棲鴉未穩，露梢已挂疏星。　　重城。禁鼓催更。羅袖怯、暮寒輕[4]。想綺疏空掩[5]，鸞綃翳錦[6]，魚鑰收銀[7]。蘭燈[8]。伴人夜語，怕香銷漏永著温存。猶憶回廊待月，畫闌倚遍桐陰[9]。　　　　　　（第七）

【箋釋】

[1] 本句化用宋范成大《閶門初泛二十四韻》詩"急櫓潮痕出，疏鐘暝色生"，更爲生動，更富詩意。

[2] 愔愔：幽幽的，寂寂的，又是縹緲杳茫的。本句應是脫胎自宋盧祖皋《舟中獨酌》詩"风入平湖寒衮衮，鳥啼芳樹綠愔愔"。

[3] 殘簫倦鼓：稀稀拉拉的將盡未盡的音樂聲。清項鴻祚《摸魚兒》詞云"殘簫倦鼓，剩占岸輕橈，垂簾小榭，煙柳斷腸暮"，徑取本句。

[4] 羅袖怯："怯"字在此類用法中爲性狀之表達。怯，本義爲膽怯，引申爲膽小、虛弱，用于羅袖，即爲薄、軟之意，王維《勤政樓侍宴應制》詩云"酒筵嫌落絮，舞袖怯春風"，即謂春風中舞袖之薄，本詞亦同。不用"薄"，而擷用"怯"，則詩句因有擬人效果而更爲生動有致，用"薄"則平實無味。而之所以"袖怯寒"，則正是因薄而起。

[5] 綺疏：綺疏的窗户，指雕有鏤空花紋的窗户。晋孫綽《游天台山賦》云："彤雲斐亹以翼櫺，曒日炯晃于綺疏。"《文選》李善注云："薛綜《西京賦》注曰：'疏，刻穿之也。'刻爲綺文，謂之綺疏也。"此即"斷橋殘雪"中我們談到"漲綠"時，所說的中心詞省略的現象。南朝鮑照《代白紵舞歌詞》云："桂宮柏寢擬天居。朱爵文窗韜綺疏。"

[6] 鸞綃：飾有鸞鳥的絲織物品。這裏也是中心詞省略，意爲鸞綃之衣、鸞綃之裙、鸞綃之巾等。翳：模糊不清。錦：此爲彩色花紋之意。翳錦：本句與後一句爲儷句，因此這裏是使動用法，意謂使彩色的花紋模糊不清了。

[7] 魚鑰：製成魚形的鎖。漢樂府《雞鳴歌》云："千門萬户遞魚鑰，宮中城上飛烏鵲。"收銀：原本銀光閃閃的魚鑰不再明亮。這個句組三句有人去樓空、境況不再之意。

[8] 蘭燈：精緻的燈盞。蘭，修飾性的美詞，未必是指用蘭花蘭草，而是與"蕙、金、玉"等詞一樣，是一個"美詞"，用來誇譽另一個相關的物

件，形成一個誇贊性的詞組，如蘭襟、蘭桡、蘭缸、蘭階等。參見第三十四首【箋釋】[5]。

[9] 近人趙尊岳《菩薩蠻》詞云"華琚瑤碧香羅雪。雕闌倚遍桐陰月"，應是從本詞結拍二句中化出。

【考證】

清和珅等在《大清一統志》第一百卷中如此記載"本朝康熙三十八年，聖祖仁皇帝南巡，駐蹕西湖，并賜題咏，建亭勒石"，并將"南屏晚鐘"更名爲"南屏曉鐘"。這一説法至今爲人接受，并借"康熙改名"的故事，將其刻畫爲一個自説自話的人物。

但事實并非如此。所謂康熙改動的幾個字，其實大都都是有歷史依據的，康熙帝充其量祇是"擇名"而已。如"南屏曉鐘"的名稱，也并非康熙之後才有，而是至少早在明朝就見于文人筆下了，《西湖游覽志》第十三卷所引明人張寧詩和明人馬洪詞，便都是"南屏曉鐘"，而詩詞中的"看花春起早，已有曉妝人""聲停。老鶴松間夢已醒"之類的措辭，見出并非是文字上的誤筆。而《永樂大典》二千二百六十三卷中説：西湖"自唐以來，爲東南游賞勝處，舊稱西湖十景，曰：平湖秋月、蘇堤春曉、斷橋殘雪、雷峰落照、南屏曉鍾、麯院風荷、花港觀魚、柳浪聞鶯、三潭印月、兩峰插雲。按，舊志云：源出于武林錢唐"。根據這樣的記載，很可能這一稱謂還可以追溯到更早的前朝。

又江昱注云：《西湖志》"南屏山，在净慈寺右興教寺之後，正對蘇堤。寺鐘初動，山谷皆應，逾時乃息。蓋茲山隆起，内多空穴，故傳聲獨遠"。

【韻律】

本調載于《欽定詞譜》第二十九卷，本詞用第一式柳永"拆桐花爛漫"詞體，唯前後段第二句組起合采用參差手法，前段九字起、四字收，後段五字起、八字收，這種句法參差的原因，多因創作時缺乏整體意識，或是因修改時忽略了原先的總體架構，以致造成整體上的不諧和，屬于韻律瑕疵，填者須戒。

具體而言，本詞韻律上尚有如下細節需要注意：

正遠樹、緑愔愔。本詞也是侵部、真文部等前鼻音叶十一部庚青韻的作品，可見這種混叶現象在宋代已經屬于常見現象。因此，至少《詞林正韻》將"侵部"列爲獨用這樣的規範，是不符合宋詞實際的。

尚殘簫倦鼓別游人。本句與"雷峰落照"一首同，也是一七式句法，今人的標點本如《全宋詞》等，拘泥于前人詞譜詞集之句讀，點讀爲上三下五式讀法，則韻律不諧。

本詞以真文韻爲主韻，通叶"屏""星""城""更""輕"五個庚青韻，其中"屏""星""輕"均爲主韻。

【輯評】

俞陛雲《唐五代兩宋詞選釋》云："鐘聲本在虛處，須著眼'晚'字，前六句從本題寫起，宛然暮色蒼茫。'殘簫倦鼓'句，言薄晚人歸，見歡娛之易盡，若山寺鐘聲，爲之喚醒，咏晚鐘有深湛之思。'宮柳'二句言已將入夜，故下闋言罷游歸去，燈畔香消，闌前月上，爲閨中靜夜，寫芳惻之懷。下闋論題面，于南屏鐘聲，未免疏廓；論詞句，固清麗爲鄰，亦志雅堂之佳製。"

【附錄】

《武林舊事》卷五云："南屏興教寺，舊名'善慶'，有齊雲亭、清曠樓、米元章書'有琴臺'及唐人磨崖八分，家人卦中庸、樂記篇。後人于石傍刊'右司馬溫公書'六字，其實非也。"

《絕妙好詞》宋奚㴑《芳草·南屏晚鐘》云："笑湖山、紛紛歌舞，花邊如夢如薰。響煙驚落日，長橋芳草外，客愁醒。天風送遠，向兩山、喚醒癡雲。猶自有、迷林去鳥，不信黃昏。　銷凝。油車歸後，一眉新月，獨印湖心。蕊宮相答處，空岩虛谷應，猿語香林。正酣紅紫夢，便市朝、有耳誰聽。怪玉兔、金烏不換，只換愁人。"箋云："董嗣杲《西湖百咏》注云：南屏山在興教寺後，舊多摩崖，剝落之餘，止存司馬溫公隸書家人卦，米元章書'琴臺'二字。東坡訪僧臻詩云：'我識南屏金鯽魚。重來拊檻散齋餘。'今寺非昔比，山則蒼翠自若。"

張龍榮《應天長·南屏晚鐘》云："翠屏對晚，烏榜占堤，鐘聲又斂春色。幾度半空敲月，山南應山北。歡娛地、空浪迹。謾記省、五更聞得。洞天曉、夾柳橋疏，穩縱香勒。　前度湧金樓，嘯傲東風，鷗鷺半相識。暗數院僧歸盡，長虹卧深碧。花間恨、猶記憶。正素手、暗携輕拆。夜深後，不道人來，燈細窗隙。"

宋陳允平《齊天樂·南屏晚鐘》云："赤闌橋畔斜陽外，臨江暮山凝紫。戲鼓纔停，漁榔乍歇，一片芙蓉秋水。餘霞散綺。正銀鑰停關，畫船催艤。魚板敲殘，數聲初入萬松裏。　坡翁詩夢未老，翠微樓上月，曾共誰倚。御苑煙花，宮斜露草，幾度西風彈指。黃昏盡也，有眠月閑僧，醉香游子。鷲嶺啼猿，喚人吟思起。"

宋王洧《湖山十景·南屏晚鐘》云："涑水崖碑半綠苔。春游誰向此山來。

晚煙深處蒲牢響，僧自城中應供回。"

元尹廷高《南屏晚鐘》云："縹緲雷峰隔上方。數聲風送到幽窗。柳昏花暝游人散，付與山僧帶月撞。"

明聶大年《西湖十景·南屏晚鐘》云："柳昏花暝暮雲生。隱隱初傳一兩聲。禪榻屢驚僧入定，旅窗偏惱客含情。月隨逸韻升鰲嶺，風遞遺音過鳳城。催散游人罷歌舞，玉壺銀箭夜初更。"

明馬洪《西湖十景南鄉子詞·南屏曉鐘》云："金磬罷泠泠。風裊鯨音出翠屏。柳外高樓花底戶，窗扃。却似楓橋半夜聽。　僧已了殘經。香斷薰爐月滿庭。百八寶珠閑掐遍，聲停。老鶴松間夢已醒。"

明瞿佑《摸魚兒·南屏晚鐘》云："望西湖、暮天雲斂，夕陽冉冉西墜。落霞孤鶩齊飛處，認得南屏古寺。行樂地。便一霎、夜昏花暝松煙翠。鐘聲三四。見竹院僧歸，蘭舟人散，寂寞鳳城閉。　憑闌處，望斷朱樓十二。有人獨自憔悴。青禽不到紅娘去，誰把錦書重寄。君莫睡。君不見、月華星彩尤增媚。張燈就醉。怎料得明朝，憂愁風雨，日出更多事。"

明莫瑤《蝶戀花·南屏晚鐘》云："翠巘深深深幾許。佛閣華鐘、鯨吼西風裏。回首南莊行樂地。暝煙隔斷青蓮宇。　宴飲芳園人散去。金鑰嚴城、次第催將閉。一望長橋燈火起。絳紗影裏聯歸騎。"

明陳霆《浣溪紗·南屏晚鐘》云："湖上群山紫翠重。歸鴉蕎過夕陽舂。南屏煙外一聲鐘。　暝色盡隨花擔返，春游忽逐水雲空。明朝車馬又匆匆。"

明張寧《西湖十咏爲李載章題·南屏曉鐘》云："幽夢忽驚覺，嚴城方向晨。看花春起早，已有曉妝人。"

清厲鶚《清江引·南屏晚鐘》云："鯨鏗一聲山鳥駭。響徹青松外。雲遮五百間，月上三千界。歸舟幾聽頭漸白。"

清楊玉銜《木蘭花慢·南屏晚鐘》云："乍鳴琴蕉石，定香度、韻愔愔。看歡喜岩高，淨慈樹古，翡翠開屏。穿雲。金輪句就，未中秋、先有撞鐘人。空谷遲遲暮響，游人落落晨星。　西城。續報鼉更。鷗夢峭、馬蹄輕。雜山容水態，扉煙染紫，橋浪翻銀。飄燈。客船夜半，比寒山、得句幾詩存。可是僧敲飯後，休疑路入山陰。"

又　柳浪聞鶯

晴空搖翠浪[1]，畫禽靜、霽煙收。聽暗柳啼鶯[2]，新簧弄巧[一][3]，如度秦謳[4]。誰紃[二][5]翠絲萬縷，颭金梭、宛轉織芳愁[6]。風裊餘音甚處，絮花三月宮溝[7]。　扁舟。纜繫輕柔。沙路遠、倦追游。望斷橋斜日[三][8],

蠻腰競舞，蘇小牆頭。偏憂。杜鵑喚去，鎮綿蠻、竟日挽春留[四][9]。啼覺瓊疏午夢[10]，翠丸驚度西樓[五][11]。　　　　　　　　（第八）

【校記】

[一] 弄巧，掃葉本作"巧弄"。

[二] 誰紬，掃葉本作"誰抽"。

[三] 斜日，掃葉本作"殘日"。

[四] 鎮綿蠻，掃葉本作"愛綿蠻"。

[五] 翠丸，掃葉本作"翠九"，刻誤。

【箋釋】

[1] 翠浪：因風而起的翠綠色的柳浪。

[2] 暗柳：濃密的柳葉叢中。"暗"本有隱秘之義，此爲供鳥雀藏身之意。宋周邦彥《瑣窗寒》詞云："暗柳啼鴉，單衣佇立，小簾朱戶。"語本此，化用爲鶯。

[3] 新簧：即新聲，指當年長成的雛鶯，也是中心語省略手法，參第三首、第七首。宋劉涇《夏初臨·夏景》詞云："庭樹陰濃，雛鶯學弄新簧。"

[4] 度：這是"自度曲"的"度"。度秦謳：製作秦腔，奏秦聲。這裏以秦腔狀啼鶯，正寫鶯聲的嘹亮。唐孟浩然《渡揚子江》詩云："更聞楓葉下，淅瀝度秋聲。"度秋聲，意謂"奏秋曲"。

[5] 紬：抽取。"誰紬翠絲萬縷"本爲一句，"紬"爲句中韻，因此，紬的對象即"翠絲萬縷"。宋曾豐《首夏歸途感物自酌》詩云："游絲有緒誰紬繹，野繭難繰自裏纏。"

[6] 金梭：織梭的美稱，此指黃鶯，謂黃鶯在柳絲中快速飛行，猶如飛梭一樣。第二十一首云"絲雨織鶯梭。浮錢點細荷"，也是喻鶯爲梭，可爲書證。芳愁：芳思。這裏的"愁"指廣義的思緒，并非狹義的愁緒。以語境分析，這裏并無愁可織。正如屈原《湘夫人》詩云："帝子降兮北渚，目眇眇兮愁予。"愁予，在該詩"登白薠兮騁望，與佳期兮夕張"的語境中，也并非是"憂愁"，而是"使我思緒萬千"之意。

[7] 宮溝：宮中的小河流。溝，古代的概念與今不同，即便田間的溝也寬四尺，遑論宮中。且如《荀子·議兵》篇云"城郭不辨，溝池不抇"，即護城河也稱之爲"溝"。由此可見，御溝便是皇家地界上的小河流。又，詩詞中用宮溝，多應御溝題葉之軼事，以營造浪漫語境。

[8] 宋張炎《高陽臺·西湖春感》詞"接葉巢鶯，平波捲絮，斷橋斜日歸船"，擷用于本句。

[9] 鎮：鎮常，老是，此爲"長時間"之意。綿蠻：鳥鳴聲。《詩經·小雅·綿蠻》云"綿蠻黃鳥，止于丘阿"，宋朱熹《詩集傳》云"綿蠻，鳥聲"。

[10] 瓊疏：華美的窗户。疏：有花格的窗。《歷代名臣奏議》卷二十一云："《説文》曰：在屋曰'窗'，在墻曰'牖'。則窗在屋明矣。交牖，《義訓》曰：'櫺窗謂之疏，交窗謂之牖。'"因此"瓊疏"指的是園子圍墻上華美的窗子。周密另有《齊天樂·紫霞翁開宴梅邊》詞，亦用到本詞"瓊疏静掩。任剪雪裁雲，競誇輕艷"，義同。

[11] 翠丸：周密自創詞彙，第十九首又見，義爲"青糰"，與此不同。此處未解。或謂就是翠鳥之意，似亦可。

【考證】

柳浪聞鶯，"柳浪"并非是"柳葉如浪"之意，而是指的"柳浪橋"，《西湖志》云："柳浪橋，宋時在清波門外，聚景園中。""柳浪聞鶯"意謂在柳浪橋那兒聽鶯歌，故有其特定的地域限制，必得在聚景園柳浪橋才可。宋吴自牧《夢粱錄》卷十二作"柳岸聞鶯"，便没有了地域限制，成了"有柳岸處皆可聽"的泛説，顯然不合乎西湖十景命名的基本原則——每一個景名都有一個特定的地域位置。目前"柳岸聞鶯"的説法僅此一見（《永樂大典》卷二千二百六十三亦有"柳岸聞鶯"，但該段文字從前後文觀，皆與《夢粱錄》同，應即是抄録于《夢粱錄》），故疑是誤筆。

【韻律】

本調載于《欽定詞譜》第二十九卷，本詞用第一式柳永"拆桐花爛漫"詞體，本調的韻律特徵是，每個韻脚均用"平平"收束，而周密詞則無論是主韻還是輔韻，均嚴守"平平"收的韻律特徵，且十首詞無一例外，較之柳永詞更加純粹。

誰紬。翠絲萬縷。這兩個六字在文法上爲一句，在韻律上用平起仄收式律拗句法，所以儘管第三字也是仄聲，第五字仍然必用仄聲字，而不用平聲字作拗，周密十首，本句基本如此，包括後段對應句"偏憂。杜鵑唤去"亦同，均爲平平仄平仄仄。這一個六字句中有很多講究，首先，首字不可用仄聲，因爲要恪守"平平"韻脚的規則；其次，第五字不可用平聲，否則失律；最後，本句句法雖爲律句，但第三字通常都用仄聲字，這是因爲該句的初始形態是一個折腰式句法，在初始的三三式結構中前三字仄收，且在句中韻的情況下後四字形成一個一領三的結構，這是一個領字。總之，這個六字句的韻律特徵是非常奇特的，詞中類似的情況極爲罕見，今人在創作的時候，務必要多品讀宋人名作，以便準確把握。

【輯評】

江昱注：張龍榮《應天長·柳浪聞鶯》云："翠迷倦舞，紅駐老妝，流鶯怕與春別。過了禁煙寒食，東風顫環鐵。游人恨、柔帶結。更喚醒、羽喉宮舌。畫船遠、不認綿蠻，晚棹空歇。　争似湧金樓，燕燕歸來，鈎轉暮簾揭。對語畫梁消息，香泥砌花屑。昆明事、休更説。費夢繞、建章宮闕。曉啼處、穩繫金狨，雙燈籠月。"

俞陛雲《唐五代兩宋詞選釋》云："起首六句言凡鳥收聲，嬌鶯獨囀，得題前翔集之勢。'翠縷金梭'句，柳與鶯合寫。'風裊'二句餘音遠度，仍不脱'柳'字。轉頭處'繫纜'四句，言柳邊聽鶯之人，借西泠蘇小，用蠻腰舞態以關合'柳浪'。鵑催春去，而鶯挽春留，寫'聞鶯'別有思致。收筆鶯曳殘聲，猶鶯午夢，詞亦餘音不盡也。"

【附錄】

《西湖志纂》卷一云："柳浪聞鶯：宋時，豐豫門外沿堤植柳，地名'柳洲'，上有柳浪橋。豐豫門即今湧金門也，稍南爲清波門。國朝康熙三十八年，聖祖仁皇帝御題'柳浪聞鶯'，爲十景之一，建亭于柳洲之南，奉懸宸翰，并恭摹勒石于亭右。因別構舫，齊平臨湖，曲架石梁于堤上，柳絲跋地，輕風搖颺，如翠浪翻空，春時黃鳥睍睆，其間流連傾聽，與畫舫笙歌相應答焉。"

《西湖志纂》卷四云："柳浪聞鶯亭，在湧金門南。舊有柳浪橋，康熙三十八年，聖祖仁皇帝御書'柳浪聞鶯'，爲西湖十景之一，遂于橋北建亭，恭懸扁額，并構御碑亭于左。"

宋陳允平《黃鶯兒·柳浪聞鶯》云："六波煙黛浮空遠，南陌嚶嚶，喬木初遷，紗窗無眠，畫闌憑曉。看并宿暗黃深，織霧金梭小。那人携酒聽時，料把春來，詩夢驚覺。　飛繞。翠接斷橋雲，綠漾新堤草。數聲嬌囀，婉娩如愁，調簧弄歌尖巧。隨燕啅軟塵低，蝶妥游絲裊。最憐舞絮飛花，喚却東風老。"

宋王洧《湖山十景·柳浪聞鶯》云："如簧巧囀最高枝。苑柳青歸萬縷絲。玉輦不來春又老，聲聲訴與落花知。"

元尹廷高《柳浪聞鶯》云："晴波澹澹樹冥冥。亂擲金梭萬縷青。應怪園林風景別，數聲婭姹不堪聽。"

明聶大年《西湖十景·柳浪聞鶯》云："雨後翻空一派青。蘇公堤畔繫漁舲。祇藏鶯鳥春聲滑，不起魚龍夜氣醒。游子愛聞停玉勒，佳人倦聽倚銀屏。待看三月歌喉老，又見浮波絮作萍。"

明馬洪《西湖十景南鄉子詞·柳浪聞鶯》云："翠浪湧層層。千樹垂楊颭曉晴。兩個黃鸝偏得意，和鳴。疑奏鸞簫與鳳笙。　金彈莫相驚。正是蘭舟送客行。似惜春光如畫裏，閑情。欲別頻啼四五聲。"

明瞿佑《摸魚兒·柳浪聞鶯》云："望西湖、六橋新柳，曉煙籠絡不定。迎風翠浪高低起，天賦水情雲性。宜掩映。都漲滿、杏花深巷桃花徑。青濃綠净。看鷗鷺鶯飛，魚龍起舞，畫槪去相并。　憑闌處，兩兩金梭抛竸。綿蠻巧語如咏。銀屏記豆紅牙按，提起去年游興。君莫聽。君不見、歌樓多少新翻令。鳳笙同韻。好留取長條，渭城朝雨，重與故人贈。"

明莫瑤《蝶戀花·柳浪聞鶯》云："西子湖頭春過半。萬縷垂楊、淘似波紋亂。黃褪綠勻誰暗換。俊游來繫花驄慣。　紅喙嬌鶯啼緩緩。韻叶笙簧、幾被風吹斷。惱亂佳人停鳳管。背花偷把春纖按。"

明陳霆《小重山·柳浪聞鶯》云："一抹晴煙澹又濃。曙鴉飛散盡、樹頭紅。林鶯催請曉匆匆。啼聲好，喚動少年叢。　紈扇落花風。蘇堤三月景、水溶溶。清音度水間歌鐘。尋不見，春在綠楊中。"

明張寧《西湖十咏爲李載章題·柳浪聞鶯》云："藜杖憩蘇灣。風溫翠漲閑。鶯聞雙語鳥，如在畫船間。"

清厲鶚《清江引·柳浪聞鶯》云："小鶯擲梭風柳靡。翠綾波痕細。雙柑酒便携，兩豆塵休閉。百單八聲春去矣。"

清吴湘《小秦王·柳浪聞鶯》云："香霧濛濛不肯收。絲絲垂柳綰春愁。玉驄也解游人意，却聽鶯聲便欲留。"

又　三潭印月

游船人散後，正蟾影、印寒湫[一][1]。看冷沁鮫眠[二][2]，清宜兔浴，皓彩輕浮[3]。扁舟。泛天鏡裏[4]，溯流光、澄碧浸明眸。棲鷺空驚碧草，素鱗遠避金鈎。　臨流[三]。萬象涵秋[5]。懷渺渺、水悠悠。念漢皋遺佩[6]，湘波步襪[7]，空想仙游。風收。翠奩乍啓，度飛星、倒影入芳洲。瑤瑟誰彈古怨，渚宫夜舞潛虯[四][8]。　　　　（第九）

【校記】

[一] 印，掃葉本作"瀉"。芝蘭本注云："聶志作'瀉'。"

[二] 眠，掃葉本作"眼"，刻誤。

[三] 流，芝蘭本注云："此句叶韻，聶志作'深'，誤。"

[四] 虯，丙午本原作"蚪"，刻誤，據毛校本、知不足齋本、彊村本、四印齋本、光緒本改。

【箋釋】

[1] 蟾影：漢語的詞義極爲寫意，一個詞在不同的語境中可以有不同的意義，蟾影可以是月亮本身，可以是月亮的倒影，也可以是月光，這裏即月之倒影。唐張子容《璧池望秋月》詩云"蟾影搖輕浪，菱花渡淺流"，亦同。湫：深潭。傳說西湖中有三處深潭。

[2] 冷沁鮫眠：月色之清冷，可以使鮫人潛入水底安眠。沁：滲入，這裏是說清冷的月色作用於鮫人。鮫：神話傳說中生活在海中的人，其淚珠能變成珍珠。

[3] 皓彩：月亮。參見第二首【箋釋】[9]。

[4] 天鏡：本指月亮，這裏指的是月光下的湖面。如唐李白《春日陪楊江寧及諸官宴北湖感古作》詩云"昔聞顏光祿，攀龍宴明湖。樓船入天鏡，帳殿開雲衢"，亦同。

[5] 萬象：世間萬物。前秦王嘉《皇娥歌》云："天清地曠浩茫茫。萬象回薄化無方。"涵秋：涵于秋，意謂爲秋色所籠蓋。宋張龍榮《帝城》詩云："白水涵秋千頃淨，清霜粲曉萬山空。"

[6] 漢皋：古臺名。本句用鄭交甫軼事。宋吳淑《事類賦》卷九引《列仙傳》云："鄭交甫至漢皋臺下，見二女，佩兩珠，大如荊雞卵。二女解，與之。既行，反顧二女不見，佩珠亦失。"

[7] 步襪：用三國魏曹植《洛神賦》典，賦中寫洛神，有"體迅飛鳧，飄忽若神。凌波微步，羅襪生塵"之狀。以上二句均爲寫仙游，以營造作品之浪漫氛圍，亦表達了三潭印月猶如仙境的贊許。此二句寫月光下的西湖，猶如仙境一般，使人生發仙游之想。

[8] 渚宫：本爲楚宫，在今湖北江陵縣。這裏曲義爲"水宫"，代指西湖。潛虯：潛伏在水底的虯。虯：不長角的龍。

【考證】

《西湖志》云："東坡留意西湖，極力浚復。于湖中立塔，以爲標表，著令塔以内，不許侵爲菱蕩。舊有石塔三，土人呼爲三塔基。《名勝志》云：'舊湖心寺外，三塔鼎立，相傳湖中有三潭，深不可測，故建浮屠以鎮之。'"

【韻律】

本調載于《欽定詞譜》第二十九卷，本詞用第一式柳永"拆桐花爛漫"詞體。

扁舟。泛天鏡裏。此六字在文法上爲一句，但細玩此六字，却已非二二二結構，其本質上是一個三三式結構的折腰句式，其原讀應該是"扁舟泛、天鏡裏"，祇是因爲第二字是句中短韻，所以才被讀爲一二一四的結構，而我們將其視爲是一個二字逗領四字結構的時候，後四字仍是一個一領三的結構。這個折腰句是本調的初始模式，我們看創調者柳永的三首詞，就可以明白這種句法是本調這個句子的起源句式：

　　"雲衢。見新雁過，奈佳人自別阻音書。……歸途。縱凝望処，但斜陽暮靄滿平蕪。"

　　"傾城。盡尋勝去，驟雕鞍紺幰出郊坰。……歡情。對佳麗地，任金罍罄竭玉山傾。"

　　"尋幽。近香徑處，聚蓮娃釣叟簇汀洲。……鰲頭。況虛位久，遇名都勝景且淹留。"

　　柳永的六個句子全是折腰句法，因此其四字結構均爲一二一模式，這是本調該句的原型。但是，由于六字折腰句法和句中短韻的共存之間，難免會有一些韻律上的不和諧，所以後人改造了這個六字句，使之不再以折腰的形式出現，如周密這十首詞中，僅有本句是采用折腰式填的，其餘全是平起式的律拗句式；或者乾脆捨去句中韻而徑用折腰句式，如洪皓的"東籬有、黃蕊綻……憑欄處、空引領"、王炎的"春難住、人易老……青雲事、今已晚"、辛弃疾的"追亡事、今不見……君思我、回首處"、劉克莊的"任公子、龍伯氏……世間久、無是事"等。

　　【輯評】

　　俞陛雲《唐五代兩宋詞選釋》云："此題在西湖十景中最難出色，因三潭高不盈丈，分峙湖面，無可形況。'印月'二字亦不易描寫。此詞從月浸波心著想，便得'印月'之神理。眠鮫、浴鷺、驚魚等字，皆言水底見月之深印。下闋因臨流玩月而涉想仙佩凌波，寄情迢遞，而'飛星倒影'及'夜舞潛虬'，仍從波心'印月'推想及之。弁陽翁賦此解時，頗費匠心矣。"

　　【附錄】

　　宋張龍榮《應天長·三潭印月》云："桂輪逼彩，菱沼漾金，潛虬暗動鮫室。水露乍凝霜雪，明眸洗春色。年時事、還記憶。對萬頃、苕痕黿坼。舊游處、不認三潭，此際曾識。　　今度湧金樓，素練縈窗，頻照庾侯席。自與影娥又約，移舟弄空碧。輕風悄、簽漏滴。那便許、籠燈相覓。有時恨、月被雲妨，歸也未得。"

明吴之鲸《吴林梵志》卷三云："湖心寺在湖中，今亭即其遗址。三塔俱在外湖，三坻鼎立，并系湖心寺。皇明弘治间，佥事阴子淑者，秉宪甚厉，时寺僧倚怙镇守中官杜门，不容官长以酒肴入。阴公大怒，廉其奸事，立毁之，并去其塔。相传湖中有三潭，深不可测，故建三塔以镇之。南宋旧图，从南数湖中，对第三桥之左，为一塔，对第四桥之左，为一塔，第五桥之右，为一塔。塔形如瓶，浮漾水中。《三潭印月》诗有云'塔边分与宿湖船'，又云'塔影亭亭引碧流'，俱实境也。万历间，开葑田数顷，筑堤植柳，为放生池。"

宋陈允平《渡江云·三潭印月》云："三神山路杳，六鳌驾浪，幻境口西湖。水连天四远，翠台如鼎，簇簇小浮图。烟沉雾迥，怪蜃楼、飞入清虚。秋夜长，一轮蟾素，渐渐出云衢。　　遥看寒光金镜，皓彩明璫，正人间三五。总输与、鸥眠葑蓼，鹭立菰蒲。笙歌唤醒鱼龙睡，向贝阙、争取明珠。清梦断，西风醉宿冰壶。"

宋王洧《湖山十景·三潭印月》云："塔边分占宿湖船。宝鉴开奁水接天。横笛叫云何处起，波心惊觉老龙眠。"

元尹廷高《三潭印月》云："波仙鼎立据平湖。天影清涵水墨图。夜静老龙鳞甲冷，冰壶深处浴明珠。"

明聂大年《西湖十景·三潭印月》云："纤云扫迹浪花收。塔影亭亭引碧流。半夜冰轮初出海，一湖金水欲镕秋。龙官献璧神光吐，鲛室遗珠瑞气浮。浪说影娥池上景，不知此地有仙舟。"

明马洪《西湖十景南乡子词·三潭印月》云："潭水碧涵天。冷浸中宵皓月圆。写出嫦娥真面目，婵娟。绝胜瑶台跨凤仙。　　潭底是龙渊。翠户珠宫玉作田。神物也耽良夜景，蜿蜒。抱得明珠喜不眠。"

明瞿佑《摸鱼儿·三潭印月》云："望西湖、暮蟾初出，金波十里如泻。就中胜景三潭好，不照绮罗游冶。谁与话。问素娥、广寒独宿何曾嫁。纤云怎惹。看笑弄兰芳，轻摇桂影，拭目辨真假。　　凭阑处，尽把闲情陶写。冰轮容易西下。舞衫踏破歌裙褪，唤起更将泉灑。君莫捨。君不见、世间谁是长年者。今宵醉也。任颠倒纶巾，淋漓宫锦，休放碧瑶斝。"

明莫瑶《蝶恋花·三潭印月》云："秋静寒潭澄见底。玉色蟾蜍、飞入清泠水。睡熟骊龙呼不起。颔珠光照冰壶里。　　谯赏此时能有几。遥忆同欢、今夜人千里。试问龙渊深几许。骑鲸欲共姮娥语。"

明陈霆《菩萨蛮·三潭印月》云："采菱歌断摇天晚。碧湖无浪蘋风软。一月漾三轮。秋光被水分。　　胜游超秉烛。画舸潭心宿。月恰近双舷。梦魂中夜寒。"

明張寧《西湖十咏爲李載章題·三潭印月》云："片月生滄海，三潭處處明。夜船歌舞處，人在鏡中行。"

清厲鶚《清江引·三潭印月》云："魚王國中看月上。三塔搖相望。浮珠白一丸，沉璧寒千丈。夜深老禪心一樣。"

清楊玉銜《木蘭花慢·三潭印月》云："寫空潭人影，有名曰，在中湫。看橋板橫弓，塔輪對鼎，今古長浮。橫舟。琉璃界裹，小浮圖、燭影閃星眸。卅六闌干曲曲，倚來偷看吳鈎。　　中流。擊汰吟秋。尊易泣，笛方愁。自東坡去後，瓊樓恍惚，赤壁遨游。更收。孤山鶴夢，被西風、吹散落前洲。詐識蓴絲真味，此中惟有潛虯。"

又　兩峰插雲

碧尖相對處，向煙外、挹遥岑[一][1]。記舞鷲啼猿[2]，天香桂子[3]，曾去幽尋[二]。輕陰[三]。易晴易雨[4]，看南峰澹日北峰雲。雙塔秋擎露冷[四][5]，亂鐘曉送霜清。　　登臨。望眼增明[6]。沙路白、海門青。正地幽天迥，水鳴山籟，風奏松琴[7]。虛櫺[8]。半空聚遠，倚闌干、暮色與雲平。明月千岩夜午[9]，溯風跨鶴吹笙[五][10]。　　　　（第十）

【校記】

[一] 挹，作"抱"。遥，知不足齋本作"摇"。

[二] 幽尋，掃葉本作"尋幽"失韻，誤甚。

[三] 陰，芝蘭本注云："此句叶韻，聶志作'靄'，誤。"

[四] 秋擎，丙午本原作"擎秋"，此二句雖不以對偶爲正，但總體玩味，原句似以儷句爲是，據知不足齋本、彊村本、四印齋本改。

[五] 原注："已下共缺四十二行。"蔡按：丙午本每面爲九行，行十七字，故總闕五面兩頁半，近七百字。

【箋釋】

[1] 煙：這裏指的是山嵐、山上的雲氣。挹：本義是舀，這裏有山頭浮出之意。這兩句恰好詮釋了前文《西湖志》中"其上多奇雲，山峰高出雲表，時露雙尖"這一描寫。

[2] 舞鷲啼猿：俱有所指，《浙江通志》卷一百九十八"慧理"條云："佛祖統紀咸和元年，西天沙門竺慧理至錢塘武林山，驚曰：'中天竺，靈鷲小嶺，何年飛來此地邪？'因名'天竺山飛來峰'，建寺曰'靈隱'，仙翁葛洪書額。釋氏稽古略有洞，舊有白猿，呼之應聲而出。宴坐之岩，號'理公岩'，今瘞

塔存焉。"蔡按：南高峰、北高峰均在武林山。

[3] 天香：即指桂子，謂其香猶如天宮中來，語本南北朝庾信《奉和同泰寺浮圖》詩"天香下桂殿，仙梵入伊笙"，此後詩人紛紛襲用，本句擷用唐白居易《寄韜光禪師》詩"遥想吾師行道處，天香桂子落紛紛"。

[4] 易晴易雨：謂山中之氣象易變。本句化用宋周紫芝《日出東南隅行》詩"青天易雨亦易晴，吳鹽催眠欲成繭"。

[5] 雙塔：南高峰、北高峰頂原各有一塔，今已隳圮。參見附録中《蘇詩補注》條。擎露冷：猶言"矗立在清冷的秋露中"。

[6] 望眼：眺望遠處的眼睛。本句化用宋趙師俠《南柯子·送朱辰州千方壺小隱》詞"憑闌凝望眼增明。一片瀟湘、真個畫難成"。

[7] 本句化用宋郭祥正《小閣夜眺》詩"空江雲盡月涵璧，絶壑風生松奏琴"。

[8] 虛楹：其意未解，應是指雙塔猶如遠處半空中的"虛楹"。《浙江通志》卷二百三十云："《豐坊鹿苑寺》詩：'為觀名畫入山行。檜竹森森落照明。白鹿不來游故苑，青鸞猶見舞虛楹。'"《文苑英華》卷八〇六云："爰立兹堂，環之高樓，翼之虛楹，有風月之景，花木之陰，無燥濕之虞，蟄陷之慮，聚于此者，得無愧焉。"元丁復《賦孺子亭送心上人還洪》詩云："虛楹過日白，老樹入湖青。"明區大相《再宿溪上樓三兄讀書處》詩云："塵埃展舊榻，鳥雀聚虛楹。"清顧炎武《朱處士鶴齡寄尚書碑傳》詩云："青山對虛楹，零露寒高枝。"據上述諸書證可知，"虛楹"或是建築物尤其是高大的建築物上端的某一構建，故詞可云"半空聚遠"。

[9] 千岩：猶言千山。唐李白《送王屋山人魏萬還王屋》詩云："萬壑與千岩，崢嶸鏡湖裏。"

[10] 本句用王子喬典，表示一種逍遥欲仙的情狀。漢劉向《列仙傳》卷上云："王子喬者，周靈王太子晋也。好吹笙，作鳳凰鳴，游伊洛之間。道士浮丘公，接以上嵩高山三十餘年。後求之于山上，見柏良曰：'告我家，七月七日待我于緱氏山巔。'至時，果乘白鶴駐山頭，望之不得到，舉手謝時人，數日而去。"

【考證】

《西湖志》云："南高、北高兩峰，相去十餘里，中間層巒叠嶂，蜿蜒盤結，列峙爭雄，而兩峰獨以高名，為會城之巨鎮。山勢既峻，能興雲雨，故其上多奇雲，山峰高出雲表，時露雙尖，望之如插。"

和珅等在《大清一統志》説："本朝康熙三十八年，聖祖仁皇帝南巡，駐蹕西湖，并賜題咏，建亭勒石，更'麴院荷風'爲'曲院風荷'，'雷峰落照'爲'雷峰西照'，'南屏晚鐘'爲'南屏曉鐘'，'兩峰插雲'爲'雙峰插雲'。"這四處真正是康熙改易的，祇有"雙峰插雲"一項，也是爲後人真正接受的一項。這個名字也是今天的正式景名。而在明代，還有一個別名，爲"兩峰出雲"，田汝成《西湖游覽志》中所錄的張寧五言絕句，即用此名。清人宮夢仁在《讀書紀數略》第十二卷中所提及的"西湖十景"，用的也是"兩峰出雲"；清沈嘉轍也在其《南宋雜事詩》中提及，兩峰插雲和斷橋殘雪，"一作'兩峰出雲''孤山梅雪'"，可見張寧的詩題并非誤筆，惜不知沈嘉轍所說的，書證是什麼，起于何時，是否爲南宋所稱。

【韻律】

本調載于《欽定詞譜》第二十九卷，本詞仍用第一式柳永"拆桐花爛漫"詞體，這一模式的一個特點，是過片采用入韻的方式，與"倚危樓佇立"體式不同，而周密十首則無論用哪種體式，過片均采用入韻的填法，這固然有詞人個人的偏好，但韻律上更具變化的作用，也是一個原因。

向煙外、挹遥岑。本詞也是多部混合韻，主韻爲庚青韻，以侵文部韻的"岑""尋""陰""雲""臨""琴"相混叶。

看南峰澹日北峰雲；倚闌干、暮色與雲平。前一句爲典型一七式句法，"南峰澹日"與"北峰雲"構成句內對，但今各標點本俱讀爲上三下五式句法，致使讀成破句，"澹日北峰雲"莫知所云，甚誤。之所以會讀破，傳統詞譜的誤導固然是一個原因，後段對應句的結構造成的影響，無疑也是重要原因。而這種前後段失對失諧的填法，由于結構上往往存在一種距離的間隔，是一種很容易被忽略的藝術上的瑕疵，一旦作者全局感疏澹，就容易前後忘記照應，導致在韻律上句法參差不諧。

【輯評】

俞陛雲《唐五代兩宋詞選釋》云："咏西湖十景之首句，皆振裘挈領，無一輕率之筆。此詞'碧尖相對'四字，足爲雙峰寫照。以陰晴雲日分寫雙峰，'南峰'七字可稱名句。舊有雙塔，高聳峰顛，草窗猶及見之，故有'秋擎'之句，今僅餘壞塔之基矣。下闋登高望遠，固題中應有之義，妙在'沙白海青'，確是此處登臨所見。倚闌而'秋與雲平'，則雙峰高插雲中，不言而喻。結句置身在千仞之岡，宜飄飄有凌雲氣也。凡名勝之地，每以四字標其風景，如燕臺八景、瀟湘十景、金陵四十八景之類。而西湖十景尤爲擅名。草窗十解，靡不工麗熨貼，如小李畫之金碧樓臺，故備錄之。"

【附錄】

宋張龍榮《應天長·兩峰插雲》云："暮屏翠冷，秋樹赭疏，雙峰對起南北。好與霽天相接，浮屠現西極。岩嶢處、雲共碧。漫費盡、少年游屐。故鄉遠、一望空搖，水斷煙隔。　　閑憑湧金樓，瀲灩波心，如洗夢淹筆。喚起睡龍蒼角，盤空壯商色。西湖路、成倦客。待倩寫、素縑千尺。便歸去、酒底花邊，猶自看得。"

《增補武林舊事》卷六云："榮國寺有白龍祠、五顯祠，險峻甚于北峰，中有墜石，相傳云：昔有道者，鎮魔于此。又有穎川泉。峰在南北諸山之界，羊腸詰曲，松篁蔥蒨，非芒鞋布襪，努策筇杖，不可登也。塔居峰頂，晋天福間建，宋崇寧、乾道兩度崇修，元季毀。舊七級，今存五級，塔中四望，則東瞰平蕪，煙消日出，盡湖山之景。南瀕大江，波濤洶洑，舟楫隱見杳靄間。西接岩竇，怪石翔舞，洞穴邃密，其側有瑞應泉，巧若鬼工。北矚陵阜，陂陀曼衍，箭櫪叢出，黍麥連雲，山椒巨石，屹如峨冠者，名'先照壇'，相傳道者鎮壓之所。峰頂有鉢盂潭、穎川泉，大旱不涸，大雨不盈。潭側有白龍洞、龍王祠，今廢。"

《蘇詩補注》卷十二云："高峰塔：《咸淳臨安志》：南高峰塔，天福中建，高可十丈。又，北高峰塔，天寶中建，高七層。《西湖游覽志》：高峰在南北諸山之界，羊腸屈曲，松篁蔥蒨。塔居峰頂，東瞰平蕪，盡湖山之景；南瀕大江，西接岩竇，怪石翔舞，洞穴邃密。"

宋陳允平《婆羅門引·兩峰插雲》云："髻鬟對聳，萬松扶玉上青冥。西風共倚，煙南水北，石荒苔老，三十六梯平。愛翠尖如削，天外亭亭。高寒夢驚。是何夕墮雙星。　　無限蒼崖紫岫，誰拊棱層。薜蘿深處，算少年、游屐幾番登。河漢近、疑在蓬瀛。"

宋王洧《湖山十景·兩峰插雲》云："浮圖對立曉崔嵬。積翠浮空霽靄迷。試向鳳凰山上望，南高天近北煙低。"

元尹廷高《兩峰插雲》云："嶙峋對峙勢爭雄。古塔疏林杳靄中。寫盡西湖煙雨障，雙尖如筆閣晴空。"

明聶大年《西湖十景·兩峰插雲》云："屹立亭亭入杳冥。勢雄南北氣憑陵。玉簪拔地三千仞，寶蓋撐空一七層。天遠不聞風外鐸，夜深搖禮月邊燈。何當一掃浮雲靜，俯視東溟看日升。"

明馬洪《西湖十景南鄉子詞·兩峰插雲》云："萬仞碧崚嶒。華蓋陽明比未能。名作擎天雙玉柱，相應。絕頂三更見日升。　　聞說住山僧。上界仙人喚得應。待我秋清游興動，須登。試到青雲第一層。"

明瞿佑《摸魚兒·兩峰插雲》云："望西湖、兩峰齊聳，亭亭南北相對。玉山高并三千丈，俯視渺茫塵界。雲鬖鬈。遮不盡、七層窗户雙飛蓋。經時歷代。向僧定人歸，鈴音自語，也似説成敗。　　憑闌處，幾度晴明陰晦。山光依舊如黛。白衣蒼狗多更變，識破世間情態。君莫怪。君不見、英雄往日今何在。群仙久待。便乘此清風，問之明月，穩跨大鵬背。"

明莫璠《蝶戀花·兩峰插雲》云："南北雙峰雲氣繞。玉削芙蓉、迥出青天表。金碧浮圖瞻縹緲。朱甍繡檻臨黃道。　下界紅塵飛不到。東望彤庭、日出扶桑曉。願借謫仙希有鳥。瑶笙吹上蓬萊島。"

明陳霆《長相思·兩峰插雲》云："南高峰。北高峰。南北峰高插太空。春雲起夜龍。　　煙濛濛。雨濛濛。三月湖南春樹濃。楼臺煙雨中。"

明張寧《西湖十咏爲李載章題·兩峰出雲》云："南峰雲乍晴。北峰雲欲雨。中有化霖人，高眠兩峰裏。"

清厲鶚《清江引·兩峰插雲》云："南北兩高青對聳。氣濕雲飛動。牛頭縹緲齊，馬耳冥蒙共。僧歸雨來龍瀓湧。"

清楊玉銜《木蘭花慢·兩峰插雲》云："四圍蒼翠合，錦屏敞，列層岑。忽馬耳高騫，撐天尺咫，拔地千尋。晴陰。一開一闔，鎖連環、中有暮朝雲。往返諸仙玉馭，不勞風伯清塵。　　妝臨。鏡俯湖明。鬟競綠，黛爭青。聽高塈松濤，牙連海上，相向鳴琴。飛楹。行春橋側，峙碑亭、南北路平分。游客叠攜阮屐，清宵分聽緱笙。"

踏莎行（殘句）[一]

□□□□，□□□□。□□□□□□□。□□□□□□□，□□□□。　　□□□□，□□□□。□□□□□□□。□□□□□□商，西風祇在垂楊外。[二]

【校記】

[一] 在"兩峰插雲"詞後，江昱注云"已下共缺四十二行"，即此八字殘句在其後第四十三行。蔡按：原著版式，每行十七字，則本詞所缺除分段空格外，加此八字後，捫其韻律，應是四十一字、五十八字、七十五字、九十二字、一百九字、一百二十六字等詞體，以此求之，現存詞體中祇有《踏莎行》一調相符合，故補奪字符及原闕的調名。

[二] 朱彊村云："此詞缺文，以行格、句調求之，當是《踏莎行》歇拍。"蔡按：此八字後并無闕奪，則非歇拍，而應是結拍。

浪淘沙

新雨洗晴空。碧淺眉峰[1]。翠樓西畔畫橋東。柳綫嫩黄纔半染，眼眼東風[2]。　繡户掩芙蓉[3]。帳減香篝[4]。遠煙輕靄弄春容。雁雁又歸鶯未到[一][5]，誰寄愁紅[6]。　　　　　（第十一）

【校記】

[一] 又歸，知不足齋本、辛酉本并作"未歸"。

【箋釋】

[1] 古代有將眉毛描成青色的流行風，這在詩詞中也很多見，如唐張祜《楊柳枝》的"凝碧池邊斂翠眉，景陽臺下縮青絲"、唐白居易《喜小樓西新柳抽條》的"須教碧玉羞眉黛，莫與紅桃作曲塵"、唐李商隱《石榴》的"可羡瑶池碧桃樹，碧眉紅頰一千年"等。翠眉、眉黛、碧眉都是青色眉毛的寫真，因此，"碧淺眉峰"的意思，即是説晴空之碧略淺于眉峰之青色。

[2] 眼眼：每一眼，滿眼。周密另有《春閨》詩"嫩柳拖春眼眼愁"，亦同。語出宋楊萬里《六月將晦夜出凝歸門》詩"山轎聲聲柔櫓緊，葛衣眼眼野風清"。

[3] 芙蓉：此指"芙蓉帳"，亦即我們前面説的中心詞省略手法，參第七首、第八首。

[4] 香篝：置于帳中的焚香筒。本句源自唐李賀《惱公》詩"曉奩妝秀靨，夜帳減香篝"。清王琦彙解云："香篝：帳中燒香器，至曉火燼，故香減。"

[5] 雁雁：鴻雁的愛稱、昵稱。語出唐白居易《放旅雁》詩"雁雁汝飛向何處，第一莫飛西北去"。

[6] 愁紅：原指經受風雨後的花朵，此借指帶著愁容的紅顏。語出唐姚合《和李補闕曲江看荷花》詩"日浮秋轉麗，雨灑晚彌鮮。醉艷酣千朵，愁紅思一川"。

【韻律】

本調載于《欽定詞譜》第十卷，《欽定詞譜》云"其源亦出于李煜詞也"，本詞爲正體填法，與早期詞作南唐李煜"簾外雨潺潺"詞同格。本調作爲早期詞調，每一句都采用雙起式句式，因此整個韻律的聲容基調，以諧和、雍容、優美爲基本特徵，周密共計三首，兩首用東冬韻，一首用尤韻，選韻與詞調的韻律十分諧和，十分精當。

詞由令詞而發展爲近詞，有一個衍變的過程，在介乎兩者之間有一種體式，我稱其爲"五句體"，"五句體"無論字數多少，都祇是小令的一種。《浪淘沙》是一個典型的五句體小詞，這種體式的一個特點，就是其第三句往往是一個"橋梁句"，屬前抑或屬後，很難分判，因爲"翠樓西畔畫橋東"即可以是前文"晴空"之所在，又可以是其後"東風柳綫"之所在。換言之，填好這類詞，將第三句的"橋梁"角色寫到位就基本成功了。

另參第六十一首【韻律】。

浣溪沙

幾點紅香入玉壺[1]。幾枝紅影上金鋪[2]。晝長人困鬥樗蒱[3]。　　花徑日遲蜂課蜜[4]，杏梁風軟燕調雛[5]。荼蘼開了有春無。　　（第十二）

【箋釋】

[1] 玉壺：見【考證】。今人或有解爲漏壺者，或有解爲酒壺者，皆誤甚。

[2] 金鋪：用于門戶的美稱，此指玉壺園園門。唐楊巨源《月宮詞》云："昭陽昨夜秋風來，綺閣金鋪清影開。"

[3] 樗蒱：古代一種博戲，類似現在的著骰子。

[4] 日遲：即"日遲遲"的省寫，陽光暖和的意思。《詩·豳風·七月》云："春日遲遲，采蘩祁祁。"朱熹《詩集傳》云："遲遲，日長而暄也。"課：收集、收納，如"課稅"。

[5] 調雛：訓練雛燕。或謂"調"即"喂養"，甚誤。因爲風軟，所以適合雛燕練習飛翔。宋朱淑真《絕句》詩云"乳燕調雛出畫檐。游蜂喧翅入珠簾"，便是訓練雛燕飛出畫檐。

【考證】

玉壺，即玉壺園，是南宋杭州園林名，爲皇家御園，在錢塘門外，西湖東北岸，昭慶寺旁。《武林舊事》卷三云："湖上御園，南有聚景、真珠、南屏，北有集芳、延祥、玉壺，然亦多幸聚景焉。"《西湖志纂》卷七云："南漪堂：在錢塘門外菩提西寺。《西湖百咏》序蘇軾《南漪堂杜鵑花》詩：'即此後爲玉壺園。'《西湖游覽志》：'本廊王劉琦別業，後爲理宗御園，今廢。'"《夢梁錄》卷一云："仲春十五日爲花朝節，浙間風俗，以爲春序正中，百花爭放之時，最堪游賞。都人皆往錢塘門外玉壺、古柳林、楊府雲洞，錢湖門外慶樂、小湖等園嘉會。"

可見本詞爲咏杭州園林之作，應作于周密盤桓杭州之時。

【韻律】

本調爲唐人小令，《欽定詞譜》收錄于第四卷。《浣溪沙》也是早期詞調，全詞均爲雙起式句式，因此沒有後來的宋詞中其他詞調的那種激越、頓挫的樂感。本調的整體架構明顯留有近體詩詩律的痕迹，如基本符合粘對規則。而從這一粘對殘迹來看，本調的早期狀態應該是八句式的，這一點，也可以從今天所見的敦煌詞《浣溪沙》中看出端倪，敦煌詞中的《浣溪沙》雖然前後段的第四句字數都不等，在整個詞體上卻都是八句式的，也就是說，後來被稱爲《山花子》的詞調才是《浣溪沙》之正宗，也因此，賀鑄將本調稱爲《減字浣溪沙》，有其深刻的道理。

但是這個"減字"的後果，是留下了一個唐宋詞中罕見的結構樣式：前後段的末一句組，都由一個孤拍構成，這幾乎是個絶無僅有的詞調例子，因爲其他詞調中罕見的孤拍現象，基本都是很明顯由於錯訛脫落而形成的，典型的如《金縷曲》。

浣溪沙

波影搖花碎錦鋪[1]。竹風清泛玉扶疏[2]。畫屛紋枕小紗櫥[3]。　　合色麝囊分翠繡[4]，夾羅螢扇縷金書[5]。十分凉意澹妝梳。　　（第十三）

【箋釋】

[1] 搖花：搖動而生花。碎錦：細碎的織錦。本句與張炎《湘月·賦雲溪》詞必互有影響，張炎詞云："長伴暗谷泉生，晴光瀲灧，濕影搖花碎。"

[2] 清泛：本用于水，爲靜詞，如秦觀"水光清泛月華來"。擴而大之，亦用于光、風、聲等，則是動詞，有清冷地瀰漫著之意。宋王之道《邊公式、周表卿侍郎同年會》詩云："談笑靜移楊柳日，杯盤清泛芰荷風。"玉扶疏：碧玉扶疏，這裏以竹狀玉。扶疏：植物生長得挺直而疏朗的樣子，通常詞典都解爲"枝葉繁茂而分披貌"，誤。蔡按：扶，即"扶搖直上"之"扶"，意謂向上攀；疏，即"疏朗有致"之"疏"，意謂不繁密，如南朝謝朓《游東堂詠桐》詩云："葉生既婀娜，葉落更扶疏。"葉落扶疏，顯然不是"枝葉繁茂"之意。又如陶淵明的"孟夏草木長，繞屋樹扶疏"，似乎就是"茂密"了，其實也不一定，因爲這個語境中用"挺直而疏朗"來解釋也依然是恰當的，更何況漢語還有偏義復指的用法。本句或用唐貫休《少監三首》詩意："荀氏門風龍變化，謝家庭樹玉扶疏。"

[3] 畫屛：舊時床上四圍均有屛板，以作擋風用，屛板上雕刻或繪製有圖案，故名。參第一百一十四首"枕屛"注。南朝梁蕭綱《秋閨夜思》詩云：

"夕門掩魚鑰，宵床悲畫屏。"紋枕：周密自創詞彙，有花紋的枕頭。紗櫥：蚊帳。宋程垓《霜天曉角》詞云："恰恨照人敧枕，紗櫥爽、簟紋滑。"

[4] 合色：多種顏色的布塊拼縫成的。宋王千秋《桃園憶故人》詞云："移燈背月穿金縷。合色鞋兒初做。"分翠繡：用翠繡將不同顏色的布塊分開，意謂拼合處繡以翠色。

[5] 夾羅：雙層的羅。唐李商隱《燕臺》詩云："夾羅委篋單綃起，香肌冷襯琤琤佩。"螢扇，用杜牧"輕羅小扇撲流螢"語典。意謂撲流螢之扇，一種浪漫的說法，即羅扇。金書：用金粉書寫的文字。中心詞省用法。參第八首、第十一首。

【韻律】

說到《浣溪沙》的韻律，繞不開其後段一二句的對仗。今人多以爲這兩句"依律須對仗"，殊不知這是一種基本概念搞錯的說法。我們先擺事實：姑不論早期代表民間文化的敦煌詞中，從不用對仗手法，就算是唐五代文人詞中如毛熙震的"好是向人柔弱處，玉纖時急繡裙腰"、張泌的"雲雨自從分散後，人間無路到仙家"、顧敻的"記得泥人微斂黛，無言斜倚小書樓"、李珣的"相見無言還有恨，幾回判却又思量"，等等，都不用對仗的技法，最典型的是韋莊，他的五首《浣溪沙》全是"指點牡丹初綻朵，日高猶自憑朱闌"類的，無一對偶。我們再講道理：對偶是一種修辭手段，所謂修辭就是美化文句，是作家個人主觀上在創作時選用的一種技法，屬于"作法"範疇，而韻律規範屬于"律法"範疇，是一種高度抽象提取出來的客觀存在，不以作者的主觀意志爲轉移。由此可見，因爲某個詞句是否對仗與律法無關，所以，所有詞中的對仗全都不受律法的拘束，均屬于可對可不對，取决於作者在創作中主觀認定的需要與否。

餘參前一首。

浣溪沙

淺色初裁試暖衣[1]。畫簾斜日看花飛。柳搖蛾綠妒春眉[2]。　　象局懶拈雙陸子[3]，寶弦愁按十三徽[4]。試憑新燕問歸期[5]。　（第十四）

【箋釋】

[1] 淺色：淺色的衣料，這是典型的中心詞省略手法，參第八首、第十一首。唐宋時期天氣轉暖後，多著淺色衣服，如唐白居易《寄生衣與微之因題封上》詩云："淺色縠衫輕似霧，紡花紗褲薄于雲。莫嫌輕薄但知著，猶恐通州熱殺君。"唐韓偓《甲子歲夏五月自長沙抵醴陵》詩云："淺色暈成宮裏錦，

濃香染著洞中霞。"宋楊皇后《宮詞》云:"一朵榴花插鬢鴉。君王長得笑時誇。内家衫子新番出,淺色新裁艾虎紗。"

[2] 蛾綠:蛾眉之綠,此指柳綠。本句意謂:柳樹搖動綠色,是因爲嫉妒美女的美眉。唐李賀《蘭香神女廟》詩云:"幽篁畫新粉,蛾綠横曉門。"

[3] 象局:本指用象牙裝飾的棋盤,這裏指的是兩人對局時的一種狀態。

[4] 十三徽:指七弦琴上十三個指示音節的標識,通常用玉製成,故又稱"玉徽"。唐盧仝《風中琴》詩云:"五音六律十三徽,龍吟鶴響思庖羲。"

[5] 本句意謂:春天已經來臨,新燕也已經回來,你的歸期是否已經定了呢?

【考證】

關于"象局",其所指應有兩種,周密另有《朝中措》詞云:"犀奩象局,驚回槐夢,飛雹生寒。"則或爲象戲的棋盤,而通常僅有這樣一種解釋(《太平御覽》曰:"象戲,周武帝所造,而行棋有日月星辰之目,與今人所爲殊不同……故今人亦曰'象棋',蓋戰國用兵爭强,故時人用戰爭之象爲棋勢也。")。但漢語作爲一種寫意性的語言,具體的詞義在各種不同的語境中,可以有很多不同的變化,如本詞就衹是意謂"棋局",是指的"兩人對局的狀態",如後來明人潘希曾《述懷》詩中"勢成吞象兮象局促,我謂象兮且潛伏"之類,就是這種用法。

關于"雙陸":是古代的一種博戲,明周祈《名義考》卷八"博弈"條云:"今'雙陸',古謂之'十二棋'。又謂之'六博'。又謂之'五白'。《博雅》云:投六著,行六棋,故爲六博。著,籌也,今名'骰子',自幺至六,曰'六著',棋局齒也,内外各六,曰'六棋',此六博之義也。"其玩法據宋晁公武《郡齋讀書後志》卷二云:"其法左右十二梁,設二朋,朋各十五子,一白一墨,用明瓊二,各以其采。由右歸左,子單,則他子得擊,兩子以上,他子雖相當不得擊。"

【韻律】

參見第十二、十三首【韻律】。

【輯評】

清陳廷焯《別調集》卷二云:"'雙陸''十三'借對甚巧。結句婉至。"

東風第一枝　早春賦[一]

草夢初回[1],柳眠未起[2],新陰纔試花訊[3]。雛鴛迎曉偎香,小蝶舞晴弄影。飛梭庭院[4]，早已覺、日遲人静[5]。畫簾輕、不隔春寒[二]，旋減酒紅香暈。　　吟欲就、遠煙催暝。人欲醉、晚風吹醒。瘦肌羞怯金寬[6]，笑靨暖融粉沁[7]。珠歌緩引[8]。更巧試、杏妝梅鬢[三]。怕等閑、虛度芳期，老却翠嬌紅嫩[9]。　　　　　　　　（第十五）

【校記】

[一] 本詞光緒本未收，四印齋本無題序。
[二] 畫簾，毛校本、知不足齋本、四印齋本并作"晝簾"。
[三] 鬢，彊村本該字漫滅不能識。

【箋釋】

[1] 草夢初回：謂草枯一冬，猶如酣睡，值此早春之際，睡醒夢回。或謂此用謝靈運夢中得句"池塘生春草"事，未免捕風捉影，此爲草之夢，非人之夢，是"草夢"，非"夢草"，二者自然風馬牛。

[2] 柳眠：或以爲此用三眠三起之意，非是。這裏也與"草夢"意相同。明張寧化用本句于其詩《再游吳興有懷岳文機太守翁載道大尹》之次聯中，即"蘼蕪醖暖綠初齊，楊柳眠寒柔未起"。清龔翔麟則擷入其《臺城路·送桐城張先生予告歸里》詞中，用作過片："西勾柳眠未起，驪駒嘶便發，欲別還聚。"

[3] 新陰：歲初新生枝葉所形成的樹蔭，陰，通"蔭"。南朝謝靈運《讀書齋》詩云："偃仰倦芳褥，頻步憂新陰。"花訊：即花信風，對應花期而起的風。自小寒起到穀雨終，共有八個節氣，每一節氣分三候，每一候對應一種花信，因此有"二十四番花信"之説。

[4] 飛梭：一種庭院裝飾物。飛梭庭院：裝點著飛梭的庭院。宋陳允平《絳都春》亦用，其詞前段第二句組云"殢雨弄晴，飛梭庭院繡簾閑"，周、陳好友，頗有交集，這兩句互有影響應是必然。而清末梁啓勳《惜餘春慢》之前段第三句組云"荒渚蘆菰正肥，庭院飛梭，落榆飄瓦"，擷取于陳、周詞中，應該也是沒有問題的。關於"飛梭"，周密《武林舊事》卷二"賞花"條云："禁中賞花非一。先期後苑及修内司分任排辦，凡諸苑亭樹，花木妝點一新，錦簾綃幕，飛梭繡球，以至裀褥設放，器玩盆窠，珍禽异物，各務奇麗。"何謂"飛梭"，從"錦簾、綃幕、飛梭、繡球"來看，應該是一種繫于樹枝上裝點環境的、外觀似織梭形狀的懸垂裝飾物。周密《水龍吟》（第一百一十一首）中稱其爲"吹簫門巷，飄梭院宇"，宋張炎《風入松》云"小窗晴碧貼簾波。晝影舞飛梭"，能"飄"能"舞"，則質極輕；宋劉過《次吕簿池亭韻》云"倒

影簾花翻翠色，飛梭錦段織紅芳"，則應是用絲織品製成；宋張樞《宮詞》云"應奉人多宣喚少，海棠花下看飛梭"；周密《憶舊游》云"記花陰映燭，柳影飛梭，庭戶東風"，則應繫于樹下；周密《少年游》云"簾消寶篆卷宮羅。蜂蝶撲飛梭"，則可見製成五彩斑爛狀；宋劉將孫《摸魚兒》云"也待見東鄰，花艷墻低處。東風看取。便嬌送飛梭，半携編貝，笑咏尚高古"，則易于取下。而諸詩詞中所寫，又都在春天，則應是春園中的裝點物。

[5] 日遲：這裏是太陽已經早已升高，日頭已晚的意思。唐儲光羲《薔薇篇》詩云："春日遲遲欲將半，庭影離離正堪玩。"

[6] 金寬：金（飾）寬，典型的中心詞省略用法，這種文法特徵，對詩詞這種語言高度凝練的文體，尤爲適合，故常可見到，參第十三首、第十四首。此金飾，應是腕鐲、臂鐲類的飾物。宋萬俟紹之《江神子·贈妓寄夢窗》詞云："琴裏知音無覓處，妝粉澹，釧金寬。"宋陳允平《丹鳳吟》詞云："挑脫金寬雙玉腕，怕人猜偷握。"

[7] 粉沁：即"粉沁入汗中"，周密自創詞彙。這是一種修辭手法，笑臉暖人心，本是一種比喻說法，暖而至于出汗，更是誇張之筆。元張翥《露華·玉簪》詞云"亭亭雪艷愁獨。愛粉沁冰筠，須拈金粟"，用此語典。

[8] 引：即"引吭高歌"之"引"，緩引：可以有多種意思，如"緩引離觴"，即慢慢舉起別酒；"緩引柔條"，即慢慢牽扯柳枝；這裏是慢慢地歌唱的意思。語出宋曹勛《宴清都·太母誕辰》詞"歌聲緩引，梁塵暗落，五雲凝晝"。

[9] 翠嬌紅嫩：本指花木，這裏用來比喻人的年華。

【韻律】

本詞屬于慢詞，《欽定詞譜》收錄于第二十八卷。用第一式史達祖"草腳愁蘇"詞體，唯後段"珠歌緩引"句入韻，與史詞小異，但就全詞韻律看，應屬于偶合，這一點，我們從前段對應句"飛梭庭院"未作叶韻處理，可見其消息。

本詞爲本調正格，因此"雛鴛迎曉偎香，小蝶舞晴弄影"和"瘦肌羞怯金寬，笑靨暖融粉沁"兩聯，以駢偶填法爲正。但是詞律中不存在某處"必須對仗"的規則，任何一處以駢偶爲正的地方，都可以以散句填入，並不違律（詳參第十三首【韻律】）。當然，詞中的句子予以對偶處理之後，對詞句的表達將會起到一個加強的作用，這一點是毋庸置疑的，例如本詞的過片，通常也都用對偶手法，相信不僅僅在詞意的表達上，而且處在這樣一個特殊的位置上，韻律的呈現上也一定有一個加強的作用。祇不過"加強"未必就一定是正作用，不需要加强的時候去"加强"，那就一定是負作用。

本詞以詞韻第六部爲主韻，其基本韻由主韻"訊""暈""鬘""嫩"和輔韻"引"構成，間叶十一部（影、静、暝、醒）、十三部韻（沁）。這種用韻的方式，宋詞中多見，但今人填詞，恪守的是清人的詞韻，反將這種混叶視爲違律，以清律規範宋詞，其謬不言而喻，應重新認識。

楚宫春　爲洛花度無射宫[一][1]

　　香迎曉白[2]。看煙佩霞綃[3]，弄妝金谷[二][4]。倦倚畫闌，無語情深嬌足。雲擁瑶房翠暖[三][5]，繡帳捲、東風傾國[四][6]。半捻愁紅念舊游[7]，凝佇蘭翹[五][8]，瑞鸞低舞庭綠。　　猶想沉香亭北[9]。人醉裏、芳筆曾題新曲。自剪露痕[六][10]，移取春歸華屋。絲障銀屏静掩[七][11]，俏未許、鶯窺蝶宿[八]。絳蠟良宵酒半闌[12]，重繞鴛機[13]，醉靨争妍紅玉。（第十六）

【校記】

[一] 知不足齋本、四印齋本題序爲"牡丹"。

[二] 弄妝，芝蘭本注云："《草窗詞》作'美女'。"《欽定詞譜》同，韻律不諧，或是"美人"之抄誤。

[三] 翠暖，《欽定詞譜》作"帳暖"。

[四] 繡帳，知不足齋本、四印齋本、辛酉本、光緒本、《詞繫》并作"繡幕"。《欽定詞譜》作"翠幕"。

[五] 翹，知不足齋本、四印齋本、辛酉本并作"橈"。

[六] 自剪，《欽定詞譜》作"輕裹"。

[七] 絲，丙午本原作"然"，據毛校本、知不足齋本、彊村本、四印齋本、辛酉本、光緒本改。

[八] 俏，彊村本、四印齋本、辛酉本、光緒本、《欽定詞譜》、《詞繫》并作"悄"。蝶，知不足齋本、四印齋本、辛酉本并作"燕"。

【箋釋】

[1] 洛花：即"洛陽花"，特指牡丹。宋歐陽修《洛陽牡丹記》云："（牡丹）出洛陽者，今爲天下第一，洛陽所謂丹州花。延州紅、青州紅者，皆彼土之尤杰者。然來洛陽，纔得備衆花之一種，列第不出三，已下不能獨立與洛花敵。"蔡按：本句題序，正確的讀法應該是"爲洛花度（無射宫）"，意謂"爲洛陽牡丹度詞，用無射宫"，中心語省略法。無射宫：樂律名稱，即燕樂二十八調中的黄鐘宫。宋沈括《夢溪筆談·補筆談》卷一云："無射宫今爲黄

鐘宮。"宋張炎《詞源》卷上亦云："無射宮俗名黄鐘宫。"周密本詞云："爲洛花度（無射宮）。"則可見本詞作爲詞樂所演唱時，與其他詞不同，用的是無射宮的曲調。

[2] 曉白：晨間素白的花色。唐柳宗元《早梅》詩云："朔吹飄夜香，繁霜滋曉白。"朱彊村謂："'白'字疑當作'日'。"則"香迎日"，似欠。

[3] 煙佩霞綃：意謂"煙如其佩，霞如其綃"，用以修飾"金谷"。

[4] 金谷：即"金谷園"，位于洛陽，晋石崇所建的豪華園林。南朝劉删《侯司空第山園咏妓》詩云："石家金谷妓，妝罷出蘭閨。"

[5] 瑶房：指洛陽花。周密自創詞彙，集中"瑶房"三見，均指花朵。另二例見第六十七、一百一十四首。

[6] 周密詞友張炎，有《華胥引》詞咏牡丹云"素衣初染天香，對東風傾國"，二詞不知孰先孰後，其中必有相互影響處，則應無疑。而"東風傾國"的意思，實際上也就是"對東風傾國"的省略説法，因此，玩其筆法與氣脉，周密本詞應該是後于張詞而用。

[7] 愁紅：即將凋零的花朵。紅，即"紅色的花瓣"，典型的中心詞省略式用法，參見第十四、十五首。唐李賀《黄頭郎》詩云"南浦芙蓉影，愁紅獨自垂"，唐温庭筠《元處士池上》詩云"愁紅一片風前落，池上秋波似五湖"。

[8] 凝佇：因心有所思，全神貫注于某事而顯得發呆似的佇立著。蘭翹：女子頭飾，其形狀製成蘭花型，故名，後一首有"凝想鳳翹"句，鳳翹，則是其形狀製成鳳凰形狀。此爲借代用法，指戴著蘭翹的女子。宋吴文英《解語花·梅花》詞云："酥瑩雲容夜暖。伴蘭翹清瘦，簫鳳柔婉。"

[9] 沉香亭：唐代宫中亭名。此語典用唐李白《清平調》詩"解釋春風無限恨，沉香亭北倚闌干"。《全唐詩》卷二十七《清平調》三首題注云："開元中，禁中重木芍藥，會花方繁開，帝乘照夜白，太真妃以步輦從。李龜年以歌擅一時之名，帝曰：'賞名花，對妃子，焉用舊樂辭爲？'遂命白作《清平調》詞三章，令梨園弟子略撫絲竹以促歌，帝自調玉笛以倚曲。"因此在本詞咏牡丹中述及，其中前段"傾國"一詞，應該含有李楊悲劇故事之意。

[10] 剪：割除，去除。剪露痕：即"擦去露痕"。本句及後一句用宋吴文英《絳都春·爲李篔房量珠賀》詞"旋剪露痕，移得春嬌栽瓊苑"。而清末周岸登有《瑞鶴仙·收燈節對盆蘭感憶》詞云"付瑶琴、細寫幽姿，露痕自剪"，則顯系改用本句詞。

[11] 障：即"步障"，一種類似屏風的帷幕，但屏風用在室内，步障用在

室外。絲障：用絲織品製成的步障。《晋書·石崇傳》云，石崇"舉貴戚王愷、羊琇之徒，以奢靡相尚……愷作紫絲布步障四十里，崇作錦步障五十里以敵之"。

[12] 絳蠟：紅蠟燭。明梁寅《彭伯塤新婚》詩云"良宵絳蠟銀屏暖，吉日瓊筵畫障開"，襲用本詞意。

[13] 鴛機：即"鴛鴦機"，織機的一種美稱，因織機的主要構成是經緯兩屏，猶如鴛鴦不可分離，故以之名。唐上官儀《八咏應制》詩云："且學鳥聲調鳳管，方移花影入鴛機。"唐宋之問《明河篇》詩云："鴛鴦機上疏螢度，烏鵲橋邊一雁飛。"

【韻律】

本詞爲單純添頭式結構的慢詞，《欽定詞譜》收録于第三十四卷，列第二格，校之第一格僧揮詞，換頭句多二字，且入韻。由于宋詞僅存此二首，因此此類差异，極疑并非由文字添頭而成，根據宋詞的一般情况來看，這種模式的"添頭"似尚未見，雖然僧揮的"扁舟去後"，與後段齊頭，有另一種韻律特色，但慢詞多用添頭式填，所謂的"添頭"并不是簡單的文字添加而已，而是詞樂相關的一種韻律變化，因此，我們以爲實際上應該是僧揮詞有二字脱落的緣故。而由于添頭後韻律會有更多變化，因此本調以本詞爲正格摹寫，更爲妥切。而本詞的歇拍，僧揮作"別是一家風月"，爲仄起式句法，與後段同，較之周密詞更爲工整，而"瑞鷺低舞庭緑"則是一個平起式律句，就韻律來説，其變化更大一些。

本詞用入聲韻，基本韻爲詞韻十五部入聲屋沃通用韻，混入入聲陌部"白"、職部"國""北"三個他韻。入聲的混叶，也是宋詞的基本規則，雖清儒詞韻中多不相通，而今人填詞，自應以宋詞爲準則。

猶想沉香亭北。這一拍在韻律上具有特殊的作用，本調過片的起拍原爲四字一句，周密添二字作六字一句，而這二字就韻律而言實即一二字逗，所以它不僅僅是統領"沉香亭北"四字，更是統領整個句組，這種架構在慢詞中時有出現。而就本詞而言，它更關係到第二句組，即第一、二句組都是"猶想"的對象。

半捻愁紅念舊游；絳蠟良宵酒半闌。本調前後段末一兩個句組，由于《欽定詞譜》前段讀成"半捻愁紅，念舊游、凝佇蘭翹，瑞鷺低舞庭緑"，後段讀成"絳蠟良宵、酒半闌，重繞鴛機，醉靨争妍紅玉"，因此今天的各種標點本基本都如此讀。但是，由于所有的七字律句都是上四下三式的，因此在實際標點句讀的時候，通常按慣例是無須讀成"此地空餘、黄鶴樓"的，"絳蠟良宵、酒半闌"就顯得很啰嗦了，這七字本來就是一個非常規整的仄起平收式律句，因此以讀爲一句爲正，同理，前段也是如此。

【譜注】

《欽定詞譜》云："此與僧揮詞同，惟換頭句添二字、又押韻异。"

秦巘《詞繫》云："後起句六字比前多二字。前後第四、五句，上四下六字，可不拘。此詞各刻訛脱甚多，今從《蘋洲漁笛譜》訂正。'白''國''北'三字借叶，宋人多用之。'白'字，一本作'日'，失韻。"

【附録】

張炎《華胥引·錢舜舉幅紙畫牡丹、梨花。牡丹名洗妝紅，爲賦一曲，并題二花》詞云："溫泉浴罷，酹酒才蘇，洗妝猶濕。落暮雲深，瑶臺月下逢太白。素衣初染天香，對東風傾國。惆悵東欄，炯然玉樹獨立。　祇恐江空，頓忘却、錦袍清逸。柳迷歸院，欲遠花妖未得。誰寫一枝澹雅，傍沉香亭北。説與鶯鶯，怕人錯認秋色。"

大聖樂　東園餞春即席分題[一]

嬌緑迷雲，倦紅颦曉[1]，嫩晴芳樹[2]。漸午陰、簾影移香[二]，燕語夢回[3]，千點碧桃吹雨[4]。冷落錦宫[5]、人歸後[三]，記前度蘭橈停翠浦[6]。憑闌久，謾凝想鳳翹[四][7]，慵聽金縷[8]。　留春問誰最苦。奈花自無言鶯自語。對畫樓殘照，東風吹遠，天涯何許。怕折露條[9]、愁輕别，更煙暝長亭啼杜宇[10]。垂楊晚，但羅袖、暗霑飛絮[五]。　　（第十七）

【校記】

[一] 知不足齋本、四印齋本、光緒本題序僅"東園餞春"四字，四印齋本此後有備注，云："《蘋洲漁笛譜》：'東園餞春，即席分題。'"

[二] 簾影，四印齋本、辛酉本、光緒本并作"檐影"。按："簾影"更勝，後者或是形近而誤。

[三] 知不足齋本注云："一作'冷落錦衾歸後'，似誤。"辛酉本謂此注爲"鮑氏云"。按：裘杼樓本即如此，應奪一字。周濟《宋四家詞選》作"冷落錦衾人歸後"，七字爲正。

[四] 知不足齋本注"想"字云："一作'竚'。"按：裘杼樓本、《宋四家詞選》即如此。芝蘭本注云："《詞匯》落此字。"

[五] 霑，知不足齋本、彊村本、四印齋本、光緒本并作"沾"，通，辛酉本作"黏"。裘杼樓本、《宋四家詞選》本句作"晴霑飛絮"。底本、毛校本、

彊村本，詞末有"單煞"二字。按：單煞，又作"單殺"，詞樂術語，一個曲子在演唱時的收煞類型。

【箋釋】

[1] 倦紅：矜持而立的紅花。周密自創詞彙。清蔣春霖《好事近》詞云："吹遍野塘風，顰翠倦紅都歇。"顰：皺眉，引申爲擔憂。顰曉：爲早晨的到來而擔憂，意謂爲时光流逝而遭致的凋殘憂心忡忡。周密自創詞彙。

[2] 嫩晴：初晴。以狀態之幼嫩，用爲時間之初始，漢語特色，此類詞有一系列，如以時間之長久，用爲狀態之結實，謂"老拳"之類。這也是作詩填詞時遣詞造句的一種方法。宋張炎《疏影》詞云："柳黃未結。放嫩晴消盡，斷橋殘雪。"

[3] 夢回：夢醒，化用牛嶠《菩薩蠻》詞"舞裙香暖金泥鳳，畫梁語燕驚殘夢"。

[4] 吹雨：因爲正是春雨初歇的嫩晴時刻，所以碧桃上尚留著點點雨珠，風吹即落。周密前兩百年，杭州詩人元絳有"仙驥靄雲穿仗下，佛花吹雨匝天流"之句，或因此而來。宋劉攽《送裴如晦知潤州》詩云："稻花吹雨香不絕，蘆葉搖風聲正清。"

[5] 錦宮：本指古代成都一宮殿，宋樂史《太平寰宇記》卷七十二引《華陽國志》云："成都夷里橋南岸，道西有城，故錦宮也，命曰'錦里'。"後泛指擁有花園的、豪華且游人衆多的建築，這裏指前一次雅集所在的地方，用"冷落"形容，可知其清冷之意。宋史達祖《海棠春令》詞云："似紅如白含芳意。錦宮外、煙輕雨細。"

[6] 橈：小舟。蘭橈：即木蘭舟，小船的美稱。南朝江總《烏棲曲》云："桃花春水木蘭橈，金羈翠蓋聚河橋。"

[7] 鳳翹：女子製成鳳形的頭飾，常用作"戴鳳翹的伊人"之意，中心詞省用法，參第十五、十六首。宋周邦彥《南乡子·撥燕巢》詞云："不道有人潜看著，從教。掉下鬖心與鳳翹。"

[8] 金縷：即《金縷曲》，古曲。唐羅隱《金陵思古》詩云："綺筵金縷無消息，一陣征帆過海門。"

[9] 露條：帶露的柳枝。暗示并強調是清晨時分的柳枝。南朝鮑照《三日》詩云："泥泥濡露條，裊裊承風栽。"（蔡按：泥泥爲露水濃重的樣子。）

[10] 杜宇：即杜鵑鳥。因爲古代傳說，杜鵑鳥爲望帝死後所化，因此，其啼叫聲往往被視爲悲哀之聲的意象。唐李中《鍾陵禁煙寄從弟》詩云："交親書斷竟不到，忍聽黃昏杜宇啼。"

【考證】

宋耐得翁《都城紀勝》卷一云："城東新開門外，則有東御園（今名富景園）。"由此可知，東園正名，應是"富景園"，"東御園""東園"疑爲民間俗稱，明代後又稱"東花園"，以其位于杭州城東之故，"東園"一名，至今猶存。東園爲南宋御園之一，《咸淳臨安志》云："富景園規制，略仿湖山。"《七修類稿》云："東花園，宋之富景園也。內有百花池，相傳舊矣。今園前民家之後，尚存大池。孝宗嘗奉太后幸此。"而具體的功能，此園屬于皇帝召集臣子學士們"雅聚"，談文論畫的"直閣苑囿"，當時共計五處，明徐一夔《始豐稿》云："直閣苑囿凡五處：曰聚景園、曰玉津園、曰富景園、曰翠芳園、曰玉壺園。聚景在清波門外，玉津在嘉會門外，富景在崇新門外，翠芳在錢湖門外，玉壺在錢塘門外。"但"崇新門"并非"新開門"，而在新開門之北，今薦橋之東，所以當時俗呼"薦橋門"，也就是今天的清泰門。由此可知，東園的位置在清泰門外、今城河之東，介乎當時的"崇新門"和"新開門"之間，也就是今天的莫邪塘和望江新園一帶。清厲鶚老宅在東園附近，故厲鶚有步周密韻的《大聖樂‧東園餞春追和草窗韻》詞一首（參見附錄）。

東園到了周密所在的理宗朝，御足已經久不光臨，在同是理宗朝的大出版商陳起的筆下，東園甚至有點破敗："地比諸園小，池從前代開。猶餘喬木在，曾見上皇來。幽徑埋黃葉，空庭老綠苔。荒寒吟思怯，落日獨徘徊。"這樣的一個園子，顯然也不像是住人的處所了，何況作爲并非是直閣學士的楊纘，應該也是無資格入住此御園的，或祇能依借其女曾爲度宗淑妃的身份，可以出入諸皇家御苑，雅集詩友而已。

本詞既然題序云"即席分題"，則應即在東園創作。根據作品排序，自是在丁卯之前、楊纘尚在世、周密在杭州之時，而三十三、三十四歲兩年，最爲合情。

周密《草窗韻語》卷二有《紫霞翁觴客東園列燭花外秋林》五言絕句一首，卷三有《重過東園興懷知己》一首，卷四有《夢游紫霞寢而感憤》一首，夏承燾先生據此以爲"東園蓋纘居"，但不認爲周密筆下的"東園"就是富景園，二者似均未足據。吳熊和先生《唐宋詞彙評（兩宋卷）》承夏承燾先生說，也以爲東園即楊纘居住地，似尚不能確，未允。蓋楊纘等西湖詩社同好曾在杭州多處花園內雅聚，如環碧園、楊府雲洞、玉壺園等，東園應祇是其中一處，若因爲曾在園中做東即可視爲居住于此，則謬。而《重過東園興懷知己》詩中有"俯仰悲歡了不同。回頭已隔五春風"，則該詩或作于楊纘故後五年。

【韻律】

　　本調爲慢詞，《欽定詞譜》收録于第三十五卷。周密本調今存二首，兩首的字句韻律皆同。《欽定詞譜》收録周密別首"虹雨霓風"入譜，列仄韻詞第一格。

　　本調前後段第二句組，其初始狀態應該是十七字，如陸游前後段的"試思量、往事虛無似夢，悲歡萬狀，合散如煙"和"又何須、著意求田問舍，生須宦達，死要名傳"，十分工整。改爲仄韻體後，周密所填的前段同陸詞，祇是讀破而已，但是後段則祇有十三字，少了四字，可見仄韻體并非周密所創，其詞也是有母詞所依托而填，但他所依的母詞已經有殘缺。以同樣是仄韻體的張炎詞比較，其前段于此同，未見殘缺，後段爲"任□□、燕來鶯去，香凝翠暖，歌酒清時鐘鼓"，校之前段，僅闕二字（我們以墨釘標示），而結拍爲六字則是無疑的，前後相應，十分和諧。但張炎詞在接第一句組處少二字，還有可能是張炎主觀上的減字，而非奪字。

　　周詞的母詞奪四字而非自己減四字，就全詞總體韻律考察可以實錘，而這一殘缺所傳達的韻律信息十分豐富，如果是一個樂詞，憑空少一拍，顯然是一唱而知的事，但周密不知，意味著該詞調至少在周密這個時代，已經不再是樂詞，而是案頭詞了。同樣，我們根據這一韻律特徵所含的邏輯，可以梳理出很多不是樂詞的"案頭詞"來。

　　前後段第三句組，目前各標點本均讀爲七字一句、八字一句，七字句顯誤。這一個句組的初始形態是二四一七式的結構，如陸游的"苦海無邊，愛河無底，流浪看成百漏船"，仄韻體用讀破法，遺一字至收拍，成"冷落錦宮，人歸後，記前度蘭橈停翠浦"，這是其內在韻律所準確的讀法，就詞意而言，"人歸後""愁輕別"脫卸一字之後，與前四字的糅合是以一種三字托的形式構成，因此自然不可與前四字直接捏成一體，導致形成兩頓連平的違律現象。關于"三字托"概念，可詳參第五十六首《宴清都》的【韻律】。

　　本調後段末一句組，其原型爲三字一句、一字逗領四字二句，如前段的結構相同。例如蔣捷的"休辭飲，有碧荷貯酒，深似金荷"、劉辰翁的"休眉鎖。問朱顏去也，還更來麼"。周密本詞則用減字法重填，衍變爲別格，其變化内容，在一字逗後減去一個仄聲音頓，變五字一句爲三字一逗，使末一句組變化爲另一模式的兩拍式結構後，與前段末一句組形成一種錯落，組合爲一種韻律上的參差。這也是宋詞最常用的一種韻律變化模式，尤其是在添頭式的體式中，我們將這種減一頓的形式稱之爲"剪尾"。

【譜注】

萬樹《詞律》云："此調古詞惟此，無可覈證。但取康、蔣用平韻者相對，亦可仿佛得之。蓋韻雖殊而字則合也。但後段'怕折'二句，康、蔣竟與前段全別，與此篇異。愚謂：此篇前後本是相對，祇因向來相傳，于'冷落'句誤缺一字耳。今據《詞滙》作'冷落錦人歸後'，人豈可稱'錦'？其誤不必言。《詞綜》作'冷落錦衾歸後'，衾豈可言'歸'？是亦有誤。愚因合而斷之，乃是'冷落錦衾人歸後'七字，恰與'怕折露條愁輕別'七字相對，而平仄亦符合矣。至'更煙暝'句之與'記前度'句，則原無異也。故敢竟加'人'字于'衾'字之下，而列爲一百八字云。"

杜文瀾云："《蘋洲漁笛譜》'謾凝佇鳳翹'句，'佇'作'想'。又，'晴霑飛絮'句，'晴'作'暗'。萬樹以此調無可覈證，用平韻者相對，今考草窗另有一首，與此相校，惟'謾凝佇鳳翹'句，彼作平平平仄仄，又'但羅袖'之'袖'字作平，此外平仄全同。又按：《沁園春》亦有《大聖樂》之名，與此迥別。"

秦巘《詞繫》云："此用仄韻。《笛譜》尾句注單煞二字。換頭句叶。後段六、七兩句，一七、一八字，與前段略同，迥異康作。結尾七字，比康作少二字。'夢''鳳''最'三字去聲最要。其餘平仄亦無可證，宜悉從之。'櫓'字《詞律》作'簾'，'想'字作'佇'，'暗'字作'晴'，皆從《笛譜》改正。'冷落'句，《詞匯》作'錦人歸後'，《詞綜》作'錦衾人歸後'，皆不及《蘋洲漁笛譜》爲是。今從之。"

【輯評】

清周濟《宋四家詞選》本詞眉批云："草窗最近夢窗，但夢窗思沉力厚，草窗則貌合耳。若其鏤新鬥冶，固自絕倫。"

清鄧廷楨《雙硯齋詞話》云："弁陽翁工于造句，如'嬌綠迷雲''倦紅顰曉''膩葉陰清''孤花香冷''散髮吟商''簪花弄水''貯月杯寬''護香屏暖'之類，不可枚舉。至如《大聖樂》之'對畫樓殘照，東風吹遠，天涯何許'……皆體素儲潔，含豪邈然。"

清丁紹儀《聽秋聲館詞話》云："《大聖樂》云：'冷落錦衾人歸後。'脫'人'字。"

清陳廷焯《雲韶集》云：《大聖樂·嬌綠迷雲》詞，"秀練有神。一'漸'字迤邐有致。筆致婉轉，情韻并勝。淒艷之筆"。

梁令嫻《藝蘅館詞選》云："麥丈云：'此刺群小競進，慨天下之將亡也。憂時念亂，往復低回。'"（蔡按：麥丈，即順德麥孟華，詩人，清末維新派著名人士，有《蛻庵詩詞》三卷。少時與梁令嫻之父梁啓超齊名，草堂弟子中有"梁麥"之稱。）

【附錄】

清厲鶚《大聖樂·東園餞春追和草窗韻》云："空苑游絲，舊池飛燕，薄陰千樹。正小闌、人意厭厭，細數亂花，翻怨錦鳩呼雨。皺得綠波新如倦，似無奈、啼綃臨別浦。春何在，在南陌曲塵，西窗煙縷。　　閑思古今事苦。有紫曲青樓千萬語。且寄愁彩筆，橫塘重見，楊枝應許。尚戀淺寒羅衾曉，記門掩紅香深院宇。傷飄泊，是誰倚、疏簾吹絮。"

三犯渡江雲[一]

丁卯歲末[二]，除三日，乘興棹雪，訪李商隱、周隱于餘不之濱。主人喜余至，擁裘曳杖，相從于山巔、水涯、松雲、竹雪之間。酒酣，促膝笑語，盡出笈中畫、囊中詩以娛客。醉歸船窗，統然夜鼓半矣。歸途再雪，萬山玉立相映發，冰鏡晃耀，照人毛髮，灑灑清入肝鬲，凜然不自支[三]，疑行清虛府中，奇絕境也。揭來故山，恍然隔歲，慨然懷思，何異神游夢適。因竊自念人間世不乏清景，往往汩汩塵事，不暇領會，抑亦造物者故為是靳靳乎。不然，戴溪之雪，赤壁之月，非有至高難行之舉，何千載之下，寥寥無繼之者耶？因賦此解，以寄余懷[四][1]。

冰溪空歲晚[五][2]，滄茫雁影[六]，淺水落寒沙[3]。那回乘夜興，雲雪孤舟[4]，曾訪故人家。千林未綠，芳信緩、玉照霜華[七][5]。共憑高、聯詩喚酒[八][6]，暝色奪昏鴉[九][7]。　　堪嗟[十]。漸鳴玉佩[十一][8]，山護雲衣，又扁舟東下。想故園、天寒倚竹，袖薄籠紗。詩筒已是經年別[9]，蚕暖律、春動香葭[十二][10]。愁寄遠，溪邊自折梅花。

（第十八）

【校記】

[一] 知不足齋本、四印齋本調名爲"渡江雲"，并附以小字"三犯"。芝蘭本于原序後按云："此係用美成韻，'堪嗟'句係換頭，《漁笛譜》作前段結，誤。"

[二] 末，丙午本原作"未"，刻誤，徑改。

[三] 自支，四印齋本作"自知"，或誤。

[四] 知不足齋本、四印齋本均略去長序，僅以二字短序"再雪"綴之。但四印齋本以附錄形式，將長序全文附于詞後。

[五] 歲晚，芝蘭本、辛酉本作"翠晚"。

［六］滄茫，知不足齋本、彊村本、四印齋本并作"蒼茫"。

［七］緩，丙午本、毛校本、彊村本、光緒本、芝蘭本并作"暖"。蔡按：這個句組的語境既云"千林未緑""玉照霜華"，則不應有"暖"，芝蘭本亦注云："語意似當作'緩'。"故據知不足齋本、四印齋本、辛酉本改。

［八］共，毛校本作"其"，疑因母本"共"字上部爲"廿"而刻誤。

［九］昏鴉，知不足齋本、四印齋本、辛酉本并作"歸鴉"。

［十］堪嗟，毛校本屬前，誤。

［十一］佩，毛校本作"珮"，應是刻誤。

［十二］蚤，毛校本、彊村本、芝蘭本并作"早"，通。

【箋釋】

［1］餘不之濱：餘不溪之濱。詳參【考證】。鉉然：鼓響聲。肝鬲：肺腑。清虛府：月宮。五代譚用之《江邊秋夕》詩云："七色花虬一聲鶴，幾時乘興上清虛。"宋秦觀《江月樓》詩云："九天雨露蟄蛟龍，琅玕長憑清虛府。"朅來：歸來。朅，爲離開之義，"朅來"常用爲偏義復詞，如果偏義"朅"，則是離去之義，如唐李白《送王屋山人魏萬還王屋》詩云："朅來游嵩峰，羽客何雙雙。"如果偏義"來"則是歸來之義，如本詞，又如唐張九齡《歲初登高安南樓言懷》詩云："朅來彭蠡澤，載經敷淺原。"有詞典謂"朅來"之"朅"爲句首助詞，或誤。靳靳：吝嗇的樣子。晉葛洪《抱樸子·袪惑》云："彼所知素狹，源短流促，倒裝與人，則靳靳不舍；分損以授，則淺薄無奇。"

［2］冰溪：極言溪水之寒。起拍化用宋韓淲《題丁使君浮香亭嘗招飲繼》詩"報政冰溪歲晚時。清心餘韻忽橫枝"。

［3］本句顯用李白《峴山懷古》詩"天清遠峰出，水落寒沙空"。

［4］此二句雖是紀實，措辭應是化用宋姜夔《慶宮春》詞"那回歸去，蕩雲雪、孤舟夜發"。

［5］芳信：植物將要開花的徵兆。唐盧綸《洛陽早春憶吉中孚校書司空曙主簿因寄清江上人》詩云："鶯聲報遠同芳信，柳色邀歡似故人。"玉：這裏比喻明月。

［6］憑高：倚在高處。今人多依《中華大詞典》，將"憑高"作"登臨高處"解，或誤，因爲"憑"字并無"攀登"或"登高、登臨"之義。南朝王僧孺《落日登高》詩云："憑高且一望，目極不能捨。"

［7］奪：本應有卻未見的，稱爲"奪"，如"奪字"即指本應有的字却殘缺了之意，因此本句是"暮色中，因爲寒冷，連烏鴉都躲了起來"的意思。

［8］澌：解凍時水中流動的冰塊，這裏是冰塊互相敲擊的聲音之意，中心

詞省用法。澌鳴玉佩：意謂澌如玉佩鳴，與後一句"山被雲衣護"同一文法結構，構成儷句。

[9] 詩筩：本指用來裝詩稿的竹筒，此比喻滿腹詩才者，即序中的李商隱、李周隱。王十朋《安國讀酬倡集有平生我亦詩成癖却悔來遲不與編之句》詩云："六逸中無李謫仙，詩筩忽得舊臨川。"

[10] 暖律：溫暖的節候。香葭：此指葭灰。古人燒葭膜成灰，置于律管中，放密室內，以占氣候。某一節候到，某律管中葭灰即飛出，示該節候已到。蔡按：這是傳統的主流說法，余甚疑此說。

【考證】

據題序，事在宋度宗咸淳三年十二月底，而從"恍然隔歲""那回曾訪""詩筩經年""暖律春動"等來看，是詞應非填于丁卯年，而應是于戊辰年初春所作的追述，即咸淳四年（1268年），時周密三十七歲。吳熊和先生《唐宋詞彙評（兩宋卷）》將本詞編年于丁卯，未免望文生意，不允。周密三十三歲時曾在杭州盤桓，有《采綠吟》記與楊纘等西湖結社事，夏承燾先生《周草窗年譜》繫周密三十四歲左右爲兩浙運司掾，則其時應生活于杭州。但詞中云"扁舟東下"，而非南下杭州，則是回湖州老家，也和《草窗韻語二稿》所說"咸淳丁卯，七月既望，會同志避暑于東溪"相合，則丁卯歲周密或已不再擔任兩浙運司掾，是詞應作于湖州。

又按，餘不溪，《宏治湖州府志》云："餘不溪，出天目山，經德清縣，至峴山漾入定安門，至江子匯爲苕溪。"餘不溪應讀爲"餘否溪"，至今德清尚有"餘不（fǒu）弄"之名。宋李宗諤《圖經》謂："水清澈，餘則否，故名。"細玩或非，何以此清彼濁，有望文生義之嫌。不，甲骨文作 ，小篆作 ，"一"象花枝，下爲花蒂，意謂花蒂，象形字。清黃中松《詩欸辨證》云：不，"《玉篇》又有甫負切，鄭夾漈曰：'不，象萼蒂形，本"鄂不"之"不"，音柎；因音借爲"可不"之"不"，音否，因義借爲"不可"之"不"，音弗。'是'不'之音'柎'，實爲有據，但音相近，而義相遠"。所以可以認定"不"是"柎"字的本字，五代孫光憲有《望梅花》詞云"數枝開與短墻平，見雪萼紅跗相映"，紅跗，即"紅柎"的別字，"紅蒂"之意，亦即"紅不"。漢許慎《說文解字》謂："不，鳥飛上翔，不下來也。从一，一猶天也。象形。"依此，則"一"之下又是何物事？何以非用"不下來"表示"不"義？許慎的想像力未免太過豐富。"不"即花蒂，則"餘不"之意可解，餘，《玉篇》云"殘也"，餘不，即殘花、落花，花落于溪中，故謂之"餘不（fū）溪"，而非"餘不（bù）溪"或"餘不（fǒu）溪"（但古無輕唇音，故古音三者差同，bù 和 fǒu 均爲一聲之轉），後德清人稱其爲"餘英溪"，且至今仍然如此稱説，蓋源于此，餘英，亦即落花，亦即餘不。

【韻律】

本調爲慢詞，《欽定詞譜》收錄于第二十八卷，周密詞爲步韻之作，其原玉即第一式之范詞周美成詞，但校之美成詞，二者字句仍略有不同。首先是前段第三句組的收拍，美成詞的前後段和周密的後段，均爲單起式句法，且首字用仄聲。唯本詞前段用雙起式、平聲字起，就韻律而言，顯然極不和諧。其次，前後段末一句組的起拍，美成詞的前後段和周密的後段，首字均爲平聲，獨本詞前段用去聲。不過，此處屬于前結部分，正是韻律的主要變換處，用仄聲所獲得的變化，或亦另有韻律上的道理。

本調所謂的"三犯"，未見前賢有相關合理的詮釋，其所犯者爲何，不甚了了。細玩本調宋詞各首，格式基本一致，但本調有一處地方與多數詞體不同，即前後段的第二、第三句組雖然字數相同，但是却句法極爲參差，以後段照應前段的一般規則來看，這是一個異常之處。而後段所參差的，恰是三拍，疑此三犯并非犯調，而是三拍之犯，但不知所犯者何。

後段第一句組，例用同部仄聲相叶，而宋詞諸家，唯張炎、仇遠二家用去聲，其餘均用上聲，則該字以上聲爲正，蓋上聲可以作平聲用之故也（仇遠填詞，韻律較爲草率，張炎是大家，有參考價值）。

【輯評】

元陸輔之《詞旨》錄有"詞眼"二十六則，包括周密《三犯渡江雲》之"聯詩換酒"、《露華》之"選歌試舞"、《月邊嬌》之"舞勾歌引"及"三生春夢"（調名不詳）四則。

【附錄】

宋周邦彦《渡江雲》云："晴嵐低楚甸，暖回雁翼，陣勢起平沙。驟驚春在眼，借問何時，委曲到山家。塗香暈色，盛粉飾、争作妍華。千萬絲、陌頭楊柳，漸漸可藏鴉。　　堪嗟。清江東注，畫舸西流，指長安日下。愁宴闌、風翻旗尾，潮濺烏紗。今宵正對初弦月，傍水驛、深艤蒹葭。沉恨處，時時自剔燈花。"

《浩然齋雅談》云："秋崖，李萊老，與其兄篔房競爽，號'龜溪二隱'。""篔房，李彭老，詞筆妙一世。""張直夫嘗爲詞序云：'靡麗不失爲國風之正，閑雅不失爲騷雅之賦，摹擬玉臺不失爲齊梁之工，則情爲性用，未聞爲道之累.'樓茂叔亦云:'裙裾之樂,何待晚悟,筆墨勸淫,咎將誰執,或者假正大之說,而掩其不能,其罪我必焉,雖然,與知我等耳.'"

露華　次張笛雲韻[一][1]

暖銷蕙雪[2],漸水紋漾錦,雲澹波溶[二][3]。岸香弄蕊[三],新枝輕裊條風[4]。次第燕歸將近[5],愛柳眉桃靨煙濃。鴛徑小、芳屏聚蝶[6],翠渚飄鴻。　　六橋、舊情如夢[7],記扇底宮眉[8],花下游驄。選歌試舞[9],連宵戀醉珍叢[四]。怕裏早鶯啼醒[五][10],問杏鈿誰點愁紅[六][11]。心事悄春嬌[12],又入翠峰。　　　　　　　　　　（第十九）

【校記】

[一] 笛,原作"窗","窗"無此字,刻誤,應與毛校本、彊村本同,爲"笛"據改。笛,《集韻》謂是籀文"岫"字。知不足齋本、四印齋本、辛酉本并序云:"憶別。和寄閒韻。"

[二] 溶,知不足齋本、四印齋本、辛酉本、《詞繫》并作"容"。

[三] 弄,芝蘭本注云:"《草窗詞》作'玉'。"余所見諸本非是。

[四] 珍,知不足齋本、四印齋本、辛酉本并作"瑶"。《詞繫》本句作"連宵醉戀瑶叢"。

[五] "怕"字後底本原空一字,毛校本、知不足齋本、四印齋本、彊村本俱無空,校之他詞及前段,此空多餘,據刪。

[六] 問,芝蘭本注云:"《草窗詞》作'睡'。"余所見諸本非是。杏,毛校本作"咨",應是形近而刻誤。

【箋釋】

[1] 本詞清戈載《宋七家詞選》未收。笛雲:即張樞,周密詞友張炎之父。

[2] 蕙雪:白雪的美稱。蕙,多用來美化其他物,如蕙渚、蕙帳、蕙樓等,未必是長滿蕙草的渚、挂著蕙草的帳、圍著蕙草的樓,而僅是渚、帳、樓的美稱。或云"蕙雪"是蕙草上的積雪,尤非。吳文英《木蘭花慢・虎丘陪倉幕游》詞云:"正蕙雪初銷,松腰玉瘦,憔悴真真。"

[3] 波溶:水域闊大的樣子。周密自創詞彙。溶有搖漾之義,但前一句已寫水紋搖漾,此句必非重複。且"雲澹"寫天,天高水闊,方才相得益彰。

[4] 條風:春風,主春分四十五日,又名"明庶風"。唐李適《奉和立春游苑迎春》詩云:"淑氣初銜梅色淺,條風半拂柳墻新。"

[5] 次第:依次地,陸陸續續地。唐元稹《和樂天過秘閣書省舊廳》詩云:

"聞君西省重徘徊，秘閣書房次第開。"或云此爲"轉眼間"之意，誤，因爲這裏并非描述時光匆匆。

[6] 鴛徑：鴛鴦行走的路，常用來作"野徑"的美稱。周密自創詞彙。元張翥《掃花游·落紅》詞云："芳事誰管領。但蜜膩蜂房，蘚斑鴛徑。"芳屏：池、湖之類的水域之美稱，這裏代指西湖湖面。唐王勃《林塘懷友》詩云："芳屏畫春草，仙杼織朝霞。"

[7] 六橋：西湖蘇堤上魚貫而建的六座橋，俗稱"六吊橋"，自南而北，依次爲映波橋、鎖瀾橋、望山橋、壓堤橋、東浦橋、跨虹橋。

[8] 宮眉：宮中女子所流行的眉毛樣式。唐李商隱《蝶》詩云："壽陽公主嫁時妝。八字宮眉捧額黃。"

[9] 選歌：挑選歌伎。宋劉子寰《花發沁園春·呈史滄州》詞云："換譜伊凉，選歌燕趙，一番樂事重起。"

[10] 怕裏：唯恐。況周頤《蕙風詞話》云："'怕裏'，宋人方言，《草窗詞》中屢見，猶言恰提防間，大致如此詮釋，尚須就句意活動用之。"宋揚無咎《柳梢青》詞云："曉來起看芳叢，祇怕裏、危梢欲壓。"

[11] 杏鈿：盛開了的杏花。周密自創詞彙，清之前所見，均出周密之詞。周密《解語花》詞云："淺薄東風，莫因循、輕把杏鈿狼藉。"愁紅：（風雨摧殘中）憂鬱的花朵，將要枯萎的花朵，紅，即紅色的花瓣。唐李賀《黃頭郎》詩云："黃頭郎，撈攏去不歸。南浦芙蓉影，愁紅獨自垂。"

[12] 悄：憂。春嬌：嬌艷的春色。唐元稹《連昌宮詞》詩云："春嬌滿眼睡紅綃，掠削雲鬟旋裝束。"

【考證】

"宙雲"應該是"窗雲"之誤。據周密《浩然齋雅談》卷三云："窗雲：張樞，字斗南，又號寄閒，忠烈循王五世孫也。筆墨蕭爽，人物醖藉，善音律，嘗度《依聲集》百闋，音韻諧美，真承平佳公子也。"[據光緒二十五年（1899年）廣雅書局重刊武英殿聚珍版，四庫本同]則可知"窗雲"爲張樞的號。忠烈循王，即南宋名將張俊，與岳飛、韓世忠、劉光世并稱南宋"中興四將"。鳳翔府成紀（今甘肅省天水市）人，死後追封循王，諡號"忠烈"，位列七王之一。

但"窗雲"一本又或因口順而誤作"雲窗"，如四庫本及唐圭璋先生詞話叢編本《浩然齋詞話》，便都是"雲窗：張樞，字斗南"，中華書局《浩然齋雅談》（三種合編本）之校勘記謂"'雲窗'原作'窗雲'，《詞話叢編》校改爲'雲窗'，今從"。吳熊和先生《唐宋詞彙評（兩宋卷）》謂"張宙雲疑即張雲窗"，則須一誤錯字，再誤倒乙，便覺不經。

又按，張樞原作已逸。

【韻律】

本調爲慢詞，《欽定詞譜》收錄于第二十二卷，分平韻、仄韻二體，此爲平韻體，正格。《欽定詞譜》云："此調押平聲韻者只此一體，句讀與仄韻詞同，惟前後段第七句各添一字，周密、張炎詞俱如此填。"這一結論是錯誤的，因爲《欽定詞譜》所收錄的仄韻體是王沂孫的"紺葩乍坼"，其前後段第七句分別爲"却占玉奴標格""簌簌粉雲飛出"，這本身有兩種可能，一種是平韻體添字，但還有一種則是仄韻體減字，從現有的宋詞來看，曹邍的仄韻體第七句也是七字，即"香滿架、風梳露浴""飛鳳翠、休辭醉玉"，與周詞完全一樣，這種情況便可證明，無論平仄韻，第三句組的韻律都相同，是爲正格。

又，曹詞調名爲"惜餘妍"，是爲別名，各譜均失收。

六橋、舊情如夢。 本句是一個二字逗領四字的折腰句法。從整體考察，本調屬于一種添頭式結構，如果去掉添頭的"六橋"二字，則前後段起調完全相同，可見"六橋"二字是一個游離于結構之外的成分，就句拍而言，就是一個二字逗。這可以解釋在詞發展已經極爲成熟的南宋末期，這一新創的詞體何以在過片這一重要部位，會采用一個看上去似乎是完全大拗失律的句式。而真正使用六字句的，如張炎詞，便是"一掬瑩然生意"，依然是一個規正的律句句法。兩種填法，都極爲遵循基本格律，細玩兩句詞意，其別自現。

添頭式結構的詞調，另有一個特徵是：往往後段的末一句組中會減去二字一頓，即我們在第十七首中所説的"剪尾"。這樣前後段依然保持一個字數相等的態勢，至于這種均衡在詞樂上所形成的特徵，今天我們就不得而知了，但很多詞調中都采用這樣的結構形式，應不會是偶然的。就本詞而言，前結作"駕徑小、芳屏聚蝶，翠渚飄鴻"，後結則相當于是刪去了"聚蝶"一頓，成爲"心事悄春嬌，又入翠峰"。

愛柳眉桃靨煙濃。 這是一個一字逗領六字式的折腰句法，但目前各標點本都按詞譜將其讀爲上三下四折腰的"愛柳眉、桃靨煙濃"，詞譜中的"勝小紅、臨水濺裙"固然可以三四折，但本身也可以一六折，所以可見本句應以一六折爲正。當我們讀爲三四折的時候，"柳眉桃靨"這一原本一體的結構就被讀破了，而出現了破句，自然就把詞的氣脈讀斷了。又，"折腰"祇是一個說法，并非一定在句子的腰中折，不是讀成"愛、柳眉桃靨煙濃"就得說是"折首句"，就像"年年如社燕"中第二個"年"字是該句中的一個韻脚，但它并非一定要在句脚上一樣。

【輯評】

元陸輔之《詞旨》錄有"詞眼"二十六則，包括周密《三犯渡江雲》之"聯詩換酒"、《露華》之"選歌試舞"、《月邊嬌》之"舞勾歌引"及"三生春夢"（調名不詳）四則。

清張德瀛《詞徵》卷三云："詞之平仄通叶者……凡十一調。它詞如……周公謹《露華》，亦有通叶，然皆借韻爲之，非若數詞有定格也。"

桃源憶故人[一]

流蘇静掩羅屏小[1]。春夢苦無分曉。一縷舊情誰表。暗逐餘香裊。　　相思謾寄流紅杏[二][2]。人瘦花枝多少[3]。郎馬未歸春老。空怨王孫草[4]。

（第二十）

【校記】

[一] 調名，知不足齋本、四印齋本、辛酉本均作"桃源逢故人"。知不足齋本及彊村本、四印齋本、辛酉本、芝蘭本均有題序，曰"閨情"，應是後人重編時所添。

[二] 謾寄，知不足齋本、四印齋本、辛酉本并作"懶寄"。杏，四印齋本作"渺"。

【箋釋】

[1] 流蘇：帷幕上用彩羽或彩綫製成的垂穗。掩：即静止、垂而不動之意。羅屏：絲織的屏帷。唐李賀《將進酒》詩云："烹龍炮鳳玉脂泣，羅屏繡幕圍香風。"

[2] 謾：空、徒勞。流紅：隨波而逝的落紅。五代孟昶《洞仙歌》詞云："更莫遣流紅、到人間，怕一似當時，誤他劉阮。"本句意謂：相思無處可寄，如同落花隨水而去。或謂"流紅"用紅葉題詩事，有望文生義之嫌。因爲紅葉題詩搭建的語境是閨怨，與相思無關，也與"杏"無關。另，詩詞中除非特別説明，紅，即是紅花，而非紅葉。

[3] 瘦：瘦于，瘦過。本句意謂：人比花枝瘦多少。本句化用宋李清照《醉花陰》詞"莫道不銷魂，簾捲西風，人比黃花瘦"。

[4] 王孫草：化用漢淮南小山《招隱士》詩"王孫游兮不歸，春草生兮萋萋"之典，後人即用"王孫草"代説足以勾起人離情別緒的景色。

【韻律】

本調爲小令，《欽定詞譜》收錄于第七卷，詞用第一式歐陽修詞體。本調僅此一種體式，《欽定詞譜》另收王庭珪詞，後段第二句七字，以爲另有添字一格，誤，宋詞僅此一例爲七字，王庭珪詞別本原爲六字，因此該句實爲誤多一字。

　　本詞之韻律，句尾均以平仄收束爲韻腳，極爲嚴謹，因此本調六字句中的第五字，宜以平聲字爲正，勿用去聲。而本詞用韻也極具特色，通篇用上聲韻，上聲作爲與入聲相同的兼聲，往往可以和入聲韻一樣獨立使用，是一個未發育成熟的韻部。眾所周知，用入聲韻的詞調韻律上有頓挫激越的特色，而用上聲韻的詞調恰恰相反，其韻律所呈現的是一種尤爲纏綿婉約的特色，最適合這一類主題的作品，這首《桃園憶故人》是上聲韻詞中的一個典型作品。

糖多令[一]

　　絲雨織鶯梭[1]。浮錢點細荷[二][2]。燕風輕、庭宇正清和[3]。苔面唾茸堆繡徑[4]，春去也、奈春何。　　宮柳老青蛾[5]。題紅隔翠波[6]。扇鸞孤、塵暗合歡羅[7]。門外綠陰深似海，應未比、舊愁多。（第二十一）

【校記】

　　[一] 知不足齋本、彊村本、四印齋本、辛酉本、芝蘭本調名俱作"南樓令"，別名。均有短序"閨怨"，應也是後人擅加。芝蘭本另有題注云："此調一名《唐多令》，'唐'又作'糖'，本集于前數首作'南樓'，此作'唐多'，今改歸一，祇西麓一首從《日湖漁唱》作'唐多'，亦以見同調也。然他家作六十字者甚多，惟夢窗作六十一字，此作六十二字，故萬紅友只收六十字體。"

　　[二] 點細，知不足齋本、四印齋本并作"點翠"，誤。辛酉本作"貼翠"。

【箋釋】

　　[1] 鶯梭：形容鶯飛得很快，如同織梭一樣，句中并含有時不時有鶯兒飛過之意。第八首云"翠絲萬縷，颺金梭、宛轉織芳愁"，正是相同手法。本句倒裝句法，意謂：鶯梭織絲雨。宋朱淑真《恨春》詩云："蝶使蜂媒傳客恨，鶯梭柳綫織春愁。"

　　[2] 浮錢：此指浮在水面的荷錢，初生的小荷葉，因其形狀如錢，故名。宋虞儔《佳句妙醞鼎至再和以謝》詩云："荷葉浮錢蒲苴芽，鏡潭寧是照魚蝦。"

　　[3] 燕風：燕子來時的風，原指和煦的春風，這裏指春末的暖風。宋許棐《喜遷鶯》詞云："鳩雨細、燕風斜。春悄謝娘家。"

[4] 苔面：長滿青苔的路面。唐修睦《落花》詩云："一片又一片，等閑苔面紅。"唾茸：古代女子在刺繡的時候，常用口咬斷絲綫，并將口中的綫頭吐出，稱之爲"唾茸"。此比喻落紅，謂長滿青苔的小徑上落滿了飛紅。宋韓元吉《永遇樂·爲張安國賦》詞云："記得年時，綺窗人去，尚有唾茸遺綫。"

[5] 青蛾：古人常用"蛾眉"代指漂亮女性，"青蛾"亦同，即"青娥"。或謂"青蛾"是比喻"柳葉"，或誤。唐王建《贈盧汀諫議》詩云："青蛾不得在床前，空室焚香獨自眠。"

[6] 題紅：題詩于紅葉上。其典出自唐天寶宮人《題洛苑梧葉上》詩的題序，云："天寶末，洛苑宮娥題詩梧葉，隨御溝流出。顧況見之，亦題詩葉上，泛于波中。後十餘日，于葉上又得詩一首。後聞于朝，遂得遣出。"

[7] 羅：指前述"扇"，合歡羅，即繡有合歡圖案的羅扇，中心詞省略手法。參見第十五、十七首【箋釋】。

【韻律】

本調介乎于令詞和近詞之間，《欽定詞譜》收錄于第十三卷，本詞列爲第三式。這種體式容量較一般小令要大（按照三分法的五十八字以外屬于中調的說法，則將歸入中調），主要是因爲前後段均由五句構成，而五句式可以認爲是由小令向近詞發展的一種過渡形式，或者視爲未發育成熟的近詞更合乎實際。這種形式的詞不少，除本調外，如《浪淘沙》《鵲橋仙》等都是。其特點大都都是格律規正，基本使用雙起式句法，前後段的字數、句法都整齊劃一，後人有唐詞無換頭的說法，不如說是小詞多不換頭。這種體式的詞調，一般都比較適合寫澹澹的、柔和的情緒，因爲其韻律所限，很難激烈起來。

本詞前後段第三拍，按正格的格律，應是一上三下四式的折腰句法，宋元諸家都是如此填法，唯獨本詞作上三下五折腰式句法。但這并非又一體，體式仍是相同的，祇是一種未被《欽定詞譜》認可或收錄的"別格"。添一字後的詞體，整個韻律就顯得更爲諧和，比較上三下四式句法，即可體會。

《糖多令》在周詞中僅此一首，其他另有四首名之爲《南樓令》，兩者之間應該有周密刻意的區別，其差異正在前後段第三拍，凡《南樓令》，周密均用上三下四式句法，與此不同。

本詞前後段開端的韻律模式，是一個比較少見的駢偶式填法，因爲兩句均爲平收，所以這裏通常不作對偶處理。但實際上對偶祇是一種修辭樣式，即便句脚相同，也不妨用駢儷的方式給予修飾，換言之，對偶并不限定句脚必須一平一仄，首句入韻的律詩首聯均爲平收，也不是就不能對仗，如陳子昂的《春夜別友人》的首聯："銀燭吐青煙。金尊對綺筵。"《滿江紅》中前後段的兩個七字句均爲仄收，也常見其對偶，如"三十功名塵與土，八千里路雲和月"。

【譜注】

秦巘《詞繫》云："前後第三句皆八字，是因吳詞而衍之也。萬樹未見此體，遂謂周作多一字，亦不遍考諸名家詞之過也。"

【輯評】

清張德瀛《詞徵》卷三云："周公謹《唐多令》'燕風輕、庭宇正清和'，下闋云'扇鸞孤、塵暗合歡羅'，句法與夢窗同。"

西江月[一]

波影暖浮玉甃[1]，柳陰深鎖金鋪[2]。湘桃花褪燕調雛[二]。又是一番春暮[3]。　　碧柱。情深鳳怨[4]，雲屏夢淺鶯呼[5]。繡窗人倦冷熏爐[三][6]。簾影搖花亭午[四][7]。　　　　　　　　　　　（第二十二）

【校記】

[一] 知不足齋本、四印齋本、光緒本有小序，云"春情"，應是編者所填。
[二] 湘桃，光緒本作"緗桃"。
[三] 熏爐，知不足齋本、辛酉本、光緒本并作"薰爐"。
[四] 搖花，光緒本作"搖搖"。

【箋釋】

[1] 玉甃：湯池，因溫泉而建的浴池。唐白居易《驪宮高》詩云："高高驪山上有宮，朱樓紫殿三四重。遲遲兮春日，玉甃暖兮溫泉溢。"

[2] 金鋪：溫泉浴池中豪華的裝飾。以上"玉甃""金鋪"均典出唐白居易《題廬山山下湯泉》詩"驪山溫水因何事，流入金鋪玉甃中"。

[3] 本句擷用宋陸游《真珠簾》詞"燕子入簾時，又一番春暮"。

[4] 碧柱：翠玉製成的琴柱，借代手法，指有柱的弦樂樂器，如箏、琴等。唐張祜《箏》詩云："夜風生碧柱，春水咽紅弦。"鳳怨：樂器發出的動人的聲音。或謂"鳳怨"即笙的聲音，未免理解刻板，笙之音固然如《陳氏樂書》所云"其聲鳳鳴"，但本詞也可以用來泛指其他的各種音樂，如同是宋人的蔡伸，《菩薩蠻》詞"玉簫吹鳳怨。驚起樓中燕"，用的就是管樂了。本句之"怨"，未必是哀怨，而是各種情感之代稱，如同"臭"是各種氣味的代稱、

"愁"是多種情緒的代稱一樣，充分體現了漢語表意的寫意性。參見第八首【箋釋】[6]。

[5] 雲屏：繪有雲彩的屏風，古人室内常用屏風遮擋隱私。唐尹鶚《杏園芳》詞云："終朝咫尺窺香閣，迢遥似隔層城。何時休遣夢相縈，入雲屏。"

[6] 冷熏爐：倒裝，即"熏爐冷"。

[7] 亭午：正午。"亭"有"均衡的、適中的"之意，故云。

【韻律】

本調爲小令，《欽定詞譜》收録于第八卷，本詞用第一式柳永詞體，但過片處與柳詞不同。

碧柱。情深鳳怨。"柱"字或爲過片的句中短韻。爲變化和豐富韻律，詞有過片置入句中短韻的習慣，前人往往注重于慢詞，其實小令中也未必沒有，在《西江月》中此類填法雖然不多，但也有幾十例存在，如毛滂的"人醉碧雲欲暮。　歸去。聊登文石"、朱敦儒的"且説蓬萊清淺。　障面。重新團扇"、史達祖的"借與先生爲勸。　酒喚。詩來酒外"、張炎的"不識山中瑶草。　月照。英翹楚楚"等。不管怎樣，有意識地把握和嘗試句中短韻的運用，是加强詞韻律效果、提升作品美感的一個有效方式，這一點則是無疑的。

菩薩蠻

霜風漸入龍香被[1]。夜寒微澀宫壺水[2]。滴滴是愁聲。聲聲滴到明[3]。　　夢魂隨雁去。飛到顰眉處[4]。雁已過西樓。又還和夢愁。　　　　（第二十三）

【箋釋】

[1] 霜風：即秋風。龍香：即龍涎香，本是抹香鯨病胃分泌物的凝結塊，類似結石，從鯨體内排出，漂浮海面或冲上海岸，爲黄、灰乃至黑色的蠟狀物質，香氣持久，是極名貴的香料。龍香被：用龍涎香熏過的被褥。

[2] 澀：水的流動不通暢，似有所阻的樣子，這裏是使動用法。這實際上是一種主觀感受，而不必是客觀實際如此，而用這種主觀感受的表達，目的正是抒寫人物的心境。宫壺：即宫漏，古代計時工具，因爲是壺狀，故云。宋吳文英《夜行船・贈趙梅壑》詞云："古鼎香深，宫壺花換，留取四時春好。"

[3] 本句徑用宋趙長卿《菩薩蠻・秋雨船中》詞的前段歇拍："衾冷夢魂驚。聲聲滴到明。"

[4] 顰眉：皺起眉頭，表示憂鬱、悲愁、痛苦等。唐盧象《紫陽真人歌》

云："長男泣血求司命，少女顰眉誦靈寶。"

【韻律】

本調爲小令，《欽定詞譜》收録于第五卷，詞用第一式李白詞體。像《菩薩蠻》這類換韻格的詞體，有一個很基本的認識一直没有被正確地理解，那就是祇要它屬于換韻格，那麼所換的韻就不限任何韻部，包括已經用過的韻部。因此，傳統詞譜上所持的"同部換韻不算換韻"的理念，就是一種非常錯誤的認知。例如，朱淑真的"秋聲乍起梧桐落。蛩吟唧唧添蕭索。欹枕背燈眠。月和殘夢圓。　　起來鈎翠箔。何處寒砧作。獨倚小闌干。逼人風露寒"。《欽定詞譜》就認爲祇是平仄一换韻而已，而實際上，關鍵在于這是一個什麼樣的韻律格式，這才是本質，用哪個韻部則是形式而已。以此爲基點考察，那麼同部之間的換韻就屬于一種特殊的換韻，這就像李白的"平林漠漠煙如織。寒山一帶傷心碧。暝色入高樓。有人樓上愁。　　玉階空佇立。宿鳥歸飛急。何處是歸程。長亭更短亭"。他的仄聲韻也并没有跨部押，但我們（包括歷代各類詞譜）依然本著"仄聲也是換韻的"之原則，仍將其視爲四換韻一樣。

繡鸞鳳花犯　賦水仙[一]

楚江湄，湘娥乍見[1]，無言灑清淚[2]。澹然春意。空獨倚東風[3]，芳思誰寄[二]。凌波路冷秋無際[4]。香雲隨步起[5]。謾記得、漢宮仙掌[三][6]，亭亭明月底。　　冰弦寫怨更多情[7]，騷人恨[四]，枉賦芳蘭幽芷。春思遠、誰嘆賞[五]，國香風味[8]。相將共、歲寒伴侶，小窗净、沉煙熏翠袂[六][9]。幽夢覺、涓涓清露[七]，一枝燈影裏[10]。　　　　（第二十四）

【校記】

[一] 裘杼樓本調名作《花犯》。知不足齋本、彊村本、四印齋本、辛酉本題序爲"賦水仙花"，光緒本爲"水仙花"。

[二] 芳思，光緒本作"緘恨"。誰寄，裘杼樓本、《欽定詞譜》并作"誰記"。

[三] 裘杼樓本脱"得"字。

[四] 騷人恨，光緒本作"騷人句"。

[五] 春思，光緒本作"愁思"。嘆賞，知不足齋本、彊村本、四印齋本、辛酉本并作"笑賞"。裘杼樓本無"嘆"字，與前段合。

[六] 翠袂，知不足齋本、彊村本、四印齋本、辛酉本、光緒本、芝蘭本、

《欽定詞譜》并作"翠被"。

[七] 幽夢,光緒本作"清夢"。涓涓,底本、毛校本、芝蘭本原作"娟娟",據知不足齋本、彊村本、四印齋本、辛酉本改。涓涓清露,光緒本作"搔頭碎玉"。

【箋釋】

[1] 湘娥:即"湘妃"。傳説中湘妃因哭舜之死,淚迹染竹而成斑竹,後投湘江殉情,魂魄化爲水仙。宋吳文英《花犯·郭希道送水仙索賦》詞云:"湘娥化作此幽芳,凌波路,古岸雲沙遺恨。"

[2] 本句化用宋王質《浣溪沙·有感》詞"細雨蕭蕭變作秋。晚風楊柳冷颼颼。無言有淚灑西樓"。王詞寫秋,化而爲春情,此類化用作法最宜品味。

[3] 倚東風:東風自不可倚,所倚者,闌干也,中心詞省略作法,此法尤爲填詞作詩所用最宜,填詞愛好者務于此留心。參見第十七、二十一首【箋釋】。"倚東風"爲典型詞語,入詩則未必爲佳,濫觴者或爲唐五代顧敻之《河傳》,本句則化用宋楊冠卿《浣溪沙》詞"驚夢覺來啼鳥近,惜春歸去落花多。東風獨倚奈愁何"。

[4] 凌波:御波,在水上行走。常用于形容美人行路。典出三國魏曹植《洛神賦》云:"'凌波微步,羅襪生塵。'"吕向注云:"步于水波之上,如塵生也。"

[5] 本句由唐劉昭禹《括蒼山》詩之"白雲隨步起,危徑極天盤",化而爲"香雲",用于水仙,分寸恰如,其亭亭之狀,宛在目下。

[6] 仙掌:指漢武帝在建章宫神明臺上所建的,仙人捧金盤之掌。漢張衡《西京賦》云"立修莖之仙掌,承雲表之清露",可見"修莖"是用該典的原因,這裏正是以水仙的"修莖"相擬,以夯實歇拍中的"亭亭"二字。

[7] 冰弦:傳説琴弦有用冰蠶絲製成的,故以作"琴弦"的美稱。這裏是借代手法,替代"琴瑟"。寫怨:演繹誠摯的情感。怨,未必是"怨恨",泛指一種深切的情感。參第二十二首"鳳怨"注釋。

[8] 國香:其香無比,猶今日説的"國家級"香。典出《左傳·宣公三年》"蘭有國香,人服媚之"。

[9] 沉煙:名貴香料沉香木燃燒後産生的煙霧。唐尹鶚《秋夜月》詞云:"黄昏慵别,炷沉煙、熏繡被,翠帷同歇。"

[10] 末一句組之詞意,爲"幽夢覺、在涓涓清露裏,在一枝燈影裏"。結拍用五代魏承班《玉樓春》詞"輕斂翠蛾呈皓齒。鶯轉一枝花影裏"。

【韻律】

繡鸞鳳花犯，通常稱爲"花犯"，秦巘《詞繫》卷十七認爲是周邦彥創製的慢詞詞調，《欽定詞譜》收錄於第三十卷，以周邦彥"粉墻低"詞爲正格，本詞本與正格相同，因《欽定詞譜》所收後段奪一字，故被列爲第四式。"繡鸞鳳花犯"一名爲周密所擬，但沿用者甚罕，目前可見的僅清蔣敦復三首。

校之正格，本詞略有差异，"凌波路""小窗净""幽夢覺"三處，起字之平仄均與正體不同，"幽夢覺"略覺不諧。而換頭句周邦彥用一大拗句，或是後人傳抄而誤，致成敗筆，本詞予以改爲律句，音律更諧。

本調首見于周邦彥，其後今日可見的幾乎都在宋末元初，祇有方千里一首晚數十年。以本調現有的體式來看，其調原本應是一個十分諧和工穩的結構，前後段第一句組與末一句組的字句對應非常整齊，唯獨第二句組和第三句組參差，而這種參差，很顯然是因爲文字的脫落而形成的，如果我們將周邦彥的詞予以補足，那麼這兩個句組無疑也是對應整齊的結構：

前段："疑净洗、鉛華□，無限佳麗。□□□、去年勝賞，曾孤倚、冰盤同燕喜。"

後段："吟望久、青苔上，旋看飛墜。相將見、脆圓薦酒，人正在、空江煙浪裏。"

這是前後段的第二、第三句組，□爲需補足的文字。我們據此可以大概看出這樣兩個內容：其一，後人所依的版本，其實可能已經是一個殘本，因此句拍儘管一致，却也祇是循誤而已；其二，句拍不諧，自然不可能演唱，相信靠口口相傳爲主的宋詞，在沒有譜子記錄的情況下，幾十年後這個詞調如何演唱已經不知，樂詞也成了文詞，這也給後人循誤"創造了條件"。

對照周邦彥詞可知，"凌波路冷，秋無際、香雲隨步起"這十二字也應如是讀，其所對應的，則是後段"歲寒伴侶，小窗净、沉煙熏翠袂"十二字。目前各標點本均讀爲"凌波路冷秋無際。香雲隨步起"，或誤。而之所以會讀誤，或因四字前奪一三字逗有關。此外順帶要說，目前各標點本均讀"歲寒伴侶"句叶韻，但既然"冷"字不叶，則"侶"字似亦不必視爲借叶。

【譜注】

《欽定詞譜》云："此與吴文英'剪橫枝'詞同，惟後段第五句減一字异。"

秦巘《詞繫》云："此亦周（邦彥）自製曲，但不知所犯何調耳。吴文英、周密、王沂孫、譚宣子作，皆四聲悉合，一字不可移易。吴作于'花'字用'作'字，王用'蕊'字，周用'怨'字，皆作平聲讀，勿誤認。《詞律》旁注可平可仄，不可從。《圖譜》更不待言矣。"

【輯評】

宋沈義父《樂府指迷》云："咏物詞，最忌説出題字……周草窗諸人，多有此病，宜戒之。"蔡嵩雲《樂府指迷箋釋》云："草窗集咏物詞，幾近二十闋，犯題字者亦只數闋。如……《花犯》咏水仙，'漫記漢宮仙掌'句，犯仙字，《聲聲慢》咏水仙、梅，'臨水鏡'句犯水字，均無妨于詞之大體。"

清周濟《宋四家詞選》云："草窗長于賦物，然惟此（按：指《花犯·咏水仙》）及'瓊花'二闋，一意盤旋，毫無渣滓，他作縱極工切，不免就題尋典，就典趁韻，就韻成句，墮落苦海矣。特拈出之，以爲南宋諸公針砭。"

清許昂霄《詞綜偶評》云："'誰記''謾記'犯重，下'記'字疑誤。'芳蘭幽芷'，襯法。"（蔡按：許氏所見或爲裘杼樓系版本。）

清丁紹儀《聽秋聲館詞話》云："草窗《花犯》云：'漫記得漢宮仙掌，亭亭明月底。''知誰賞、國香風味。''漫記'下脱'得'字，'誰賞'上脱'知'字。"

梁令嫻《藝蘅館詞選》云："周止庵云：'草窗長于賦物，然惟此闋一意盤旋，毫無渣滓，他作縱極工切，不免就題尋典，就典趁韻，就韻成句，墮落苦海矣。特拈出之，以爲南宋諸公針砭。'"按：周止庵，即周濟，清代詞學家，有《宋四家詞選》收録周密詞，梁氏引語出是書。

唐圭璋《唐宋詞簡釋》云："此首上片寫花，下片寫人惜花，輕靈宛轉，韻致勝絶。起寫花之姿容，繼寫花之内情，後寫花之豐神。換頭以下，惜花無人賦，花無人賞。'相將共'以下，拍到己身。上是花伴人，下是人賞花，將人與花寫得繾綣纏綿，令人玩味不盡。"

【附録】

周邦彦《花犯·咏梅》云："粉墙低，梅花照眼，依然舊風味。露痕輕綴。疑净洗鉛華，無限佳麗。去年勝賞曾孤倚。冰盤同燕喜。更可惜、雪中高樹，香篝熏素被。　　今年對花最匆匆，相逢似有恨，依依愁悴。吟望久，青苔上、旋看飛墜。相將見、脆圓薦酒，人正在、空江煙浪裏。但夢想、一枝瀟灑，黄昏斜照水。"

探春慢　修門度歲和友人韻[一][1]

彩勝宜春[2]，翠盤消夜[3]，客裏暗驚時候[4]。剪燕心情[5]，呼盧笑語[二][6]，景物總成懷舊。愁鬢妒垂楊[7]，怪稚眼、漸濃如豆[三][8]。儘教寬盡春衫，畢竟爲誰消瘦。　　梅浪半空如繡[9]。便管領芳菲，忍辜詩酒[四][10]。映燭占花[五][11]，臨窗卜鏡[12]，還念嫩寒宮袖[六]。簫鼓動春城[13]，競點綴、玉梅金柳[14]。厮勾[七]元宵[七][15]，燈前共誰携手。　　　　　（第二十五）

【校記】

[一] 裘杼樓本調名無"慢"字。知不足齋本、四印齋本、光緒本、裘杼樓本均無"和友人韻"四字。

[二] 笑語，知不足齋本、四印齋本、辛酉本、裘杼樓本、《欽定詞譜》并作"音語"。

[三] 怪，知不足齋本、四印齋本、辛酉本、裘杼樓本并作"蚤"，光緒本、《欽定詞譜》并作"早"。

[四] 忍辜，彊村本、四印齋本、辛酉本、《詞繫》并作"忍孤"，通。

[五] 映燭，知不足齋本、四印齋本、辛酉本、裘杼樓本、《詞繫》并作"映竹"。

[六] 嫩寒，知不足齋本、四印齋本、辛酉本、裘杼樓本、《欽定詞譜》并作"歲寒"。

[七] 厮勾，彊村本、四印齋本并作"厮句"，通。

【箋釋】

[1] 修門：舊時楚國郢都的城門，宋玉《招魂》詩云："魂兮歸來，入修門些。"後常用來代指京城的城門，這裏借代京城臨安。宋劉克莊《輓鄭子敬都承》詩云："重入修門兩鬢絲，延和纍疏竭忠規。"度歲：舊俗在年夜飯後即一家相守不睡，由除夕而至元旦，在除夕日稱爲"守歲"，在元旦日稱爲"度歲"。

[2] 勝：頭飾。彩勝：古代立春時，用綢布或彩紙剪成飾物，戴在頭上表示慶度。或謂"彩勝"爲舊時正月初一所戴，蓋誤。南朝梁宗懍《荆楚歲時記》云："立春日，悉剪彩爲燕以戴之，貼'宜春'二字。"又，本詞寫度歲，起拍記立春，可見本詞所填之時，立春先于除夕。唐張繼《人日代客子是日立春》詩云："人日兼春日，長懷復短懷。遥知雙彩勝，并在一金釵。"

[3] 翠盤：原指青翠色的餐盤，這裏是特指立春時的"春盤"，周密《武林舊事》卷二"立春"條説："後苑辦造春盤，供進及分賜貴邸宰臣，巨璫翠縷紅絲，金鷄玉燕，備極精巧，每盤直萬錢。"

[4] 時候：節氣、節候。南朝范泰《九月九日》詩云："勁風肅林阿，鳴雁驚時候。"

[5] 剪燕：舊時習俗，立春日剪彩帛爲燕，戴于頭上，見【箋釋】[2]。此爲周密自創詞彙，唯見清末周岸登有《夢橫塘》"更誰與、調鶯剪燕，染柳熏桃鬥春色"、《卜算子慢》"剪燕黏雞，暗想舊京人面"。黏雞，正月初一爲雞日，畫雞貼于門上，以示一元初始。

[6] 呼盧：博戲。唐李白《少年行》詩云："呼盧百萬終不惜，報讎千里如咫尺。"

[7] 本句意謂：愁鬢由青而白，則青絲不再，垂楊落而再生，却年年如斯，因此惹得白鬢妒煞，尤其是在這個柳葉嫩芽漸漸長大的季節。

[8] 眼：柳葉。因柳葉似眼，因此古人將其作比，如唐元稹《寄樂天》詩云："冰銷田地蘆錐短，春入枝條柳眼低。"稚眼：新生的柳葉。

[9] 梅浪：大面積的梅花。宋周邦彥《菩薩蠻·正平梅雪》云："天憎梅浪發。故下封枝雪。"

[10] 忍辜：豈忍辜，不忍辜。漢語中有一類情態詞，具有然否二重語義，如堪、肯、忍、敢等，也可以表示"不堪、不肯、不忍、不敢"，因此需要根據具體語境進行理解。

[11] 占花：燈芯燃盡後，會結成一種花狀物，以此爲占卜方式，進行預測。唐代應已有之，故白居易有"占花租野寺"之舉。宋蘇過《次韻楊良卿秋雨有感》詩云："家書空繫雁，燈信未占花。"

[12] 卜鏡：一種占卜方式。周密自創詞彙，唐宋未見，至清末方見有李宗瀛"何期此境今到生，反乎覆者誰卜鏡"、馮煦"總休卜、鏡中消息"、宋育仁"夜涼偷卜鏡"、樊增祥"不用占雞卜鏡"等句，但具體方式或內容未詳。

[13] 簫鼓：特指元旦等節日的鼓樂聲。周密《武林舊事》卷三"歲除"條云："簫鼓迎春，雞人警唱，而玉漏漸移，金門已啓矣。"宋何澹《和宋憲乙丑元夕韻》詩云："三神山上隔凡塵，簫鼓喧闐午夜聲。"劉克莊《蒲澗寺》詩云："欲采菖蒲無覓處，且隨簫鼓樂新年。"

[14] 金柳：開春時柳樹新芽呈嫩黃色，故云。唐毛熙震《河滿子》詞云："曲檻絲垂金柳，小窗弦斷銀箏。"

[15] 勾：即"够"，此爲"够得上"之意。廝勾：即將來臨，將要。宋趙聞禮《謁金門》詞云："門外東風吹綻柳。海棠花廝勾。"

【考證】

本詞題序曰"度歲"，則應是元旦，詞中又有"彩勝宜春""剪燕心情"之句，則恰是立春。檢周密一生，有三日合乎這一特殊日子：一爲宋理宗寶祐四年正月初一，即公曆 1256 年 1 月 29 日，時周密二十五歲；二爲宋恭帝德祐元年正月初一，即公曆 1275 年 1 月 29 日，時周密四十四歲；三爲元世祖至元三十一年，即公曆 1294 年 1 月 28 日，時周密六十三歲。但入元後的詞，應不存于《蘋洲漁笛譜》上卷中，故袛有前兩種可能，以本詞集編排看，似是二十五歲，但根據詞中"愁鬢妒垂楊"一句分析，雖然文人有好誇張、喜稱老的習慣，但據夏承燾先生年譜所繫，周密從二十四歲"春侍父鄞江"起，至二十六歲的形迹均不在杭州，因此，作于宋恭帝德祐元年（1275 年）正月初一時的都城臨安，繫于四十三歲時爲是。

蔡按：友人原詞今已不可考。

【韻律】

本詞屬于慢詞，《欽定詞譜》收録于第三十二卷，本詞被列爲第三體式。本詞較之正體姜夔詞，唯後段換頭句入韻异，而過片增减韻，爲填詞的基本韻律微調方式，與體式的變化無關，而且，由于過片句式爲仄起式，本調還留有換頭藏韻的空間。

斷勾元宵，燈前共誰携手。勾，去聲。本句爲仄起平收式句法，第二字依律須仄聲。"燈前"一拍，其句法失律，應該是誤填，考察現存宋詞，唯趙以夫與之相同，其餘姜夔、張炎、陳允平、田爲雖句法有异，但均用律句，試比較：

第一種模式：甚日歸來，梅花零亂春夜。（姜夔、張炎）其中第八字仄聲。

第二種模式：伴我微吟，恰有梅花一樹。（張炎）其中第六字仄聲。

第三種模式：畫闌閑立東風，舊紅誰掃。（陳允平、田爲）其中第四字仄聲，用讀破法。

第四種模式：懷古傷情，淚痕濕、春衫短。（陸文圭）用讀破法。

很顯然，這個末一句組中的第二、第三、第四三個音頓，不可連續都用平聲，尤其是在第九字也是平聲的前提下，否則韻律就会失諧，即便是用讀破法句法也是。

【譜注】

《欽定詞譜》云："此與姜（夔）詞同，惟後段起句押韻异。"

秦巘《詞繫》云："此與趙（以夫）作同，袛換頭句叶韻，與田（不伐）作同，宋人多從此體。"

【輯評】

清陳廷焯《雲韶集》云：《探春·彩勝宜春》詞，"'暗驚'二字中有眼淚。情詞凄楚有神。一'動'字寫不盡蕭鼓之盛"。

夏敬觀《映庵詞評》云："《探春慢·彩勝宜春》，'句'讀若殼，'厮句'宋時俗語也。本集《玲瓏四犯》：'杏腮紅透梅鈿皺'，'厮句'與'皺'叶。"（載《詞學》第五輯）

【附錄】

清易順鼎《探春慢·客邸度歲有懷，用弁陽嘯翁修門度歲元韻》云："雪碗催茶，風簾轉蒜，煮水地爐親候。驕馬精神，鬧蛾心性，事事而今非舊。燈影尚相思，肯伴我冷紅如豆。偏教照出無聊，人與梅花同瘦。　故國歌雲舞繡。正蟾鎖窺香，鳳釵敲酒。品竹聲寒，吹蘭氣熱，小小玉簫隨袖。此去一程程，偏遇著返魂新柳。只怪春人，夢中旋又分手。"

清林朝崧《探春慢·除夕用周草窗韻》云："花炮驅儺，紙錢祭灶，又到圍爐時候。兒女筵前，鬚眉鏡裏，悵我朱顏非舊。看剪宜春帖，漸夜久燈昏紅豆。思量往事無眠，陡覺腰肢清瘦。　回首。江山錦繡。記黃浦迎年，風流文酒。夢斷烏衣，人歸碧落，怕問當時舞袖。才盡江郎筆，漫題咏東風梅柳。銷耗雄心，只要一杯在手。"

清林朝崧《探春慢·首春頌臣、啓運、錫祺、槐庭同過，約同赴霧峰吟宴，再用草窗韻》云："溪曲抱村，竹深藏徑，閑門誰肯臨候。人日梅開，新年鳥囀，迎到東林故舊。生計柴桑拙，嘆仍是南山種豆。田家隔歲重來，應笑菜肥人瘦。　野外春光如繡。倩芳草鋪茵，晴嵐對酒。擊缶狂歌，插花起舞，此樂勝圍紅袖。無奈萊園月，又喚斑騅繫柳。願逐詩仙，春風一路携手。"

瑶花慢[一]

后土之花[1]，天下無二本。方其初開[二]，帥臣以金瓶飛騎進之囗天[三][2]，上間亦分致貴邸。余客輦下[3]，有以一枝[四]……

朱鈿寶玦[五][4]。天上飛瓊[5]，比人間春別。江南江北，曾未見[6]、謾擬梨雲梅雪。淮山春晚[7]，問誰識、芳心高潔。消幾番、花落花開，老了玉關豪杰[8]。　金壺剪送瓊枝[9]，看一騎紅塵[10]，香度瑶闕[11]。韶華正好，應自喜、初識長安蜂蝶。杜郎老矣[12]，想舊事、花須能説。記少年、一夢揚州[六]，二十四橋明月[七]。　　　（第二十六）

【校記】

[一] 光緒本調名作"瑶華"，此類所謂別名，其實都祇是別字而已，祇不過這個特殊一點，既是同音而別，又是同義而別，但調名本身并沒有"別"。

[二] 初開，毛校本作"初閑"，誤。又，辛酉本無"方"字。

[三] "天"字前，底本、毛校本均有一空格，應是闕字。知不足齋本、彊村本、辛酉本、芝蘭本之序及四印齋本所附者，均無空格，現有的標點本，都讀爲"帥臣以金瓶飛騎進之天上，間亦分致貴邸"，則語句不通，"天上"二字顯然不可連讀，或解"天上"爲"皇宮"，似亦無依據。其實，"天"之前應有奪字，原文應是表示帝王或皇宮的"囗天"；上，則是指"皇上"，爲後一句主語，故今以奪字符替之。

[四] 以下底本、毛校本闕，底本有注，云："已下共缺十八行。"蔡按：本詞正文以丙午本版本規格，應占六行，則有十二行爲原題序，題序每行十三字，故題序所奪至少爲一百四十四字。又，知不足齋本、四印齋本，僅有短序"瓊花"二字。

[五] 朱鈿，光緒本作"珠鈿"。

[六] 江昱引詞，本句爲"少年一夢揚州"六字，"記"字據知不足齋本、辛酉本補。

[七] 本詞底本闕如，江昱注文於《齊東野語》條後有引《草窗詞》，今據其補入。

【箋釋】

[1] 后土：即揚州后土祠。

[2] 帥臣：宋代的各路安撫司長官，此指揚州所在的淮南路安撫司長官，或謂揚州軍政長官者，誤。

[3] 輦下：意謂在皇帝的車輦之下，亦即京城。唐方干《贈李支使》詩云："白雪振聲來輦下，青雲開路到床前。"

[4] 朱鈿：即珠鈿，嵌珠寶的花鈿。朱、珠，古今字。有人解釋爲"朱紅色"則誤，因爲瓊花爲白色，故以珍珠擬，而無紅色瓊花。寶玦：珍貴的佩玉。本句以珠鈿寶玦比擬后土寺中瓊花的高貴。

[5] 本句意謂此瓊花乃非凡之天物。句子取自宋辛棄疾《滿江紅》詞之起拍"天上飛瓊，畢竟向、人間情薄"。飛瓊：亦雙關指傳說中西王母之侍女許飛瓊，喻花如仙女。

[6] 曾未見：照應題序中"天下無二本"及"方其初開，帥臣以金瓶飛騎進之"之說，故即便揚州普通人亦未必能得以一見。

[7] 淮山：泛指淮南地區的山嶺，時揚州一帶的淮南路爲南宋之邊境，因此在此處亦即"邊山"之意。唐李白《聞丹丘子于城北營石門幽居》詩云"思君楚水南，望君淮山北"，楚水、淮山，均爲泛指。

[8] 玉關：即玉門關。玉關豪杰：鎮守玉門關的將士，因爲當時揚州一帶的淮南路爲南宋之邊境，因此這裏是代指淮南地區的將士。序中刻意說瓊花由地方將官所送，言外或有"無能守邊殺敵，但能馳馬送花"之意，正是"老了"之謂，其中無限感慨，自可體味，因此過片接此。

[9] 金壺：即題序中所說之裝瓊花的"金瓶"。

[10] 一騎紅塵：此擷用杜牧《過華清宮絕句》詩"一騎紅塵妃子笑，無人知是荔枝來"。用典尤切，言外之意無窮。

[11] 度：此爲"到達"意。漢語的時態，靠語境完成，僅"關山度若飛"五字是進行時，此處"一騎紅塵度瑤闕"則是完成時，故對應譯詞不同。瑤闕：指皇宮，朝廷，即序中的"口天"。唐劉禹錫《武陵書懷》詩云："獨立當瑤闕，傳訶步紫垣。"

[12] 杜郎：指南宋浙江蘭溪人杜斿。杜斿有《瓊花記》謂"余從京口至揚州，尋訪舊事。知世所傳后土瓊花，在今城東之蕃釐觀，遂往謁之，故瓊花猶在"云云，"杜郎"句蓋用樊川點出此人。後段因爲三處用杜牧詩意"一騎紅塵妃子笑""十年一覺揚州夢""二十四橋明月夜"，故有人以爲此杜郎即杜牧，如此，則"老矣不能說舊事"便無法解釋，此處手法，是用杜牧事牽出杜斿，謂千般舊事已無從說起，唯《瓊花記》所記而已。

【考證】

題序云"余客輦下"，極疑即周密三十四歲至三十六歲其間，時周密爲兩浙運司掾，正是客居京城杭州時。后土之花雖產于揚州，但因爲"金壺剪送瓊枝"，所以揚州看不到，反是杭州能見，"有以一枝"或是傳達他在杭州有緣接觸到后土之花的信息，也因此這首詞中"祇是一片感慨"（陳廷焯語）。

周密《絕妙好詞》卷六曾對揚州后土瓊花有過這樣的描述："揚州瓊花，天下祇一本，士大夫愛重作亭，花側榜曰'無雙'。德祐乙亥，北師至，花遂不榮。趙棠國炎有絕句，吊曰：'名擅無雙氣色雄。忍將一死報東風。他年我若修花史，合傳瓊妃烈女中。'"江昱就認爲周密的這首詞所寫的本意在此。此外，他在《齊東野語》卷十七云："揚州后土祠瓊花，天下無二本，絕類聚八仙，色微黃而有香。仁宗慶歷中，嘗分植禁苑，明年輒枯，遂復載還祠中，敷榮如故。淳熙中，壽皇亦嘗移植南內，逾年憔悴無花，仍送還之。其後，宦者陳源命園丁取孫枝移接聚八仙根上，遂活，然其香色，則大減矣。杭之褚家塘瓊花園是也。今后土之花已薪，而人間所有者，特當時接本，仿佛似之耳。"

【韻律】

本調爲慢詞，《欽定詞譜》收録于第三十一卷，列爲第一格，并云：本調始自吴文英，但因爲吴詞有訛字，所以采用周密本詞作譜。今日所見吴文英詞，字句韻律除前段末一句組起字"消"用平聲外，其餘悉與周詞同，不知當時其版本有何舛誤。

本調的第一個韻脚，爲句中韻，前八字爲一單位，因此該符號祇是"韻號"，而非"句號"，今人創作時應以八字起、五字收來構思這個句組，若填爲四字起、九字收，便非《瑶華》矣。如吴文英的"秋風采石，羽扇揮兵，認紫驒飛躍"，用一儷句，最能看出，汪元量的"天中樹木，高聳玲瓏，向濯纓亭曲"用流水句法，也是一目了然，宋詞本調僅此三首，可見第一句組的架構如此，毋庸置疑。

本調也是一個添頭式架構的詞體。本調的韻律特徵，除了後段添頭增加一個小頓之外，最大的變化在前後段第一句組的第二、第三拍，交錯式安排一個一四式折腰句法，這是詞體變化中的一種常見模式，即在前後段的第一句組或末一句組中采用參差手法，形成了顯著的韻律變化。其中的"看"字和一般的九字句一樣，用一字逗領四字兩句，但現存的宋元詞，在這裏都未見有用對仗的情況，而都用流水句法，這對今天的創作是有啓發作用的。

本調韻律上的另一個特色是，所有的主韻韻脚都采用"平仄"頓實現，即韻前字在這個詞體中，不能按通常的"一三五不論"原則填，而都要按"平仄"格式收尾押韻。

【譜注】

萬樹《詞律》云："'江南'以下與後段'韶華'以下同。按，夢窗此調，于'曾未見'下九字云'應笑春空鎖凌煙高閣'，人多讀'空'字爲句，誤。照周詞，應于'春'字豆，張天雨此句云'怎一夜、换作連城之璧'可見。但'應笑春'三字欠妥，'春'字恐誤。此字觀後段及各家俱不用平聲，作者但用仄爲是。《圖》注平仄悉改，若'明'字改仄，恐有不便，至'度'字改平，尤不便耳。"

杜文瀾云："起句'朱鈿寶玦'，戈氏云'玦'字起韻。按，他作亦有不叶者。"

《欽定詞譜》云："此調始自吴文英，因吴詞有訛字，故采此詞作譜。"

【輯評】

蔡嵩雲《樂府指迷箋釋》云："草窗集咏物詞，幾近二十闋，犯題字者亦只數闋。如《瑶花慢》詠瓊花，'天上飛瓊''金壺剪送瓊枝'二句，兩犯瓊字，'消幾番花落花開''想舊事，花須能説'二句，三犯花字。瓊字爲題中主要字，似不甚宜，花字爲詞中次要字，似尚無礙。"

清周濟《宋四家詞選》云："草窗長于賦物，然惟此（按：指《花犯・詠水仙》）及'瓊花'二闋，一意盤旋，毫無渣滓，他作縱極工切，不免就題尋典，就典趁韻，就韻成句，墮落苦海矣。特拈出之，以爲南宋諸公針砭。"

清陳廷焯《白雨齋詞話》云："不是詠瓊花，祇是一片感嘆，無可説處，借題一發泄耳。"

清陳廷焯《雲韶集》云：《瑶華・珠鈿寶玦》詞，"不是詠瓊花，祇是一片感慨，無可説處，借題一發泄耳。雅緻。回頭一顧，多少眼淚"。

清陳廷焯《詞則・大雅集》卷三，眉批前段云："感慨蒼茫，不落詠物小家數，亦中仙流亞也。"又眉批後段云："切合大雅，文生于情。"

【附録】

清末吳湖帆《瑶華慢・次周草窗韻》云："銀盤似玦。一綫參差，與團圞何別。清宵籠碧，雲路迥、照眼明珠如雪。嫣容微掩，認依約、襟懷芳潔。休等閑、今夕風流，想像物華人杰。　　虛庭且共徘徊，問玉殿無塵，誰步瓊闕。三秋桂子，涼露下、衣濕含香棲蝶。廣寒美景，好信誓、低低重説。算素娥、魄煉魂凝，化作艷情奔月。"

玉京秋[一]

長安獨客，又見西風素月，丹楓凄然，其爲秋也。因調夾鐘羽一解。

　　煙水闊[1]。高林弄殘照，晚蜩凄切[2]。畫角吹寒[二]，碧砧度韻[3]，銀床飄葉[4]。衣濕桐陰露冷，采涼花、時賦秋雪[5]。嘆輕別[三]。一襟幽事[四][6]，砌蛩能説[五]。　　客思吟商還怯[7]。怨歌長、瓊壺暗缺[8]。翠扇恩疏[六][9]，紅衣香褪[10]，翻成銷歇。玉骨西風[11]，恨最恨、閑却新涼時節。楚簫咽。誰倚西樓澹月[七]。　　　　　　　　　　（第二十七）

【校記】

[一] 底本原無調名，據昱按補。知不足齋本、四印齋本有調名，題序爲"秋思"。辛酉本有調名，但其序完整，與底本同。

[二] 本句各本俱無，據《詞緯》補。

[三] 嘆，芝蘭本作"難"。裘杼樓本脱此字。

［四］幽事，四印齋本作"秋思"。

［五］蛩，芝蘭本注云："《草窗詞》作'蟲'。"余所見諸本非是。

［六］恩疏，《欽定詞譜》《詞繋》作"陰疏"。芝蘭本、裘杼樓本奪一"恩"字。

［七］誰倚，彊村本作"誰寄"。

【箋釋】

[1] 煙水：充滿霧嵐的水面。

[2] 晚蜩：秋蟬。

[3] 碧砧：周密自創詞彙，擣衣石的美稱，未必是指色彩碧綠，經常使用，也未必布滿青苔。碧：是一種玉，此爲美詞。度韻：譜寫韻調，周密自創詞彙。本句意謂：擣衣砧響起的有節奏的聲音，猶如充滿韻律的曲調。

[4] 銀床：白石製成的井欄，杭州古井今猶可見有白石製成的井圈，或謂井欄用銀飾成，或非，此類用法，"銀"字也屬於一種美詞，不可落實理解。南朝庾肩吾《九日侍宴樂游苑應令》詩云："玉醴吹岩菊，銀床落井桐。"本句化用宋李維《霜月》詩"銀床葉暗飄，霜月夜迢迢"。

[5] 涼花：秋涼之際的花。唐陸龜蒙《奉和襲美新秋言懷三十韻次韻》詩云："早藕擎霜節，涼花束紫梢。"

[6] 一：整個的。一襟：滿懷。唐杜荀鶴《題唐興寺小松》詩云："侵僧半窗月，與客一襟風。"幽事：無法向人訴說的心事。唐杜甫《屏迹》詩云："衰顏甘屏迹，幽事供高卧。"

[7] 客思：游子的思緒。吟商：吟誦咏秋的句子。商：即秋，五行相應。典出唐劉禹錫《酬樂天七月一日夜即事見寄》詩"聞君當是夕，倚瑟吟商聲"，中心詞省用法。參見第二十一、二十四首【箋釋】。

[8] 暗缺：在不知不覺中缺了口。壺缺，用王敦事，《晉書·王敦列傳》云："每酒後，輒咏魏武帝樂府歌，曰：'老驥伏櫪，志在千里。烈士暮年，壯心不已。'以如意打唾壺爲節，壺邊盡缺。"唾壺，古代一種床笫間使用的吐痰用的壺。

[9] 恩疏：扇子入秋即被冷落弃用，即漢代才女班婕妤在《怨詩》中所謂的"弃捐篋笥中，恩情中道絶"，這裏用此典。

[10] 紅衣：荷花的花瓣。南北朝庾信《入彭城館》詩云："槐庭垂綠穗，蓮浦落紅衣。"

[11] 玉骨：梅花。宋毛滂《蔡天逸以詩寄梅詩至梅不至》詩云："冰肌玉

骨終安在，賴有清詩爲寫眞。"以"玉骨"代梅，詩詞中常見，這裏寫梅，章法上既是承前一句組的"紅衣"，又是呼應前段"凉花"，祇是梅花秋天不開，故云"恨最恨、閑却新凉時節"。或謂"玉骨"指人，則後九字無著。本句化用宋吳文英《好事近·秋飮》詞"玉骨西風添瘦，減尊前歌力"，而另賦其意。

【考證】

"長安獨客"一句，可知本詞作于杭州，不說"過客"，可知其時尙在杭州盤桓。"又見"句，是盤桓已達一年以上，"誰倚"句，應是對家眷的思念。由此推斷，本詞或是作于三十三歲至三十五歲之間，其時周密在杭州爲兩浙運司掾，并與楊守齋、施仲山、薛梯飆、李筼房等人結詩社于西湖。

【韻律】

本調亦爲慢詞，《欽定詞譜》收錄于第二十四卷。本詞爲本調創調之作，前段"晚蜩"至"輕別"，與後段"瓊壺"至"簫咽"，應是對應部分，但今存面目，或有錯訛。其中獨"時賦秋雪"四字失律，且七字也無法構成一六式句法，極爲可疑。

各本前段俱缺"畫角吹寒"一拍，今日各標點本或均抄自《全宋詞》，而《全宋詞》又本于彊村本，因此也均闕此一句。蔡按：本調後段第二句組爲十二字，四字三句，其基本結構爲"仄平、平仄，平仄"六小頓，與之相對應的前段第二句組，依律自然應該也是十二字、四字三句，故各本奪四字無疑，添入"畫角吹寒"後，前段第二句組也是"仄平、平仄，平仄"六小頓，與後段韻律絲絲入扣。

前段"衣濕桐陰露冷"一句，"衣濕桐陰"四字已然語足，"露冷"二字脱。玩全詞韻律，後段第三句組起拍也是"玉骨西風"四字一句，則"露冷采"三個仄聲應是對應"恨最恨"三仄聲字，祇是"露冷采"行語欠通，或有文字錯訛。但是，"時賦秋雪"無疑四字失律，因此，也祇有讀爲"凉花時賦秋雪"，庶幾合乎格律。

前段的"煙水闊"，第三字是折腰句中的暗韻，而非三字句。

客思吟商還怯。此過片爲仄起式律句，"思"字去聲。又，"怯"字洽韻，叶詞韻第十八部韻，應是鄰韻通押。

【譜注】

萬樹《詞律》云："他作甚少，照填可也。或云：'衣濕'句宜五字，下作八字，'玉骨'下亦應如前分句，蓋前'碧砧'、後'紅衣'下俱同耳。"

杜文瀾云："按，《詞緯》'晚蜩淒切'句下有'畫角吹寒'四字。又，《蘋洲漁笛譜》'難輕別'句，'難'作'嘆'。又，'翠扇疏'句，'疏'字上有'恩'字，均應改補。"

《欽定詞譜》云："此周密自度腔，無別首宋詞可校，其平仄當依之。《詞律》前段第四句，脫'畫角吹寒'四字，後段第三句'翠扇陰疏'，脫陰字，今從《詞緯》校正。"

秦巘《詞繫》云："此調他無作者，自是創製。《草窗詞》缺'畫角吹寒'四字。"

【輯評】

清陳廷焯《雲韶集》云：《玉京秋·煙水闊》詞，"此詞精金百煉，既雄秀又婉雅，幾欲空絕古今。一'暗'字其恨在骨。淒淒惻惻，可以怨矣"。

清杜文瀾《憩園詞話》卷一云："《玉京秋》，周密詞'晚蜩淒切'句下，脫'畫角吹寒'四字。"

清譚獻《復堂詞話》評周密《玉京秋》起句"煙水闊"云："南渡詞境高處，往往出于清真。"

清譚獻《譚評詞辨》云："南渡詞境高處，往往出于清真。'玉骨'二句，髀肉之嘆也。"

清陳廷焯《白雨齋詞話》云："此詞精金百煉，既雄秀，又婉雅，幾欲空絕古今，一'暗'字，其恨在骨。"

清丁紹儀《聽秋聲館詞話》卷十三云："《詞綜》所采各詞，中有未經訂正，《詞律》復沿其誤者……周草窗《玉京秋》云：'畫角吹寒，碧砧度韻。翠扇陰疏，紅衣香褪。'脫'畫角吹寒'四字并'陰'字。"

清王闓運《湘綺樓評詞》云："周密醉落魄'餘寒正怯'，此亦偶然得句，而清艷天然，幾于化工，亦考上上。"

唐圭璋《唐宋詞簡釋》云："此首感秋而賦。起點晚景，次寫夜景。'嘆輕別'三句，入別恨。下片，承別恨層層深入。'客思'雨句，恨客居之無俚。'翠扇'兩句，恨前事之消歇。'玉骨'兩句，恨時光之迅速。末揭出淒寂之感。"

鷓鴣天[一]

燕子時時度翠簾[1]。柳寒猶未褪香綿[二][2]。落花門巷家家雨[3]，新火樓臺處處煙[4]。　　情默默、恨厭厭[三][5]。東風吹動畫鞦韆[6]。拆桐開盡鶑聲老[四][7]，無奈春何衹醉眠[五]。　　　　　（第二十八）

【校記】

[一] 彊村本、四印齋本、知不足齋本、芝蘭本有小序"清明"。光緒本本詞未收錄。

[二] 未褪，芝蘭本作"未透"。

[三] 厭厭，彊村本、四印齋本、知不足齋本、辛酉本、芝蘭本并作"懕懕"，本語境中不可通。見【箋釋】[5]。

[四] 拆桐，四印齋本、知不足齋本、辛酉本、芝蘭本并作"刺桐"。鶯聲老，裘杼樓本作"聲聲鳥"。

[五] 芝蘭本注云：何"《草窗詞》作'風'"。今余所見非是。

【箋釋】

[1] 翠簾：形容垂柳猶如簾幕一般。宋程垓《滿江紅·憶別》詞云："門掩垂楊，寶香度、翠簾重叠。"

[2] 香綿：指柳絮。本句的意思是天猶寒，柳樹香綿未銷，還在吐絮。第一百一十首《水龍吟》云："堤上斜楊風驟。散香綿、輕霑吟袖。"

[3] 這是一個語序"倒裝"的句子，意謂"家家門巷落花雨"，但兩相比較，無疑"倒裝"後詞味更好。倒裝，之所以用引號，因爲今天的所謂"倒裝"，都是站在今天的語言立場上所說的，在古漢語中本非倒裝，而是本來就可以那麼表達。這個認知很重要。清葉大莊《陽羨道中》詩云"落燈門巷家家雨，補被江程夜夜風"，化用本句入詩。

[4] 新火：清明之前一二日有寒食節，俗例禁煙不生火，新火即節後重新生的火。唐權德輿《清明日次弋陽》詩云："家人定是持新火，點作孤燈照洞房。"

[5] 厭厭：綿長之意，"懕懕"則并無此義，故本句不可通用。南唐馮延巳《長相思》詞云："紅滿枝。綠滿枝。宿雨厭厭睡起遲。"

[6] 畫鞦韆：裝飾著彩繪的鞦韆架。凡有畫飾的均可稱爲"畫某"，如畫船、畫欄、畫樓、畫梁等。唐毛文錫《虞美人》詞云："珠簾不捲度沉煙。庭前閑立畫鞦韆。艷陽天。"

[7] 拆桐：即刺桐，落葉喬木，清明前後開花，故四印齋本、知不足齋本并作"刺桐"。宋武衍《春日湖上》詩云："拆桐花上雨初乾，寒食游人盡出關。"

【韻律】

本調爲宋製小令，從《瑞鷓鴣》衍化而來，《欽定詞譜》收錄於第十一卷。

本詞以第七部詞韻寒先韻爲基本韻，"簾""厭"以閉口音鹽韻相叶。

本調明顯是從七言律詩衍化而來，因此有兩個韻律特徵：其一，"情默默、恨厭厭"原本應該是一個七字句，這裏是七字句減一字作折腰式六字句法，這是詞中極常見的一種微調手法，但今人多以逗號讀斷，是視作三字二句，則屬於典型的以文法理念理解韻法關係，甚誤。其二，七言律中第二、第三聯例用對偶手法，這也體現在本調中，第三聯因爲減字而不再存在，故第二聯在宋詞中亦多用對仗手法填，此雖屬于作法，而非律法，故不用對偶并不違律，但通常對偶處往往會比非對偶句更漂亮，則是一個不爭的事實，因此，"落花門巷家家雨，新火樓臺處處煙"這類表達，在創作本調的時候，可以作爲一種標準模式來學習。

【附錄】

《浩然齋雅談》卷中云："史達祖《清明》詩：'一百六朝花雨過，柳梢猶爾病春寒。晉官今日炊煙斷，并著新晴看牡丹。''宮燭分煙眩曉霞。驚心知又度年華。榆羹杏粥誰能辦，自采庭前薺菜花。'"

夜行船[一]

蛩老無聲深夜靜。新霜粲、一簾燈影[二][1]。妒夢鴻高[2]，烘愁月淺[3]，縈亂恨絲難整。　　笙字嬌娥誰爲艷[四][3]。香襟冷、懶看妝印[五]。繡閣藏春，海棠偷暖，還似去年風景。（第二十九）

【校記】

[一] 四印齋本、知不足齋本、辛酉本、芝蘭本有小序"秋思"，應是後人所添。光緒本本詞未收錄。

[二] 簾燈，四印齋本、知不足齋本、辛酉本并作"燈簾"。

[三] 烘愁，四印齋本、知不足齋本、辛酉本并作"供愁"，或誤。

[四] 本句四印齋本作"笙譜字嬌娥誰靚"，知不足齋本、辛酉本作"笙譜字嬌娥誰艷"，均違律，顯誤。嬌娥，原作"橋訛"，毛校本、芝蘭本作"嬌訛"，據彊村本改。艷，彊村本作"靚"。

[五] 懶看，原作"怕看"，因爲香襟冷，所以懶得動彈，不想去看妝印，似不至于會有"怕"的心理。據四印齋本、知不足齋本、辛酉本改。

【箋釋】

[1] 新霜：這裏并非是秋季初起的霜，而是夜幕降臨後新起的霜。宋文同

《雨後看山因憶黄世南先生詩以相招》詩云："新霜夜落群梢鳴，群風刮天爲早晴。"

[2] 妒夢：嫉妒之夢。意謂：夢中看到鴻雁高飛便心生强烈的嫉妒之意，以致整個夢都充滿了濃郁的嫉妒色彩，成了妒夢。宋陸游《暮春》詩云："啼鶯妒夢頻催曉，飛絮鍾情獨殿春。"

[3] 笙字：指笙管上標飾音階的銀字，指代笙的音調，猶言"琴弦""篾簧"之類。五代和凝《山花子》詞云："銀字笙寒調正長。水紋簟冷畫屏凉。""銀字笙"即有銀字的笙。

【韻律】

本調也是宋製小令，《欽定詞譜》收録于第十一卷，本詞列爲第四格，與首格歐陽修詞比較，起拍添一字，過片改律句爲折腰句法，而前後段末一句組則由原來的七字一句、折腰式七字一句讀破爲四四六句法。這種句法變化，實質上就是折腰句第一字容前而形成，也是填詞中極爲常用的一種微調手法，仍然不涉及詞的體式變化。

本詞以十一部詞韻爲基本韻，後段第二拍"印"字屬震部韻，通叶。

詞中的對偶句，在我們今人的心目中，無一例外的都是兩個句子的合成，但實際上從韻律的角度來分析，有很多的對偶句實際上就是一個"儷句"，儷句，是一個很好的詞，我們可以將其視爲一個句子，按照萬樹的概念，就是"一氣"。以本詞爲例，"妒夢鴻高、烘愁月淺"和"繡閣藏春、海棠偷暖"就是一句，因此用頓號讀斷更爲準確。從均拍的理念來説，本調的前後段末一句組，就是八字一起、六字一收的結構，這一結構仍是兩句，從其來源考察，或更能理解，因爲它原本就是兩個不同句法的七字句。

采緑吟

甲子夏[一]，霞翁會吟社諸友[1]，逃暑于西湖之環碧[2]。琴樽筆研[3]，短葛練巾[4]，放舟于荷深柳密間。舞影歌塵，遠謝耳目[5]。酒酣采蓮葉，探題賦詞。余得塞垣春[6]，翁爲翻譜數字，短簫按之[7]，音極諧婉，因易今名云[二]。

采緑鴛鴦浦[8]，畫舸水北雲西[三]。槐薰入扇[9]，柳陰浮槳，花露侵詩。點塵飛不到冰壺裏[10]。紺霞淺、壓玻璃[四]。想明璫、凌波遠[11]，依依心事誰寄[五]。　　移棹欐空明，蘋風度瓊絲。霜管清脆[12]。只赤捉幽薇[六][13]，悵岸隔紅衣[七][14]。對滄洲、心與鷗閑[八]，吟情渺、蓮葉共分題[九][15]。停杯久、涼月漸生，煙合翠微。

（第三十）

【校記】

[一] 本句光緒本作"甲子夏日"。

[二] 知不足齋本、四印齋本題序僅"游湖"二字。

[三] 畫舸,《欽定詞譜》《詞繫》并作"放畫舸",多一字。

[四] 淺壓,知不足齋本、四印齋本、辛酉本并作"淺厴",韻律不合,誤。

[五] 誰寄,毛校本、知不足齋本、四印齋本、辛酉本、彊村本、光緒本、芝蘭本、《欽定詞譜》、《詞繫》并作"寄誰"。

[六] 只赤,知不足齋本、四印齋本、辛酉本、彊村本、光緒本并作"咫尺",通。幽薌,彊村本、《欽定詞譜》并作"幽香"。

[七] 悵,丙午本原作"帳",顯誤。據毛校本、知不足齋本、四印齋本、彊村本改。岸隔,知不足齋本、四印齋本、辛酉本并作"隔岸"。

[八] 鷗,底本、毛校本、知不足齋本、四印齋本、芝蘭本并作"漚",據彊村本、光緒本改。

[九] 蓮葉,芝蘭本注云:"《草窗詞》訛'蓬萊'。"余所見諸本非是。

【箋釋】

[1] 霞翁:即楊纘,周密亦師亦友者。元夏文彥《圖繪寶鑒》卷三云:"楊瓚(蔡按:原文如此,抄誤),字繼翁。恭仁皇后侄孫、太師次山之孫。度宗朝,女爲淑妃,官列卿。好古博雅,善琴,倚調製曲,有《紫霞洞譜》傳世,時作墨竹,自號守齋。"

[2] 逃暑:避暑。唐白居易《李十一舍人松園飲小酎酒》詩云:"早夏我當逃暑日,晚衙君是慮囚時。"

[3] 研:這裏通"硯"。

[4] 綀巾:粗麻布頭巾。綀:讀 shū,粗布,麻布。

[5] 遠謝耳目:避開世人的耳目。謝:委婉地拒絕。

[6] 塞垣春:詞調名。本調即從《塞垣春》衍化而來,兩相比較,可知其脉絡。

[7] 短簫按之:用短簫反復試音。蔡按:這裏的"按"是檢測、試驗的意思,而非按拍子之意。古代有"按察"的職位,即用此義,表示"檢測、巡察"。

[8] 采綠:原意爲采集菉草,出自《詩經·小雅·采綠》詩"終朝采綠,不盈一匊。予髮曲局,薄言歸沐"。這裏泛指采集植物,甚至也可以將"采"理解爲一種虛擬的動作,猶如"采風"之"采",意謂置身於綠色大自然之中。

[9] 槐薰:槐樹花的清香味。宋葉茵《南明樓》詩云:"重檐敞處受槐薰,

掃盡江村雨後雲。"

[10] 有清以來，本句通常被讀爲雙起式句法。點塵：極細小的塵埃，又作"點埃"。唐齊己《答崔校書》詩云："雪色衫衣絕點塵。明知富貴是浮雲。"

[11] 明璫：此爲"明珠"之意。參見第二首【箋釋】[9]。凌波：參見第二十四首【箋釋】[4]。

[12] 瓊絲：原指晶瑩剔透的絲狀的花蕊，周密賦予新意，比喻晶瑩的絲弦。此指弦樂器。唐劉禹錫《和嚴給事聞唐昌觀玉蕊花下有游仙》云："雪蕊瓊絲滿院春，羽衣輕步不生塵。"霜管：潔白的管樂，玉管，周密自創詞彙。元劉敏中《鳳凰臺上憶吹簫・贈吹簫東原趙生》詞云："有碧瓊霜管，猶似當年。"

[13] 只赤：即"咫尺"。參見第二首【校記】[三]。

[14] 紅衣：荷花的花瓣。周密《玉京秋》詞云"翠扇恩疏，紅衣香褪，翻成消歇"，同是寫荷花。南北朝庾信《入彭城館》詩云："槐庭垂綠穗，蓮浦落紅衣。"

[15] 分題：詩人雅集，各分題目而作詩，又稱"探題"。宋嚴羽《滄浪詩話・詩體》云："（雅集活動）有擬古，有連句，有集句，有分題。"其自注云："古人分題，或各賦一物，如云'送某人分題得某物也'。或曰'探題'。"唐元稹《酬樂天江樓夜吟稹詩因成三十韻》云："排韻曾搖筆，分題幾共聯。"

【考證】

甲子，爲景定五年（1264年），時周密三十三歲，"探題賦詞，余得《塞垣春》，翁爲翻譜數字，短簫按之"數語，可見本詞即席作于西湖雅集當時，而非後來追記。

元袁桷《清容居士集》卷三十三云："周密，湖州人，與陳厚、韓翼甫、李義山，咸淳初爲運司同僚，俱有吏才。"景定五年爲景定末年，是年元月度宗登基，但未改元，"十二月辛丑，詔改明年爲咸淳元年"（《宋史》卷四十六），則"咸淳初爲運司同僚"這一籠統説法，極可能涵蓋了景定五年（1264年），即景定五年（1264年）時，周密已在杭爲官，故夏天參與了西湖結社，這便符合南宋耐得翁《都城紀勝》中所説的，西湖詩社社員"非其他社集之比，乃行都士夫，及寓居詩人"組成的説法。

環碧，即環碧園，在今日之湧金公園一帶。《咸淳臨安志》卷八十六云："環碧園在豐豫門外，柳洲寺側，楊郡王府園。"董嗣杲的《杭州百咏》中有《環碧園》詩云："繞舍晴波聚釣仙。五龍祠畔柳洲前。清虛不類侯家屋，輪奐曾資母后錢。三面軒窗秋水觀，四時簫鼓夕陽船。攬將山北山南翠，獨有黃昏得景全。"而今之"阮墩環碧"，爲湖中小島，與此無關。豐豫門在今清波門北，緊靠湧金池西南端。

翻譜數字，題序中這四個字有極重要的詞學內涵，一方面可以用來證明我所說的"詞非句本位，而是字本位"的觀點；另一方面也可爲"詞無襯字"提供一個佐證。

【韻律】

本調即《塞垣春》的平韻體，慢詞，《欽定詞譜》收錄于第二十八卷。全詞結構及句法與《塞垣春》基本相同，唯前後段銜接處仍用兩個仄聲韻，但前段結拍各本多作"寄誰"，仍是平韻收束，則韻律總是欠諧。

本調前後段第二、第三句組文字錯落不齊，因該調本源于《塞垣春》，疑仄韻體本有文字脫落所致。但有清以來，因各種詞譜和詞集的影響，第三句組的句讀通常都被誤讀爲"點塵飛不到，冰壺裏、紺霞淺壓玻璃"，《欽定詞譜》如此，《全宋詞》亦如此，故今人莫不如此。而此種讀法顯然不合本調韻律，因不合韻律，所以細玩其詞意也就不通。本調宋詞僅此一首，無從對校，但我們從其本源的《塞垣春》中還是可以看出一點來龍去脉的，試做如下比較：

"甚、客懷先自無消遣。更籬落、秋蟲嘆。"（張先《塞垣春》）
"漸、別離氣味難禁也。更物象、供瀟灑。"（周邦彥《塞垣春》）
"瘞、綠窗細咒浮梅盞。換蜜炬、花心短。"（吳文英《塞垣春》）

根據宋詞可見，無論是該調的初始階段還是周密所在的南宋時期，其前段第三句組的韻律并無變化，起拍均爲單起式的八字句，今天讀爲一七式或三五式句法最合適。而後一句收拍，則應是一個折腰式六字句，根據這樣的韻律可知，周密的詞，總體上也應該是"點塵飛、不到冰壺裏。紺霞淺、壓玻璃"。"紺霞淺、壓玻璃"和"紺霞淺壓玻璃"在表意上也并沒有太多區別，但韻律則迥異。而由于本調已經從《塞垣春》變調而來，所以句法可以略有差異，因此，起拍從周邦彥的一七式句法變爲三五式句法，即讀爲"點塵飛、不到冰壺裏"，實際上也就是周邦彥的"漸別離、气味难禁也"的變異，是韻律中常見手法，但是其均拍是不會改變的，不可能"冰壺裏"變成屬下的情況，因此目前"點塵飛不到，冰壺裏、紺霞淺壓玻璃"這樣的讀法，是不正確的。

除此之外，"冰壺裏"屬下之後，還導致了另一個重要的韻律特徵變异：前述的張、周、吳詞，這個句組的起拍都是入韻的，"遣""也""盞"作爲輔韻出現，在詞樂的韻律上必有其講究，由此我們完全可以斷定，周密的"裏"字也是韻脚，而且前段尾韻、後段起韻之所以變仄，一個重要的原因即在于這個"裏"字的引導作用。這也是我們認爲目前的主流讀法不正確的重要理由。

進一步研究這個句組的韻律，前段作"點塵飛、不到冰壺裏"，後段按照一般韻律規則，便應該是"對滄洲、心與鷗閑□"，也是八字、入韻，但這個句子在周密其時所見的周邦彦詞已經是七字了，這是楊纘"數字"數出來的，所以可以肯定如此。筆者極疑周邦彦這個句組的原句應該是"又還將、兩袖珠淚瀉。沉吟向、寂寥寒燈下"，周密其時與今天一樣，已經奪了一個"瀉"字，但是沒有這個動作，"又还將、兩袖珠淚"無疑是一個殘缺的句子，即便想以後一句的"下"字補，也是不對的，因爲"向……下"才是一個合理的組合。好在"瀉"字是輔韻，或不影響演唱。

周邦彦的詞脫字，其實不僅僅在于一個"瀉"，這個句組的前段細究其詞意，也是不通的："漸別離、氣味難禁也。更物象、供瀟灑"，既然已經是"別離氣味難禁"了，又怎麼可能"物象供瀟灑"呢？應該是觸景皆不瀟灑才合乎事理，所以，我們以爲周邦彦詞的前段原文應該是"漸別離、氣味難禁也。更物象、□□供瀟灑"，這個脫落的"□□"應該是一個否定性的語詞，這樣語意才通達，韻律上也可以與後段的"又還將、兩袖珠淚瀉。沉吟向、寂寥寒燈下"相互吻合。

順便一提，趙萬里從《永樂大典》卷一四三八一中輯得的張先《塞垣春》，應該和另一首《如夢令》一樣，并非張先所作，就其韻律體式而言，應是周邦彦之後的作品。

【譜注】

《欽定詞譜》云："此調祇有此詞，無別首可校。此調前結後起兩仄韻，用古韻本部三聲叶。"

秦巘《詞繫》云："此調與《塞垣春》前段相似，後段起結，迥不相侔。且用平韻，自是創製，惜未注明宮調。《詞律》誤遺未載。《詞譜》……'寄誰'作'誰寄'（一本作'誰知'），又于'脆'字句，注仄叶，謂前結後結兩仄韻，蓋亦平仄互叶體也。……後段次三句，《葉譜》于'絲'字句注叶，'脆'字不注仄叶。"

【輯評】

清謝章鋌《賭棋山莊詞話·續編一》云："《塞垣春》一名《采綠吟》，見周公謹《蘋洲漁笛譜》。與詞律所載，句法既差，平仄亦異，想紅友未見此詞也。茲將其序與詞并錄于左俟考……予此詞據知不足齋本錄入。按，《天籟詞譜補遺》載《采綠吟》，却不言即《塞垣春》。而于'畫舸'上多一'放'字，又以'只赤'作'咫尺','岸隔'作'岸院','漚閑'作'鷗閑','蓮葉'作'蓬萊','煙合'作'煙含',又以'寄誰'作'誰寄',謂'裏'字、'寄'字、'脆'字皆韻,平仄通叶,平六仄三也。"唐圭璋注云:"知不足齋所據,影宋抄本也,公謹好作古字,其中'中'字皆作'中',則以'鷗'爲'漚',以'咫尺'爲'只赤',不足怪也。"

【附録】

吴文英《塞垣春》云:"漏瑟侵瓊管。潤鼓借、烘爐暖。藏鈎怯冷,畫鷄臨曉,憐語鶯囀。殢綠窗、細咒浮梅盞。換蜜炬、花心短。夢驚回,林鴉起,曲屏春事天遠。　迎路柳絲裙,看爭拜東風,盈灞橋岸。髻落寶釵寒,恨花勝遲燕。漸街簾影轉。還似新年,過郵亭、一相見。南陌又燈火,繡囊塵香淺。"

清末况周頤、王鵬運《采緑吟》云:"小苑槐風静,倦聽蜀魄林西。餘英湛水,紋紗換影,涼意生詩(半塘)。夢回香篆裏,渾難辨、曲屏幾摺琉璃。似年時,湖山路,垂楊煙艇艤誰(夔笙)。　清露滴闌干,湘弦潤,新聲知更幽脆。隔斷軟紅塵,認一桁簾衣(半塘)。晝愔愔、猶剩春寒,苺墙暗、慵覓舊時題。閑凝佇、芳樹遠天,煙外徑微(夔笙)。"

近代吴梅《采緑吟·荷葉,次草窗韻》云:"水國南薰早,數點嫩葉塘西。晴波緑照,淡雲黄掩,涼意催詩。曉鷗飛一片,菰蒲裏,映來淺碧琉璃。小舟輕菱歌遠,相依歡事共誰。　鉛淚灑芙川,清樽畔,冰絲霜藕甘脆。幾日發西風,怕碎却銖衣。話滄州驚醒鴛鶯,荒溝下重覓故宫題。吴天渺,留得翠盤,今夕露微。"

解語花

羽調解語花,音韻婉麗,有譜而亡其辭[一]。連日春晴[二],風景韶媚,芳思撩人,醉捻花枝,倚聲成句[三]。

晴絲胃蝶[1],暖蜜酣蜂[四][2],重簾捲、春寂寂[五]。雨萼煙梢,壓闌干、花雨染衣紅濕。金鞍誤約。空極目、天涯草色。閬苑玉簫人去後[3],惟有鶯知得[4]。　餘寒猶掩翠户,梁燕乍歸,芳信未端的[5]。淺薄東風[6],莫因循、輕把杏鈿狼藉[7]。塵侵錦瑟[8]。殘日緑窗春夢窄[六]。睡起折花無意緒[七][9],斜倚鞦韆立。　　　　　　　　(第三十一)

【校記】

[一] 辭,光緒本作"詞"。

［二］春晴，毛校本作"春晴"，刻誤。
［三］知不足齋本題序僅"春晴"二字。
［四］酣，芝蘭本注云："一作'醉'，恐誤。"
［五］重簾，彊村本、知不足齋本、四印齋本作"重檐"。
［六］緑窗，《詞律》作"紅窗"。
［七］折花，《詞律》作"折枝"。

【箋釋】

[1] 罥：這裏是被蛛絲纏住的意思。本句明鄧雲霄用入《江南春詞》中，作"天晴絲罥蝶，風細草眠花"，詩句與詞句之轉化，此爲一例，值得揣摩。

[2] 酣蜂：使蜂更勤快。酣，是一種使動式的用法，這種用法在詩詞中，可以增强作品文辭的詩意性，提升韻律上的美感。清吳翌鳳《東風第一枝》詞云："寄聲醉蝶酣蜂，漫啄芳心低度。"

[3] 閬苑：傳説中仙人的居住地，常用來指豪華的園林。南朝庾肩吾《山池應令》詩云："閬苑秋光暮，金塘牧潦清。"

[4] 本句化用宋無名氏《寶鼎現》詞"天爲遣、梅花催雪。惟有春知得"。

[5] 端的：究竟。未端的：即"未知端的"之意。如宋慕容彥逢《和衡倅題孫德明墨梅》詩云"寫影尋真未端的，此心隱處是南枝"，這個"未端的"，即"未識端的"之意，兩者均爲動作中心詞之省略。

[6] 淺薄：輕輕吹拂。薄，即"迫"，這個語境中是"吹到"的意思。本句源自宋吳文英《三姝媚》詞"離苑幽芳深閉。恨淺薄東風，褪花銷膩"。

[7] 杏鈿：盛開的杏花。鈿，原本是一種製成花形的首飾；杏鈿，其原意應該就是製成杏花形狀的飾物，以飾物比杏花。同理，此後的"芳鈿"即芳華，"殘鈿"即殘花，"梅鈿"即梅花。狼藉：此爲糟蹋之意，至今杭州吳語仍有"不要狼藉米飯"這樣的説法。當"狼藉"表示動作的因的時候，爲"糟踏"意，表示動作的果的時候，爲"散亂"意。

[8] 本句出自宋朱敦儒《行香子》詞"寶篆香沉。錦瑟塵侵。日長時、懶把金針"。

[9] 本句化用宋舒邦佐《睡起》詩"睡起拈書無意緒，開窗隱幾看桃花"。

【韻律】

本調爲慢詞，《欽定詞譜》收録於第二十八卷，列第三格。本詞在宋人諸詞中體式獨异，其韻律變化中有可疑之處，如前段第三拍，宋人均爲五字一句，獨本詞六字，極疑衍一"寂"字，原貌當爲"重簾捲春寂"，"寂"的是

"重簾"而非"春"。即便是"寂寂"也應讀爲"重簾捲、春寂寂",今人讀爲六字一氣的,多是誤讀。但是如果是折腰句法,則無疑迥异於原有的韻律了。至於後段第三句,則僅僅是二三句的讀破而已,并非添字。從其題序看,這種差异并非是刻意的添字,而是因爲當時"有譜而亡其辭"的緣故,讀破之變,就很好理解了。由此例也可看出,詞的樂譜對字數的約束,是有很大的關係的,也是主要的。此外這兩句由于是在第一句組的收拍位置,而起調畢曲的變化最大,從而參差一個字,也是一種正常的情况。

本詞與其他宋詞的差异還在用韻的不同,前後段第四句及後段起句,其他諸家都入韻,而本詞俱不入韻。這幾個韻脚因爲都是輔韻,本即可叶、可不叶,則從韻律的角度來看,輔韻畢竟是與主韻不同的,總體上它是没有唱腔上的特殊表現形式的,這是一個詞韻表達上極爲重要的認知。本譜既"亡其辭",則輔韻韻脚脱落,亦在情理之中。至于前段第六句"約"字,則應視爲跨部通叶,這從後段的"瑟"字上可以得到印證。這種跨部通叶的情况,在周密的詞中是很常見的,我們在"韻律"中均已予以指出,絶不可以用清人的韻律規範,來約束考量宋人的詞作。

最後,本詞與別首宋詞不同,在前段第八句、後段第七、八句的句法安排上,都不作折腰句法,這從一個側面證明了字數相同、句法相异的句子,是可以共融在某一個詞樂旋律相同的句位上的。這也解釋了爲什麼有的詞調中會出現甲詞用律句、乙詞用折腰句的現象。但是,有一點應該指出,本詞的"殘日綠窗春夢窄"一句,没有采用與前段對應的折腰句法,是一個韻律上的瑕疵,或是誤筆。

【譜注】

萬樹《詞律》云:"第三句六字,前後第四句俱用平,不叶。'干'字、'循'字平。'闐苑'句、'睡起'句如七言詩。'梁燕'二句上四下五。'殘日'句上四下三。兩結句同,是上二下三,如五言詩。以上俱與前吳詞不同。"

又云:"'約'字宜叶,恐誤(蔡按:"約"字也是韻脚,入聲相叶而已,宋詞多如此,萬樹以爲不叶,是典型的以清律約束宋詞)。"

杜文瀾云:"《草窗詞》注云:'羽調《解語花》音韻婉麗,有譜,而亡其詞。連日春晴,風景韶媚,芳思撩人,醉捻花枝,倚聲成句。'則此詞爲草窗首唱,應以此爲正格也(蔡按:既然説"有譜",則祇能是詞人的首唱,而非詞調的首唱,豈可以爲正格)。又按,《戈氏詞選》'紅窗'作'綠窗','綠'字以入作平。又,'折枝'作'折花',似均不必改。"

《欽定詞譜》云:"此亦與秦(觀)詞同,惟前後段第三句各添一字,前段第四句、第六句及後段起句、第四句俱不押韻,又前段第八句、後段第七、八句，俱不作折腰句法异。"（蔡按：後段第三句并非添字，而祇是讀破，前一句尾字融後而已。）

秦巘《詞繫》云："此詞用入聲韻，專屬羽調。與秦詞去上韻不同（蔡按：仄韻或去或上或入，混用已成爲通例，以'專屬羽調'將這一個入聲韻視爲特异，未免有過度詮釋的嫌疑，除非能證明宮調有區別入聲韻與上去韻的特徵）。"

"'約'字宜叶。'鶯'字，葉《譜》作'春'。'折花'二字，《詞潔》作'折枝'。"

【輯評】

清先著《詞潔輯評》卷四云："《解語花》前段'得'字韻七字句，美成作上三下四，草窗作上四下三。後段'的'字韻九字句，美成作上五下四，草窗作上四下五。結句'立'字韻，美成破作三句，則三、四、五，草窗作兩句，則七字、五字。此類不可勝舉。虛心折衷自見，無用俗説之紛紛也。"

清許昂霄《詞綜偶評》云："'暗絲罥蝶''雨萼煙梢，壓闌干、花雨染衣紅濕'，起用'晴絲'，忽接'雨萼'，微礙。兩'雨'字亦犯重。'雨萼'疑當作'露萼'，或作'霧萼'，否則下'雨'字有誤。"

清譚獻《復堂詞話》評周密《解語花》起句"暗絲罥蝶"云："層折斷續，鎔煉瀝液。"

清譚獻《譚評詞辨》云："淺薄"以下二句，"柔厚在此，豈非《風》詩之遺"。

【附錄】

清蔣敦復《解語花》云："鵑紅叫月，蝶翠沉煙，黃昏繡簾寂寂。暈頰微渦，似菱華、孤影晚妝猶濕。銀屏淺約，微點染、胭脂冷色。鑄就相思金滴滴，燕子偏銜得。　　佳人空掩素面，羅袖薄寒，春去怕端的。暮雨瀟瀟，問天公、怎忍海棠狼藉。華年錦瑟。啼老綠楊鶯思窄。玉箸替、垂風露下，偷背蘭缸立。"

曲游春

禁煙湖上薄游[1]，施中山賦詞甚佳，余因次其韻[一][2]。蓋平時游舫，至午後則盡入裏湖[二]，抵暮始出，斷橋小駐而歸，非習于游者不知也。故中山極擊節余閑却半湖春色之句，謂能道人之所未云[三]。

禁苑東風外[3]，颭暖絲晴絮[4]，春思如織。燕約鶯期，惱芳情偏在，翠深紅隙[5]。漠漠香塵隔。沸十里、亂弦叢笛[四][6]。看畫船，盡入西泠，閑却半湖春色[7]。　　柳陌[五]。新煙凝碧[8]。映簾底宮眉[9]，堤上游勒[10]。輕暝籠寒[六][11]，怕梨雲夢冷[12]，杏香愁羃[七][13]。歌管酬寒食。奈蝶怨、良宵岑寂。正滿湖、碎月搖花[八]，怎生去得。　　　　（第三十二）

【校記】

[一] 光緒本本句無"余"字。

[二] 光緒本本句無"至"字。

[三] 知不足齋本、四印齋本題序僅爲"游西湖"三字。辛酉本末句無"謂"字。

[四] 亂弦，知不足齋本、四印齋本、辛酉本、裘杼樓本并作"亂絲"。

[五] 芝蘭本注云："此句是韻，施原作以'刻'字叶，想可不拘耶。"

[六] 籠寒，裘杼樓本、《欽定詞譜》、《詞繫》并作"籠煙"。

[七] 愁羃，知不足齋本作"愁幕"。

[八] 裘杼樓本、《詞律》、《欽定詞譜》、《詞繫》本句并作"正恁醉月搖花"，依律缺一字，誤。

【箋釋】

[1] 禁煙：指寒食節。寒食節不得生火，故曰"禁煙"。薄游：漫游，閑游。南北朝張正見《後湖泛舟》詩云："上苑奢行樂，滄池聊薄游。"

[2] 次：第二的，居于其次的。原作自然是第一韻，步韻而和的便是第二次出現的韻，因此"次韻"的用法適用于同時代的人，尤其是小圈子內人。今人"次李白韻"基本是無次可言的，之所以也有所見，用順手的緣故。此外，用"次韻"另含一種謙虛的意蘊在內。

[3] 禁苑：皇家的園林。周密填詞之師楊纘，以女爲度宗淑妃，官列卿，因此詞友雅聚常在禁苑中，此爲實寫，而非泛指。南北朝沈君攸《羽觴飛上苑》詩云："上路薄晚風塵合，禁苑初春氣色華。"

[4] 絲：諧音"思"。絮：諧音"緒"。詩詞中常用手法。本句化用宋王之望《皇華館以上巳落成因修禊事題詩紀之》詩"柳絮輕颺晴日暖，竹光不動午陰閑"。

[5] 隙：原意是裂縫，此指花朵之間的縫隙。"紅隙"是針對"綠深"而說的，綠的色越深，紅的隙越大，所以"紅隙"即"稀拉拉的花朵"之意。語出唐劉氏婦《明月堂》詩"蟬鬢驚秋華髮新，可憐紅隙盡埃塵"，"紅隙盡埃塵"即是"稀拉拉的花朵盡皆委地"，周密"惱芳情偏在，翠深紅隙"則意

謂"惱芳情偏在那些濃鬱的綠葉和稀疏的紅花上"。

[6] 叢笛：亂糟糟的笛聲。叢：雜亂繁複的樣子，《漢書·酷吏傳贊》云："張湯死後，網密事叢。"周密自創詞彙，"亂弦叢笛"于此爲典，如清吳藻《陌上花》云"游塵撲撲，東風吹碎，亂絲叢笛"，即本此。

[7] 元馬臻《西湖春日壯游即事》詩云"曾被弁陽模寫盡，晚來閒却半湖春"，顯係從本句中變來。

[8] 新煙：柳葉初生之狀態。春季柳葉新生，可依稀透過柳樹望見遠處景物的那種狀態，稱之爲"柳煙"。唐張繼《馮翊西樓》詩云："近郭亂山橫古渡，野莊喬木帶新煙。"凝碧：漸成濃蔭是深綠色。唐劉禹錫《爲郎分司寄上都同舍》詩云："省闥晝無塵，宮樹朝凝碧。"

[9] 簾：指游人車上的簾子。宮眉：本指宮中女子所流行的眉毛樣式。此指游賞西湖的女子。唐李商隱《效徐陵體贈更衣》詩云："楚腰知便寵，宮眉正鬥強。"

[10] 游勒：猶言"游韁""游騎"，這裏指騎馬賞玩風景的人。周密自創詞彙。

[11] 清項鴻祚《一枝春》詞云"輕暝籠寒，捲簾遲、寂寞收燈風雨"，徑取本句入詞。

[12] 梨雲夢：指夢境。用唐王建夢見梨花雲之典。詳參【附錄】。清況周頤《掃花游·和仲可子大》詞云："杜宇聲聲，不管梨雲雲夢冷。"

[13] 愁幂：愁緒濃郁。幂：本是用來遮蓋物品的巾布。周密自創詞彙。

【考證】

夏承燾先生《周草窗年譜》考定，楊纘歿于周密三十八歲前，而甲子三十三歲時，周密尚有《采綠吟》記與楊纘同游雅集。此外，余以爲周密三十六歲訪二隱時，已回湖州（參見第十八首《三犯渡江雲》之【考證】），故楊纘當歿于周密三十六至三十八歲間，其時周密人在湖州，故詩文中均未著錄。至于施仲山之歿，楊纘邊出錢"樹梅作亭以葬"，周密也有題，則應在楊纘未故、周密尚在杭州時，亦即周密三十五歲時。由此推斷，則本詞大致應在周密三十四歲、三十五歲之清明節所作。

《武林舊事》云："都城自過收燈，貴游巨室，皆爭先出郊，謂之'探春'，至禁煙爲最盛。龍舟十餘，彩旗叠鼓，交午曼衍，粲如織錦。內有曾經宣喚者，則錦衣花帽，以自別于衆。京尹爲立賞格，競渡爭標內瑥，貴客賞犒無算，都人士女，兩堤駢集，幾于無置足地。水面畫楫，櫛比如魚鱗，亦無行舟之路，歌歡簫鼓之聲，振動遠近。其盛可以想見。若游之次第，則先南而後北，至午則盡入西泠橋裏湖，其外幾無一舸矣。弁陽老人有詞云：'看畫船、盡入西泠，閑却半湖春色。'蓋紀實也。"

關于施岳，《武林舊事》云："虎頭岩施梅川墓：名岳，字仲山，吳人。能詞，精于律呂，楊守齋爲（寺後）樹梅作亭以葬，薛梯飆爲志，李篔房書，周草窗題蓋。"此外，江昱從周密在《志雅堂雜鈔》一書中稱施仲山曰"先友"一節，判斷施仲山原來曾是周密父親周晋的交友。

《欽定詞譜》以爲，本調"調見《蘋洲漁笛譜》"，"此調始自此詞，應以此詞爲正體。若施（岳）詞之添字，趙（文）詞之減字，皆變格也"。且說施岳詞是"此和周詞也"，斷定了此調始自于周密，蓋誤。因爲本詞題序已然說明，"施中山賦詞甚佳，余因次其韻"，則可見應該是"調見施岳之作"，加之施岳本身就精于音律，其詞又是寫游春的主題，因此，本調無疑是首見于施岳，且極有可能就是施岳所創，這應該是沒有什麽問題的。至于就周密而言，極滿意于本詞的"閑却半湖春色"一句，多處提及，因此如果本調是周密創製，那麼以詞調命名之常理，周密也不會捨用《半湖春》之名，而取用與本詞并無多大關係的《曲游春》了。

關于西湖春游，湖中百舟盛況，周密《武林舊事》卷三有如此記錄："西湖天下景，朝昏晴雨，四序總宜，杭人亦無時而不游，而春游特盛焉。承平時，頭船如大綠、間綠、十樣錦、百花寶、勝明玉之類，何翅百餘，其次則不計其數，皆華麗雅靚，誇奇競好。"

【韻律】

本調爲慢詞，《欽定詞譜》收錄于第三十一卷，本詞爲第一格。

《欽定詞譜》所錄周詞，後段末一句組作"正恁碎月搖花，怎生去得"，奪一字，并以本詞列第一，甚誤。清人填本調，則多以六字填，想來也是因奪字而誤導。至于趙功可詞，前後段末一句組都以六字起，則是一種自覺的減字法，不在奪字討論中，唯周詞的奪字，很可能也是因爲減字體的存在，而被淺人所刪。無依據，備說。

颸暖絲晴絮。一四式折腰句法，對應後段折腰句"映簾底宮眉"。

【譜注】

萬樹《詞律》云："'春思'至'叢笛'，與後'堤上'至'岑寂'同，'思'字、'上'字俱仄聲，不可作平。元人趙功可一首用'雨'字、'處'字，《圖》注可平，誤。'漠漠'句五字，'沸十里'句七字，俱是叶韻，正對後段'食'

字、'寂'字二韻也。《圖》以'漠漠香塵隔沸'爲句,奇甚。不惟失一韻,不知'隔沸'二字作何解法?後段何不亦作'歌管酬寒食奈'耶?尾句《選聲》謂'去'字可平,亦誤。其所載王竹澗詞,于'看畫船'句云'起來踏碎松陰',止有六字,此仍《詞統》之誤也。後起'陌'字,趙功可不叶。"

杜文瀾云:"《蘋洲漁笛譜》'正恁醉月搖花'句,作'正滿湖、碎月搖花'。又,查施仲山和韻詞(蔡按:周密題序言之甚明:"因次其韻。"可見施仲山實爲原唱,并非和詞),此句作'任滿身、露濕東風',可見係七字句,應照改。"

《欽定詞譜》云:"此調始自此詞(蔡按:誤。詳見【考證】),應以此詞爲正體,若施詞之添字,趙詞之減字,皆變格也。此詞祇有施、趙二詞可校,故譜内可平可仄,悉參二詞。"

秦巘《詞繫》云:"(施岳詞)前無作者,想是創製。(周密詞)此和施韻,祇'刻'字改用'陌'字,非正韻也,說見前。《圖譜》亂注句讀,《詞律》已駁之矣。'正恁醉月搖花'句,《詞綜》《詞律》同,《笛譜》作'正滿湖碎月搖花',與施作合,未知孰是。'絲'字《笛譜》作'弦'。"

【輯評】

宋施岳《曲游春·清明湖上》云:"畫舸西泠路,占柳陰花影,芳意如織。小楫衝波,度麯塵扇底,粉香簾隙。岸轉斜陽隔。又過盡、別船簫笛。傍(斷)橋、翠繞紅圍,相對半篙晴色。　頃刻。千山暮碧。向沽酒樓前,猶繫金勒。乘月歸來,正梨花夜縞,海棠煙幂。院宇明寒食。醉乍醒、一庭春寂。任滿身、露濕東風,欲眠未得。"

元馬臻《霞外集·春日游西湖》云:"畫船過午入西泠。人擁孤山陌上塵。應被弁陽摹寫盡,晚來閑却半湖春。"

清查禮《銅鼓書堂詞話》云:"周弁陽《蘋洲漁笛譜》,《曲游春》一調,游西湖云:'漠漠香塵隔,沸十里亂絲叢笛。看畫船盡入西泠,閑却半湖春色。'其詞句雅奏之妙,固不必言。案:《武林舊事》云:'都城自過收燈,貴游巨室,爭先出郊,謂之探春。水面畫楫,櫛比如鱗,無行舟之路。游之次第,先南而後北,至午則盡入西泠橋裏湖,其外幾無一舸矣。'弁陽老人有詞云:'看畫船盡入西泠,閑却半湖春色。'蓋紀實也。又馬臻《霞外集》,有《春日游西湖》詩云:'畫船過午入西泠。人擁孤山陌上塵。應被弁陽摹寫盡,晚來閑却半湖春。'馬之贊美弁陽嘯翁之詞,可稱佳話。"

清李佳《左庵詞話》卷上云:"周密詞,'看畫船盡入西泠,閑却半湖春色''一硯梨花雨'……皆佳。"

清許昂霄《詞綜偶評》云:"'看畫船盡入西泠,閑却半湖春色。'《武林舊事》云:'游之次第,先南後北,至午則盡入西泠橋裏湖,其外幾無一舸矣。''輕暝籠寒'以下,即《武林舊事》所謂'花影暗而月華生,始漸散去'也。""前闕兩'絲'字、後闕兩'煙'字,犯重,似失檢點。"

元陸輔之《詞旨》卷下"警句"條收入:"畫船盡入西泠,閑却半湖春色。"

梁令嫻《藝蘅館詞選》云:"《蘋洲漁笛譜》稱,施中山極擊節'閑却半湖春色'二語,謂道人所未道云。"

俞陛雲《唐五代兩宋詞選釋》云:"游湖之良辰樂事,以工麗之筆寫之。論字句,則'燕約鶯期'推爲詞眼;論紀游,則'畫船'二句確肖當日游湖之狀。《武林舊事》云:'都城自過收燈,貴游巨室爭先出郊,謂之探春。水面畫楫,櫛比如鱗,無行舟之路。游之次第,先南而後北,至午,則盡入西泠橋裏湖,其外幾無一舸矣。弁陽老人有詞云:"看畫船、盡入西泠,閑却半湖春色。"馬臻《霞外集》有詩云:'畫船過午入西泠。人擁孤山陌上塵。應被弁陽模寫盡,晚來閑却半湖春。'蓋紀實也。"

唐圭璋《唐宋詞簡釋》云:"此首記游湖情景,自午至夜,次序井然。初寫湖上風光;次寫湖上花繁,與湖上笙歌之盛,再次寫湖上游舫之實況。換頭,寫堤上游人之衆。'輕暝'三句,記晚寒人歸。'歌管'兩句,記湖上入夜之岑寂。末以月湖空濛境界作結。通體精煉,詞采音響交勝。"

元陸輔之《詞旨》收入"警句"九十二則,包括周密《曲游春》"畫船盡入西泠,閑却半湖春色"。

【附錄】

宋張邦基《墨莊漫錄》卷六云:東坡作梅花詞"高情已逐曉雲空。不與梨花同夢"。注云:"唐王建有《夢看梨花雲》詩。"予求王建詩,行世甚少,唯印行本一卷,乃無此篇。後得之于晏元獻《類要》中。後又得《建全集》七卷,乃得全篇,題云《夢看梨花雲歌》:"薄薄落落霧不分。夢中唤作梨花雲。瑶池水光蓬萊雪。青葉白花相次發。不從地上生枝柯,合在天頭遶宮闕。天風微微吹不破,白艷却愁春浣露。玉房彩女齊看來,錯認仙山鶴飛過。落英散粉飄滿空。梨花顏色同不同。眼穿臂短取不得,取得亦如從夢中。無人爲我解此夢。梨花一曲心珍重。"或誤傳爲王昌齡,非也。

元馬臻《霞外集·春日游西湖》云:"畫船過午入西泠。人擁孤山陌上塵。應被弁陽摹寫盡,晚來閒却半湖春。"

清楊玉銜《曲游春·曉坐華嚴閣天階和周密》云："暖翠浮嵐裏，冒千竿寒雨，往來鶯織。過院偷閑，惜流光偏在，奔駒一隙。萬綠紅塵隔。聞根凈、人間箏笛。看曉鴉、掠過西峰，點破錦屏山色。　短陌。檀欒鎬碧。比姓字燕然，同此銘勒。歌舞氍毹，夢花搖粉墮，麝飄香冪。無分鳴鐘食。水雲窟、自甘岑寂。算片刻流連，并愁遣得。"

清末吳湖帆《曲游春·次周草窗韻》云："醉裏移帆去，向繡幨尋夢，依舊愁織。浪迹春風，聽鄰舟歌笑，細聲流隙。一葉晴波隔。謾獨倚、畫舲吹笛。展鏡奩、水抹浮霞，羞煞館娃顏色。　綺陌。垂楊搖碧。看花底游驄，紅縷珠勒。金粉樓臺，又塵凝網户，雨侵簾幂。尊酒消寒食。算客況、文鴛岑寂。問後期、載月重來，幾時料得。"

清末周岸登《曲游春·永寧寺尋娉婷市鐘傳故宅用草窗韻》云："信馬東湖上，趁浪花嬌鳥，來去如織。廢宅何王，問娉婷、舊市鎖塵無隙。路轉紅橋隔。尚暗想、盛時箏笛。自上藍、院改南平，難覓故家春色。　古陌。殘紅剩碧。帶枯柳長堤，曾驟金勒。女樂餘姿，便招魂再寫，紫簫煙冪。倦旅逢寒食。吊墜景、自排岑寂。更與翻、僭國春秋，削麟未得。"

大聖樂　次施中山蒲節韻[一][1]

虹雨霉風[二][2]，翠縈蘋渚，錦翻葵徑[3]。正小亭、曲沼幽深，簟枕夢回，苔色槐陰清潤[4]。暗憶蘭湯初洗玉[5]，襯碧霧籠綃垂蕙領[6]。輕妝了、裊凉花絳縷[7]，香滿鸞鏡。　人閑午遲漏永[8]。看雙燕將雛穿藻井[9]。喜玉壺無暑[10]，凉涵荷氣[11]，波搖簾影[12]。畫舸西湖渾如舊，又菰冷蒲香驚夢醒[13]。歸舟晚，聽誰家、紫簫聲近。　　　（第三十三）

【校記】

[一] 知不足齋本、四印齋本題序爲"重午"。光緒本本詞未收錄。

[二] 霉風：丙午本原作"霎風"，據毛校本、彊村本改。知不足齋本、四印齋本并作"霓風"，辛酉本作"蜺風"。

【箋釋】

[1] 施中山：詳參第三十二首之【考證】。蒲節：端午節習俗，用蒲草驅邪，故端午又稱"蒲節""菖蒲節"。宋丘葵《雨後憶家》詩云："梅雨年年事，田禽夜夜聲。直思到蒲節，方得侍親庭。"

[2] 霉風：五月江南爲梅雨季節，梅雨又稱"霉雨"，故霉雨季節的潮濕風，稱爲"霉風"。周密自創詞彙。丙午本之"霎風"，不可解；知不足齋本

等之"霓風"，蓋因"虹"字而誤，亦不可解。

[3] 葵徑：兩邊種植著葵菜的小路，泛指田間小徑。

[4] 曲沼：常用來指池連池、塘接塘的地理狀態，因其小徑曲折深邃，故云，今日如西溪濕地之類地貌中，常可看到。《漢語大詞典》謂"曲折迂回的池塘"；又謂"池塘：蓄水的坑，一般不太大，也不太深"。則不知"曲折迂回的池塘"是何種形狀，竊以爲是望文生義之解，禁不得推敲。

[5] 蘭湯：古人端午節有沐浴蘭湯之習俗，稱"澡蘭"，吳文英所創"澡蘭香"詞調，即寫淮安重午。據云蘭湯可防病驅邪，但這裏的"蘭"并非是蘭花，而是含有佩蘭的諸多草藥（古人詩文中"蘭"字多非蘭花，如"蘭芷"，均爲莖葉有香味之藥草），味香，煎水而浴。宋連文鳳《端午》詩云："相傳楚俗試蘭湯，一枕南薰日正長。"蘭湯初洗玉：用白居易《小歲日喜談氏外孫女孩滿月》詩"桂燎熏花果，蘭湯洗玉肌"，去其滿月禮，而寫兒時端午沐浴蘭湯事。

[6] 蕙領：衣領的美稱。幾乎所有的物品名稱都可以用"蕙"字修飾而成爲美稱，如蕙帳、蕙樓、蕙階、蕙裙、蕙帶、蕙房等，從而表達喜愛之情。垂蕙領：典出唐杜甫《上巳日徐司録林園宴集》詩"鬢毛垂領白，花蕊亞枝紅"及《奉贈盧五丈參謀》詩"素髮乾垂領，銀章破在腰"，此後詩家即以"垂領"寫老人。本句寫老人度端午，與前一句寫兒童相映成趣。

[7] 凉花：一般用來指"秋花"，詳參第二十七首【箋釋】。這裏是中醫概念中的"凉"，即"清凉"之"凉"。端午節流行用清凉解毒的中草藥，用以保健。以後一句分析，此"凉花"或指香囊中的内容物。絳縷：紅絲帶。

[8] 午遲：白日漫長。漏永：夜晚漫長。

[9] 藻井：我國傳統建築中天花板上的一種裝飾處理。一般做成圓形、方形或多邊形的凹面，形如井欄，上有各種花紋、雕刻和彩畫。穿藻井：從藻井下飛過。南朝張正見《重陽殿成金石會竟上》詩云："梅梁橫發蕊，藻井倒披蓮。"

[10] 玉壺：南宋杭州園林名，爲皇家御園，在錢塘門外，西湖北岸，昭慶寺旁。《武林舊事》卷三云："湖上御園，南有聚景、真珠、南屏，北有集芳、延祥、玉壺，然亦多幸聚景焉。"清沈皞日《摸魚子·同山表兄招同右吉子葆錫岜集倦圃命賦攜李用錫岜韻》詞云："主人投客含消味，早是玉壺無暑。"用本詞典，但其"玉壺"不明所謂，或不知杭州宋代有此御園，照貓畫虎而已。

[11] 本句意謂：玉壺園中的清凉無暑，蘊涵且生發於湖中的荷叢。

[12] 簾影：投映在湖上的湖邊酒家茶樓等民居的窗簾、門簾之倒影。以上

三句寫"午遲"中事。

[13] 菰冷：出自宋王邁《與友人飲分等字韻》詩"世情似紙輕，交道如菰冷"，後即以之用作孤單、冷清的意象。宋王易簡《摸魚兒·紫雲山房擬賦菡》詞云："鱸香菰冷斜陽裡，多少天涯意緒。"蒲香：菖蒲是端午節的標志性物件。這裏用宋史達祖《鳳來朝·五日感事》詞意"一夢蒲香葵冷。墮銀瓶、脆繩掛井"。以上二句寫"漏永"時事。

【考證】

施中山，即施岳，號梅川。中山，應是"仲山"的懶筆，周密在《癸辛雜識》《浩然齋雅談》等書中，均用"施仲山"，而不用"中山"。

《武林舊事》卷五"虎頭岩（介于寶岩、定業之間）施梅川墓"條云："名岳，字仲山，吳人。能詞，精于律呂，楊守齋爲寺後樹梅作亭以葬，薛梯飆爲志，李篔房書，周草窗題蓋。"文中所說的"寺"，即招賢寺，又因鳥窠禪師而得名，稱喜鵲寺，爲一禪宗院，而《武林舊事》又云鳥窠禪師的道場稱爲"定業院"，原址在葛嶺下，今北山路六十一號（老七十八號）。寺至少建于三國魏，有魏婉儀殯于此。唐時白居易曾游此，謂"招賢寺有山花一樹，無人知名，色紫氣香，芳麗可愛，頗類仙物，因以紫陽花名之"，并留絕句一首，云："何年植向仙壇上，早晚移栽到梵家。雖在人間人不識，與君名作紫陽花。"五代吳越王錢弘佐改建，宋熙寧時，蘇軾守杭，曾書寺額并題"蒙泉"，元末寺毀，至清康熙十五年（1676年）始由僧人起綱募化重建，清光緒二十六年（1900年），時聞緬甸古國出玉佛，有法師前去往請，至次年七月十五日抵杭，即日供奉玉佛于招賢寺內殿。爲此，該寺又俗稱"玉佛寺"。

《武林舊事》講清是葬于"寺後"，而非寺內，《浙江通志》云："宋施岳墓，《萬曆杭州府志》：在虎頭岩。"而虎頭岩，宋潛說友《咸淳臨安志》卷二十八云："城外虎頭岩，在錢塘門外，介于寶岩、定業寺後山。"這個定業寺，應該就是前面說的那個鳥窠禪師的道場，招賢寺的又一個別名。

由此可知，施岳葬在招賢寺寺後的虎頭岩下。而招賢寺今尚存，據云大殿已作庫房，僧房已成民居，唯施岳墓今已不存。

沈義父《樂府指迷》評價施岳詞云："施梅川音律有源流，故其聲無舛誤。讀唐詩多，故語雅澹。間有些俗氣，蓋亦漸染教坊之習故也。亦有起句不緊切處。"

江昱第三十二首《曲游春》注云："《志雅堂雜鈔》：公謹稱施仲山曰'先友'，則知仲山實公謹父交也。"

又按，施仲山原作已逸。

【韻律】

本調爲慢詞，《欽定詞譜》收錄于第三十五卷。周密本調今存二首，兩首的字句韻律皆同。《欽定詞譜》收取本詞入譜，列仄韻詞第一格。

本調前後段第二句組，其初始狀態應該是十七字，如陸游的"試思量、往事虛無似夢，悲歡萬狀，合散如煙"和"又何須、著意求田問舍，生須宦達，死要名傳"，十分工整。改爲仄韻體後，周密所填的前段同陸詞，祇是讀破而已，但是後段則祇有十三字，少了四字，應該是他所依的母詞有殘缺。以同樣是仄韻體的張炎詞比較，其前段于此同，未見殘缺，後段爲"任□□、燕來鶯去，香凝翠暖，歌酒清時鐘鼓"，校之前段，僅闕二字（我們以墨釘標示），而結拍爲六字則是無疑的。但張炎詞在接第一句組處少二字，還有可能是張炎主觀上的減字，而非奪字。

本調後段末一句組，其原型爲三字一句、一字逗領四字二句，如前段的結構相同。例如蔣捷的"休辭飲，有碧荷貯酒，深似金荷"、劉辰翁的"休眉鎖。問朱顏去也，還更來麼"。周密本詞則用減字法重填，衍變爲別格，其變化內容，在一字逗後減去一個仄聲音頓，變五字一句爲三字一逗，使末一句組變化爲另一模式的兩拍式結構後，與前段末一句組形成一種錯落，形成一種韻律上的參差。

本詞的基本韻爲詞韻十一部梗敬韻，但是前段第二句組的韻腳"潤"字，後段末一句組的韻腳"近"字，則爲震問韻相叶，雖與清人的詞韻韻書不合，卻是宋代填詞的一般情況。

【譜注】

《欽定詞譜》云：《宋史·樂志》：道調宮。此調有平韻、仄韻兩體。平韻者，見《順齋樂府》；仄韻者，見《蘋洲漁笛譜》。又云：此調押仄聲韻者，祇有周詞及張（炎）詞，故可平可仄，悉參張詞。此詞校平韻詞減二字，句讀亦小异。

【附錄】

《夢粱錄》卷一云："仲春十五日爲花朝節，浙間風俗，以爲春序正中，百花爭放之時，最堪游賞。都人皆往錢塘門外玉壺、古柳林楊府雲洞、錢湖門外慶樂小湖等園嘉會。"

桂枝香　雲洞賦桂[一]

岩霏逗綠[二][1]。又凉入小山，千樹幽馥。仙影懸霜[2]，粲夜楚宮六六[3]。明霞洞窅珊瑚冷，對清商、吟思堪掬[三][4]。麝痕微沁[5]，蜂黃淺約[6]，數枝秋足。　　別有雕闌翠屋[四]。任滿帽珠塵[五][7]，拚醉香玉[六]。瘦倚西風，誰見露侵肌粟[七][8]。好秋能幾花前笑，繞涼雲、重喚銀燭[八]。寶屏空曉[9]，珍叢怨月[九]，夢回金谷[10]。　　　　　　（第三十四）

【校記】

[一] 知不足齋本、四印齋本題序僅一"桂"字。

[二] 岩霏，知不足齋本、四印齋本并作"扉"，誤，詳參【箋釋】[1]。《欽定詞譜》作"岩飛"，亦非。

[三] 堪掬，彊村本、四印齋本并作"堪匊"。

[四] 芝蘭本注云："此調東澤、荆公皆一百一字，此于'別有'句少一字。"

[五] 滿帽，《欽定詞譜》作"薄帽"。

[六] 拚醉，四印齋本作"拌醉"，通。《欽定詞譜》作"捱聽"。

[七] 露侵肌粟，知不足齋本、四印齋本、辛酉本、光緒本、《詞繫》并作"露肌侵粟"，文意不通，誤。

[八] 重喚，知不足齋本、四印齋本、辛酉本、光緒本并作"重換"。

[九] 珍叢，知不足齋本、四印齋本、辛酉本、《欽定詞譜》、《詞繫》并作"孤叢"。

【箋釋】

[1] 岩霏：山岩上瀰漫的雲氣。逗：適用于一種在變化中呈現的狀態：或時隱時現，如杜牧《合水縣玉泉石崖刻》之"山脉逗飛泉，泓澄傍岩石"；或逐漸顯露，如李賀《李憑箜篌引》之"女媧煉石補天處，石破天驚逗秋雨"；或逐漸隱沒，如陸龜蒙《晚渡》之"各樣蓮船逗村去，笠檐蓑袂有殘声"，均可謂之"逗"。而無論是哪一種，均可形成"岩霏"與"綠"的關係，比較而言，這裏自然是綠色在岩霏中若隱若現最切。

[2] 懸霜：猶言"披霜"，周密自創詞彙。元黃鎮成《鄭克剛雙松圖》詩云："老幹悬霜紫翠分。一山風雨半空聞。"

[3] 粲夜：在夜間給出明亮的影像，周密自創詞彙。清朱祖謀《菊花新》詞云："粲夜釭花明古巷。驄馬連錢驕錦障。"楚宮：本句提及"楚宮"，用唐張籍《楚宮行》詩意"章華宮中九月時，桂花半落紅橘垂"。六六：常用虛數，

通常表示很多、無數，這裏則是形容詞，表示"明亮的、燦爛的"之意。宋楊炎正《題鄒氏桂軒》詩云"六六天頭一輪月，玉斧修成廣寒闕"，六六天頭，即明亮的天空之意；宋王安中《浣溪沙·看雪作》詞云"妒粉盡饒花六六，回風從鬥玉纖纖"，"六六"與"纖纖"相對，顯然是一個形容詞，表示花朵明艷之意；宋吳文英《秋霽》詞云"夜久人悄，玉妃喚月歸來，挂笙聲裡，水宮六六"，是謂"喚月歸來"之後水宮亮堂堂的景象，這些都是靜詞，同樣的用法。而非"漢宮六六"的用法，《辭源》《辭海》《漢語大詞典》等失收此義，或云此仍泛指虛數，極言其多者，蓋非。

[4] 清商：本指五音之一，此指大自然各種音響形成的秋聲。晋潘岳《悼亡》詩云："清商應秋至，溽暑隨節闌。"

[5] 麝痕：形容隱隱約約、似有若無的桂花的香氣。周密自創詞彙。近人張伯駒《天香·蟄園賞桂》詞云："天上曾霑舊澤，恩袍麝痕休洗。"

[6] 蜂黃：形容桂花的顏色。宋方蒙仲《和劉後村梅花百詠》詩云："到頭不識東皇面，看盡蜂黃蝶粉飛。"淺約：略略地約。約，即"約黃"之"約"，因此本句實爲倒裝，其意爲"淺約蜂黃"。約黃，指的是古代婦女在額頭上塗抹黃色以爲妝飾。南朝梁蕭綱《美女篇》詩云："約黃能效月，裁金巧作星。"

[7] 珠塵：謝落的小蕾。語出宋吳文英《金盞子·吳城連日賞桂》詞"苺砌掃珠塵，空腸斷、熏爐爓銷殘蕚"，此指落在帽子上的桂花。蔡按：此"珠塵"與《拾遺記》之青砂珠輕細，風吹如塵起，名曰"珠塵"者，异。

[8] 肌粟：今俗稱"鷄皮疙瘩"，人因爲寒冷，而皮膚上毛孔收縮引起的小疙瘩。或爲喻桂花，未免牽强，且毫無美感而敗味，是不理解前文"珠塵"之意，豈有連篇累牘寫桂花之贅筆，且如果"肌粟"是桂花，則"瘦倚西風"又當作何解？此二句意謂：爲賞桂而不惜忍受風露之寒，而之所以如此，是因爲後文所說的"好秋能幾"，所以"重唤銀燭"，還要繼續。

[9] 寶屏：本句對偶後一句，則"寶屏"或是該園林中某處景點，或某一屏風。

[10] 金谷：晋石崇所築園林。傳說石崇愛姬綠珠死後化爲桂花之神，人以桂花之撒落，喻綠珠一躍而下的凄美留芳。夢回金谷謂：桂花女神重返金谷園。

【考證】

雲洞，即"雲洞園"，江注引《咸淳臨安志》卷八十六"園亭"云："雲洞園，在錢塘門外古柳林，楊和王園，直抵北關，最爲廣袤。洞築土爲之，中通往來。上爲樓，又有堂，曰'萬景天全'。群山環列，洞之旁爲崇山峻嶺，有亭曰'紫翠間'，尤可遠眺；桂亭曰'芳所'，荷亭曰'天機雲錦'，皆號勝處。"《西湖游覽志》卷八則云："雲洞園者，楊和王別業也。培土爲洞，屈曲通行，圖畫雲氣其旁。有麗春臺，青石爲坡，不斫礛齒。春時令麗人歌舞爲戲，得上坡者受賞。園内有萬景天全、方壺瀟碧、天機雲錦、紫翠間、濯纓五色雲等亭榭，玉龍玲瓏、金粟天砌等臺。洞戸牖輝煌，花木蟠鬱，最極麗雅。盛時凡用園丁四十餘人，監園使二人。"

北關，即北關門，爲錢俶建城時所設，宋高宗建都臨安後，易名爲"餘杭門"，明初再易名爲"武林門"，城垣雖早已毀圮，但該名至今猶存。錢塘門至武林門外并無山嶺，所謂"群山環列""崇山峻嶺"云云，應該是就前文"築土爲之"而言，即人工摹擬的"群山環列""崇山峻嶺"。

又按：《咸淳臨安志》之意，是"雲洞園即楊和王園"，吳熊和《唐宋詞彙評（兩宋卷）》將"古柳林楊和王園直抵北關"囫圇讀爲一句，誤。

【韻律】

本調爲慢詞，《欽定詞譜》收録于第二十九卷。周密本調僅此一首，《欽定詞譜》收取入譜，列仄韻詞第五格。本詞與第一格王安石詞略有小异，王詞絕非創體詞，因爲前後段第三句組的韻律已然參差，前段或改易一字平仄。而周詞較之王詞，有四處韻律略作修改：後段换頭處更減一字，不用七字折腰句法，一也；前後段第一句組的收束，由上三下六句法易爲上五下四式，二也；前段第二句組，王詞爲二字逗"千里"領四字儷句"澄江似練，翠峰如簇"，由此可知後段之結構或亦如此，但是周詞則前後段已均是一四一六兩句構成，三也；第三句組之收束，依律應是一字領六字句句法，故王詞有"但、寒煙衰草凝緑"之句，此爲正格，但王詞前段作"背西風、酒旗斜矗"，則顯然詞句已不合句法，所以有一微調，第五字易爲平聲，雖可見絕非原裝，却韻律仍然諧和。而周詞則前後均已易爲上三下四句法，却并未微調第五字，致前後均不諧，此四也。此類細節最能見出作者韻律上的功夫，惜後人不知。

本調是一個典型的添頭式結構的詞，删去後段過片"别有"二字，前後段對應整齊劃一。因此，前後段的第二句組無疑也應該是對應的，而現在的標點本前段均讀爲"仙影懸霜粲夜，楚宫六六"，便是失諧的讀法了。就詞意而言，也没有"仙影粲夜"的説法，"影"如何"粲"法呢？"粲夜"應該是修飾"楚宫"才對，詞意方才通達。同時，"楚宫六六"單説，便是楚宫很多之意，也是對"六六"爲何義，不甚了了的緣故。這個典型的個例，可以説明韻律的釐清，對詞作的理解有重要的幫助作用。

吟思，"思"字去聲，仄讀。

【譜注】

《詞律》云：（前後段第二句組）十字一氣貫下，可作上四下六。如張宗瑞"梧桐雨細"一首是也。（張輯詞）取名《疏簾澹月》，乃因詞中語名之。張詞首首如此，取名非調有異也。如此旁注可平仄者，各家皆通用之，亦非獨張另爲一體也。《圖譜》必取新名題作《疏簾澹月》，且以爲第二體，誤矣。蓋于張詞後段第二句"負草堂春緑"落去"負"字，遂以爲一百字。人以王詞結句"時時猶唱"作"時時猶歌"，且連末句作八字，故以爲又一體，豈不可大噱乎？

杜文瀾云：萬樹注云張宗瑞"梧桐細雨"一首，取名《疏簾澹月》，乃因詞中語以名之，非調有异也。按：《東澤綺語債》詞，好以詞中語立新名，與本調一無區别。唯此調舊譜分南北詞，如用入聲韻，則名《桂枝香》，用去上聲韻始可名《疏簾澹月》（蔡按：此説并無律理支撐，事實是，元詞中就有入聲韻而稱之爲《疏簾澹月》者）。又按：《詞林紀事》"隨流水"之"隨"字作"如"。

《欽定詞譜》云："此調以此（王安石）詞及陳（亮）詞爲正體，若張輯詞之多押兩韻，張炎詞之句讀小异，周詞之減字，黃詞之之句讀不同，皆變格也。"

又云："此（蔡按：指周密詞。）亦與陳（亮）詞同，惟換頭句減一字异。"

《詞繫》云："《古今詞話》云：金陵懷古，諸公寄調《桂枝香》者三十餘家，獨介甫爲絶唱。東坡見之嘆曰：'此老乃野狐精也。'愚按：此説可見調不始于王作。餘皆不傳，以此首爲最先，故繫于此。又云：（周草窗詞）後起句六字，比王作少一字。小、樹、數、翠、醉、換、夢等字用仄聲，勿誤。"

又云："後起句六字，比王作少一字。'換'字，《笛譜》作'唤'，'孤'字作'珍'。今從《草窗詞》。"

【輯評】

周密《武林舊事》云：雲洞園，《咸淳臨安志》："在古柳林楊和王'存中園'，直抵北關，最爲廣袤，築土爲洞，中通往來。上有堂曰'萬景天全'，旁有亭曰'紫翠間'，可容遠眺。桂亭曰'芳所'，荷亭曰'天機雲錦'，皆絶勝處。"

杏花天　賦莫愁[一][1]

瑞雲盤翠侵妝額[二][2]。眉柳嫩、不禁愁積。返魂誰染東風筆[3]。寫出郢中春色[4]。　　人去後、垂楊自碧[5]。歌舞夢、欲尋無迹。愁隨兩槳江南北[6]。日暮石城風急[7]。

（第三十五）

【校記】

[一] 知不足齋本、四印齋本、光緒本題序爲"莫愁"。

[二] 妝額，知不足齋本、四印齋本、辛酉本、光緒本并作"宮額"。

【箋釋】

[1] 莫愁：傳説爲五代時竟陵（今湖北天門市）人，善歌謠，詳參【考證】。

[2] 瑞雲：此指美女的髮式。妝額：此指"花子"，即一種貼于額頭的飾物。古代女子一種稱爲"梅花妝"的妝容，會在額上貼一個梅花形的花子。宋曾慥《類説》卷十三云："宋武帝壽陽公主，梅花落額上，成五出花，後人效之，爲'梅花妝'。"

[3] 返魂：梅花花子衹是一個飾物，如果能化爲活的梅花，即謂"返魂"。東風筆：以東風爲筆。東風可以吹開梅花，則能將花子返魂的，亦必是東風之筆了。此爲周密自創詞彙，後人清代談印梅《金縷曲・題碧梧姊癸丑歲畫梅》中有"重檢東風筆。記當年、晴窗呵凍，木香書室"。

[4] 郢中：即郢都，借指楚地。因莫愁女、梅花妝都出于楚，因此有此一説。

[5] 自碧：這個説法的言外之意應該是"空碧"，是衹能自碧了的意思，而非"依舊還能碧"。

[6] 兩槳：用《莫愁》樂中"艇子打兩槳"語，詳參附錄。

[7] 石城：在今湖北省鍾祥縣，其西部有莫愁村、莫愁湖、莫愁渡。或云，石城即指南京石頭城，蓋南京西部也有莫愁湖，疑是附會而成。

【考證】

莫愁可能是本有其人，但後來成爲傳説中人物的類似劉三姐的藝術形象，據《舊唐書》卷二十九《音樂志》記載："《石城》，宋臧質所作也。石城在竟陵，質嘗爲竟陵郡，于城上眺矚，見群少年歌謠通暢，因作此曲。歌云：'生長石城下，開門對城樓。城中美年少，出入見依投。'《莫愁》樂出于《石城》樂，石城有女子，名莫愁，善歌謠，《石城》樂和中復有'莫愁'聲，故歌云：'莫愁在何處，莫愁石城西。艇子打兩槳，催送莫愁來。'"根據該記載，臧質所作的六朝古曲《石城樂》，歌詞中有與《竹枝詞》一樣的二字和聲，類似"生長石城下莫愁，開門對城樓莫愁。城中美年少莫愁，出入見依投莫愁"。但根據這樣的樣式來看，"莫愁"很可能原本就是"勿愁"的意思，而從歌謠的和聲中將其附會爲一個"善歌謠"的形象，并基于歌謠本身已經具備的廣泛傳播的優勢，將這一人物形象散播到各地，便在情理之中。否則，古往今來，善歌者衆，何以獨莫愁被追捧？如果莫愁確實天下獨絕，又何以沒有一首標籤爲她唱的金曲被記載下來，流傳至今？同時，也正因爲人物是隨著已經流傳開來的歌謠而產生，所以"莫愁"作爲人物可以出現于多地。這一推斷，可以以宋郭茂倩的《樂府詩集》四十八卷中的記載爲證："石城樂口中復有'忘愁'聲，因有此歌"（按：據《舊唐書》，句中奪字符應是"和"字），因此，"莫愁"是一個藝術形象，而非歷史人物，後世的種種"古迹"，也祇是附會出來的故事而已。

最早能見的關于"莫愁"的詩，應是唐人歐陽詢在《藝文類聚》中收錄的南朝周弘正的《看新婚》，其詩曰："莫愁年十五，來聘子都家。婿顔如美玉，婦色勝桃花。帶啼疑暮雨，含笑似朝霞。暫却輕紈扇，傾城判不賒。"和南朝蕭衍的《河中之水歌》云："河中之水向東流，洛陽女兒名莫愁。莫愁十三能織綺，十四采桑南陌頭。十五嫁爲盧家婦，十六生兒字阿侯。盧家蘭室桂爲梁。中有鬱金蘇合香。頭上金釵十二行。足下絲履五文章。珊瑚挂鏡爛生光。平頭奴子擎履箱。人生富貴何所望。恨不早嫁東家王。"但是前者還是可以解釋爲"勿愁"，意謂：別擔心你已經十五歲了，不是子都家來下聘了嗎？

【韻律】

宋代令詞，《欽定詞譜》收錄于第十卷，本詞與第一格朱敦儒詞幾同，唯前後段第二拍朱詞均爲仄字起，而本詞爲平字起，韻律稍異。

在詞的起調畢曲中變換句法關係，也是一種常用的調節、變化和豐富韻律的方式，本調即爲一例。前段起拍的平起仄收式律句句法，在後段的起拍中改爲折腰式句法，以舒緩而跌宕，韻律之變化，一目了然。

本調換頭多用平起式的句法，可有一種舒緩、悠長韻律的特色。而折腰式的句法中，一般都以仄起式發端，以製造一種跌宕的韻律氣氛，采用平起式的句法結構的情況，非常少見，但本詞三處折腰句中，分別用"眉""人""歌"三個平聲字起，在宋詞中極爲罕見，即便是在同一個《杏花天》詞調中，也是獨此一家，且周密三首中有兩首都是如此，其中的韻律特徵是很值得填詞者揣摩、學習的，填詞的人對此務必要留意。

【輯評】

清陳廷焯《雲韶集》云：《杏花天·瑞雲盤翠侵妝額》詞，"句句秀練得色，既清虛又騷雅，大家之作，小令亦有與衆不同者"。

【附錄】

《齊東野語》卷十云："《混成集》，修内司所刊本，巨帙百餘。古今歌詞之譜，靡不備具，只大曲一類，凡數百解，他可知矣。然有譜無詞者居半，《霓裳》一曲，共三十六段。嘗聞紫霞翁云：幼日隨其祖，郡王曲宴，禁中太后令內人歌之，凡用三十人，每番十人，奏音極高妙。翁一日自品，象管作數聲，真有駐雲落木之意，要非人間曲也。又言：無太皇最知音，極喜歌《木笪人》者，以歌《杏花天》《木笪》，遂補教坊都管。間憶舊事，因書之以遺好事者，蓋二曲皆今人所罕知云。"

又　賦昭君[一][1]

漢宮乍出慵梳掠[2]。關月冷、玉沙飛幕[二][3]。龍香撥重春蔥弱[三][4]。一曲哀弦謾托[5]。　　君恩厚、空憐命薄[四]。青塚遠、幾番花落[6]。丹青自是難描摸[7]。不是當時畫錯[8]。　　　　　　（第三十六）

【校記】

[一] 知不足齋本、四印齋本、光緒本題序爲"昭君"。

[二] 玉沙，光緒本作"玉花"。音近而誤。

[三] 蔥，丙午本原空，據毛校本、彊村本補。撥重春蔥，知不足齋本、四印齋本、辛酉本并作"重指春風"，裘杼樓本、《詞律》作"撥指春風"。

[四] 厚，裘杼樓本作"薄"。

【箋釋】

[1] 昭君：漢代歷史人物，中國古代四大美女之一，詳見【考證】。

[2] 梳掠：梳妝。唐白居易《嗟髮落》詩云："既不勞洗沐，又不煩梳掠。"

[3] 關月：特指關外之月。唐馬戴《岐陽逢曲陽故人話舊》詩云："雞鳴關月落，雁度朔風吹。"玉沙：黃沙的美稱。唐殷堯藩《新昌井》詩云："且共山麋同飲澗，玉沙鋪底淺磷磷。"

[4] 龍香撥：用龍香木製成的琵琶撥子。唐鄭嵎《津陽門》詩云："玉奴琵琶龍香撥，倚歌促酒聲嬌悲。"春蔥：比喻女子的手指。唐方干《采蓮》詩云："指剝春蔥腕似雪，畫橈輕撥蒲根月。"

[5] 謾托：空托。謾：徒然地。意謂無處可托。宋劉鷟《代意》詩云："緘情謾托傳書雁，換笑空餘取酒金。"

[6] 青塚：專指王昭君墓。昭君墓座落于今內蒙古自治區呼和浩特市，在其南郊九公里大黑河南岸，始建于西漢時期，夯築而成。墓體狀如覆門，高達三十三米，底面積約一萬三千平方米，距今已有兩千餘年的悠久歷史，是中國最大的漢墓之一。

[7] 描摸：又作"描模"，與今作"描摹"義的詞有所不同。"摹"即"摸"，同一字，但僅表示"摹寫"義，平聲，在虞部。摸：表示"撫摸"義則爲仄聲，在入聲藥部，音韻上全然不同。因此這裏是"捉摸"的意思，與宋劉克莊《憶秦娥·感舊》詞"古來成敗難描摸。而今却悔當初錯"是相同的意思，"摸""錯"互叶，俱爲入聲，與本詞同。

[8] 畫錯：指毛延壽故意將王昭君的容貌畫得很平常無异之事。

【考證】

本詞應與前一首作于同時，但此類作品通常聯章而作，而"昭君"與"莫愁"要構成聯章的關聯點極少，故原作當不止二首，其餘幾首疑已被作者選編成集時剔除。

昭君，漢班固《漢書》卷九應劭注："王嬙，王氏女，名嬙，字昭君。文穎曰：'本南郡秭歸人也。'"《漢書》卷九十四上載："單于自言願婿漢氏以自親。元帝以後宫良家子王嬙字昭君賜單于。單于驩喜，上書願保塞上谷以西至敦煌，傳之無窮，請罷邊備塞吏卒，以休天子人民。天子令下有司議，議者皆以爲便。"

【韻律】

宋代令詞，《欽定詞譜》收録于第十卷，本詞與第一格朱敦儒詞幾同，唯前後段第二拍朱詞均爲仄字起，而本詞爲平字起，韻律稍异。蓋本調前後段第二拍，例作仄聲單起式結構的折腰句法，偶見有以雙起式填者，也往往是仄仄爲頓，如辛棄疾的"畢竟是、今年春晚"、康與之的"嫩緑滿、游人歸路"等，且也衹是單邊而已。獨周密莫愁、昭君二首，前後段均用雙起式填法，且用平仄爲頓，這樣的安排，就給原本拗怒的聲容大大減少了頓挫的氣象，尤其是本詞，第三字更用"冷""遠"兩個上聲字，柔軟度大增，哀怨、無助、楚楚可憐之態從韻律中呼之欲出。

【譜注】

萬樹《詞律》云："兩結末二字，名作多用去上。'哀''當'二字亦宜用平。'命'字去，而上用'空'字平。'花'字平，而上用'幾'字仄。俱極妙。此抑揚起調處也，旁注雖寬，識者能深求其奧，則更爲微妙耳。"

"此調前後起句，雖皆七字，而前起上四下三，後起上三下四，不可誤混。譜注圖圈，概用省文，不注不圈，但云後段同，豈不誤事。琰青曰：作譜者原未解此，實以爲前後同耳。彼且自誤，何足責其誤人，相與一笑。"

"或以此調即《於中好》,余謂《於中好》兩結六字,皆三字豆者,與此不同。其後起與前起一樣,亦非如此上三下四者,豈一調乎?"

杜文瀾云:"《蘋洲漁笛譜》後半起句作'君恩厚',應照改。又按,此調《歷代詩餘》歸入《端正好》調,説見卷七《于中好》詞下。"

【輯評】

清陳廷焯《雲韶集》云:《杏花天·漢宫乍出慵梳掠》詞,"咏昭君,自少陵詩後已成絶唱,此作多翻陳出新處,自遠不及少陵,然亦是佳作"。

清許昂霄《詞綜偶評》云:"《杏花天》'丹青自是難描模'二句,亦翻案法。然'意態由來畫不成,當時枉殺毛延壽',荆公已先道之矣。"

【附録】

《浩然齋雅談》卷中云:"吕紫微《明妃曲》:'人生在相合,不論胡與秦。但取眼前好,莫言長苦辛。君看輕薄兒,何殊胡地人。'其意固佳,然不脱王半山'人生失意無南北'之窠臼也。"

宋徐天麟《西漢會要》卷六云:"元帝竟寧元年,匈奴呼韓邪單于復入朝,自言願婿漢氏以自親。帝以後宫良家子王嬙(字昭君)賜單于,單于驩喜王昭君,號寧胡閼氏,生一男。呼韓邪死,株絫單于復妻王昭君,生二女,長女爲須卜居次,小女爲當于居次。"

南樓令　次陳君衡韻[一][1]

桂影滿空庭[2]。秋更廿五聲[二][3]。一聲聲、都是銷凝[4]。新雁舊蛩相應和,禁不過、冷清清[5]。　　酒與夢俱醒[三]。病因愁做成。展紅綃、猶有餘馨[6]。暗想芙蓉城下路[7],花可可、霧冥冥[8]。　　(第三十七)

【校記】

[一] 知不足齋本、四印齋本題序作"秋夜",光緒本、辛酉本作"秋夜次陳君衡韻"。

[二] 本句知不足齋本、四印齋本、辛酉本、光緒本并作"秋宵正五更",誤。

[三] 俱醒,知不足齋本、四印齋本、辛酉本并作"皆醒"。

【箋釋】

[1] 陳君衡:即陳允平,字衡仲,又字君衡,號西麓,跨宋元詞人,鄞縣(今浙江省寧波鄞州區)人。有詞集《西麓繼周集》《日湖漁唱》及詩集《西

麓詩稿》。

[2] 桂影：這裏是月光的意思。宋李綱有《次韻仲弟獨游惠山古風》詩云"循除環佩聲，滿庭松桂影"，本句從李詩中化出。

[3] 廿五聲：一夜有五更，每更皆依更次敲，廿五聲則應是五更時分，聽滿五次，故本詞應是寫清晨時分的感受。

[4] 銷凝：即銷魂。"銷"與"凝"是反義詞，"銷凝"則是偏義復詞，而非單純的聯合關係，《漢語大詞典》謂"銷凝"即"銷魂凝神"，未免錯亂。唐令狐楚《省中直夜對雪寄李師素侍郎》詩云："灑散千株葉，銷凝九陌埃。"

[5] 禁不過：耐不過，無法忍受。宋陸游《滿江紅·夔州催王伯禮侍御尋梅之集》詞云："疏蕊幽香，禁不過、晚寒愁絕。"

[6] 紅綃：紅絲巾，類似手帕，古人常用來擦汗拭淚。唐江采蘋《謝賜珍珠》詩云："桂葉雙眉久不描。殘妝和淚污紅綃。"紅綃尚存餘馨，是一種誇張筆法，意謂昨夜夢中的歡會栩栩如生，猶在眼前。

[7] 芙蓉城：傳說中的神仙世界。宋蘇軾《芙蓉城》詩序："世傳王迥字子高，與仙人周瑤英游芙蓉城。元豐元年三月，余始識子高，問之，信然，乃作此詩。"這裏是將昨夜歡聚之處比喻爲仙境。

[8] 可可、冥冥：都是朦朦朧朧的樣子。唐薛昭蘊《浣溪沙》詞云："瞥地見時猶可可，却來閑處暗思量，如今情事隔仙鄉。"戰國屈原《九歌·山鬼》詩云："杳冥冥兮羌晝晦，東風飄兮神靈雨。"

【考證】

陳允平，通常都認爲是寧波人，但具體的故里則有多種説法：或曰四明人，或曰明州人，或曰奉化人，或曰鄞縣人，或曰句章人。《日湖漁唱》中伍崇曜的跋文中説："允平字君衡，號西麓，句章人。"而伍崇曜的説法應是來自大藏書家秦恩復，在秦恩復整理補充的《日湖漁唱》中，便是冠以"句章陳允平"的，秦恩復博覽群書，其言必有所依，祇是無從考出。句章是一個舊名，句章城始建于周元王四年（前472年），越王勾踐在此築城、建港，是寧波歷史上最早的城市，曾經有過800多年的繁華，根據清徐兆昺《四明談助》云：句章城在"東晉末，爲孫恩所破，移治于小溪"，從此不再輝煌。而宋羅濬的《寶慶四明志》卷十二載，最終在"唐武德四年，廢句章縣，析，置鄞州、姚州"，從此句章歸于歷史。可見，句章爲縣，包括了後來的鄞州和姚州，其縣治的具體地址就在今浙江餘姚，《寶慶四明志》謂在"慈溪縣南十五里，句余山之東，有城山，初，句章縣治也"。因此，句章、鄞縣的兩種説法，就和四明人、鄞縣人的説法一樣，一籠統，一具體而已，二者實爲一體，陳允平所在的句章，正是鄞縣地面。至於四明人和明州人則是一個籠統的大範圍，也不矛盾，因此，宋末元初的陳思在其《兩宋名賢小集》卷三百一十五中謂："(陳允平)字衡仲，又字君衡，號西麓，鄞縣(今浙江寧波鄞州區)人，才高學博一時名，公卿皆傾倒。"而陳思和陳允平都是從宋入元的同一時期的遺民，説應可信。此外，處州的陳鎰曾有《題陳思復喜白髮詩卷》七律一首，故我極疑陳思也是浙東人，加之還是陳允平的同族，所以，這一説法應該是最可靠的。要之，陳允平是鄞縣人，曾經生活于屬于句章那一部分的鄞州地界上。

至于《宋元學案》卷二十五的"龜山學案"中，説他是"宋慶元府奉化人"，則説來話長。陳允平祖籍爲福建興化軍，據《宋元學案》載陳允平曾祖父爲興化軍人，因爲"娶鄞汪氏女，因家焉。建炎三年，生先生(陳允平祖父陳居仁)于奉化"，《中國歷代人名大辭典》據此繫陳允平爲奉化人，是忽略了其曾祖父"因家焉"三字，"因家焉"是落户于此，籍貫所在，自因據此；"生于奉化"則僅説明并非生于家中而已，與籍自然無關，不可繫此。

本詞所作時間，可繫于乙丑周密三十四歲時"秋如歸興濃"的仲秋時節，詳參後一首【考證】。

附《續甬上耆舊傳》云："陳允平，資政殿大學士陳卓之侄，家居鄞之梅墟，所謂'世綸堂'者也。學于慈湖先生之門，德祐時，官制置司參議官。入元，以仇家告變，云謀爲崖山接應，遭榜掠，後事得脱。被薦，以病免，歸。"

江昱原按：《絶妙好詞》云："陳允平，字君衡，一字衡仲，號西麓。"又，《歷代詩餘》云："陳允平，字君衡，號西麓，明州人。有《日湖漁唱》二卷，《西麓繼周集》一卷。"《西麓繼周集》余有抄藏，卷首稱莆鄞澹室後人，蓋其先自莆田遷鄞者，其詩詞，方回爲序，見《桐江集》。

【韻律】

本調屬于五句式小令，故容量較一般令詞爲大，《欽定詞譜》收録于第十三卷，周密共存四首《南樓令》、一首《糖多令》，後者較前者多一字，《欽定詞譜》列爲第三式。四首《南樓令》與本調正格劉過詞之韻律基本相同。

《南樓令》是周密首創的調名，即《唐多令》，但周密也用《糖多令》，或許在周密的詞調感中，兩者是略有區別的：《南樓令》全詞爲六十字，《糖多令》則爲六十二字，前後段第三拍各添一字。

【附録】

陳允平《唐多令·桂邊偶成》云："明月可中庭。蕭蕭絡緯聲。畫闌秋、千樹吹香。玉宇無塵凉似水，銷不盡、許多清。　　欲醉醉還醒。欲吟吟未成。拈金英、三嗅微馨。應有乘鸞天上女，隨風露、下青冥。"

又　又次君衡韻[一]

　　欹枕聽西風。蛩階月正中。弄秋聲、金井孤桐[二][1]。閑省十年吳下路[2]，船幾度、繫江楓。　　輦路又迎逢[3]。秋如歸興濃。嘆淹留、還見新冬[4]。湖外霜林秋似錦，一片片、認題紅[5]。　　　　（第三十八）

【校記】

[一] 知不足齋本、四印齋本題序作"秋夜"，光緒本本詞未收錄，辛酉本作"秋夜又次君衡韻"。

[二] 孤桐，知不足齋本、四印齋本、辛酉本并作"梧桐"。蔡按：陳允平原作爲"梧桐"，則和詞必是"孤桐"。

【箋釋】

[1] 金井：井欄上有雕飾的井臺。這一句的意思是：金井邊上的梧桐，風葉沙沙，加入到了階蛩的秋聲之中。

[2] 閑省：空下來檢討、回憶。宋朱淑真《春日閑坐》云："倚樓閑省經由處，月館雲藏望眼中。"

[3] 輦路：帝王車駕所經過的車道，但并非帝王車駕的專用車道。南朝范廣淵《征虜亭餞王少傅》詩云："韓卿辭輦路，疏傅知殆辱。"迎逢：這裏是"迎送"之意。唐智藏《玩花鶯》詩云："桑門寡言晤，策杖事迎逢。"

[4] 淹留：羈留。南朝江淹《謝臨川靈運游山》詩云："靈境信淹留，賞心非徒設。"

[5] 題紅：題著詩句的紅葉，中心詞省用法。參見第二十四、二十七首【箋釋】。宋王沂孫《水龍吟·落葉》詞云："前度題紅杳杳。溯宮溝、暗流空繞。"

【考證】

宋末元初的陳思在其《兩宋名賢小集》卷三百一十五中謂：陳允平，"字衡仲，又字君衡，號西麓"，而陳思和陳允平都是從宋入元的同一時期的遺民，此外，處州的陳鎰曾有《題陳思復喜白髮詩卷》七律一首，故我極疑陳思也是浙東人，或者至少是活動于浙東地區的，加之還是陳允平的同族，所以，這一說法應該是最可靠的，也就是說，陳允平應該是"字衡仲，又字君衡"，而非"字君衡，一字衡仲"，只不過我們今天見得多的是

"君衡"而已。

詞中所説"十年吳下路",應是指周密乙卯(1255年)二十四歲時隨其父到鄞江一事。《癸辛雜識》前集"閩鄞二廟(夏承燾先生誤抄爲'三廟')"條下云,"乙卯,先子守鄞江",有撤廟、鑿井二事,"此二事,余所目擊"。以此推,則本詞應填於約1265年周密三十四歲時,雖然詩詞中的"十年"往往會因爲字數、韻律等原因不是實際數字,不可落實,但本詞置於《秋霽·乙丑秋晚》詞前,繫于此年的"秋濃"時節,應該是基本可以確定的。

【韻律】

本調屬于五句式小令,故容量較一般令詞爲大,《欽定詞譜》收録於第十三卷,周密共存四首《南樓令》、一首《糖多令》,後者校前者多一字,《欽定詞譜》列爲第三式。四首《南樓令》與本調正格劉過詞之韻律基本相同,唯本詞後結"一"字應平而仄,應視爲是以入作平用法。

本調前後段結拍,綜合周密的填法,是一個"平仄仄、仄平平"的韻律模式,這一模式顯然會要比"仄仄仄"起的韻律更爲和諧,因此,後段的"一片片"自然也不會例外,故"一"字必爲以入作平的填法。這種細節上的諧和,很值得我們今天的填詞愛好者細加體悟、揣摩。

【附録】

陳允平《唐多令·吳江道上寄鄭可大》云:"何處是秋風。月明霜露中。算淒涼、未到梧桐。曾向垂虹橋上看,有幾樹、水邊楓。　客路怕相逢。酒濃愁更濃。數歸期、猶是初冬。欲寄相思無好句,聊折贈、雁來紅。"

秋霽

乙丑秋晚,同盟載酒爲水月游。商令初肅,霜風戒寒。撫人事之飄零,感歲華之摇落,不能不以之興懷也[一]。酒闌日暮,憮然成章[二][1]。

重到西泠[2],記芳園載酒,畫船橫笛[三][3]。水曲芙蓉[4],渚邊鷗鷺[四],依依似舊相識[五]。年芳易失[六][5]。斷橋幾換垂楊色[七][6]。謾自惜。愁損庾郎[7],霜點鬢華白[八]。　殘蛩露草,怨蝶寒花[九][8],轉眼西風[9],又成陳迹。嘆如今、才消量減,尊前孤負醉吟筆。欲寄遠情秋水隔[10]。舊游空在[11],憑高望極斜陽,亂山浮紫,暮雲凝碧[12]。　　(第三十九)

【校記】

[一] 光緒本無"也"字。

[二] 四印齋本、知不足齋本題序爲"秋日游西湖"。

[三] 畫船，四印齋本、知不足齋本、辛酉本、光緒本、裘杼樓本并作"畫舸"，韻律不合，誤。

[四] 鷗鷺，丙午本、四印齋本、毛校本、裘杼樓本并作"漚鷺"，據彊村本、知不足齋本、光緒本改。

[五] 舊，丙午本、彊村本、毛校本、光緒本、裘杼樓本并作"曾"，據四印齋本、辛酉本、知不足齋本改。

[六] 年芳，四印齋本、辛酉本、知不足齋本、光緒本、裘杼樓本并作"年華"。

[七] 斷橋，彊村本、四印齋本、辛酉本、知不足齋本、光緒本并作"段橋"，此意通。

[八] 霜點鬢，四印齋本、知不足齋本、辛酉本、裘杼樓本并作"雙鬢點"。

[九] 寒花，裘杼樓本作"飛花"。

【箋釋】

[1] 乙丑：宋度宗咸淳元年（1265年）。同盟：南宋末葉楊纘、張樞、周密等人常結成西湖吟社，以精研詞藝、審音辨律、創作唱和爲主要活動内容。"同盟"即指吟社諸同好。戒寒：警示寒流的來臨。搖落：消逝。興懷：感懷。憮然：悵然。

[2] 西泠：即西泠橋，又稱"西陵""西林"。周密《武林舊事・湖山勝概》云："西陵橋，又名'西林橋'，又名'西泠'。"

[3] 横笛：即吹笛。單管爲"笛"，笛有兩種，或横吹，或豎吹，所以特意稱横吹的是"横笛"。今人將豎吹的單管稱爲"簫"，古時"簫"即今天的多管"排簫"，因排簫外形似鳳翼，所以又稱"鳳簫"。虞舜時期出現的"簫韶"樂舞，即主要用排簫演奏。排簫與編鐘、編磬應屬同一製作類型的樂器。

[4] 水曲：水灣。芙蓉：古代芙蓉多指"水芙蓉"，如先唐詩歌中基本如此，這裏指的就是"水芙蓉"，即荷花。戰國宋玉《招魂》詩云："坐堂伏檻，臨曲池些。芙蓉始發，雜芰荷些。"

[5] 年芳：一年之芳，即春光。南朝沈約《三月三日率爾成章》詩云："麗日屬元巳，年芳具在斯。開花已匝樹，流鶯復滿枝。"

[6] 斷橋：位于杭州西湖白堤上，或謂本名"寶祐橋"者，誤。詳參第三首【考證】。周密《武林舊事・湖山勝概》云："斷橋，又名'段家橋'，萬柳如雲，望如裙帶。"唐權德輿《陪包諫議湖墅路中舉帆》詩云："斷橋通遠浦，野墅接秋山。"

[7] 庾郎：庾信。庾信有《愁賦》名世，故後世每愁必庾，以爲典實。

[8] 寒花：天寒季節的花，多指菊花。晉張協《雜詩十首》之三云："寒花發黄采，秋草含緑滋。"

[9] 本句周密又用於《齊天樂·蟬》詞"轉眼西風，一襟幽恨向誰説"，見第一百一十九首。

[10] 遠情：即深情。以空間上的遥遠概念，替代程度上的深切。此爲作詩填詞時遣詞之技法，參見第十七首注疏。本句元翁仁化用至其《題翁敬仲墨竹》詩"欲寄所思秋水隔，鳳簫吹徹玉參差"。

[11] 本句出自宋陸游《送陳睦知潭州》詩"舊游空在人何處，二十三年真一夢"。

[12] 凝碧：這裏指大塊凝重的烏雲。碧，也可用來形容黑色，如宋晁補之《答趙滋主簿》詩云："年來清血斷征衣，碧髮丹顔日夕非。"明毛奇齡的《恭餞馮相國夫子還山》詩云"曠度有如雪，碧髮尚未皤"，便是説黑髮尚未變白之意。"暮雲凝碧"是一個常用意象，或濫觴於宋初柳永《兩同心》詞"駕會阻、夕雨淒飛，錦書斷、暮雲凝碧"。

【考證】

乙丑，周密三十四歲，時爲兩浙運司掾。題序中的"同盟"，即指西湖詩社諸同志，"酒闌日暮，憮然成章"，多爲歸後所作。"重到西泠"，是虚寫，未必實指西泠，或未必前次是西泠，應指去年與楊纘等人在西湖結社消夏事，所以是借代"西湖"，夏承燾先生謂指"去年自宜興返杭"，或非；"年芳易失""斷橋幾换垂楊色"，則是盤桓杭州已過一年半載；"才消量减，尊前辜負"，是志不能酬，暗生退意的情緒流露，後兩年，秋游三匯、臘月訪二隱時應已回湖州。而三十六歲至三十八歲間，周密的形迹都在湖州，楊纘應殁於這三年之中，周密的詩文中未見有録述，可爲旁證。

周密《增補武林舊事》卷六云："西陵橋，又名西林橋，又名西泠橋，又名西村。"西泠橋，在蘇堤東側，是連接孤山與葛嶺之橋。清陳布雷《方輿彙編·山川典》卷二百八十五載："西泠橋，一名西林橋，又名西陵橋。從此可往北山者，橋畔向有五顯祠，俗號西陵五聖廟，今廢。祠後有古柏一株，至今尚存，人訛陳朝柏。其斜對，又有東陵五聖祠，今亦改額'文昌祠'矣。"

至於《武林舊事》中西泠橋的最後一個别名，竊以爲這是周密的誤筆，而今人都如此引用。但西村是西泠橋所在地地名，而非橋名，宋董嗣杲《西湖百咏》詩之《西泠橋》有題序云："（西泠橋）在孤山西，即古之'西村唤渡'處。"可以想見，在西泠橋尚未建成之時，通過這一要道祇能靠擺渡而過，該渡口在西村，或就叫西村渡，而"古之'西村喚渡'處"一句，也證明遠在西泠橋未建的古代，西村就已經存在了。所以，周密這一句，或是"又名西村橋"之奪字，或是"地名西村"的誤筆。

【韻律】

此爲慢詞，《欽定詞譜》收録于第三十四卷，本詞較之第一格史達祖詞，韻律略有微調，其中主要變動爲前後段第一句組之收束處，有三句均變拗爲律，韻律更諧；而前結則改五字一句、七字一句爲一三一四一五。

本調前段第一句組，今人標點多作四字一句、五字一句、四字一句，但後九字依律其實應是三字逗領平起仄收式六字的結構，細玩宋人本調，即便是從意讀的角度來說，也多是如此填法。如曾紆"暮江碧、樓倚太虛寥廓"、陳允平"遠送目、斜陽漸下林闋"、盧祖皋"正抱葉、殘蟬漸老雲木"、吳潛"正竹外、蕭蕭雨驟風駛"、無名氏"乍雨歇、長空萬里凝碧"，唯獨本詞爲一字逗領平起式二句填法，爲"記、芳園載酒，畫船橫笛"，而兩句均爲一平一仄兩頓構成，則韻律上難免就少了一點豐富性和頓挫感，變頓挫之聲容爲舒緩了。

前段末一句組，其正格爲五字一句、七字一句，最典型的是盧祖皋的"向艷歌偏愛，賦情多處寄衷曲"和陳允平的"有素鷗閑伴，夜深呼棹過環碧"。但是除此二首外，五字句的第三字則每每用一句中短韻，因此常被誤讀爲一三一四一五，如吳文英的"試縱目。空際醉來，風露跨黃鵠"，則不知"空際醉來"是什麼意思，實應讀爲"試縱目。空際，醉來風露跨黃鵠"。而當中間四字無法組句的時候，傳統標點則是讀爲二字逗，如史達祖的"念上國。誰是、鱠鱸江漢未歸客"，將"念上國誰是"一句中的後二字錯誤容後。祇有個別詞例才是真正的讀破，宋詞中僅得吳潛的"也不用，玉骨冰肌，人伴佳眠爾"一首最爲完全，即如本詞，也至多祇得謂之兩可而已。

本調後段，檢其韻律，均拍不合，必有錯訛，如第三句組，目前僅剩一個七字孤拍，明顯于律不合。以律理分析，此處句拍應存在倒乙之誤，其韻律本身或是"舊游空在，欲寄遠情秋水隔"。這樣的構成才對，即"舊游空在"并不與其後三句構成關係。唯今存宋詞多如此，亦不能探知其創調詞，或能原貌體現者，故仍其舊。

【譜注】

《詞律》云：史達祖詞與《草堂》舊載胡浩然詞平仄如一，而夢窗作亦同。甚矣，古人守律之嚴也。"故園"句宜仄平去仄，草窗"故"字作"年"，誤。

"又"字作"蚤","聞"字作"眼","可"字作"游",亦俱誤,或係傳訛,或係敗筆,皆不可從。作者但守胡、史、吳足矣。《譜》《圖》以首句爲七字,"念上國"連"誰是"爲一句,俱奇。至調中平仄,除旁注外一字不可移,《譜》注乃無一字不可移,尤奇之奇也。

《欽定詞譜》云:"此調始自胡浩然,賦春晴詞,即名《春霽》;賦秋晴詞,即名《秋霽》。此調以史達祖詞爲正體,胡浩然詞二首,正與其同。若吳詞之多押一韻,陳詞之少押一韻,曾詞之減字,皆變格也。"

《詞繫》云:舊說創自李後主,《草堂》已駁其非。此調始于胡浩然,賦秋晴名《秋霽》、賦春晴又名《春霽》,二首如一。前段第四句組,《詞律》于"外"字斷句,照吳文英作當是。其餘平仄各家皆同,唯廬祖皋作"聽艷歌偏愛,賦情多處寄衷曲",第三字用平不叶。總當于三字逗,下二字領七字。周密一首于次句用"記芳園載酒",第六句用"依依似舊相識",平仄异。"黯"字、"當此""此"字、"個"字、"此情""此"字,皆用平。

【輯注】

清陳廷焯《雲韶集》云:《秋霽‧重到西泠》詞,"秋霽草窗詞,純是一片凄涼,如塞雁穿雲,孤鴻呼月,無一快樂之句,蓋性情所至,有不期然而然者"。

齊天樂

紫霞翁開讌梅邊,謂客曰:梅之初綻,則輕紅未銷;已放,則一白呈露。古今誇賞,不出香白,顧未及此,欠事也。施中山賦之,余和之[一][1]。

宮檐融暖晨妝懶[2]。輕霞未匀酥臉。倚竹嬌鬟,臨流瘦影[二],依約尊前重見。盈盈笑靨。映珠絡玲瓏[3],翠綃葱倩[三][4]。夢入羅浮[5],滿衣清露暗香染。　　東風千樹易老,怕紅顏旋減[四]。芳意偷變[6]。贈遠天寒[7],吟香夜永[五],多少江南新怨。瓊疏静掩。任剪雪裁雲,競誇輕艷[六]。畫角黃昏[8],夢隨春共遠[七][9]。　　　　　　(第四十)

【校記】

[一] 四印齋本、知不足齋本題序爲"梅"。

[二] 臨流,四印齋本、知不足齋本、辛酉本并作"臨溪"。

[三] 葱倩,毛校本作"葱蒨",通。

[四] 旋減,四印齋本、知不足齋本、辛酉本并作"漸減"。

[五] 夜永,丙午本、四印齋本、知不足齋本、辛酉本并作"夜泠"。蔡按:前句有"寒",本詞再用"泠",則用筆拙劣,周密當不會如此填詞,據彊村

本、毛校本改。

[六] 輕艷，四印齋本、知不足齋本、辛酉本并作"新艷"。

[七] 共遠，四印齋本、知不足齋本、辛酉本并作"去遠"。

【箋釋】

[1] 紫霞翁：即楊瓚，周密亦師亦友者。元夏文彥《圖繪寶鑒》卷三云："楊瓚，字繼翁。恭仁皇后侄孫、太師次山之孫。度宗朝，女爲淑妃，官列卿。好古博雅，善琴，倚調製曲，有《紫霞洞譜》傳世，時作墨竹，自號守齋。"欠事：有所欠缺之事。

[2] 宮檐：與宮有關，起拍暗示紫霞翁設宴處，也爲全詞藝術形象之設置作出基調，此後均將梅花擬成宮中人描寫：酥臉勻霞、嬌鬟傍竹、瘦影臨流者，都是梅花。

[3] 珠絡：古代女子的一種頭飾，用珠子相綴而製成的網狀頭絡。本句徑用宋吳文英《天香·熏衣香》詞"珠絡玲瓏，羅囊閑鬥，酥懷暖麝相倚"。

[4] 葱倩：葱蘢、茂盛，狀青翠的草木長得很葱蘢茂盛的樣子。宋趙宰《聲聲慢·壽吳憲》詞云："花竹午橋葱倩，身退静、功名大耐偏長。"

[5] 羅浮：即羅浮山。在廣東省東江北岸。風景優美，爲粵中游覽勝地。晉葛洪曾在此山修道，道教稱爲"第七洞天"。相傳隋趙師雄在此夢遇梅花仙女，故此後多爲咏梅典實。本句周密又用于《齊天樂·次二隱寄梅》詞"夢入羅浮，古苔啁哳翠禽小"。

[6] 芳意：即春意。南北朝湯惠休《贈鮑侍郎》詩云："當令芳意重，無使盛年傾。"

[7] 本句之意，又見周密《齊天樂·余自入冬多病吟事盡廢》詞"天寒空念贈遠，水邊憑爲問，春得多少"，參見第五十四首。

[8] 畫角：古管樂器，傳自西羌，形如竹筒，本細末大，以竹木或皮革等製成，因表面常飾有彩繪，故稱。畫角發聲哀厲高亢，古時軍中多用以警昏曉，振士氣，肅軍容。帝王出巡，亦用以報警戒嚴。南朝梁蕭綱《折楊柳》詩云："城高短簫發，林空畫角悲。"本句意象出周邦彥《滿庭芳》詞"凝眸處、黄昏畫角，天遠路岐長"。

[9] 本句構思，原見于宋秦觀《鼓笛慢》詞"好夢隨春遠，從前事、不堪思想"，周密化用之後，明王韋改用于其詩《三月晦日送致仁南歸》"夢隨家共遠，春與客同歸"，清宋聚業改用于其詩《宿沅江驛樓時秋分夕》"夢隨天共遠，人與序俱分"，均另出新意，而清陳維崧則在《送子萬弟邊黎城署》中變爲"遠道夢隨春水闊，微官裝抵柳花輕"，韻律猶覺其壯。

【考證】

夏承燾先生《周草窗年譜》考定，楊纘歿于周密三十八歲前，余以爲周密三十六歲秋季泛舟湖州三匯、冬季雪夜訪餘不溪二隱時，已去職京城的兩浙運司椽，并回湖州故里，故楊纘當歿于周密三十六至三十八歲間，其時因爲人在湖州，信息不通，而不知楊纘哀耗，故詩文中對楊纘過世一節，均未有著錄，此既在情理之中，又可以爲旁證。

由此可知，本詞應該是作于甲子周密三十三歲或乙丑三十四歲之冬，但是三十三歲夏周密尚同楊纘等人結詩社宴于西湖環碧園，則周密丁母憂應在下半年，如此，三十三歲冬季宴于梅邊的可能性極小，所以本詞填寫基本可以繫于三十四歲之冬。而三十五歲之冬周密返回湖州過年，并暫居于湖州，遂有秋泛三匯、冬訪二隱之故事，如此行蹤，最爲可能。

至于施仲山之歿，楊纘還出錢"樹梅作亭以葬"，周密也有題，則應在周密尚在杭州當差時。根據行蹤可考定，應該最早在三十四歲冬本詞之後，最晚則在周密三十六歲離京回湖州之前，最大可能是在三十五歲（1266年）時。

又，施仲山原詞已逸。

【韻律】

本調爲慢詞，《欽定詞譜》收錄于第三十一卷，以周邦彥"綠蕪凋盡"詞爲正體。本詞較之正體，除前段起拍押韻、後段第二句句法不用平起式律句，且補入一韻外，其餘與正體相同。

本調歷代以來是熱門詞調，周密除咏西湖十景的《減字木蘭慢》外，慢詞中擇用本調填詞最多，而西湖十景畢竟是聯章體作法，所以可以看出周密對本詞調的喜愛，以及本調在南宋末期的流行程度。而後世本調之所以成爲熱門，與南宋幾位大家的引領作用有重要關係：周密六首、王沂孫五首、吳文英九首、張炎十四首。

本調前段首拍可韻可不韻，而宋詞以不入韻爲多，周密本調共計六首，亦僅本詞起調入韻，與之相對應的，後段的第一句組中，"減"字也應該被視爲是收拍中的韻腳，在演唱中起到一個豐富韻律的作用。別家如吳文英的"故人慳會遇。同剪燈語"也是如此。

本調前後段第三句組的起拍例作韻句，這兩拍雖然屬于輔韻，但是在整個宋詞中祇有三首四句未作叶韻處理，其韻律上的穩定性，在慢詞中是比較少見的，因此，填本詞，這兩拍應予以重點斟酌。

本詞"臉""染""掩"屬儉部韻，艷，屬艷部韻，在清人的詞韻系統中都不可與"懶""見"等韻通叶，而我們今天填詞奉行的祇是清人的詞韻系統，孰取孰捨，在宋詞與清韻之間，各人自可獨立判斷，而不必本本主義。

又，"靨"字《集韻》亦收入儉部韻，讀爲于琰切，上聲。

餘參第五十四、六十四、七十四、一百十九、一百二十九首之【韻律】。

【譜注】

《詞律》以王沂孫"一襟餘恨"詞爲例，云：前後段第三句組，起拍作去上聲，妙，萬萬不可用平仄，而後段結拍尾二字尤爲要緊。前後結平仄，一字不可更改，後結須如五言詩一句，白石用"一聲聲最苦"，"一聲"二字原是相連，且上面一個"聲"字原可讀斷，故妙。"銅仙"句三平三仄，是定律，間有用平平仄平仄仄者，然依此爲是。夢窗用四平二仄，竹屋第二字用仄。若秋崖"歸去來兮怎得"，則尤不可從。"貯"字宜仄聲，間有用平者，亦當依此爲是。總之，凡調中字句如古人俱同，從之不必言，即十中拗七順三，亦當從。其多者，蓋其中必有當然去處，不然古人何其愚，而捨易就難也。況往往拗者，是大家名詞，順者，不及此理，極易曉也。"嘆移盤"句，可用上二下三五言詩句法。玉田一首，于"消得"句少二字；千里一首，于"難貯"句多二字；夢窗一首，于後起作五字；俱係誤刻，非有此體。君衡"黄昏盡矣"，刻誤"盡也"，非不叶。

《欽定詞譜》云：此調以周邦彦"綠蕪凋盡"詞爲正體，周詞別首及吳詞、姜詞體，宋人亦間爲之，若方詞、陸詞、呂詞之添字、又攤破句法，皆變格也。

《詞繫》云：後起六字，三平三仄，有不拘者。次句有用一領四字句，三句有用平平平仄者，或仄平平仄者。然名家姜、吳、王、張皆如此填。

憶舊游　落梅賦[一]

念芳鈿委路[1]，粉浪翻空[2]，誰補春痕。佇立傷心事，記宮檐點鬢[3]，候館霑襟[4]。東君護香情薄，不管徑雲深[5]。嘆金谷樓危[6]，避風臺淺[7]，消瘦飛瓊。　　梨雲[二][8]已成夢，謾蝶恨淒涼，人怨黃昏。捻殘枝重嗅，似徐娘雖老，猶有風情。不禁許多芳思，青子漸成陰[9]。怕酒醒歌闌[10]，空庭夜月羌管清。　　　　　　（第四十一）

【校記】

[一] 知不足齋本、四印齋本、辛酉本均無"賦"字。本詞光緒本未收錄。

[二] 梨雲，丙午本原作"黎雲"，誤，據毛校本、四印齋本、知不足齋本、辛酉本、彊村本改。

【箋釋】

[1] 鈿：一種花朵形狀的飾物，因爲用金銀珠寶等製成，象徵華貴、精緻。芳鈿：這裏指的是凋謝落地的梅花花瓣。宋王易簡《摸魚兒·紫雲山房擬賦蕊》詞云："恨洛浦娉婷，芳鈿翠剪，奩影照淒楚。"

[2] 粉浪：白浪。這裏指的是凋謝飛落中的梅花粉白色的花瓣。出自唐杜牧《丹水》詩"沉定藍光徹，喧盤粉浪開"。

[3] 宮檐：這裏是用壽陽公主典。《太平御覽》卷九七〇引《宋書》云："武帝女壽陽公主，人日臥于含章檐下，梅花落公主額上，成五出之華，拂之不去，皇后留之。"唯本句不取梅落額成妝，但寫落梅而已。

[4] 候館：古代供過往官員歇脚的驛館。候館與梅花交集，始于唐杜牧的《代人寄遠》詩"河橋酒旆風軟，候館梅花雪嬌"，後經宋歐陽修《踏莎行》詞"候館梅殘，溪橋柳細。草薰風暖搖征轡"之後，候館之梅便成了一道風景，本句受歐詞影響是很顯然的，所謂"候館霑襟"，即是寫"候館梅殘"後的一種狀態。

[5] 徑雲深：本出自宋方岳《有客》詩"晚徑雲深雨未乾，愛閑有客過方干"，經周密本詞擷用，成爲詩詞中一個熱門意象，廣爲沿用。

[6] 金谷樓：《晉書·石苞列傳》記載石崇因綠珠得罪趙王，于金谷樓中被執，"介士到門。崇謂綠珠曰：'我今爲爾得罪。'綠珠泣曰：'當效死于官前。'因自投于樓下而死"。此以綠珠之"香消玉殞"說落梅。宋宋庠《落花》詩云："漢皋佩冷臨江失，金谷樓危到地香。"

[7] 避風臺：漢代臺名。相傳漢趙飛燕身輕不勝風，成帝為築七寶避風臺。晉王嘉《拾遺記·前漢下》云："今太液池尚有避風臺，即飛燕結裙之處。"清朱祖謀《大聖樂·法源寺牡丹》詞"傾城恨，也惆悵、避風臺淺"，用本句。

[8] 梨雲：即"梨花雲"，典出自唐王建《夢好梨花歌》"薄薄落落霧不分，夢中喚作梨花雲"，指夢中恍惚所見如雲似雪的繽紛梨花。後用爲狀雪景之典，這裏狀梅英飄零。詳參第三十二首【附錄】。

[9] 本句用杜牧典，《唐詩紀事》卷五十六云："（杜牧）佐宣城幕，游湖州，刺史崔君張水戲，使州人畢觀，令牧閑行，閱奇麗，得垂髫者十餘歲。後十四年，牧刺湖州，其人已嫁生子矣，乃悵而爲詩曰：'自是尋春去校遲。不須惆悵怨芳時。狂風落盡深紅色，綠葉成陰子滿枝。'"

[10] 酒醒歌闌：這一意象出自宋秦觀《滿庭芳·咏茶》詞"坐中客翻愁，酒醒歌闌"。此類用語，不適宜用于詩，而祇宜用于詞。

【韻律】

本詞屬慢詞，周密共填三首，《欽定詞譜》收録于第三十卷，以周邦彦"記愁横淺黛"詞爲正格，本詞較之正格，其韻律有幾處不到處，謹作分析。

其一是後段"捻殘枝重嗅"，用一四式折腰句法，既與美成正格的"也擬臨朱戶"不合，也與前段的"佇立傷心事"句法不合，填詞如此，最爲不諧。

其二是本詞前後段第三句組的起拍，"東君"句和"不禁"句，本詞均用不律句法，這種句式屬于不正規填法，宋詞中本調該句僅有周密此首、張炎"記開簾過酒"一首及其他劉將孫、周密、張炎、劉辰翁四句單邊的如此填，因此，將其視爲屬于違律，亦未嘗不可，而其餘諸人則無疑是受了周密的影響。其餘則主要由平起仄收式句法構成，例如正體周邦彦的"鳳釵半脫雲鬟……舊巢更有新燕"、吴文英的"賦情頓雪雙鬢……故人爲寫深怨"，這可以視爲是典範的填法。也有仄起仄收式的填法，僅見張炎詞中"忘了牡丹名字……怕有舊時歸燕"，也不足爲範。

本詞的換頭，《全宋詞》是讀爲一個五字句的，忽略了該句存在一個句中韻。而本調現存的二十六首宋詞中，有十九首是有句中短韻的（《全宋詞》忽略了三首），亦即，本調主流的正格填法，是在過片中嵌入句中短韻，以形成韻律之變化。

本詞的基本韻爲十二侵，按照清代的詞韻，侵部應該是獨用的一個韻部，但本詞有"瓊、清、情"爲庚部韻通叶，"昏、痕"爲元部韻通叶，"文"字則爲文韻通叶，這種通叶，宋詞中并不違律。

一枝春

寄閒飲客，春窗促座款密，酒酣意洽，命清吭歌新製。余因爲之霑醉，且調新弄以謝之[一][1]。

碧澹春姿[二][2]，柳眠醒、似怯朝來酥雨[三][3]。芳程乍數[四][4]。喚起探花情緒[五]。東風尚淺，甚先有、翠嬌紅嫵。應自把、羅綺圍春[5]，占得畫屏春聚。　　留連繡叢深處。愛歌雲、裊裊低隨香縷[六][6]。瓊窗夜暖，試與細評新譜[7]。妝梅媚晚[七]，料無那、弄鬘伴妒[八][8]。還怕裏、簾外籠鶯[九][9]，笑人醉語。　　　　　　　　　　　　（第四十二）

【校記】

[一] 知不足齋本、四印齋本題序作"酒邊聞歌和寄閒韻"。光緒本作"寄閒飲客，春窗促座款密，命清吭度曲。予因爲之霑醉，且調新弄以謝之"。

[二]碧澹，芝蘭本注云："《草窗詞》作'澹碧'。"余所見諸本非是。

[三]酥，芝蘭本注云："《草窗詞》作'疏'。"余所涉諸本唯《詞律》如是。

[四]芳程，《詞律》作"芳塵"。

[五]喚起，芝蘭本作"換起"。

[六]愛歌雲，光緒本作"動歌雲"。

[七]妝梅，光緒本、《詞律》作"妝眉"。媚晚：知不足齋本、光緒本、四印齋本、辛酉本、《詞律》并作"媚粉"。

[八]無那，知不足齋本、光緒本、四印齋本、辛酉本、《詞律》并作"無奈"，通。

[九]怕裹；光緒本作"怕是"。還怕：芝蘭本注云："《草窗詞》作'祇怕'。"余所涉諸本唯《詞律》如是。籠鶯：《詞律》作"籠鸚"。

【箋釋】

[1]寄閒：即張樞，張炎之父，參【考證】。促座：座位挨得很近。款密：親密。清吭：此爲無樂器伴奏演唱之意。霑醉：《資治通鑒·唐僖宗中和四年》云："從者皆霑醉。"明胡三省注云："霑醉，言飲酒大醉，胸襟霑濕，不能自持也。"新弄：新製作的能演唱的詞。弄：樂曲。調新弄：這裏指用嘴哼唱以調整旋律。謝：認錯、道歉。這裏是因爲自己的醉態而"表示抱歉"之意。

[2]宋吳文英詞《燭影搖紅·元夕雨》，起拍即爲"碧澹山姿，暮寒愁沁歌眉淺"，本詞起調顯受其影響，改用吳詞而來。

[3]柳眠：這裏是"春天柳樹重新發芽生長，猶如冬眠初醒"的意思，今人多將"柳眠"與典故"三眠三起"勾連起來，其實無關，多爲望文生義之誤。怯：詩中用"怯"，多爲"害怕"之義，詞中用"怯"，多爲"禁不住"之義。唐尹鶚《清平樂》詞云："繡衣獨倚闌干。玉容似怯春寒。"酥雨：毛毛細雨，語出唐韓愈《早春呈水部張十八員外》詩"天街小雨潤如酥，草色遥看近却無"。

[4]芳程：周密自創詞彙。芳：即爲"春"，其意謂"春天的時日"，也可以直接譯爲"春光"。宋張炎《燭影搖紅》云："才過風柔夜暖。漸迤邐、芳程遞趲。"乍：剛剛。

[5]羅綺圍春：古時候春季時，在花園裏用絲織品將花木圍起來，以保護其不受寒風吹襲。唐李賀《將進酒》詩云："烹龍炮鳳玉脂泣，羅幃繡幕圍春風。"參見第十六首《楚宫春》"絲障"【箋疏】。

[6]歌雲：歌聲動聽，可達雲霄者。《列子》卷五云："薛譚學謳于秦青，

未窮青之技，自謂盡之，遂辭歸。秦青弗止，餞于郊衢，撫節悲歌，聲震林木，響遏行雲。薛譚乃謝，求返，終身不敢言歸。"香縷：裊裊漂浮、如絲如縷的花香。宋趙長卿《南歌子·夜坐》詞云："蘭膏重剔且教明。爲照梢頭香縷、一絲輕。"

[7] 新譜：新譜之詞，中心詞省用法。參見第二十七、三十八首【箋釋】。餘參本詞【考證】。

[8] 無那：此"無那"并非"無奈"之意，而是"無限"之意。南唐李煜《一斛珠》詞云："繡床斜憑嬌無那，爛嚼紅茸，笑向檀郎唾。"弄鞏佯妒：猶言"撒嬌"。周密自創詞彙。

[9] 怕裏：恐怕、生怕、唯恐。"裏"字是個虛字，助詞，無實際意義。況周頤《蕙風詞話》云："'怕裏'，宋人方言，《草窗詞》中屢見，猶言恰提防間，大致如此詮釋，尚須就句意活動用之。"宋揚無咎《柳梢青》詞云："曉來起看芳叢，只怕裏、危梢欲壓。"

【考證】

寄閒，即張樞，字斗南，號寄閒，又號寄雲，張炎之父。鄧牧《伯牙琴》稱其善詞名世，周密《浩然齋雅談》卷三云："窗雲：張樞，字斗南，又號寄閒，忠烈循王五世孫也。筆墨蕭爽，人物醖藉，善音律。嘗度《依聲集》百闋，音韻諧美，真承平佳公子也。"參見第十九首【考證】。

題序云"命清吭歌新製。余因爲之霑醉，且調新弄以謝之"，詞中也説"試與細評新譜"，"新製""新弄""新譜"就本語境而言無疑是指的包括本詞在內的新創作的詞，這就有一些很值得研究的內容了。因爲本調是楊纘首創的自度曲，而本詞則作于張樞邀飲中，從題序可知，楊纘的首創并非在此同一時間，因此可見"試與細評新譜"所指的，應是該聚會中的新填之詞，包括并不限于周密本詞，而顯然不是指的新創的詞調。由此我們可知，同一個詞調即便不是首創，而祇是後來人的依譜而填，在當時也都是被視爲"新譜"之作的。那麼就另一個角度來説，之所以後來者填詞也被人謂之"新"，就説明并非同一詞調它的旋律就都相同，與我們通常都想當然地認爲完全不同，由此更可知，傳統詞譜學僵化地將詞譜作類型化的研究，未必是切合唐宋實際的。而同一詞調的演唱如果每次都不盡相同，這也應該符合一般常識，因爲如果每個《菩薩蠻》都是那麼始終完全一致、毫無差別的一個調子，便不會有如此強大的流行生命力。這一問題可參看我的其他著作。

【韻律】

本詞屬慢詞，周密共填二首，《欽定詞譜》以楊纘"竹爆驚春"詞爲正格，本詞校之正格，字句與韻律基本相同，前段的歇拍楊纘句法不律，本詞則予以了糾正，但換頭句却從律句改成了不律句。

此外，本詞前段第二句組起拍"芳程乍數"添一韻，周密詞爲《欽定詞譜》最關注的模範之一，因此，以傳統詞譜稍有一處不同便列爲又一體之特色，可以揣測《欽定詞譜》并未將這一韻脚視爲一種變化，而認爲衹是偶合而已。但是，儘管這是一個單邊的用韻，我們從周密詞的全局來看，這一韻脚應該是刻意爲之，而并非衹是偶合，因爲在周詞另一首同韻的詞中，本句填爲"芳期暗數"，也是同一韻脚。以此二首與張樞唱和，則可以想見張樞詞雖今已佚失，但必也是與此相同。

本調也是極規範的一種剪尾式的添頭結構，過片中的"留連"若删去，則前後段第一句組文字便完全一致。而這種添頭式的文字，與其他韻拍之間的鏈接則是鬆散型的，其間每每會有一個讀住的存在。之所以常常可見在過片的這個地方有句中短韻、兩頓連平或連仄等等現象的出現，其韻律上的根由全在于此，因此，它必定也會影響到詞意的表達上，所以這一韻律特徵，是值得填詞構思時注意的。同時，他的剪尾作法，即在後段末一句組中減去一個小頓，從字本位的角度探究，實際上就是要完善因爲添頭而導致的前後段文字參差的問題。

也正因爲有這樣的一種韻律特徵，詞的前後段對應就更應該被我們重視，這是詞文學最基本的韻律特徵之一，脫離了詞樂的長短句在進入標點符號時代後，在不影響詞意表達的基礎上，盡可能使前後段相應對稱，是一個長短句句讀的基本原則，今天的標點本則每每忽略這一點，甚至有詞學家對萬樹經常强調前後段的對應予以嘲諷和批評，并視爲《詞律》最大的缺陷之一，實際上是非常淺薄的一種學術認知。以本詞後段第一句組來說，其原貌應該是與韻律基本規則相符合的兩拍：六字一起，九字一收，但目前的標點本都讀爲三拍，如《全宋詞》的"留連繡叢深處。愛歌雲裊裊，低隨香縷"，既不合韻律常規，又与前段讀法相异，便尤覺韻律不諧。

當然，唐宋詞作爲無標點時代的文字，不可能與有標點時代的文字絲絲入扣，究竟應該是犧牲韻律而切合詞意進行"意讀"，還是犧牲詞意而切合韻律進行"韻讀"，就是一個雖是見仁見智，却應該亟需釐清的規範性問題了。

【譜注】

萬樹《詞律》云："草窗此調二首，音節俱同。但'應自把'作'空自傷'。愚謂'把'字即同後'怕'字。'傷'字平聲，或誤。觀其後段，用'深院悄'，'悄'字用仄，無异也。'料無奈'作'曾記是'，愚謂此三字即同前'甚先有'，或係'記曾是'誤倒。觀其前段用'倩誰畫'，無异也。草窗爲顧曲周郎，其所用'乍數、喚起、尚淺、夜暖、試與、媚粉'等去上字，俱宜恪遵。至于尾句'笑人醉語'，別作云'倩鶯寄語'，皆是去平去上，尤不可差。《圖譜》載楊守齋一首，與此詞用字平仄全同，可愛。而'羅綺圍春'本作'歌字清圓'，誤刻'歌清字圓'，'得'字用'誇'字，或不拘。乃將'醒、朝、芳、東、留連、瓊、新、妝、眉、無、還、簾'等字俱注可仄，'似、乍、喚、尚、甚、翠、自、把、與、自'等字俱注可平，絕妙好辭，可惜都遭改壞，作者費盡拈髭走甕一片苦心，讀者全然不知，無怪浪仙有歸卧故山之痛也。"

杜文瀾云："萬樹注首句'澹'字可平，按，草窗詞首句作'碧澹春姿'，'碧'字以入聲作平聲，不能用仄。又，《欽定詞譜》收張玉田一首，前後段第二句五字，以一字領調，下則四字四句，係又一體。又按，宋詞用韻，祇重五音，可以古韻土音通叶，用字于去上聲之辨，亦時有出入，往往以上聲作去，去聲作上，用平聲處，更可以上以入作平。獨于應用去上二聲相連之處，則定律甚嚴，如此調萬樹注出'乍數、喚起、尚淺、夜暖、試與、媚粉'六處，尚有前段第七句之'自把'、後結之'醉語'，亦去上聲，共八處，皆定格也。凡仄聲調三句接連用韻，則中之四字必用去上。又，後結五字一句，而尾二字皆仄者，亦必用去上，如用入聲韻則用去入，各詞皆然。此卷後之《掃花游》用去上六處，卷十七之《花犯》用去上十二處，爲至多者。蓋去聲勁而縱，上聲柔而和，交濟方有節奏。近人歌曲去聲揚而上聲抑，平聲長而入聲斷，同此音律也。"

【附錄】

清郭則沄《一枝春·同蘿雲游李氏園霜後桃梅海棠各發數枝用草窗韻賞之》云："錯鑄春魂破初禪，騖墮一痕花雨。流塵暗數。換了鶯邊心緒。吳霜鬢改，盡羞對、露酣霞嫵。算綺思、休便成灰，散雪更教重聚。　風光暗歸何處。記空枝倦折，愁歌金縷。歡期未晚，試與巧翻芳譜。零香碎粉，怕簾底、冷蘂還妒。新夢後、歸燕伶俜，替傳怨語。"

又　一枝春

越一日，寄閒次余前韻，且未能忘情于落花飛絮間，因寓去燕楊姓事，以寄意，此少游"小樓連苑"之詞也[1]。余遂戲用張氏故實，次韻代答，亦東坡"錦里先生"之詩乎[二][2]。

簾影移陰[3]，杏薇寒、乍濕西園絲雨[三]。芳期暗數。又是去年心緒。

金花謾剪，倩誰畫、舊時眉嫵[4]。空自想、楊柳風流[三][5]，淚滴軟綃紅聚。　　羅窗那回歌處[6]。嘆庭花、倦舞香銷衣縷[四][7]。樓空燕冷[8]，碎錦懶尋塵譜[五][9]。幺弦謾賦[六]，記曾是、倚嬌成妒[七]。深院悄，閑掩梨花[八]，倩鶯寄語[10]。　　　　　　　　　（第四十三）

【校記】

[一] 知不足齋本、四印齋本題序作"春晚又和韻"，光緒本作"寄閒和余前韻，寓去燕楊姓事，以寄意，余遂戲用張氏故實，次韻代答"。

[二] 杏薇，彊村本作"杏香"。

[三] 想，芝蘭本注云："《草窗詞》作'傷'。"余所見諸本非是。

[四] 衣縷，知不足齋本、四印齋本、辛酉本、光緒本并作"冰縷"。

[五] 塵譜，光緒本作"底譜"。

[六] 謾賦，四印齋本作"慢賦"。

[七] 記曾，知不足齋本、四印齋本、辛酉本并作"曾記"。

[八] 閑掩，知不足齋本、四印齋本、辛酉本、光緒本并作"門掩"。

【箋釋】

[1] 少游"小樓連苑"之詞：明陶宗儀《說郛》卷七十七上"婁婉"條云："秦少游在蔡州，與營妓婁婉（字東玉者）甚密，贈之詞云'小樓連苑橫空'，又云'玉佩丁東別後'者，是也。又贈云'天外一鉤橫月、帶三星'，謂心字也。"以上數句之意，是說寄閒之詞未能忘情于落花飛絮間，用秦觀寫"小樓連苑"的筆法，通過寫楊華之事寄意。

[2] 錦里先生：見【考證】。以上幾句，謂先生自己再答之作，亦寫男女情事，如東坡詩然。

[3] 周密別首《大聖樂·東園餞春即席分題》詞云："漸午陰、簾影移香，燕語夢回，千點碧桃吹雨。"

[4] 本句用張敞畫眉的典故，加強人物的情感和諧。《漢書》卷七十六云："長安中傳張京兆眉憮，有司以奏敞，上問之，對曰：'臣聞閨房之內，夫婦之私，有過于畫眉者。'上愛其能，弗備責也。然終不得大位。"眉嫵：原為"眉憮"，憮，東漢應劭注《漢書》曰：大也。這應該是的解。後來三國魏孟康曰："憮，音詡，北方人謂'媚好'為'詡畜'"，如此解釋，未免牽強，但後人都取"媚好"這一說法，如瀏魏蘇林曰："憮，音嫵。"唐顏師古曰："本以好媚為稱，何說于大乎？蘇音是。"宋宋祁曰："憮，音'嫵媚'之'嫵'。嫵，音'舞'。"但是，除了張敞畫眉這一例外，寸光所及，并無其他有力的

書證證明,"憮"即是"嫵",這種量身定做的詮釋,便可疑了。

[5] 本句化用唐唐彥謙《柳》詩詩意"春風向楊柳,能事盡風流"。

[6] 羅窗:以繡羅織物爲窗簾的窗子。唐李商隱《題二首後重有戲贈任秀才》詩云:"一丈紅薔擁翠筠,羅窗不識繞街塵。"

[7] 本句的意思是:庭花在"倦舞衣縷",而且是花香已經漸漸消逝的衣縷,并非意謂"庭花倦舞,香銷衣縷"兩件事。詳參前一首【韻律】中關於前後段第一句組對應的論述。

[8] 樓空燕冷:此用東坡詞故事。《詞苑叢談》卷三記載:蘇東坡問秦觀近來有何詞作。"秦舉'小樓連苑橫空,下窺繡轂雕鞍驟。'坡云:'十三個字,只説得一個人騎馬樓前過。'秦問:'先生近著?'坡云:'亦有一詞説樓上事。'乃舉'燕子樓空,佳人何在,空鎖樓中燕。'晁無咎在座,云:'三句説盡張建封燕子樓一段事,奇哉。'"冷:冷清、冷落,或解爲寒冷,誤。

[9] 塵譜:灰塵中的譜子。暗示久不用譜,因此後面的"謾賦"便是沒有看譜的信手彈撥之意。

[10] 出自宋梅堯臣《將解舟走筆呈表臣》詩"主人不暇匆匆別,爲倩流鶯寄語過"。

【考證】

去燕楊姓事:《樂府詩集》卷七十三有《楊白花》詩,據云爲北朝魏胡太后作,其序云:"《梁書》曰:楊華,武都仇池人也。少有勇力,容貌雄偉,魏胡太后逼通之。華懼及禍,乃率其部曲來降。胡太后追思之,不能已,爲作《楊白華》歌辭,使宫人晝夜連臂踏足歌之,聲甚凄惋。故《南史》曰:楊華本名白花,奔梁後名華,魏名將大眼之子也。"因北魏地處燕,故云"去燕"。

用張氏故事:宋趙令畤《侯鯖録》卷七記載:"張子野年八十五,尚聞買妾,陳述古作杭守,東坡作倅,述古令東坡作詩,云:'錦里先生自笑狂,莫欺九尺鬢毛蒼。詩人老去鶯鶯在,公子歸來燕燕忙。'"觀其序,"張氏故事"應是此事。

【韻律】

本詞屬慢詞,周密共填二首,《欽定詞譜》以楊纘"竹爆驚春"詞爲正格,本詞校之正格,字句與韻律基本相同,除前段第二句組起拍"芳期暗數"添一韻外,前段的歌拍楊纘句法不律,本詞則予以了糾正,但換頭句却從律句改成了不律句。

本詞爲疊前一首韻而作,兩首比較,可知前段第三拍"芳期暗數"并非偶叶撞韻,而是作者刻意爲之,儘管相對應的後段"樓空燕冷"并未押韻。

詞的押韻，其中很多輔韻的韻脚判定有一定難度，因爲沒有一個標準可以識別，該字是刻意入韻還是偶然性的撞韻，在詞樂早已軼亡、古詞用韻不拘的現狀下，竊以爲無論是什麽情況，無需考慮詞譜的規定而一律將其視爲韻脚，是一個比較而言最可取的做法。

其餘參見前一首【韻律】。

點絳唇[一]

雪霽寒輕[1]，興來載酒移吟艇[2]。玉田千頃[3]。橋外詩情迥[4]。　　重到孤山，往事和愁醒[5]。東風緊。水邊疏影。誰念梅花冷[6]。（第四十四）

【校記】

[一] 知不足齋本、四印齋本、辛酉本、芝蘭本有短序"冬晚"二字。光緒本本詞未收錄。

【箋釋】

[1] 寒輕：輕寒，微寒。清玄燁《上元幸萬善殿戲作》詩云"雪霽寒輕景物鮮，上元臨幸遇參禪"，上聯徑用本句入詩。

[2] 吟艇：此指詩人所乘的小舟，周密自創詞彙。但凡與詩人相關所有物事，都可以用"吟"來稱說，如吟座、吟窗、吟筆、吟箋。

[3] 玉田：白雪茫茫的田野。或云本句意爲澄碧的水面、湖面平静如玉，是過於拘泥於前一句，忽略了兩個句組結構上本有的不同語意單位，加之詩詞還常有跳躍式的思維特徵。"玉田""橋外"，均爲水外之物，而"玉田"，則正是"橋外"可以"迥"的對象。本句徑取宋高觀國《夜行船》詞"瓊屑瑶花飛碎影。應須待、玉田千頃"。

[4] 本句化用宋史達祖《點絳唇》詞，其詞云："山月隨人，翠蘋分破秋山影。釣船歸盡。橋外詩心迥。"詩情、詩心，一也。

[5] 本句意謂：到了孤山一種愁緒油然而生，往事頓時浮起。本句化用宋李清照《行香子》詞"黄昏院落，凄凄惶惶，酒醒時往事愁腸"。

[6] 清周之琦《更漏子·庚申歲杪密雪經旬》化用本句入詞，其詞云："唤春回，春未醒。誰念玉梅香冷。"但細玩二詞，則可知後一首中"香"字多餘。

【考證】

阮元在《研經室外集》卷二中（中華書局，1993年版，第1205頁）認爲：《蘋洲漁笛譜》是周密在宋亡之前親自手定的書稿，而《草窗詞》則是入元後他人以《蘋洲漁笛譜》爲藍本"掇拾"所成。這一說法已經基本成爲學界共識。因此，也可以確定作者在編排《蘋洲漁笛譜》時，作品的寫作時間大致上也應該是有一個順序的，這樣，前面《憶舊游》一首和《一枝春》二首應該可以編年到三十九、四十歲的冬季和春季，此時，是周密離開杭州歸湖州後，重返杭州的時間。同理，我們就"重到孤山"一句來分析，應也是周密重返杭州之後所作，大致可以繫于周密四十歲時，楊纘過世之後。

【韻律】

此爲唐人小令，《欽定詞譜》收録于第四卷，以馮延巳"蔭緑圍紅"詞爲正體，本詞韻律與馮詞同。本詞以梗敬部爲基本韻，而"緊"字爲叶韻，雖不合清代韻書，但宋詞自有此叶法，不可以清律規範宋詞。

詞之小令，前後段多呈對應整齊的格式，本調的原始狀態，也應該是如此的體式，但宋人所見到的唐五代詞，疑即馮延巳詞，前後段有一字之差，故多依其體式填，因此今天所見到的本調格式，便是前後參差的。但是馮詞就韻律研究，應該是已經有奪字了。

馮詞前段第一句組爲"蔭緑圍紅，夢瓊家在桃源住"，第二句如果是一個七字律句，無疑就應該是一個雙起式的句子，即"夢瓊"應該是一個詞。但是目前我們所見的這個句子，剖析後實際上是："夢/瓊家/在/桃源/住"，這種句子一看就是不合韻律的，因爲如果前三字是這種一二式的結構，本句無疑就應該是一個折腰句式："夢瓊家、在桃源住"，這是疑點之一。而如果就算是一個折腰句，後面的四字結構通常就應該是一個二二式的組合，而非一二一組合，以致形成一個"夢瓊家、在桃源、住"這樣怪異的韻律結構。唯一能解釋該句韻律如此別扭的理由祇有一個：這個句子的原型應該是"夢□瓊家在、桃源住"。也就是說，該句原本與後段一樣，是一個與"行到關情處、顰不語"相同結構的八字句，所以，前段的結構應該也是一個雙起式的"夢□（或□夢）/瓊家/在、桃源/住"。

這一解釋是合乎律理的，也并非是沒有依據的猜測。北宋韓琦詞，其前段第一句組《花草粹編》卷二爲"病起懨懨，對堂階花樹、添憔悴"，《詞苑叢談》卷三爲"病起懨懨，向庭前花樹、添憔悴"，韓琦去五代時間不久，他所看到的應該是五代時的某一首正格的詞，該句正好未奪字，這樣的分析也是合乎情理的。

戀繡衾　賦蝶[一]

粉黃衣薄霑麝塵[1]。作南華、春夢乍醒[2]。活計一生花裏[3]，恨曉房、香露正深[二][4]。　　芳蹊有恨時時見，趁游絲、高下弄晴[三][5]。生怕被春歸了，趕飛紅、穿度柳陰[四]。　　　　　　　（第四十五）

【校記】

[一] 知不足齋本、四印齋本無"賦"字。光緒本本詞未收錄。

[二] 曉房，《欽定詞譜》作"曉園"。

[三] 弄晴，毛校本作"弄睛"，刻誤。

[四] 飛紅，《欽定詞譜》作"春風"，穿度，同上作"低度"。

【箋釋】

[1] 麝塵：極細的麝香粉，這裏指蝶翅上的粉狀鱗片。蝶翅未必有香味，但蝴蝶常在花叢中穿梭，故用麝香相擬，也可視爲是美詞。周密自創詞彙，元人則常用來比況無形的花香或其他的香味。如元耶律鑄《春曉》詩云："瓊枝委露凝香雪，澹月籠花浸麝塵。"

[2] 南華：此指南華真人，即莊子。此用莊子夢蝶典故，《莊子·齊物論》云："昔者莊周夢爲蝴蝶，栩栩然蝴蝶也，自喻適志與，不知周也。俄然覺，則蘧蘧然周也。不知周之夢蝴蝶，蝴蝶之夢爲周與？周與蝴蝶，則必有分矣。此之謂物化。"

[3] 活計：過日子。唐王建《晚秋病中》詩云："萬事風吹過耳輪。貧兒活計亦曾聞。"

[4] 曉房：早晨的花冠（一朵花中所有的花瓣）。房：即花房。

[5] 游絲：漂浮在空中的昆蟲所吐之絲，多見于春季。南朝沈約《會圃臨春風》詩云："臨春風。春風起春樹。游絲曖如網。"

【韻律】

前段起拍之原形，應該是一個平起仄收式的七字律句，與後段起拍的韻律相同，因爲叶韻的緣故而改爲不律。本詞爲宋人小令，宋人小令與唐人小令的一個重要區別是，宋人小令中的單起式句式很常見，這是詞調發展的一個重要特色。本調，《欽定詞譜》收錄于第十卷，本詞列爲第二格，屬于讀破格。

本調前後段第二句組的起拍，依律應是一折腰式句法，我們從後段"生怕被春歸了"中尚能看出這種折腰的韻律意味，獨本詞前段作"活計一生花裏"，爲一仄起仄收式六字律句，句法迥異，《欽定詞譜》認爲"此詞則六字一氣，原不折腰也，但可謂之變體，不可爲正體耳"，但全宋本調中，僅此一句不折腰，應是敗筆，或原貌并非如此，是抄誤、刻誤所致。

本詞以詞韻十一部庚青韻爲基本韻，兼押侵部"深""陰"和真部"塵"，均屬叶韻。

【譜注】

《欽定詞譜》云："《詞律》駁《圖譜》，于此調第三句，誤注'六字'，若此詞則六字一氣，原不折腰也，但可謂之變體，不可爲正體耳。"

江城子　賦玉盤盂芍藥寄意[一][1]

玉肌多病怯殘春[2]。瘦棱棱。睡騰騰[3]。清楚衣裳[4]，不受一塵侵[5]。香冷翠屏春意靚[二]，明月澹，曉風輕[三]。　　樓中燕子夢中雲[四][6]。似多情。似無情。酒醒歌闌[7]，誰爲喚真真[8]。盡日瑣窗人不到[9]，鶯意懶，蝶愁深[五][10]。　　　　　　（第四十六）

【校記】

[一] 知不足齋本、四印齋本題序爲"閨思"。光緒本本詞未收錄。

[二] 靚，知不足齋本、四印齋本、辛酉本并作"静"。

[三] 風輕，知不足齋本、四印齋本、辛酉本并作"風清"。

[四] 樓中，芝蘭本"中"字留白空。

[五] 愁深，知不足齋本、四印齋本、辛酉本并作"情深"。

【箋釋】

[1] 玉盤盂：這裏是指一種"重跗累萼"的白色芍藥花。出自蘇軾《玉盤盂》詩"兩寺妝成寶瓔珞，一枝爭看玉盤盂"。

[2] 玉肌：形容白色的花瓣，猶言玉容。宋蘇軾《紅梅》詩云："寒心未肯隨春態，酒暈無端上玉肌。"

[3] 騰騰：迷迷糊糊，似睡似醒的樣子。宋歐陽修《蝶戀花》詞云："半醉騰騰春睡重。綠鬢堆枕香雲擁。"

[4] 清楚：乾凈、華麗。楚：即"衣冠楚楚"之"楚"。宋白君瑞《柳梢青·曹溪英墨梅》詞云："玉骨冰姿，天然清楚，雪裏曾看。"

[5] 宋黄庭堅《次韻蓋郎中率郭郎中休官》其二云："世態已更千變盡，心源不受一塵侵。"周密本句從此擷來。

[6] 唐白居易《燕子樓》詩，有序云："徐州故尚書張有愛妓，曰盼盼，善歌舞，雅多風態……予因贈詩云：'醉嬌勝不得，風嫋牡丹花。'……尚書既歿，歸葬東洛，而彭城有張氏舊第，第中有小樓名'燕子'。盼盼念舊愛而

不嫁，居是樓十餘年，幽獨塊然，于今尚在。"前四字用此事，以美人擬花。夢中雲：用唐王建《夢好梨花歌》所咏"梨雲夢"事，詳參第四十一首【箋釋】[8]。

[7] 參見第四十一首【箋釋】[10]。

[8] 真真：女子名。唐杜荀鶴《松窗雜記》云："唐進士趙顏于畫工處得一軟障，圖一婦人甚麗，顏謂畫工曰：'世無其人也，如可令生，余願納爲妻。'畫工曰：'余神畫也，此亦有名，曰真真，呼其名百日，晝夜不歇，即必應之，應則以百家彩灰酒灌之，必活。'顏如其言，遂呼之百日……果活，步下言笑如常。"後即以"真真"泛指美麗的女子，本句則以"美人如花，花如美人"相擬。

[9] 瑣窗：窗架上雕著連環圖案的窗。宋俞克成《蝶戀花·懷舊》詞云"盡日簾垂人不到。老去情疏，底事傷春瘦"，與此有異曲同工之妙。俞詞寫無我之境，周詞寫有我之境，其中異趣，填詞者可深入體味。

[10] 愁：未必是憂愁。詩詞中的愁、怨、恨等詞，常常可以不是特指，而是泛指，可以替代多種情緒，這裏的"愁""意"對舉，互文見義，愁，亦即"意"。蝶愁：即蝶意、蝶情。參見第二十二首【箋釋】[4]。

【考證】

玉盤盂，本是一種容器，後因爲宋蘇軾有七律《玉盤盂》二首，且在詩中有序做過詳細的解說："東武舊俗，每歲四月，大會于南禪、資福兩寺。以芍藥供佛，而今歲最盛。凡七千餘朵，皆重跗累萼，繁麗豐碩。中有白花，正圓如覆盂，其下十餘葉，稍大，承之如盤，姿格絶異，獨出于七千朵之上。云：得之于城北蘇氏園中，周宰相茞公之別業也。而其名甚俚，因易名曰'玉盤盂'。"因此，在詩文中經常會將其用來指白芍藥，如其後宋沈與求的七律也有題序云："某蒙學士兄相要，陪賞芍藥，花多白者，月色相射，光彩映發，殆玉盤盂之苗裔耶。維心有詩，輒次其韻。"加之楊萬里、周密等著名詩人也在作品中用及，"玉盤盂"和白芍藥之間的等號似乎就已經坐實。

但實際上，"玉盤盂"祇是用來比喻色白而花瓣較大的花而已，它應該屬于一種泛指，而并非專指。即便在指稱白色芍藥花的時候，也專指那些"重跗累萼"者，更不是如詞典所說的是"白芍藥的別名"。

正因爲如此，它也可以指稱別的色白而花瓣較大的花，如牡丹。清人汪灝的《廣群芳譜》卷三十二中，在列舉白牡丹時依次有："白剪絨（千葉平頭，瓣上如鋸齒，又名'白纓絡'，難開）、玉盤盂（大瓣）、蓮香白（瓣如蓮花，香亦如之，以上俱千葉平頭）、粉西施（千葉，甚大，宜陰）"等等數十種，玉盤盂排名第二。又如清陳元龍在《格致鏡原》卷七十一中引曹明仲《牡丹譜》寫得更爲詳細：："玉盤盂：千葉、純白，中有大金蕊如杯，香氣清遠，其徑盈尺。開于清明時，諸花之最先者。"所以從宋代開始就有這樣的用法，如宋辛弃疾有《臨江仙》咏牡丹詞云"魏紫朝來將進酒，玉盤盂樣先呈。輕紅似向舞腰橫"；又有《鷓鴣天·再賦牡丹》詞云"濃紫深黃一畫圖。中間更有玉盤盂"。其後明李昌祺《題牡丹》詩云"玉盤盂帶露華輕。別是風流一樣清"；明徐一夔《始豐稿》卷四云"仲善既抵家兩閱月，所植白牡丹揚芳吐艷，于冰雪中狀若玉盤盂，照映風日，人皆异之"，均指大朵的白牡丹。

它還可以用來指大朵的白菊花。宋史鑄《百菊集譜》卷二云："潛山朱新仲有菊坡，所種各分品目，玉盤盂與金鈴菊，其花相次。"而宋朱翌《園中紀事》詩云："一到菊坡分品目，玉盤盂可次金鈴。"甚至宋李流謙《江上晚眺書所見》云："雲鎔金錯落，月挂玉盤盂。"這就更將玉盤盂比喻成大而圓的月亮了。

【韻律】

本調也是北宋小令，其初始形態是唐人的單段式小令，《欽定詞譜》收錄于第二卷，雙段式詞以蘇軾的"鳳凰山下"詞爲正體，本詞與蘇詞全同。本詞的結構應屬于近詞，前後段對應十分工穩，都由三均構成。以詞韻第六部真文韻爲基本韻，通叶十三部侵韻的"侵""深"字及十一部庚青韻的"棱""騰""輕""情"。

前後段的首尾兩個句組，是一個相同的韻律結構，均由七字一句、六字一句構成，亦即"瘦棱棱。睡騰騰"和"明月澹、曉風輕"兩個單位，原本都是相同的六字折腰句法，唯一不同是，第一句組中兩個三字結構均入韻，因此，看上去似乎是兩個三字句了。當然，從文法的角度說，"明月澹、曉風輕"也可以被視爲是兩個獨立的"句"，但是從韻律的角度分析，則是一個整體，因此，用表示"逗"的頓號，才是準確的。

其餘參見第一百四十四首【韻律】。

綠蓋舞風輕　白蓮賦[一]

玉立照新妝，翠蓋亭亭，凌波步秋綺[二][1]。真色生香[2]，明璫搖澹月[3]，舞袖斜倚。耿耿芳心，奈千縷、情絲縈繫[三]。恨開遲、不嫁東風[4]，顰怨嬌蕊。　　花底。謾卜幽期[5]，素手采珠房[6]，粉艷初退[四]。雨濕鉛腮[五]，碧雲深、暗聚軟綃清淚[7]。訪藕尋蓮[8]，楚江遠、相思誰寄[9]。棹歌回，衣露滿身花氣[六][10]。

（第四十七）

【校記】

[一] 知不足齋本、辛酉本、光緒本無"賦"字，四印齋本無題序。

[二] 芝蘭本注云："《草窗詞》作'漪'，《詞律》云，此當叶韻，'漪'非。"

[三] 情絲，芝蘭本、《欽定詞譜》并作"晴絲"。

[四] 初退，毛校本作"初褪"，通。知不足齋本、四印齋本、辛酉本、光緒本、《欽定詞譜》、《詞繫》并作"初洗"。

[五] 濕，芝蘭本注云："《詞律》作'洗'。"余所見諸本非是。

[六] 衣露，光緒本作"夜露"，與"滿身"不合，應是形近而誤。

【箋釋】

[1] 凌波：參見第二十四首【箋釋】[4]。清鄭文焯《六醜·芙蓉謝後作》詞云"步綺凌波地，成往迹。尊前換盡吟客"，從本句化出。

[2] 真色：本色。唐白居易《古冢狐》詩云："假色迷人猶若是。真色迷人應過此。"

[3] 明璫：這裏是熠熠有光的珠玉之意。三國魏曹植《洛神賦》云："無微情以效愛兮，獻江南之明璫。"

[4] 本句化用唐韓偓《寄恨》"死恨物情難會處，蓮花不肯嫁春風"詩意。不嫁東風：意謂蓮花不在春天開放。

[5] 謾：莫，休。又作"漫"。"謾"或"漫"往往表示一種澹澹的否定，且常在詞中作爲領字使用。但"謾"的否定程度要較之"莫"更輕微，如"漫道"即"莫説"，"謾贏得"即"空贏得"，有時更直接與"休"并用，如趙長卿的"謾休誇、桃李苦相催"、晁補之的"休謾說、東牆事更難憑"等，今人多忽略其特有的否定意義。故"謾卜"亦即"休卜"。

[6] 珠房：這裏是蓮房、蓮蓬之意，因蓮蓬中有蓮子，突出如珠，故云。周密自創詞彙。宋唐珏《水龍吟·浮翠山房擬賦白蓮》詞云："珠房淚濕，明璫恨遠，舊游夢裏。"

[7] 碧雲、軟綃：這裏都是指蓮葉。本句寫雨後的蓮葉，水珠如同清淚，由此生發而抒情。

[8] 訪藕尋蓮：這是一種雙關式的隱喻，意謂："訪偶尋憐。"

[9] 楚江：楚地的江河。詞中用楚江，多係爲了暗示男女交歡的"巫山雲雨"，詞謂"楚江遠"，即云不得"巫山雲雨"，即無偶可訪，無憐可尋。唐毛文錫《巫山一段雲》詞云："朝朝暮暮楚江邊。幾度降神仙。"

[10] 衣露：衣服上的露水。其前均是寫蓮，結拍這兩句寫我。唐杜甫《夜宴左氏莊》詩云："風林纖月落，衣露淨琴張。"

【考證】

參見第四十六首【考證】。

【韻律】

本調爲周密自創慢詞，全宋僅此一首，《欽定詞譜》收錄於第二十五卷。

本調換頭，有一個句中短韻，即"花底"二字，但顧名思義，它是"句中"的短韻，所以"花底謾卜幽期"六字爲一個完整句，今人在這類句子中常犯兩種錯誤：或者將其視爲一句，却忽略了句中短韻的標示，如《全宋詞》即對本句失注；或者標示句中短韻，却將"花底"作二字句解，如《欽定詞譜》皆誤。

前後段第二句組，按今天的用語習慣是不對應的，而究其韻律而言，則應該是對應的，因此，在填詞創作的時候，前後段或都循前，依"真色生香，明璫搖澹月，舞袖斜倚"之格律，作三句填，或都循後，依"雨濕鉛腮，碧雲深、暗聚軟綃清淚"之格律，作兩句填，而不必前後參差爲句。當然，就韻律的一般形態而言，依照後段作兩句填，應該是更合乎詞體的初始面貌，如此創作，韻律更諧。而"斜"字、"清"字必須用平聲，也是一個重點。

【譜注】

萬樹《詞律》云："'袖'字、'怨'字、'艷'字去聲，不可依《圖譜》作平。而'凌波步'謂可用仄仄平，尤無理。"

又云："'漪'字平聲，想草窗偶作仄用，亦誤也。不然則是'綺'字之誤耳。"

杜文瀾云："《蘋洲漁笛譜》'凌波步秋漪'句，'漪'作'綺'，與萬樹注合。又，'晴絲縈縈'句，'晴'作'情'。又，'衣露滿身花氣'句，'衣'作'夜'。應照改。"

《欽定詞譜》云："此調祇此一詞，無別首可校。"

秦巘《詞繫》云："此是創製。以本意立名，平仄悉宜從之，無他作者。'步''袖''怨''艷'四字，去聲不易。'綺'字《詞律》作'漪'，云平作仄係借用，非也。'碧雲深暗聚'當斷句，與前段合。'洗'字《笛譜》作'褪'，失韻，誤。"蔡按：褪，亦在韻中。

【輯評】

宋沈義父《樂府指迷》云："咏物詞，最忌說出題字……周草窗諸人，多有此病，宜戒之。"清蔡嵩雲《箋釋》云："草窗集咏物詞，幾近二十闋，犯題字者亦只數闋……惟《綠蓋舞風輕》咏白蓮，'訪藕尋蓮'句犯蓮字，《六么令》咏雪，'白雪詞新草'句犯雪字，略嫌平直。其他十餘闋，并能守不犯題字之戒，然已爲《指迷》所譏，可見當時風尚如此。"

清丁紹儀《聽秋聲館詞話》卷十三云："詞綜所采各詞，中有未經訂正，詞律復沿其誤者……周草窗《綠蓋舞風輕》云'凌波步秋綺'，'綺'作'漪'，《詞律》誤謂平仄通叶。"

玲瓏四犯　戲調夢窗

波暖塵香，正嫩日、輕陰搖蕩清晝[1]。幾日新晴[2]，初展綺枰紋繡[一][3]。年少忍負韶華[二][4]，儘占斷、艷歌芳酒。看翠簾、蝶舞蜂喧[三]，催趁禁煙時候[5]。　　杏腮紅透。梅鈿皺[四][6]。燕將歸、海棠廝勾[五][7]。尋芳較晚東風約[8]，還在劉郎後[六]。憑問柳陌舊鶯[七]，人比似、垂楊誰瘦[八][9]。倚畫闌無語，春恨遠、頻回首。　　　　　（第四十八）

【校記】

[一] 綺枰，知不足齋本、四印齋本、辛酉本、光緒本、《詞繫》并作"綺屏"。枰，芝蘭本注云："《草窗詞》作'窗'。"余所見諸本非是，唯《欽定詞譜》同。

[二] 忍負，知不足齋本、四印齋本、辛酉本、光緒本并作"恐負"。韶華，裘杼樓本、《欽定詞譜》并作"才華"。

[三] 看翠簾，知不足齋本、四印齋本、辛酉本、裘杼樓本并作"奈翠簾"。看，芝蘭本注云："《草窗詞》訛'杳'。"余所見諸本非是。

[四] 紅透，知不足齋本、四印齋本、辛酉本、光緒本并作"紅破"。

[五] 將歸，知不足齋本、四印齋本、辛酉本、光緒本、《欽定詞譜》、《詞繫》并作"歸時"。

[六] 本句知不足齋本、四印齋本、辛酉本并多二字，作"東風約、還約在劉郎歸後"，裘杼樓本、《欽定詞譜》、《詞繫》并作"東風約、還約劉郎歸後"。

[七] 舊鶯，裘杼樓本、《欽定詞譜》、《詞繫》并作"情人"。

[八]《詞繫》、裘杼樓本本句作"比似垂楊誰瘦"，依律奪一字。

【箋釋】

[1] 嫩日：溫和的日光。以物體的柔弱狀態，替代溫度上的柔和狀態。此爲作詩填詞時遣詞之技法，參見三十九首【箋釋】[10]。輕陰：稀疏的樹陰。也是用份量的輕重來替代遮陰的濃密程度，此類用法細酌深悟，可以爲自己

的創作提升詩意詞味。金李俊民《滿江紅·李孝先壽日》詞"小雨初晴，風搖盪、綠陰清晝"，化用本句構思而成。

[2] 本句擷自宋辛弃疾《念奴嬌·和信守王道夫席上韻》詞"爲問幾日新晴，鳩鳴屋上，鵲報檐前喜"。

[3] 綺枰：即"繡枰"，用來織繡的機具。宋仇遠《樹葉》詩云："止啼誠誑語，題字亦閑情。把玩真堪惜，携歸予繡枰。"仇遠詩意，與本句是同一個意思，即（因愛惜樹葉）便拿回來上繡機，將其繡成圖案。

[4] 忍負：豈忍負，不忍負，不能負。然否二重語義詞。參見第二十五首【箋釋】[8]。

[5] 催趁：追逐。宋丘崈《洞仙歌·辛卯嘉禾元夕作》詞云："江城梅柳，慣得春先處。催趁風光上歌舞。"

[6] 梅鈿：即梅花。參見第三十一首【箋釋】[7]。梅鈿皺：形容梅花枯萎的樣子。

[7] 勾：去聲，即"够"，此爲"够得上"之意。厮勾：即將開放。本句化用宋趙聞禮《謁金門》詞"門外東風吹綻柳。海棠花厮勾"。

[8] 較晚：確實晚了。這個詞各本詞典均失收，而詞義并不能望文而生，如唐徐夤《溪上要一只白篦扇蓋頭……》詩云："莫道如今時較晚，也應留得到明年。"晏幾道《撲蝴蝶》詞云："煙條雨葉，綠遍江南岸。思歸倦客，尋芳來較晚。"所表達的都不是程度上的"比較晚"，而是表肯定的"確實晚""真的晚"。本句徑取自宋辛弃疾《永遇樂·送陳光宗知縣》詞"白髮憐君，尋芳較晚，卷地驚風雨"。

[9] 本句化用宋李清照《醉花陰》詞"莫道不消魂，簾捲西風，人比黄花瘦"。

【考證】

吳文英，字君特，號夢窗，又號覺翁。本姓翁，後入繼吳氏。關於吳文英的籍貫，江昱説的"四明"人，今人通常也都是如此説，但這其實是一個很籠統的説法，和今天説餘姚人是寧波人一樣，嚴格地説，和説"浙江人"沒有多少區别。而同時的詞人翁元龍，周密在《浩然齋雅談》卷下説："翁元龍，字時可，號處静，與吳君特爲親伯仲"，則與吳文英屬于親兄弟，《夢窗詞集》也有"憶兄翁石龜"詞，石龜，名逢龍，爲翁元龍的嫡親兄弟，所以可知吳文英本爲翁氏家中人。在《絶妙好詞》中又云"元龍，字時可，號處静，《娥江題咏》云句章人"，句章人，是一個很老派的説法。

翁元龍，據《浙江通志》第一百二十卷的進士榜記載，嘉定十年（1217年）吳潛榜中，翁逢龍名列第三十九，該榜并注明其爲鄞縣人。由此可以考定，翁家幾兄弟的籍里和陳允平一樣，都是屬于句章中鄞州那一部分的人（詳參第三十七首【考證】中關于"句章"一節的文字），所以，今天完全可以將吴文英的籍貫更細化爲"鄞縣人"。但如陳邦炎先生那樣，説成是"四明（今浙江鄞縣）"（見楊鐵夫《吴夢窗詞箋釋·前言》，廣東人民出版社，1992年版），也不正確，二者之關係無法畫等號，四明，祇能大致説是等于"今浙江寧波"，仍是很粗的界定。

【韻律】

本慢詞《欽定詞譜》收録于第二十七卷，以周邦彦"穠李夭桃"詞爲正體，本詞與美成詞同，但後段第三句組收拍用平聲領起，略覺韻律失當。

杏腮紅透。梅鈿皺。"透"字爲句中短韻，各本俱失記。本調前段第一句組收拍，今新式標點本因著《全宋詞》讀爲"正嫩日輕陰，摇蕩清晝"而均未正確標讀，該句周密依周邦彦詞填，周邦彦詞，今人也都誤讀爲"是舊日潘郎，親試春艷"，而根據韻律做正確的標點，則應讀爲三字逗領六字的句法，爲"正嫩日、輕陰摇蕩清晝"和"是舊日、潘郎親試春艷"，如此，後六字便是一個十分規整的六字律句，而不會形成"摇蕩清晝"和"親試春艷"這樣兩個仄音頓相連的不諧韻律。事實上，周邦彦詞在前段末一句組起拍處，還有一句類似的句子，今人俱讀爲"嘆畫闌、玉砌都换"，而實際上是一字逗領六字的句法，"畫闌玉砌"不可讀破，當周密應用上三下四折腰的語句時，他作了韻律上的微調，易爲"看翠簾、蝶舞蜂喧"就避免了兩仄音頓相連的問題。

尋芳較晚東風約，還在劉郎後。"東風約"三字，今標點本均讀爲後一句之三字逗，校之宋詞別首，均容前作七字一句，其韻律應容前更諧，故作此讀。這個句組一本多二字，顯誤。慢詞中的第二、第三句組一般來説都是前後對應的，這是慢詞的一個基本規律，但凡有不對應的地方，一般來説都可能是因爲有衍奪文字、句讀失致或文字舛誤的原因導致。如本調前後段第二句組，以韻律探討便覺蹊蹺，本調或謂周美成所創，而周詞之韻律已然不諧，疑爲傳抄中有添字、落字。就目前所見之宋詞論，周密所循之母本前段奪二字（或後段衍二字），姜夔所循之母本則前後段均奪二字（或前後段均無衍奪）。而從周邦彦、姜夔、周密三家詞的句法、韻律和全局判斷，本調的本來結構，應該爲前後段第二句組都是十二字。

人比似、垂楊誰瘦。本句對應前段"盡占斷、艷歌芳酒"，應是折腰式七字句法，《詞繫》作六字一句，顯係脱字。此類考辨，與前述第二句組之分析相同，甚至無需借助版本，僅從韻律考量即可判定。

【譜注】

《欽定詞譜》云："此與張（炎）詞同，惟前段第八句不押韻，後段第六句減一字异。"

秦巘《詞繫》云："'喧'字用平不叶，'透'字亦藏韻。"

【輯評】

清陳廷焯《雲韶集》云：《玲瓏四犯·波暖塵香》詞，"調夢窗便似夢窗筆法，能者無不可也。不惟貌似，即下字用意亦無不似。深欸"。

清王奕清《歷代詞話》引《宋名家詞評》云："《蘋洲漁笛譜》中《玲瓏四犯》詞，乃戲調夢窗作也。後闋云：'憑問柳陌情人，比似垂楊論證瘦。'"

【附錄】

清末陳銳《玲瓏四犯·寒硯》云："鴝眼凹深，記澹墨題詩，花氣熏晝。幾日霜毫，吟案冷鋪氍繡。呵手坐費摩挲，祝片石、暖雲生酒。甚淚蟾、鑄就相思，空盼泮冰時候。　十年磨鐵波紋皺。照方池、寸心灰勾。冬烘苦被兒童笑，短篋隨人後。誰拭半面凍塵，曾貌寫漳臺春瘦。且莫教焚却，乘醉也，一濡首。"

謁金門[一]

花不定。燕尾剪開紅影[1]。幾點露香蜂趕趁[二][2]。日遲簾幕靜[3]。　試把翠蛾輕暈[4]。愁滿寶臺鸞鏡[三]。倒指一春將次盡[四][5]。歸期猶未穩。

（第四十九）

【校記】

[一] 知不足齋本、四印齋本、辛酉本、芝蘭本有短序"春"。光緒本本詞未收錄。

[二] 本句《詞綜》作"幾點落英蜂翅趁"，芝蘭本第六字脱。

[三] 愁滿，知不足齋本、四印齋本、辛酉本并作"愁薄"。

[四] 倒指，知不足齋本、四印齋本、辛酉本、彊村本并作"屈指"。

【箋釋】

[1] 剪開：意謂燕子從花叢上掠過，因燕尾如剪，故云"剪開"，此句是爲前一句"花不定"作注脚。紅影：紅花之影。

[2] 露香：指花瓣上的露珠因爲霑染了花香而瀰漫出來的香味。趕趁：同前一首"催趁"，都是追逐之意，但略有區别；"趕趁"必定是受到了某種利

益的驅使才發生的行爲。宋歐陽修《論沂州軍賊王倫事宜劄子》云："竊見朝廷雖差使臣領兵追捕，而凶賊已遍劫江淮，深慮趕趁不及。"

[3] 日遲：即日長。詞本《詩經·豳風·七月》云："春日遲遲，采蘩祁祁。"故本句必化用宋方岳《湖上》詩"庭院日長簾幕静，含情脉脉看春歸"。

[4] 翠蛾：女子的眉毛。古人眉毛用黛色點染，并有種眉式修成蛾狀（又如山形），故云。唐王建《觀蠻妓》詩云："欲說昭君斂翠蛾，清聲委曲怨于歌。"暈：點染開。

[5] 倒指：即屈指數數。倒：移動。宋馬之純《祀馬將軍竹枝辭》詩云："倒指于今四百年。竹間祠宇尚依然。"

【韻律】

本調爲唐人小令，《欽定詞譜》收錄于第五卷，以韋莊"空相憶"詞爲正體，本詞與韋詞同。這種調式是添頭式結構的先聲，但本調實際上并非是後段起拍添字，而是前段起拍減字形成。

本調以第十一部梗敬韻爲基本韻，混叶第六部"趁、暈、盡、穩"。

【輯評】

清陳廷焯《詞則·大雅集》卷三，眉批後段末一句組云："怨語深婉。"

清陳廷焯《雲韶集》云：《謁金門·花不定》詞，"'日遲'五字，静細似五代高手。情節婉約"。

清張德瀛《詞徵》卷三云："趁，《廣韻》：'逐也。'……周公謹詞'幾點落英蜂翅趁'。"

眼兒媚[一]

飛絲半濕惹歸雲[二][1]。愁裏又聞鶯。澹月鞦韆，落花庭院，幾度黃昏。　　十年一夢揚州路[2]，空有少年心。不分不曉[3]，厭厭默默[三][4]，一段傷春[5]。　　　　　　　　（第五十）

【校記】

[一] 知不足齋本、四印齋本、辛酉本有短序"閨情"。光緒本本詞未收錄。

[二] 惹歸，知不足齋本、四印齋本、辛酉本并作"乍歸"。

[三] 厭厭，四印齋本、彊村本并作"懨懨"，通。

【箋釋】

[1] 飛絲：空中飄浮的蛛絲。詞中的"絲"，基本上都是用來諧音"思"，

這裏也是表示相思之意。南朝陰鏗《和登百花亭懷荊楚》詩云："落花輕未下，飛絲斷易飄。"

[2] 本句徑取自宋張元幹《賀新郎·寄李伯紀丞相》之名句"十年一夢揚州路。倚高寒、愁生故國，氣吞驕虜"。

[3] 不分不曉：不清不楚，不明不白。宋代俗語。宋朱敦儒《憶帝京》詞云："你但莫、多愁早老。你但且、不分不曉。"

[4] 厭厭：通"懨懨"，萎靡不振的樣子。默默：鬱鬱寡歡的樣子。《漢書·賈誼傳》云："于嗟默默，生之亡故兮。"顏師古注引應劭曰："默默，不得意也。"

[5] 一段傷春：一段傷春之意，中心詞省用法。參見第三十八、四十二首【箋釋】。本句徑用周邦彥《訴衷情》詞"不言不語，一段傷春，都在眉間"。

【韻律】

這是一個唐味很重的宋人小令，《欽定詞譜》收錄於第七卷，以趙長卿"南枝消息"詞爲正體，本詞即循趙詞詞體填，但前段第三句今天看來就是一個敗筆，依律該句應該是一個平起仄收式的律句，趙長卿作"半竿落日"，周密詞其實完全可以填爲"鞦轆澹月"，并不妨礙與後一句的搭配，從而與後段形成十分和諧的韻律結構。當然，這個説法是立足於後詞樂時代的觀點出發而論，在詞樂時代，句式本來就不是一個必須嚴格遵守的要素，前後段句式參差，也是一個時可一見的現象。

在後詞樂時代，詞的基本韻律規則是前後段諧和對應，而由於唐宋詞是字本位的樂詞樣式，因此，這種對應主要體現在字數上，有時候就并不太在意句法如何，如本詞的前後段第三拍就是一個典型的例子。通常這種四字句在句法上都會遵循前後一致的原則，以本調爲例，除了周密兩首詞前段句法爲仄起平收、後段爲平起仄收之外，祇有陳詵一首作"三年兩載""要不思量"，也是前後不對應的填法，其餘所有的則均爲前後一致的平起仄收式句法。對這種現象，我們以後詞樂時代的眼光來看，可以認爲以前後對稱爲正、爲佳，但在唐宋時期這并不就是一種違律的填法，甚至即便是在明清詞譜中，也無法對這種情況作出如此的規範。因爲，這種情況在本調雖屬極個別的偶例，但在整個唐宋詞中却有不少實例存在，而且由於這種特性的存在，我們有時候就可以看到，某些句子會有整句的文字全都可平可仄的情況。

本詞以第六部真文韻爲基本韻，混叶侵韻"心"字、庚韻"鶯"字。

拜星月慢[一]

癸亥春[1]，沿檄荆溪[2]，朱墨日賓送[3]，忽忽不知芳事落鵑聲草色間。郡僚間載酒相慰，薦長歌清醑[4]，政爾供愁[二][5]，客夢栩栩，已蜚度四橋煙水外矣[三][6]。醉餘短弄[7]，歸日將大書之垂虹[四][8]。

膩葉陰清[9]，孤花香冷，迤邐芳洲春換[10]。薄酒孤吟[五]，悵相如游倦[11]。想人在、絮幕香簾凝望[六][12]，誤認、幾許煙檣風幔[七][13]。芳草天涯，負華堂雙燕。　　記簫聲澹月梨花院[八]。砑箋紅、謾寫東風怨[九][14]。一夜落月啼鵑[十]，喚四橋吟纜[十一][15]。蕩歸心、已過江南岸[十二][16]。清宵夢、遠逐飛花亂。幾千萬縷垂楊[十三]，剪春愁不斷[十四]。　　（第五十一）

【校記】

[一] 光緒本本詞未收錄。
[二] 政，彊村本作"正"，通。
[三] 蜚度，彊村本作"飛度"。
[四] 知不足齋本、四印齋本小序僅五字"春暮寄夢窗"。
[五] 孤吟，芝蘭本注云："《詞匯》作'高歌'。"
[六] 芝蘭本注云：絮，"《詞匯》作'翠'"。香，"《詞匯》作'朱'"。簾，"《詞匯》作'塵'"。
[七] 幔，丙午本作"慢"，據毛校本、知不足齋本、彊村本改。
[八] 記，芝蘭本注云："《詞匯》作'憶'。"
[九] 箋紅，《欽定詞譜》作"紅箋"，芝蘭本注云："《詞匯》作'鶯箋'。"
[十] 落月啼鵑，《欽定詞譜》作"落紅啼鳩"，韻律更諧。
[十一] 芝蘭本注云：此二句《詞匯》作"無數弱絮殘紅，繞河橋吟遍"。本句《欽定詞譜》作"喚河橋吟遍"。裘杼樓本此二句作"一夜花落鵑啼，喚四橋吟伴"。
[十二] 已過，《欽定詞譜》作"又過"。
[十三] 本句《欽定詞譜》、裘杼樓本并作"幾千萬、絲縷垂楊，繫春愁不斷"，多一字。幾千萬，芝蘭本注云："《詞匯》作'算幾千'。"
[十四] 剪，裘杼樓本作"繫"，芝蘭本注云："《詞匯》作'挽'。"

【箋釋】

[1] 癸亥：即景定四年（1263年），是年周密三十二歲。
[2] 沿檄：從甲地受命任官至乙地。《二程遺書》卷十八云："予官吉之永

豐簿，沿檄至臨川。"宋王十朋有詩，其題序云："興化簿葉思文，吾鄉老先生也。比沿檄見訪，既別，寄詩二十八韻，次韻以酬。"荊溪：宜興的別稱，見【考證】。

[3] 朱墨：本指朱筆與墨筆，爲古代官府文書所用，引申爲公文、公務時光，這裏是公務時光之意。賓送：以賓禮相送。宋葛勝仲《次韻祝守康鹿鳴宴贈諸先輩》詩云："觀光六十富豪英，賓送春闈屬鉅卿。"

[4] 薦長歌清醑：即薦歌薦酒。今標點本均"薦"字屬前讀，則"慰薦"之意與語境不合，或誤。

[5] 政：通"正"。政爾：正如此；正好，正當。宋丁逢《八咏樓》詩云："賦咏偶然休吊古，登臨政爾可銷憂。"

[6] 蜚：通"飛"。蜚度：即"飛度"。宋釋居簡《酬盤隱別駕》詩云："出門騎無驢，擬繫剛風騎。問之何因爾，蜚度弱水涯。"

[7] 弄：樂曲。短弄：短歌。唐李賀《送秦光禄北征》詩云："周處長橋役，侯調短弄哀。錢塘階鳳羽，正室擘鸞釵。"

[8] 垂虹：即"垂虹亭"，江注云："《吳郡志》：'吳江長橋，慶歷縣尉王廷堅所建，有亭曰"垂虹"，後因名橋。'《續圖經》云：'東西千餘尺，前臨太湖洞庭三山，橫跨松江，海内絶景也。'"

[9] 膩葉：肥大的葉子。唐李賀《河南府試十二月樂詞》云："依微香雨青氛氳，膩葉蟠花照曲門。"

[10] 迤邐：慢慢地，漸漸地。言春天的變換在逐漸進行。宋賀鑄《更漏子》詞云："迤邐黄昏，景陽鐘動，臨風隱隱猶聞。"

[11] 游倦：郭璞解爲"厭游宦也"。典出漢司馬遷《史記·司馬相如列傳》云："有一男兩女，所不足者非財也。今文君已失身于司馬長卿，長卿故倦游，雖貧，其人材足依也，且又令客，獨奈何相辱如此。卓王孫不得已，分予文君僮百人、錢百萬及其嫁時衣被財物。文君及與相如歸成都，買田宅，爲富人，居久之。"

[12] 絮幕：形容柳絮漫天，猶如帷幕一般。宋楊澤民《瑞鶴仙·憶舊居呈超然》詞云："風簾絮幕。築新檻，種花藥。"香簾：原實指簾幕，如唐李頻《黄雀行》詩云："朱宫晚樹侵鶯語，畫閣香簾奪燕窠。"周密在這裏第一次將其變爲一種比喻用法，將"簾"比喻成花叢，形容春花競放，猶如珠簾一般。

[13] 煙檣：煙靄中的桅檣。周密自創詞彙。清陳維崧《洞仙歌·證前生爲閽牛叟賦》云："前因圖再訪，爲殢雙棲，欲上煙檣未曾果。"風幔：風中的

帆幔。

[14] 砑箋：用卵石碾壓紙張，提升紙張的品質，使其密實有光澤。宋蕭立之《姑蘇臺》詩云："流香膩粉歸何處，都入春風小砑箋。"謾寫：徒寫、休寫。唐白居易《東南行一百韻》詩云："謾寫詩盈卷，空盛酒滿壺。""謾"與"空"對文，都是徒然的意思。

[15] 四橋：蘇州甘泉橋，位於當時蘇州東南部郊外。宋王洋《去秋過吳江矑翁園亭追作》詩云："一水斯須分靜僻，四橋繚繞照波瀾。"吟纜：以船纜借代船隻，此指詩人所乘的船。本詞僅見周密詞，但凡詩人相關，都可以用"吟"稱說，如吟座、吟窗、吟筆、吟箋。

[16] 本句寫詩人的思緒已經越過江南，回到了故鄉。

【考證】

癸亥，是景定四年（1263年），時周密三十二歲。江昱云："《净慈寺志》稱，草窗寶祐間爲義烏令。《師友淵源錄》稱其咸淳初爲運司同僚，據此詞癸亥沿檄荊溪，是寶祐後又嘗官宜興矣。仕宦蹤迹顯然，故附著之。"

本詞按照知不足齋本、四印齋本等《草窗詞》，其題序爲"春暮寄夢窗"，如果這一說法是有依據的，那麼吳文英的卒年并非爲夏承燾先生所說的在景定元年（1260年），就又多了一個依據。但是《草窗詞》爲後人"掇拾"而成，彊村老人的跋文中已經指出其訛誤最大的幾首，就包括了這一首《拜星月慢》，可見"春暮寄夢窗"的可信度極低，夏承燾先生關於吳文英卒年的斷定，確實尚可商榷，但并不在此。

宜興，據《宜興縣志》云："縣本吳荊溪地，晋置義興郡，宋宜興縣。"《常州志》："荊溪在荊南山北。漢《地理志》云：'中江出蕪湖之西南，東至陽羨入海，即此溪也。'"

江昱原注："《爾雅》云：'吳越之間，具區其湖，周迴四五百里，襟帶吳興、毗陵諸縣界，東南水都也。'"

【韻律】

這一慢詞《欽定詞譜》收錄於第三十三卷，本詞列爲第二格。

本詞以第七部"換、倦"爲基本韻，但後段第四拍"纜"字爲勘韻，則屬通叶。另檢《欽定詞譜》，該句作"喚河橋吟遍"，則均在同部用韻了。

後段末一句組，《欽定詞譜》作"幾千萬、絲縷垂楊，繫春愁不斷"，多一字，如此，則與周邦彥的"怎奈向、一縷相思，隔溪山不斷"、吳文英的"又怕便、綠減西風，泣秋檠燭外"一致了。但是，我以爲周密這個十一字的末一句組并没有錯，因爲實際上他在這裏是修正了這個詞體的韻律，或者至少是周密試圖改變這個詞體的韻律。這樣，從全局觀察，該詞就應該是一個類似"雙曳尾"的結構，即後段實際上由兩個小段組成：

"記簫聲、澹月梨花院。砑箋紅、謾寫東風怨。一夜落月啼鵑，喚四橋吟纜。"

"蕩歸心、已過江南岸。清宵夢、遠逐飛花亂。幾千萬縷垂楊，剪春愁不斷。"

這兩段均由兩個句組構成一個對應的旋律組，字句、韻輒完全同一。這種"雙曳尾"的結構詞中儘管并不多見，但却是客觀存在的，就音樂旋律的重複而言，也能夠構成一種模式，所以是合理的存在，其他詞調如《泛清波摘遍》《十二時》等，都是如此。

誤認、幾許煙檣風幔。 此八字今人標點本均據清人詞譜讀爲四字兩句，校之宋詞別首，這個句組的收拍實爲六字一句，所有的宋詞莫不如此：

"笑相遇，似覺、瓊枝玉樹相倚，暖日明霞光爛。"（周邦彥）
"嘆游蕩，暫賞、吟花酌露尊俎，冷玉紅香疊洗。"（吳文英）
"畫檐外，　　樹色驚霜漸改，淡碧雲疏星爛。"（陳允平）
"斂蛾黛、　　怕似流鶯歷歷，惹得玉銷瓊碎。"（彭泰翁）

由此可見，我們從詞樂的角度來看，周密詞在唱到"認"字的時候，這裡是有一個讀住存在的，這是旋律如此，絕不可以"誤認幾許"這樣讀斷。因此，如果讀爲四字兩句，前一句勢必形成兩個仄頓綴連爲一句，造成韻律之不諧。但是，本調這一個句組文字或有錯訛，全宋今僅存五首，却有三種不同填法，兩種不同字數，參差如此，必有蹊蹺。

一夜落月啼鵑。本句依律應是仄起式律拗句法，第四字依律應仄，今存宋詞諸家均用仄聲。但是，"月"字雖然合律，却在語意上總不如《欽定詞譜》作"落紅"更爲通暢，兩相比較，"一夜落紅"通，"一夜落月"則細玩自然不通。愚意以爲或原作爲"落紅"，因失律而被後人改爲"落月"。

【譜注】

《欽定詞譜》云："此與周邦彥詞同，惟前段第六、七、八句，作九字一句、四字兩句异。"

【輯評】

清鄧廷楨《雙硯齋詞話》云："弁陽翁工于造句，如'嬌綠迷雲''倦紅釀曉''膩葉陰清''孤花香冷''散髮吟商''簪花弄水''貯月杯寬''護香屏暖'之類，不可枚舉。"

清王奕清《歷代詞話》引《宋名家詞評》云："《拜星月》乃春暮寄夢窗作也。後闋云：'蕩歸心，已過江南岸。清宵夢，遠逐飛花亂。'"

清先著《詞潔輯評》卷五云："周密'膩葉陰清'後段步驟美成，并學堯章用字，可見當日才人，降心折服大家。此道必有源流，不諱因襲，徒欲倔強自雄，應是尉佗未見陸生耳。"

好事近[一]

秋水浸芙蓉[二][1]，清曉綺窗臨鏡[三]。柳弱不勝愁重，染蘭膏微沁[2]。　　下階笑折紫玫瑰，蜂蝶撲雲鬢。回首見郎羞走[四]，胃繡裙微褪。（第五十二）

【校記】

[一] 知不足齋本、四印齋本、辛酉本、芝蘭本有小序"佳人"。光緒本本詞未收錄。

[二] 浸，丙午本原作"漫"，據毛校本、知不足齋本、彊村本、四印齋本改。

[三] 綺，芝蘭本注云："《草窗詞》作'倚'。"今所見各本《草窗詞》均作"綺"。

[四] 見，芝蘭本注云："《草窗詞》誤多一'兒'字。"應是將"見"誤作"兒"，又復刻入書。今所見各本《草窗詞》均無誤多。

【箋釋】

[1] 芙蓉：此爲荷花。荷花盛于秋，因此"秋水芙蓉"自唐代起，便是歷來詩家喜用的意象。宋周邦彥《浣溪沙》詞云"薄薄紗厨望似空。簟紋如水浸芙蓉"，趙長卿于《感皇恩·送林縣尉》中化爲"碧水浸芙蓉，秋風楚岸。三歲光陰轉頭換"，本句或由此傳承而來。

[2] 蘭膏：古代女子用來塗抹頭髮，以保持濕潤美觀的油脂。蘭：未必就是指用蘭花、蘭草，而是與"蕙"一樣，是一個"美詞"，用來誇譽相關的物件，形成一個美詞，如蘭襟、蘭桡、蘭缸、蘭階等。參見第三十四首【箋釋】[5]。

【韻律】

這是一個較熱門的小令，《欽定詞譜》收錄于第五卷，以宋祁"睡起玉屏風"詞爲正體，本詞與宋詞同。

本調的韻律特徵是，每個韻均以"平仄"收，韻前字絕不用仄聲字，典型的如前段第二句，似乎是一個仄起仄收式的六字句法，按律第五字應仄，但在 295 首宋詞實際中，祇有一例去聲。即便是全詞的韻前字，其仄聲也僅見 57 例，其中入聲 40 例、上聲 11 例、去聲僅 6 例，而入聲與上聲因爲可以作平，因此有效的仄聲，在全部本調的韻前字中僅僅占了 0.5%，如果再剔除抄誤、刻誤、填誤，便是一個完全可以忽略不計的數字了。因此，這一句式與其視爲是采用仄起仄收式六字律句的句法，倒不如視爲是采用減去了句脚的仄起仄收式的七字律句，或更爲準確，亦即，該句的第五字依律必平。此外，設若該句原貌爲七字句，那麼前後段第一句組之所以參差的原因，也就可以有一個因由可尋了。

　　本詞以第六部"鬈""褪"爲基本韻，混叶沁部"沁"字、敬部"鏡"字兩韻。

　　其餘參見第一百零七首、一百四十六首【韻律】。

以上五十二首出自丙午本《蘋洲漁笛譜》卷一

《蘋洲漁笛譜》卷二

[宋]周密原著
蔡國强箋疏

長亭怨慢　歲丙午、丁未[1]

　　先君子監州太末[2]。時刺史楊泳齋、員外別駕牟存齋、西安令翁浩堂、郡博士洪恕齋[3]，一時名流星聚，見謂奇事[一]。倅居據龜阜[4]，下瞰萬室，外環四山。　先子作堂曰"嘯咏"，撮登覽要[5]，蜿蜒入後圃。梅清竹癯，虧蔽風月[6]，後俯官河，相望一水，則小蓬萊在焉。老柳高荷，吹涼竟日，諸公載酒論文，清彈豪吹，筆研琴尊之樂，蓋無虛日也。余時甚少，執杖屨，供灑掃，諸老緒論，殷殷金石[7]，聲猶在耳。後十年過之，則徑草池萍，憮然葵麥之感[8]，一時交從[9]，水逝雲飛，無人識令威矣。徘徊水竹間，悵然久之，因譜白石自製調，以寄前度劉郎之懷云[二][10]。

　　記千竹萬荷深處。綠净池臺，翠凉亭宇。醉墨題香[11]，閑簫橫玉、盡吟趣[三][12]。勝流星聚[13]。知幾誦、燕臺句[14]。零落碧雲空[15]，嘆轉眼、歲華如許。　凝佇[四]。望涓涓一水[五][16]，夢到隔花窗户。十年舊事，儘消得、庾郎愁賦[17]。燕樓鶴表半飄零[六][18]，算惟有、盟鷗堪語[七][19]。謾倚遍河橋[八]，一片凉雲吹雨[20]。

　　　　　　　　　　　　　　　　　　　　（第五十三）

【校記】

[一] 見謂，毛校本、彊村本、辛酉本、芝蘭本并作"見爲"。

[二] 知不足齋本、四印齋本、光緒本僅爲二字短序"懷舊"。

[三] 盡，芝蘭本注云："《草窗詞》作'晝'。"余所見諸本非是。

[四] 此二字毛校本屬前段。

[五] 涓涓，丙午本作"娟娟"，據知不足齋本、毛校本、彊村本、四印齋本、光緒本改。

[六] 飄零，光緒本作"漂零"。

[七] 盟鷗，丙午本、毛校本、四印齋本、芝蘭本并作"盟漚"，據知不足齋本、彊村本、光緒本改。

[八] 謾倚，芝蘭本作"慢倚"。

【箋釋】

[1] 丙午、丁未：即淳祐六年（1246年）、淳祐七年（1247年），時周密十五、十六歲，題序中追述云"後十年過之"，則本詞當作于寶祐五年（1257年）之後，即周密二十六歲之後。

[2] 先君子：已經過世的父親。後文"先子"亦同。周父名周晋，詳參【考證】。監州：即通判。太末：《水經注》云："太末是越之西部，姑蔑之地也。秦以爲縣。"太末、姑蔑，即今浙江衢州。

[3] 西安：原稱"信安"，舊名，約在今衢州、金華交界處，《唐書·地理志》卷五云："咸通中，更'信安'曰'西安'。"

[4] 龜阜：衢州山名。元王惲《題何山寶岩寺壁》詩云："龜阜西南麓，名山世少雙。爛柯仙有局，絕觀石爲矼。"可知龜阜在衢州爛柯山附近。或即龜峰山，《浙江通志》引《宏治衢州府志》云："龜峰山，府治在其背，西北則綴崢嶸山。"

[5] 撮登：簇擁著登山。撮，今杭語與"簇"音同義近，或宋末已然如此，衹是一聲之轉。

[6] 虧蔽：遮蔽。唐宋之問《自衡陽至韶州謁能禪師》詩云："回首望舊鄉，雲林浩虧蔽。"

[7] 殷殷：象聲詞，狀其聲之鏗鏘。三國魏曹丕《黎陽作》詩云："殷殷其雷，濛濛其雨。我徒我車，涉此艱阻。"金石：比喻吟誦詩文時的音調鏗鏘，文辭優美。南朝沈約《懷舊詩·傷謝朓》詩云："吏部信才杰，文峰振奇響。調與金石偕，思逐風雲上。"

[8] 憮然：悵然。葵麥之感：人世滄桑之感。典出唐劉禹錫《再游玄都觀》詩序云："余貞元二十一年爲屯田員外郎，時此觀未有花。是歲出牧連州，尋貶朗州司馬。居十年，召至京師，人人皆言有道士手植仙桃，滿觀如紅霞。遂有前篇以志一時之事。旋又出牧，今十有四年，復爲主客郎中。重游玄都，蕩然無復一樹，唯兔葵燕麥動搖于春風耳。"兔葵、燕麥，均爲生長廢墟荒地中的可食用植物，其中燕麥籽爲燕雀所喜食，故名。

[9] 交從：交往，相隨。宋員興宗《李異岩四望樓》詩云："交從二十年，我能識其膚。"

[10] 前度劉郎：劉郎，即劉禹錫。參見前"葵麥之感"注。

[11] 清沈皞日《摸魚子·題王咸中石陽山房》詞"更小閣歸來，題香醉墨，喜與鈍翁近"，改用本句。

[12] 橫玉：特指笛子。玉：即玉笛。典出唐崔櫓《聞笛》詩"橫玉叫雲

天似水，滿空霜逐一聲飛"。

[13] 勝：特出的。勝流：猶言"名流"。宋劉克莊《挽趙漕簡叔二首》詩云："海内勝流盡，民間廉吏稀。"星聚：行星在某一宿匯聚。《史記·高祖本紀》唐司馬貞述贊："龍變星聚，蛇分徑空。"清陳家慶《慶春澤·移居小龍坎柏樹村》詞"星聚勝流，題襟都在花前"，改用本句。

[14] 燕臺：即"黃金臺"，戰國時燕昭王所建，臺中置金，招攬賢士，故又稱"招賢臺"。唐司空圖《喜山鵲初歸》詩云："若使解言天下事，燕臺今築幾千金。"

[15] 本句化用唐洛中舉子《贈妓茂英》詩"彈弦酌酒話前事，零落碧雲生暮愁"。

[16] 宋張炎《甘州·寄李筠房》詞云："望涓涓一水隱芙蓉，幾被暮雲遮。"與本句應是互爲影響，有淵源。

[17] 庾郎：參見第三十九首【箋釋】[7]。清項鴻祚《玉漏遲》詞云："客思吟商最苦，更消得、庾郎愁賦。"用此。

[18] 燕樓：燕子樓，參見第四十六首【箋釋】[6]。這裏代指曾文士相聚過的地方。鶴表：即華表。晉陶潛《搜神後記》卷一云："丁令威，本遼東人，學道于靈虛山。後化鶴歸遼，集城門華表柱。"故後世華表多以鶴圖裝飾。

[19] 盟鷗：與鷗爲盟。古代文人常以此作爲退隱之詞。宋衛宗武《舟泊姑蘇》詩云："近事能知惟語燕，餘生何有付盟鷗。"

[20] 清周之琦《摸魚子·讀元遺山芳華怨樂府漫題》詞"鷓鴣弦上芳名認，一片冷雲吹雨"，化用本句。

【考證】

本詞所記錄的"一時名流星聚"的時間，大致應該是在丙午年秋季，"老柳高荷，吹凉竟日"的時候，爲某次或某幾次雅聚，也有可能包含了丁未。因爲周密在《癸辛雜識續集》卷下的"虹見井中"條中記載："丁未歲，先君爲柯山倅，廳後屏星堂前有井，夏月雨後，虹見于井中，五色俱備，如一匹彩，輕明絢爛。"這裏的"柯山倅"即周密在《癸辛雜識》中說的"先子爲衢倅"中的"衢倅"，所謂柯山，即地處衢州的爛柯山，柯山倅，大約相當於現在的衢州柯城區區長助理。夏承燾先生《年譜》認爲，周密于是年"隨父離衢州，赴柯山"，是誤將"柯山"理解爲紹興柯橋鎮（今柯橋因經濟騰飛而升格爲區）的"柯山"了。因爲按《紹興府志》卷二十五《職官志》記載，"楊伯嵒，淳祐七年，（調任）浙東提刑"，則楊伯嵒在該年離開了衢州，來到紹興赴任，所以夏承燾先生由此判斷楊伯嵒調任後就將周晋也帶去了紹興任柯山倅：“周晉倅柯山，殆亦伯嵒力。”但是夏承燾先生忽略了衢州的柯山倅是副區長職位，而柯橋下面的柯山倅，則大約祇是一個社區副主任了，豈有如此"提攜"的。尤其是周密在《癸辛雜識》已經説得很清楚："先子爲衢倅時，外舅楊彦瞻知郡，既而除工部郎中。"也就是説，在周晉擔任衢州柯山倅的這個過程中，楊伯嵒的職務有多次改任：先是在衢州知郡（周晉擔任衢州柯山倅，有楊伯嵒的提攜，這一點倒是可以揣度的），然後調任浙東提刑，旋又調任工部郎中，這一點應該是很清晰的。

　　至于本詞的創作時間則基本無考，祇能大致斷定是在周密離開衢州的"後十年過之"之後。夏承燾先生在"寶祐五年"周密二十六歲下云："重過衢州，作《長亭怨慢》。"蓋非。按題序，周密二十六歲"重過衢州"可以認定，但是作本詞則不能認定。因爲這裏説的畢竟不是"今過之，已忽忽十年矣"之類的話，這個"十年"完全可能是"寶祐五年"之後某一年的追憶。此外，尤其是"後十年"更不同于"十年後"，一個"後"字，時態上其實就是一個過去完成時，其語意更是對"過衢州"的一種回憶，亦即詞序不但是對丙午、丁未的回憶，同時也是對"寶祐五年"的回憶，因此，"寶祐五年"填本詞的可能性更微。

　　楊伯嵒。《九經補韻·四庫提要》云："伯嵒，字彦思（《絶妙好詞》謂其字彦瞻），號泳齋，自稱代郡人。然南宋時，代郡已屬金，蓋署郡望也。淳祐間，以工部郎守衢州。"《六帖補·四庫提要》所云與此同，唯更正了其字："伯嵒，字彦瞻，號泳齋，自署代郡人。考宋南渡後，代郡舊地，久入于金，蓋其祖籍也。淳祐間，嘗以工部郎守衢州。"《浙江通志》卷一百十四"兩浙提點刑獄"條下，理宗時所任名單中，則説是錢塘人，故楊彦瞻或是祖籍代州，南遷落户于錢塘者。

　　又，周密《齊東野語》卷十六云："淳祐甲辰，省元徐霖、狀元劉夢炎皆三衢人，一時士林歆羡，以爲希闊之事。時外舅楊彦瞻以工部郎守衢，遂大書狀元坊，以表其閭。"由是可知，楊伯嵒知衢州軍，至少起于甲辰時。夏承燾先生在《年譜》"淳祐四年甲辰"下據此認爲，楊伯嵒即于該年守衢州，似失之疏闊。

　　又按，《六帖補》吕午序云："泳齋和王曾孫輯《六帖補》最精核，又作《九經補韻》行于世。"又，薛尚功所輯《鐘鼎款識》二十卷，後有楊伯岩跋，楊蓋薛之外孫也。此外，《浙江通志》："楊彦瞻，理宗時知衢州軍。則此丙午，宋理宗淳祐六年，丁未，七年也。"

　　牟子才。夏承燾先生《周草窗年譜》云："牟子才，字存齋，井研人，通判衢州，《宋史》有傳。"其字應該是依據周密本詞的題序，但與江昱摘引的

《宋史》所載"存叟"不同，江引爲："牟子才，字存叟，井研人，學于魏了翁、楊子謨、虞剛簡、李方子。嘉定十六年舉進士，對策詆丞相史彌遠，調洪雅尉，辟四川提舉茶馬司，準備差遣。詔李心傳即成都修《四朝會要》，辟兼檢閱文字，擢史館檢閱，言六事，并備邊三策。史嵩之怨，其言已出，通判吉州，轉通判衢州，入爲國子監簿，遷權禮部郎，兼崇政殿説書，歷權禮部尚書。度宗即位，授翰林學士，知制誥，進端明資政二殿學士致仕。有《存齋集》《内外制四朝史稿奏議》《經筵講義》《公議故事》四書，易編《春秋輪輻》。"按："叟"音sǒu，通"叟"字，非"齋"字。檢百衲本《宋史》卷四百十一，本傳云："牟子才，字存叟，井研人。"則周密所記有誤，夏承燾先生循誤。

牟子才通判衢州的時候，其子牟巘亦隨父在衢州，後來他在《陵陽集》卷十六收録了自己給周密《自銘》的跋語，其中有幾句對少年周密的評價："予始見太末時，如川方至之意氣，視一世何如也。"丙午、丁未的時候，周密爲十五、十六歲，而牟巘長周密五歲。

洪夢炎。《浙江通志》卷一百八十二引《萬歷嚴州志》云，爲浙江"淳安人，寶慶元年進士……（平高沙軍變後）尋以大宗丞贊浙幕，召拜司農，差知衢州，卒于任。有文集二十四卷，奏録三卷，《高沙撫録》《荆襄語稿》各一卷行世"。其中"寶慶元年進士"或誤。《景定嚴州續志》卷三所記録歷年貢院貢舉，其中寶慶二年王會龍榜，第一名即是洪夢炎，《浙江通志》卷一百二十七進士榜中，録寶慶二年丙戌王會龍榜，洪夢炎列第一百四十四名，并注"大宗正丞知衢州"，均與江昱所引《淳安縣志》同"洪夢炎，字季思，號然齋，寶慶二年進士。歷官武學博士，知衢州府，有集"。

針對周密題序中將"洪然齋"誤作"洪恕齋"，江昱指出，"'然'字草書類'恕'，或有一訛，存以備考"。夏承燾先生本句理解爲江昱"謂然齋疑爲恕齋之誤"，或非。而洪夢炎的號，不止由"然齋"而誤爲"恕齋"，黃宗羲的《宋元學案》卷七十四"慈湖學案"條下，謂"先生號默齋"，將其稱爲"司農洪默齋先生夢炎"，則是將"然"字又誤爲四點在下的"默"字了。

《宋元學案》又據洪本一傳，謂洪夢炎爲洪本一族祖，夢炎父爲承務郎洪璵。

翁甫。江昱謂西安令翁甫爲洪夢炎的"同榜進士"，檢寶慶二年（1225年）丙戌王會龍榜并未見翁甫之名，翁甫爲宋建寧崇安人，《崇安縣志》云："甫字景山，黃柏里人。寶慶二年擢進士第，知西安縣。"則其雖爲洪夢炎同年進士，却并非"同榜進士"。翁甫後來也在杭州做過知府，據《咸淳臨安志》卷五十記載："翁甫淳祐十二年運判，七月兼知臨安府。"

又，據《宋史·王應麟傳》記載：王應麟"調西安主簿……諸校欲爲亂，知縣事翁甫倉皇計不知所出，應麟以禮諭服之"。那麼這個丙午，可推知即是淳祐六年（1246年），這個西安令翁浩堂必是翁甫無疑。

至于該序所說"先子作堂曰'嘯咏'"，由此更可認定有人認爲"弁陽嘯翁"即周密别號是一種誤解。據《齊東野語》卷十五記載："先世舊藏吳興張維《十咏圖》，直齋陳振孫二卿爲之跋，云：近周明叔使君得古畫三幅，號《十咏圖》者，乃維所作詩也。會余方輯《吳興人物志》，見之如獲拱璧，因細考而詳録之。"而《絕妙好詞》周晉下注云："周晉，字明叔，號嘯齋。"則堂號即齋號，"嘯齋"實際上就是"嘯咏齋"，兩者十分吻合，因此，陳振孫跋的"周明叔"就是周密之父周晉。

【韻律】

這是姜夔創製的慢詞，《欽定詞譜》收録于第二十五卷，本詞列爲第二格。

記千竹萬荷深處。七字折腰句有兩種文法結構，一種是姜夔式的"漸吹盡、枝頭香絮"，可以讀成上三下四，一種就是"記、千竹萬荷深處"，而前一種衹要不是二字起，其實都可以讀爲一六式。衹是今人每每囿于詞譜的標識，而機械閱讀，如本句，諸標點本均標爲"記千竹、萬荷深處"，似乎恪守韻律，實際上是重明清之"律"而輕唐宋之"體"的本末倒置，甚謬。

醉墨題香，閑簫横玉、盡吟趣。這是一個非常典型的"三字托"結構，但是通常標點本都讀爲四字一句、七字一句，因此其内部的韻律結構就極容易被忽略。"三字托"在表達上等同于三字逗，亦即此十一字等于是"盡吟趣、醉墨題香，閑簫横玉"。其中所托（或者所領）的是八字儷句，因此，不能簡單地將"閑簫横玉"與"盡吟趣"合爲一體，否則不但會模糊詞體的韻律，也會影響詞意的理解，更會誤導今人的創作構思。我們無論是在閱讀還是創作的時候，都要注意這個特徵。

這一個句組是完全繼承了姜夔的填法的，姜詞作"遠浦縈回，暮帆零亂、向何許"，兩者如一。但是很奇怪的是姜詞的後段第二句組作"韋郎去也，怎忘得、玉環分付"，起拍句法完全相反，收拍更是采用了一個折腰式的句法，這種前後段的錯式呼應是比較少見的、異常的。這種異常，很可能是因爲第三句組的影響。因爲後段的第三句組較之前段，姜詞、周詞及王沂孫、邵亨貞詞，均多四字，這顯然是一種極不正常的現象，尤其是四詞前後段末一句組的起拍，均爲仄起平收式的五字律句。所以，不是第三句組的前段奪字，就是後段有衍字。所相差的字數，則應該是三字。因爲從張炎的四首來看，第三句組收拍均爲上三下四折腰式句法，如此正和後段收拍"算惟有、盟鷗堪語"相應，則本詞"知幾誦、燕臺句"及姜夔的"誰得似、長亭樹"、王沂孫的"空惆悵、成秋苑"顯然都脱了一字，無疑，這裏不是周詞在其後的傳抄中奪字，而是其所據的母本本身就少了一字，其原型應該是"知幾誦、□燕臺句"。

第三句組的第二個問題是，後段的起拍，本詞是一個誤填的句子，就目前所見的宋元諸詞來看，均爲折腰式句法，如姜夔的"第一是、早早歸來"，唯有周密作"燕樓鶴表半飄零"，句法迥異。

第三句組最後一個問題是，前段第三句組應有一三字逗脱落，或者後段第三句組衍三字。換言之，以姜夔詞爲例，第三句組一個合乎韻律的起拍應該是這樣：前段爲"□□□、閲人多矣"，後段爲"第一是、早早歸來"。或者兩個三字逗均應減去，周詞應該是前段"勝流星聚"，後段"燕樓鶴表"。亦即，前後段從"醉墨"到"雲空"都是相對應的。

就這些差異來看，本調在南宋末至少已經有了兩個版本，一種是姜夔式的，周密、王沂孫均如此填；另一種則是張炎式的，多一字。而該詞因爲在白石道人歌曲中收入，且有旁譜標注，通常都被認爲是首製，因此，《欽定詞譜》以爲本調爲姜夔所創，但首製詞在流傳過程中也存在殘缺脱落的可能，以該均的收拍爲例，其後段"怕紅萼、無人爲主"的旁譜爲"ソ久一、人幺一ム"，而前段所對應的"誰得似、長亭樹"的旁譜爲"ソ久一、幺一ム"，完全有理由相信旋律本身也可能是缺失了一個旁譜字符的，因爲這一看就是一個樂句旋律的復沓回環。此外，我們還必須注意到兩個重要的問題：其一，時至宋末，已經不是所有的詞都是拿來唱的，更多的文人詞的創作，已經與音樂完全脱離；其二，詞樂本身也并不與字數有密切的關係，否則我們無法解釋，爲什麽詞還可以存在大量的增字和減字的情況。

【輯評】

清陳廷焯《雲韶集》云：《長亭怨慢·記千竹萬荷深處》詞，"絶妙，一幅消夏畫圖。草窗詞總是感慨。騷情雅度"。

清鄧廷楨《雙硯齋詞話》云："弁陽翁工于造句……至《長亭怨慢》之'燕樓鶴表半漂零，算惟有、盟鷗堪語'，則盛自矜寵，頫瞰時流，等諸自鄶以下矣。"

元陸輔之《詞旨》屬對佳句中，列入本詞"醉墨題香，閑簫弄玉"。

【附錄】

《齊東野語》自序云："我先君博極群書，習聞臺閣舊事，每對客語音吐，洪暢纏纏，不得休坐，人傾聳敬嘆，知爲故家文獻也。"

《絕妙好詞》引《吳興掌故集》云："牟子才，字存叟，其先井研人。愛吳興山水清遠，因家湖州之南門。"

齊天樂[一]

余自入冬多病[二]，吟事盡廢。小窗澹月，忽對橫枝[1]，恍然空谷之見似人也[三][2]。泚筆賦情[3]，不復作少年丹白想[4]。或者以九方皋求我[5]，則庶幾焉。

東風又入江南岸[6]，年年漢宮春早[7]。寶屑無痕[8]，生香有韻[四]，消得何郎花惱[9]。孤山夢繞。記路隔金沙[10]，那回曾到[11]。夜月相思，翠尊誰共飲清醑[五][12]。　　天寒空念贈遠[六][13]，水邊憑爲問[七][14]，春到多少。竹外凝情[八]，牆陰照影，誰見嫣然一笑。吟蘂未了[九]。怕玉管西樓，一聲霜曉[15]。花自多情，看花人自老[16]。　　　　（第五十四）

【校記】

[一] 四印齋本、知不足齋本調名作"臺城路"，題序爲"梅"。

[二] 多病，辛酉本作"後病"。

[三] 似人，光緒本作"氾人"。

[四] 生，芝蘭本注云："《詞匯》作'天'。"

[五] 清，芝蘭本注云："《詞匯》作'香'。"

[六] 空念，裘杼樓本作"宮怨"，疑是"空怨"之誤。

[七] 本句芝蘭本注云："《詞匯》作'招魂曾試偷問'。"多一字。

[八] 情，芝蘭本注云："《詞匯》作'晴'。"

[九] 吟蘂，彊村本、四印齋本、知不足齋本、辛酉本并作"吟香"。吟，芝蘭本注云："《詞匯》作'冷'。"

【箋釋】

[1] 橫枝：原泛指各種橫生的樹枝，如梁蕭澤《看摘薔薇》詩云："橫枝斜綰袖，嫩葉下牽裾。"狀薔薇；陳岑之敬《折楊柳》："塞門交度葉，谷口暗橫枝。"狀柳；陳張正見《賦得階前嫩竹》："砌曲橫枝屢解籜，階前疏葉強來風。"狀竹。而宋人自林逋《梅花》詩云："雪後園林才半樹，水邊籬落忽橫枝"後，多用于指梅花，如張先"月色透橫枝"、黃庭堅"水邊風日笑橫枝"、朱敦儒"橫枝依約影如無"等。

[2] 似人：因病久未見人，所以見了梅花也覺得它像人，覺得有了交流的對象。典出《莊子·徐無鬼》"去國旬月，見所嘗見于國中者喜；及期年也，

見似人者而喜矣。不亦去人滋久，思人滋深乎？"宋王公燁《梅花》詩云："夜郎歲晚逢羈客，谷口寒雲見似人。"

[3] 泚筆：用筆蘸墨。宋石孝友《滿江紅》詞云："蓮社焚香冰琢句，蘭亭泚筆雲翻墨。"

[4] 丹白：純潔無邪的樣子，中心詞省用法。參見第四十二、五十首【箋釋】。唐韋應物《馬明生遇神女歌》云："馬生一粒心轉堅，知其丹白蒙哀憐。"

[5] 九方皋：春秋時善于相馬者，曾被伯樂推薦給秦穆公，作求馬特使。宋王邁《寄延平史君馬德大天驥》詩云："九方皋馬分明瘦，百里奚牛自在肥。"

[6] 本句化用宋王安石《泊船瓜洲》詩"春風又綠江南岸，明月何時照我還"，與其同時的胡翼龍亦有《徵招》中的化用"蘋花又綠江南岸，賓鴻帶將寒去"。

[7] 漢宮：這裏是指的南宋之宮。

[8] 寶屑：宋人多以之爲雪花之稱。宋趙以夫《謁金門》詞云："梅共雪。著個玉人三絕。醉倒醉鄉無寶屑。照人些子月。"

[9] 何郎花：梅花。南朝何遜《咏早梅》詩"兔園標物序，驚時最是梅。銜霜當路發，映雪擬寒開"，後人即以此爲典。

[10] 金沙：地名，即"金沙港"，參見【考證】。

[11] 此類賦筆，最適宜慢詞長調，故宋張炎名篇《南浦·春水》有"新綠乍生時，孤村路，猶憶那回曾到"，元薩都剌《酹江月·過淮陰》有"野水孤城斜日裏，猶憶那回曾到"，清吳藻《洞仙歌·二十六日再過超山》有"有香南雪北，三兩人家，閑指點、認得那回曾到"，清沈增植《解連環》有"認一抹林外晴沙，是鶴瘦筇孤，那回曾到"，體味諸家用此，可悟填詞三昧。

[12] 清醥：即清酒。唐杜甫《聶耒陽以僕阻水書致酒肉療饑》詩云："禮過宰肥羊，愁當置清醥。"

[13] 贈遠：以梅花寄贈遠方友人，表達問候，是詩詞中常用意象。典出南朝宋盛弘之《荊州記》云："陸凱與范曄相善，自江南寄梅花一枝，詣長安與曄，并贈花。范詩曰：'折花逢驛使，寄與隴頭人。江南無所有，聊贈一枝春。'"

[14] 憑爲問："憑誰爲問"的簡捷說法。漢語語法特徵之一，凡受詞爲代詞的時候，往往可以"省略"，如"與云"即"與之云"、"聽說"即"聽誰說"，等等。但嚴格地說這并非"省略"，因爲所謂"省略"，是指的應該有而不出現，而漢語中這樣的表述本屬正常，本來就不必出現，可謂"省"而不可謂"略"。

[15] 本句擷取自宋范成大《謝龔養正送蘄竹杖》詩"一聲霜曉謾吹愁。八尺風漪不耐秋"。這裏也是用到范詩的本意，所怕者，"吹愁"也。

[16] 本句化用宋衛宗武《春歸》詩"今年花謝復明年，秖使看花人易老"。

【考證】

本詞所寫，應是西湖金沙港。"孤山夢繞。記路隔金沙，那回曾到"是本詞前段第三句組。路隔金沙，意謂孤山與金沙僅一路之隔。而能與孤山"路隔"的所謂金沙，則祇有地處楊公堤西側的金沙港。金沙港并非港口，而是一條溪流，作爲西湖四大天然入湖溪流中水量最大的一條（另三條爲龍泓澗、赤山澗、長橋溪），堪稱西湖的"母親河"，而其水之來源，周密《武林舊事》卷五已經講到"靈（隱、天）竺之水，自此東入于湖"。金沙港又名金沙溪、金沙澗，其名來源，據《浙江通志》卷一云："金沙澗，其地爲靈隱、天竺諸山溪流入湖之處，沙有金色，澗因以名。"金沙港與很多名勝相依傍，最有名的自然非"麯院風荷"莫屬。且孕育麯院風荷的也是金沙港的"乳汁"，明田汝成《西湖游覽志》卷十云："宋時取金沙澗之水造麯，以釀官酒。其地多荷花，世稱'麯院風荷'是也。"除麯院風荷、靈隱一頭一尾外，還有九里松、湖山春社、竹素園、關公祠、適安園、趙公堤等相倚傍。

【韻律】

本調爲慢詞，《欽定詞譜》收錄于第三十一卷，以周邦彦"綠蕪凋盡"詞爲正體。本詞較之正體，除後段第二句句法不用平起式律句外，其餘與正體相同。

我們説詞是字本位的語體，而非明清詞譜學家強化的句本位的，從《齊天樂》這類詞調中也可以得到一個旁證，即這些詞體當它的後段第一句組添二字之後，其末一句組則往往就相應地會減去二字，以形成字面上的對應同一，從而諧和整個詞體的韻律。這類結構的詞體不少，如四十一首《憶舊游》，後段第一句組較之前段多一字，因此在後段末一句組中減去一字；如第十九首《露華》、第四十二首《一枝春》直至第一百四十一首的《探芳訊》等，後段第一句組較之前段多二字，因此在後段末一句組中減去二字，諸如此類，是一個值得我們注意的類別，所添的字形成結構上的"添頭"，而結中減字，我們將其稱爲"剪尾"。

其餘參見第四十、六十四、七十四、一百一十九、一百二十九首之【韻律】。

【輯評】

清陳廷焯《雲韶集》云：《臺城路·東風又入江南岸》詞，"無一字無感慨，真有心人也。雖是點綴坡詩，却是自抒懷抱。結尤凄婉"。

【附錄】

《癸辛雜識》云："余少年多病，間有一二執巾櫛、供紉浣者，或歸咎于此。兵火破家，一切散去，近止一小獲，亦復不留。然猶未免，時有霜露之疾，好事不察者，復以前說戲之，殊不知散花之室，已空久矣。雖然，戲之者，所以愛之也。余行年五十，已覺四十九年之非其視，秀惠溫柔，不啻伐命之斧，鴆毒之杯，一念勇猛，頓絕斯事。以微晚年清净之福，閉閤焚香，澄懷觀道，自此精進不已，亦庶乎其幾于道矣。然則疾疢者，安知非吾之藥石乎。"

月邊嬌　元夕懷舊[一]

酥雨烘晴[1]，蚤柳盼鬖嬌[二]，蘭芽愁醒。九街月澹[2]，千門夜暖[三][3]，十里寶光花影。塵凝步襪[四][4]，送艷笑、爭誇輕俊[5]。笙簫迎曉[5]，翠幕捲、天香宮粉[6]。　　少年紫曲疏狂[六][7]，絮花蹤迹[七][8]，夜蛾心性[9]。戲叢圍錦[10]，燈簾轉玉[11]，拚却舞勾歌引[12]。前歡謾省[13]。又輦路、東風吹鬢[14]。醺醺倚醉，任夜深春冷。　　　　　　（第五十五）

【校記】

[一] 知不足齋本、四印齋本題序爲"元夕"。

[二] 鬖嬌，芝蘭本注云："《草窗詞》作'嬌鬖'。"余所見諸本非是，唯《欽定詞譜》《詞繫》同。

[三] 門，芝蘭本注云："《草窗詞》作'山'。"余所見諸本非是。

[四] 本句《欽定詞譜》作"步襪塵凝"。

[五] 迎，芝蘭本注云："《詞匯》作'迫'。"余所見諸本非是。

[六] 紫，芝蘭本注云："《詞匯》作'顧'，或疑'韋'。"余所見諸本非是。唯《欽定詞譜》作"韋曲"。

[七] 蹤迹，芝蘭本作"縱迹"。

【箋釋】

[1] 酥雨：濛濛細雨，語出唐韓愈《早春呈水部張十八員外》詩"天街小雨潤如酥，草色遙看近却無"。但天地間能烘晴者，唯"日"而已，所以歷來都説"×日烘晴"，祇有宋辛弃疾在《采桑子・書博山道中壁》詞云："煙迷露麥荒池柳，洗雨烘晴。洗雨烘晴。一樣春風幾樣青。"本句無疑來自辛詞，但"洗雨"等于是"去雨"，而"酥雨烘晴"則殊不可解。或謂"烘"爲襯托之意，細玩第一句組，并不通。不解，存疑求教。清周岸登《江南春柳詞》云"酥雨烘晴鶯曉初。條風颺暖燕歸徐"，逕用本句入詩。

[2] 九街：即"九衢"，都市中四通八達的道路。唐薛能《送浙東王大夫》詩云："九街鳴玉勒，一宅照紅旌。"

[3] 千門：猶言"千家萬户"。南朝王筠《行路難》詩云："千門皆閉夜何

央，百憂俱集斷人腸。"

[4] 塵凝步襪：典出三國魏曹植《洛神賦》，賦中寫洛神，有"體迅飛鳧，飄忽若神。凌波微步，羅襪生塵"之狀。呂向注云："步于水波之上，如塵生也。"這種"生塵"的狀態，應該是古人想象出來的，在水面行走時水花微濺的樣子。

[5] 輕俊：輕盈俊美的樣子。宋史達祖《雙雙燕·咏燕》詞云："芳徑，芹泥雨潤，愛貼地爭飛，競誇輕俊。"

[6] 宮粉：用來妝飾的脂粉。宋吴文英《高陽臺·落梅》詞云："宮粉雕痕，仙雲墮影，無人野水荒灣。"

[7] 紫曲：都城中的歡場。唐宋時歌女所居之處稱爲"坊"或"曲"，元朱晞顏《瓢泉吟稿·跋周氏塤篪樂府引》云："杜牧之少日，俠游名都，沉酣花柳。時青樓紫曲，雨約雲情，更唱迭和。然其千金百斛之費，益不知其所可靳惜也。"此"青樓""紫曲"對舉，二者一也。清沈自南《藝林匯考》卷七引明人《說略》云："今稱妓居，猶曰'曲中'。"或謂"紫曲"爲"紫陌""紫芝曲"者，皆誤。宋吴文英《風流子·芍藥》詞云："溫柔酣紫曲，揚州路、夢繞翠盤龍。"

[8] 清末汪東《過澗歇近·夜聞鄰歌聲》詞云"絮花蹤迹，霑泥尚無定"，徑用本句入詞。

[9] 夜蛾：紙製的蟬，宋代元宵節的一種玩物。《武林舊事》卷二云："游手浮浪輩，則以白紙爲大蟬，謂之'夜蛾'。"宋范成大《上元紀吴中節物俳諧體三十二韻》詩云："桑蠶春繭勸，花蝶夜蛾迎。"

[10] 戲叢：一群人圍著看戲所形成的人叢。周密自創詞彙，但未被人接受。圍錦：用錦帳圍出一片空地，供人入內看戲。

[11] 燈簾：圍著燈芯（或蠟燭）的若干個面。宋周必大有詩，其序云"胡邦衡賦琉璃燈簾詩次韻"，即該燈由琉璃片製成。宋張矩《摸魚兒·重過西湖》云："燈簾暈滿。正蠹帙逢迎，沉煤半冷，風雨閉宵館"。本句意謂元宵的跑馬燈上，用玉製成的燈簾在轉動。

[12] 拚却：寧可，全力去做（某一件事）；祇落得。這裏是前一種意思，意謂盡情歌舞。宋晏幾道《鷓鴣天》云："彩袖殷勤捧玉鍾，當年拚却醉顏紅。"舞勾歌引：舞來勾，歌來引。

[13] 謾省：莫省，莫提起，莫回憶。即不堪回首之意。詳參第四十七首【箋釋】[5]。

[14] 輦路：帝王車駕所經過的車道，但并非祇能供帝王用的專用車道，這裏應是當時京城臨安的官道之意。南朝范廣淵《征虜亭餞王少傅》詩云："韓卿辭輦路，疏傅知殆辱。"

【考證】

本詞應作于南宋故都杭州某元夕，故有"九街""千門"之說，且云"輦路東風吹鬢"，當是周密入公門時，具體年份失考。

但這裏所寫的"懷舊"，顯然所懷的是周密青少年時代在杭州度過的"少年疏狂"的歲月，亦即《減字木蘭慢》中所云"余時年少氣銳"的那段歲月。

周密少年時在杭州的時光應該有兩段：一段是《齊東野語》卷四說"辛丑歲，余侍親自福建還"之後，這一次《癸辛雜識》後集有記載，所回是故都杭州："余垂髫時隨先君子故都。"此後直至十五歲再隨父就任衢州，這五六年極可能就一直因父親在京爲官，而待在杭州。另一段是其父在柯山卸任後，或也是再回京城，但從十六歲至二十二歲這一段時間行蹤無考，而這一段時間愚以爲也是隨父在故都度過。《癸辛雜識》後集中記載了大量關于太學的軼事，很多細節極爲詳盡，非親歷者不能爲。夏承燾先生根據周密《齊東野語》卷六"杭學游士聚散"條所記，"淳祐辛亥（時周密二十歲），鄭丞相清之當國，朝議以游士多無檢束群居……風俗寖壞，遂行下各州自試于學，仍照舊比分數，以待類申，將以是歲七月引試爲始"，認爲"疑是草窗目擊，故能詳細若爾"。因此，推測周密這一段時間內在杭州就學太學，這是有理由的。但是，夏承燾先生在《年譜》淳祐九年（1249年）己酉周密十八歲下，以陳振孫跋周密父親所藏《吳興張氏十咏圖》云："當淳祐己酉，其圖爲好古博雅君子所得，會余方輯《吳興人物志》，見之如獲拱璧。"認爲"好古博雅君子若指周晋，則晋本年已卸任柯山倅，返吳興也"，則太過潦草，即便假設爲真，也未必因爲陳振孫輯《吳興人物志》就一定可以確定"返吳興"，此事發生于各地皆有可能，而發生于杭州，與周密在杭求學，或更吻合。因爲自淳祐四年（1244年）開始，陳振孫既在杭州擔任國子監司業，後官至侍郎，其間不可能祇是一個短的時間段。而淳祐九年（1249年）陳振孫還在京城，擔任寶章閣待制，周晋若在是年去職衢州之後，與陳氏有交集，更應該是在杭州了。

若此，則本詞所懷之舊，最大的可能就是周密二十歲之前在杭州的青春歲月。詞中"九街月澹，千門夜暖，十里寶光花影"，以及"夜蛾心性，戲叢圍錦""燈簾轉玉""前歡謾省"，無不都是"爭誇輕俊""少年紫曲疏狂"的太學生活之描述。

【韻律】

周密自度慢詞，本詞《欽定詞譜》收錄于第二十五卷，宋詞僅此一首。從全詞架構看，極疑後段第二句脫一字。本詞以詞韻十一部爲基本韻，震、吻韻的"俊""粉""引""鬢"混叶之。

塵凝步襪。對應"前歡謾省",平平仄仄句式,《欽定詞譜》作"步襪塵凝"者,本來是極爲合理的版本,韻律上前後相應,極爲和諧。但應將"襪"字做以入作平看,"凝"字則應取其仄讀,作爲與"省"呼應的韻腳處理。可惜《欽定詞譜》并未如此讀,注其平仄爲仄仄平平,則極誤。通常情況下,詞的前後段對應是一種基本韻律規則,這是由詞本是樂詞這種音樂性所決定的。尤其是韻腳的施用,祇有極少數詞會采用單邊性的用韻方式,而這種單邊性用韻很多情況下是一種偶然的撞韻。不過,在無法判定單邊是否爲偶然撞韻,還是作者刻意入韻的情況下,我們以爲將其視爲是一種作者的主觀行爲更可取一些,尤其是這種孤篇。

就一般形式而言,前後段的末一句組應該是一個對應的結構,這種情況是占絕對多數的,僅以周詞而言,即達三分之二強,而後段末一句組減字,是另一種常用的韻律變化方式,兩者相加,達 97%的比例,換言之,詞體韻律的變化中,一個重要的表現是末一句組的變化,而這一變化基本上就祇有一種情況:後段減字。

後段的減字,也是有多種形式的,本調的後段減字所采用的方式,可以被視爲是一種有代表性的模式,那就是三字逗減爲一字逗,這也是"剪尾"的常見模式。

【譜注】

萬樹《詞律》云:"'九街'至'迫曉',與後'戲叢'至'倚醉'同。'省'字照前'襪'字,不必叶韻。"

杜文瀾云:"《蘋洲漁笛譜》'早柳盼嬌鬟'句,'嬌鬟'作'鬟嬌'。又,'千山夜暖'句,'山'作'門'。又按,《欽定詞譜》'塵凝布襪'句作'布襪塵凝'。又,'笙簫迫曉'句,'迫'作'迎'。又,'少年顧曲疏狂'句,'顧'作'韋'。均應遵改。"

《欽定詞譜》云:"此調祇此一詞,無別首可校。"

秦巘《詞繫》云:"此亦無他作者,是自度曲,平仄宜遵。'步''漫'二字必去聲,方振得起。'省'字是可不叶,是偶合。'塵凝步襪',一本作'步襪塵瑩',或作'凝',是'瑩''凝'字皆讀去聲,'襪'字以入作平。"

【輯評】

元陸輔之《詞旨》錄有"詞眼"二十六則,包括周密《三犯渡江雲》之"聯詩換酒"、《露華》之"選歌試舞"、《月邊嬌》之"舞勾歌引"及"三生春夢"（調名不詳）四則。

【附録】

《武林舊事》卷二云："天街茶肆，漸已羅列燈球等求售，謂之燈市。自此以後，每夕皆然。三橋等處，客邸最盛，舞者往來最多，每夕樓燈初上，則簫鼓已紛然自獻于下，酒邊一笑，所費殊不多，往往至四鼓乃還。自此日盛一日，姜白石有詩云：'燈已闌珊月色寒。舞兒往往夜深還。只應不盡婆娑意，更向街心弄影看。'又云：'南陌東城盡舞兒。畫金刺繡滿羅衣。也知愛惜春游夜，舞落銀蟾不肯歸。'吳夢窗《玉樓春》云：'茸茸貍帽遮梅額。金蟬羅剪胡衫窄。乘肩爭看小腰身，倦態強隨閑鼓笛。　問稱家在城東陌。欲買千金應不惜。歸來困頓殢春眠，猶夢婆娑斜趁拍。'深得其意態也。至節後，漸有大隊，如四國朝傀儡，杵歌之類，日趨于盛，其多至數十百隊。天府每日差官點視，各給錢酒油燭多寡有差，且使之南至昇陽宮支酒燭，北至春風樓支錢，終日天街鼓吹不絕，都城士女，羅綺如雲，蓋無夕不然也。"

宴清都　登霅川圖有賦[一][1]

老去閑情懶[2]。東風外、菲菲花絮零亂[二]。輕鷗漲綠[三][3]，啼鵑暗碧[四][4]，一春過半。尋芳已是來遲[5]，怕迤邐、華年暗換[五][6]。應悵恨、白雪歌空[六][7]，秋霜鬢冷，誰管[七]。　憑闌自笑清狂，事隨花謝，愁與春遠[八]。持杯顧曲[8]，登樓賦筆，杜郎才減[九][9]。前歡已隔殘照[十]，但耿耿、臨高望眼[十一][10]。溯流紅、一棹歸時[十二][11]，半蟾弄晚[12]。

（第五十六）

【校記】

[一] 知不足齋本、四印齋本、光緒本題序作"霅川圖"。

[二] 菲菲，知不足齋本、四印齋本、辛酉本、光緒本并作"霏霏"。

[三] 輕鷗，丙午本、毛校本、知不足齋本、辛酉本、四印齋本、芝蘭本并作"輕漚"，據彊村本、光緒本改。

[四] 啼鵑，丙午本作"啼鵑"，毛校本、知不足齋本、彊村本、四印齋本均作"啼鵑"，據改。暗碧，毛校本作"帝碧"。芝蘭本注云：《詞匯》作"晴碧"。

[五] 華年，知不足齋本、四印齋本、辛酉本、光緒本并作"年華"。

[六] 應悵恨，知不足齋本、四印齋本、辛酉本并作"應恨"，少一字，捫其律可知應是奪誤。裒杼樓本作"還應恨"。

[七] 誰管，裒杼樓本作"難管"。

[八] 春遠，裘杼樓本作"春緩"。芝蘭本注云：《詞匯》作"春遣"。

[九] 才減，光緒本作"才淺"。

[十] 前歡，裘杼樓本作"前溪"。

[十一] 眼，芝蘭本注云："《詞綜》作'遠'。"余所見諸本非是。

[十二] 流紅，知不足齋本、四印齋本、辛酉本、裘杼樓本并作"輕紅"。

【箋釋】

[1] 雪川圖：位於湖州的一處府邸，地處山巔，參見【考證】。

[2] 本句化用宋韓淲《次韻鄭盱眙郊居》詩"一邱一壑本同然，老去心情懶問禪"。

[3] 漲綠：春天河、湖等水域漫漲的綠水。參見第三首【箋釋】[13]。

[4] 這兩句在現代漢語中均應添入動詞理解，即"輕鷗（浮於）漲綠，啼鵑（鳴於）暗碧"，但不能認為是省略了動詞，因為古代的漢語中本可如此表達，理解古漢語必須立足於古代，立足於今天，則必謬。此類古今具有明顯大差異的語言用法，是今人創作中最容易呈現其詞味詩意的地方。

[5] 本句化用唐李建勳《醉中惜花更書與諸從事》詩"公退尋芳已是遲。莫因他事更來稀"。

[6] 清蔣春霖《東風第一枝·冬至》詞云"梅魂知否，怕迤邐、年華將換"，即從本句化出。

[7] 白雪：文人之間的詩詞雅唱，唐宋詩人中常用比喻，或謂"白雪"指《陽春》《白雪》之曲者，誤；或謂用"陽春白雪，和者蓋寡"之事，亦過拘泥。唐白居易《贈楚州郭使君》詩云："黃金印綬懸腰底，白雪歌詩落筆頭。"

[8] 顧曲：用周瑜見人彈琴有誤即顧曲相糾事，謂詩友之間的吟唱切磋。宋張炎《甘州·餞草窗歸霅》詞云："記天風、飛佩紫霞邊，顧曲萬花深。"

[9] 杜郎：唐李賀的朋友，泛指有才氣的男子，這裏是自比。李賀《唐兒歌》云："頭玉磽磽眉刷翠，杜郎生得真男子。"

[10] 耿耿：這裏形容望眼，是明亮的樣子，或謂煩悶不安貌，非是。南朝謝朓《暫使下都夜發新林至京邑贈西府同僚》詩云："秋河曙耿耿，寒渚夜蒼蒼。"唐李善注云："耿耿，光也。"

[11] 流紅：水面飄著落花的流水。南朝蕭繹《藩難未靜述懷》詩云："霜戈臨塹白，日羽映流紅。"

[12] 半蟾：一鈎月亮，半個月亮。唐李白《雨後望月》詩云："四郊陰靄散，開戶半蟾生。"

【考證】

關于"霅川圖",《癸辛雜識》有記載說:"趙氏繡谷園,舊爲'秀邸',今屬趙忠惠家,一堂據山椒,曰'霅川圖畫',盡見一城之景,亦奇觀也。"因此可見此圖并非圖畫,而是一處人文風景建築,建于山間,故曰"登",登者既有登山之意,也有登樓之意。該建築屬"堂",在吳興趙氏繡谷園中,雅名爲"霅川圖畫",簡稱"霅川圖"。今幾本評注和注釋全宋詞的書中,均未讀通"一堂據山椒曰霅川圖畫"十字,故不能知其所謂。山椒,即山巔,秀邸之堂,因爲地處山頂,所以可以"盡見一城之景"。此園不在杭州,而在吳興,作爲一處勝跡,更重要的應該是還可以俯視霅川整個地流經吳興城,所以才有"霅川圖"這樣十分生動的別名。

據《浙江通志》卷四十二云:"(吳興)城三面皆溪,其南,丘山在焉。亦歸趙忠惠。"則趙氏繡谷園應該就是包括了丘山之山椒在內一片山地。

【韻律】

始見于《清真樂府》的慢詞,《欽定詞譜》收錄于第三十卷,以周邦彥"地僻無鐘鼓"詞爲正體。校之美成詞,字句韻律幾同,唯前段末一句組起拍處,本詞用平聲字領起,略覺不諧。

本詞以第七部詞韻爲基本韻,唯"杜郎才減"以十四部閉口韻相混叶。

白雪歌空,秋霜鬢冷,誰管。這是一個長久來一直未被人注意的結構,我將其稱之爲"托結構"。所謂托結構,類似于"逗結構",通常所見的有二字托、三字托等,他們與相關的句子一起構成一個固定的基本句法,所不同的是"逗"在相關句之前,起到一個引領的作用,"托"在相關句之後,起到一個承托的作用。換言之,托結構的"白雪歌空,秋霜鬢冷、誰管",也就等于是逗結構的"誰管、白雪歌空,秋霜鬢冷"。具體地說,在這十個字中,相關句是"白雪歌空,秋霜鬢冷","二字托"是"誰管",它們之間的關係,則是由二字托承托"白雪歌空,秋霜鬢冷"八字驪句,在語意上,表示"誰管"所承托的不僅僅是"秋霜鬢冷"四字,還有"白雪歌空"。亦即,語意上這是"白雪歌空誰管,秋霜鬢冷誰管"的總合,就好像程垓的"又豈關、春去春來,花愁花惱"就是"又豈關春去春來,又豈關花愁花惱"的總合一樣。當然,這是所托爲兩句的實例,前面第五十三首《長亭怨慢》也是托兩句,但第十七首《大聖樂》則是單托一句的情況。

本調第三句組的起拍,例作不對應句法,前段爲平起平收式的"尋芳已是來遲",後段則是平起仄收式的"前欢已隔殘照"。字數相同但可以句法不同，是唐宋詞中的一種基本的形態，既説明句法與詞樂本無關係，也是"字本位"的一個重要表現。

【輯評】

清陳廷焯《雲韶集》云：《宴清都·老去閑情懶》詞，"起便感喟，淋漓曲折中却極騷雅，深得白石之妙。此情不斷，不計路之遠近也"。

清鄧廷楨《雙硯齋詞話》云："弁陽翁工于造句……《宴清都》之'憑闌自笑清狂，事隨花謝，愁與春遠'，皆體素儲潔，含豪邈然。"

梅花引　次韻筼房賦落梅[一][1]

瑶妃驚影逗仙雲[2]。玉成痕。麝成塵。露冷鮫房[3]，清淚霰珠零。步繞羅浮歸路遠[4]，楚江晚，賦宫斜[5]、招斷魂[二][6]。　　酒醒[三]。夢醒。惹新恨[四]。褪素妝，愁涴粉[7]。翠禽夜冷。舞香惱、何遜多情[五][8]。委佩殘鈿[9]，空想墜樓人[10]。欲挽湘裙無處覓[六]，倩誰爲[七]，寄江南、萬里春[八][11]。

（第五十七）

【校記】

[一] 知不足齋本、四印齋本題序作"落梅"。光緒本本詞未收録。芝蘭本題注云："按，此《江城梅花引》也，蓋合《江城子》《梅花引》而名之，與五十七字之《梅花引》異。"

[二] 宫斜，《欽定詞譜》作"離騷"。

[三] 酒醒，丙午本作"酒醒"，形近而誤，據毛校本、知不足齋本、彊村本、四印齋本改。

[四] 芝蘭本本句後注云："此又一體，'恨''粉''冷'仄叶，別作'恨新'，誤。"

[五] 此二句《欽定詞譜》作"翠禽夜舞餘香惱，何遜多情"。失一韻，讀誤。

[六] 欲挽，丙午本作"欲抱"，據毛校本、知不足齋本、彊村本、四印齋本改。

[七] 本句《欽定詞譜》作"靈飆御"。

[八] 寄江南，知不足齋本、四印齋本、辛酉本并作"覓江南"，《欽定詞譜》作"趁江南"。

【箋釋】

[1] 筼房：即李彭老，周密好友。餘參【考證】。

[2] 瑶妃：西王母之女。唐杜甫《奉酬薛十二丈判官見贈》有"自云帝季

女"句，清仇兆鰲注云："楊慎曰：'《道藏》：神女名瑤妃，乃西王母之女。曾助禹治水，故稱帝女。'"鸞影：女子婀娜的倩影。唐張祜《周員外席上觀柘枝》詩云："鸞影乍回頭并舉，鳳聲初歇翅齊張。"

[3] 鮫房：鮫人所住的地方。周密自創詞彙。傳說中鮫人淚下成珠。晉張華《博物志》卷九云："南海外有鮫人，水居如魚，不廢織績……從水出，寓人家，積日賣絹。將去，從主人索一器，泣而成珠，滿盤，以與主人。"

[4] 羅浮：此指仙山。參第四十首【箋釋】[5]。

[5] 宮斜：舊日宮殿的頹圮，意謂一個皇朝的沒落。周密自創詞彙。賦宮斜，周密《襃親崇壽寺》詩云"宮斜鳳去無人見，且看門前粉壁龍"，"賦宮斜"即指此類詩賦。宋陳允平《齊天樂·南屏晚鐘》詞云："御苑煙花，宮斜露草，幾度西風彈指。"或曰"宮斜"即"宮人斜"，葬宮人之所。不取。

[6] 招斷魂：宋陸游咏梅詩《十二月初一日得梅一枝絕奇》云："月兔搗霜供換骨，湘娥鼓瑟爲招魂。"本句招魂本此。

[7] 涴：污染。愁涴粉：爲淚水污了臉上的脂粉而愁。

[8] 何遜：南朝詩人，八歲能賦，與謝朓齊名，有《何記室集》。何遜極愛梅花，有《咏早梅》詩云"驚時最是梅"，"應知早飄落，故逐上春來"，故于此說他"多情"。

[9] 殘鈿：即殘花。參見參見第四十八首【箋釋】[7]。

[10] 墜樓人：指綠珠香消玉殞事。參見第四十一首【箋釋】[六]。

[11] 本句化用陸凱《贈范曄》詩"折花逢驛使，寄與隴頭人。江南無所有，聊贈一枝春"，故"寄江南"是寄自江南。

【考證】

篔房：《歷代詩餘》卷一〇七云："李彭老，字商隱，號篔房，有《篔房詞》。李萊老字周隱，號遯翁，彭老之弟，有《秋崖詞》。"《絕妙好詞》卷六又云："周隱號秋崖。"二人爲宋德清（今屬浙江湖州）人，居餘不溪畔。曾參與楊纘、周密等人組織的詞社，社員施岳身故後，爲之書墓志。查爲仁、厲鶚所箋《絕妙好詞》據《景定建康志》謂，其于理宗淳祐間爲沿江制置司屬官，《全宋詩》小傳引，并注出《景定建康志》卷二十五，然查無記載。有《篔房詞》。周密《浩然齋詞話》說他"李彭老詞筆妙一世，予已擇十二闋入絕妙詞矣"，二隱其餘生平記載未能檢獲，僅《絕妙好詞》引《景定建康志》云"李彭老，淳祐中沿江制置司屬官"，《新定續志》也有"嚴州知州李萊老朝請郎，咸淳六年任，當年丁本生母憂去任"一條簡單記載。

目前可覓的二人信息寥寥，故各本小傳均未有其生卒記載，但據明朝《清江貝先生文集》卷五《綠陰亭記》載："因取至元間，一時宗工仇山村、王菊存、李賓房、曹梅南，唱和綠陰詞，俾刻之亭上，使游者覽焉。"則可知也是從宋入元的遺民。

夏承燾先生《周草窗年譜》引朱孝臧《蘋洲漁笛譜考證補》云："按《草窗韻語・挽李太監仁永》詩，次首云：'摳衣猶欠日熙堂，儘拜儀刑振鷺行。'此詞與彭老韻合，則主人爲彭老，疑彭老爲仁永之子也。'案，《韻語》四，又有《次李監韻二首》，若是仁永，則草窗與二隱世交也。"

又，蔡按：李彭老原詞已逸。

【韻律】

此爲近詞，《欽定詞譜》以《江城梅花引》之名收錄于第二十一卷，周密本調共有三首，皆非正體，本詞因過片後換仄韻，而被列爲《欽定詞譜》第七格。但本調的整體架構，是一個極爲怪異的方式，在整個唐宋詞中也是唯一的一種模式，正因爲如此，所以有理由相信，這個詞體的早期形式，實際上是一種有衍文的錯訛體式。

本調的特異點在後段的第二句組，是一個完全憑空插入的"飛地"，如果去掉這一個句組內容，那麼就是一個前後段韻律十分規整的架構了。

前後段第一句組："瑤妃驚影逗仙雲，玉成痕。麝成塵。"

"酒醒夢醒惹新恨，褪素妝，愁涴粉。"

前後段第二句組："露冷鮫房，清淚霰珠零。"

"委佩殘鈿，空想墜樓人。"

前後段第三句組："步繞羅浮歸路，遠楚江晚，賦宮斜、招斷魂。"

"欲挽湘裙無處，覓倩誰爲，寄江南、萬里春。"

我們再從本調形成的角度來考察。首先，無論是《江城子》還是《梅花引》，都是前後段字句對應整齊的詞調，其基因中就不可能有前後如此參差的作法。其次，此《梅花引》即《江城梅花引》，而《江城梅花引》又被稱爲《攤破江城子》，這個別名或是打開本調韻律上整體架構的鑰匙。

因爲，所謂的"攤破"，說得通俗點，用今天的概念來理解就是增加句子，無論是《攤破采桑子》《攤破浣溪沙》《攤破南鄉子》，都是一樣的以增加句子來改變詞調的方式。那麼，在本調中是增加了哪些句子呢？表面上看，似乎就是後段的第二句組了，就本詞而言，即"翠禽夜冷。舞香惱、何遜多情"十一字。但如果我們刪去這十一字，那麼《攤破江城子》較之於《江城子》，就和《攤破浣溪沙》較之於《浣溪沙》完全一樣，都是在前後段增加了一個三字句的結拍，亦即，"增加句子"的，祇是前後段結拍中的兩個三字結構。因此，我們認爲後段第二句組是"憑空插入"的衍文，這樣的判斷雖然尚無書證支持，但是應該是合乎律理的，也是合乎基本的韻律規則的，并且與其他的"攤破"類詞調韻律特徵相吻合。

最後，還有一個最重要的韻律上的依據，那就是本調作爲一個引詞，在結構上就應該符合宋人所規定的"六均"的體例，而去掉這一個句組之後，前後段才是正好形成"六均"，而我們在劉志淵等人的《江城梅花引》中所見的，正是這樣的體式，也許，他們所看到的所依循的母本，才是真正的《江城梅花引》云："粒食衣繭苦貪求。鎖眉頭。利名搜。酷戀埏埴，爲器弄風流。謾到寶山甘空手，只坐守，這輪回，未肯休。　　不如返照一身修。馬猿收。汞鉛留。火熱丹爐，按候謹添抽。煉就一真圓明寶，射宇宙，瑩無疵，價莫酬。"

【譜注】

《欽定詞譜》云："此與王（觀）詞同，惟後段第四句少叶一仄韻異。"

瑞鶴仙[一]

寄閒結吟臺[1]，出花柳半空間[2]，遠迎雙塔[3]，下瞰六橋[4]，標之曰"湖山繪幅，霞翁領客[5]"。落成之初，筳翁俾余賦詞，主賓皆賞音。酒方行，寄閒出家姬侑尊，所歌則余所賦也。調閒婉而辭甚習[6]，若素能之者。坐客驚詫敏妙，爲之盡醉[二]。越日過之，則已大書刻之危棟間矣[三]。

翠屏圍畫錦。正柳織煙綃[7]，花明春鏡[8]。層闌幾回憑[9]。看六橋鶯曉[四]，兩堤鷗暝[五]。晴嵐隱隱[10]。映金碧、樓臺遠近[六]。謾曾誇萬幅，丹青畫筆[七]，畫應難盡。　　那更[八]。波涵月彩[九][11]，露裛蓮妝，水描梅影。調朱弄粉[12]。憑誰寫、四時景。問玉奩西子，山眉波盼，多少濃施淺暈[十][13]。算何如、付與吟翁，緩評細品[十一]。　　　　　（第五十八）

【校記】

[一] 丙午本調名作"瑞雀仙"，應是誤刻。光緒本本詞未收錄。
[二] 芝蘭本脫"之"字。
[三] 知不足齋本、四印齋本小序作"湖山繪幅堂"。
[四] 鶯曉，四印齋本作"鶯晚"。鶯，芝蘭本注云："一作'煙'。"
[五] 鷗暝，四印齋本作"漚暝"。

[六] 金碧，知不足齋本、四印齋本并作"金璧"。

[七] 筆，芝蘭本注云："一作'幅'。"

[八] "那更"二字，毛校本屬前，誤。

[九] 彩，芝蘭本注云："《草窗詞》作'影'。"按：這個句組即以"影"字爲韻，故其必誤。

[十] 淺，芝蘭本注云："一作'澹'。"

[十一] 評，芝蘭本注云："一作'吟'。"

【箋釋】

[1] 寄閒：即張樞，字斗南，號寄閒。其子張炎，宋末大詞家。張炎在其《詞源》中提及其父，稱其以精通韻律、極善填詞而名世。吟臺：專供文人墨客雅聚，以憑高觀景的樓臺。

[2] 意謂該樓臺在花木掩映之中，危樓迴出于柳樹。

[3] 雙塔：指西湖南端的雷峰塔和北端的保俶塔。

[4] 六橋：位于西湖蘇堤的六座橋，參見第十九首【箋釋】[7]。

[5] 湖山繪幅：江昱原按："張約齋鎡，爲寄閒先世，約齋《桂隱百果》云'群仙繪幅樓，盡見江湖諸山'云云，意湖山繪幅即其地，或別有所築，而追溯先世風流，沿以舊名，亦未可定。"霞翁：即楊纘，參見第四十首【箋釋】[1]。

[6] 習：熟悉。

[7] 煙綃：指柳煙如同碧綃。宋毛滂《出都寄二蘇》詩云："煙綃霧縠自直錢，故葛綻聯遮肘膝。"

[8] 這兩句都是倒裝句，本爲"煙柳織綃，春花明鏡"，鏡：如鏡一般的西湖。

[9] 本句化用宋吳文英《永遇樂·林鍾商·過李氏晚妝閣》詞"桃根杏葉，膠黏緗縹，幾回憑闌人換"。

[10] 晴嵐：晴天的山嵐，薄如細紗，故曰隱約而現。唐白居易《代春贈》詩云："山吐晴嵐水放光，辛夷花白柳梢黃。"

[11] 波涵：波光中折射出。唐薛據《泛太湖》詩云："萬頃波涵一碧秋，飄飄隨處任輕舟。"

[12] 調朱弄粉：調胭脂，塗鉛粉，意謂用脂粉進行妝容打扮。出自宋周邦彥《丹鳳吟》詞"弄粉調朱柔素手，問何時重握"。

[13] 施：施粉。量：量彩。均爲女子妝容時的動作。本句從宋蘇軾《飲湖上初晴後雨》詩"欲把西湖比西子，淡妝濃抹總相宜"中化出。

【考證】

在南宋的杭州，要既能"遠迎雙塔，下瞰六橋"，又能"看六橋鶯曉，兩堤鷗瞑"的處所，除了孤山山椒外，應該是在錢塘門外至錢湖門外一帶，考慮到孤山遠僻，而錢塘門外則是周密多次寫到的地方，離城區也近，所以張樞的"吟臺"，極有可能就在錢塘門外的西湖邊上。《夢梁錄》卷一說每當到了花朝節等"最堪游賞"的時候，"都人皆往錢塘門外玉壺、古柳林楊府雲洞、錢湖門外慶樂小湖等園嘉會"。所以吟臺建在玉壺和雲洞附近的概率很大。至于錢湖門外望去，則有小瀛洲一片遮住望眼，不能盡覽六橋，且畢竟離城區較遠，考慮到古代的交通問題，可能性就比較小了。而張樞作爲中興四將循王之後，在西湖邊上建一別墅，應該也是有資格的。

至于該吟臺的具體形狀，今天也應該可以有一個大概的瞭解：既謂之"臺"，"臺"字從高，則應是一個"觀四方而高者"（《説文》）的建築物，本來就是用來憑高遠眺的地方，按照許慎在《淮南洪烈解》第十三卷中所說，"積土高丈曰'臺'"，因此，并非是普通的樓閣。在西湖邊上，平視很難盡覽全貌，而建一個臺，能"下瞰"諸景，也就可以理解了。

張樞，字斗南，號寄閒，又號窗雲，已見第十九首【考證】，今又見厲鶚《宋詩紀事》卷七十七作"張樞，號雲窗"，此或爲唐圭璋先生《詞話叢編》、吳熊和先生《唐宋詞彙評（兩宋卷）》所以有誤之源。但厲鶚之誤也必有其源，余雖寸光不能溯及，但又見元孟宗寶編《洞霄詩集》第四卷中，收錄有張樞"一曲朱闌"七絶一首，其署名爲"雪窗張樞"，無疑，"雪窗"必是"雲窗"的形近而誤，那麼"雲窗"之誤，應該至少在元代就已經發生了。

【韻律】

此爲慢詞，《欽定詞譜》收錄于第三十一卷，以周邦彦"悄郊原帶郭"詞和史達祖"杏煙嬌濕鬢"詞爲正體，本詞則摹史詞體爲範。

本調是一個讀破式的齊頭詞體。這一類詞體的基本特徵是：前後段的第一句組字數如一，但是分別采用不同的句法讀破，以造就"過變起結"這兩個最重要的環節中韻律上的變化，從而形成完全不同的旋律特徵。這是一種比較特殊的製曲模式，在唐宋詞中所占比例尚不足一成。

以本詞爲例具體分析，則前段的"翠屛圍畫錦正柳織煙綃花明春鏡"與後段的"那更波涵月彩露裹蓮妝水描梅影"，其差異是分別在第五字和第六字讀斷，前段的第六字容後，成了後一拍的領字，或者説後段的第六字容前成了前一拍的句脚。這樣的變化之後，前段跌宕，後段舒緩，兩者就形成了完全不一樣的韻律特徵了。

至于"那更"後的句號，在句讀分析中完全可以忽略不計，因爲它衹是一個句中短韻，衹有韻律上的意義，而没有文法上的句讀意義。

本調《詞繫》認爲是周邦彦"夢中所作"的原創詞調，但詞體中的前段第三句組、後段第二句組疑各俱有四字脱落。這個問題我們也可以從《凄凉犯》入手進行分析，《凄凉犯》是以"影"的手法從本調衍變而成，而《凄凉犯》的韻律恰恰十分整齊，這從一個側面旁證了本調原本是一個前後段齊整的詞體。

【附録】

宋張樞《壺中天·月夕登繪幅堂與箕房各賦一解》云："雁横迴碧，漸煙收極浦，漁唱催晚。臨水樓臺乘醉倚，雲引吟情閑遠。露脚飛凉，山眉鎖暝，玉宇冰奩滿。平波不動，桂華低印清淺。　應是瓊斧修成，鉛霜擣就，舞霓裳曲遍。窈窕西窗誰弄影，紅冷芙蓉深苑。賦雪詞工，留雲歌斷，偏惹文簫怨。人歸鶴唳，翠簾十二空捲。"

宋李彭老《壺中天·登寄閑吟臺》云："青颷蕩碧，喜雲飛寥廓，清透凉宇。倦鵲驚翻臺樹迥，葉葉秋聲歸樹。珠鬥斜河，冰輪輾霧，萬里青冥路。薜深屏翠，桂邊滿袖風露。　煙外冷逼玻璃，漁郎歌渺，擊空明歸去。怨鶴知更蓮漏悄，竹裏篩金簾户。短髮吹寒，閑情吟遠，弄影花前舞。明年今夜，玉樽知醉何處。"

宋陳允平《木蘭花慢·和李箕房題張寄閑家圃韻》云："愛吟休問瘦，爲詩句、幾憑闌。有可畫亭臺，宜春帳箔，如寄身閑。胸中四時勝景，小蓬萊、幻出五雲間。一掬蘋香暗沼，半梢松影虛壇。　相看。倦羽久知還。回首鷺盟寒。記步屧尋雲，呼燈聽雨，越嶺吴巒。幽情未應共懶，把周郎舊曲譜新翻。簾外垂楊自舞，爲君時按弓彎。"

倚風嬌近　填霞翁譜賦大花

雲葉千重[1]，麝塵輕染金縷[2]。弄嬌風軟霞綃舞[一][3]。花國選、傾城暖玉[4]。倚銀屏、綽約娉婷淺素[5]。宮黄爭嫵[6]。　生怕春知，金屋藏嬌深處[7]。蜂蝶尋芳無據。醉眼迷、花映紅霧。修花譜[8]。翠毫夜濕天香露[二][9]。　　　　　　　（第五十九）

【校記】

[一] 弄嬌，光緒本作"弄姿"。
[二] 夜濕，丙午本作"夜溼"，刻誤，據毛校本改。

【箋釋】

[1] 雲葉：濃密的葉子。南朝張正見《初春賦得池應教》詩云："春光落雲葉，花影發晴枝。""雲葉"與"晴枝"對舉，狀池邊景色，《漢語大詞典》謂是雲朵之義，或誤。

[2] 麝塵：猶"香塵"。參見第四十五首【箋釋】[1]。金縷：此指大花黃色的蕊。唐劉禹錫《和郴州楊侍郎玩郡齋紫薇花十四韻》詩云："紫茸垂組縷，金縷攢鋒穎。"

[3] 霞綃：即紅綃，紅綢子，這裏是比喻紅色的花瓣。唐溫庭筠《錦城曲》云："江風吹巧剪霞綃，花上千枝杜鵑血。"

[4] 暖玉：原用來比喻美女，此則比喻花朵。宋鄧肅《訴衷情令·送李狀元》詞云："依暖玉，掠風鬟。語關關。"

[5] 綽約娉婷：形容花的美好姿態。淺素：淺白色。

[6] 宮黃：古代妇女額上涂饰的黄色。

[7] 金屋藏嬌：比喻花朵生長在隱秘的深處。

[8] 花譜：詳細記載各種花卉的特性、樣貌、養殖等資料的專門書籍。修花譜：意謂自己有對花新的認識，可以再予補充到花譜中去。宋王沂孫《水龍吟·白蓮》詞云："試乘風一葉，重來月底，與修花譜。"

[9] 翠毫：蘸有翠色的筆。宋方岳《三次韻答惠蘭亭紙翠毫筆》詩云："最憐長安驕駿兒，翠毫入手春山蹙。"

【考證】

清人秦巘在其《詞繫》中說"《詞律》及各譜皆失收"，這自然也包括《欽定詞譜》在內了。但秦巘將其視為周密所創的詞調，則誤，因為題序已然說明，本調為霞翁楊纘所創之譜。

但是，依據詞的一般韻律來考察，可知這個詞是有殘缺的，例如前段第三拍是一個平起仄收式的律句句法，所以後段第三拍的原貌，顯然也應該是"蜂蝶尋芳無□據"這樣的一個七字句，這種韻律上的問題，不可想象楊纘不會向他指出，唯一的解釋就是，填這個曲子的時候，楊纘已經過世了，因此，根據整個漁笛譜的收詞來看，本詞應該大約作于周密三十七歲至四十三歲之間。

【韻律】

此為近詞，宋詞僅此一首，《欽定詞譜》未收錄。本調除末一句組參差變化外，前後基本對稱，因此後段第三拍應奪一領字。

本詞既爲近詞，則前段應有三均，而後段第二句組，原爲"蜂蝶尋芳無據。醉眼迷花映紅霧"，均脚"霧"字所對應的前段均脚，各標點本所讀俱爲空，其前段第二、三均諸標點本都讀爲"弄嬌風軟霞綃舞，花國選傾城，暖玉倚銀屏，綽約娉婷，淺素宮黄爭嫵"，廿七字僅段末一韻，顯奪第二句組的主韻。而該韻脚不可不用，可知前段文字是必定存在均脚脱落的瑕疵，或必有句讀舛誤之處。惜本調宋元詞僅此一首，無從校核。

　　由此我們可以悟出，這裏的前段句讀其實是錯誤的，正確的讀法應該是以"玉"爲第二句組的主韻，後段的"醉眼"句也不應該是律句，而是一個折腰式的句法，這樣前後斷的韻律和詞意，也就豁然開朗了。

　　以"玉"爲第二句組的主韻，應該是有音韻學上的支撐的，即入聲讀爲去聲，而就書證來説，筆者檢清詞及民國詞，有汪東、吳湖帆、盧前、喬大壯四首，都是步周密詞韻的，其中周密的"醉眼迷花映紅霧"七字，所對應的前段七字，唯汪東作"遼鶴返江城。縞翼展爲屏"，顯將周詞之"傾城""銀屏"視爲換韻填法，除此之外吴詞填爲"襟蝶抱、温香软玉"，盧詞填爲"相識可知情倚玉"，喬詞填爲"山色伴、江城小玉"，吳、盧、喬三子均以"玉"字收，均視其爲韻，顯然他們都是持"'玉'字以入作去"的觀點的。由此數首，周密詞的前段第二句組顯然就應當讀爲"弄嬌風軟霞綃舞。花國選、傾城暖玉。"，其收拍是一個折腰式的七字句法。將"玉"視爲去聲的詞譜學例證，則可以以《欽定詞譜·女冠子》爲例，其將無名氏"同雲密布。撒梨花柳絮飛舞。樓臺悄似玉"視作同韻相叶，就是一個很典型的例子。

　　確定這一個句組的收拍，再反觀後段，則可知"醉眼"七字，當非律拗句法，而是與前段相同，也是一個折腰句法，即應讀爲"醉眼迷、花映紅霧"。

　　最後，前段第三句組吴詞爲"犨情長、脉脉輕妝點素。螺痕眉嫵"，盧詞爲"繞雲屏一瞥、娉婷帶素。含顰眉嫵"，喬詞爲"啓雲屏，却立婷婷縞素。無言嬌嫵"，三者均將"素"字視爲韻脚，此符合詞調之基本特徵，即萬樹所謂"過變曲終，不妨多加拍也"之特徵，但是，它畢竟是一個輔韻而已，如果理解爲"淺素和宮黄爭嫵"，那麼就没有必要讀斷了。

　　本詞前段"城""屏""婷"是否自成一韻，是詞學史上的一個"懸案"。清儒秦巘認爲"'城''屏''婷'三字似各叶，不應三句皆不押韻，惜無他詞可證"，陳匪石在《聲執》中則云："三字可以斷句，是否夾協三平韻，則不敢臆測。既避專輒，又恐失叶，遂成懸案。"蔡按：在"玉"字未被發現是主韻的情況下，由于近詞的基本結構爲前後段各爲三均，如果不作換韻考慮，則前段僅得二均，顯然不合近詞最基本的韻律結構，産生這三字是否韻脚的糾結是正常的，當可以明確"玉"字也是主韻之後，這三字的韻脚身分就可以排除了，因爲，畢竟在詞已經非常成熟的宋末，類似的不規則換韻的製曲實例，已經絶無僅有了。

後段"蜂蝶"句，對應前段"弄嬌"句，故疑其"無"字前後奪一仄聲字。

【輯評】

清蔡嵩雲《樂府指迷箋釋》云："平仄通叶之詞，在詞中亦寥寥可數，然必須用同部之韻。換韻之詞，小令外實所罕覯，惟周密《倚風嬌近》有之。此詞填霞翁譜賦大花，前後用魚、虞同部之語、麌、御、遇等韻。"

陳匪石《聲執》卷上云："詞有句中韻，或名之曰短韻，在全句爲不可分，而節拍實成一韻。例如……草窗《倚風嬌近》之'淺素'，是韻非韻，與《倚風嬌近》'城''屏''婷'三字可以斷句，是否夾協三平韻，同一不敢臆測。既避專輒，又恐失叶，遂成懸案。凡屬孤調，遇此即窮。因審慎而照填一韻，愚與趙次公倡之，吳瞿安、喬大壯從而和之，然終未敢信爲定論也。"

【附録】

《武林舊事》卷二《賞花》云："禁中賞花，非一先期，後苑及修内司分任排辦，凡諸苑亭榭花木，妝點一新，錦簾綃幕，飛梭繡球，以至裀褥設放、器玩盆窠、珍禽异物、各務奇麗。又命小璫内司，列肆關撲珠翠冠朵、篦環繡段、畫領花扇、官窑定器、孩兒戲具、鬧竿龍船等物，及有賣買果木酒食、餅餌蔬茹之類，莫不備具，悉效西湖景物。起自梅堂賞梅，芳春堂賞杏花，桃源觀桃、粲錦堂、金林檎、照妝亭、海棠蘭亭修禊。至于鍾美堂賞大花，爲極盛，堂三面皆花石，爲臺三層，各植名品，標以象牌，覆以碧幕，臺後分植玉繡球數百株，儼如鏤玉屏。堂内左右，各列三層雕花彩檻，護以彩色牡丹；畫衣間列碾玉、水晶、金壺及大食玻璃、官窑等瓶，各簪奇品。如姚魏、御衣、黄照、殿紅之類幾千朵，别以銀箔，間貼大斛分種，數千百窠分列四面。至于梁棟窗户間，亦以湘筒貯花，鱗次簇插，何啻萬朵。"

英臺近[一]

燭摇花、香裊穗[1]，獨自奈春冷。過了收燈[2]，纔始作花信[3]。無端、雨外餘酲[二][4]，鶯邊殘夢，又還動、惜芳心性。　　忍重省[三]。幾多緑意紅情[5]，吟箋倩誰整[6]。香减春衫，老却舊荀令[7]。小樓、深閉東風，曲屏斜倚[8]，知他是、爲誰成病。　　　　　　（第六十）

【校記】

[一] 此即"祝英臺近"，除芝蘭本外，各本均無"祝"字，或是别名。不

改。光緒本本詞未收錄。

[二] 餘酲，丙午本、毛校本并作"餘醒"，據知不足齋本改。

[三] 丙午本"忍"字屬前，據彊村本改。毛校本、知不足齋本此三字均屬前，誤。

【箋釋】

[1] 穗：即"燭花"。唐韓偓《嬾卸頭》詩云："時復見殘燈，和煙墜金穗。"這裏的"香"，其實是對一種蠟燭特有的燃味的美稱。

[2] 收燈：元宵燈會，舊時從農曆正月十三日開始，稱爲"上燈"，正月十八日結束，稱爲"收燈"。宋史達祖《夜行船·正月十八日聞賣杏花有感》詞云："不剪春衫愁意態。過收燈、有些寒在。"又，清朱彝尊《洞仙歌》詞云"最難得，相逢上元時，且過了收燈，放船由恁"，徑取本句入詞。

[3] 花信：這裏是花開的信息。過了收燈日，各種春花陸續開放，故云。宋衛宗武《和丹岩以青溪至有作》詩云："梅信已傳花信動，直須領客待春回。"

[4] 餘酲：宿醉未醒，殘留的醉意。唐皮日休《奉和魯望閑居雜題五首醒聞檜》詩云："解洗餘酲晨半酉，星星仙吹起雲門。"

[5] 綠意紅情：猶言春光爛漫。周密別首《杏花天》，亦有"金池瓊苑曾經醉。是多少、紅情綠意"。最早見于宋文同的《約春》詩云："紅情綠意知多少，盡入涇川萬樹花。"

[6] 吟箋：吟稿，詩稿。宋史達祖《風流子》詞云："借吟箋賦筆，試融春恨，舞裙歌扇，聊應塵緣。"

[7] 荀令：指荀彧，傳說他祇要坐一下，就可以留香三日。宋曾慥《類説》卷五十九云："襄陽劉季和，性愛香，常如厠輒過香爐上。主簿張坦曰：'人名公作俗人，不虛也。'季和曰：'荀令君至人家坐，三日香，爲我如何？'坦曰：'醜婦效顰，見者必走，公欲我遁走耶？'"宋史達祖《賀新郎》詞云："花落臺池靜。自春衫閑來，老了舊香荀令。"

[8] 曲屏：能折叠的屏風。屏風有兩種，一種是單屏，一種是曲屏，曲屏可以有若干折組成，通常是六曲屏。唐李商隱《行至金牛驛寄興元渤海尚書》詩云："六曲屏風江雨急，九枝燈檠夜珠圓。"又，清朱彝尊《臺城路》詞云"曲屏斜倚。看舊掃眉峰，漸低穿翠"，徑取本句入詞。

【考證】

自本詞起，四首小詞疑是同年之作，都是咏春詞，鑒于霞翁歿時，周密爲三十五歲左右，則這一組詞的寫作不會晚于三十六歲，且最大的可能是在其三十三、三十四歲生活于杭州，與霞翁等人結社交往最密切的時候。

【韻律】

《英臺近》亦即《祝英臺近》，《欽定詞譜》收錄于第十八卷，以程垓"墜紅輕"詞爲正體，本詞與程詞韻律全合，是一個非常標準的近詞體，添頭、齊尾，三均架構。在用韻上，除過片外不用任何輔韻修飾，而主韻韻腳則均由"平仄"二字組合構成，這是本調的一個重要特徵。《欽定詞譜》不明白這一點，因此將劉過前段第二句組的收拍"一日近一日"竟擬成了五連仄。這一句中第二個"一"字，顯然就是以入作平的手法，符合本調平仄收束的基本韻律模式。

本調後段第一句組的收拍，以仄起式句法爲正，宋詞多如此填，很少有用平起式的句法，但本詞"吟箋倩誰整"采用的就是平起式，且周密三首中有兩首平起。這種平起式的填法在韻律上就略覺欠缺，在前後的協整上算是一個小瑕疵。

本詞末一句組的前後段起拍，在韻律上很具有個性，是一個二字逗領四字儷句的句法結構，前段的"雨外餘醒，鶯邊殘夢"，對偶極爲工整，後段的"深閉東風，曲屛斜倚"看似不對，實際上屬於一種錯位對，又稱交股對，其原貌即爲"深閉東風，斜倚曲屛"，是爲諧律而作了詞序的調整。

浪淘沙[一]

芳草碧茸茸[1]。染恨無窮[2]。一春心事雨聲中[3]。窄索宮羅寒尚峭[二][4]，閑倚薰籠。　猶記粉闌東[三]。同醉香叢。金鞍何處驟驊騮[四][5]。裊裊綠窗殘夢斷[6]，紅杏東風。　　　　　　（第六十一）

【校記】

[一] 知不足齋本、四印齋本、辛酉本、芝蘭本有短序"春晚"。

[二] 窄索，光緒本作"窄素"。尚峭，丙午本、毛校本、知不足齋本、辛酉本并作"尚悄"，據彊村本、四印齋本、光緒本改。

[三] 粉闌，光緒本、裘杼樓本并作"粉墻"。

[四] 驊騮，光緒本、裘杼樓本作"花騮"。

【箋釋】

[1] 碧茸茸：又作"碧絨絨"。形容碧綠而且茂密的樣子。本句擷取自宋句昌泰《題新繁句氏盤溪》詩"徑松青謖謖，庭草碧茸茸"。

[2] 本句之"恨"，未必是一種單純的怨恨，全詞也并未有著力於"怨恨"的句子，而是各種情感之代稱，讀古詩詞，"恨、愁"之類都須審視，不可一概以今人概念理解。詳參第八首【箋釋】[6]、第二十二首【箋釋】[4]。

　　[3] 本句化用宋晁公溯《簿書》詩"詩興消磨渾欲盡，一春心事簿書中"。

　　[4] 窄索：窄小的。或謂是"單薄"義，誤。宋陳允平《夜游宮》詞云："窄索樓兒傍水。漸秋到、漁村橘里。"

　　[5] 驟驊騮：驅馳駿馬。

　　[6] 本句化用唐趙嘏《春日書懷》詩"應裛綠窗殘夢斷，杏園零落滿枝風"。

【韻律】

　　本調《欽定詞譜》收錄於第十卷，《欽定詞譜》云"其源亦出於李煜詞也"，本詞為正體填法，與早期詞作南唐李煜"簾外雨潺潺"詞同格。本調的體式，是一種由小令向近詞發展的過渡性體式，這種體式的典型特徵，就是每一段的詞中都會有一個起到前後銜接作用的單拍，這個單拍無論是在韻律上，還是在詞意上都有一種前後交融的特性，如本詞前段的"一春心事雨聲中"和後段的"金鞍何處驟驊騮"。這一類詞體另如《臨江仙》《青門引》等。這種類型與《南鄉一剪梅》《踏莎行》之類的不同，《踏莎行》起拍的兩個四字句和《南鄉一剪梅》後面的兩個四字句，實際上是由七字句添字而來的一種變化方式。

浣溪沙[一]

　　不下珠簾怕燕嗔[二][1]。旋移芳檻引流鶯。春光却早又中分[2]。　　杏火無煙然綠暗[3]，梨花如雪冷清明[三]。冶游天氣冶游心[4]。（第六十二）

【校記】

　　[一] 知不足齋本、四印齋本、辛酉本、芝蘭本有短序"春憶"。光緒本本詞未收錄。

　　[二] 燕嗔，四印齋本、彊村本并作"燕瞋"，誤，蓋本句是用杜牧典，杜牧用"嗔"，可見無誤。

　　[三] 梨花如雪，知不足齋本、四印齋本、辛酉本并作"梨雲有雪"，彊村本作"梨雲如雪"。

【箋釋】

　　[1] 本句語出唐杜牧《十九兄郡樓有宴病不赴》詩"空堂病怯階前月，燕

子嗔垂一竹簾"。杜牧之意是：因爲自己生病，大門不出，所以燕子都嗔怪門簾垂著。故宋周紫芝《西湖春事》詩云："從教髮白桃花笑，不管簾垂燕子嗔。"下：放下。放下珠簾則燕子無法飛入，無法飛入則會嗔怪，故云不敢放下珠簾，這一句應理解爲因果句，"之所以不下珠簾是因爲怕燕嗔"。今各標點本作"瞋"，或誤。"瞋"雖可引申爲"瞋怒"，但不如"嗔"字直接，且于詞中"嗔"也是熟語。

[2] 中分：從中間分開，即春已經過去了一半。

[3] 杏火：謂杏花開似火。然：燃燒，同"燃"，古今字。綠暗：意謂祇見杏花不見綠葉。唐温庭筠《寒食日作》詩云："紅深綠暗徑相交，抱暖含芳披紫袍。"

[4] 冶游：青年男女到郊外尋樂野游。宋晏幾道《浣溪沙》詞云："白紵春衫楊柳鞭。碧蹄驕馬杏花韉。落英飛絮冶游天。"

【韻律】

本調爲唐人小令，《欽定詞譜》收録于第四卷。本詞由庚青韻與真文韻混叶。

《浣溪沙》也是早期詞調，全詞均爲雙起式句式，因此没有後來的宋詞中其他詞調的那種激越、頓挫的樂感。本調的整體架構明顯留有近體詩詩律的痕迹，如基本符合粘對規則。而從這一粘對殘迹來看，本調的早期狀態應該是八句式的，這一點，也可以從今天所見的敦煌詞《浣溪沙》中看出端倪，敦煌詞中的《浣溪沙》雖然前後段的第四句字數都不等，有三字的，也有五字、七字的，在整個詞體上却都是八句式的，亦即，後來被稱爲《山花子》的詞調才是《浣溪沙》之正宗。而這種六句式的詞調，實際上是由八句式減字而成，正因爲如此，賀鑄才會將本調稱爲《減字浣溪沙》，"減字"二字，有其深刻的道理。

又　浣溪沙[一]

絲雨籠煙織曉晴[二]。睡餘春酒未全醒。翠鈿輕脱隱香痕[1]。　　生怕柳綿縈舞蝶，戲抛梅彈打啼鶯[三][2]。最難消遣是殘春[3]。（第六十三）

【校記】

[一] 本詞光緒本未收録。

[二] 原作"晚晴"，就後一句可知是"睡餘"之後，則以"曉"解更宜，據知不足齋本、四印齋本、辛酉本改。

[三] 啼鶯，知不足齋本、四印齋本、辛酉本并作"流鶯"。

【箋釋】

[1] 翠鈿：此指貼在眉心的飾物，脫落後會有一道印痕。唐顧敻《甘州子》詞云："醉歸青瑣入鴛衾，月色照衣襟。山枕上，翠鈿鎮眉心。"

[2] 梅彈：梅子。這裏特指青梅做成的彈丸。此時柳綿縈舞，則青梅已經結子，古人即以梅子為彈丸。周密自創詞彙，其後多被人使用，如明李昌祺《滿庭芳·賀人生日四月年六十》："梅彈垂金，柳綿飄雪，綠陰清晝偏長。畫堂初曉，慶壽沸笙簧。"清龔翔麟《祝英臺近·同遠是虎侯坐耕客齋中分調》："小窗留得辛夷，梅彈細于蕊。催泛茗旗，重捲黑簾起。"

[3] 本句清人極喜，項鴻祚《浣溪沙》有"最難消遣是深春"，范安瀾《浣溪沙·春日》有"最難消遣是相思"，繆思勃《南村寫懷》有"最難消遣是今年"，鄭孝胥《過綿俠營故居》有"最難消遣是斜陽"，而傅熊湘《浣溪紗·半淞園即事》則徑取自周密詞"濃綠凄迷如有恨，落紅漂泊太無因。最難消遣是殘春"。

【韻律】

本調爲唐人小令，《欽定詞譜》收錄于第四卷。本詞也是兩部混叶，以庚青韻爲主韻，混叶真文韻。餘參前一首。

齊天樂

丁卯七月既望，余偕同志，放舟邀涼于三匯之交，遠修太白采石、坡仙赤壁數百年故事，游興甚逸。余嘗賦詩三百言，以紀清適，座客和篇交屬[一]，意殊快也。越明年秋，復尋前盟于白荷涼月間，風露浩然，毛髮森爽，遂命蒼頭奴橫小笛于舵尾[1]，作悠揚杳渺之聲，使人真有乘槎飛舉想也[二]。舉白盡醉[2]，繼以浩歌[三]。

清溪數點芙蓉雨[3]，蘋飆泛涼吟舷[四][4]。洗玉空明[5]，浮珠沉瀯[6]，人靜籟沉波息。仙潢只赤[五][7]。想翠宇瓊樓，有人相憶[8]。天上人間，未知今夕是何夕[9]。　　此生此夜此景[10]，自仙翁去後[11]，清致誰識。散髮吟商[12]，簪花弄水，誰伴涼宵橫笛[六]。流年暗惜。怕一夕西風[七][13]，井梧吹碧。底事閑愁，醉歌浮大白[14]。　　（第六十四）

【校記】

[一] 座客，彊村本作"坐客"，通。

［二］乘槎，彊村本作"乘查"，通。

［三］知不足齋本、四印齋本小序爲"赤壁重游"，顯誤。

［四］泛涼，裘杼樓本作"涼泛"。吟艦，知不足齋本、四印齋本、辛酉本并作"吹艦"。

［五］只赤，彊村本、四印齋本、辛酉本并作"咫尺"，通。

［六］涼宵，裘杼樓本作"空江"。

［七］一夕，裘杼樓本作"一度"。

【箋釋】

[1] 蒼頭奴：家僕，傭人。唐岑參《玉門關蓋將軍歌》詩云："紫紱金章左右趨，問著祇是蒼頭奴。"

[2] 舉白：舉杯飲酒。宋張表臣《珊瑚鈎詩話》卷二云："飲酒痛釂，謂之舉白。唐人云'卷白波'，義起於漢擒白波賊，戮之，言意氣之快耳。"宋代詞彙。宋劉克莊《賀新郎》詞云："歲晚連床談至曉。勝岡頭、出沒看烏帽。君舉白，我頻釂。"

[3] 芙蓉雨：芙蓉花開時的雨水，多指秋雨。元呂誠《九日雨中雜興》詩云："鷗眠夜渡芙蓉雨，雁落秋田穧稏雲。"

[4] 蘋飆：即蘋風，意謂掠過蘋草的風。吟艦：詩人乘坐的豪华游船。艦：有錢人家的私船，船頭往往繪有鶲鳥，故稱。

[5] 洗玉：此即指水中的月亮。謂其如在洗滌的玉璧，亦含月華如洗之意。空明：澄澈透亮的樣子。南朝蔡凝《賦得處處春雲生》詩云："春色遍空明，春雲處處生。"

[6] 浮珠：水中游魚所吐的水泡。宋王佐才《贈徐子虛畫魚》詩云："往來得所弄晴色，圓波觸動生浮珠。"沆瀣：原指夜間的水氣或露水，這裏形容浮珠的玲瓏燁熠，這一義項詞典失收，而宋人有用。宋無名氏《醉蓬萊·壽邑宰九月初五》詩云："玉宇澄清，金盤沆瀣，融結鐘冲粹。"宋鄧南秀《鈐岡早行》詩云："沆瀣虛無外，淒清頃刻中。"

[7] 仙潢：仙池、天河。唐盧照鄰《七夕泛舟》詩云："水疑通織室，舟似泛仙潢。"只赤：即"咫尺"。參見第二首【校記】[三]。

[8] 本句擷取自宋晏殊《滴滴金》詞"千里音塵便疏隔。合有人相憶"。

[9] 本句擷取自唐賈島《友人婚楊氏催妝》詩"不知今夕是何夕，催促陽臺近鏡臺"。

[10] 本句化用宋蘇軾《中秋月》詩"此生此夜不長好，明月明年何處看"。

[11] 本句擷取自宋陳著《水龍吟·次韻黄蘧軒虚谷咏鳳花》詞"自仙樊去後，無人題鳳，闌干外、成孤媚"。仙翁：此指蘇軾，本詞因修蘇軾赤壁故事，因此詞中字句，多與蘇軾有關。

[12] 本句與宋張炎《聲聲慢·西湖別本作與王碧山泛舟鑒曲》詞"散髮吟商，此興萬里悠悠"，互爲影響，應有淵源。吟商：即"吟秋"，秋季五行屬金，"商"爲五音之一，亦屬金，故"商"常用來替代"秋"字。

[13] 本句徑取自宋吳文英《齊天樂·會江湖諸友泛湖》詞"平蕪未剪。怕一夕西風，鏡心紅變"。

[14] 大白：大酒杯。明余繼登《陸敬承有臺曰來爽暇日登之漫賦》用本句入詩，云："不如飲君酒，長歌浮大白。"

【考證】

丁卯爲宋度宗咸淳三年（1267年），而咸淳二年（1266年）冬，周密應已從兩浙運司離職回到湖州，故有是年正月南郊慶城之游、七月三匯之泛舟、冬天餘不溪訪二隱之行事。

但"越明年"三字，可知本詞作于次年戊辰七月，而補題序于編集之時，因爲"越明年"這種説法，祇是對過往事件的追述，即時填詞而説"越明年"，便覺不合。但其詞中措辭，則又非追憶之語，因此有如上判斷。

三匯究竟所指爲哪三條水流，根據《宏治湖州府志》記載："叠翠亭在白蘋亭北，北爲三匯亭，衆溪皆會于此。"則當在此處，江昱認爲："三匯之稱，他無所見，惟亭名自昔，以地考之，正屬雪溪東南五亭間，蓋餘不、前溪、北流，三水從南來，會聚于此，而入定安門，江子匯者也。名或因此。"（原注）但是，所謂的前溪實質上就是餘不溪，是指餘不溪上流流經古武康縣治前的一段，清鄭元慶《石柱記箋釋》卷四有這樣一段記載：《輿地紀勝》引《皇朝郡縣志》云："自清源門入，曰苕溪，其流濁；自定安門入，曰雪溪，其流清。不過二溪耳。其餘不溪與苕溪，皆出天目山，前溪雖出銅峴山，然至德清縣東已與餘不溪合，而北流至定安門外，通謂之雪溪，不待與苕溪合，然後名之。"所以，這一個"三匯"并不包含前溪在内。而實際上這一匯所指的，周密已經説過，他在"余嘗賦詩三百言"的那首古風的題序中説"咸淳丁卯七月既望，會同志避暑于東溪之清賦"，這裏説的"東溪"，便是江昱誤作"前溪"的三匯之一，因此，所謂的"三匯"就是雪溪（又名"北流"）、餘不溪（含前溪）、東溪。

【韻律】

本調爲慢詞，《欽定詞譜》收録于第三十一卷，以周邦彦"緑蕪凋盡"詞爲正體。本詞較之正體，除後段第二句句法不用平起式律句外，其餘與正體相同。

詞有句中韻，衆皆熟識，但還有"均中韻"，句中韻爲一個句拍中的韻脚，均中韻則是一個均中的韻脚，如本詞前段的"只赤"、後段的"暗惜"。均中韻與句中韻一樣，都衹是一個詞調中的輔助性韻脚，我將其稱之爲"輔韻"。輔韻和與之相對應的"主韻"不同，它衹是在韻律中起到一個修飾性的作用，因此，儘管我們在詞譜中看到這兩個地方都是規定要叶韻的，而實際創作時，如果不叶韻也并不違反律理。當然，因不知，而不敢，這也是今天我們填詞，不可能如宋人一樣捭闔自如的重要原因。

餘參第四十、五十四、七十四、一百一十九、一百二十九首之【韻律】。

【輯評】

清陳廷焯《雲韶集》云：《齊天樂·清溪數點芙蓉雨》詞，"數語亦清雋有味。三'此'字盡一身羈旅之感，若悲若喜，如泣如訴。結二語是快語，正是極悲鬱語"。

清鄧廷楨《雙硯齋詞話》云："弁陽翁工于造句，如'嬌綠迷雲''倦紅釀曉''膩葉陰清''孤花香冷''散髮吟商''簪花弄水''貯月杯寬''護香屏暖'之類，不可枚舉。"

【附錄】

周密詩：

咸淳丁卯七月既望，會同志避暑于東溪之清賦，泛舟三匯之交。舟無定游，會意即止，酒無定行，隨意斟酌。坐客皆幅巾練衣，般薄嘯傲，或投竿而漁，或叩舷而歌，各適其適。既而蘋風供凉，桂月蜚露，天光翠合，逸興橫生，痛飲狂吟，不覺達旦，真雋游也。吾鄉自昔號水晶宮，蓋苕、霅二水交匯于一城之中，此他郡所無，而邦人習玩，往往不復管領，遂使水月之趣，溪山之勝，鬱而不彰，大是欠事。坡翁謂自太白去後世間二百年無此樂，赤壁之游，實取諸此。坡去今復二百年矣。斯游也，庶幾追前賢之清風，爲异日之佳話云。

老火濁不流，熱惱無可避。駕言清溪濱，濯纓稅塵鞿。扁舟無定游，放纜任其至。蕩槳三匯交，空明發清思。摘鮮得野實，釣水投香餌。碧筩注芳酒，湘奩薦新芰。主賓略酬酢，冷暖隨所嗜。須臾月輪上，煙水合空翠。清風真可人，意厚萬金施。露葉生輝光，水華多嫵媚。欲拍洪崖肩，欲挽湘君袙。雖無管弦樂，一洗世俗偽。清彈發鄰舸，暗攪潜虯睡。應作蜩蛙觀，亦足助幽致。豈惟家山樂，要是會心地。熱官豈辦此，未易輕擬議。我年未四十，齒髮已憔悴。往者不可追，來者何可覬。富貴難幸求，歲月不少置。于此貧賤中，此樂已不菲。鶴長與鳧短，造物正兒戲。功名類蟻夢，身世等萍寄。百年幾良晤，何暇計榮悴。縱有身後名，不博今夕醉。高歌未知曉，坐見斜河墜。謫仙宮錦舟，繼者僅一二。老坡赤壁游，始盡闡天閟。我後二百年，乃默契此意。會當歃斯盟，勿使等閑弃。高咏三百言，聊用諗同志。

大酺　春陰懷舊

又秭歸啼、荼蘼謝[一]，寂寂春陰池閣[1]。羅窗人病酒[2]，奈牡丹初放，晚風還惡。燕燕歸遲，鶯鶯聲懶，閑冒鞦韆紅索[3]。三分春過二[二]，尚剩寒猶凝[三]，翠衣香薄。傍駕徑鸚籠[四][4]，一池萍碎[5]，半檐花落[6]。　最憐春夢弱[五]。楚臺遠、空負朝雲約[六][7]。謾念想、清歌錦瑟，翠管瑤尊，幾回沉醉東園酌[七][8]。燕麥兎葵恨[八][9]，倩誰訪、畫闌紅藥[10]。況多病、腰如削[九]。相如老去[11]，賦筆吟箋閑却[十]。此情怕人問著[十一][12]。

（第六十五）

【校記】

[一] 秭歸，丙午本作"柹歸"，刻誤；知不足齋本、四印齋本、辛酉本、彊村本并作"子規"，通。荼蘼，丙午本作"荼蘼"，刻誤。

[二] 分，芝蘭本注云："《詞匯》作'色'。"失律。二，芝蘭本注云："《詞匯》作'半'。"《欽定詞譜》作"半"。

[三] 尚剩，知不足齋本、四印齋本、辛酉本并作"向剩"。本句，芝蘭本注云：《詞匯》作"空淚眼愁凝"，《欽定詞譜》作"早朱桁塵凝"。

[四] 鴛徑，丙午本、毛校本、芝蘭本作"鵓徑"，據知不足齋本、四印齋本、彊村本改。鸚籠，《欽定詞譜》作"鶯籠"。

[五] 最，芝蘭本注云："《草窗詞》作'寂寂'，多一字。《詞匯》作'淹煎'。"余所見《草窗詞》諸本非是，且依律本句應爲五字，宋元諸家皆如是填。

[六] 朝雲約，知不足齋本、四印齋本、辛酉本并作"雨期雲約"，或誤，宋元諸家本句皆填爲上三下五式句法。《欽定詞譜》本句作"負雨期雲約"，韻律不諧。

[七] 沉醉，知不足齋本、四印齋本、辛酉本、《欽定詞譜》并作"重醉"。酌，芝蘭本注云："《草窗詞》作'約'。"余所見諸本非是，且"約"字前一個句組已韻，不當連重，應誤。

［八］菟葵，知不足齋本、四印齋本、辛酉本、彊村本并作"兔葵"，通。本句知不足齋本、四印齋本、辛酉本無"恨"字，宋人本句俱爲五字，但元人有四字者。《欽定詞譜》作"但兔葵燕麥"，更諧。

［九］況多病，丙午本作"沉多病"，據毛校本、知不足齋本、四印齋本改。

［十］笺，芝蘭本注云："《詞匯》作'簪'。"《欽定詞譜》同。

［十一］怕人，芝蘭本注云："《草窗詞》作'更誰'。"余所見諸本非是，唯《欽定詞譜》如此。

【箋釋】

[1] 明陸深《春日雜興》詩"寂寂春陰江閣閑。綠浮新雨漲潺湲"，即化用本句。

[2] 羅窗：以繡羅織物爲窗簾的窗子。唐李商隱《題二首後重有戲贈任秀才》詩云："一丈紅薔擁翠筠，羅窗不識繞街塵。"病酒：沉溺于飲酒。唐元稹《病醉》詩云："醉伴見儂因病酒，道儂無酒不相窺。"

[3] 閑冑：將鞦韆上的繩子繞起，挂在一邊，不再使用。

[4] 鴛徑：鴛鴦行走的路，常作野徑的美稱。周密自創詞彙。元張翥《掃花游·落紅》詞云："芳事誰管領。但蜜膩蜂房，蘇斑鴛徑。"

[5] 本句徑取宋蘇軾《水龍吟·次韻章質夫楊花詞》"曉來雨過，遺蹤何在，一池萍碎"。

[6] 本句原出自宋周邦彥《丹鳳吟》詞"那堪昏暝，簌簌半檐花落"。

[7] 楚臺：楚王夢遇神女的陽臺。朝雲：楚王所夢見的神女名。宋王益《新繁縣東湖瑞蓮歌》云："紫清合曜流霞暉。楚臺無夢朝雲飛。"

[8] 東園：或即第十七首所引《七修類稿》所指之東花園，爲宋代之富景園。

[9] 燕麥菟葵：代指野草雜草。用唐劉禹錫《再游玄都觀》序中所引之意爲"重游玄都觀，蕩然無復一樹，唯兔葵燕麥動搖於春風耳"。本句截取自宋李之儀《若視告行再寄二詩》詩"玉室金堂有阻隔，兔葵燕麥恨扶疏"。

[10] 紅藥：紅色的芍藥花。五代花蕊夫人《宮詞》詩云："不知紅藥闌干曲，日暮何人落翠鈿。"

[11] 本句化用宋蘇軾《戲周正孺》詩，而反其意用"相如雖老猶能賦，換馬還應繼二生"。本句擷取自宋劉過《賀新郎》詞"老去相如倦。向文君說似，而今怎生消遣"。

[12] 此情：指春陰懷舊之情。清俞士彪《過秦樓》詞"向小窗細憶，此際怕人問著"，化用于本句。

【考證】

況多病、腰如削。夏承燾先生據王行題畫像云"草窗豪偉逸秀",謂其體貌豪偉,但是,周密本人的體質其實并不屬于強健者,相反倒是可謂屢弱,他在不到三十歲時寫的《仙霞嶺次徐意一參政韻》中,就説自己"青鬢改",未必是一種虛筆,而是自己"少不如人奈老何,早衰多病鬢雙皤"(《寫懷偶成二首》)的一種真實寫照,因爲早衰,所以在他盛年之時,甚至已經到了髮脱齒落的狀況"病懶空憐負壯圖,盛年齒髮已凋疏"(《病愈紀事》),到老了,則回顧自己是"貧病一生無舊業"(《挽雪林李和父》),可見對自己屢弱的身子的描寫,是一以貫之的。

周密在自己的詩詞中更是曾經多次寫到自己生病:"一番春又老,長日病厭厭"(《病中》)、"客愁不奈貧多感,老色偏隨病見侵"(《病中寄二隱》)、"卧病殘春亦可嗟,蕭然一閣閉如蝸"(《病中謝友人相問》)、"短髮怯梳霜柳脆,衰容銷鏡病梨黄"(《病起偶成》)、"柳已成花草上階,一程多病不曾來"(《病後窺園》)、"玉肌多病怯殘春"(《江城子》)、"況多病、腰如削"(《大酺》)、"愁多病多腰素消"(《明月引》)、"愁與病相半"(《祝英臺近》)。周密甚至到了春天也病,"病來應被垂楊笑,三月春衣未褪綿"(《春寒》);秋天也病,"露草寒螿夜夜愁,病懷無語獨驚秋"(《秋夕懷》);冬天也病,"余自入冬多病,吟事盡廢"(第五十四首《齊天樂》);淋個雨更是要病,"病懷惟與静相便,盡把歡游乞少年"(《元夕被雨病中有感》),這樣的程度。

周密多病,固然是有其先天體質屢弱的原因,他曾説過自己的身體與母親相似,體弱(出處失記),在他四十三歲的《甲戌七月二十七夜大雷雨有感》一詩中也提到"哀哉昔吾親,多病易驚悸"這樣的一種家族體弱史,顯然,基因遺傳是一個重要的原因。另外,則是因爲自己過于敏感的性格特徵,他自己也很清楚地知道這種生理與心理互爲影響的原因,即所謂"病因愁做成"(《南樓令》)。當然,這也是很多讀書人都存在的問題,也許,天才就得體質弱一點纔相稱。

那麼本詞是否爲周密的暮年之作呢?應該説不會。因爲本書的結集,夏承燾先生承阮元説斷爲與《草窗韻語》同時結集于宋末,而未收錄入元後的作品,現在可以認定《蘋洲漁笛譜》是周密親自選定,也就是大約在周密四十三歲時,本詞所説的春過三之二,應該正是一種年齡的含蓄的表達。由此,本詞可繫于甲戌,周密三十四歲時所填。

【韻律】

此爲慢詞,《欽定詞譜》收錄于第三十七卷,以周邦彦"對宿煙收"詞爲正體，本詞列爲第二格。本調被《欽定詞譜》認爲是周邦彥所創製，但前後段非常參差，全不對應，不但句拍無法對應，各均也前後不對，目前是前段五均，後段四個句組，極不協和。這種詞體的體式是極少見的。因此，周邦彥詞前段起作"對宿煙收，春禽靜"，極疑或是"對宿煙收，□春禽靜"之奪誤，而前段視爲雙曳頭結構，即其第一、第二段是這樣的結構：

"又子規啼，□酴醾謝，寂寂春陰池閣。羅窗人病酒，奈牡丹初放，晚風還惡。"

"燕燕歸遲，鶯鶯聲懶，閑罥鞦韆紅索。三分春過二，尚剩寒猶凝，翠衣香薄。"

其各爲兩個句組，雙曳都用四字對偶句而起，其餘文字則爲第三段，這樣的結構是最合乎韻律一般規則的。此外，周邦彥詞所寫內容，也與"大酺"沒有什麽關係，謂其是首創之作，也很難服人，很可能周邦彥詞所本的母詞，已經是有所脫奪了，這樣的考量應該是合乎實際的。

前段第十拍"凝"字，此處依律須讀爲仄聲。

後段的第五拍，周邦彥原作"等閑時、易傷心目"，是個折腰句法，本詞用律句句法，這固然和後段無對應段有關，但也說明詞中的句法是可以有所變異的，此爲典型一例。吳文英詞作"總輸玉井嘗甘液"，與周密是一路作法。

【譜注】

《欽定詞譜》云："此即周（邦彥）詞體，惟後段第六句不押韻异。"按：方千里詞"老去疏狂減"、陳允平詞"冷透金籌濕"，正與此同。"

霓裳中序第一　次箕房韻[一][1]

湘屏展翠叠[2]。恨入宮溝流怨葉[3]。缸冷金花暗結[二][4]。又雁影帶霜，蛩音凄月。珠寬腕雪[5]。嘆錦箋、芳字盈篋[6]。人何在、玉簫舊約[7]。忍對素娥說。　　愁切[三]。夜砧幽咽[四]。任帳底、沉煙漸滅[8]。紅蘭誰采贈別。悵洛浦分綃[五][9]，漢皋遺玦[六][10]。舞鸞光半缺[11]。最怕聽離弦乍闋[12]。憑闌久、一庭香露，桂影弄棲蝶。[七]　　　　　（第六十六）

【校記】

[一] 知不足齋本、四印齋本題序作"閨思"，辛酉本作"閨思。次箕房韻"。

[二] 缸冷，知不足齋本、彊村本、四印齋本、辛酉本并作"釭冷"，通。芝蘭本注云："《詞匯》'缸'上有'銀'字，各本無。"

[三] 愁切，毛校本二字屬前段，知不足齋本、四印齋本、辛酉本、裘杼

樓本、《欽定詞譜》、《詞繫》并作"愁絶"。宋人應法孫有與周密同韻和詞，作"悲切"，故"愁絶"或誤。

[四] 夜砧，《欽定詞譜》作"衣砧"。

[五] 丙午本"別"字下原注：一本有"恨"字。恨，芝蘭本注云："《詞匯》作'嘆'。"原本、毛校本、知不足齋本、彊村本、四印齋本、辛酉本俱無"恨"字，而依律本句應爲五字，應法孫、詹玉詞即如此填，對應前段"又雁影帶霜"，正是一四式句法，故雖宋人多填爲四字，亦是奪字無疑，今據丙午本注補。洛浦，丙午本作"洛妃"，并注：一作"洛浦"，唯"洛妃"韻律不合，疑是"洛汜"之誤。毛校本、知不足齋本、彊村本、四印齋本、芝蘭本俱作"洛汜"。《詞綜》《歷代詩餘》《詞律》《欽定詞譜》《詞繫》本句均作"洛浦"，然後句又用"漢浦"，周密應不會兩"浦"贅用，必有一誤。

[六] 丙午本原作"漢浦"，并注：漢浦，一作"漢皋"。按：裘杼樓本、《欽定詞譜》、《詞繫》俱如是。如前所述，依本二句韻律，周密應不會兩"浦"贅用，且此處複叠無太大意義，徒增一不律句而已，故取"漢皋"。

[七] 棲蝶，知不足齋本、四印齋本、辛酉本、芝蘭本、《詞繫》并作"凄蝶"。

【箋釋】

[1] 筼房：即李彭老。參第五十七首【箋釋】[1]。

[2] 湘屏：用湘竹製成的屏風。清項鴻祚《霓裳中序第一》詞，摹本詞而填，其起拍云"湘筠展翠叠。冷落金泥雙睡蝶"，擷用本詞無疑。

[3] 本句用顧況與梧葉題詩事。宋李昉《太平廣記》卷一百九十八引《本事詩》云："唐顧況在洛，乘間與三詩友游于苑中，流水上得大梧葉，上題詩曰：'一入深宮裏，年年不見春。聊題一片葉，寄與有情人。'況明日于上游，亦題葉上，泛于波中。詩曰：'愁見鶯啼柳絮飛。上陽宮女斷腸時。君恩不禁東流水，葉上題詩寄與誰。'後十日餘，有客來苑中尋春，又于葉上得一詩，故以示況。詩曰：'一葉題詩出禁城。誰人愁和獨含情。自嗟不及波中葉，蕩漾乘風取次行。'"

[4] 缸：燈臺。金花：即燈花，燈芯在燃燒時會結成一種花狀的餘燼，故云"花"，燃燒中呈亮色，故云"金"。暗結：不知不覺中結成。宋王圭《宮詞》云："素英飄灑作宵寒。一寸金花燭淚殘。"

[5] 珠：珠鏈。中心詞省用法。參見第五十、五十四首【箋釋】。腕雪：雪腕，雪白的手腕。這是爲押韻而作的詞序調整。

[6] 錦箋、芳字：精美的信箋，優雅的文字。以形式之美暗示內容之美，詩詞寫作常用手法。本句意謂：錦箋芳字寫了很多，却寄無所處，都積壓在

箱篋中。

[7] 玉簫舊約：唐范攄《雲溪友議》卷中記載：韋皋游江夏，借宿于姜使君家，姜家派丫鬟玉簫專門伺候韋皋。皋久客貴州，兩情相悅，後皋歸，約少則五載多則七年，必娶玉簫。洎八年春，玉簫嘆曰："韋家郎君，一別七年，是不來耳。"遂絶食而殞。清張景祁《凄凉犯》詞云"玉簫舊約。人何在、芙蓉落盡秋雪"，是用本詞之句。

[8] 沉煙：用沉香木所點的煙。唐尹鶚《秋夜月》詞云："黄昏慵别，炷沉煙，熏繡被，翠帷同歇。"

[9] 洛浦：洛水邊，此代指洛神，中心詞省用法。參見第五十、五十四首【箋釋】。分綃：猶言"分袂"，離别之意。三國魏曹植有《洛神賦》，寫與洛神之情事，其中有"踐遠游之文履，曳霧綃之輕裾"句。

[10] 漢皋：山名。在湖北襄陽西北。相傳周鄭交甫于漢皋臺下遇二女，二女解佩相贈。《文選》張衡《南都賦》："耕父揚光于清泠之淵，游女弄珠于漢皋之曲。"李善注引《韓詩外傳》："鄭交甫將南適楚，遵波漢皋臺下，乃遇二女，佩兩珠，大如荆雞之卵。"本句亦取其"分别"意。

[11] 本句未解。依律，本句當爲平起仄收式律句，宋元人皆如此填，則應是"舞鶯"爲一頓，而非"鶯光"爲頓，但無論是"光半缺"或者還是"鶯光"，其詞意都很費解，祈達人賜教。

[12] 乍：出于人意料之外。乍闋：忽然停止。離弦停止，則意味著人將離别，故云"怕聽"。宋周邦彦《浪淘沙慢》詞云："南陌脂車待發。東門帳飲乍闋。"

【考證】

李彭老原詞已逸。

【韻律】

本調目前可見的最早一首，是姜夔的"亭皋正望極"，據姜夔詞序云："于樂工故書中得商調《霓裳曲》十八闋，皆虛譜無辭……予不暇盡作，作中序一闋傳于世。"則可知本調曲譜是舊譜，而姜詞則是依譜而填的始創詞。慢詞，《欽定詞譜》收録于第二十九卷，本詞列爲第二格。

玉簫舊約。應法孫同韻詞，本句作"思前事、鶯期燕約"，則此句應是韻句，"約"字并非衹是偶叶，清人張景祁等諸首和詞均未步，應是小失。

珠寬腕雪。本句宋人均爲四字一句，而校之後段，其對應句爲"舞鶯光半缺"，則本句按整首韻律諧和度考量，更可以說明"'舞'字是淺人'據律所添",否則本句便是奪一領字了。

紅蘭誰采贈别。這一句最怪异,前段是"缸冷金花暗結",很規正的仄起仄收式律句,何以到後段就成了律拗句式?以姜夔對周密的影響及其他一些詞來看,基本可以肯定周詞是依據姜詞填的,而姜詞本句現可見的是"沉思年少浪迹",很可能原貌實爲"沉思少年浪迹",文意更通達。而"思"字平仄兩讀俱可,如姜夔同時代的文同便是仄讀的"才到郵亭便沉思,向來佳景待吾曹",如此則正和前段的"多病却無氣力"相合。而平仄本與詞樂無關,宋人填詞,同時遵循兩套系統:歌唱方面依據樂譜,文字方面依據律法,這一點在宋人著作中早已言及,而今人每誤以爲平仄關乎詞樂,是最大的誤解。如此可知,周密填本詞時,撇開詞樂問題,其句子的韻律上是步趨姜詞無疑的。

前段"又雁影帶霜,蛩音凄月。珠寬腕雪",依律須對應後段"洛汜分綃,漢浦遺玦。舞鸞光半缺",如果有所不同,也應該能找得出其間讀破的痕迹,但這裏顯然没有這樣的關係存在,該譜至少流傳到宋末的時候,應該已經有錯訛了。而我們從《欽定詞譜》等所依據的版本來看,後段作"悵洛汜分綃,漢浦遺玦。舞鸞光半缺",則很可能"舞"字才是淺人"據律"所添。又,"洛汜"丙午本原作"洛妃",形成兩頓連平,顯誤。

嘆錦箋、芳字盈篋;最怕聽離弦乍關。此二句宜作一六式讀,因爲"錦箋芳字"是一個緊密不可分的語言單位,若讀成上三下四式,氣脉就斷了。因此,後詞樂時代對古詞的句讀,還是需要兼顧詞意本身的,尤其不能死扣清人的詞譜,同樣的道理,對創作者來説也是如此,一個句子,應該按照自己的構思,在基本遵循韻律的基礎上,可以有所突破。

【譜注】

萬樹《詞律》云:"'又雁影'句與'悵洛浦'句,比前詞'聽得''羞捻'二句,各多一領句字,故另收之。尹焕一首,前段與周詞'又雁影'句同五字,後段與姜詞'羞捻'句同四字,參差不齊,必無此理,故不收一百一字體。"

杜文瀾云:"《姜白石詞集》云:'于樂工故書中得商調《霓裳曲》十八闋,皆虚譜無辭……音節閑雅,不類今曲。不暇盡作,作《中序》一闋。'又,《心日齋詞選》云:'此調雖非白石自製,詞則創自白石。《詞律》引姜个翁、周密等詞爲式,个翁謬製不足數,周詞差近,疏誤亦多,且旁注可平可仄,以意爲之,不免隔膜。由萬樹未見白石詞集耳。今照姜詞將可平可仄改注,唯"悵洛浦分綃"五字,姜作"笛裏關山"四字,疑姜詞誤脱。'又按,《歷代詩餘》'缸冷金花暗結'句,'缸'上有'銀'字,則與後羅詞同。又,後結'凄蝶'作'棲蝶'。又,《戈氏選本》'衣砧幽咽'句,'衣'作'夜'。此字姜詞仄聲,應遵補照改。"

《欽定詞譜》云:"此與姜(夔)詞同,惟後段第五句添一字异。"

【輯評】

清陳廷焯《雲韶集》云:《霓裳中序第一·湘屏展翠迭》詞,"字字淒斷。聲情俱妙,善于怨者。草窗詞,每到曲中,愈形淒惻"。

【附錄】

宋應法孫《霓裳中序第一》云:"愁雲翠萬叠。露柳殘蟬空抱葉。簾捲流蘇寶結。乍庭户嫩涼,闌干微月。玉纖勝雪。委素紈、塵鎖香篋。思前事,鶯期燕約。寂寞向誰説。　　悲切。漏簽聲咽。漸寒灺、蘭缸未滅。良宵長是閑别。恨酒凝紅綃,粉涴瑶玦。鏡盟鸞影缺。吹笛西風數闋。無言久,和衣成夢,睡損縷金蝶。"

清張景祁《秋夜聞歌用草窗韻》云:"流雲卷素叠。露濕銀床飄暗葉。愁與青蟲共結。又玉簟送涼,紗櫥通月。蓮衣墜雪。嘆扇紈輕弃瑶篋。重游處,柳橋繫馬,忍向舊鶯説。　　淒切。笛波嗚咽。祝酒淚盈衫未滅。湘皋無限怨别。袖褪芳蘭,帕解離玦。篆香心字缺。那更聽哀蟬斷闋。西園路,一簾秋瘦,草綴冷紅蝶。"

清張景祁《戴鹿床家仲甫方雲泉諸老,用前韻題拙稿,率賦奉呈》云:"湘波恨萬叠。暈入煙綃題翠葉。秋老蘋花夢結。但硯幾漱香,筝床彈月。玲瓏散雪。剩舊時紅豆緘篋。空懷感,歌塵扇影,那共贍娘説。　　幽切。絮蛩哀咽。指蠟淚銀屏半滅。河橋曾記送别。酒濕貂裘,劍冷犀玦。唾壺敲又缺。忍再唱青門怨闋。吟情苦,消磨詩鬢,碧幌墮風蝶。"

清張景祁《瀲溪感舊用草窗韻》云:"沙明鈿路叠。拾翠游船輕似葉。船尾鴉娘伴結。看鬢濕杏煙,腮欺蓉月。回橈盪雪。有好山收拾詩篋。閑情寫,水樓試茗,唤起晚鶯説。　　悲切。市橋波咽。恨綠浣衣香半滅。相逢無奈驟别。願繫龍沙,忍佩魚玦。傍唇瓜樣缺。聽小海清歌乍闋。東風暖,棗花簾底,玉繭蜕斑蝶。"

清趙我佩《過舊居感賦,用草窗韻》云:"苔衣冷翠叠。亂石荒階飛敗葉。蛛網當門暗結。有古甓絮蛩,頹垣篩月。香羅膩雪。剩繡巾和淚封篋。滄桑事,舊時燕子,軟語向儂説。　　悲切。短歌聲咽。嘆轉眼浮雲變滅。妝樓曾記賦别。怕覓當時,玉佩珊玦。唾壺敲又缺。早譜就幽蘭怨闋。休重問,花前盟約,夢斷故園蝶。"

過秦樓[一] 避暑次寄雲韻[二][1]

紺玉波寬[2]，碧雲亭小，苒苒水楓香細[三][3]。魚牽翠帶[4]，燕掠紅衣[5]，雨急萬荷喧睡[四][6]。臨檻自采瑶房[7]，鉛粉霑襟，雪絲縈指[8]。喜嘶蟬樹遠，盟鷗鄉近[五]，鏡奩光裏。　簾户悄、竹色侵棋[9]，槐陰移漏[10]，晝永簟花鋪水[11]。清眠乍足，晚浴初慵，瘦約楚裙尺二[12]。曲砌虛庭夜深[13]，月透龜紗[14]，涼生蟬翅。看銀潢瀉露[15]，金井啼鴉漸起[六]。（第六十七）

【校記】

[一] 本詞《詞綜》《古今圖書集成》均有收錄，調名爲《惜餘春慢》。

[二] 知不足齋本、四印齋本題序爲"避暑和寄閒韻"，光緒本"次"字作"和"。

[三] 水楓，知不足齋本、四印齋本、辛酉本、光緒本并作"水花"。

[四] 雨急，《詞綜》《古今圖書集成》均作"雨窗"，失律，誤。

[五] 盟鷗，丙午本、毛校本、四印齋本、芝蘭本并作"盟漚"，據知不足齋本、彊村本、光緒本改。

[六] 啼鴉，芝蘭本注云："《詞綜》作'鴉啼'。"余所見諸本未收錄本詞。

【箋釋】

[1] 寄雲：即張樞，張炎之父。參見第十九首【箋釋】[1]。

[2] 紺：微帶點紅的青色。紺玉：此指西湖倒映一點荷花的湖水。宋文同《采蓮曲》云："丹瓊紺玉低復昂，霑裏薄粉撲嫩黃。"

[3] 水楓：水邊之楓樹。宋張仲殊《念奴嬌》詞云："水楓葉下，乍湖光清淺，涼生商素。"

[4] 翠帶：指水中細長的水草。唐杜甫《曲江對雨》詩云："林花著雨燕脂落，水荇牽風翠帶長。"

[5] 紅衣：特指荷花。唐許渾《秋晚雲陽驛西亭蓮池》詩云："煙開翠扇清風曉，水泥紅衣白露秋。"宋姜夔《惜紅衣·荷花》詞云："虹梁水陌，魚浪吹香，紅衣半狼藉。"

[6] 喧睡：吵人睡覺。這裏是説萬荷正睡，急雨喧之。周密自創詞彙。

[7] 瑶房：此指蓮花。周密自創詞彙，集中"瑶房"三見，均指花朵。參見第十六、一百一十四首。

[8] 雪絲：蓮蓬折斷後的細絲，按，蓮的莖上都有細絲，不獨藕中存在。元張宇《采蓮分得底字》詩云："藕腸折斷雪絲牽，入手花枝香莐莐。"

[9] 竹色：這裏是竹影之意。本句意謂：在竹林中弈棋，隨著時間的流逝，棋盤上的竹影越來越濃，表達的是在竹林中消暑的時間很長。

[10] 移漏：移動漏箭。本句說槐樹的樹蔭如同更漏，在悄悄移動，同樣表達在樹蔭下消暑的時間很長。

[11] 簟花：編織在竹簟上的花紋。宋楊萬里《不睡》詩云："擁褥仰面書帷薄，數盡承塵一簟花。"鋪水：睡下之前，在竹簟撲水使之更涼爽。宋劉敞《珍簟》詩云："珍簟平鋪水，珠簾半捲風。"

[12] 約：岔開拇指與食指比劃，這裏是比劃著量一下長度的意思。楚裙尺二：意謂楚裙（的腰身）一尺二寸，中心詞省用法，參見第五十四、六十六首【箋釋】。而楚裙尺二祇是一種暗示，說的其實是人的楚腰一尺二寸。

[13] 曲砌：庭中有弧度的階檻。唐盧綸《郊居對雨寄趙涓給事包佶郎中》詩云："亂漚浮曲砌，懸溜響前除。"虛庭：空庭，多指晚間無人的空庭。唐李賀《河南府試十二月樂詞》詩云："月綴金鋪光脉脉。涼苑虛庭空澹白。"

[14] 龜紗：一種紗簾，因紗眼呈六邊形，如同龜狀，故名。宋趙長卿《探春令》詞云："龜紗隔霧，繡簾鉤月，那時曾見。"

[15] 銀潢：天河。宋萬俟咏《明月照高樓慢·中秋應制》詞云："平分素商。四垂翠幕，斜界銀潢。"

【考證】

蔡按：張樞原詞已逸。

【韻律】

本調實爲《選冠子》，又名《蘇武慢》，《過秦樓》應是平韻體詞，因周邦彥《片玉詞》誤刻爲"過秦樓"，因此後世多有循誤的，不屬於別名。慢詞，《欽定詞譜》收錄于第三十五卷，以周邦彥"水浴清蟾"詞爲正體，較之正體，本詞後段第三句組起拍用六字句，韻律更諧。

本調是一個添頭式詞體，但通常的添頭式都是添二字，而本詞則是添一三字逗，此類填法較之前者更少見，所以末一句組中的減字依然是通常的減二字模式，此外則通體對應，韻律非常諧和。

唯一不協和的是前段的"臨檻自采瑤房"，它采用的是一個律拗句法，在整個詞中尤覺突兀，與後段的對應句"曲砌虛庭夜深"在韻律上也完全格格不入。由于它處于第三句組的起拍位置，相信在詞樂上是有一個特殊的變化的，詞意上結束了環境描寫，也可以從一個側面看出。這種填法完全是周邦彥式的，周邦彥詞的前段是："水浴清蟾，葉喧涼吹，巷陌馬聲初斷。閑依露井，笑撲流螢，惹破畫羅輕扇。人靜夜久憑闌，愁不歸眠，立殘更箭。嘆年華一瞬，人今千里，夢沈書遠。"也是在結束寫景之後，第三句組起拍開始轉入抒情的一種章法。對比吳文英、辛弃疾等人的作法，就完全不同了，僅以吳詞爲例參校如下："藻國淒迷，曲瀾澄映，怨入粉煙藍霧。香籠麝水，膩漲紅波，一鏡萬妝爭妒。湘女歸魂，佩環玉冷無聲，凝情誰愬。又江空月墮，凌波塵起，彩鴛愁舞。"第四字改用平聲，不再振起，且讀破爲四字一句，就韻律而言，與後段對應十分工穩，就詞意而言，也不涉抒情式的筆觸。

這種文字體式層面的變化，與詞樂之間的某種關聯，雖然未必是一種硬規律，但也并非是一種偶然現象，後一首《聲聲慢》中也有這樣的痕迹，可以揣摸到當時的實際情形。而此類細微的韻律變化，對學習填詞者極有啓示作用，所謂以古人爲師，不可忽略這種韻律和章法互爲影響的特殊處。尤其是周邦彥、周密、吳文英這類精通音律的大家，韻律的變化，往往可能就是詞樂的變化之處，而詞樂旋律的調整，則必定與內容的情緒相關。

【輯評】

清許昂霄《詞綜偶評》云："'魚牽翠帶，燕掠紅衣，雨窗萬荷喧睡。'杜陵詩：'水荇牽風翠帶長。'趙嘏詩：'紅衣落盡渚蓮愁。'"

【附録】

《武林舊事》卷三"都人避暑"條云："入夏，則游船不復入裏湖，多占蒲深柳密、寬凉之地，披襟釣水，月上始還。或好事者，則敞大舫，設蘄簟高枕，取涼櫛髮，快浴惟取適意。或留宿湖心，竟夕而歸。"

聲聲慢

逃禪作梅、瑞香、水仙，字之曰三香[一][1]。

瑶臺月冷[2]，佩渚煙深[3]，相逢共話淒涼。曳雪牽雲[4]，一般澹雅梳妝。樊姬歲寒舊約[5]，喜玉兒、不負蕭郎[6]。臨水鏡、看清鉛素靨[7]，真態生香[8]。　　長記湘皋春曉[二][9]，仙路迥、冰鈿翠帶交相。滿引臺杯[三][10]，休待怨篴吟商[四]。凌波又歸甚處[11]，問蘭昌、何似唐昌[12]。春夢好，倩東風、留駐瑣窗。　　　　　　（第六十八）

【校記】

[一] 丙午本無"瑞香"二字，以一空替，據毛校本、彊村本補。知不足齋本、四印齋本題序作"水仙梅"。光緒本本詞未收録。

[二] 記，芝蘭本注云："《草窗詞》作'説'。"余所見諸本非是。

[三] 芝蘭本本句落"引"字。
[四] 怨篴，知不足齋本、四印齋本、辛酉本并作"怨羽"。吟，芝蘭本注云："《草窗詞》作'吹'。"余所見諸本非是，但"吟"字或誤。

【箋釋】

[1] 逃禪，即揚無咎，參見【考證】。
[2] 本句徑取自宋葛郯《念奴嬌》詞"瑶臺月冷，夜歸門挂銀屋"。瑶臺月與花之關係，出自唐李白《清平調》"若非羣玉山頭見，會向瑶臺月下逢"，是咏花詩詞中的常用典。結合後一句，本句應咏梅花。
[3] 佩渚：用唐李頎《湘夫人》詩"佳期來北渚，捐佩在芳洲"。周密自創詞彙。湘夫人被視爲水仙之化身，如宋高似孫《水仙花前賦》云："水仙花，非花也，幽楚窈眇，脱去埃㳻，全如近湘君、湘夫人、離騷大夫與宋玉諸人，世無能道花之清明者，輒見乎辭。"故本句爲咏水仙。
[4] 梅花和水仙均在冬春兩季開放，則是"曳雪"者無疑，而瑞香開于春夏間，應是"牽雲"者了。本句擷取自宋晏幾道《浪淘沙》詞"曳雪牽雲留客醉，且伴春狂"。
[5] 樊姬：楚莊王之愛姬，樊姬爲了勸阻楚莊王不要因打獵而玩物喪志，就不吃禽獸肉，以此來打動楚莊王。而楚莊王從此改過自新。張説曾説："楚國所以霸，樊姬有力焉。"此以賢惠女子喻美麗的花。
[6] 玉兒：南朝東昏侯愛姬。蕭郎：常用作男子代稱，未必姓蕭，此指東昏侯。本句化用宋蘇軾《次韻楊公濟奉議梅花》詩"月地雲階漫一樽，玉奴終不負東昏"，亦屬咏梅句，但蘇軾詩中，將"玉兒"作"玉奴"，詳參【附録】。
[7] 水鏡：以水爲鏡，水仙生長依賴于水，故云。則本句咏水仙，且徑用宋吳文英《花犯·郭希道送水仙索賦》詞"小娉婷，清鉛素靨，蜂黄暗偷暈"。
[8] 真態：本真的、純真的樣子。本句擷取自宋蘇軾《木蘭花令·四時詞》之句"真態生香誰畫得，玉如纖手嗅梅花"。本是咏梅，而在本詞則可泛指。
[9] 湘皋：湘水邊。宋詞中水仙是在湘水邊的花神，如王沂孫《慶宫春·水仙花》"記前度、湘皋怨别"、張炎《西江月·題墨水仙》"縹緲波明洛浦，依稀玉立湘皋"。
[10] 臺杯：有托盤的杯子。本句化用宋吳文英《花犯·郭希道送水仙索賦》詞"料唤賞、清華池館，臺杯須滿引"。
[11] 凌波：水仙植于水上，因此説如凌波仙子。
[12] 蘭昌：唐代宫名。本與花無干，這裏是借"昌"字之音與"唐昌"

構成修辭，并借"蘭"字代指蘭花，詩詞寫法中的一種筆法，可名之爲"無中生有法"。《唐書·地理志》云："福昌縣西十七里，有蘭昌宮。"唐昌：唐代觀名。宋陳景沂《全芳備祖》前集卷六云："長安安業坊唐昌觀（唐昌公主，明皇女也），舊有玉蕊花，每發若瓊林瑤樹。"這裏的唐昌即指玉蕊花。

【考證】

玉蕊花爲唐代名花，學界均以爲已失傳，疑似的説法最多的或以爲即瓊花，或以爲即山礬，而宋人葛立方已經指出，兩者皆非。

首先，它不是山礬。葛立方《韻語陽秋》卷十六云："江南野中有小白花，本高數尺，春開極香，土人呼爲瑒花。瑒，玉名，取其白也。魯直云：'荆公欲作詩而陋其名，予請（《歷代詩話》本作"余謂"）名曰"山礬"，野人取其葉以染黄，不借礬而成色，故以名爾。'嘗有絶句云'高節亭邊竹已空，山礬獨自倚春風'是也。近見曾端伯《高齋詩話》云，此花即唐昌玉蕊花，所謂'一樹瓏鬆玉刻成，飄廊點地色輕輕'者。以余觀之，恐未必然爾。玉蕊，佳名也，此花自唐流傳至今，當以玉蕊得名，不應捨玉蕊而呼瑒，魯直亦不應捨玉蕊而名山礬也。豈端伯別有所據耶？"這一説法是合情合理的。

其次，它也不是瓊花。《韻語陽秋》卷十六還云："瓊花惟揚州后土祠中有之，其他皆八仙，近似而非也。鮮于子駿嘗有詩云：'百䕵天下多，瓊花天上希。結根托靈祠，地著不可移。八蓓冠群芳，一株攢萬枝。'而宋次道《春明退朝録》乃云：'瓊花一名玉蕊。'按，唐朝唐昌觀有玉蕊花，王建詩所謂'女冠夜覺香來處，唯見階前碎月明'是也。長安觀亦有玉蕊花，劉禹錫所謂'玉女來看玉樹花，异香先引七香車'是也。唐內苑亦有玉蕊花，李德裕與沈傳師草詔之夕，屢同賞玩，故德裕詩云：'玉蕊天中木，金閨昔共窺。'而沈傳師和篇亦云'曾對金鑾直，同依玉樹陰'是也。招隱山亦有玉蕊花，李德裕所謂'吳人初不識，因余賞玩乃得此名'是也。由是論之，則玉蕊花豈一處有哉？其非瓊花明矣。東坡《瑞香詞》有'后土祠中玉蕊'之句者，非謂玉蕊花，止謂瓊花如玉蕊之白爾。"

那麼玉蕊花究竟爲何物？筆者以爲，玉蕊花就是瑞香，這不但有蘇軾《西江月·寶雲真覺院賞瑞香》詞"后土祠中玉蕊"一句爲證，也可以看白居易《早夏游宴》詩"山榴艷似火，玉蕊飄如霰"，其花期與瑞香一樣正是暮春早夏時節。而本詞題咏三香，前面大量篇幅卻均在著意寫梅與水仙，自不會捨棄瑞香，本句即是專門寫瑞香的，以蘭花不如瑞香，奠定其重要性。

其實，玉蕊、瓊花、山礬乃至八仙花，外形有較大不同，放在一起是絕不會混淆的，詩人們搞不清楚，也祇是文字上的名稱而已。

又按：揚無咎原詞已逸。元夏文彥《圖繪寶鑒》卷四云："揚無咎，字補之，號逃禪老人，南昌人也，祖漢子雲，其書從才不從木。高宗朝，以不直秦檜，累徵不起。又自號清夷長者，水墨人物學李伯時，梅、竹、松、石、水仙筆法，清澹閑野，爲世一絕。"《洞天清錄》云："揚補之作紙梅，下筆便勝花光仲仁，嘗游臨江城中，作折枝梅于樂工矮壁，至今往來士大夫多往觀之。江西人得補之一幅梅，價不下百千金。"《春雨集》云："補之所居蕭洲有梅，臨之，以進徽廟，戲曰'村梅'。南渡後，紹興中嘗畫作疏枝冷葉，清意逼人。自署'奉敕村梅'。"（《己虐編》載此，"徽廟"作"德壽"）

【韻律】

本調爲宋代流行慢詞，周密共有五首，均爲平韻體，本調《欽定詞譜》收錄于第二十七卷，以晁補之"朱門深掩"、吳文英"檀欒金碧"和王沂孫"啼螿門靜"三首爲正體，本詞則與吳詞同，屬于減字格，後段末一句組減二字。

我們在前一首中談到了，前段第三句組的起拍韻律遞變，實際上是整個詞調旋律變化留在文字體式上的一種痕迹，本詞則是在第二句組的收拍上有异，就前段來看，第二句組是收拍爲一個平起式的普通律句"一般澹雅梳妝"，但是到了後段第二句組，其第二、第三句組的勾連，則采用了一對律拗句來實現：第二句組是仄起式律拗句收拍，第三句組再用一個平起式的律拗句承，韻律上的變化是十分清晰的。如何將這一類因爲句式上的不對應協和，而在整個詞調的韻律中所產生的變化，反應到自己創作的作品之中，使作品的內容更好地與韻律和諧起來，是每個填詞愛好者提升作品，使之更完美，更具有某一個詞調味道的必修課。

三字逗，通常是采用仄起式的模式運用的，這不是一種偶然，而是有其韻律上的必然的，因爲三字逗是最具長短句"詞味"的語言結構，最能體現詞的語句抑揚頓挫的所在，甚至我認爲詞之所以爲詞，是因爲有"逗"的存在，當然，還包括了一字逗、二字逗等結構。而仄起式的三字逗，則最能體現這種韻律上的頓挫，所以平起式的三字逗在詞中就很少。但是，本詞的三字結構中，却有三個平起式的，且均位于起結過變的重要位置。平起式的三字逗往往不具有頓挫的語感，我稱其爲是一種"溫柔的逗"，這種特性處在兩個末一句組和後段的第一句組這種重要位置中，自然就會影響整個詞調的韻律色彩，决定了我們不應該將平韻的《聲聲慢》，填成一個類似《念奴嬌》或《滿江紅》那樣情緒結構的慢詞。

後段末一句組中的"春夢好"，原是與其後的五字合爲一體的，但由于後段有一個減字的變化，因此便讀破後七字爲一體，"春夢好"成了一個獨立結構，不再起三字逗的作用，因此這個三字結構常被人改成仄起式的句法，如吳文英十首，有六首改成了仄起式。

【附錄】

唐李延壽《南史·王茂傳》云："時東昏妃潘玉兒，有國色，武帝將留之，以問茂。茂曰：'亡齊者，此物，留之恐貽外議。'帝乃出之。軍主田安，啓求爲婦，玉兒泣曰：'昔日見遇時主，今豈下匹非類，死而後已。'義不受辱，乃見縊。"

宋邵博《聞見後錄》卷十六云："有童子問予：東坡梅花詩'玉奴終不負東昏'。按《南史》，齊東昏侯妃潘玉兒，有國色，牛僧孺《周秦行記》薄太后曰：'牛秀才遠來，誰爲伴。'潘妃辭曰：'東昏侯以玉兒身亡國除，不擬負他。'注云：'玉兒，妃小字。東坡正用此事，以玉兒爲玉奴，誤也。'"

宋沈義父《樂府指迷》云："咏物詞，最忌説出題字……周草窗諸人，多有此病，宜戒之。"蔡嵩雲《箋釋》云："草窗集咏物詞，幾近二十闋，犯題字者亦只數闋。如……《聲聲慢》咏水仙、梅，'臨水鏡'句犯水字，均無妨于詞之大體。"

清謝章鋌《賭棋山莊詞話續編一》云："公謹以梅、瑞香、水仙爲三香，菊、桂、秋荷爲三逸，以《聲聲慢》咏之。王蕺隱又以梅、蘭、水仙、山礬、瑞香爲五香圖，張伯雨（天雨）以《踏莎行》咏之，見《貞居詞》。"

又　聲聲慢

逃禪作菊、桂、秋荷，目之曰三逸[一]。

妝額黄輕[1]，舞衣紅淺，西風又到人間[2]。小雨新霜，萍池蘚徑生寒。輸它漢宮姊妹[3]，粲星鈿、霞佩珊珊[二][4]。凉意早，正金盤露潔[5]，翠蓋香殘[6]。　　三十六宮秋好[三]，看扶疏仙影[7]，伴月長閑。寶絡風流[8]，何如細蕊堪餐[9]。幽香未應便減，傲清霜、正自宜看[四]。吟思遠，賦東籬、還賦小山[五][10]。　　　　　　　（第六十九）

【校記】

[一] 知不足齋本、四印齋本題序并作"菊桂秋荷"。光緒本本詞未收錄。

[二] 星鈿，丙午本原作"星細"，據彊村本、知不足齋本、辛酉本、四印齋本、毛校本改。

[三] 本句《欽定詞譜》作"三十六宮秋色好"，多一字，疑衍。

[四] 正自，《欽定詞譜》作"正是"。

[五] 賦東籬，彊村本、知不足齋本、四印齋本、《欽定詞譜》并作"負東籬"更好。

【箋釋】

[1] 妝額：一種貼于額頭的飾物，一般都作花形。宋方岳《海棠》詩云："銀燭夜深妝額褪，錦屏睡足鬢絲垂。"

[2] 本句擷取自宋朱敦儒《相見歡》詞"秋風又到人間。葉珊珊。四望煙波無盡、欠青山"。

[3] 漢宮姊妹：指漢成帝寵幸的趙飛燕與趙合德姊妹。這裏是以美人喻花。

[4] 粲：亮閃閃。星、霞：都是用來形容飾物的晶亮狀態，而非形狀。珊珊：專指金玉等製成的飾物，在相互碰撞時所發出的叮咚聲。

[5] 金盤：北魏楊衒之《洛陽伽藍記》卷一云：永寧寺有九層浮屠，"刹上有金寶瓶，容二十五石；寶瓶下有承露金盤"，寫金盤是爲寫秋露。

[6] 翠蓋：用翠羽製成的車蓋，常用來比喻荷葉。南朝梁蕭繹《采蓮賦》云："紫莖兮文波，紅蓮兮芰荷。綠房兮翠蓋，素實兮黃螺。"

[7] 扶疏：峻拔、疏朗而美觀之意。故南朝謝朓《游東堂咏桐》詩"葉生既婀娜，葉落更扶疏"，意謂葉落之時更爲疏朗。《漢語大詞典》謂是"枝葉繁茂分披貌"，或非，祇是因爲"繁茂"和"疏朗"均是一種狀態，所以在字面上似乎每每"説得通"而已。如唐元稹《新竹》詩"扶疏多透日，寥落未成叢"，若是茂密，如何"多透日"？再如唐王貞白《洗竹》詩"道院竹繁教略洗，鳴琴酌酒看扶疏"，洗，"清洗"之意，洗竹，即砍掉部分竹子，使之剩餘的竹子有一個更疏朗的環境，利于生長，故所看的"扶疏"即疏朗的竹林。

[8] 寶絡：珠玉串成的飾物，這裏比喻一種細長花瓣的菊花。

[9] 細蕊堪餐：因屈原《離騷》詩"朝飲木蘭之墜露兮，夕餐秋菊之落英"，故"餐菊"便成了一個語典，此二句俱寫菊花。

[10] 東籬：指代菊花。晉陶淵明《飲酒》詩"采菊東籬下，悠然見南山"，故東籬成爲菊花之附屬意象，固化爲代稱。小山：指代桂花。淮南小山《招隱士》詩"桂樹叢生兮山之幽，偃蹇連蜷兮枝相繚"，故後世常以小山代稱桂花。

【考證】

詳見第九十八首【考證】。

【韻律】

　　本調爲宋代流行慢詞，周密共有五首，均爲平韻體，本調《欽定詞譜》收録于第二十七卷，以晁補之"朱門深掩"、吳文英"檀欒金碧"和王沂孫"啼螀門靜"三首爲正體，本詞即王詞詞體，亦屬于減字格，後段末一句組減二字。

　　本詞的一個韻律特徵，是前段起調所用的一個四字儷句"妝額黃輕，舞衣紅淺"，與其他的填法迥異，宋詞中除了李曾伯有同樣的句法起調，其餘的均用相反的句式填。這種與主流填法完全相左的構思，就整個韻律和文詞來看，應該是一種非主流填法。但是有一點要明確的是，這種有違主流填法的特立獨行，雖然我們認爲是一種誤填，但是從韻律的角度來説，不應該將其視爲是"違律"，因爲填詞本身的基本規則并不反對改變句法。

　　本詞與前一首還有一個差異，在後段第一句組沒有采用三字逗的模式，而是將收拍讀成了一個一字逗領八字的結構，這種差異在《欽定詞譜》之類的詞譜書上稱之爲"攤破句法"，我們認爲這種稱説不夠準確，容易引起歧義，我們借用文字學的一個術語，將其稱之爲"讀破"。隨著讀破的産生，句法微調就是一個經常可以看到的現象，由前一首的第三字"迥"字仄聲、第五字"鈿"字平聲，改變爲本詞的"疏"平"影"仄，正是很多讀破後微調的結果。

　　因爲是九字句的讀破，所以這種結構最好不要將其視爲五字一句、四字一句，儘管詞譜書上都如此詮釋。因爲這九字無論是韻律上，還是在詞意上，都是一氣呵成的一個完整結構，就語意而言，"看"的對象不是"仙影"本身，而是"仙影伴月長閑"這個事件。這一點極爲重要，決定了你在創作上如何構思的問題。而我們認爲在韻律上它也是"一氣"的，從前一首"仙路迥、冰鈿翠帶交相"中即可看出。要之，填詞之前研究前賢作品中的每一個結構上的特徵，而不是簡單地照詞譜譜書依樣畫葫蘆，是詞人創作是否具有原汁原味的詞體特徵的重要根本。

【譜注】

　　《欽定詞譜》云："此與吳文英詞同，惟換頭句添一字，第二、三句照王（沂孫）詞體异。"蔡按：換頭句諸家多作六字句，疑衍。

【輯評】

　　清謝章鋌《賭棋山莊詞話續編一》云："公謹以梅、瑞香、水仙爲三香，菊、桂、秋荷爲三逸，以《聲聲慢》咏之。王蕺隱又以梅、蘭、水仙、山礬、瑞香爲五香圖，張伯雨（天雨）以《踏莎行》咏之，見《貞居詞》。"

風入松　立春日即席次寄閒韻[一]

柳梢煙軟已瓏璁[二][1]。嬌眼試東風[2]。情絲又逐青絲亂[3]，剩寒輕、猶戀芳欖[4]。笋玉新裁早燕[5]，杏鈿時引晴蜂[6]。　當時蘭柱繫花驄[三]。人在小樓東。鶯嬌戲索迎春句[7]，愛露箋、新染香紅[四][8]。未信閑情便懶，探花拚醉瓊鍾[9]。　　　　　　　　（第七十）

【校記】

[一] 四印齋本、光緒本題序作"立春"。

[二] 煙軟，四印齋本作"煙煥"，辛酉本作"煙暎"。或是"頓"字之形近而誤。光緒本作"煙暖"，則是由"煥、暎"异體而來。

[三] 柱，芝蘭本注云："《草窗詞》作'桂'。"未見。

[四] 露箋，丙午本原作"露淺"，據毛校本、知不足齋本、彊村本、四印齋本改。

【箋釋】

[1] 瓏璁：本義是明亮，這裏應是葱蘢之義，通假。

[2] 嬌眼：柳樹嬌嫩的新葉。宋王從叔《秋蕊香》詞云："絮花舞倦帶嬌眼。昨夜平堤水淺。"

[3] 情絲：柳絲。古人折柳告別，柳樹被賦予有感情之物，故云。青絲：烏髮。本句意謂：春天一到，又將有人折柳相別，撩亂心曲。宋趙文《瑞鶴仙·劉氏園西湖柳》詞云："綠楊深似雨。西湖上、舊日情絲恨縷。"

[4] 芳欖：即芳檻。芳：美詞。

[5] 笋玉：猶言玉指，古人常以笋喻女子之指。宋田爲《念奴嬌》詞云："旋暖銀簧，時添酥字，笋玉寒無力。"

[6] 杏鈿：即杏花。參見第三十一首【箋釋】[7]。

[7] 鶯嬌：鶯之嬌（聲），中心詞省用法構詞。參見第六十六、六十七首【箋釋】。如唐李白《宮中行樂詞》云："宮鶯嬌欲醉，簷燕語還飛。"

[8] 本句意謂：大片的濛濛雨露猶如箋紙，而大自然則是這張紙上的畫圖，春花新開，在畫圖中點染香艷的紅色。

[9] 瓊鍾：玉杯。唐李賀《瑤華樂》詩云："瓊鍾瑤席甘露文。玄霜絳雪何足云。薰梅染柳將贈君。"

【考證】

張樞原詞已逸。

【韻律】

本詞屬于近詞詞體，周密共有兩首，《欽定詞譜》以晏幾道"柳陰庭院"詞和吳文英"畫船簾密"詞爲正體，收録于第十七卷，本詞即吳詞詞體，屬于添字格。

《風入松》是一個典型的近詞，前後段都由三個句組組成。其中的末一句組各由一個六字對句組成，但前後段有細微的差異：前段往往由一個儷句構成，看宋代大家多如此填，但是後段則多不對仗，本詞可謂典型填法。對仗的優勢是可以形成一個更具美感的行文效果，弱點則是很難形成或實現一種行雲流水、一氣呵成的氣脉，孰取孰捨，可據內容酌定。

浪淘沙

柳色澹如秋[1]。蝶懶鶯羞。十分春事九分休。開盡楝花寒尚在[2]，怕上簾鈎[3]。　京洛少年游[一][4]。誰念淹留[5]。東風吹雨過西樓[6]。殘夢宿醒相合就[7]，一段新愁。（第七十一）

【校記】

[一] 京洛，四印齋本作"京雒"。

【箋釋】

[1] 本句化用宋吳泳《送游景仁夔漕分韻得喜字》詩"桐花繁欲垂，柳色澹如洗"。

[2] 楝花：楝樹之花。杭州的楝花，一般都在晚春至初夏盛放，即使在宋代，古籍記載中也可見楝花開于"十分春事九分休"的時候，參見【附録】。本句化用宋釋文珦《池上》詩"最是閏年時候別，楝花開盡尚清寒"。

[3] 意謂春寒尚在，還不可敞簾而居。清張景祁《高陽臺》詞云"綺窗幽、凉雨瀟瀟，怕上簾鈎"，徑取本句。

[4] 京洛：本義是洛陽，這裏指京城，亦即當時的首都臨安，今杭州。本句化用唐李益《答許五端公馬上口號》詩"晚逐旌旗俱白首，少游京洛共緇塵"。

[5] 淹留：此應是挽留之意，所淹留者，春也。本句源自唐司馬扎《江上秋夕》詩"茂陵歸路絕，誰念此淹留"。

[6] 本句化用唐盧綸《長安春望》詩"東風吹雨過青山，却望千門草色閑"。

[7] 宿醒：隔夜之醉。唐白居易《晚春閑居楊工部寄詩楊常州寄茶同到》詩云："宿醒寂寞眠初起，春意闌珊日又斜。"

【韻律】

本調《欽定詞譜》收錄于第十卷，《欽定詞譜》云"其源亦出于李煜詞也"，本詞爲正體填法，與早期詞作南唐李煜"簾外雨潺潺"詞同格。本調的韻律特徵，體現在每段的前後兩個四字句中，尤其是它的兩個結拍都是四字句，這就決定了這個詞調很難形成一種悠揚的旋律，知道這一點，對填詞實操很有用。

其餘參見第十一首、第六十一首。

【附錄】

宋胡仔《苕溪漁隱叢話》卷十七引《東皋雜錄》云："江南自初春至初夏，有二十四風信，梅花風最先，楝花風最後。唐人詩有'楝花開後風光好，梅子黄時雨意濃'。"

鷓鴣天[一]

相傍清明晴便慳[二][1]。閉門空自惜花殘[三]。海棠半坼難禁雨[四]，燕子初歸不耐寒[2]。　　金鴨冷、錦鵷閑[五][3]。銀缸空照小屏山[4]。翠羅袖薄東風峭[六]，獨倚西樓第幾闌[七][5]。　　　　　　（第七十二）

【校記】

[一] 知不足齋本、辛酉本、光緒本、芝蘭本有題序"清明"。

[二] 晴，芝蘭本作"情"。

[三] 殘，芝蘭本注云："《詞綜》作'箋'"，未見。

[四] 半坼，知不足齋本、辛酉本作"半拆"。丙午本原作"半折"。蔡按：此三字古籍中經常混淆，未必是誤刻，拆、坼，均有"（花蕾）裂開"義，可以相通，但"折"字既無此義，音也不同，因此是誤用，今據毛校本、四印齋本、彊村本改。

[五] 錦鵷，光緒本、芝蘭本并作"錦鴛"。

[六] 峭，裘杼樓本作"悄"。

[七] 幾闌，知不足齋本、四印齋本、辛酉本并作"幾間"。

【箋釋】

[1] 相傍：臨近。慳：數量的減少稱"慳"。不寫雨水多，而説晴日慳，是反筆，亦是作詞一法，有時會有比正筆更好的效果。

[2] 本句化用宋舒岳祥《夢中作》詩"柔柔軟軟愁如困，燕子初歸帶薄寒"。

[3] 金鴨：鍍有金粉的鴨形香爐，是一種古代流行的香爐款式。唐毛熙震《小重山》詞云："曉來閑處想君憐，紅羅帳，金鴨冷沉煙。"錦鷓：本指羽毛斑斕的鵁鶄鳥，這裏是指繡著鵁鶄的鞋。屬中心詞省用法。意謂因爲清明連綿雨季，致使閉門不得出，衹能獨倚樓中，閑了錦鞋。參見第三首【箋釋】。

[4] 銀缸：銀製的燈臺，常用來代指燈本身。唐白居易《卧聽法曲霓裳》詩云："起嘗殘酌聽餘曲，斜背銀缸半下帷。"屏山：即屏風。詞語，唐詩中極罕見。唐韓偓《懶起》詩云："籠繡香煙歇，屏山燭焰殘。"

[5] 清尤侗《秋懷》詩云"獨倚西樓第一欄，秋風吹綻葛衣寒"，系從本句化出。

【韻律】

本詞是宋人小令，《欽定詞譜》收錄于第十一卷，僅一種詞格。

本調實際上就是由一個七言律詩衍化而來，正因爲如此，這個詞體在韻律上就會有七言律詩的一些特徵，例如七律的第二、第三聯依律是要求對偶的，所以，對應于本詞體而言，前段的第三、第四句就以對仗作爲基本的特徵，而後段起拍由於已經減字成了兩個三字結構，因此就無法與後一句形成對偶，因此，該對仗基因就遺傳到了兩個三字句中，這樣，填寫本詞在這兩處就要以對偶爲正，這雖不關乎律法，却也是約定俗成的作法。

此外，正因爲是從律詩衍化而來，所以後段的兩個三字結構本質上就是一個七字句減字形成的六字句，而不是三字兩句，本詞的"金鴨冷、錦鷓閑"是一個六字折腰句法。但今人在標點本調的時候，往往會將它們以逗號讀斷，這就意味著已經將其視作三字二句了，這種以文法的眼光來分析詞句，從而影響并誤導韻法的現象，是一種常見的情況，但却與韻律不合。

【輯評】

清陳廷焯《雲韶集》云：《鷓鴣天・相傍清明晴更慳》詞，"似晚唐人七律。神韻悠然不絕"。

夜行船[一]

寒菊欹風棲小蝶[二]。簾櫳静、半規凉月[1]。夢不分明[2]，恨無憑據，腸斷錦箋盈篋[3]。　哀角吹霜寒正怯[4]。倚瑶筝、暗愁誰説[三][5]。寶獸頻添，玉蟲時剪[四][6]，長記舊家時節。　　　（第七十三）

【校記】

[一] 知不足齋本、四印齋本、辛酉本、芝蘭本有題序"秋暮"。

[二] 欹風，裘杼樓本作"凄風"。

[三] 誰説，知不足齋本、四印齋本、辛酉本、光緒本、裘杼樓本并作"難説"。

[四] 時剪，裘杼樓本作"暗剪"。

【箋釋】

[1] 規：《玉篇》説是"正圓之器也"。《莊子·馬蹄》云："圓者中規，方者中矩。""規"既爲"圓"之意，半規就是"半圓"。

[2] 本句化自唐張泌《寄人》詩"倚柱尋思倍惆悵，一場春夢不分明"。周密喜這一表達，另在《南樓令》詞中亦云："好夢不分明。楚雲千萬層。帶圍寬、愁損蘭成。"

[3] 錦箋盈篋：參見第六十六首【箋釋】[6]。

[4] 哀角：凄凉的角聲，中心詞省用法。參見第六十七、七十首【箋釋】。角：一種樂器。但詩詞中用詞的理解切不可太死，這裏指的是像哀角一樣嗚嗚而鳴的北風聲。宋葛長庚《酹江月·咏梅》詞云："滿地蒼苔，一聲哀角，疏影歸幽渺。"怯：詩中用"怯"，多爲害怕之義，詞中用"怯"，多爲禁不住之義。唐尹鶚《清平樂》詞云："繡衣獨倚闌干，玉容似怯春寒。"

[5] 瑶筝：未必一定是飾有玉石的筝，"瑶"是個美詞，用以狀物之高貴、華麗，或雖不華貴却是自己鍾愛的物，也可稱"瑶"，這裏若理解爲我心愛的琴，或更佳。漢語中有這樣一類的"美詞"，其詞義已經超乎文字的本義，不可刻板理解。參見第五十二首【箋釋】[2]、第三十四首【箋釋】[5]。

[6] 玉蟲：這裏指燈花。宋丘葵《夜意》詩云："香殘金鴨冷，膏盡玉蟲寒。"

【韻律】

本調也是宋製小令，《欽定詞譜》收錄於第十一卷，本詞與正體史達祖

"不剪春衫"詞同，唯前段第二拍用平聲字起，略覺不諧。

本詞以詞韻十八部爲基本韻，唯過片"怯"字爲洽韻，屬詞韻十九部，爲通叶。

類似本調的這一種小詞，基本上都是早期的詞調，甚至是唐詞，這類詞調的產生，往往是由近體詩衍化而來，因此就可以在詞句中找到這些衍化的蛛絲馬迹，如本詞的前後段第二句組，我們從大量的詞句讀破實例中可以知道，其原貌就是兩個七字句，因後一句首字容前，所以前八字破讀爲兩個四字而已。因此，本詞的兩個四字句是以一種儷句的形式緊密在一起，在閱讀理解或填詞創作的時候，理解這一個韻律特徵，可以更深入地吃透原作，更準確地構思作品，非常重要。

【輯評】

清陳廷焯《雲韶集》云：《夜行船·寒菊淒風柄小蝶》詞，"似叔原，又似白石，清虛、淒艷兼而有之。好聲情"。

齊天樂[一]

曲屏遮斷行雲夢[二][1]，西樓怕聽疏雨。硯凍凝華[三][2]，香寒散霧，呵筆慵題新句[四]。長安倦旅[3]。嘆衣染塵痕，鏡添秋縷[4]。過盡飛鴻[5]，錦箋誰爲寄愁去[五]。　簫臺應是怨別[6]，曉寒梳洗懶，依舊眉嫵[7]。酒滴鑪香，花圍座暖[六]，閑卻珠鞲鈿柱[七][8]。芳心謾語。悵柳外游繮[八]，繫情何許[九]。暗卜歸期[9]，細將梅蕊數。　　　　（第七十四）

【校記】

[一] 知不足齋本、四印齋本、辛酉本調名爲"臺城路"，并有題序"閨思"。芝蘭本亦有題序，但調名同此。

[二] 行雲夢，光緒本作"行雲路"。夢，芝蘭本注云："《詞匯》作'路'。"

[三] 硯凍，彊村本、四印齋本并作"研凍"。

[四] 新，芝蘭本注云："《詞匯》作'詩'。"

[五] 誰爲，知不足齋本、四印齋本、辛酉本、光緒本并作"誰與"。

[六] 座暖，彊村本、四印齋本并作"坐暖"。

[七] 珠鞲，知不足齋本、彊村本、四印齋本、辛酉本、光緒本并作"珠鞴"，通。

[八] 悵柳外，知不足齋本、彊村本、四印齋本、辛酉本、裘杼樓本并作"悵柳外"。游繮，知不足齋本、四印齋本、辛酉本、光緒本、裘杼樓本并作

"游鞲"。

[九] 何許，知不足齋本、四印齋本、辛酉本并作"何處"。

【箋釋】

[1] 曲屏：多折的屏風。參見第六十首【箋釋】[8]。這裏關聯到"遮夢"，則應是床前的屏風。行雲：用巫山雲雨典，暗示歡會之夢。唐王勃《江南弄》詩云："江南弄，巫山連楚夢，行雨行雲幾相送。"

[2] 凝華：液體因結凍而形成的花狀圖紋。唐岑參《和祠部王員外雪後早朝即事》詩云："長安雪後似春歸，積素凝華連曙暉。"

[3] 宋張炎《綺羅香·紅葉》詞云"長安誰問倦旅。羞見衰顏借酒，飄零如許"，用本句化開。兩處的"長安"均非實指，而是借指當時的首都臨安。

[4] 秋縷：即謂秋天的"霜縷"，也就是白髮。周密自創詞彙。清沈皞日《瑞龍吟·送牧仲權使贛關》詞云："攬鏡增秋縷。也記得燕臺梨雲鶯雨。"

[5] 本句擷取自宋秦觀《減字木蘭花》詞"困倚危樓，過盡飛鴻字字愁"。後一句顯係亦從秦觀這句中生出。筆法可摹。

[6] 簫臺：即鳳臺，借指男女相聚之所。出典詳參【附錄】。宋王十朋《莫漕以蒓羹薦杯》詩云："蕭瑟秋風送雁回，夢魂終夜繞簫臺。"

[7] 本句化用宋高觀國《鳳棲梧》詞"見說東風桃葉渡。岸隔青山，依舊修眉嫵"，故可知之所以眉嫵"依舊"，是因爲無人"修"。

[8] 珠鞲：裝訂珠子的皮質護袖，古人用來結束衣袖，方便操作彈琴等工作，或謂與射箭相關者，應屬望文生義。宋劉克莊《賀新郎·郡宴和韻》詞云："草草池亭宴。又何須、珠鞲絡臂，琵琶遮面。"鈿柱：弦樂器上金飾的繫弦絲的音柱。

[9] 本句出自宋劉過《賀新郎·春思》詞"試把花心輕輕數，暗卜歸期近遠"。

【韻律】

本調爲慢詞，《欽定詞譜》收錄于第三十一卷，以周邦彥"綠蕪凋盡"詞爲正體。本詞較之正體，字句與韻律皆同。

後起"怨"字本是平仄二讀字，如果讀爲平聲，則本句即成律句，但考之周密其他五首，第五字均爲仄聲，故應取仄讀爲是。所以本調的過片是一個大拗的句法，這在整個詞體都采用規律律句的語境中，是一個極爲怪異的韻律特徵，研究周密的所有《齊天樂》和宋詞名家名作，可知過片的句腳在韻律上，是有一個特殊的要求的，周詞《齊天樂》現存共六首，該句句腳分別是老、遠、景、別、影、遠，這是很符合宋詞基本規則的，以《欽定詞譜》

爲例，該譜共收八體，其中本句爲六字的七首，其句脚分別是久、遠、屬、遣、雨、酒、睹，這樣就很清楚其韻律特徵了：該句的句脚應該以用上聲爲正，亦可用入聲，這是因爲上聲和入聲都是"兼聲"，同時具有平聲的特質，詞譜學上稱之爲以上作平、以入作平，因此，這個句子的本質還是平起平收式的律句句法。

餘參第四十、五十四、六十四、一百一十九、一百二十九首之【韻律】。

【輯評】

元陸輔之《詞旨》收入"屬對"三十八則，包括周密《齊天樂》"硯凍凝花，香寒散霧"，《踏莎行》"紫曲送香，綠窗夢月""暗雨敲花，柔風過柳"，《長亭怨慢》"醉墨題香，閑簫弄玉"。

【附錄】

漢劉向《列仙傳》卷上云："蕭史者，秦穆公時人也。善吹簫，能致孔雀、白鶴于庭。穆公有女，字弄玉，好之，公遂以女妻焉。日教弄玉作鳳鳴，居數年，吹似鳳聲，鳳凰來止其屋。公爲作鳳臺，夫婦止其上，不下數年。一旦，皆隨鳳凰飛去。故秦人爲作'鳳女祠'于雍宮中，時有簫聲而已。"

滿庭芳　賦湘梅[一]

玉沁唇脂[1]，香迷眼纈[2]，肉紅初映仙裳[3]。湘皋春冷，誰剪茜雲香[二][4]。疑是潘妃乍起[5]，霞侵臉、微印宮妝。還疑是、壽陽凝醉[6]，無語倚含章[7]。　　絳綃清淚冷，東風寄遠，愁損紅娘。笑李凡桃俗[三][8]，蝶喜蜂忙。莫把杏花輕比，怕杏花、不敢承當[四][9]。飄零處、還隨流水，應去誤劉郎[10]。　　　　　　（第七十五）

【校記】

[一] 知不足齋本、四印齋本題序無"賦"字。光緒本本詞未收錄。

[二] 本句起十四字，知不足齋本、四印齋本俱作"照水暗浮香。誰剪茜雲侵臉，含嬌暈"。辛酉本同，唯"含"作"涵"。芝蘭本亦作如是注。

[三] 李凡桃俗，知不足齋本、四印齋本、辛酉本并作"桃凡李俗"。

[四] 怕杏花，芝蘭本注云："《草窗詞》落此三字。"余所見諸本非是。

【箋釋】

[1] 唇脂：用來美化唇部的紅色油脂。北魏賈思勰《齊民要術·種紅藍花梔子》云："若作唇脂者，以熟朱和之，青油裹之。"

[2] 眼纈：醉眼。宋曾慥《類說·拾遺類總·眼纈》云："醉眼曰'眼纈'。"宋白玉蟾《武昌懷古十咏·南樓》詩云："憑暖朱欄醉已酥，樓前眼纈望中疏。"

[3] 肉紅：一種近乎肉色的紅，常用來形容花朶，如唐韓偓的"肉紅宮錦海棠梨"、宋衛博的"不分江梅映肉紅"、宋方千里咏海棠的"似露粉妝成，肉紅團就"。這裏狀湘梅之顏色。

[4] 茜：大紅色。茜雲：紅雲，比喻梅花。

[5] 潘妃：即東昏侯愛姬潘玉兒，參見第六十八首【箋釋】[6]。

[6] 壽陽：即壽陽公主，參見第三十五首【箋釋】[2]、第四十一首【箋釋】[3]。

[7] 含章：即含章殿，壽陽公主所臥處。

[8] 本句化用宋朱熹《念奴嬌·用傅安道和朱希真梅詞韻》詞"應笑俗李粗桃，無言翻引得，狂蜂輕蝶"。

[9] 承當：承擔，擔當。本句用林逋咏梅典，詳參【附錄】，詞句化用宋劉克莊《梅花十絶答石塘二林》詩"蘇二聰明真道著，杏花恐不敢承當"。

[10] 劉郎：指東漢劉晨。相傳劉晨和阮肇入天台山采藥，爲仙女所邀，留半年，求歸，待其抵家，子孫已過七世。

【韻律】

本調也是宋代熱門慢詞，《欽定詞譜》收錄于第二十四卷，以晏幾道"南苑吹花"詞爲正體，本詞與晏詞同，但後段第二句組易一三一六爲一五一四，則更諧。

本調有兩個韻律特徵可供玩味，其一是整體結構上，這是一個"剪頭"式的詞體，也就是說後段的第一句組，其字數要比前段更少。而詞是字本位的樣式，不在這個均中有"幾句"，而在有"幾字"，加之後段第一句組少字，在整個唐宋詞中是一個很低比例的作法，因此這種結構韻律上就有一種特殊性，研究前段第一句組，起拍是一個四字儷句，這種結構從文法的角度看似乎是兩個句子，但從韻律的角度而言，它的結合十分緊密，實際上是個類似一句句子的單位，不唯本詞如此，所有這類結構的詞都是如此。

第二個特徵是，本調的第二句組前後段并非是一個對應的句法，前段爲四字一句、五字一句，後段則是五字一句、四字一句，這也是一種極少見的結構，這種結構固然是因爲字本位的緣故，但想來在當初的詞樂上也必有其特別的旋律變化之處。祇是，這種變化未必是韻律諧和的，所以入元後，元好問將其前後段都填爲四字一句、五字一句，也就在情理之中了。

【附録】

宋曾慥《類説》卷五十七"林逋咏梅"條云："王君卿云'疏影橫斜水清淺，暗香浮動月黃昏'，此林逋咏梅，然杏與桃李，皆可用也。坡云：可，則是杏花、桃李不敢承當。"

清平樂　次笘雲韻[一][1]

吹梅聲噎[二][2]。簾捲初弦月[3]。一寸春霏消蕙雪[4]。愁染垂楊帶結[5]。　畫橋平接金沙[6]。軟紅淺隔兒家[7]。燕子未歸門掩，晚妝空對菱花[8]。（第七十六）

【校記】

[一] 知不足齋本題序爲"閨院"，疑是"閨怨"之誤。四印齋本題序爲"閨怨"。

[二] 聲噎，毛校本、知不足齋本、四印齋本、辛酉本、光緒本并作"聲咽"，通。

【箋釋】

[1] 笘雲：即張樞，張炎之父。參見第十九首【箋釋】[1]。

[2] 吹梅：吹奏《梅花曲》，宋丘崈《漢宮春·乙未正月和李漢老韻簡嚴子文》詞云："橫笛吹梅，記南樓夜月，疏蕊纖枝。"

[3] 初弦月：舊曆初七、初八日的月亮，其時月亮仿佛弓弦，故名。

[4] 春霏：春日裏瀰漫的雲氣。蕙雪：雪的美詞。參見第七十三首【箋釋】[5]。

[5] 帶結：猶言"帶堪結"，意謂垂楊因爲生愁，柳條都似乎可以打出愁結了，宋田錫的"柳帶柔堪結"可爲注腳。宋張矩《應天長·柳浪聞鶯》詞云："游人恨，柔帶結。更喚醒、羽喉宮舌。"

[6] 清項鴻祚《清平樂》詞"桃源落日西斜，畫橋平接金沙"，徑用本句入詞。

[7] 兒家：古代女子自稱"我家"。唐丁仙芝《江南曲》云："長干斜路北，近浦是兒家。"

[8] 菱花：菱花鏡。本句從唐韓偓《閨怨》詩"時光潛去暗淒涼，懶對菱花暈晚妝"中化出。

【考證】

張樞原詞已逸。

【韻律】

本調是唐詞小令，《欽定詞譜》收錄于第四卷，以李白"禁闈清夜"詞爲正體，本詞與李詞同，但前段第三拍不用拗句、後段起拍不用仄起式句法，則是典型的宋詞填法。

早期的詞調，多在韻脚的變化上製造韻律上的波動，如按句爲單位換韻的《訴衷情》《河傳》，按句組爲單位換韻的《菩薩蠻》《虞美人》，按段爲單位換韻的《清平樂》《河瀆神》，等等。這種韻律特色之所以會在早期集中體現，是因爲在早期的詞中，尚未有我們今天所見的那種濃郁的"詞味"，這種詞味，即我們在第六十八首【韻律】中說到的"詞之所以爲詞"的"逗結構現象"。在沒有"逗結構"的唐五代時期，不斷地換韻就成了一個有效製造"詞味"的方式，而在詞成熟之後，自然就不再需要用換韻的模式來營造這樣的氣氛了，像《六州歌頭》《曲玉管》之類的換韻詞體已經極爲罕見，且更多衹是一種"裝飾性"的點綴而已，不再在詞體中占有重要的韻律地位，成爲主要特色了。

又　再次前韻[一]

晚鶯嬌嚶[二]。庭戶溶溶月。一樹湘桃飛茜雪[1]。紅豆相思漸結。　　看看芳草平沙。游䭾猶未歸家[2]。自是蕭郎飄蕩[三][3]，錯教人恨楊花[4]。

（第七十七）

【校記】

[一] 知不足齋本、四印齋本、光緒本無題序。

[二] 晚鶯，知不足齋本、四印齋本、辛酉本、芝蘭本并作"曉鶯"。嬌嚶，毛校本、知不足齋本、四印齋本、辛酉本、光緒本、芝蘭本并作"嬌咽"，通。

[三] 飄蕩，知不足齋本、四印齋本、辛酉本、光緒本、芝蘭本并作"飄泊"。

【箋釋】

[1] 茜雪：紅色的雪，喻飄落的湘桃花。周密自創詞彙。清況周頤《戚氏》詞云："剩倦吟、暮色簾櫳。又芳節，茜雪照春空。"

[2] 游䭾：義同"游緡"，出游的坐騎。宋宋祁《燈夕在告聞游人甚盛》詩云："道上落梅飄脆管，陌頭繁杏著游䭾。"

[3] 蕭郎：語出唐崔郊《贈去婢》詩"侯門一入深如海，從此蕭郎是路人"，

後常用來指詩中漂游四處的藝術形象，如溫庭筠《贈知音》之"窗間謝女青蛾斂，門外蕭郎白馬嘶"、上元夫人《留別》之"蕭郎不顧鳳樓人，雲澀回車淚臉新"、無名氏之"佳景雖堪玩，蕭郎殊未來"、于鵠《題美人》之"胸前空帶宜男草，嫁得蕭郎愛遠游"、元稹《襄陽爲盧竇紀事》之"琉璃波面月籠煙，暫逐蕭郎走上天"，等等。

[4] 楊花：以飄泊不定不知歸家的蕭郎，暗喻滿天漂浮的楊花。而"錯恨"二字加強了對人的怨恨，意謂不當恨楊花，人猶如此，況楊花哉。

【考證】

張樞原詞已逸。

【韻律】

本調是唐詞小令，《欽定詞譜》收錄于第四卷，以李白"禁闈清夜"詞爲正體，本詞與李詞同，但前段第三拍不用拗句、後段起拍不用仄起式句法，屬于是典型的宋詞填法。其餘參見前一首。

【附錄】

清陳廷焯《雲韶集》云：《清平樂・曉鶯嬌咽》詞，"字字關情。語亦沉至"。

乳燕飛

辛未首夏[1]，以書舫載客游蘇灣[2]。徙倚危亭，極登覽之趣。所謂浮玉山、碧浪湖者，皆橫陳于前，特吾几席中一物耳。搖望具區[3]，渺如煙雲；洞庭縹緲，諸峰矗矗獻狀，蓋王右丞、李將軍著色畫也[4]。松風怒號，暝色四起，使人浩然忘歸。慨然懷古，高歌舉白，不知身世爲何如也。溪山不老，臨賞無窮，後之視今，當有契余言者[5]。因大書山楹[6]，以紀來游[一]。

波影搖漣漪[二][7]。趁薰風、一舸來時[三]，翠陰清晝。去郭軒楹縿數里[8]，蘚磴松關雲岫[9]。快展齒笻枝先後[10]。空半危亭堪聚遠[11]，看洞庭、縹緲爭奇秀[12]。人自老，景如舊。　　來帆去棹還知否。問古今、幾度斜陽，幾番回首[四]。晚色一川誰管領，都付雨荷煙柳[五]。知我者、燕朋鷗友[六][13]。笑拍闌干呼范蠡[14]，甚平吳、卻倩垂綸手[15]。吁萬古[七]，付卮酒。　　　　　　（第七十八）

【校記】

[一] 知不足齋本、四印齋本題序作"夏游"。光緒本本詞未收錄。

[二] 搖漣，知不足齋本、四印齋本、辛酉本并作"搖漣"。

［三］薰風，彊村本作"熏風"，通。

［四］本句知不足齋本、四印齋本、辛酉本并作"幾回搔首"。

［五］雨，芝蘭本注云："《草窗詞》作'與'。"余所見諸本非是。

［六］鷗友，知不足齋本、四印齋本、辛酉本并作"鶯友"。

［七］吁萬古，丙午本原作"吁萬古"，刻誤。

【箋釋】

[1] 辛未：即咸淳七年（1271年），時周密四十歲。首夏：剛剛進入夏季，初夏。

[2] 蘇灣：在今湖州城南部。清嵇曾筠《浙江通志》卷十二載，《烏程縣志》云："蘇灣，在縣南峴山寺前，碧浪湖之西。其堤爲蘇軾治郡時所築，故名。"

[3] 具區：太湖的古名，又稱震澤、笠澤。《爾雅·釋地》云："吴越之間有具區。"

[4] 王右丞：即王維，因唐肅宗乾元年間任尚書右丞，故名。唐代著名詩人和畫家。李將軍：唐代山水畫家李思訓、李昭道，被稱爲大小李將軍。

[5] 契：契合，贊同。

[6] 山楹：山間的石柱。漢莊忌《哀時命》詩云："鑿山楹而爲室兮，下被衣于水渚。"

[7] 漣氂：此指浮玉山。浮玉山因爲"巨石如積，陂陀磊塊"，猶如一個巨大的青氂，浮于太湖漣漪之中，故云。周密自創詞彙。本句亦用于先生《和親老蒼玉洞韻》詩"歌聲振林木，妝影摇漣氂。鳥啼覺山静，湍急和雲漱"，也是代指山體，可證。一本作"連"字，實誤。

[8] 去：離開。軒楹：此指亭臺。去郭軒楹：軒楹距離城郭。

[9] 蘚磴：山上長著苔蘚的石階。宋陸游《題寺壁》詩云："雲山直去寧須伴，蘚磴高攀不計層。"松關：狀道路兩邊的松木枝葉交錯，猶如拱門。唐許渾《泛溪夜回寄道玄上人》詩云："猶阻晚風停桂檝，欲乘春月訪松關。"

[10] 快：快意。本句意謂：謝公屐和登山筇并使，令人感到十分快意。或謂"快屐齒"爲詞，誤，因爲謝公屐祗含有"便捷"的詞意元素，而没有"快速"的詞意元素。

[11] 聚遠：聚集遠處的景致，意謂盡收眼底，中心詞省用法。參見第七十、七十三首【箋釋】。宋蘇軾《單同年求德興俞氏聚遠樓》詩云："賴有高樓能聚遠，一時收拾與閑人。"

[12] 洞庭：洞庭山，在太湖中。縹緲，洞庭山最高峰曰"縹緲峰"，故此處"縹緲"亦可理解爲名詞。

[13] 燕朋鷗友：意謂以鷗燕爲友，鷗與燕均是最普通的凡鳥，古代文人常以之表達自己閑散而不願入世的曠達心態。

[14] 范蠡：春秋時人，在輔助越王勾踐成功滅吳之後，携西施隱于太湖之中。後一句"平吳"，即指滅吳。

[15] 垂綸：垂釣。指范蠡隱于太湖，以漁釣爲生。宋盧祖皋《賀新郎》詞云："猛拍闌干呼鷗鷺，道他年、我亦垂綸手。"

【考證】

辛未：即咸淳七年（1271年），時周密四十歲，本詞作于是年初夏時節。

蘇灣，即吳興趙氏蘇灣園，周密《癸辛雜識前集》"吳興園圃"條下云其爲："菊坡所創，去南關三里，而近碧浪湖，浮玉山在其前，景物殊勝，山椒有雄跨亭，盡見太湖諸山。"根據這一描寫，蘇灣園應該是在毗鄰蘇灣的學士山上。明董斯張《吳興備志》卷十五引《峴山志》云："學士山在蘇灣，面對峴山，右挹碧湖。子瞻常游，故名。或曰，即方屛山。"方屛山，也就是趙孟頫墓所在地，此地距太湖最近點也在二十五里左右，距太湖的東西山風景區，直綫距離也達六十餘里，不知在宋代，是否可以"盡見太湖諸山"。

這裏所說的"浮玉山"，吳熊和先生的《唐宋詞彙評（兩宋卷）》認爲就是天目山，蓋非。元趙孟頫《吳興山水清遠圖記》云："浮玉山在城南三里玉湖中，巨石如積，陂陀磊塊，葭葦聚焉。不以水盈縮爲高卑，故曰'浮玉'。"清吳任臣在《山海經廣注》卷一中說："浮玉山，在湖州城南七里玉湖中，巨石如積波，不以水盈縮，故名。《天目山志》曰：'天目，一名浮玉山'。"此類不分不辨的記載，或是引起後人誤解的主要原因。該"浮玉山在烏程縣南五里碧浪湖中，與歸安縣接界"（《大清一統志》卷一百三），確實既非《拾遺記》中"西海之西"的浮玉山，也不是"東海之上"的浮玉山，但其山在碧浪湖中，顯與天目山無關（地質學上是否有山脈餘續之類，不在本研究範圍），山名倒是很可能與東海西海上的"浮玉山"有關。

碧浪湖又因傍峴山，而叫"峴山漾"，又因浮玉山，而名"玉湖"。《西吳里語》載："碧浪湖一名峴山漾，在郡城南，群山四匝，諸水匯聚，嵐光林影，掩映上下。"碧浪湖湖面寬闊，湖中有小嶼，即浮玉山，因其湖水滿漲時山頂猶露，若浮于水面之碧玉，故名。吳興八景之"南湖雨意"即在于此。

湖州的浮玉山有二，此爲小浮玉山，另外在安吉孝豐還有一大浮玉山，即《吳興志》所說："在峴山漾爲小浮玉，此（孝豐）爲大浮玉也。"至于趙孟頫《吳興山水清遠圖記》所謂"不以水盈縮爲高卑"，則祇是一種傳說。《嘉泰吳興志》卷四亦云"水隨川低昂，旱潦如一"，都是傳說。

至于周密所說"遥望具區，渺如煙雲；洞庭縹緲，諸峰矗矗獻狀"，應該祇是詩人的形象思維，就算登上碧浪湖畔的學士山巔，也許勉强能望見二三十里之外的具區太湖，湖中諸峰縹緲的洞庭山，恐怕是看不到的。

【韻律】

宋代熱門慢詞，正名《賀新郎》，又名《金縷曲》。《欽定詞譜》收録于第三十六卷，以葉夢得"睡起流鶯語"詞爲正體。本詞與葉詞同，唯前段"快展齒筇枝先後"一句，韻律略澀。

詞的一般規則，是由"句組"（傳統術語稱之爲"均"）作爲樂段來組成全篇，根據令引近慢的不同，每個詞有不同數量的句組，慢詞爲八個句組。而每個"句組"則通常都由兩個"拍"構成，一起拍，一收拍，尤其是在第二、第三句組中。這些基本規則，在宋人的相關著作中均有記載。就本詞而言，前後段的第一句組中，其收拍分別是三字逗領四字二句的結構，因此，如果我們將"趁薰風、一舸來時，翠陰清晝"和"問古今、幾度斜陽，幾番回首"都看成是兩個互不相干的獨立的"句"，那麼理解前人的古詞必會產生誤差，對今天的創作，也一定會在構思中游離本有的韻律本貌。我們説後詞樂時代的主流詞譜學理念，以"句"爲本位替代字本位是一種錯誤，在這種具體的細節上，最能見出。因此，要遵循唐宋詞韻律的本貌，在詞譜填詞的時候，就務必要澹化這種"句"的概念。

掃花游　用清真韻[一]

柳花颶白[二]，又火冷餳香[1]，歲時荆楚。海棠似語。惜芳情燕掠，錦屏紅舞[2]。怕裹流芳，暗水啼煙細雨[3]。帶愁去。嘆寂寞東園[4]，空想游處。　　幽夢曾暗許。奈草色迷雲，送春無路。翠丸薦俎[5]。掩清尊謾憶[6]，舞蠻歌素[7]。怨碧飄香[8]，料得啼鵑更苦[9]。正愁佇。黯春陰、倦簫殘鼓[三]。　　　　　　　　　　（第七十九）

【校記】

[一] 知不足齋本、四印齋本題序作"寒食"，辛酉本作"寒食用清真韻"。光緒本本詞未收録。

[二] 白，芝蘭本注云："《草窗詞》作'日'。"余所見諸本非是。

[三] 黯，芝蘭本注云："《草窗詞》落此字。"余所見諸本非是。

【箋釋】

[1] 餳：舊時寒食日，禁止生火做飯，人們都提前做好食品備用，該食品

即稱之爲"餳"。晋宗懍《荆楚歲時記》云："去冬節一百五日,即有疾風甚雨,謂之'寒食'。禁火三日,造餳大麥粥。"而我國幅員遼闊,因此未必"餳"即僅是大麥粥。宋萬俟咏《三臺·清明應制》詞云："餳香更、酒冷踏青路。會暗識、夭桃朱户。"

[2] 錦屏:將春天的大自然喻爲斑斕的錦繡製成的屏風。紅:紅花。

[3] 暗水:指潛藏的伏流。唐李百藥《送別》詩云："夜花飄露氣,暗水急還流。"啼煙:在煙嵐中悲鳴。唐李白《遠別離》詩云："日慘慘兮雲冥冥,猩猩啼煙兮鬼嘯雨。"

[4] 東園:明郎瑛《七修類稿》云："東花園,宋之富景園也。"參見第十七首【考證】。

[5] 翠丸:這裏指清明時節的糰子,因爲用艾葉爲主要原料搗爛後製成,故色青,又稱"青糰",是寒食清明時的主要供品。薦俎:放入祭祀用的禮器中。

[6] 謾憶:莫憶,休憶。或以爲"謾"即空、聊,則掩字無著落。參見第五十五首【箋釋】[12]。

[7] 蠻:小蠻。素:樊素。二人均爲白居易家妓,以善歌舞稱世。參見【附錄】。

[8] 怨碧:柳枝。古人離別以折柳爲俗,因此,楊柳之怨氣最重,故云。疑出自宋吳文英《渡江雲三犯·西湖清明》詞"千絲怨碧,漸路入、仙塢迷津"。飄香:春日裏飄香的花朵。

[9] 啼鵑:鳴叫的杜鵑,相傳爲古代蜀王杜宇的魂魄化成。常晝夜啼鳴,其聲哀切。南朝鮑照《擬行路難》詩云："中有一鳥名杜鵑,言是古時蜀帝魂。其聲哀苦鳴不息,羽毛憔悴似人髡。"

【考證】

本詞疑作于杭州,從"嘆寂寞東園,空想游處"等語句來看,與《草窗韻語》第三稿中《重過東園興懷知己》的"物色已非知己盡,一回臨眺一懷悲",其情緒應該是相同的,詩中有"回頭已隔五春風"句,則應該是寫于最後一次與西湖詩社的詩友們相聚在東園之後的五年,最大的可能是作于周密三十九歲的時候,即在杭州與馬廷鸞相交的那一年。或謂本詞是懷念楊纘之作,亦無不可,但以爲作于楊纘故後五年時,則未必。

周邦彥(1056—1121年),字美成,號清真居士,錢塘(今浙江杭州)人。神宗元豐六年(1083年)獻《汴都賦》,元豐七年(1084年)爲太學正(《續資治通鑒長編》卷三四四)。出爲廬州教授。哲宗元祐八年(1093年)

知溧水縣（《景定建康志》卷二七）。還爲國子監主簿。元符元年（1098年），除正字（《續資治通鑒長編》卷四九九）。徽宗即位，爲校書郎，遷考功員外郎，衛尉、宗正少卿，兼議禮局檢討。政和元年（1111年），以直龍圖閣知河中府（《宋會要輯稿》選舉三三之二六），未赴。政和二年（1112年），改知隆德府，徙明州，入拜秘書監，進徽猷閣待制、提舉大晟府。未幾，知順昌府，徙處州。提舉南京鴻慶宮。宣和三年（1121年）卒，年六十六。周邦彥是宋著名詞人，有詞集《清真集》二十四卷。另有《清真雜著》三卷（《直齋書錄解題》卷一七），已佚。事見《王觀堂先生全集·清真先生遺事》。《東都事略》卷一一六、《咸淳臨安志》卷六六、《宋史》卷四四四有傳。（摘自《全宋詩》）

【韻律】

慢詞，《欽定詞譜》收錄於第二十四卷，以周邦彥"曉陰翳日"詞爲正格，本詞與周邦彥詞全同，并步其韻而作，但"海棠似語"句未用原韻，該句作爲輔韻，允許如此填法。

上一首我們談到三字逗領四字兩句的結構，在本詞中也有類似的用法，但是是一字逗領四字兩句，且在第一句組、第二句組和末一句組中均有出現。這裏的幾個一字逗均不是僅僅與後四字發生關係，惜的是"芳情燕掠，錦屏紅舞"，嘆的是"寂寞東園，空想游處"，奈的是"草色迷雲，送春無路"，掩的是"清尊謾憶，舞蠻歌素"，而不是僅僅前四個字。詞譜中雖然將其定義爲五字一句、四字一句，但從韻律的角度而言，則必須將其視爲一體，才能準確理解詞意，才能正確創作。

前段第二句組起拍，周邦彥作"暗黃萬縷"，而周密用"海棠似語"和，雖均押韻，但并非步其韻，前人已有困惑，芝蘭本即注云："美成係'縷'字韻，逃禪、千里俱作'縷'。"不知這是因爲該拍所在爲輔韻，本可叶可不叶，因此自然可以換韻字。此類和韻，宋詞中并非偶見，例如周邦彥的《滿庭芳》，其過片爲"年年。如社燕"，楊澤民和詞爲"不如歸去好"，陳允平和詞爲"浮生同幻境"，第二字均未作押韻；方千里和詞爲"江南。思舊隱"，第二字可視爲押韻而未作步韻。這是唐宋詞的一個重要特徵，瞭解這個，對今人的創作和鑒賞將具有重要幫助意義。

【附錄】

宋周邦彥《掃花游》云："曉陰翳日，正霧靄煙橫，遠迷平楚。暗黃萬縷。聽鳴禽按曲，小腰欲舞。細繞回堤，駐馬河橋避雨。信流去。想一葉怨題，今在何處。　　春事能幾許。任占地持杯，掃花尋路。淚珠濺俎。嘆將愁度日，病傷幽素。恨入金徽，見説文君更苦。黯凝佇。掩重關、遍城鐘鼓。"

唐孟棨《本事詩》卷一云："白尚書姬人樊素，善歌；妓人小蠻，善舞。嘗爲詩曰：'櫻桃樊素口，楊柳小蠻腰。'年既高邁，而小蠻方豐艷，因爲《楊柳枝》詞，以托意，曰：'一樹春風萬萬枝。嫩于金色軟于絲。永豐坊裏東南角，盡日無人屬阿誰。'及宣宗朝，國樂唱是詞，上問：'誰詞，永豐在何處？'左右具以對之，遂因東使，命取永豐柳兩枝，植于禁中，白感上知其名，且好尚風雅，又爲詩一章，其末句云：'定知此後天文裏，柳宿光中添兩枝。'"

龍吟曲　賦寳山園表裏畫圖[一]

仙山非霧非煙[1]，翠微縹緲樓臺亞[2]。江蕪海樹[3]，晴光雨色[4]，天開圖畫[5]。兩岸潮平[6]，六橋煙霽[7]，晚鉤簾挂。自玄暉去後[二][8]，雲情雪意[9]，丹青手、應難寫[10]。　　花底朝回多暇。倚高寒、有人瀟灑。東山杖屨[11]，西州賓客[12]，笑譚風雅[三]。貯月杯寬，護香屏暖，好天良夜[四][13]。樂閑中日月[五][14]，清時鐘鼓[15]，結春風社。　　　　（第八十）

【校記】

[一] 知不足齋本、四印齋本、辛酉本、芝蘭本調名作《水龍吟》，前二種題序無"賦"字。光緒本本詞未收錄。

[二] 玄暉，丙午本原作"元暉"，辛酉本同，據四印齋本、彊村本改。

[三] 笑譚，知不足齋本、彊村本、四印齋本、辛酉本并作"笑談"，通。

[四] 良夜，知不足齋本、四印齋本、辛酉本并作"凉夜"。

[五] 中，芝蘭本注云："《草窗詞》作'時'。"余所見諸本非是。

【箋釋】

[1] 非霧非煙：煙霧皆非，却是一種瑞氣的特指，意謂祥雲繚繞。宋衛宗武《五雲詩》云："伊誰衣被以佳名，非霧非煙騰瑞氣。"

[2] 亞：掩映，遮蔽。唐方干《書吳道隱林亭》詩云："橘枝亞路黃苞重，井脉牽湖碧甃深。"

[3] 江蕪：蘼蕪，葉有香氣。唐司空曙《送王閏》詩云："江蕪連夢澤，楚雪入商山。"海樹：特別大的樹木。南朝吳均《酬別江主簿屯騎》詩云："白雲間海樹，秋日暗平原。"

[4] 本句擷取自宋吳文英詞中，表示陰晴時的大自然景色。吳文英多次用到該詞，如《鶯啼序·豐樂樓節齋新建》詞云："慣朝昏、晴光雨色，燕泥動、

紅香流水。"

［5］天開：意謂上天所開發、啓示的。唐李世民《題龜峰山》詩云："天開雲現琉璃碧，日落霞明瑪瑙紅。"本句擷取自宋黃庭堅《王厚頌》詩"人得交游是風月，天開圖畫即江山"。

［6］本句源自唐王灣《次北固山下》詩"潮平兩岸闊，風正一帆懸"。

［7］六橋：位于西湖蘇堤的六座橋，參見第五十八首【箋釋】［4］。

［8］玄暉：即謝朓，南朝齊杰出的山水詩人，字玄暉，陳郡陽夏（今河南太康）人，與"大謝"謝靈運同族，世稱"小謝"，有《謝宣城集》，後人有輯本。

［9］清濮文綺《祝英臺近·重過余氏園》詞云"雪意雲情，多少別來味"，擷自本句。

［10］本句從宋譚粹《重建南山亭》詩"此景詩人吟不盡，丹青圖寫也應難"中化出。

［11］杖屨：游山玩水必備之具，代指出游。《晋書·謝安傳》載：謝安隱居于會稽（今浙江紹興）東山，日與王羲之等交游，"東山杖屨"即指雅士相聚。唐白居易《偶作》詩云："日西引杖屨，散步游林塘。"

［12］西州：古城名。東晋置，爲揚州刺史治所。故址在今江蘇省南京市。《晋書·謝安傳》載：謝安死後，羊曇醉至西州門，慟哭而去。後遂用爲文人友情之典實。此二句均言文人交游之樂與交情至深。

［13］好天良夜：這是柳永首創的一個詞語，現存的柳詞中尚可見到三處：《女冠子》的"好天良夜，無端惹起，千愁萬緒"、《少年游》的"好天良夜，深屏香被，爭忍便相忘"、《洞仙歌》的"鴛衾下。願常恁、好天良夜"，因此後世詩詞中極多，爲宋元人常用語。

［14］本句化用唐白居易《奉和裴令公新成午橋莊綠野堂即事》詩"遠處塵埃少，閑中日月長"。

［15］本句化用唐韓愈《奉和僕射裴相公感跨恩言志》詩"林園窮勝事，鐘鼓樂清時"。

【考證】

本詞所賦，也是杭州風景，但寶山園位于何處，則失考。所謂"表裏"，應該是指該園的園外和園内的景象，詞中的第一、第二句組，説的是"裏"，而第三句組的"兩岸""六橋"，則無疑屬于"表"了。不過，中國畫是一種寫意的藝術，如果以兩岸爲基點，"六橋"也不一定就是在六橋的位置，因此，該畫未必就是長卷巨幅。

【韻律】

《龍吟曲》即《水龍吟》之別名，爲慢詞，《欽定詞譜》收録于第三十卷，并謂："此調句讀最爲參差，今分立二譜。起句七字、第二句六字者，以蘇軾詞爲正格。起句六字、第二句七字者，以秦觀詞爲正格。"本詞即秦觀詞體，後段末一句組看似不同，實則是各人句讀差異而已，無關乎原詞的韻律，《欽定詞譜》讀爲"念多情、但有當時皓月"，若改讀爲"念多情但有，當時皓月"，則兩詞全同。

詞的變化，主要在一頭一尾，頭部的特徵則是前後段多以添頭式爲常，其次爲齊頭式的結構，本詞就是一個齊頭式的結構。齊頭式結構一般分爲兩種，一種是標準式的齊頭，例如下一首《風入松》，前後段第一句組的兩句不僅字數相同，而且句法也完全一樣；另一種則是讀破式的齊頭，如本詞，雖然前後段字數相同，但是句法不一。由于詞是字本位的文學樣式，因此讀破式的詞調仍然屬于齊頭類，之所以讀破句法，則顯然是音樂旋律變化的需要，因此這類齊頭式的韻律豐富性更加突出，最適宜在填詞構思時采用跌宕多姿的布局方式，以形成更多變化。

本調的另一個韻律特徵是剪尾式結構，所謂剪尾式，即後段末一句組較之前段會减去數字（通常爲一頓二字），本調的减字，實際上是减去了"丹青手"這一三字結構中原有的二字，因此後段的"結春風社"便不能構思爲通常的二二式四字結構，而必須是一三式的結構，這是填好本詞的秘笈，這一重要環節忽略了，則很難稱之爲《水龍吟》。

【輯評】

清鄧廷楨《雙硯齋詞話》云："弁陽翁工于造句，如'嬌綠迷雲''倦紅鬟曉''膩葉陰清''孤花香冷''散髮吟商''簪花弄水''貯月杯寬''護香屏暖'之類，不可枚舉。"

風入松　爲謝省齋賦林壑清趣[一][1]

枇杷花老洞雲深。流水泠泠。藍田誰種玲瓏玉[2]，土華寒、暈碧雲根[3]。佳興秋英春草，好音夜鶴朝禽。　　閑聽天籟静看雲[4]。心境俱清[5]。好風不負幽人意[6]，送良宵、一枕松聲[二]。四友江湖泉石，二并鐘鼎山林[7]。　　　　　　　　　（第八十一）

【校記】

[一] 知不足齋本未收録本詞，誤刻爲"柳梢煙軟"一首，該首已見《草

窗詞》卷上，因調名相同而誤。光緒本本詞未收録。

［二］良宵，丙午本原作"凉宵"，據毛校本、彊村本、四印齋本改。

【箋釋】

[1] 謝省齋：或是周密友人，生平失考。

[2] 藍田：著名産玉之地，在今陝西藍田縣，唐李商隱有著名詩句"藍田日暖玉生煙"。本句之構思生發於宋李昂英《賀新郎·同年顧君景冲雲翼經屬官舍白蓮盛開招飲水亭》詞"誰種藍田玉。碧雲深、亭亭月上，水明溪曲"。

[3] 土華：成片生長的附著於地表的無名小花。周密自創詞彙。清端木埰《玲瓏四犯》詞云："翠樓畫閣，剩如今、土華凝碧。"暈：兩種色彩各自向另一種顔色漸變，逐漸糅爲一體，稱"暈"。雲根：遠處雲與大地相接處。晉張協《雜詩》云："雲根臨八極，雨足灑四溟。"

[4] 天籟：大自然中各種聲響的匯聚，稱爲天籟，但不包括人類製造出來的聲響，如汽笛、哨聲、琴響等。本句與宋釋紹曇《山叟》詩"不識紅塵有利名，閑聽幽鳥静看雲"互爲影響。

[5] 本句提煉于宋劉才邵《玉笥山超然堂》詩"超然物外亦不惡，要當心境俱清閑"。

[6] 幽人：隱士。晉支遁《詠懷》詩云："逸想流岩阿，朦朧望幽人。"

[7] 二并：指代表富貴榮華的"鐘鼎"，和代表隱逸閑適的"山林"二者并有。出自唐王勃《滕王閣序》"四美具，二難并"。

【考證】

謝省齋應是稱號，名、字俱無考。"林壑清趣"則或是一幅圖的名稱，作者及畫的內容亦無考。即便從"四友""二并"中來分析，也不能了了。

【韻律】

本詞屬于近詞詞體，周密共有兩首，《欽定詞譜》以晏幾道"柳陰庭院"詞和吴文英"畫船簾密"詞爲正體，收錄于第十七卷，本詞即晏詞詞體，屬于正格。

本詞是一種減字式體式，前後段的第二拍均由五字句減爲四字句，比較第七十首的"柳梢煙軟已瓏璁。嬌眼試東風"和"當時蘭柱繫花驄。人在小樓東"，可體味出五字句與四字句之間的韻律差异，前者舒緩流暢，給人一種娓娓道來的詞味，但後者就欠缺這種語感，尤其與一個七字句搭配之後，其韻律便有一種頓挫感，可形成一種更强的節奏感。

本詞以"深""根""禽""雲""林"爲基本韻，混叶以庚青韻的"泠"

"清""聲"。

鳳棲梧　賦生香亭[1]

　　竹窈花深連別墅[一]。曲曲迴廊、小小閑庭宇。忽地香來無覓處[2]。杖藜閑趁游蜂去[3]。　　老桂懸秋森玉樹[二][4]。澗底孤芳、苒苒吹詩句[5]。一掬幽情知幾許[三][6]。鈎簾半畝藤花雨。　　　　（第八十二）

【校記】

[一] 竹窈，芝蘭本作"竹杳"。
[二] 懸秋，知不足齋本、四印齋本、辛酉本、芝蘭本作"凝秋"。
[三] 一掬，彊村本、四印齋本作"一匊"。

【箋釋】

[1] 生香亭：亭在安徽，此或題圖之作。
[2] 本句擷取自宋薛季宣《刈蘭》詩"記得舊家山，香來無覓處"。
[3] 杖藜：即仗藜。杖藜閑趁：拄著藜杖去追逐。
[4] 森：聳立。晉阮籍《詠懷》詩云："松柏鬱森沉，鸝黃相與嬉。"
[5] 苒苒：鬱鬱葱葱的樣子。唐王昌齡《同從弟銷南齋玩月憶山陰崔少府》詩云："苒苒幾盈虛，澄澄變今古。"
[6] 一掬：一捧，往往暗含些許的意思。唐司空圖《偶詩》云："一掬信陵墳上土，便如碣石累千金。"幽情：深處的，不太爲人所知的情感。晉慧遠《廬山諸道人游石門詩》云："忽聞石門游，奇唱發幽情。"

【考證】

生香亭或在安徽。清趙田恩《江南通志》卷一百六十九云："吳晦之，字元用，寧國人。少謝舉業，工爲詩。客游江淮，周覽名勝，晚乃隱道山下，築生香亭，一室幽棲，爲世推重。"按，吳晦之爲宋人，自號雲梯。屢舉不第，遂放浪江湖。寧宗嘉定中，與韓沆、石岩相多唱酬。晚年築生香亭隱居。有《嚼脂集》，已佚。事見明嘉靖《寧國縣志》卷三。因此，生香亭非亭，而是一個用來"幽棲隱居"的別墅。

而周密的詞，所描寫的恰是一個"曲曲迴廊、小小閑庭宇"的別墅，所以即便另有一個同名的"亭"，也不會是本詞所寫。至於周密生平，尚未見去過安徽寧國，因此其所寫之詞，未必需要親臨其境，畫圖描繪、文字記載，乃至坊間傳聞，都可以用來作爲詞創作的素材，而不一定要考證是否曾去過。

我們再從前二首、後八首的内容來看，基本可以斷定這十一首詞雖然可能并非一時之作，但作者或编者將其放在一起，顯然是有意識地要將它們形成一個專題板塊，所賦的都是描寫各種建築的題圖詞，應該是一個系列，因此，其中有周密未曾涉足過的安徽建築"生香亭"，也就在情理之中了。

【韻律】

《鳳棲梧》即《蝶戀花》之別名。唐人小令。《欽定詞譜》收錄於第十三卷，以馮延巳詞爲正體，本詞與馮詞同。

在《浪淘沙》的韻律分析中，我們接觸到一種前後段各五句的詞體，從現代的詞譜學理念來看，與本詞似乎結構完全一致，但實際上其韻律完全不同。本詞的"曲曲迴廊，小小閑庭宇"和"澗底孤芳，苒苒吹詩句"雖然今天都習慣用"，"號讀斷，但從韻律的角度而言，實際上是一個"假二句"，其準確的讀法應該是"曲曲迴廊、小小閑庭宇"和"澗底孤芳、苒苒吹詩句"，在很多詞句中，甚至將其讀爲二字逗領七字句會更符合詞調韻律，例如"澗底、孤芳苒苒吹詩句"。在填詞時，這裏被視爲一個九字句構思最切，換言之，本調實際上就是一個仄韻的七言律詩，袛對不粘，在第二、第五句添二字而成。

少年游　賦澄雲軒[一]

松風蘭露滴崖陰。瑶草入簾青[1]。玉鳳驚飛[2]，翠蛟時舞，噴薄濺春雲。　　冰壺不受人間暑[二][3]，幽碧哢珍禽[三][4]。花外琴臺，竹邊棋墅[5]，處處是閑情[四]。（第八十三）

【校記】

[一] 知不足齋本、四印齋本無題序。光緒本本詞未收錄。

[二] 間，芝蘭本作"閑"。

[三] 幽碧，知不足齋本、四印齋本并作"幽草"。

[四] 知不足齋本、四印齋本無"是"字。

【箋釋】

[1] 瑶草：美詞，猶言"芳草"。本句化用唐劉禹錫《陋室銘》"苔痕上階綠，草色入簾青"。

[2] 玉鳳：比喻惹人喜愛的鳥類。宋王道觀《聯句》云："瑶池方瀲灩，玉鳳更琵琶。"

[3] 冰壺：此指月亮。唐杜光庭《讀書臺》詩云："華月冰壺依舊在，青蓮居士幾時來。"

[4] 哢：鳥鳴聲。

[5] 棋墅：專供人弈棋的建築。宋宋祁《喜同朱舅秀才小飲》詩云："雪雲低北户，棋墅接西州。"

【考證】

涇雲軒：無考。其中"竹邊棋墅"，也未必就是後面《朝中措》詞所寫之棋墅，棋墅即棋院，屬于有一定規模的建築，有瑣窗、闌干、棋室等，或謂是棋亭，應誤。而擁有棋墅、琴臺等建築，遍種松竹，開闢瑤池，涇雲軒應該是一個類似杭州郭莊、蘇州留園之類的中國式江南園林。

【韻律】

本詞爲唐人小令，《欽定詞譜》收錄于第十三卷，以馮延巳詞爲正體，本詞與馮詞同。

本詞以十一部庚青韻之"青""情"爲基本韻，與六雲、十二侵的"陰""雲""禽"混叶。

本調的句式變化非常豐富，對詞調韻律的考察很有幫助。通常前後起拍的兩個七字句，均可添一字而衍化爲四字兩句，填成"并刀如水，吳鹽勝雪"式的詞體，而由此可以很清晰地看到，本詞的"玉鳳驚飛，翠蛟時舞"和"花外琴臺，竹邊棋墅"，又是一個我們在前面提到過的"假二句"，若是填詞創作，宜將其視爲一個韻律單位構思爲正，如二晏、歐陽修及蘇門將其填爲"霜前月下，斜紅澹蕊，明媚欲回春。莫將瓊萼等閒分。留贈意中人"模式，便是一個很好的證明。

【譜注】

《欽定詞譜》云："此亦晏（殊）詞體，惟前後段兩結句，各減一字，作四字句异。"

秦巘《詞繫》云："前後段同晏殊第一首，只末句四字少一字，草窗二首皆然，非有脱誤也。《笛譜》'處處'下多'是'字，今從《草窗詞》。"

西江月　荼蘼閣春賦[一][1]

花氣半侵雲閣，柳陰近隔春城。畫闌明月按瑤筝[2]。醉倚滿身芳影[二]。　　翠格素虬晴雪[3]，錦籠紫鳳香雲[4]。東風吹玉滿閑庭。二十四簾春靚[三][5]。

（第八十四）

【校記】

[一] 知不足齋本、四印齋本題序作"荼蘼閣"。光緒本本詞未收錄。
[二] 芳影，知不足齋本、四印齋本、辛酉本并作"花影"。
[三] 春靚，知不足齋本、辛酉本并作"春艷"。

【箋釋】

[1] 荼蘼閣：無考。
[2] 按：撫弄。瑤筝：字面意思是飾有寶玉的筝，但未必真的飾玉，因爲"瑤"是一個美詞。參見第七十六首【箋釋】[4]。
[3] 翠格：翠綠的窗格。素虹：白龍，這裏比喻一長溜的荼蘼花。
[4] 錦籠：形容荼蘼閣猶如天地間一隻鳥籠，縹緲的花香如舞鳳般盤旋其上。宋利登《綠頭鴨》詞云："恨無情、錦籠鸚鵡，等閑輕語花前。"
[5] 二十四：虛指，十二、二十四、三十六、七十二，等等，都是一種不確定的虛指，僅僅是表示數量比較多。唐韋應物《金谷園歌》云："嗣世衰微誰肯憂。二十四友日日空追游。"

【考證】

荼蘼閣，無考。

【韻律】

本調爲小令，《欽定詞譜》收錄于第八卷，本詞用第一式柳永正格詞體。
本調是一個采用三聲叶押韻的模式，前後段結拍的仄聲韻須與平聲同部。此外，本調還有部分采用前後段起拍入韻的填法，起拍的押韻，可以是與基本韻同部的，也可以是不同部的，後文第一百二十二首即爲一例。本詞基本韻爲庚青韻，後段第二拍"雲"字以文韻混叶。
本調前後段第一句組是極爲規正的兩個六字句，在作法上例作偶句，周密共填五首，均用對仗，可見一斑。

【輯評】

清陳廷焯《雲韶集》云：《西江月·花氣半浸雲閣》詞，"清麗之句，令人神往。婉約"。

清平樂　橫玉亭秋倚[一][1]

詩情畫意。祇在闌干外[2]。雨露天低生爽氣。一片吳山越水。　　宮煙醉柳春晴[二]。海風洗月秋明[3]。喚取九霞飛佩[4]，夜凉跨鶴吹笙[5]。

（第八十五）

【校記】

［一］知不足齋本題序作"橫玉亭"，四印齋本無題序。光緒本本詞未收錄。

［二］春晴，毛校本作"春晴"，刻誤。因爲這是一個儷句，"春晴"對後一句的"秋明"，若是"春晴"便失對了。

【箋釋】

[1] 橫玉亭：無考。

[2] 本句化用宋劉克莊《冶城》詩"神州祇在闌干北，度度來時怕上樓"。

[3] 洗月：月亮從海面升起，猶如剛剛出浴，故云。宋張炎《臺城路·送周方山游吳》詞云："暗草埋沙，明波洗月，誰念天涯羈旅。"

[4] 九霞：九重天上的雲霞。唐曹唐《小游仙》詩云："西漢夫人下太虛，九霞裙幅五雲輿。"飛佩：飛舞玉佩。宋方岳《酹江月》詞云："我欲飛佩重游，置之衣袖，照我襟懷雪。"飛佩若理解爲"飛舞的玉佩"，句意便不同。

[5] 漢劉向《列仙傳》卷上"王子喬"條云："王子喬者，周靈王太子晉也。好吹笙，作鳳凰鳴，游伊洛之間。道士浮丘公接以上嵩高山三十餘年，後求之于山上，見柏良，曰：'告我家，七月七日待我緱氏山巔。'至時，果乘白鶴，駐山頭望之。不得到，舉手謝時人，數日而去。亦立祠于緱氏山下，及嵩高首焉。"本句化用此典。

【考證】

橫玉亭，無考。

【韻律】

本調是唐詞小令，《欽定詞譜》收錄于第四卷，以李白"禁闈清夜"詞爲正體，本詞與李詞同，但前段第三拍不用拗句、後段起拍不用仄起式句法，則是典型的宋詞填法。其餘參見第七十六首。

朝中措　東山棋墅[一][1]

桐陰薇影小闌干[2]。晝永瑣窗閑[3]。當日清譚賭墅[二][4]，風流猶記東山。　　犀奩象局[5]，驚回槐夢[6]，飛雹生寒。自有仙機活著[7]，未應袖手旁觀。

（第八十六）

【校記】

[一] 本詞光緒本未收錄。

[二] 清譚，知不足齋本作"清談"，通。

【箋釋】

[1] 東山：指會稽郡山陰縣（今浙江紹興）之東山，晉謝安當年曾經隱居此地。

[2] 薇影：紫薇花影。

[3] 本句化用宋劉子翬《書齋十詠》詩"鎖窗閑晝永，高卧數中書"。

[4] 晉謝安肩負禦敵重任，得知敵軍壓境仍鎮定若素，與侄謝玄下棋，以別墅賭輸贏。後用來作咏大將風度的典故，也用來咏弈棋。《晉書·謝安傳》載："玄入問計，安夷然無懼色，答曰：'已別有旨。'既而寂然。玄不敢復言，乃令張玄重請。安遂命駕出山墅，親朋畢集，方與玄圍棋賭別墅。"

[5] 犀奩：用犀牛皮製作的盒子。宋張鎡《宴山亭》詞云："犀奩黛捲，鳳枕雲孤，應也幾番凝佇。"局：棋局，棋盤。象局：這裏指的是象戲的棋盤。周密《浣溪沙》詞云："象局懶拈雙陸子，寶弦愁按十三徽。"

[6] 槐夢：唐李公佐《南柯太守傳》載：淳于棼飲酒古槐樹下，醉後入夢，見一城樓題大槐安國。槐安國王招其爲駙馬，任南柯太守三十年，享盡富貴榮華。醒後見槐下有一大蟻穴，南枝又有一小穴，即夢中的槐安國和南柯郡。後因用"槐夢"比喻人生如夢，富貴得失無常。宋陸游《秋晚》詩云："幻境槐安夢，危機竹節灘。"

[7] 仙機：下棋時出人意料的機遇。活著：起死回生的著數。著：入聲字，今讀如"招"。宋吳泳《送毅夫總領淮西》詩云："莫從局外鑒全勝，緊向棋心尋活著。"

【考證】

東山棋墅可知具體處所，位于浙江上虞東山，即東晉太傅謝安與人弈棋爭勝之處。因此通常認爲，該棋墅是謝安留下的遺迹。所以宋代有多篇詩詞説及，如歐陽修《西征道中送陳舅秀才北歸》詩有"棋墅風流謝舅賢，發光如葆惜窮年"，孔葢《開禧丁卯制置使葉寶文團結淮西山水寨四十七處繪圖見示》詩有"棋墅無驚惟太傅，風寒能護是良醫"，張炎《湘月》也有"堪嘆敲雪門荒，爭棋墅冷"，直到明代楊慎的《鷓鴣天·雨中留楊戣琴士飲》"謝公棋墅思同樂，漁父江潭笑獨醒"、清代鄭文焯的《翠樓吟·瓠庵北樓夜宴和白石韻》"勝地。瓠落能容，笑謝家棋墅，百年兒戲"，莫不如此。周密本詞所謂的"當日""風流猶記",説的也是這一典實。

但近來的文物考察發現,并非如此。

2007年3月22日"中國新聞網"曾有報導:"上虞東山發現了晋永平元年東山寺僧法蘭所立'棋墅'石碑一方。據介紹,石碑寬五十二厘米,高一百零六厘米,厚十二厘米,背毛面,正面中部陰刻有楷書字體'棋墅'兩字,左側下部刻'永平元年僧法蘭立'。據東山開發管理處的鄭師傅介紹,此碑原在東山西側山脚用做墳前基石,後巡山時被他們無意間發現并由工人抬上山。現石碑妥善立置于東山'居士樓'東側。"

該碑既然晋代既已存在,則史料中必然有所記載,明陳仁錫《剡溪記》有云:"惟殿後高崗,晋永平元年僧法蘭書'棋墅'二字,可珍。若'東眺''西眺'二碑隸字,不知何人所書,筆亦奇古。余拜太傅公墓,上西眺崇崗,見戚家山,王家渭山,坐于江面……"可以印證此碑不虛,明朝時尚矗立于斯。而高僧法蘭也可考,南朝梁慧皎《高僧傳》卷四云:"于法蘭,高陽人,少有异操。十五出家,便以精勤爲業,研諷經典,以日兼夜……後聞江東山水,剡縣稱奇,乃徐步東甌,遠矚嶱嵊,居于石城山足,今之元華寺是也。"

如此,歷代先賢的認知或有誤:因爲謝安出生于公元320年,但是該棋墅碑所立的晋永平元年,則早在公元292年,距謝安出生尚有28年。所謂的"謝公棋墅"或"謝家棋墅"其實早已存在,既不姓謝,其"專利"更不屬于謝安。

另據清宮夢仁的《讀書紀數略》卷十二所記,"金陵四十景"中第三十三景亦稱"東山棋墅",非周密本詞所咏。

【韻律】

《欽定詞譜》于第七卷收録本調,以歐陽修"平山闌檻"詞爲正體,本詞即正體。本調是宋詞小令,製成于宋初,因此依然保持著早期詞調的基本特徵。後段第一句組的"犀奩象局,驚回槐夢,飛雹生寒"十二字,實際上是從前段的七字一句、五字一句模式中衍化而來,即五字句首字容前,再將八字讀爲四字二句。因爲有這樣的一種變化淵源,所以,有一部分詞仍然保留了前後段均用七五六六句法的結構形態,甚至連過片七字句都采用入韻的模式,如辛弃疾的"年年金蕊艷西風。人與菊花同。霜鬢經春重緑,仙姿不飲長紅。　焚香度日盡從容。笑語調兒童。一歲一杯爲壽,從今更數千鍾"。這種内在的韻律特徵告訴我們,實際上填詞本身重要的不是依照譜書,而是準確摸索一個詞調内在的韻律規則,瞭解了這一規則,即可達"無招勝有招"、無譜勝有譜的地步,在合乎基本律理的基礎上,填詞創作實現隨心所欲也不是什麽不可能的事了,而這才是正確的填詞之道,也是填詞創作擺脫明清,回歸唐宋的不二法門。

聞鵲喜[一] 吳山觀濤[1]

天水碧[2]。染就一江秋色。鰲戴雪山龍起蟄[3]。快風吹海立[4]。　　數點煙鬟青滴[5]。一杼霞綃紅濕[6]。白鳥明邊帆影直。隔江聞夜笛[7]。

（第八十七）

【校記】

[一] 本詞四印齋本、芝蘭本調名爲《謁金門》,此別名諸詞譜均未收錄。光緒本本詞未收錄。芝蘭本另有題注云:"此調一名《聞鵲喜》《花自落》《垂楊碧》《出塞》,《漁笛譜》惟此作《聞鵲喜》,今從本名。"蔡按:馮延巳有《謁金門》,其結云"終日望君君不至。舉頭聞鵲喜",周詞調名本此。

【箋釋】

[1] 吳山:在今杭州市區南部,西部瀕臨西湖,南部毗連錢江,故能觀潮。《名勝志》載:"吳山在府城內之南,春秋時爲吳南界,以別于越,故曰'吳山'。或曰,以伍子胥訛'伍'爲'吳',故又稱'胥山'。"

[2] 天水碧:《宋史》載:"煜之妓妾嘗染碧,經夕未收,會露下,其色愈鮮明,煜愛之。自是宮中競收露水,染碧以衣之,謂之'天水碧'。"這裏是以這種顏色形容水天一碧的樣子。

[3] 鰲戴雪山:《列子·湯問》云:海上有神山,"其中有五山焉:一曰岱輿,二曰員嶠,三曰方壺,四曰瀛洲,五曰蓬萊"。"帝恐流于西極,失群仙聖之居,乃命禺彊使巨鰲十五舉首而戴之。"錢潮來自海上,白浪似雪,故云。起蟄:起身不再蟄伏。蟄:潛藏而不動。宋葉適《章仙姑》詩云:"應知偃鼠歸休地,不在神龍起蟄時。"

[4] 宋蘇軾《有美堂暴雨》詩云:"天外黑風吹海立,浙東飛雨過江來。"此句一出,模仿者如雲,如吳琚"忽覺天風吹海立"、張煒"潮怒挾風吹海立"、周紫芝"風吹海立猶至今"、姚中"卷地黑風吹海立"、釋懷深"任是黑風吹海立",李石和岳珂乾脆徑取"黑風吹海立",後世元明清,直至今天,一直有人"翻唱",本句自是出蘇軾之手無疑。

[5] 煙鬟:這裏比喻排浪過處所形成的水氣繚繞的樣子。宋王十朋《望大孤山》詩云:"鄱陽古渡留遺冢,湖口煙鬟露澹妝。"

[6] 霞綃紅濕：這裏比喻天邊的紅霞似乎被錢潮打濕。按現在的語序，就是"紅霞（如）濕綃"。

[7] 本句化用宋韓元吉《念奴嬌》詞"燕雁橫空梅蕊亂，醉裏隔江聞笛"。

【考證】

關于吳山，周密《增補武林舊事》卷七云："吳山，春秋時爲吳南界，以別于越，故曰'吳山'。或曰，以伍子胥故，訛'伍'爲'吳'，故《郡志》亦稱'胥山'。"宋潛說友《咸淳臨安志》卷二十二中有類似的說法："吳山在城中，吳人祠子胥山上，因名曰'胥山'。盧元輔作《胥山銘》，毀于火。《太平寰宇記》云：'北有寒泉迸溢，清甘不竭。今山上有忠清廟、天明宮、中興觀、清源觀、瑞雲院、太史局、至德觀、皮場廟、聖母廟（祀岳帝母）、城隍廟、承天觀，舊有胥山坊，今廢。'"這些古代的建築今幾已毀盡，唯獨城隍廟又翻新重建，因爲杭州人唯一的記憶或僅有城隍，當然，不是因爲城隍廟，而是因爲杭州人又稱吳山爲城隍山的緣故。好在吳山的自然風光頗勝，《西湖游覽志》："奇崿危峰，澄湖靚壑，江介海門，回環拱固，扶輿淑麗之氣鍾焉。"所以至今游人不絕。

吳山所觀的濤是江濤，屬于浙江的一壯景，《萬歷錢塘縣志》云："浙江又名曲江，枚乘《七發》曰'觀濤于廣陵之曲江'，今名'錢塘江'。其源發黟縣，曲折而東，入于海，潮水晝夜再上，奔騰衝激，聲撼地軸，郡人以八月十八日傾城觀潮爲樂，善泅者溯濤出沒，謂之'弄潮'。"按照《浙江通志》的說法，錢塘江的江濤形成，是因爲"海潮受龕赭諸山所迫，束蹙不得騁，與善爭勢，拗怒不泄，下有沙潬隔礙，洪波起而爲濤"。《武林舊事》的描述更爲細緻："浙江之潮，天下偉觀也，自既望以至十八日，爲最盛。方其遠出海門，僅如銀綫，既而漸近，則玉城雪嶺，際天而來，大聲如雷霆，震撼激射，吞天沃日，勢極雄豪。"

至于"弄潮"或"弄濤"云云，宋人眼裏的"弄濤兒"，其實並沒有今天所有的"勇敢"之類的元素，宋吳自牧《夢粱錄》卷四對當時的觀潮戲濤曾有詳細的描述："臨安風俗，四時奢侈，賞玩殆無虛日。西有湖光可愛，東有江潮堪觀，皆絕景也。每歲八月內，潮怒勝于常時，都人自十一日起，便有觀者，至十六、十八日，傾城而出，車馬紛紛。十八日最爲繁盛，二十日則稍稀矣。十八日蓋因帥座出郊，教習節制水軍，自廟子頭直至六和塔，家家樓屋盡爲貴戚內侍等雇賃，作看位觀潮。向有白樂天《詠潮》詩曰：'早潮纔落晚潮來。一月周流六十回。不獨光陰朝復暮，杭州老去被潮催。'又，蘇東坡《詠中秋觀夜潮》詩曰：'定知玉兔十分圓。已作霜風九日寒。寄語重門休上鑰，夜潮留向月中看。'其二云：'萬人鼓譟懾吳儂。猶似浮江老阿童。欲識潮頭高幾許，越山渾在浪花中。'其三云：'江邊身世兩悠悠。人與滄波共白頭。造物亦知人易老，故教江水更西流。'其四云：'吳兒生長狎濤瀾。冒利輕生不自憐。東海若知明主意，應教斥鹵變桑田。'其五云：'江神河伯兩醯雞。海若東來氣吐霓。安得夫差水犀手，三千強弩射潮低。'林和靖《詠秋江》詩云：'蒼茫沙嘴鷺鷥眠。片水無痕浸碧天。最愛蘆花經雨後，一篷煙火飯漁船。'治平郡守蔡端明詩云：'天捲潮回出海東。人間何事可爭雄。千年浪說鴟夷怒，一信全疑渤澥空。浪靜最宜聞夜枕，崢嶸須待駕秋風。尋思物理真難到，隨月虧圓亦未通。'其杭人有一等無賴、不惜性命之徒，以大彩旗或小清涼傘、紅綠小傘兒，各繫繡色緞子滿竿，伺潮出海門，百十為群，執旗泅水上，以迓子胥弄潮之戲。或有手脚執五小旗，浮潮頭而戲弄。向于治平年間郡守蔡端明內翰，見其往往有沉沒者，作《戒約弄潮》文云：'斗牛之外，吳越之中，唯江濤之最雄，乘秋風而益怒，乃其俗習，于此觀游，厥有善泅之徒，競作弄潮之戲，以父母所生之遺體，投魚龍不測之深淵，自謂矜誇，時或沉溺，精魂永淪于泉下，妻孥望哭于水濱。生也有涯，盍終于天命，死而不吊，重棄于人倫。推予不忍之心，伸爾無家之戒，所有今年觀潮并依常例，其軍人百姓，輒敢弄潮，必行科罰。'自後官府禁止，然亦不能遏也。向有前輩作《看弄潮》詩云：'弄罷江潮晚入城。紅旗颭颭白旗輕。不因會喫翻頭浪，爭得天街鼓樂迎。'且帥府節制水軍，教閱水陣，統制部押于潮未來時下水打陣展旗，百端呈拽。又于水中動鼓吹，前面導引，後擁將官于水面。舟楫分布左右，旗幟滿船，上竿舞槍飛箭，分列交戰試爆，放煙捷追，□舟火箭，群下燒毀，功成鳴鑼放教，賜犒等差。緣因車駕幸禁中觀潮，殿庭下視江中，但見軍儀于江中整肅部伍，望闕奏喏，聲如雷震。余扣及內侍，方曉其尊君之禮也。其日帥司備牲禮、草履、沙木板，于潮來之際，俱祭于江中。士庶多以經文投于江內，是時正當金風薦爽，丹桂飄香，尚復身安體健，如之何不對景行樂乎？"由此可見，弄潮兒在時人的眼中，祇不過是"一等無賴、不惜性命之徒"，而弄潮本身也并非什麼壯舉，而是"必行科罰"的違法活動。

　　至于本詞的韻律，乃至作法、思路，都是依循韋莊的《謁金門》"染就一溪新綠"，如韋莊詞"春雨足。染就一溪新綠"、周密"天水碧。染就一江秋色"；韋莊說的是柳外飛來翠鳥，周密則是濤底湧起潛龍；韋莊說的是"翠簾高軸"，周密則是"煙鬟青滴"；末一句組中韋莊寫大遠景"雲澹水平煙樹簇"，周密也是大遠景"白鳥明邊帆影直"，所謂換湯不換藥，相同的構思注定了其思維上的趨同，因此在形式上所呈現出來的，自然是其韻律上的亦步亦趨了。

仔細研究周密詞，類似的"摹寫"，其他作品并未發現，從這種"偷懶"的寫法中可以推斷：本詞并非因實景觀賞而感動的抒情之作，而實在是一種爲人題圖而交差的應付之作。因此，編者纔會將本詞與前後各首題圖之作歸并在一起。

【韻律】

調名《聞鵲喜》即《謁金門》，別名，以該名與本詞内容并無瓜葛來看，并非作者所創擬，必是取自于馮延巳《謁金門》詞中的結拍："終日望君君不至，舉頭聞鵲喜。"但本調名目前僅見周密一用，自唐至清無第二例，因此，各家詞譜也未予收錄。本調爲唐人小令，《欽定詞譜》收錄于第五卷，以韋莊"空相憶"詞爲正體，本詞與韋詞同。

【輯評】

清陳廷焯《雲韶集》云：《謁金門·天水碧》詞，"筆力雄肆，相題行文。遣詞擇韻精深雅秀"。

清陳廷焯《別調集》卷二云："前半雄肆，後半澹遠，山川景物包括在寥寥數句中。"

清李調元《雨村詞話》云："周公謹密《蘋洲漁笛譜》二卷，人皆未見全集，獨餘家有之。遭事後，旋爲賓僚等竊攜而去。今記其'天水碧'一闋云：'天水碧。染就一江秋色。鼇戴雲山龍起蟄。快風吹海立。　數點煙鬟青滴。一杼霞綃紅濕。白鳥鳴邊帆影直。隔江聞夜笛。'此《謁金門》調也，直字字如錦。"（蔡按：詞中有二字不同，故不略。）

浣溪沙　題紫清道院[一][1]

竹色苔香小院深。蒲團茶鼎掩山扃[2]。松風吹净世間塵[二][3]。　静養金芽文武火[4]，時調玉軫短長清[三][5]。石床閑卧看秋雲[四]。（第八十八）

【校記】

[一] 知不足齋本、四印齋本題序無"題"字。光緒本本詞未收錄。

[二] 松風吹净，知不足齋本、四印齋本、辛酉本并作"長松掃盡"，芝蘭本作"松風吹盡"。

[三] 詞末丙午本、毛校本原注："長清、短清，皆琴曲名。"

[四] 石床，芝蘭本注云：《草窗詞》作"方床"。

【箋釋】

[1] 紫清道院：爲宋代安徽旌德縣的道觀。

[2] 蒲團：用蒲草編成的圓形墊子。供出家人和信衆坐禪、跪拜用。唐許渾《晨別翛然上人》詩云："吳僧誦經罷，敗衲倚蒲團。"茶鼎：此指煮茶的壺鼎。唐司空圖《偶詩五首》云："中宵茶鼎沸時驚，正是寒窗竹雪明。"

[3] 本句化用宋韓淲《次韻昌父》詩"能與幽芳作主人，西風吹净世間塵"。

[4] 金芽：新茶。金：美詞，未必就是金色的。宋黎廷瑞《陪外舅謹齋泊雅山準軒三吳先生游西園摘新茶汲泉煮之香味殊勝焙者》詩云："雲根得奇草，金芽擷芳鮮。石鼎生古瀾，松風語寒煙。"文武火：小火謂文火，燒得猛的大火謂武火。煮茶用大小火調整火候，謂之"養"。

[5] 玉軫：弦樂器上調節琴弦鬆緊的小柱，未必用玉製成。玉：美詞。參見第八十四首【箋釋】[2]。魏晋劉妙容《宛轉歌》云："底紅掩翠方無色，金徽玉軫爲誰鏘。"

【考證】

《方輿彙編·職方典》卷八百一"寧國府祠廟考二"云：旌德縣有"紫清道院，在縣西十六都，元至正四年建，明弘治九年重修"。旌德縣，今隸屬于安徽省宣城市，古屬猷州。位于皖南腹地，西倚黃山，東臨蘇浙滬，北枕皖江。

關于紫清，則或與詞人、道人葛長庚有關。葛長庚寧宗嘉定中詔赴闕，命館太乙宫，并賜號爲"紫清明道真人"（明嘉靖《建寧府志》卷二一），時周密尚未出生。全真教是尊葛長庚爲南五祖之一，則或紫清道院便是因其而名。而本詞與第八十二首一樣，也是一首題安徽人文建築圖的作品。

【韻律】

本調爲唐人小令，《欽定詞譜》收錄于第四卷。本詞以真文韻爲基本韻，混叶"扃""清"兩個庚青韻，這在宋代已是通常用法。餘參第六十三首【韻律】。

吳山青[一] 賦無心處茅亭[二]

山青青。水泠泠。養得風煙數畝成。乾坤一草亭[1]。　　雲無心[2]。竹無心。我亦無心似竹雲[3]。歲寒同此盟。

（第八十九）

【校記】

[一] 芝蘭本調名作《長相思》。并有題注云："《草窗詞》無'賦'字。此

調本名《長相思》，又名《吴山青》《雙紅豆》《山漸青》，《多嬌漁笛譜》（按：應是'蘋洲漁笛譜'之誤。）以前闋（蔡按：指第九十一首）作《長相思》此闋作《吴山青》，《草窗詞》皆作《吴山青》，今從本名，較若畫一。"

[二] 知不足齋本、四印齋本題序無"賦"字。光緒本本詞未收錄。

【箋釋】

[1] 本句徑用唐杜甫《暮春題瀼西新賃草屋》詩"身世双蓬鬢，乾坤一草亭"。

[2] 晋陶淵明《歸去來辭》云："雲無心以出岫，鳥倦飛而知還。"本句用此，後文謂"竹無心"，則是以竹子空心而排出。

[3] 我亦無心：無心是古人追崇的一種境界，《宗鏡錄》卷四十五引《寶藏論》云："夫離者無身，微者無心。無身故大身，無心故大心。大心故，則智周萬物；大身故，則應備無窮。"

【韻律】

本詞即《長相思》，因林逋詞有"吴山青。越山青"句而得名。本調爲唐人小令，《欽定詞譜》收錄于第二卷，以白居易"汴水流"詞爲正體，本詞與白詞全同。詞以庚青韻爲基本韻，混叶"心""雲"二韻。

英臺近　賦攬秀園[一][1]

步玲瓏[二][2]，尋窈窕，瑶草四時碧[3]。小小蓬萊，花氣透簾隙[三][4]。幾回、翠水荷初，蒼崖梅小[四]，綺寮掩、玉壺春色[5]。　　柳屏窄[五]。芳檻日日東風，幾醉幾吟筆[六]。曲折花房，鶯燕似相識[七]。最憐、燈影纔收，歌塵初静，畫樓外、一聲秋笛[八]。　　　　（第九十）

【校記】

[一] 辛酉本、芝蘭本調名作《祝英臺近》。知不足齋本、四印齋本無"賦"字。攬秀園，無考。光緒本本詞未收錄。

[二] 步，裘杼樓本作"倚"。

[三] 透，芝蘭本留白空。

[四] 蒼崖，芝蘭本作"蒼崕"。

[五] 此三字毛校本屬前。

[六] 幾醉幾，知不足齋本、四印齋本、辛酉本并作"幾陣吹"。

[七] 相識，知不足齋本、四印齋本、辛酉本并作"曾識"。

[八] 一聲秋笛，毛校本作"秋聲大笛"。

【箋釋】

[1] 攬秀園：或謂即是金陵之園陵，或非。寸光所及，未見周密有金陵之游。

[2] 玲瓏：或謂即浙江省杭州臨安區之山名。《浙江通志》卷十引《咸淳臨安志》云："在縣西十二里，兩山屹起盤屈，凡九折，上通絶頂，名九折岩。南行百許步，有亭名'三休'。"疑亦非是。因爲起拍六字爲儷句，則依據句法分析，"玲瓏""窈窕"均爲中心詞省用法，其本義應是"步玲瓏之地，尋窈窕之景"，然則"玲瓏"或非地名。

[3] 瑶草：傳説中的仙草，因後一句謂"蓬萊"，所以這裏并非比喻。本句化用宋晁補之《少年游》詞"廬山瑶草四時春。煙鎖上宫門"。

[4] 本句化用宋韓琦《安陽好》詞"夏夜泉聲來枕簟，春來花氣透簾櫳"。

[5] 綺寮：或繪或雕以圖案的窗户。南朝梁蕭綱《秋夜》詩云："輕露霑懸井，浮煙入綺寮。"玉壺：意謂攬秀園猶如是費長房所見的玉壺，裏面一派仙境，這裏是比喻攬秀園美如仙境，參【附録】。唐王績《贈學仙者》詩云："玉壺横日月，金闕斷煙霞。"

【考證】

以上從第八十首起的十一首詞，包括寶山園、林壑清趣、生香亭、澀雲軒、荼蘼閣、横玉亭、東山棋墅、吴山觀濤、紫清道院及無心處茅亭和攬秀園，可能并非是一時之作，其中寶山園獨用慢詞來寫，吴山一首獨非人文建築，至少這兩首可以懷疑是獨立寫作的作品。但他們都是在編書時，被編者有意歸并爲一個"題畫詞"板塊的。這十一處除"吴山觀濤"一首外，均爲園景中的人文建築，其中除生香亭、東山棋墅、紫清道院可考知是在安徽寧國、浙江上虞和安徽旌德外，其餘七處目前尚不可考。而也正因爲多數不可考，所以儘管這十首中有東山棋墅、生香亭等確實存在的園林建築，但總體上考察，這十處建築，應該是十幅繪製了散落於各地的非著名的私家園景，我們之所以一直認爲將其視爲祇是畫圖更爲妥切，這也是一個原因，因爲我們通常不會將比重那麼多的描寫無名建築的作品，放進一部精選的選集之中，但如果是"題圖"，作爲一種詩詞創作中的一個門類，就不一樣的。

從這些詞的作法上，也可以看出所題的不是實境，而是圖畫。這一個系列的詞，其內容幾乎無一例外地祇是在"就事論事"，除了在"東山棋墅"中有一句"風流猶記東山"，算是勉強在説"人事"之外，通篇祇是寫"景"，而不旁涉一點"事",而無事自然不能生情,所以寫景詞中最傳統的"情景交融""由事生慨"等作法在這組詞中,基本上都没有表現。而之所以會形成這樣的作態,顯然是因爲作者并非身臨其境,對建築的人文背景茫茫然無所知的緣故,所以,也可以見出這一組詞祇是題畫而已。

又,作爲一摞圖畫,疑這些建築或多在安徽境内。

【韻律】

《英臺近》亦即《祝英臺近》,《欽定詞譜》收録于第十八卷,以程垓"墜紅輕"詞爲正體,本詞與程詞字句、韻律全合。

比較周密的《祝英臺近》和夢窗的《祝英臺近》,可以很明顯地體味出兩者的差异,夢窗的硬朗,草窗的柔軟,是很容易感覺出來的。而這種差异,我們認爲其過片的處理具有重要的影響。周密三首的後段第一句組爲:

"忍重省。幾多緑意紅情,吟箋倩誰整。"

"柳屏窄。芳檻日日東風,幾醉幾吟筆。"

"喜重見。爲誰倦酒慵詩,筠屏掩雙扇。"

而同樣的後段第一句組,我們也録夢窗詞三首如下:

"送人去。長絲初染柔黄,晴和曉煙舞。"

"舊游地。素蛾城闕年年,新妝趁羅綺。"

"對君訴。團扇輕委桃花,流紅爲誰賦。"

兩相比較,兩者的不同,就祇在後段起調三字上的一字之差:周密全是"上、平、韻"的組字結構,而夢窗則是"去、平、韻"的結構,包括另外兩首也是一樣。而韻字,夢窗三句全用去聲,而草窗仄僅用一個去聲,也起到了一個輔助的作用。

這個例子説明了一個極爲重要的道理:從清代開始的詞譜上,喜歡動輒就強調"某處宜用去聲"的説法,完全誤解了宋人關於去聲在詞中的作用的論述,而這種錯誤的説法一直影響至今,今天仍然還有很多學者篤信,在詞譜中就要説清楚去聲的重要性,認爲他具有"振起"的作用。他們完全忽略了這樣一個很基本的問題:作爲詞譜,使用人在究竟是要寫出一個歡快還是愁苦,悲壯還是柔美都還不知道的作品的時候,何以某個字位就已經"先天"定下了,要用可以使詞調"振起"的去聲?而將詞譜與詞作、作前與作後完全混爲一談的詞譜學理念,恰恰是欠缺韻律基本認識的一個重要表現。

【輯評】

清陳廷焯《雲韶集》云：《祝英臺近·倚玲瓏》詞，"信筆點綴，落花流水皆文章。清澈在骨"。

【附錄】

晉葛洪《神仙傳》卷九云：壺公者，不知其姓名。今世所有召軍符、召鬼神、治病、王府符，凡二十餘卷，皆出于壺公，故名爲壺公符。汝南費長房爲市掾時，忽見公從遠方來，入市賣藥，人莫識之。其賣藥，口不二價，治百病皆愈。語賣藥者曰："服此藥，必吐出某物，某日當愈。"皆如其言。得錢日收數萬，而隨施與市道貧乏飢凍者，所留者甚少。常懸一空壺于坐上，日入之後，公輒轉足跳入壺中，人莫知所在。唯長房于樓上見之，知其非常人也。長房乃日日自掃除公座前地，及供饌物。公受而不謝。如此積久，長房不懈，亦不敢有所求。公知長房篤信，語長房曰："至暮，無人時更來。"長房如其言而往。公語長房曰："卿見我跳入壺中時，卿便隨我跳，自當得入。"長房承公言，爲試展足，不覺已入。既入之後，不復見壺，但見樓觀五色，重門閣道，見公左右，侍者數十人。公語長房曰："我仙人也，忝天曹職所，統供事不勤，以此見謫，暫還人間耳。卿可教，故得見我。"長房不坐。頓首自陳："肉人無知，積劫厚，幸謬見哀憫，猶如剖棺布氣，生枯起朽，但見臭穢頑弊，不任驅使。若見憐念，百生之厚幸也。"公曰："審爾大佳，勿語人也。"公後詣長房于樓上，曰："我有少酒，汝相共飲之。酒在樓下。"長房遣人取之，不能舉，益至數十人，莫能得上。長房白公，公乃自下，以一指提上，與長房共飲之。酒器不過如拳大，飲之，至旦不盡，公告長房曰："我某日當去，卿能去否？"長房曰："思去之心，不可復言。惟欲令親屬不覺不知，當作何計？"公曰："易耳。"乃取一青竹杖，與長房，戒之曰："卿以竹歸家，使稱病，後日即以此竹杖置臥處，嘿然便來。"長房如公所言，而家人見此竹，是長房死了，哭泣殯之。長房隨公去，恍惚不知何所。公獨留之于群虎中，虎磨牙張口，欲噬長房，長房不懼。明日，又內長房石室中，頭上有大石，方數丈，茅繩懸之，諸蛇并往，嚙繩欲斷，而長房自若。公往撫之曰："子可教矣。"乃命噉溷，溷臭惡非常，中有蟲長寸許，長房色難之。公乃嘆謝，遣之曰："子不得仙也。今以子爲地上主者，可壽數百餘歲。"爲傳封符一卷，付之曰："帶此可舉諸鬼神，嘗稱使者，可以治病消灾。"長房憂不能到家，公以竹杖與之曰："但騎此，到家耳。"長房辭去，騎杖，忽然如睡，已到家。家人謂之鬼，具述前事，乃發視棺中，惟一竹杖，乃信之。長房以所騎竹杖投葛陂中，視之，乃青龍耳。

《癸辛雜識》前集云：玲瓏山，在卞山之陰，嵌空奇峻，略如錢塘之南屏，及靈隱薇林，皆奇石也。有洞曰"歸雲"，張有謙中篆書于石上。有石梁，闊三尺許，橫繞兩石間，名"定心石"。傍有唐杜牧題名，云"前湖州刺史杜牧，大中五年八月八日來"，及紹興癸卯葛魯卿、林彥政、劉無言、莫彥平、葉少蘊題名章。文莊公有詩云："短鋸長鑱出萬峰。鑿開混沌作玲瓏。市朝可是無巇嶮，更向山林巧用工。"

長相思[一]

燈輝輝。月微微[二][1]。帳暖香深春漏遲[2]。夢回聞子規。　欲成詩。未成詩。生怕春歸春又歸。花飛花未飛[三][3]。　　（第九十一）

【校記】

[一] 知不足齋本、四印齋本、辛酉本本詞均列于第八十九首"賦無心處茅亭"後，爲《吳山青》之第二首。知不足齋本、四印齋本并有題序"春晴"，芝蘭本作"春情"。光緒本本詞未收錄。

[二] 微微，知不足齋本、四印齋本、辛酉本并作"輝輝"。

[三] 未，芝蘭本注云："《草窗詞》作'又'。"未見，或版本不同。

【箋釋】

[1] 微微：朦朧。南朝沈約《劉真人東山還》詩云："連峰竟無已，積翠遠微微。"

[2] 遲：長。時間之遲，是因爲空間之遠，兩者互爲因果，因此"遲"有綿長義。唐陸龜蒙《奉和襲美太湖詩·入林屋洞》詩云："真君不可見，焚盤空遲久。"遲久，即長久。

[3] 花飛雖然是一種落花狀態，但依然屬于一種具有美感的落花，因此"花未飛"即謂未能達到這一狀態，僅僅是零落入泥而已。

【韻律】

本調爲唐人小令，《欽定詞譜》收錄于第二卷，以白居易"汴水流"詞爲正體，本詞與白詞全同。本調前後段起，例用偶句，且常常采用疊詞疊韻的方式，如"欲成詩。未成詩"，這是一種主流填法。但是詞的首句按照一般規則，是可叶可不叶的，所以也偶有李煜的"菊花開，菊花殘"和歐陽修的"長江東，長江西"這樣的填法，但非常罕見。

清平樂[一]

小橋縈綠。密翠藏吟屋。千頃風煙森萬玉[1]。依約輞川韋曲[2]。　　臨流照影何人。悠然倚杖看雲[3]。柳色翠迷山色，泉聲清和蟬聲。

（第九十二）

【校記】

[一] 知不足齋本、四印齋本題序作"夏景"。光緒本本詞未收錄。

【箋釋】

[1] 森：聳立。晋阮籍《咏懷》詩云："松柏鬱森沉，鸝黃相與嬉。"萬玉：此指翠如碧玉的樹木、竹類。宋宋伯仁《題象山縣棲霞觀應真亭簡住持張羽士》詩云："萬玉叢中屋四檐，柳花時候笑掀髯。"

[2] 輞川：水名，即輞谷水。在陝西省藍田縣南，諸水會合如車輞環湊，故名。唐王維曾置別業于此，并寫下很多詩，因此輞川成了詩人們的一個理想世界。韋曲：地名。唐代位于長安城南郊，因韋氏世居于此得名。即今陝西省長安縣。其地北有鳳棲原，南有潏水、神禾原，依山傍水，風景秀麗，爲唐時游覽勝地。

[3] 看雲：狀一種悠閑的生活狀態。典出唐王維《終南別業》詩"行到水窮處，坐看雲起時"。

【考證】

這首《清平樂》與後兩首疑是一組，且從所寫內容來看，似也是一首題圖之作，尤其是"密翠藏吟屋"一句，説的應是王維所作的《輞川圖》。

【韻律】

本調是唐詞小令，《欽定詞譜》收錄于第四卷，以李白"禁闈清夜"詞爲正體，本詞與李詞同，但前段第三拍不用拗句、後段起拍不用仄起式句法，則是典型的宋詞填法。

早期的詞調，多在韻脚的變化上製造韻律上的波動，如按句爲單位換韻的《訴衷情》《河傳》，按均爲單位換韻的《菩薩蠻》《虞美人》，按段爲單位換韻的《清平樂》《河瀆神》，等等。這種韻律特色之所以會在早期集中體現，是因爲在早期的詞中，尚未有我們今天所見的那種濃郁的"詞味"，這種詞味，即我們在第六十八首【韻律】中説到的"詞之所以爲詞"的"逗結構現象"。在没有"逗結構"的唐五代時期，不斷地換韻就成了一個有效製造"詞味"

的方式，而在詞成熟之後，自然就不再需要用換韻的模式來營造這樣的氣氛了，像《六州歌頭》《曲玉管》之類的換韻詞體已經極爲罕見，且更多衹是一種"裝飾性"的點綴而已，不再在詞體中占有重要的韻律地位，成爲主要特色了。

又　杜陵春游圖[一][1]

錦城春曉[2]。苑陌芳菲早。可是杜陵人未老[3]。日日酒迷花惱。　　歸轡困倚芳醒[二][4]。醒來還有新吟。人與杏花俱醉，春風一路聞鶯[5]。

（第九十三）

【校記】

[一] 知不足齋本、四印齋本無"圖"字。光緒本本詞未收錄。

[二] "困"字，《芝蘭本》注云："《草窗詞》作'新'。"今所見各本俱作"困"。

【箋釋】

[1] 杜陵：本爲地名，杜甫曾居于此，故自號少陵野老、杜陵布衣，此處"杜陵"應該是人名，而非地名。

[2] 錦城：即錦官城，故址在今四川成都南。成都舊有大城、少城。少城古爲掌織錦官員之官署，因稱"錦官城"。春游圖應即以此爲背景。

[3] 杜陵：即杜甫，字子美，自號少陵野老，故以杜少陵、杜陵名之。元人程鉅夫七絕《少陵春游圖》、李祈五絕《題杜甫游春圖》所寫與本詞差同，可知二者爲一，此杜陵即杜甫。

[4] 轡：鞍。歸轡：歸騎。根據所見的幾首詩，所寫畫中有"如何驢背客""一樣東風驢背穩""醉驢背春風空自吹"，則這裏指的脚力是驢子，或謂"騎馬"者，誤。

[5] 明貝瓊《送翁鎮方歸天台》詩云"春風一路啼鶯巧，定有花間窈窕迎"，即用周密本句入詩。

【考證】

本詞題序中的"杜陵"應該是人名，而非地名，亦即應該讀爲"《杜少陵春游圖》"，而非"《在杜陵的春游圖》"，稍後于周密的宋褧，有一首七言絕句《少陵春游圖》，所寫或爲同一幅。清厲鶚《南宋院畫錄》卷四云："趙大年、劉松年同作著色《杜拾遺春游圖》，前元題咏極多，今在項氏。"或可證明即爲該圖。趙大年，即趙令穰（生卒年不詳），字大年，宋宗室。趙德昭玄孫，趙匡胤五世孫。仕神宗、哲宗朝，官至崇信軍節度觀察留後。工草書。尤長繪畫，多作小軸，雪景頗似王維之筆。又善畫汀渚水鳥，喜作蘆雁。宋人蔡戲《王東卿惠墨戲副之以詩因次韻謝之》詩誇其爲"近時畫手説超然，小景仍推趙大年"。劉松年（約 1131—1218 年），號清波，宋畫家，歷孝宗、光宗、寧宗三朝，浙江省金華市湯溪鎮宅口人。劉松年與劉龜年兄弟隨父親宦居錢塘清波門，以住地自號劉清波，因清波門又稱南"暗門"，故外號宋"暗門劉"。劉松年工山水人物，山水皴法受李唐影響，畫風筆精墨妙，變雄健爲典雅，水墨青綠兼工，著色妍麗典雅，常畫西湖，多寫茂林修竹，山明水秀之西湖勝景，因題材多園林小景，人稱"小景山水"。

【韻律】

本調是唐詞小令，《欽定詞譜》收録于第四卷，以李白"禁闈清夜"詞爲正體，本詞與李詞同，但前段第三拍不用拗句、後段起拍不用仄起式句法，則是典型的宋詞填法。

又　三白圖[1]

靜香真色[2]。花與人爭白[3]。屬玉雙飛煙月夕[4]。點破一奩秋碧[5]。　翠羅袖薄天寒[6]。笛聲何處關山[7]。手捻一枝春色[8]，東風怨入江南[9]。

（第九十四）

【箋釋】

[1] 三白圖：詳參【考證】。

[2] 靜香：恬澹的香味。第一百十五首《水龍吟·白蓮》云："霽月三更，粉雲千點，靜香十里。"真色：本色。唐白居易《古冢狐》詩云："假色迷人猶若是，真色迷人應過此。"

[3] 本句化用《梅苑》無名氏《生查子》詞"天與水爭妍，花與月爭白"。

[4] 屬玉：即鸀鳿，一種水鳥。唐李宣古《聽蜀道士琴歌》云："朝雉飛，雙鶴離，屬玉夜啼獨鷺悲。"

[5] 一奩：比喻整個空間猶如裝在一個匣中。本詞集中多次如此比況。參第九首、第一百一十三首、第一百一十五首。

[6] 本句化用自唐杜甫《佳人》詩"天寒翠袖薄，日暮倚修竹"。

[7] 清鄭文焯《謁金門》詞云"落月關山何處笛。馬嘶還向北"，從本句化出。

[8] 清俞慶曾《一萼紅·紅梅》詞云"手捻一枝春色，正頻思寄遠，喜遇鴻旋"，從本句化出。

[9] 第五十四首《齊天樂》亦用這一意象，其起拍云："東風又入江南岸，年年漢宮春早。"

【考證】

三白圖：據《石渠寶笈》卷八所記，爲宋王詵所畫，該畫"素絹本，著色，畫款云'大宋駙馬都尉王晉卿寫三白圖'。"王詵（1048—1104年？），山西太原人，北宋熙寧二年（1069年）娶英宗女蜀國大長公主，拜左衛將軍、駙馬都尉。擅畫山水，風格學王維、李成。

【韻律】

本調是唐詞小令，《欽定詞譜》收錄于第四卷，以李白"禁闈清夜"詞爲正體，本詞與李詞同，但前段第三拍不用拗句、後段起拍不用仄起式句法，則是典型的宋詞填法。

南，閉口音，叶開口音的"寒""山"，可見其時杭人已不加分辨，開口合口可以互叶。

柳梢青

余生平愛梅，僅一再見逃禪真迹[1]。癸酉冬，會疏清翁孤山下[2]，出所藏雙清圖[3]，奇悟入神，絕去筆墨畦徑[4]。卷尾補之自書柳梢青四詞，辭語清麗，翰札遒勁[5]，欣然有契于心。余因戲云：不知點胸老、放鶴翁同生一時[6]，其清風雅韻，優劣當何如哉。翁噱曰：我知畫而已，安與許事，君其問諸水濱。因次韻載名于後，庶異時開卷索笑，不爲生客云[一]。

約略春痕[7]。吹香新句，照影清樽。洗盡時妝，效顰西子，不負東昏[8]。　　金沙舊事休論[9]。儘消得、東風返魂。一段真清[二]，風前孤驛，雪後前村。　　　　　　　　　　　（第九十五）

【校記】

[一] 知不足齋本題序作"梅"。光緒本作"余生平愛梅，僅一再見逃禪真迹。癸酉冬，疏清翁出示雙清圖，因次補之原韻"，四首僅錄"夜鶴驚飛"一首。又，以下共四闋《柳梢青》，四印齋本、辛酉本以聯章體形式收錄，不用"又"字。

[二] 真清，知不足齋本、四印齋本、辛酉本并作"清真"。

【箋釋】

[1] 一再：一二次。
[2] 疏清翁：周密友人，陳允平有《霜天曉角·壽疏清陳別駕》詞，則翁

應姓陳，其餘失考。

[3] 雙清圖：參【考證】。

[4] 畦徑：一般規則。唐杜牧《〈李賀集〉序》評價李詩："求取情狀，離絕遠去筆墨畦徑間，亦殊不能知之。"

[5] 翰札：本指書信、文牘，此爲書信文牘的寫作筆力之意，中心詞省用法。參見第七十、七十三首【箋釋】。

[6] 點胸老：失考，或即指揚逃禪，而非疏清翁。放鶴翁：與梅相關的語境中，應即是林逋。林逋梅妻鶴子，其所居孤山至今尚有放鶴亭紀念。

[7] 約略：似有似無的，朦朦朧朧的。宋毛滂《鄭君瑞示同諸公游定空佳什》詩云："春光不約略，晴意恰沉吟。"

[8] 東昏：即東昏侯，參見第六十八首【箋釋】[6]、[12]。本句擷取自宋蘇軾《次韻楊公濟奉議梅花》詩"月地雲階漫一樽，玉奴終不負東昏"。

[9] 金沙：地名，孤山西南有金沙港，與孤山僅楊公堤一堤之隔。金沙舊事，即陳允平和詞中的"孤山往事"。

【考證】

癸酉，公曆 1273 年，時爲宋度宗咸淳九年，周密四十二歲，《柳梢青》四首作于杭州。

《雙清圖》，古人繪畫常用主題之一，"清"是中國文人畫家最崇尚追求之境界之一，"雙清"圖常以梅、蘭、竹、菊、石、松、水仙爲主要描繪對象，選取其中的兩種進行組合，表達清幽、虛靜的意境與情懷。研究周密四首，基本就是咏梅詞，這固然與他"余生平愛梅"有關，但畫面的影響也是主要的，周密四首，唯第二首所寫的畫面中有"靜倚竹"三字，即便是在揚無咎詞中，也祇有"煙籠修竹"四字，因此該圖或即以"梅竹"爲主題。而其圖未見，疑其內容所畫，青竹想來祇是背景式的陪襯，加之"煙籠"之下的大片留白，梅花必是畫面中的主要突出物，元張雨有和揚補之第三首《柳梢青》，其題序乾脆就是"題揚補之墨梅"，剔除了"竹"，其他書上如《鐵珊瑚網》卷十一也徑呼該畫爲"揚補之墨梅圖"，可見如是。此圖據明汪珂玉《珊瑚網》卷四十七和清卞永譽《書畫會考》卷三十二所記，其作者爲趙伯驌，與元代王冕和吳鎮所畫的《梅竹雙清圖》并非一物。

趙伯驌（1124—1182 年），元夏文彥《圖繪寶鑑》卷四云："字希遠，千里（著名畫家趙伯駒之字）弟，善畫山水人物，尤長于花禽，傅染輕盈，頓有生意。嘗畫姑蘇天慶觀樣進呈，孝宗書其上，令依元樣建造，今玄妙觀是也。仕至觀察使。"趙伯驌是應天府（今河南商丘）人，宋朝宗室，系出燕懿王，傳世作品有《五金闕圖》《番騎獵歸圖》等。

疏清翁，失考。周密稱其爲"翁"，其年或高于密。因爲宋代文人的名字字號喜用翁，而未必已年高，著名的如葉紹翁、劉辰翁等，歐陽修自稱爲"醉翁"的時候，也只不過三十多歲。另據江昱考證，疏清翁與陳允平也有交誼，陳允平《霜天曉角·壽疏清陳別駕》詞云："月樹風枝。孤山兩字詩。來到十洲三島，香得更、十分奇。　陽和遲自遲。冰霜欺怎欺。且伴歲寒人醉，有移種、玉堂時。"

點胸老、放鶴翁，就語境看，應是指揚無咎和林和靖。"放鶴"因爲"梅妻鶴子"而來，而"點胸老"，或是源自禪宗公案的"可真點胸"，本爲宋代翠岩可真禪師開悟得法之公案。金志明有《禪苑蒙求瑶林》，其卷下《可真點胸》載："翠岩可真禪師到慈明大師，慈明看便問，曰：'如何是佛法大意？'可真曰：'無雲生嶺上。有月落波心。'明曰：'頭白齒黃，猶作這見解。'可真垂淚求指示。明云：'你可問我。'可真以前語問之，明曰：'無雲生嶺上，有月落波心。'即于其所，頓明大法。"（文字疑有錯訛）可真聞其語，豁然點胸而開悟得法的故事，使他獲得了"點點禪師"的雅號，宋曾慥《類說》卷四十三云："蜀州靈鷲山有僧，臥一室，常用手點胸，時號'點點師'。"疑爲同一人。但爲何將揚無咎稱爲"點胸老"，腹笥淺薄，不得而知。

【韻律】

本調爲唐人小令，《欽定詞譜》收錄于第七卷，選秦觀"暗草平沙"詞和劉鎮"乾鵲收聲"詞爲平韻體正格。本詞即秦詞體，字句、韻律全同。

本調是唐宋詞中比較特殊的一個，整個詞體基本上由四言句式構成，而四言句式有其獨特的韻律色彩，洗練、乾脆，既不是跌宕拗怒一路，也沒有悠揚委婉風味，因此形成了一種特殊的韻律。這種風格，對于尚未很好把握遣詞造句能力的新手，是個難點。我曾以詩經體的味道填過幾闋，亦不失爲一路。

【附錄】

宋揚無咎《柳梢青》云："雪艷煙痕。又邀春色，來到芳樽。憶昨年時，月移清影，人立黃昏。　一番幽思誰論。但永夜、空迷夢魂。繞遍江南，繚牆深院，水郭山村。"

宋陳允平《柳梢青·和逃禪》云："蘚迹苔痕。香浮硯席，影蘸吟尊。雪正商量，同雲澹澹，微月昏昏。　孤山往事誰論。但招得、逋仙斷魂。客裏相逢，數枝驛路，千樹江村。"

又　柳梢青[一]

萬雪千霜。禁持不過，玉雪生光[二]。水部情多[三][1]，杜郎老去[2]，空惱愁腸[四]。　　天寒野嶼空廊。静倚竹、無人自香。一笑相逢[3]，江南江北，竹屋山窗。　　　　　　　　　　（第九十六）

【校記】

[一] 知不足齋本有題序"梅"。光緒本本詞未收録。
[二] 生光，知不足齋本、四印齋本、辛酉本并作"生香"。
[三] 情多，知不足齋本、四印齋本、辛酉本并作"多情"。
[四] 空惱，知不足齋本、四印齋本并作"去惱"。

【箋釋】

[1] 水部：指南朝文學家何遜，泛指有才華的人。何遜官至尚書水部郎，故稱。
[2] 杜郎：唐李賀的朋友，泛指有才氣的男子，這裏是自比。李賀《唐兒歌》云："頭玉磽磽眉刷翠，杜郎生得真男子。"
[3] 唐王維《齊州送祖三》詩云："相逢方一笑，相送還成泣。"由此"相逢一笑"被廣泛使用，成爲一句熟語，本句即出此。

【韻律】

本調爲唐人小令，《欽定詞譜》收録于第七卷，選秦觀"暗草平沙"詞和劉鎮"乾鵲收聲"詞爲平韻體正格。本詞即秦詞體，字句、韻律全同。
餘參見第九十五、九十八首【韻律】。

【附録】

宋揚無咎《柳梢青》云："傲雪凌霜。愛他梅蕊，攙借春光。步繞西湖，興餘東閣，可奈詩腸。　娟娟月轉回廊。悄無處、安排暗香。一夜相思，幾枝疏影，落在寒窗。"

宋陳允平《柳梢青·和逃禪》云："沁月凝霜。精神好處，曾悟花光。帶雪煎茶，和冰釀酒，聊潤枯腸。　看花小立疏廊。道是雪、如何恁香。幾度巡檐，一枝清瘦，疑在蓬窗。"

元張雨《柳梢青·題楊補之墨梅》云："面目冰霜。逃禪正派，祇讓花光。怪底徐卿，爲渠描貌，縈損柔腸。　有誰步屧長廊。更折竹聲中細香。酒半醒時，雪晴寒夜，月上西窗。"

又　柳梢青[一]

映水穿籬。新霜微月，小蕊疏枝。幾許風流，一聲龍竹[1]，半幅鵝溪[2]。　江頭悵望多時[二]。欲待折、相思寄伊。真色真香，丹青難寫，今古無詩。

（第九十七）

【校記】

[一] 知不足齋本有題序"梅"。光緒本本詞未收錄。
[二] 悵望，丙午本原作"帳望"，刻誤。

【箋釋】

[1] 龍竹：以龍竹製成的笛子，中心詞省用法。參見第七十八、九十五首【箋釋】。唐高適《咏馬鞭》云："龍竹養根凡幾年，工人截之爲長鞭。"孫欽善校注云："龍竹，即龍鬚竹。李衎《竹譜詳録》卷五'龍鬚竹'云：'生兩浙山谷間，與貓頭竹無异，根下節不甚密。'"根節不密，則竹節亦疏，故宜于製笛。

[2] 鵝溪：即鵝溪絹，中心詞省用法。參見第七十八、九十五首【箋釋】。鵝溪在四川省鹽亭縣，其地所産的絹帛，爲唐代貢品，宋人作書畫，以之爲上品，這裏代指逃禪的畫。宋王安中《題趙大年金碧山水圖》詩云："試開緹襲拂蛛絲，半幅鵝溪射金碧。"

【韻律】

本調爲唐人小令，《欽定詞譜》收錄于第七卷，選秦觀"暗草平沙"詞和劉鎮"乾鵲收聲"詞爲平韻體正格。本詞即秦詞體，字句、韻律全同。餘參見第九十五、九十八首【韻律】。

【附錄】

宋揚無咎《柳梢青》云："茅舍疏籬。半飄殘雪，斜卧低枝。可更相宜，煙藏修竹，月在寒溪。　亭亭佇立移時。判瘦損、無妨爲伊。誰賦才情，畫成幽思，寫入新詩。"

宋陳允平《柳梢青·和逃禪》云："菊謝東籬。問梅開未，先問南枝。兩蕊三花，松邊傍石，竹外臨溪。　尊前暗憶年時。算笛裏、關情是伊。何遜風流，林逋標致，一二聯詩。"

又　柳梢青[一]

夜鶴驚飛。香浮翠蘚，玉點冰枝[1]。古意高風，幽人空谷[2]，静女

深幃[3]。　　芳心自有天知。任醉舞、花邊帽欹[4]。最愛孤山，雪初晴後，月未殘時。　　　　　　　　　　　（第九十八）

【校記】

[一] 知不足齋本有題序"梅"。

【箋釋】

[1] 玉點冰枝：意謂雪落于梅枝。

[2] 幽人空谷：出自唐杜甫《佳人》詩"絶代有佳人，幽居在空谷"。此後"幽人空谷"便被詩人多用之于詩詞中。如宋李綱《谷簾泉》詩云："彼如幽人在空谷，此若佳客臨風前。"此用來表達梅花的孤傲，幽静。

[3] 静女：出自《詩經·邶風·静女》詩"静女其姝，俟我于城隅"。泛指嫻静的女子，這裏也比喻梅花。

[4] 帽欹：帽子歪斜著戴著。唐宋文人一種表示瀟灑、閑適、逍遥的穿戴。唐劉禹錫《酬樂天初冬早寒見寄》詩云："乍起衣猶冷，微吟帽半欹。"

【考證】

以上四首爲步韻和逃禪詞。逃禪，即揚補之，字無咎，自號逃禪老人，清江人。揚無咎之名今常常被誤寫，"揚"字常被印作"楊"。按：元夏文彦《圖繪寶鑑》卷四稱："揚補之，字無咎，號逃禪老人，南昌人也。祖，漢子雲，其書從'才'不從'木'①。"子雲，就是漢代著名辭賦家揚雄的字，宋朱熹《楚辭集注·楚辭後語》卷二云："雄自言系出于周，而食采于揚也。"因此其姓從"才"旁，而不從"木"旁，作"楊"便是錯字。不過，具有諷刺意味的是，我所見的借緑草堂版的刻本和四庫叢書本《圖繪寶鑑》中，這一句就是"楊補之，字無咎……"，令人哭笑不得。當然，同樣的錯誤還有將"揚州"寫成"楊州"的，明陶宗儀《説郛》卷十四上云："揚州者，以風俗輕揚，故號其州。今作楊柳之'楊'，謬也。"説明至少該錯字明代已經存在了。

如清李調元在其《雨村詞話》中，就將晁補之與揚補之合而稱爲"兩無咎"。

揚無咎的畫，在當時極爲著名，尤其以梅爲勝，據《洞天清録》記載："揚補之作紙梅，下筆便勝花光仲仁，嘗游臨江城中，作折枝梅于樂工矮壁，至今往來士大夫多往觀之。江西人得補之一幅梅，價不下百千金。"又有《春

---

① 才，原文如此，應即"扌"旁。

雨集》載："補之所居蕭洲有梅，臨之，以進徽廟，戲曰'邨梅'。南渡後，紹興中嘗畫作疏枝冷葉，清意逼人。自署'奉敕邨梅'。"

【韻律】

本調爲唐人小令，《欽定詞譜》收錄于第七卷，選秦觀"暗草平沙"詞和劉鎮"乾鵲收聲"詞爲平韻體正格。本詞即秦詞體，字句、韻律全同。

本調的前段二均、後段末一句組都由四字三句組成，但是這三個句子之間的關係，是有密有疏的，通常不会是一種類似排比句的關係。本詞對這種關係的體現最顯著，我們詳析如下。

在前段第一句組中，"香浮翠蘚，玉點冰枝"是一個更緊密的結構，然後才與"夜鶴驚飛"構成另一個同等級的關係；在前段第二句組中，"幽人空谷，靜女深幃"是一個更緊密的結構，然後才與"古意高風"構成另一個同等級的關係；在後段第二句組中，"雪初晴後，月未殘時"是一個更緊密的結構，然後才與"最愛孤山"構成另一個同等級的關係。所以，這些從文法上看似乎是三句的結構，但是實際上，在韻律上仍然還是一個起拍和一個收拍的關係，仍然符合詞體的一般規則。而其中兩個最緊密的句子，因爲是對偶句，所以它不可能拆開，與前一句構成另一個更緊密的關係，所以我們說本詞最能顯著地體現其中的關係。以這個視點引發，我們再去看前面兩首，分析它們每一個句組中三個句子之間的疏密程度，就可以更容易看出這三個均的內部關係了，"真色真香，丹青難寫，今古無詩"，究竟是"真色真香丹青難寫，今古無詩"的關係，還是"真色真香，丹青難寫||今古無詩"的關係，或者是排比的關係，便一目了然。

研究周密的四首《柳梢青》，采用的是同一種韻律結構，我們可以將其称之爲"草窗填法"。當然，并不是説本調就祇有這麼一種，也可以用前二後一式的架構來構思，如吳文英兩首，其前後段的第二句組分別爲"流水凝酥，征衫霑淚，都是離痕……傍夜船回，惜春門掩，一鏡香塵""澹色煙昏，濃光清曉，一幅閑情……亭上秋聲，鶯籠春語，難入丹青"，則均是前二句對偶，與周密的填法恰恰相反，我們姑且稱之爲是"夢窗填法"。

瞭解這種詞體內部的韻律關係，依然是爲了兩個目的：其一，更好更準確地理解前人的作品；其二，今人填詞的時候，可以有一個正確的構思，以創作出更加符合《柳梢青》本來韻律樣式的作品。

【附錄】

宋揚無咎《柳梢青》云："月墮霜飛。隔窗疏瘦，微見橫枝。不道寒香，解隨羌管，吹到簾帷。　　個中風味誰知。睡乍起、烏雲任敧。嚼蕊掇英，淺顰輕笑，酒半醒時。"

宋陳允平《柳梢青·和逃禪》云："片片花飛。風前疏樹，雪後殘枝。剗地多情，帶將明月，來伴書幃。　　歲寒心事誰知。向籬落、微斜半敧。添得閑愁，酒將闌處，吟未成時。"

南樓令　次陳君衡韻[一][1]

開了木芙蓉[2]。一年秋已空。送新愁、千里孤鴻。搖落江蘺多少恨[3]，吟不盡、楚雲峰。　　往事夕陽紅。故人江水東。翠衾寒、幾夜霜濃[二]。夢隔屏山飛不去[三][4]，隨夜鵲、繞疏桐。　　（第九十九）

【校記】

[一] 知不足齋本、四印齋本無題序。

[二] 幾夜，知不足齋本、四印齋本并作"幾度"。

[三] 夢隔，光緒本作"夢斷"。

【箋釋】

[1] 陳君衡：陳允平，字君衡，號西麓，浙江奉化人，有《西麓詩稿》及詞集《西麓繼周集》《日湖漁唱》。

[2] 木芙蓉：落葉灌木。芙蓉花花期在公曆八至十月，故云"秋已空"。

[3] 搖落：凋零，零落。宋玉《九辯》云："悲哉秋之為氣也，蕭瑟兮草木搖落而變衰。"江蘺：一種香草，又作"江離"，亦即蘪蕪。《楚辭·離騷》云："扈江蘺與辟芷兮，紉秋蘭以為佩。"王逸注："江蘺、芷，皆香草名。"

[4] 宋末有房灝，其《寄西湖》詩云："長江浩浩東流注，夢寐孤山飛不去。"房灝生平失考，《山西通志》卷一百三十六云："房灝，臨汾人，號白雲子，有詩名于時。"而《中州集》另有號白雲子之房皞，字希白，疑即為同一人。則房灝與周密均為由宋入元之人，本句詩必有互為影響處。

【考證】

陳君衡，詳參第三十七首【考證】。

【韻律】

本調屬于五句式詞體，故容量較一般令詞為大，《欽定詞譜》收錄于第十三卷，周密共存四首《南樓令》、一首《糖多令》，後者較前者多一字，《欽定詞譜》列爲第三式。四首《南樓令》與本調正格劉過詞之韻律基本相同。

《南樓令》是周密首創的調名，其調即《糖多令》，但在周密的詞調感中，兩者是略有區別的：《南樓令》全詞爲六十字，即正格的《唐多令》，而周密的《糖多令》則于前後段第三拍各添一字，爲六十二字的變格。

本調屬于早期小令，其特點是格律規正，前後段的字數、句法都劃一。這種體式的詞調，最適合寫淡淡的、柔和的情緒，因爲其韻律所限，無法激烈起來。

【輯評】

清陳廷焯《雲韶集》云：《南樓令·開了木芙蓉》詞，"筆力絕高，頗似竹屋，神在個中"。

【附錄】

宋陳允平《唐多令·秋暮有感》云："休去采芙蓉。秋江煙水空。帶斜陽、一片征鴻。欲頓閑愁無頓處，都著在、兩眉峰。　心事寄題紅。畫橋流水東。斷腸人、無奈秋濃。回首層樓歸去懶，早新月、挂梧桐。"

清陸珊《唐多令·用草窗韻》云："謝了木芙蓉。一年花事空。望家鄉、心事歸鴻。越水胥江天咫尺，飛不過、數山峰。　畫燭影搖紅。亂蛩吟砌東。待消愁、酒淺愁濃。病骨支床眠不得，聽疏雨、打梧桐。"

又　戲次趙元父韻[一][1]

好夢不分明[2]。楚雲千萬層。帶圍寬、愁損蘭成[3]。玉杵玄霜纔只赤[二][4]，青羽信、便沉沉。　水調夜樓清。清宵誰共聽[三]。砑箋紅、空賦傾城[5]。幾度欲吟吟不就，可煞是、没心情[四][6]。（第一百）

【校記】

[一] 知不足齋本、四印齋本無題序。

[二] 玄霜，毛校本、知不足齋本、辛酉本、芝蘭本并作"元霜"。纔，知不足齋本、四印齋本、辛酉本并作"無"。只赤，知不足齋本、四印齋本、辛酉本并作"咫尺"，通。

[三] 共聽，毛校本作"其聽"，刻誤。

[四] 煞是，毛校本作"瞰是"；芝蘭本作"瞰是"，抄誤。

【箋釋】

[1] 趙元父：趙與仁，字元父，號學舟。宋末詞人。

[2] 周密好此句，別首《夜行船》亦有"夢不分明，恨無憑據，腸斷錦箋盈篋"。唐張泌《寄人》詩云："倚柱尋思倍惆悵，一場春夢不分明。"

[3] 蘭成：庾信小字蘭成。庾信《愁賦》云"誰知一寸心，乃有萬斛愁"，後因此而以"庾愁""庾信愁賦"爲故實。宋李之儀《試郭底泉和韻》詩云："一啜便超騰，庾愁空萬斛。"

[4] 玉杵：傳説月宮中有靈兔搗藥，玉杵即搗藥之舂杵。玄霜：神話中的一種仙藥。《初學記》卷二引《漢武帝内傳》云："仙家上藥，有玄霜、絳雪。"只赤：即咫尺。參見第二首【校記】[三]。

[5] 砑箋：用卵石碾壓紙張，提升紙張的品質，使其密實有光澤。宋蕭立之《姑蘇臺》詩云："流香膩粉歸何處，都入春風小砑箋。"

[6] 煞是：就是，偏偏是。宋萬俟咏《武陵春》詞云："漫覷著、鞦韆腰褪裙。可煞是、不宜春。"

【考證】

趙元父，即趙與仁，字元父，號學舟。宋朝宗室，系出燕王，《宋史·宗室世系表》謂"燕王德昭十世孫，希挺長子"。生平無考，周密詩友，與張炎、王沂孫、仇遠等均有詩詞唱和來往，張炎有《憶舊遊》詞，其題序云："余離群索居，與趙元父一别四載。癸巳春，于古杭見之，形容憔悴，故態頓消。以余之况味，又有甚于元父者，抑重余之惜，因賦此調，且寄元父，當爲余愀然而悲也。"可見其生平之萬一。

周密與其詩詞往來，今存者共有三首，除第一百三十九另一詞《慶宮春·送趙元父過吳》外，尚有七律一首《月下聞笙次趙元父韻》云："碧桃花外聽緱笙，裊裊餘音度月明。風静囀春鶯出谷，夜深警露鶴傳更。十三簧冷參差影，廿四欄高縹緲聲。愁想嵩山歸未得，醉魂清絶夢難成。"

又按：趙與仁原詞，已逸。

【韻律】

本調屬于五句式小令，故容量較一般令詞爲大，《欽定詞譜》收録于第十三卷，周密共存四首《南樓令》、一首《糖多令》，後者校前者多一字，《欽定詞譜》列爲第三式。四首《南樓令》與本調正格劉過詞之韻律基本相同，唯本詞後結"可"字應平而仄，應視爲是以上作平用法。

本詞基本韻爲庚青韻，但前段歇拍的"沉"字，則是侵韻相叶，并不同部，此類寬泛的押韻方式，宋詞中大量存在，并非周密一家如此。

聲聲慢　九日松澗席[一][1]

橙香小院，桂冷閑庭，西風雁影涵秋[2]。鳳撥龍槽[3]，新聲小按梁州[4]。鶯吭夜深囀巧[5]，凝凉雲、應爲歌留[二][6]。慵顧曲、嘆周郎老去[7]，鬢改花羞[8]。　　何事登臨感慨，倩金蕉一洗[三][9]，千古清愁。屢舞高歌[10]，作成陶謝風流[11]。人生最難一笑[四]，抃尊前、醉倒方休。待醉也，帶黃花、須帶滿頭[五][12]。　　　　　　（第一百零一）

【校記】

[一] 知不足齋本、四印齋本題序作"九日"。

[二] 凝，芝蘭本注云："《草窗詞》作'礙'。"余所見諸本非是。

[三] 金蕉，知不足齋本、四印齋本、辛酉本并作"金焦"。

[四] 人生，芝蘭本作"人世"。蔡按：本句依律以律拗句法爲正，故取平聲字"生"爲宜。

[五] 帶滿頭，知不足齋本、四印齋本、辛酉本并作"插滿頭"。

【箋釋】

[1] 九日：特指九月九日，即重陽日。松澗席："在松澗旁席上賦詩"的懶筆。席：即"在席上賦詩"，是詩家的慣用語，如說"張三席送李四"，就是"在張三的席上作詩送李四"之意。

[2] 雁影：重陽日寫雁由來已久，如唐劉商《重陽日寄上饒李明府》詩云："重陽秋雁未銜蘆，始覺他鄉節候殊。"涵秋：使秋色更豐滿、更濃。涵有滋潤、浸潤之義。本句化用唐杜牧《九日齊安登高》詩"江涵秋影雁初飛。與客携壺上翠微"。明張弼《送秦主事還南京兼柬王學士》詩云"夢回落月蛩聲夜，興入西風雁影秋"，出自本句。

[3] 鳳撥龍槽：即琵琶。撥、槽，都是琵琶上的小部件。撥：即撥子。槽：即弦架。宋蘇軾《宋叔達家聽琵琶》詩云："數弦已品龍香撥，半面猶遮鳳尾槽。"

[4] 新聲：新聲有兩種，一種是新譜的樂曲，一種是新作的歌詞，這裏是後者。唐張祜《聽歌》詩云："祇是眼前絲竹和，大家聲裏唱新聲。"按：依譜奏曲。梁州：曲調名。

[5] 鶯吭：即鶯喉。宋陸游《村居書觸目》詩云："枝上花空閑蝶翅，林間甚美滑鶯吭。"

[6] 涼雲：此指"歌雲"，《列子》卷五云："薛譚學謳于秦青，未窮青之技，自謂盡之，遂辭歸。秦青弗止，餞于郊衢，撫節悲歌，聲震林木，響遏行雲。薛譚乃謝，求返，終身不敢言歸。"本句即用此事。

[7] 顧曲：《三國志·吳志·周瑜傳》云："瑜少精意于音樂，雖三爵之後，其有闕誤，瑜必知之，知之必顧，故時人謠曰：'曲有誤，周郎顧。'"後即以"顧曲"爲欣賞音樂、戲曲之典。周郎：即周瑜。

[8] 鬢改：鬢髮轉白。宋張炎《甘州·趙文升索賦散樂妓桂卿》徑用本句入詞："重省尋春樂事，奈如今老去，鬢改花羞。"清朱祖謀《高陽臺·客有示〈本事詞〉者》也徑取入詞："倚空簾、明鏡徘徊，鬢改花羞。"

[9] 金蕉：酒。宋向子諲《浣溪沙·政和癸巳儀真東園作》詞云："折得一枝歸綠鬢，冰容玉艷不相饒。索人同去醉金蕉。"

[10] 本句擷取自宋徐俯《踏莎行》詞"高歌屢舞莫催人，華筵直待華燈照"。

[11] 陶謝：陶淵明、謝靈運，古代文人心目中的風流人物。

[12] 帶：別字，此通"戴"。

【韻律】

本調爲宋代流行慢詞，周密共有五首，均爲平韻體，本調《欽定詞譜》收錄于第二十七卷，以晁補之"朱門深掩"、吳文英"檀欒金碧"和王沂孫"啼螿門靜"三首爲正體。本詞即王詞詞體，亦屬于減字格，後段末一句組減二字。前段末一句組用平聲字起，略覺不諧。

前段第三句組"凝"字，後段第三句組"拚"字，均應仄讀，不可讀爲平聲。這兩個三字逗以"仄平平"爲正。

本調韻脚以"平平"脚爲基本特徵，獨結拍中一韻用"仄平"，因此，即便是前後段第二句組的收拍這樣的句式中，按照一般規律第五字是可平可仄的，在這裏也不能填爲"仄平"，同樣，"西風雁影涵秋"的第五字也是必須用平聲，否則就破壞了這個詞調的整體韻律。

餘參第六十八首、六十九首【韻律】。

明月引

趙白雲初賦此詞[1]，以爲自度腔，其實即梅花引也。陳君衡、劉養源皆再和之[2]。會余有西州之恨[3]，因用韻，以寫幽懷[一]。

舞紅愁碧晚蕭蕭[二]。溯回潮。佇仙橈[4]。風露高寒[三][5]，蜚下紫霞簫[四][6]。一雁遠將千萬恨[五]，懷渺渺，剪愁雲，風外飄。　　酒醒未醒香旋消[六][7]。采江蘺、吟楚招[8]。清徽芳筆[9]，梅魂冷、月影空描。錦瑟瑤尊，閑度可憐宵[10]。二十四闌愁倚遍[11]，空悵望，短長亭，長短橋。

（第一百零二）

【校記】

[一] 知不足齋本、四印齋本題序爲"寄恨"。

[二] 舞紅，丙午本原作"儛紅"，辛酉本同，通，據彊村本、毛校本、四印齋本改。

[三] 風露高寒，原注云："一作'風高露寒'。"

[四] 蛩下，彊村本、知不足齋本、四印齋本、辛酉本并作"飛下"。

[五] 千萬，毛校本作"于萬"，刻誤，知不足齋本、四印齋本、辛酉本并作"千里"。

[六] 酒醒，丙午本原作"酒醒"，據彊村本、毛校本、知不足齋本、四印齋本改。旋消，知不足齋本、辛酉本并作"漸消"。

【箋釋】

[1] 趙白雲：即趙崇嶓，詳參【附錄】。

[2] 陳君衡：即陳允平，參第三十七、三十八首【考證】。劉養源：即劉瀾，參【考證】。

[3] 西州之恨：指喪舅之痛。典出《晉書·謝安傳》，詳參【考證】。

[4] 仙橈：船槳，借代游船。仙：美詞，參第八十八首【箋釋】[5]。唐尹懋《同燕公泛洞庭》詩云："幸奏瀟湘雲壑意，山旁容與動仙橈。"

[5] 本句出自宋張孝祥《水調歌頭·金山觀月》詞"江山自雄麗，風露與高寒"。

[6] 蛩下：同"飛下"。宋陳造《八月十二日夜偕客賞木犀》詩云："冰蟾蛩下一天霜，領略岩花旖旎香。"

[7] 酒醒：酒後似醒未醒的狀態。唐白居易《江州赴忠州至江陵已來舟中示舍弟五十韻》詩云："卧穩添春睡，行遲帶酒醒。"

[8] 江蘺：一種香草，又作"江離"，亦即"蘪蕪"。《楚辭·離騷》云："扈江離與辟芷兮，紉秋蘭以爲佩。"王逸注云："江離、芷，皆香草名。"楚招：指《楚辭》中的《招魂》篇。

[9] 清徽：清雅的琴聲。唐張籍《夜懷》詩云："無愁坐寂寞，重使奏清徽。"芳筆：代指美文美詩。

[10] 本句化用宋蘇軾《西江月》詞"莫教空度可憐宵。月與佳人共僚"。

[11] 二十四闌：意謂很多闌干。二十四闌愁倚遍，亦即"無數闌干愁

倚遍"。

【考證】

赵白雲，即趙崇皤，《江西志》載："趙崇皤，字漢宗，南豐人，嘉定十六年進士，授石城令，改淳安。嘗上疏，極論儲嗣未定及中人專橫。官至大宗丞朝散大夫。有《白雲稿》。"《宋史·宗室世系表》云："商王元份九世孫汝悉長子。"

劉瀾，字養源，號江村，《瀛奎律髓》記："劉瀾，天台人，嘗爲道士，還俗，學唐詩，有所悟。干謁無成，丙子年卒。"

本詞的寫作時間與題序的寫作時間不同，大約相差二十年。詞所作時間，應該是在寶祐二年（1254年）甲寅、周密二十三歲時，也就是序中所稱"趙白雲初賦此詞"之時，"初賦"這種措辭便是追叙的口吻，而"會"字也多是一個過去完成時態，一般不會用在此時此地發生的事，至于"西州之恨"，則是指周密舅舅的辭世，語出《晋書·謝安傳》，其傳云："羊曇者，太山人，知名士也，爲安所愛重。安薨後，輟樂彌年，行不由西州路。嘗因石頭大醉，扶路唱樂，不覺至州門。左右白曰：'此西州門。'曇悲感不已，以馬策扣扉，誦曹子建詩曰'生存華屋處，零落歸山丘'，慟哭而去。"謝安是羊曇的舅舅，因此之後便以"西州之恨"指代喪舅之痛。或以爲"西州之恨"蓋指親故之喪者，非是；又有以爲是詩友之喪，而謂是指楊纘逝世，更非；至于或云是指弁陽家破之恨，則是連出典都不知了。而周密的舅舅楊伯嵒亡于寶祐二年（1254年），因此可以繫本詞于是年，時周密二十三歲。但題序則應是周密四十三歲左右時，爲結集《蘋洲漁笛譜》所補添。

序中"以爲自度腔"的主語，按基本事理應該不是趙白雲本人，而是"我"或者"我們"，因爲不會有人填了前人的詞調後，却以爲是自己的自度曲，除非是想有意竊爲己有，但應該沒有人會蠢到將一個存世公知的前人詞調，說成是自己的原創作品。而"趙白雲初賦此詞，余以爲自度腔"的潜台詞則是："後來我才發現，原來該調就是《梅花引》"，而之所以會形成"後來才發現"的這樣一種過去完成時的語境，當然祇是因爲該題序是立足于二十年後所寫，是一個追叙的緣故。而今人多有作"趙白雲自度曲"理解的原因，或是因爲受了《欽定詞譜》的誤導，詳參後一首【譜注】引文。

又，詞中"蛩下紫霞簫"一句，亦可旁證本詞作于尚未與紫霞翁結識之前，所以可以毫無忌諱地措辭如此。

又按：趙白雲原詞已逸。

【韻律】

此爲近詞，《欽定詞譜》以《江城梅花引》之名收錄于第二十一卷，周密本調共有三首，皆非正體，本詞與後一首同格，後一首被列爲《欽定詞譜》第五格。

本調的過片爲一七字句，而多以嵌入兩個句中韻的填法爲常，如第五十七首的"酒醒。夢醒。惹新恨"，即便不用韻，也常常採用復沓的修辭方式，如後一首的"愁多病多腰素消"，因此，本句第二字取"醒"字更合乎其韻律特色，"醒"字或誤。

本調體式疑有均拍衍奪，詳參第五十七首【韻律】。

【附錄】

宋陳允平《明月引·和白雲趙宗簿自度曲》云："雨餘芳草碧蕭蕭。暗春潮。蕩雙橈。紫鳳青鸞，舊夢帶文簫。綽約佩環風不定，雲欲墮，六銖香，天外飄。　　相思爲誰蘭恨銷。渺湘魂、無處招。素紈猶在，真真意、還倩誰描。舞鏡空圓，羞對月明宵。鏡裏心心心裏月，君去矣，舊東風，新畫橋。"

又　養源再賦余亦載賡[一][1]

雁霜苔雪冷飄蕭[2]。斷魂潮。送輕橈。翠袖珠樓，清夜夢瓊簫[二]。江北江南雲自碧，人不見、淚花寒、隨雨飄[三]。　　愁多病多腰素消[3]。倚清琴、調大招[四][4]。江空年晚[五]，凄涼句、遠意難描。月冷花陰[六]，心事負春宵。幾度問春春不語，春又到[七]，到西湖、第幾橋[八]。

（第一百零三）

【校記】

[一] 知不足齋本題序作"閨怨"。

[二] 芝蘭本注"夜"字云："《草窗詞》作'語'。"《欽定詞譜》即爲"清語"。

[三] 隨雨，知不足齋本、辛酉本作"向雨"。

[四] 清琴，《欽定詞譜》作"青琴"。

[五] 年晚，《欽定詞譜》作"歲晚"。

[六] 月冷，《欽定詞譜》作"月影"。

[七] 又到，《欽定詞譜》作"又去"。

[八] 到西湖，"到"字原注："一作'舊'。"

【箋釋】

[1] 載賡：再和。載：又一次。賡：詩詞唱和。宋劉克莊《喜洪君疇除工侍內制》詩云："即日載賡虞帝作，幾時重入洛英圖。"

[2] 雁霜：秋霜。秋天是大雁南飛的季節，故云。唐韓偓《半醉》詩云："雲护雁霜籠澹月，雨連鶯曉落殘梅。"苔雪：覆蓋著蒼苔的雪。典出唐姚合《寄白石師》詩"屨下蒼苔雪，龕前瀑布風"。飄蕭：寒冷貌。此義大辭典失收。唐元稹《書异》詩云："孟冬初寒月，渚澤蒲尚青。飄蕭北風起，皓雪紛滿庭。"

[3] 腰素：繫在腰部的白色束帶。宋方千里《法曲獻仙音》詞云："嫩雪消肌，試羅衣、寬盡腰素。"消：銷減，猶言"寬盡"。或以"素消"爲詞，甚誤。

[4] 大招：即"大韶"，上古樂名。汉蔡邕《獨斷·五帝三代樂之別名》云："舜曰《大韶》，一曰《大招》。"或以爲即《楚辭》篇名者，誤。

【考證】

筆者在前一首中說，前詞作于二十年前，題序作于二十年後，這首和詞也是一個證明。前詞的題序云"陳君衡、劉養源皆再和之"，如果題序與詞是同一時間所作，那麼，這種話就應該寫在本詞的題序中，也就是說，祇有在看到第二首詞的時候才會說"某人再和之，余載賡"，豈有在第一首和完後便未卜先知，料到還有第二首問世的道理？

要之，這一首詞作于前一首之後，但相隔時間應該不會太久，按照通常的創作實踐來看，本詞作于幾天之後，也是寶祐二年（1254年）甲寅、周密二十三歲時。

今存宋詞中也無劉瀾或劉養源詞，但彊村叢書《水雲村詩餘》中有劉壎"用白雲翁韻送客游行都"詞一首："江村煙雨暗蕭蕭。漲寒潮。送春橈。目斷京塵，何日聽鸞簫。金雀觚稜千里外，指天際，碧雲深，魂欲飄。　薰爐炷愁煙盡銷。酒孤斟、誰與招。滿懷情思，任吟箋、賦筆難描。惆悵山風、吹夢老秋宵。綠漾湖心波影闊，終待到，借垂楊、月半橋。"可見劉氏詞在當時也有一定的影響。劉壎小周密八歲，江西南豐人，也是周密同輩詞人，但兩人似無交集，此劉壎則與天台的劉瀾并非爲一人。

【韻律】

此爲近詞，《欽定詞譜》以《江城梅花引》之名收錄于第二十一卷，周密本調共有三首，皆非正體，本詞被列爲《欽定詞譜》第五格。

本詞兩個結拍的九字結構，實質是由一個上三下五式的折腰句衍化而來，如今存最早的王觀詞作"故人遠，相思寄與誰……正心碎，那堪塞管吹"，就是一個很好的說明。正因爲如此，這裏三個三字結構的韻律特色就一目了然，它們應該是一種"三、三三"的架構。認識到這一點，我們在填詞的時候就不會犯"三三、三"的錯誤了，而將後六字讀爲折腰式六字句才是正確的。

本調體式疑有均拍衍奪，詳參第五十七首【韻律】。

【譜注】

《欽定詞譜》云："此與吳（文英）詞同，惟後段第二句、第九句不押韻，及兩結句第三字仍用平聲異。"按：《蘋洲漁笛譜》周詞二首，皆和趙白雲自度曲，換頭句"酒醒未醒香旋消"，與此詞叠用二"多"字同；張翥詞"憶卿恨卿思悠悠"，亦然。當是體例，填者辨之。

六幺令　次韻劉養源賦雪[一]

癡雲剪葉[1]，檐滴夜深悄[2]。銀城飛捷，翠隴占祥[3]、豐年報[4]。白戰清吟未了[5]。寒鵲驚枝曉。鶴迷翠表[6]。山陰今日，醉臥何人問安道[二][7]。　　交映虛窗浄沼[8]。不許游塵到[9]。誰念絮帽茸裘，嘆幼安今老[10]。玉鑒修眉未掃[11]。白雪詞新草[12]。冰蟾光皎。梅心香動，閑看春風上瓊島[13]。

（第一百零四）

【校記】

[一] 知不足齋本、四印齋本題序爲"雪"。光緒本本詞未收錄。

[二] 知不足齋本、四印齋本、辛酉本、《詞繫》此二句并作"山陰醉臥，今日何人問安道"。

【箋釋】

[1] 癡雲：雲層凝固不動，猶人之發呆，故云。宋范成大《念奴嬌》詞云："誰喚痴雲，一杯未盡，夜氣寒無色。"剪葉：《呂氏春秋·重言》云："成王與唐叔虞燕居，援梧葉以爲珪，而授唐叔虞曰：'餘以此封女。'叔虞喜，以告周公。周公以請曰：'天子其封虞邪？'成王曰：'餘一人與虞戲也。'周公對曰：'臣聞之，天子無戲言。天子言則史書之，工誦之，士稱之。'于是遂封叔虞于晋。"後因以"剪葉"爲分封的典實，這裏是比喻一大塊雲朵長久停布在空中。

[2] 悄：悲傷，憂鬱。

[3] 此八字儷句，今人多誤讀爲六字一句、五字一句。"飛捷""占祥"皆爲豐年所報。占祥：占得祥兆。

[4] 此三字爲"托"，詞中常用結構，所托者前八字也。十一字謂"瑞雪兆豐年"。本句化用唐李損之《都堂試貢士日慶春雪》詩"息疫方殊慶，豐年

已報祥"。

[5] 白戰：呼應前"飛捷"句，字面上是白雪之戰，但實際上是說白戰之戲。"白戰"即禁體之作，在一首規定的詩中，事先約好不準使用某些常用的字，如宋歐陽修爲穎州太守時，曾與文友會飲，相約作"咏雪"詩，但不得在詩中使用玉、月、梨、梅、絮、鶴、鵝、銀、舞、白等諸字，即稱爲"白戰體詩"，故後有"清吟"云云。

[6] 大雪覆蓋青翠的地表，不知路徑，故云"迷"。

[7] 安道：即戴逵，字安道。南朝劉義慶《世説新語》云："王子猷居山陰，夜大雪，眠覺，忽憶戴安道。時戴在剡，即便夜乘小舟就之。經宿方至，造門不前而返。人問其故，王曰：'吾本乘興而行，興盡而返，何必見戴？'"此二句即用此事，謂大雪天無人來訪。

[8] 虚窗：一種没有窗户，或有窗格的窗子，今多見于園林的圍墻中。南朝劉孝先《和亡名法師秋夜草堂寺禪房月下》詩云："洞户臨松徑，虚窗隱竹叢。"

[9] 本句出自宋賀鑄《御街行·別東山》詞"松門石路秋風掃。似不許、飛塵到"。清張祥河《法曲獻仙音》詞云"花笑春山，雁啼秋水，未許游塵飛到"，從此化出。

[10] 幼安：即辛棄疾，字幼安，號稼軒。

[11] 掃：描眉中的一個步驟，代指描（眉）。

[12] 白雪：春秋時晉國的樂人師曠創作的琴曲名。《淮南子·覽冥訓》云："昔者師曠奏《白雪》之音，而神物爲之下降。"新草：初稿，剛擬就，草就。有草草初成，尚非正式定稿之意，多爲謙辭。

[13] 瓊：美詞。瓊島：本指仙島，這裏即指"島"。周密之前未見有此類用法。元王惲《水龍吟·賦春雪》詞云："我愛春來起早。恍芸窗、光搖瓊島。"

【考證】

劉養源，即劉瀾，字養源（《瀛奎律髓》謂"字養原"，應是誤筆），號江村，浙江天台人。宋高斯得《恥堂存稿》卷六收古詩《送劉養源游吴中》云："自我識松澗，于今二十年"，"澗""源"相關，則劉瀾或又號"松澗"。

元方回在《瀛奎律髓》卷十四《夜訪侃直翁》下注云："劉瀾，字養原，天台人。嘗爲道士，還俗學唐詩，亦有所悟。然干謁無成，丙子年卒。予熟識之。"丙子，爲宋端宗景炎元年（1276年），時周密四十五歲。其最後一首詞，據《浩然齋雅談》卷下記，《買陂塘·游天台雁蕩東湖》云："御風來、翠鄉深處，連天雲錦平遠。卧游已動蓬舟興，那在芙蓉城畔。巾懶岸。任壓頂嵯峨，滿鬢絲零亂。飛吟水殿。載十丈青青，隨波弄粉，菰雨淚如霰。　斜陽外，也有新妝半面。無言應對花怨。西湖千頃腥塵暗。更憶鑒湖一片。何日見。試折藕占絲，絲與腸俱斷。邅征漸倦。當潁尾湖頭，綠波彩筆，相伴老坡健。"詞中的"西湖千頃腥塵暗"，蓋指是年正月杭州城破，南宋亡國，所以周密稱其爲"絕筆也"，亡國之痛，溢于言表。

由此可知，本詞作于南宋亡國之前，但與前二首《明月引》并非一時之作，或是周密在結集時，因前二首和劉詞而將此二首和劉類列在一起，這種編排體例也和前述的十一首題畫詞相同，是以事件爲經編輯，而非以時間爲經，這與第一卷具有很大的不同。

又按：劉養源原詞已逸。

【韻律】

慢詞，《欽定詞譜》收錄于第二十三卷，以柳永"澹煙殘照"詞爲正體，較之正體，本詞唯前段第二句組讀破，不作六字一句、五字一句异。

本調的前段第二句組，通常因爲詞譜的影響，往往讀爲六字一句、五字一句，如此，起拍六字便成了一個彆扭的對應句，就目前所見的宋人名家名作來看，通常前段所用的是一個平起式的大拗句法，如柳永的"溪邊淺桃深杏"，其特點是第二、四、五字均用平聲，周邦彥、吳文英、晏幾道等名家都如此填。但唯獨周密則完全不同，如本詞似與第三十一首《解語花》的"餘寒猶掩翠戶"一致，似乎成了一種誤填。但細究其韻律，這一個句組的韻律，實際上是一個四字儷句加三字托的結構，與諸家俱不同，自成一格。這種句讀層面的變异，反映在詞樂上必定是一個旋律的變化，周密在作品中時有一些有异于前人的變化，如後面第一百零九首的後段收煞等，正是他深諳詞樂的一個具體表現。

【譜注】

秦巘《詞繫》云："前後段第五句及換頭句，皆叶韻，周二首和韻同。'祥'字別首用仄，此用平，當誤，勿從。"

又　再雪再和[一]

回風帶雨[1]，凍澀漏聲悄。小窗照影虛白[2]，幾誤鄰雞報。千樹天花綻了[二][3]。鵠立通明曉[4]。眼空八表[5]。宮袍帶月，醉裏應迷灞陵道[6]。　風靜瓊林翠沼[7]。片片隨春到。吟驢十里新堤，怪四山青老[8]。玉唾珠塵怕掃[9]。句冷池塘草[10]。白天寒皎。飛瓊何在，夢覓梨雲度仙島[三][11]。

（第一百零五）

【校記】

[一] 再雪，毛校本、芝蘭本、辛酉本并作"春雪"，知不足齋本、四印齋本題序爲"春雪"。光緒本本詞未收錄。

[二] 天花，知不足齋本、四印齋本、辛酉本并作"夭桃"。

[三] 夢覓，知不足齋本、四印齋本、辛酉本并作"夢覺"。

【箋釋】

[1] 回風：旋風。屈原《九歌·少司命》云："入不言兮出不辭，乘回風兮載雲旗。"明高濂《春從天上來·凌霄》詞云"軟軟回風帶雨，更藏煙隱霧，向春深、布葉敷苗"，徑取本句入詞。

[2] 虛白：白茫茫、空蕩蕩之意，如隋江總《借劉太常説文》詩云"幽居服藥餌，山宇生虛白"，隋楊素《山齋獨坐贈薛内史》詩云"蘭庭動幽氣，竹室生虛白"。《漢語大詞典》謂是"皎潔"之意，或誤。空空蕩蕩，故可引申爲"心中純潔無欲"，《北史·隱逸傳·徐則》云："先生履德養空，宗玄齊物，深曉義理，頗味法門。悦性冲玄，恬神虛白，飡松餌術，棲息煙霞。"

[3] 天花：雪花。唐熊孺登《雪中答僧書》詩云："八行銀字非常草，六出天花盡是梅。"

[4] 鵠立：如鵠那樣引頸直立。本句出自宋李劉《賀新郎·上趙侍郎生日》詞"鵠立通明殿。又重逢、撲余初度，夢庚華旦"，而李詞本句又擷取自宋蘇軾《上元侍飲樓上三首呈同列》詩"侍臣鵠立通明殿，一朵紅雲捧玉皇"。蘇軾詩句則本自唐崔祐甫《故常州刺史獨孤公神道碑銘》序："仕而遭時，鵠立于朝。"很多詞句輾轉承繼，均有脉絡可尋，細玩可悟遣詞用句之妙。

[5] 八表：八方之外的地方，意指極遠之處。明丘浚《和李太白韻寄題金陵》詩云"眼空八表人間世，興寄三山海上洲"，徑取本句入詩。

[6] 灞陵：即漢文帝陵，故址在今陝西西安市東部。灞陵歷來是傷別之地，這裏是用唐王昌齡《别李浦之京》詩"故園今在灞陵西，江畔逢君醉不迷"，反其意而用之，意謂雪夜大醉，而忘却了別離。

[7] 瓊林：落滿雪的樹林。南朝徐陵《咏雪》詩云："瓊林玄圃葉，桂樹日南華。"

[8] 青老：謂因雪而使青山變白，暗喻人的青絲變白髮。

[9] 玉唾、珠塵：這裏都是比喻白雪。宋林逋《孤山雪中寫望寄呈景山仙尉》詩云："璚樹瑶岑掠眼新，鮮飆時復颺珠塵。"

[10] 本句典出謝靈運"池塘生春草"，化用唐白居易《夢行簡》詩"池塘草緑無佳句，虛卧春窗夢阿憐"。用典與化用是詩詞創作中的兩大基本法寶，

對修飾文字、凝練表達、提升典雅具有重要作用。

[11] 梨雲：即梨花雲。這裏用唐王建夢見梨花雲事。參見第四十一首【箋釋】[8]。

【考證】

劉瀾原作已逸。

【韻律】

慢詞，《欽定詞譜》收錄于第二十三卷，以柳永"渀煙殘照"詞爲正體，本詞與正體同。

本詞的韻律在前後段的第三拍出現瑕疵。前段第四字易爲仄聲，將句法改爲了平起仄收式的律句，研究後段可知，這種句法的律化應該祇是作者的偶筆，而非有意識的扭拗爲律，因爲後段第三拍改成了平起平收式句法，在填詞思路上顯然沒有一個刻意要調整句法的痕迹。

【輯評】

宋沈義父《樂府指迷》云："咏物詞，最忌説出題字⋯⋯周草窗諸人，多有此病，宜戒之。"蔡嵩雲《箋釋》："草窗集咏物詞，幾近二十闋，犯題字者亦只數闋⋯⋯惟《緑蓋舞風輕》咏白蓮，'訪藕尋蓮'句犯蓮字，《六么令》咏雪，'白雪詞新草'句犯雪字，略嫌平直。其他十餘闋，并能守不犯題字之戒，然已爲《指迷》所譏，可見當時風尚如此。"

謁金門　次西麓韻[一][1]

芳事晚。數點杏鈿香淺[2]。惻惻輕寒風剪剪[3]。錦屏春夢遠[4]。　　稚柳拖煙嬌軟[5]。花影暗藏深院。初試輕衫并畫扇[6]。牡丹紅未展。

（第一百零六）

【校記】

[一] 知不足齋本、四印齋本題序作"春晚"。

【箋釋】

[1] 西麓：即陳允平，參第九十九首【箋釋】[1]。

[2] 杏鈿：即杏花，參見第三十一首【箋釋】[7]。

[3] 剪剪：形容風雖不大却有凉意。本句源出唐韓偓《寒食夜》詩"惻惻輕寒剪剪風，小梅飄雪杏花紅"。

[4] 錦屏：特指閨閣。唐溫庭筠《蕃女怨》詞云："年年征戰，畫樓離恨

錦屏空，杏花紅。"又，清項鴻祚《減字木蘭花·春夜聞隔墻歌吹聲》詞云"繁笙脆管，吹得錦屏春夢遠"，用本句入句。

[5] 拖：下垂之意。煙：柳樹。但是"拖煙"并不僅僅是單純的"垂柳"，首先，它往往暗含了一種"風拂"的因素在内，即是一種垂柳蕩漾的樣子，所以才會"如煙"。其次，柳煙所狀應該是"稚柳"，祇有柳樹新葉時的狀態才能稱之爲"柳含煙"。也有今人寫老柳爲柳煙的，則誤。《漢語大詞典》謂"柳煙：柳樹枝葉茂密似籠煙霧，因以爲稱"者，亦誤，枝葉茂密與似籠煙霧恰恰相矛盾，否則"煙"便不是柳樹的專利了。所謂煙柳，正是那疏柳新葉初成，尚未茂密，透過柳枝又可以看到遠方景致的那種朦朦朧朧，這種朦朧依稀，才是與"煙"相似的地方。唐崔櫓《柳》詩云："風慢日遲遲，拖煙拂水時。"

[6] 輕衫：相對于冬季厚重的冬衣而言，指春秋天穿著的夾袄。初試輕衫：謂氣候轉暖。唐白居易《二月二日》詩云："輕衫細馬春年少，十字津頭一字行。"

【考證】

陳允平，字君衡，號西麓，浙江奉化人。有《西麓詩稿》及詞集《西麓繼周集》《日湖漁唱》。詳參第三十七、三十八首【考證】。

陳允平原作："春又晚。枝上緑深紅淺。燕語呢喃明似剪。采香人漸遠。　　草色池塘碧軟。絲竹誰家坊院。拂拂和風初著扇。蜂情愁不展。"

【韻律】

本調爲唐人小令，《欽定詞譜》收錄于第五卷，以韋莊"空相憶"詞爲正體，本詞與韋詞同。後段第三拍，"并"字平聲，庚韻，《康熙字典》謂府盈切。"并"字的平讀問題，參見第一首【韻律】。

好事近　次梅溪寄別韻[一][1]

輕剪楚臺雲[2]，玉影半分秋月[3]。一餉淒涼無語[二][4]，對殘花幺蝶。　　碧天愁雁不成書，郎意似秋葉[5]。閑展鴛綃殘譜[三][6]，捲淚花雙疊[四][7]。

（第一百零七）

【校記】

[一] 知不足齋本題序作"寄遠"。

[二] 一餉，知不足齋本、四印齋本并作"一晌"，通。

[三] 鴛綃，丙午本作"怨綃"，據彊村本、毛校本、知不足齋本、四印齋

本改。殘譜，知不足齋本、四印齋本、辛酉本并作"殘緒"。

[四] 芝蘭本"捲"字下注云："《草窗詞》誤多一'捲'字。"今所見各本均未誤多。

【箋釋】

[1] 梅溪：即史達祖，宋代著名詞人，《絕妙好詞》云："史邦卿名達祖，號梅溪，有詞百餘首，張功甫、姜堯章爲序，堯章稱其詞奇秀清逸，有李長吉之韻，蓋能融情景于一家，會句意于兩得。"詳見【考證】。

[2] 剪：這裏是拂動、揮去之意。輕剪：輕拂。江淹《應劉豫章別》詩云："獵獵風剪樹，颯颯露傷蓮。"唐盧肇《簪翠峰題石》詩云："風剪雲開雨歇時，飛出一山新翡翠。"楚臺雲：用楚懷王在陽臺夢遇神女典。

[3] 玉影：月亮之影，月光；雪色，夜間白雪折射的光，這裏是前者。《漢語大詞典》謂"猶玉光"，誤，以唐鮑溶《經秦皇墓》詩"珠華翔青鳥，玉影耀白兔"爲書證，尤誤。

[4] 一餉：本義猶今言"一頓飯工夫"，通常用來指時間很短，但這裏表示時間不短，表示"有一會兒"的意思。宋柳永《笛家弄》詞云："空遺恨、望仙鄉，一餉消凝，淚霑襟袖。"

[5] 明蘇葵《閨情》詩云"自信妾心如寶鏡，只愁郎意似秋雲"，化用本句入詩。

[6] 鴛綃：底紋製成鴛鴦圖的綢。唐韋莊《撫盈歌》云："鳳縠兮鴛綃，霞疏兮綺寮。"

[7] 清朱祖謀《陽春曲》詞云："而今歌塵綠遍，濺回波、卷淚雙叠"，化用本句入詞。

【考證】

史達祖的詞學地位很高，往往與姜白石并舉，其《梅溪詞》在宋代即著名，姜白石、張鎡（張炎曾祖）都爲其作過序，對他的詞作和詞風都給予了極高的評價，如張鎡的《梅溪詞序》說："生之作，情詞俱到，纖綃泉底，去塵眼中。妥帖輕圓，特其餘事，至于奪苕艷于春景，起悲音于商素，有瓌奇警邁、清新閑婉之長，而無詭蕩污淫之失。端可以分鑣清真、平睨方回。而紛紛三變行輩，幾不足比數。"《浩然齋雅談》則評價說："史達祖邦卿，開禧堂吏也。善詞章，多有膾炙人口者，李和父云，其詩亦間有佳者。"但是今人多將其標籤爲"婉約派""格律派"詞人，認爲他"多抒寫閑情逸致，重形式，追求細膩工巧"（《中國歷代人名大辭典》），却忽略了他的詞中除了婉約之外，更還有一種別樣的人生悲愴，以及對半壁江山淪陷之痛的吟咏和抒發，因此，南宋愛國詞人的群像中，史達祖是應該有一席在其中的。

很可惜的是，史達祖的《梅溪詞》很早就佚失了，至今我們所見的也祇是類似汲古閣《六十名家詞》中的叢刻本而已，今存的百餘首詞作，也必是其作品中的小部分而已，可以想見有大量的詞作留在了歷史長河中，如這一首的史達祖原玉，就再也不能一睹其風采了。

史達祖曾作爲韓侂胄最倚重的堂吏，一時權重，宋葉紹翁《四朝聞見錄》卷五云："韓侂胄爲平章，專倚省吏，史邦卿奉行文字，擬帖擬旨，俱出其手，權炙搢紳，侍從束札，至用申呈韓敗，遂黥焉。"但史達祖自己是否有狐假虎威，從周密《浩然齋雅談》中似乎可以品味出并非如此："當平原用事時，盡握三省權，一時士大夫無廉恥者，皆趨其門，呼爲'梅溪先生'，韓敗亦貶死。"周密在這裏特別强調說"趨其門"的才是"無廉恥者"，顯見梅溪之品格。

【韻律】

這是一個較熱門的小令，《欽定詞譜》收錄于第五卷，以宋祁"睡起玉屏風"詞爲正體，本詞與宋詞同。

本調的用韻是小令中最簡的，僅用四個，即便是在前後段第三句這樣的仄收句子中，宋詞中也罕見有用韻的，正式用法僅見二首，千中不足七。而本調的韻律特徵是，每個韻脚的模式均以"平仄"收，韻前字絶不用仄聲字，即便是前段第二句，本爲仄起仄收式句法，按律後四字應作"平平仄仄"，第五字應仄或可仄，也不用仄聲字，而采用拗體格式"仄平平仄"。

【輯評】

清陳廷焯《詞則·大雅集》卷三，眉批前段第一句組云："清麗。"

聲聲慢　柳花咏[一]

燕泥霑粉[二]，魚浪吹香[1]，芳堤十里新晴。静惹游絲，花邊裊裊扶春[2]。多情最憐飄泊[三]，記章臺、曾綰青青[四][3]。堪愛處，是撲簾嬌軟[五]，隨馬輕盈。　　長是河橋三月[4]，做一番晴雪[5]，惱亂詩魂。帶雨霑衣，羅襟點點離痕[6]。休綴潘郎鬢影[7]，怕緑窗、年少人驚[8]。捲春去，剪東風、千縷碎雲[六]。

（第一百零八）

【校記】

[一] 知不足齋本、辛酉本題序作"柳花"。光緒本本詞未收錄。

[二]霑粉，知不足齋本、彊村本、四印齋本作"霑粉"，辛酉本作"黏粉"，皆通。

[三]"情最"二字後，芝蘭本注云："各本落此二字。"余所見諸本非是，但陸輔之《詞旨》所引，本句作"多憐飄泊"，正合。

[四]曾綰，知不足齋本、四印齋本、辛酉本、《詞繫》并作"曾挽"。

[五]嬌軟，《詞旨》引本詞，作"嬌嫩"。

[六]本句知不足齋本、四印齋本、《詞繫》無"剪"字。千縷，毛校本作"于縷"，刻誤。碎雲，《詞旨》作"翠雲"。

【箋釋】

[1] 本句原出自宋姜夔《惜紅衣》詞"虹梁水陌。魚浪吹香，紅衣半狼藉"。魚浪：輕風吹拂下呈魚鱗狀的細波浪。吹香：柳花漂浮在水面，當微風吹浪，便有香味。但柳花其實并無甚香味，這裏謂之"香"，祇是一種藝術的說法。

[2] 扶春：簇擁著春，點綴著春。宋陳與義《春日》詩云："朝來庭樹有鳴禽，紅綠扶春上遠林。"

[3] 章臺：漢代京城長安的一條街名，因街邊植柳而著名。唐李商隱《對雪》詩云："梅花大庾嶺頭發，柳絮章臺街裏飛。"

[4] 河橋：橋梁。常被用來指送別分手處。南朝王褒《送別裴儀同》詩云："河橋望行旅，長寧送故人。"此爲後文"離痕"張本。

[5] 晴雪：似雪而非雪之物，如梨花、柳絮、白石、浪花之類，此指柳絮。南朝梁蕭繹《登江州百花亭懷荆楚》詩云："柳絮飄晴雪，荷珠漾水銀。"

[6] 離痕：古人折柳相別，柳樹因此是離別的意象，"離痕"一詞由是而出。宋張炎《臺城路·寄姚江太白山人陳文卿》詞云："載酒船空，眠波柳老，一縷離痕難折。"

[7] 潘郎：古時美男子潘岳。潘郎鬢：指的人過中年鬢有白髮的狀態。宋劉克莊《秋風》詩云："莫將宋玉心中事，吹向潘郎鬢畔來。"

[8] 綠窗：特指女子所居的窗戶。唐油蔚《贈別營妓卿卿》詩云："日照綠窗人去住，鴉啼紅粉淚縱橫。"此二句化用唐張祜《楊花》詩意："無端惹著潘郎鬢，驚殺綠窗紅粉人。"

【韻律】

本調爲宋代流行慢詞，周密共有五首，均爲平韻體，本調《欽定詞譜》收錄於第二十七卷，以晁補之"朱門深掩"、吳文英"檀欒金碧"和王沂孫"啼螿門静"三首爲正體，本詞與王詞詞體同，亦屬於減字格，後段末一句組減二字。前段末一句組用平聲字起，略覺不諧。

本詞由庚青韻的"晴""青""盈""驚"叶韻真文韻的"春""魂""痕""雲"，是一種方音相叶的詞韻押韻方式，在宋代屬于常見押韻模式。

前段第三句組起拍，一律是一個平起式的律拗句法，本詞"多情最憐飄泊"的第五字則于律不合，應是敗筆。但後段第三句組起拍也采用罕見的仄起式句法，作"休綴潘郎鬢影"，第二字用仄聲字，這是否與前段的對應句具有某種特殊的呼應和聯繫，尚不得而知，因爲在整個宋詞中這麼填都是極罕見的，因此在宋詞中未見相似的詞例。但有一點可以確信，平韻體的《聲聲慢》在前後段的第二、第三句組交接處，是值得我們填詞時關注的。

餘參第六十八首、六十九首、一百零一首【韻律】。

【譜注】

秦巘《詞繫》云："此同賀體。惟結句六字，比各家少一字。一本上有'剪'字。'多情'句，一本少'情最'二字，是脫落。'軟'字作'嫩'。今從《笛譜》《草窗詞》。'綠'作平。"

【輯評】

清先著《詞潔輯評》卷四云："周密'燕泥霑粉'，有章、蘇在前，自難求勝。此但以清便取勝，已是名作。"

清丁紹儀《聽秋聲館詞話》云："《聲聲慢》云：'多情最憐飄泊。'落'情最'二字。"

元陸輔之《詞旨》收入"警句"九十二則，包括周密《聲聲慢》"休綴潘郎鬢影，怕綠窗、年少人驚"。

憶舊游　次韻簣房有懷東園[一][1]

記花陰映燭，柳影飛梭，庭戶東風[2]。彩筆爭春艷，任香迷舞袖，醉擁歌叢[二][3]。畫簾静掩芳晝[三]，雲剪玉瓏瓏[四][4]。奈恨絶冰弦，塵消翠譜[五][5]，別鳳離鴻[六][6]。　　鶯籠[七]。怨春遠，但翠冷閒階，墜粉飄紅[7]。事逐華年换，嘆水流花謝，燕去樓空。繡鴛暗老薇徑[8]，殘夢繞雕櫳[9]。恨寶瑟無聲[10]，愁痕沁碧[11]，江上孤峰[八]。　　（第一百零九）

【校記】

[一] 題序，知不足齋本作"有懷東園"，光緒本作"次簣房韻有懷東園"。

[二] 醉擁，《欽定詞譜》作"醉憶"。

[三] 静掩，《欽定詞譜》作"静捲"。
　　[四] 瓏瓏，知不足齋本、四印齋本、辛酉本、光緒本并作"玲瓏"。
　　[五] 塵消，知不足齋本、四印齋本、辛酉本、光緒本并作"塵侵"。
　　[六] 鳳，芝蘭本注云："《草窗詞》下有'引'字。"余所見諸本非是。
　　[七] 鴛籠，《欽定詞譜》作"鴛籠"。
　　[八] 本句毛校本、知不足齋本、四印齋本、辛酉本、光緒本并作"江上峰"，知不足齋本、辛酉本并注云："一作'江上孤峰'，非是。"

【箋釋】

　　[1] 筼房：即李彭老。參第五十七首【箋釋】[1]。東園：明郎瑛《七修類稿》云："東花園，宋之富景園也。内有百花池，相傳舊矣。"從詞集中可見，周密與詞友曾多次在此雅聚。
　　[2] 這三句均爲寫記憶中的東園，"花陰"句寫東園的空間，"柳影"句寫東園的時間，"庭户"句則是變用宋周紫芝《清平樂》詞"東風庭户。紅滿桃花樹"。寫東園總體的一種温暖印象。
　　[3] 歌叢："笙歌叢"的簡說，泛指多人奏樂唱歌。宋蘇軾《九日尋臻闍黎遂泛小舟至勤師院》詩云："笙歌叢裏抽身出，雲水光中洗眼來。"
　　[4] 剪：被動爲拂，拂動，見第一百零七首【箋釋】[2]；主動爲飄，飄動。本句爲主動用法。隋許善心《奉和還京師》詩云："餘花照玉李，細葉剪圭梧。"瓏瓏：明亮的樣子。
　　[5] 冰弦：琴弦的美稱，代指樂器。翠譜：琴譜的美稱，代指樂曲。此二句是説：別恨離緒，即便是用最好的器樂，也已經無法再給予演繹了。
　　[6] 別鳳離鴻：比喻離開東園的人。
　　[7] 墜粉飄紅：各種顏色花朵的凋零。本句徑用宋晏幾道《蝶戀花》詞"捲絮風頭寒欲盡，墜粉飄紅，日日成香陣"入詞。
　　[8] 繡鴛：即鴛鴦。因鴛鴦鳥色彩斑斕，如同錦繡，故云。宋張矩《應天長・蘇堤春曉》詞云："鞦韆架、閑曉索。正露洗、繡鴛痕窄。"薇徑：小徑的美稱。
　　[9] 雕櫳：雕著圖案的窗框。宋吳文英《江南好・友人邀中吳密園坐客杯深清泱不覺霑醉》詞云："行錦歸來，畫眉添嫵，暗塵重拂雕櫳。"
　　[10] 寶瑟：瑟的美稱。本句化用唐武元衡《同洛陽諸公餞盧起居》詩"寶瑟無聲怨，金囊故贈輕"。
　　[11] 沁碧：透出碧色，呈現出碧色。宋吳文英《掃花游・送春古江村》詞云："水園沁碧，驟夜雨飄紅，竟空林島。"

【韻律】

本詞屬慢詞，周密共填三首，《欽定詞譜》以周邦彥"記愁橫淺黛"詞爲正格，本詞列爲第五格，校之正格，均在前後段的結拍處有所不同，但前段《欽定詞譜》衍多一字，作"別鳳引離鴻"，實誤，後段差異解析如下。

本調後段末一句組，例作五字一句、七字一句，宋詞二十六首有二十四首如是填。但是周密詞，于此略有調整，如第一百三十首，後段末一句組作"但夢繞西泠，空江冷月，魂斷隨潮"，添一字，作一五二四式句法。這種句法就全詞考察，應是刻意而爲，因爲前段末一句組正是一五二四式句法，如此，則前後段更具有一種對稱協和的韻律美，具有另一種韻律特色，符合詞調變化的一般規則，同時也可以證明本詞"江上孤峰"并非衍字，因此，我們一仍其舊，不予改易。

此外，就這兩首來看，很可能第四十一首的"怕酒醒歌闌，空庭夜月羌管清"，其原貌本是"怕酒醒歌闌，空庭夜月，羌管口清"，被後人"改正"而誤。

其餘參見第四十一首【韻律】。

【譜注】

《欽定詞譜》云："此詞前結五字句，後結四字兩句，與周邦彥詞異。"

【附錄】

周密《重過東園興懷知己二首》其一云："東園桃李記春時。杖屨相從日日嬉。烏帽插花籌艷酒，碧蓮探韻賦新詩。廣陵散絶清彈苦，峴首碑空雨淚垂。物色已非知己盡，一回臨眺一懷悲。"其二云："俯仰悲歡了不同。回頭已隔五春風。兔葵燕麥情何恨，雁柱鯤弦事已空。自分此生無鮑叔，敢期後世有揚雄。西州門外羊曇老，淚染斜陽濕晚紅。"

清末吳湖帆《憶舊游·王晉卿巫峽清秋圖次周草窗韻》云："看朱顔淺注，翠黛濃薰，消盡春風。秋夜瑶臺月，照翩翩錦隊，列列芳叢。似還鬟影離合，環佩碧玲瓏。盡杜老情懷，湘波呈麝，洛浦驚鴻。　煙籠。暮山色，任露草斜陽，點綴青紅。宋玉閑情賦，喚高唐夢杳，神女祠空。路回暗潛山鬼，何處覓簾櫳。佇雨散雲收，依稀斷峽無數峰。"

水龍吟　次陳君衡見寄韻[一][1]

燕翎誰寄愁箋[二]，天涯望極王孫草[三][2]。新煙換柳，光風浮蕙[3]，餘寒尚峭[4]。倚杖看雲[5]，剪燈聽雨[6]，幾番詩酒。嘆長安倦客，江南舊恨，飛花亂、清明後。　　堤上斜陽風驟[四]。散香綿、輕霑吟袖[五]。麴塵兩岸[7]，紋波十里，暖蒸香透。海闊雲深，水流春遠[8]，夢魂難勾[9]。問鶯邊按譜[10]，花前覓句[11]，解相思否[12]。　　　　（第一百一十）

【校記】

[一] 知不足齋本、四印齋本題序并作"春晚"。光緒本本詞未收錄。

[二] 愁箋，丙午本、毛校本原作"愁櫛"，通，據知不足齋本、辛酉本改。

[三] 望極，芝蘭本作"極望"。

[四] 斜陽，知不足齋本、彊村本、四印齋本、辛酉本并作"垂楊"。

[五] 輕霑，辛酉本作"輕黏"，通。

【箋釋】

[1] 陳君衡：即陳允平，參第九十九首【箋釋】[1]。

[2] 本句化用淮南小山《招隱士》詩"王孫游兮不歸，春草生兮萋萋"。其構思，又見第一百四十首《高陽臺·寄越中諸友》詞"萋萋望極王孫草，認雲中煙樹，鷗外春沙"。

[3] 光風：雨霽日出時的風。《漢語大詞典》謂是"和風"，未必，本詞後云"寒峭""風驟"，便可證明本詞中并非"和風"之義。漢王逸注《楚辭》云："光風，謂雨已日出而風，草木有光也。"本句出自《楚辭·招魂》詩"光風轉蕙，氾崇蘭些"。

[4] 峭：形容寒冷的尖利，冷酷，料峭。本句徑用宋毛滂《絳都春·太師生辰》詞"餘寒尚峭。早鳳沼凍開，芝田春到"。

[5] "看雲"取自宋張栻《采菊亭》詩"不妨數登臨，倚杖看雲起"，而張詞與本詞俱用唐王維《終南別業》詩"行到水窮處，坐看雲起時"之典。

[6] 本句化用唐李商隱《夜雨寄北》詩"何當共剪西窗燭，却話巴山夜雨時"。

[7] 麴塵：澹黃色，這裏是指"新煙換柳"時鵝黃色的嫩柳條，中心詞省略法。唐白居易《天宮閣早春》詩云："林鶯何處吟箏柱，墻柳誰家曬曲塵。"

[8] 宋林景熙《薛德之之江東簡熊西玉諸公》詩云"野水流春遠，江雲入暮深"，顯用本句作成，由詞句而詩句之變化，此爲一例。

[9] 勾：去聲，同"够"，達到、够得到的意思。

[10] 按譜：依據曲譜（演奏樂器）。宋劉克莊《夜檢故書得孫季蕃詞有懷其人》詩云："鳳簫按譜聲聲葉，鮫帕盛珠顆顆圓。"

[11] 覓句：指作詩時的斟詞酌句、構思篇章。唐齊己《山中寄凝密大師兄弟》詩云："時有興來還覓句，已無心去即安禪。"

[12] 本句擷取自宋李之儀《驀山溪》詞"憑誰子細，説與此時情，歡暫歇，酒微醺，還解相思否"。

【考證】

陳允平，字君衡，號西麓，浙江奉化人。有《西麓詩稿》及詞集《西麓繼周集》《日湖漁唱》。詳參第三十七、三十八首【考證】。

【韻律】

此爲慢詞，《欽定詞譜》收錄于第三十卷，并謂："此調句讀最爲參差，今分立二譜。起句七字、第二句六字者，以蘇軾詞爲正格。起句六字、第二句七字者，以秦觀詞爲正格。"本詞即秦觀詞體，後段末一句組看似不同，實則是各人句讀差异而已，無關乎原詞的韻律，《欽定詞譜》讀爲"念多情、但有當時皓月"，若改讀爲"念多情但有，當時皓月"，則兩詞全同。

江昱對本詞的用韻有一個説法，他認爲："篠有通用，乃古音，惟三百篇爲然。施之于詞，反似不協。草窗精于聲律，當必不爾想，因和韻之故，蓋西麓他作往往如是，平韻亦蕭尤相通也。"這或是以清人的眼光看到宋詞的一個經典例子。我們今天用清人的韻書來看待唐宋詞，每每不諧，却總忘記唐宋才是標準。

餘參見第一百十五首《水龍吟》【韻律】。

【輯評】

清陳廷焯《雲韶集》云：《水龍吟·燕翎誰寄愁箋》詞，"起得力。無限哀感，草窗真深于怨者。曲折深婉，情之至者，文亦至"。

清許昂霄《詞綜偶評》云："草字、峭字，與'酒''後'等韻同叶，唯南宋諸公有之。"

又　次張斗南韻[一][1]

舞紅輕帶愁飛[2]，寶韉暗憶章臺路[3]。吟香醉雨，吹簫門巷[4]，飄梭院宇[5]。立盡殘陽，眼迷晴樹[二][6]，夢隨風絮[7]。嘆江潭冷落[8]，依依舊恨，人空老、柳如許。　　錦瑟華年暗度[9]。賦行雲、空題短句[10]。情絲繫燕[三][11]，幺弦彈鳳[12]，文君更苦[13]。煙水流紅，暮山凝紫[四][14]，是春歸處[15]。悵江南望遠，蘋花自采[16]，寄將愁與[五]。（第一百一十一）

【校記】

[一] 知不足齋本、四印齋本題序作"春恨"。

[二] 晴樹，丙午本原作"暗樹"，據毛校本、知不足齋本、彊村本、四印齋本、辛酉本、光緒本改。

[三] 情絲，知不足齋本、四印齋本、辛酉本、芝蘭本并作"晴絲"。

[四] 暮山，芝蘭本作"暮雲"。

[五] 毛校本卷二至此爲止，丙午本有後《徵招》《酹月》二首，應是補録者，故仍不入卷二。

【箋釋】

[1] 張斗南：即張樞，字斗南，號寄閒。其子張炎，宋末大詞家。張炎在其《詞源》中提及其父，稱其極善填詞名世。

[2] 舞紅：飛紅，正在飄零的落花。適宜于詞之用語。宋盧祖皋《清平樂》詞云："脉脉不知春又老。簾外舞紅多少。"

[3] 韉：馬鞍下用來保護馬背皮膚的一層襯墊。寶：美詞。寶韉：指代坐騎。章臺路：用張敞過章臺典，《漢書·張敞傳》云："敞無威儀，時罷朝會，過走馬章臺街，使禦吏驅，自以便面拊馬。"

[4] 周密詞友李萊老《小重山》詞云："吹簫門巷冷無聲。梨花月，今夜負中庭。"兩句必互爲影響。吹簫：意謂乞食，用伍子胥吴市吹簫乞食典故。

[5] 飄梭：一種庭院裝飾物，一般繫于樹枝上裝點環境的、外觀似織梭形狀的懸垂裝飾物。飄梭院宇：裝點著浮梭的富貴人家的庭院。詳參第十五首【箋釋】[4]。本句及前一句一寫貧賤落拓，一寫富貴豪奢。

[6] 晴樹：明亮的樹木。"晴"有明亮的意思，如晴窗、晴雪、晴雲等。唐吉師老《放猿》詩云："放爾千山萬水身，野泉晴樹好爲鄰。"

[7] 本句擷取自宋周紫芝《千秋歲·春欲去二妙老人戲作長短句留之》詞"寒日暮，騰騰醉夢隨風絮"，其後元張野《風流子》詞"心似雨花，一枝寂寞，夢隨風絮，萬里悠揚"，又徑用本句入詞。

[8] 江潭：這裏是江畔、江邊的意思。漢東方朔《七諫·初放》詩云："便娟之修竹兮，寄生乎江潭，上葳蕤而防露兮，下泠泠而來風。"

[9] 本句出自宋賀鑄《青玉案》詞"錦瑟華年誰與度。月臺花榭，瑣窗朱户，衹有春知處"。錦瑟華年：用李商隱《錦瑟》詩"錦瑟無端五十弦，一弦一柱思華年"之典。

[10] 行雲：猶言"流水"，比喻流逝的歲月。晋陶淵明《閑情賦》云："行

雲逝而無語，時奄冉而就過。"今多以宋玉《高唐賦》楚懷王夢神女解，但與本句所在之語境不符。

[11] 繋燕：用郭紹蘭燕足傳書之典，詳參【附錄】。宋洪皓《思歸》詩云："傳書燕足徒虛語，強學山公醉舉鞭。"

[12] 幺弦：琵琶上的第四根弦，也是最細的一根，故云。此借代爲弦樂。宋宋祁《獻外臺王侍御》詩云："欲托牙琴愬真賞，流塵無奈晦幺弦。"彈鳳：用司馬相如彈《鳳求凰》挑卓文君典，詳參【附錄】。宋陳允平《大酺·元夕寓京》詞云："擁瓊管吹龍，朱弦彈鳳，柳衢花陌。"

[13] 本句擷取自宋周邦彦《掃地花》詞"恨入金徽，見説文君更苦"。文君更苦：謂文君做出私奔的抉擇，尤難。

[14] 宋陳允平《齊天樂·南屏晚鐘》詞云："赤闌橋畔斜陽外，臨江暮山凝紫。"陳詞應在前，則本句從陳詞中出。

[15] 本句擷取自宋周邦彦《點絳唇》詞"極目平蕪，應是春歸處"。

[16] 清鄭文焯《八聲甘州·江皋野宴重別龍馬里叟》詞云"想芳洲、蘋花自采，但寄情、鷗鷺莫相忘"，從本句中擷取。

【考證】

詳參第十九、五十八首【考證】。

【韻律】

此爲慢詞，《欽定詞譜》收録于第三十卷，本詞爲秦觀詞體，後段末一句組是各人句讀有差異而已，無關乎原詞的韻律，《欽定詞譜》讀爲"念多情、但有當時皓月"，若改讀爲"念多情但有，當時皓月"，則兩詞全同。

餘參見第一百一十五首《水龍吟》【韻律】。

【附録】

五代王仁裕《開元天寶遺事》卷三"傳書燕"條云："長安豪民郭行先，有女子紹蘭，適巨商任宗爲賈。于湘中數年不歸。復音書不達，紹蘭目覩堂中，有雙燕戲于梁間，蘭長吁而語于燕曰：'我聞燕子自海東來，往復必徑由于湘中，我婿離家，不歸數歲，蔑有音耗，生死存亡，弗可知也。欲憑爾附書，投于我婿。'言訖淚下。燕子飛鳴上下，似有所諾，蘭復問曰：'爾若相允，當泊我懷中。'燕遂飛于膝上，蘭遂吟詩一首，云：'我婿去重湖。臨窗泣血書。慇懃憑燕翼，寄與薄情夫。'蘭遂小書其字，繋于足上，燕遂飛鳴而去。任宗時在荆州，忽見一燕，飛鳴于頭上。宗訝視之，燕遂泊于肩上，見有一小封書，繋在足上，宗解而視之，乃妻所寄之詩。宗感而泣下，燕復飛鳴而去。宗次年歸，首出詩示蘭，後文士張説傳其事，而好事者寫之。"

漢司馬遷《史記·司馬相如列傳》云："卓王孫有女文君，新寡，好音，故相如繆與令相重，而以琴心挑之。相如之臨邛，從車騎，雍容閑雅甚都。及飲卓氏，弄琴，文君竊從户窺之，心悦而好之，恐不得當也。既罷，相如乃使人重賜文君侍者，通殷勤。文君夜亡奔相如，相如乃與馳歸成都。"

以上五十九首出自丙午本《蘋洲漁笛譜》卷二

《蘋洲漁笛譜》卷二附編

徵招　九日登高[一]

江蘺搖落江楓冷[1]，霜空雁程初到[二][2]。萬景正悲凉[三]，奈曲終人杳[3]。登臨嗟老矣[4]，問今古、清愁多少[四]。一夢東園[5]，十年心事[6]，恍然驚覺[7]。　　腸斷紫霞深[五]，知音遠、寂寂怨琴凄調。短髮已無多[8]，怕西風吹帽[9]。黄花空自好[10]。問誰識、對花懷抱[六][11]。楚山遠，九辯難招[12]，更晚煙殘照。　　　　（第一百一十二）

【校記】

[一] 丙午本正文，頁九行，行十七字，本詞及《酹江月》于前一首後過頁而刊，頁五行，行十一字，則此二詞顯係後人所添。《全宋詞》以"卷二附編王櫧跋引"録本詞及《酹江月》。知不足齋本、四印齋本、辛酉本、芝蘭本題序作"九日有懷楊守齋"。

[二] 初到，《詞律》作"先到"。

[三] 悲凉，知不足齋本、四印齋本、辛酉本并作"悲秋"。

[四] 今古，芝蘭本注云："《草窗詞》作'古今'。"余所見諸本非是，但按本調韻律，該三字逗爲仄平仄，宋人皆如此填，故"古今"應是刻誤。

[五] 霞，芝蘭本注云："《詞匯》作'雲'。"

[六] 誰識，四印齋本作"誰是"。對，芝蘭本注云："《詞匯》作'探'。"

【箋釋】

[1] 江蘺：香草名。搖落：凋零。宋玉《九辯》詩云："悲哉秋之爲氣也，蕭瑟兮草木搖落而變衰。"

[2] 雁程：本詞有兩種義項，這裏指雁隊。《漢語大詞典》以本句爲書證，

謂是"燕飛的行程",未確。宋仇遠《鳳凰閣》詞云:"尋芳人老,那得心情問著。雁程不到怨無托。"

[3] 清顧貞觀《疏簾澹月》詞云"曲終人杳,數峰江上,喚湘靈起",用本句入詞。

[4] 明林大春《塞上讀霞海篇寄管涔子》詩云"登臨嗟遠矣,風物轉悠然",用本句入詞。

[5] 東園:東園雖可泛指一般的園林,但周密集中多次提到"往日的東園",多可見特有所指,想是早期詞友們經常雅聚之地。明郎瑛《七修類稿》云:"東花園,宋之富景園也。內有百花池,相傳舊矣。"參第十七、六十五、七十九、一百零九首。

[6] "十年心事"由唐賀知章濫觴,其于《董孝子黯復仇》詩云"十年心事苦,惟爲復恩仇",文字淺白,意蘊無限,故此後用者無數。

[7] 本句化用宋吳芾《紀夢》詩"恍然若驚覺,有如天上歸"。

[8] 本句徑取宋高登《蓦山溪·容州病起作》詞"短髮已無多,更何勞、霜風染白"。

[9] 吹帽:是重陽登高之典實,《晉書·孟嘉傳》云:"九月九日,溫燕龍山,僚佐畢集,時佐吏并著戎服,有風至,吹嘉帽墮落,嘉不之覺。"本句擷用宋柳永《玉蝴蝶·重陽》詞"良儔。西風吹帽,東籬携酒,共結歡游"入詞,意謂怕重陽登高,因爲無人可共。

[10] 本句化用宋蘇泂《和岩壑兄九日》詩"故國黃花元自好,荒臺青草孰爲娛"。

[11] 懷抱:心情。清袁綬《步蟾宮·秋夜不寐有懷黛華姊》詞云"屏山倚遍閑情繞。問誰識、此時懷抱",化用本句入詞。

[12] 本句徑用宋吳文英《惜黃花慢·次吳江小泊夜飲僧窗惜別》詞"仙人鳳咽瓊簫。悵斷魂送遠,九辯難招"。

【考證】

本詞或填于景炎元年(1276年)丙子,時周密四十五歲。這也是爲什麼獨這兩首附編于書末,却不編入正編之中的原因,是年宋亡,已是兩個朝代。詳見後一首【考證】。

【韻律】

本調爲慢詞,《欽定詞譜》收錄于第二十四卷,以趙以夫"玉壺凍裂"

詞爲正體，但是趙詞并不是一個韻律完美的作品，後段第二句組的起拍用一個折腰句法，便非和諧之句，周密詞及同時期的張炎詞都改用仄起式句法，彌補了這一小缺憾。但是本詞也有一些不足之處，比如前段第三句組的起拍未作叶韻處理，以致與後段的叶韻造成參差而不諧，這一點不如原作，而如張炎，一首皆叶，一首皆不叶，韻律的處理就很好。後段入韻，則前段依例以叶韻爲佳，姜夔、張炎、趙以夫等其他宋人，皆如此填。筆者懷疑本句或是後人抄誤，誤將"已老"抄爲"老矣"。今人填本調，自應以叶韻爲范。

此外，第三句組的收拍中，前後段都用同一個"問"字領起，也是一個小缺陷。周密這樣的瑕疵，前面也曾出現過。

過片"腸斷紫霞深"一句，第二字姜夔、張炎、趙以夫等均用句中短韻，而周密本詞則未用，凡句中韻均爲可用可不用，祇是修辭性作用，并不影響詞調體式，因此可獨立認識，而不必將其捆綁于體式之中，填詞人可根據詞作實際情況予以抉擇，創作庶幾靈動。

【譜注】

萬樹《詞律》云："'登臨嗟老矣'應作'登臨嗟已老'，觀後"黃花"句，可知此句當叶韻也。查趙以夫此句，前段用'起'字，後段用'事'字，正叶'袂''翠''意''水'等韻。故知讀書論古，當細心也。'寂寂'至'懷抱'俱同前段，'寂寂'二字作平，即同前'霜空'二字，不可用仄。'萬景''登臨''短髮''黃花'四句，如五言詩。'奈曲終''怕西風'二句，乃一字領句，不可誤同。"

杜文瀾云："此調爲姜白石自製曲，今收周草窗之作，字句亦同，惟姜詞後起'迤邐剡中山'句，'邐'字爲暗韻，趙用父一首後起云'天際絕人行'，'際'字亦叶，此詞及張玉田所作皆不叶，想可不拘。然當以姜詞爲正格。"

【輯評】

清陳廷焯《雲韶集》云：《徵招·江蘺搖落江楓冷》詞，"此詞一片商音，魄力在梅溪、竹屋之間。沉痛剴切。結更綿遠，騷雅之遺"。

清陳廷焯《詞則·大雅集》卷三，眉批前段第二句組云："骨韻蒼涼，調和音雅，在梅溪竹屋之間。"

清鄧廷楨《雙硯齋詞話》云："弁陽翁工于造句……至如《徵招》之'登臨嗟老矣，問今古、清愁多少'……皆體素儲潔，含豪邈然。"

清丁紹儀《聽秋聲館詞話》卷十三云："詞綜所采各詞，中有未經訂正，詞律復沿其誤者……周草窗……《徵招》云'登臨嗟已老','老'字叶韻,誤作'老矣'。"

清況周頤《蕙風詞話》卷四云紫霞翁楊纘曾游粵,并以本詞爲證:"周公謹《九日登高》,《徵招》換頭云:'腸斷紫霞深,知音遠,寂寂怨琴淒調。'歇拍云:'楚山遠,《九辯》難招,更晚煙殘照。'吾邑遠在楚南,周詞云云,可爲霞翁游粵之證。"(按:歇拍,應是"結拍"之誤。)

【附錄】

《齊東野語》云:往時,余客紫霞翁之門。翁知音妙天下,而琴尤精詣,自製曲數百解,皆平澹清越,灝然太古之遺音也。復考正古曲百餘,而异時,官譜諸曲,多黜削無餘,曰:"此皆繁聲,所謂鄭衛之音也。"余不善此,頗疑其言爲太過,後讀《東漢書》,宋弘薦桓譚光武,令鼓琴,愛其繁聲,弘曰:"薦譚者,望其能忠正導主,而令朝廷耽悦鄭聲,臣之罪也。"是蓋以繁聲爲鄭聲矣。又,《唐國史補》云:于頔令客彈琴,其嫂知音,曰:"三分中,一分箏聲,二分琵琶,全無琴韻。"則新繁皆非古也。始知紫霞翁之説爲信然。翁往矣,回思著唐衣,坐紫霞樓,調手製閑素琴,新製《瓊林》《玉樹》二曲,供客以玻瓈瓶洛花,飲客以玉缸春酒,笑語竟夕不休,猶昨日事,而人琴俱亡,冢土之木已拱矣,悲哉。

酹江月　中秋對月[一]

奮霏净洗[1],唤素娥睡起[2],平分秋色[3]。雁背風高霜兔冷[二][4],露脚侵衣香濕[5]。銀浦流雲[6],珠房迎曉[7],鬢影霜争白[三]。玉尊良夜,與誰同醉瑶席[8]。　　忍記倚桂分題[9],簪花籌酒,處處成陳迹。十二樓空環佩杳[四][10],惟有孤雲知得[11]。如此江山,依然風月,月底人非昔。知音何許[12],涙痕空沁愁碧[五][13]。　　　　　(第一百一十三)

【校記】

[一] 丙午本調名原作"酹月",芝蘭本同,宋元中未見有此名,或刻者因"徵招"而脱,今據知不足齋本、四印齋本補。知不足齋本、四印齋本題序作"中秋"。本詞與前一首《徵招》,原版用大字另頁,而櫨跋低一字差小,跋内"霞翁""草窗"皆另行提寫,似别刻一箋,而後人附入集後之作,今一例編入,而志其舊本如此。關于王櫨,周密《癸辛雜識》云:"王櫨,字茂悦,號會溪。初知郴州,就除福建市舶。其歸也,爲螺鈿卓面屏風十副,圖賈相盛事十項,各係之以贊,以獻之。賈大喜,每燕客,必設于堂焉。行將有要除,

而茂悦殂矣。"

[二] 霜兔，底本原作"孀兔"，知不足齋本、四印齋本、辛酉本并同，據芝蘭本改。

[三] 霜爭，知不足齋本、四印齋本、辛酉本并作"爭霜"。

[四] 佩杳，知不足齋本、四印齋本、辛酉本并作"佩冷"。芝蘭本注云："《草窗詞》落此七字。"余所見諸本非是。

[五] 空沁，知不足齋本、四印齋本、辛酉本并作"空漬"。

【箋釋】

[1] 奩霏：周密自創詞彙，意謂漫天的雨雪煙雲。奩：比喻整個空間猶如裝在一個匣中。

[2] 素娥：嫦娥。本句擷取自宋盧炳《水龍吟·賡韻中秋》詞"素娥睡起，玉輪穩駕，初離海表"。

[3] 本句徑用宋朱敦儒《念奴嬌·垂虹亭》詞"放船縱棹，趁吳江風露，平分秋色"。

[4] 雁背：飛雁之背上，意即高天，長空。唐馬戴《送韓校書江西從事》詩云："雁背岳陽雨，客行江上春。"霜：白色。原本作"孀"。孀：嫦娥又被稱爲"孀娥"，如宋吳潛《糖多令·答和梅府教》詞"想孀娥，自古多愁"、宋吳文英《花犯·謝黃復庵除夜寄古梅枝》詞"憐夜冷孀娥，相伴孤照"，因此這裏的"孀兔"或是因"孀娥"而誤。傳説月宮中有玉兔，因稱其爲"霜兔"。霜兔：句中指代月亮。

[5] 露脚：露滴。唐李賀《李憑箜篌引》詩云："吳質不眠倚桂樹，露脚斜飛濕寒兔。"露脚侵衣香濕：即"露脚侵衣，衣香濕"。

[6] 銀浦：即銀河，天河。本句徑用唐李賀《天上謡》詩"天河夜轉漂回星，銀浦流雲學水聲"。

[7] 珠房：原指産珍珠的河蚌，詩詞中一般都用來借代爲"珍珠"。唐崔涗《唐都尉山池》詩云："金子懸湘柚，珠房折海榴。"

[8] 瑶席：珍美的酒席，瑶：美詞，參見第一百零二首【箋釋】[4]。或云"席"爲"坐席"之意，蓋非，一個"醉"字即可知。唐劉禹錫《酬嚴給事賀加五品》詩云："雕盤賀喜開瑶席，彩筆題詩出瑣闈。"

[9] 倚桂：即"對月"。月中有桂，將"對月"形象化之後，便稱之爲"倚桂"。唐皮日休《奉和魯望藥名離合夏月即事》詩云："衣典濁醪身倚桂，心中無事到雲昏。"這種實體化的筆觸，也是詩詞創作中的筆法之一，頗具效果，很值得學習。

[10] 十二樓：神話傳說中神仙居住的地方。漢司馬遷《史記·封禪書》云：「方士有言'黃帝時爲五城十二樓，以候神人于執期，命曰迎年'。上許作之如方，命曰明年。」此比喻當年詞友們雅聚之處。環佩：以人所佩戴之飾物借代人，指當年共聚的詞友、歌姬。南朝何遜《看伏郎新婚》詩云：「所悲高駕動，環佩出長廊。」

[11] 孤雲：單獨漂浮的雲朵，這裏是周密自況。明張元凱《雜詩》云「向來冥寂意，唯有孤雲知」，化用本句入詩。

[12] 何許：可表時間，可表空間，表時間意謂「何時」，表空間意謂「何處」。晋阮籍《咏懷》詩云：「君子在何許，嘆息未合并。」

[13] 沁愁碧：透出憂鬱的碧色。沁碧，參見第一百零九首：「恨寶瑟無聲，愁痕沁碧，江上孤峰。」

【考證】

"如此江山，依然風月，月底人非昔"這一個句組詞，極疑是在以懷念老友爲由頭，抒發宋朝國破之後文人的憂憤，故竊以爲本詞作于景炎元年（1276年）丙子，是年正月杭州城破，宋亡，時周密四十五歲。而之所以本詞未入正編，作爲附編被補錄于第二卷之後，也是因爲正編已經成集于周密四十三歲時的緣故。

而前一首應作于同時，所以順帶著一并附編于書末，詞中所説"萬景正悲凉，奈曲終人杳"，自然指的是大宋這支曲唱完了，而"一夢東園，十年心事，恍然驚覺"，不僅是指的十餘年前西湖詩社的雅集聚會，也是暗指國破人亡後的一切，都如夢一般逝去，再也不會回來。

本詞後原有王櫧所作跋語："昔登霞翁之門，翁爲予言：草窗樂府妙天下。因請其所賦觀之，不寧惟協比律呂，而意味迥不凡，《花間》、柳氏，真可爲輿臺矣。翁之賞音，信夫。近觀《徵招》《醉月》之作，凄凉掩抑，頓挫激昂，此時此意，猶宋玉之悼屈平也歟。一唱三嘆，使人泫然增疇昔之感，因爲書之，以識予懷云。王櫧。"

【韻律】

本調爲宋代著名的慢詞金曲，填者無數，《欽定詞譜》收錄于第二十八卷中，以蘇軾"憑空眺遠"詞爲正體，本詞即正體，字句、韻律悉同。

喚素娥睡起，平分秋色。我們説詞是字本位的，不是句本位的，這裏專門就這個句子略談一點。這個讀法被普遍接受了，這裏就成了"兩句"，但如果一開始明清人讀的是"喚素娥、睡起平分秋色"，那麽這裏就成了"一句"，且詞意也會略有細小的差异。但是，今人因爲秉承明清詞譜規定的"律"，往往會將兩者視爲不同的韻律關係，而不知道兩者本爲一體、一格，停頓于何處衹是某一個後人的閱讀習慣而已，將其視爲韻律問題，這是極爲錯誤的。例如，《欽定詞譜》規定“浪淘盡、千古風流人物”不可以是“浪淘盡千古，風流人物”，“見長空萬里，雲無留迹”不可以是“見長空、萬里雲無留迹”，今人皆視爲圭臬，不敢越雷池一步，就是一個很典型的例子。

其實，就韻律的角度來説，研究就要放在詞調的均拍中進行，這九個字在韻律上是一體，即前人所謂“九字一氣”，而并不是“兩句”，即便我們讀成一五一四，今天也應該被標點爲“唤素娥睡起、平分秋色”，亦即，是一個五字逗而不是五字句，用一個必會引起誤解的逗號，是點讀者的心中缺乏韻律理念的緣故。

那麽，爲什麽説它是“九字一氣”而不是五字一句、四字一句呢？這當然是要有其韻律依據的。就詞的基本韻律而言，在一個句組之中，通常由兩拍構成，一起拍、一收拍，這個詞調的前段第一句組十三字，就是四字一起、九字一收，再也分不出其他的模式了。在這種前後字數有較大懸殊的一起一收中，詞調韻律的跌宕特色，一開篇就展示出來了，非常符合整個詞調的聲容。

【附録】

清末趙熙《酹江月·草窗中秋韻》云：“一年今夕，説陰晴，萬里八荒同色。燭外青山笳鼓静，細雨旌旗微濕。兔魄銜雲，龍頭瀉酒，劍氣孤虹白。蒼生誰問，漢家夜半前席。　　檻外桂樹婆娑，萬香如海，漸掃前朝迹。星斗以南人幾個，一曲琵琶消得。故國花潭，遺民酒舫，短夢殊今昔。明年明月，笛聲猶裊空碧。”

以上二首出自《蘋洲漁笛譜》卷二王樵跋引

《蘋洲漁笛譜》集外詞

[宋]周密原著
蔡國强箋疏

夜合花　茉莉[一]

月地無塵[1]，珠宫不夜[2]，翠籠誰煉鉛霜[3]。南州路杳[二]，仙子誤入唐昌[4]。零露滴、濕微妝。逗清香、蝶夢空忙[三][5]。梨花雲暖[6]，梅花雪冷，應妒秋芳[7]。　　虛庭夜氣偏涼[四][8]。曾記幽叢采玉[9]，素手相將。青蕤嫩萼[10]，指痕猶映瑶房[11]。風透幕、月侵床。記夢回、粉艷爭香。枕屏金絡[12]，釵梁絳縷，都是思量[13]。　　　　（第一百一十四）

【校記】

[一] 江昱原按云：“《草窗詞》此調列于《瑶花慢》後、《玉京秋》前，今《蘋洲漁笛譜·瑶花》祇存小序前三行字。《玉京秋》雖有詞，而小序祇存後二行，計所缺叶内當亦祇此一詞，然未知《瑶花》等所缺爲幾行，故不便補入。”

[二] 路杳，四印齋本、彊村本并作“露渺”。

[三] 清香，光緒本、芝蘭本并作“清芬”，丙午本、彊村本并作“清芳”。芝蘭本注云：“《草窗詞》《詞匯》俱作‘芳’。”然亦未必，辛酉本《草窗詞》即作“芬”。

[四] 偏涼，芝蘭本作“方涼”。

【箋釋】

[1] 月地：出自唐牛僧孺《入薄后廟與諸后妃共吟》詩“香風引到大羅天，月地雲階拜洞仙”，在月亮的大地上，以雲爲階，意謂天上之境。這裏是作者想象月球上是潔净無塵的。本句化用宋趙抃《杭州八咏·清暑堂》詩“江上潮音曉暮聞，天饒風月地無塵”，其中詩句與詞句兩者間之差异，填詞者頗可玩味，以作啓迪。

[2] 珠宫：原指龍宫，唐杜甫《太子張舍人遺織成褥段》詩云：“煌煌珠

宫物，寢處禍所繁。"清浦起龍《心解》注爲："趙曰：珠宮言龍宮。"這裏泛指仙宮。唐顧雲《送崔致遠西游將還》詩云："山之上兮，珠宮貝闕黄金殿。"

[3] 翠籠：青翠色的竹籠，比喻蒼翠的樹木，此指茉莉。典出唐韓愈《和水部張員外宣政衙賜百官櫻桃》詩"香隨翠籠擎初到，色映銀盤寫未停"。鉛霜：古人化妝用的鉛粉，比喻白色的花，此指茉莉花。典出宋周邦彦《大酺·春雨》詞"墙頭青玉旆，洗鉛霜都盡，嫩梢相觸"。

[4] 唐昌：唐朝唐昌觀，因觀中有唐玄宗之女唐昌公主手植的玉蕊花而著名，這裏美喻爲種植茉莉的處所。參見第六十八首【箋釋】及【附錄】。

[5] 蝶夢：典出《莊子·齊物論》"昔者莊周夢爲蝴蝶，栩栩然蝴蝶也。自喻適志與，不知周也。俄然覺，則蘧蘧然周也"。這裏用"夢蝶"表示，在茉莉這樣純潔美麗的自然物面前，人生的所有其他一切均屬虛幻。逗：在這裏有比照、襯托之意，周密詞集五處用到"逗"字，本句最穩，用得極佳。

[6] 本句明人喜用，胡奎《友人紙帳名卧雲求題》詩云："梨花散漫春雲暖，一色瑶臺月華滿。"解縉《題一夢老人卷》詩云"槐樹午凉秋袂薄，梨花雲暖夜床空"，均化用本句入詩，兩種手法基本包含了"化用"的常見模式。

[7] 秋芳：秋季的花。茉莉花花期在夏末秋初，故云。唐白居易《題元八溪居》詩云："晚葉尚開紅躑躅，秋芳初結白芙蓉。"

[8] 虛庭：空庭，多指晚間無人的空庭。唐李賀《河南府試十二月樂詞》詩云："月綴金鋪光脉脉，凉苑虛庭空澹白。"

[9] 采玉：比喻采摘植物上美好的葉子或花朵，此指采茉莉。宋陳允平《采桑行》詩云："相呼出采桑，采桑如采玉。"

[10] 青蕤：茉莉花初長成尚未開放的花蕾。茉莉、梔子等花，常采其花蕾，插于瓶中，待其開放，故云。三國魏陳琳《宴會》詩云："玄鶴浮清泉，綺樹焕青蕤。"

[11] 瑶房：此指茉莉花。周密自創詞彙，集中"瑶房"三見，均指花朵。參見第十六、六十七首。

[12] 枕屏：舊式木床的周邊，用屏板圍住，有保健作用，以避免熟睡者被風吹而致病，其上或繪或雕，其中頭脚兩邊的屏板，即稱之爲"枕屏"。"枕屏"一詞出于宋，似未見于唐詩，應與床的發展有關。或謂即床前屏風者，誤。宋劉克莊《伏日》詩云："老子平生無長物，陶詩一卷枕屏邊。"

[13] 末一句組三句的意思是說：曾經在枕屏上用金綫挂著茉莉花，在頭釵上用紅綫繫著茉莉花，今天都已經成了過往，却叫人念念不忘。

【韻律】

本調亦是慢詞，《欽定詞譜》收錄于第二十五卷，以第二格史達祖"冷截龍腰"詞爲正體，本詞與史詞基本相合，祇有前段第五句句式與史詞不同，也與後段第五句句式不一，史詞前段用的是"年年怨入江城"，平起平收式律句，後段亦同，而本詞前段則用一仄起式的律拗句法，與後段平起式句法不合。這種祇能算是小瑕疵，能合爲佳，但換用一種律句，與後段不合，也無傷大雅。

【譜注】

萬樹《詞律》云："作者多用此體。'南州'下與後'青蕤'下同。'零露滴'二句、'風透幕'二句各三字，與前'謾腸斷''念往事'句五字异。按，'梨花'句、'枕屏'句他家多于中二字相連，如前晁詞'清平'二字、'歸來'二字，史用'共淒涼處''向銷凝裏'，吳用'共追游處'，高用'隔花陰淺'，想體當如此。"

又云："夢窗一首，于'曾記'句作'似西湖燕去'五字，查各家俱六字，故不另收，附記于此。梅溪'柳鎖鶯魂'一首，于'逗清芬'三字原作'早窺春'，而《譜》《圖》相沿，俱誤刻'早去窺春'，遂謂此句八字，蓋未審其後段之'是當初'三字，及將他家詞相校，故竟作一百一字調耳。'路、嫩'二字妙在去聲，注作可平，全然没味矣。"

杜文瀾云："按，《草窗詞》'虛庭夜氣方涼'句，'方'作'偏'。"

【附錄】

《絕妙好詞》施岳《步月·茉莉》云："玉宇薰風，寶階明月，翠叢萬點晴雪。煉霜不就，散廣寒霏屑。采珠蓓、綠萼露滋，嗔銀艷、小蓮冰潔。花魂在，纖指嫩痕，素英重結。　枝頭香未絕。還是過中秋，丹桂時節。醉鄉冷境，怕翻成悄歇。玩芳味、春焙旋熏。貯穠韻、水沉頻爇。堪憐處，輸與夜涼睡蝶。"

查爲仁、厲鶚箋云：弁陽老人原注云："茉莉，嶺表所產，古今咏者不甚多，文公曾咏二絕句，鄒道鄉亦曾題咏此篇，'小蓮冰潔'之句，狀茉莉最佳。此花四月開，直至桂花時尚有。'玩芳味'，古人用此花焙茶，故云。"

水龍吟　白蓮[一]

素鷖飛下青冥[1]，舞衣半惹凉雲碎[2]。藍田種玉[3]，綠房迎曉[4]，一奩秋意[5]。擎露盤深[6]，憶君涼夜[二]，暗傾鉛水[7]。想鴛鴦正結，梨雲好夢[8]，西風冷、還驚起。　　應是飛瓊仙會[9]。倚涼飆、碧簪斜墜[三]。輕妝鬥白[四][10]，明璫照影[11]，紅衣羞避[12]。霽月三更[13]，粉雲千點[五]，靜香十里[六][14]。聽湘弦奏徹[15]，冰綃偷剪[16]，聚相思淚。　　　　　　　（第一百一十五）

【校記】

[一]《全宋詞》注："案，此首別又誤作王沂孫詞，見《古今圖書集成·草木典》卷九十七。"蔡按：該卷注云："一作周密。"芝蘭本題序作"浮翠山房擬賦白蓮"。

[二]涼夜，知不足齋本、辛酉本注云《樂府補題》作"清夜"，四印齋本注云《絕妙好詞》作"清夜"，光緒本、芝蘭本亦作"清夜"。

[三]倚涼，知不足齋本、辛酉本注云《絕妙好詞》作"溯涼"，芝蘭本注云"柯本《絕妙好詞》作'溯冷'，《詞匯》作'倚寒'。"

[四]鬥白，芝蘭本作"鬥目"，知不足齋本、辛酉本注云：《樂府補題》作"鬥目"。按：鬥目，謂睜大眼，不合。

[五]粉雲，丙午本作"粉香"，或誤，芝蘭本注云《詞匯》作"粉香"。

[六]靜香，裘杼樓本作"靜聞"。

【箋釋】

[1]素鷺：白色的鷺鳥，此喻白蓮。青冥：青蒼、深遠，謂青蒼的天。屈原《九章·悲回風》詩云："據青冥而攄虹兮，遂倏忽而捫天。"

[2]舞衣：比喻湖風中搖曳的荷葉。唐儲光羲《同武平一員外游湖》詩云："朦朧竹影蔽岩扉，澹蕩荷風飄舞衣。"

[3]藍田：盛產美玉的地方，在今陝西藍田縣。這裏以藍田玉比喻白蓮花。本句出自宋王禹偁《謝宣賜御草書急就章并朱邸舊集歌》"急就章，何縱橫，藍田種玉苗初成"。

[4]綠房：即蓮房。晉陸雲《芙蕖》詩云："綠房含青實，金條懸白璆。"本句頗得時人喜愛，宋張炎兩次用入《壺中天》詞："瑩玉懸秋，綠房迎曉，樓觀光疑洗。"《探春慢》詞云："銀浦流雲，綠房迎曉，一抹牆腰月澹。"元張雨也徑取用入《東風第一枝》詞"清淚如鉛，綠房迎曉，寶階低擁雲葉"。

[5]一奩：常用來比喻整個空間猶如裝在一個匣中。參見第九十四首。宋王安石《我所思寄黃吉甫》詩云："我所思兮在彭蠡，一奩寒晶徑千里。"

[6]擎露：謂荷葉承露，典出唐司空圖《偶題》咏荷詩"欲待秋塘擎露看，自憐生意已無多"。

[7] 鉛水：典出唐李賀《金銅仙人辭漢歌》"空將漢月出宮門，憶君清淚如鉛水"，比喻晶瑩透亮的淚珠，此以荷葉上晶瑩的水珠相擬。宋張炎《綠意》詞云："盤心清露如鉛水，又一夜、西風吹折。"

[8] 梨雲夢：指夢境。用唐王建夢見梨花雲之典。詳參第三十二首【附錄】。

[9] 飛瓊：即許飛瓊，傳説中西王母的侍女，泛指仙女。唐白居易《霓裳羽衣歌》云："上元點鬟招萼綠，王母揮袂別飛瓊。"

[10] 鬥白：爭白，較量誰更白。宋劉才邵《次韻趙伯達梅花三絶句》詩云："丞相家園雪裏開，瓊枝鬥白遠高臺。"

[11] 明璫：用珠玉串成的耳飾。三國魏曹植《洛神賦》云："無微情以效愛兮，獻江南之明璫。"元張翥《感皇恩·題趙仲穆畫凌波水仙圖》詞"楚楚紺蓮，愔愔瑶瑟。照影明璫兩清絶"，用本句入詞。

[12] 本句意思是説，紅荷花較量不過白荷花。

[13] 霽月：明月。霽：特指雨雪停後轉晴。唐白居易《酬夢得暮秋晴夜對月相憶》詩云："霽月光如練，盈庭復滿池。"

[14] 静香：恬澹、平和的香味。清項鴻祚《水龍吟》詞云"多應捲盡，晴絲萬縷，静香十里"，徑取本句入詞。

[15] 湘弦：即湘瑟，湘妃所彈的瑟。湖南因爲盛産蓮，加之"湘蓮"諧音"相憐"，因此詩詞中多用之，故這裏即用"湘弦"之意象，營造一種更有感染力的藝術氛圍。唐孟郊《湘弦怨》詩云："湘弦少知意，孤響空踟躕。"

[16] 冰綃：細而薄的白色絲綢，是製作手帕的主要原料，因此這裏所剪的是"綃"，爲後一句的"相思淚"張本。

【考證】

本詞據夏承燾先生《樂府補題考》考證，作于祥興二年（1279 年），時周密四十八歲。

宋亡後有五次著名的遺民雅聚，分別在浮翠山房《水龍吟》賦白蓮、宛委山房以《天香》賦龍涎香、紫雲山房以《摸魚兒》賦蓴、餘閑書院以《齊天樂》賦蟬和天柱山房以《桂枝香》賦蟹，這五處地方應該都是參與雅聚的詞人的書房，其中宛委山房應是陳恕可的齋號，蓋陳恕可自號宛委居士；紫雲山房則應是吕同老的齋號，蓋吕同老號紫雲；餘三處則不可考。作者凡十五人，據《樂府補題序》《絶妙好詞箋》卷七箋注記載，除草窗外，爲玉笥王沂孫聖與、天柱王易簡理得、友竹馮應瑞祥父、瑶翠唐藝孫英發、紫雲吕同老和父、箕房李彭老商隱、宛委陳恕可行之、菊山唐珏玉潜、月洲趙汝鈉真卿、五松李居仁師吕、玉田張炎叔夏、山村仇遠仁近，餘二人佚名無考。

夏承燾先生曾在《樂府補題考》中强調宛委山、紫雲山、天柱山均在紹興一帶，但就如周密即便在杭州也可以用"弁陽老人"一樣，均不能就此斷定必是在紹興雅聚。如宛委居士陳恕可，根據元陳旅《安雅堂集》卷十二所載《陳如心墓誌銘》，知其晚年是"卜居錢塘西湖之上，與寓公遺老徜徉山水間，若將終身焉……以越中故宅面宛委山，自號宛委居士，不忘鄉邦云"。根據這一記載便可證明，"龍涎香"一題，若是雅聚于陳恕可的書齋之中而作，那麼該組詞大抵便基本均可以斷定，都是作于元初的杭州的。而具體時間，據夏承燾先生《周草窗年譜》考訂，應是在祥興二年（1279年）己卯，時周密四十八歲。

我們說"大抵是"而不能說"必定是"，是因爲我們沒有確鑿的證據證明，十首詞的九名詞人曾經聚在一起。即便是在今天，根據創作實際來看，也有參與共賦的人未必是在現場的實例，更何況是在交通尤其不便的古代。如果我們假設這一題在杭州雅聚進行，然後有詞作經驛站詩筒傳到紹興王沂孫處，王根據題意在場外補作，這樣的可能性也是存在的，并且符合文人雅聚的慣例，而這一點，似乎尚無人提及過。但幾乎是同樣的一撥人要在不同的地方進行五次雅聚，從當時的客觀實際來看，在詞人們并非同城的情況下，可能性其實是很小的。當然，有一點可以斷定，這些人中的多數當時都生活在故都杭州，是雅集的主要出席者。亦即，我以爲這五次雅集應該基本上都在杭州。

本詞是宋亡後遺民在浮翠山房雅聚後所填，王大均先生認爲，這一主題寫的是宋亡事件中投海自盡的楊淑妃，這種說法雖然較夏承燾先生認爲的發六陵之說更爲可信（見《文學遺產》1989年第5期），但說到底仍然只是一種沒有依據的臆說。而周密本詞則更與楊淑妃風馬牛，再怎麼挖掘，都沒法與其勾連起來。

本題除周密一首外，另有：

王易簡一首："翠裳微護冰肌，夜深暗泣瑤臺露。芳容澹泞，風神蕭散，凌波晚步。西子殘妝，環兒初起，未須勻注。看明璫素襪，相逢憔悴，應當被、西風誤。　十里雲愁雪妒。抱凄涼，盼嬌無語。當時姊妹，朱顏褪酒，紅衣按舞。別浦重尋，舊盟唯有，一行鷗鷺。伴玉顏月曉，盈盈冷艷，洗人間暑。"

唐珏一首："澹妝人更嬋娟，晚奩淨洗鉛華膩。泠泠月色，蕭蕭風度，嬌紅斂避。太液池空，霓裳舞倦，不堪重記。嘆冰魂猶在，翠輿難駐，玉簪爲誰輕墜。　別有凌空一葉，泛清寒、素波千里。珠房淚濕，明璫恨遠，舊游夢裏。羽扇生秋，瓊樓不夜，尚遺仙意。奈香雲易散，綃衣半脱，露涼如水。"

趙汝鈉一首："露華洗盡凡妝，玉妃來侍瑤池宴。風裳水佩，冰肌雪艷，清凉不汗。解語情多，凌波步穩，酒容易散。想温泉浴罷，天然真態，渾疑是、宫妝淺。　　暗想凄愁別岸。粉痕消、香腮凝汗。雪空冰冷，此情唯許，鷺知鷗見。羽扇微摇，翠帷低擁，清凉亭院。待夜深，月上闌干，更邀取、姮娥伴。"

李居仁一首："蕊仙群擁宸游，素肌似怯波心冷。霜裳縞夜，冰壺凝露，紅塵洗盡。弄玉輕盈，飛瓊綽約，澹妝臨鏡。更多情、一片碧雲不掩，籠嬌面、回清影。　　菱唱數聲乍聽，載名娃、藕絲縈艇。雪鷗沙鷺，夜來同夢、曉風吹醒。酒暈全消，粉痕微漬，色明香瑩。問此花，盍貯瑶池，應未許、繁紅并。"

吕同老一首："素肌不污天真，曉來玉立瑶池裏。亭亭翠蓋，盈盈素靥，時妝净洗。太液波翻，霓裳舞罷，斷魂流水。甚依然、舊日濃香澹粉，花不似，人憔悴。　　欲唤凌波仙子，泛扁舟，浩波千里。只愁回首，冰簾半掩，明璫亂墜。月影凄迷，露華零落，小闌誰倚。共芳盟、猶有雙樓雪鷺，夜寒驚起。"

陳恕可一首："素姬初宴瑶池，佩環誤落雲深處。分香華井，洗妝湘渚，天姿澹泞。碧蓋吹凉，玉冠迎曉，盈盈笑語。記當時乍識，江明夜静，只愁被、嬋娟誤。　　幾點沙邊飛鷺，舊盟寒、遠迷煙雨。相思未盡，纖羅曳水，清鉛泣露。玉鏡臺空，銀瓶綆絶，斷魂何許。待今宵試探，中流一葉，共凌波去。"

王沂孫二首："翠雲摇擁環妃，夜深按徹霓裳舞。鉛華净洗，涓涓出浴，盈盈解語。太液荒寒，海山依約，斷魂何許。甚人間、别有冰肌雪艷，嬌無奈，頻相顧。　　三十六陂煙雨。舊凄凉、向誰堪訴。如今謾説，仙姿自潔，芳心更苦。羅襪初停，玉璫還解，早臨波去。試乘風一葉，重來月底，與修花譜。""澹妝不掃蛾眉，爲誰佇立羞明鏡。真妃解語，西施净洗，娉婷顧影。薄露初匀，纖塵不染，移根玉井。想飄然一葉，飀飀短髮，中流卧、浮煙艇。　　可惜瑶臺路迴，抱凄凉，月中難認。相逢還是，冰壺浴罷，牙床酒醒。步襪空留，舞裳微褪，粉殘香冷。望海山依約，時時夢想，素波千頃。"

張炎一首："仙人掌上芙蓉，娟娟猶濕金盤露。澹妝照水，纖裳玉立，無言似舞。幾度消凝，滿湖煙月，一汀鷗鷺。記小舟清夜，波明香遠，渾不見、花開處。　　應是浣紗人妒，褪紅衣、被誰輕誤。閑情澹雅，冶容清潤，憑嬌待語。隔浦相逢，偶然傾蓋，似傳心素。怕湘皋佩解，緑雲十里，卷西風去。"

以上共計十首。浮翠山房爲何處建築，主人爲誰，今已不詳。

【韻律】

此爲慢詞，《欽定詞譜》收録于第三十卷，并謂："此調句讀最爲參差，今分立二譜。起句七字、第二句六字者，以蘇軾詞爲正格。起句六字、第二句七字者，以秦觀詞爲正格。"本詞即秦觀詞體，後段末一句組看似不同，實則是各人句讀差異而已，無關乎原詞的韻律：《欽定詞譜》讀爲"念多情、但有當時皓月"，若改讀爲"念多情但有，當時皓月"，則兩詞全同。這正如各標點本將本詞前段讀爲"想鴛鴦、正結梨雲好夢"一樣。

静香十里。詞中的四字句，大量的都是可以按照一三不論的基本規則填寫，但是也有一些拗化的四字句，用的是仄平平仄的句法，第一字相對寬鬆，可平可仄，但是，第三字却是不能用仄的，本調前後段第三句組的收拍，就是如此，宋代的名人名作，都如此填，周密共計四首，餘三首無不如此，因此，可以認定這裏的"十"字，是一個以入作平的填法。

聚相思淚。另一種特殊的四字句，其結構本質上是一字逗領三字的句法，這種四字句絶對不可以填成二二式的結構，而這種句法的形成，都是有特定的韻律結構上的成因的，本調的後段結拍，其本來面目就是前段結拍的"西風冷、還驚起"，因著起調畢曲中的韻律變化，而減去句首二字，形成一種錯落、變化，所以在譜中也是仄平平仄，但在結構上就是"冷、還驚起"的模式，這就是我們前面曾説過的"剪尾"式作法（詳參第五十四、五十五首）。這是《水龍吟》的一個重要特徵，如果填成"相思聚淚"式的結構，那就不是《水龍吟》了。

【輯評】

清陳廷焯《雲韶集》云：《水龍吟·素鷺飛下青冥》詞，"此詞微嫌刻劃太過，但字斟句酌，有鏤月裁雲之妙，故録之。静麗之至，一塵不染"。

清陳廷焯《白雨齋詞話》卷二云："《水龍吟·白蓮》云：'擎露盤深，憶君凉夜，暗傾鉛水，想鴛鴦、正結梨雲好夢，西風冷，還驚起。'詞意兼勝，似此亦居然碧山矣。"

清陳廷焯《詞則·大雅集》卷三，眉批前段第三、四句組云："鏤月裁雲，詞意兼勝。"

俞陛雲《唐五代兩宋詞選釋》云："起筆取喻新穎，筆勢亦如翔鷺之破空而下。'藍田'三句咏本題。'擎露'三句，有銅仙戀漢之悲。'驚起鴛鴦'句，兼感身世。下闋咏本題而托諸仙蹤，如素娥飛下廣寒，俗艷紅妝，自應避舍。'霽月三更'句，咏'白'字，不事雕飾，句法雅切而渾成。以怨歌作結，更見君國之愛。"

天香　龍涎香[一][1]

碧腦浮冰[2]，紅薇染露[3]，驪宮玉唾誰搗[4]。麝月雙心[5]，鳳雲百和[6]，寶釧佩環爭巧[二][7]。濃熏淺注[三][8]，疑醉度、千花春曉。金餅著衣餘潤[9]，銀葉透簾微裊[10]。　素被瓊籌夜悄[四][11]。酒初醒、翠屏深窈[五]。一縷舊情空趁[12]，斷煙飛繞。羅袖餘馨漸少。悵東閣、淒涼夢難到[六]。誰念韓郎[13]，清愁漸老。　　　　（第一百一十六）

【校記】

[一] 芝蘭本題序作"宛委山房賦龍涎香"，《樂府補題》作"宛委山房擬賦龍涎香"。

[二] 寶釧，《樂府補題》作"寶玦"。

[三] 淺注，光緒本作"淺炷"，裘杼樓本作"殘炷"。

[四] 瓊籌，丙午本原作"瓊轙"，據知不足齋本、彊村本、四印齋本、辛酉本、光緒本改。

[五] 深窈，芝蘭本作"深窅"，《樂府補題》作"深杳"。

[六] 東閣，《樂府補題》作"朱閣"。

【箋釋】

[1] 龍涎香：名貴香料。本是抹香鯨病胃中的分泌物，類似于結石，排出後漂浮于海上，古人認爲是海龍的涎水凝結而成，故以"龍"名之。

[2] 碧腦：龍涎香有紅、黃、灰、黑等多種顏色，未見有碧色之説，故這裏的"碧"應是一個美詞，參見第一百一十三首【箋釋】[8]。

[3] 紅薇：這是狀龍涎香之色，紅色的龍涎香極爲罕見，21世紀初，臺灣省新聞台曾播出一龍涎香，色呈肉紅色，2015年年初，香港中信拍賣有限公司也曾拍過一宗淺紅色龍涎香，拍價達千萬。

[4] 玉唾：唾液的美稱，常用來形容龍涎香，因爲是"龍涎"，故曰"唾"。宋姚勉《梁新恩送龍涎香杯》詩云："神龍側枕瓊瑰卧，表裏透薰香玉唾。"

[5] 麝月：明月。唐白居易《牡丹》詩云："巧類鴛機織，光攢麝月團。"清李符《暗香·華希逸寫焚香圖見寄》詞云："麝月雙心如舊，奈焚向、淒涼庭院。"雙心：用南朝劉駿《七夕》詩"秋風發離願，明月照雙心"之意。

[6] 鳳雲：彩雲，龍涎香的外表多有雲樣紋理，故云"鳳"字是美詞。百和：即百和香，一種有各種香料混合而成的香，龍涎香最宜和香，參【附録】。南朝王筠《行路難》詩云："已繅一繭催衣縷，復搗百和裹衣香。"

[7] 寶釧佩環：以飾物借代女子。本句猶言敷用龍涎香的女子爭倩鬥艷。

[8] 淺注：本義爲斟酒不多，這裏是敷香不多的意思，與濃熏對舉。宋朱淑真《杏花》詩云："淺注胭脂剪絳綃，獨將妖艷冠花曹。"

[9] 金餅：香餅，點然後置于爐中。宋衛涇《壽成惠聖慈祐太皇太后閣端午帖子》詩云："侍女身留香案側，旋燒金餅炷爐煙。"

[10] 銀葉：用銀片製成的熏爐。宋嚴仁《鷓鴣天·閨情》詞云："閑倚鏡，理明妝。自翻銀葉炷衙香。"

[11] 瓊篝：熏籠的美稱。瓊：美詞。周密自創詞彙。

[12] 第二十首《桃源憶故人》亦云："一縷舊情誰表。暗逐餘香裊。"

[13] 韓郎：即韓壽。此用韓壽偷香之典，詳見【附錄】。

【考證】

本詞是宋亡後遺民在宛委山房雅聚後所填。宛委山房應是陳恕可的書齋齋號，陳恕可故居紹興宛委山邊，爲表示不忘故土，自號宛委居士。而其時陳卜居于杭州。詳參前一首【考證】。而具體年月，據夏承燾先生《周草窗年譜》考訂，應是在祥興二年（1279年）己卯，時周密四十八歲。

本組"龍涎香"詞的主題，比較一致的看法認爲，是影射故宋蹈海覆滅事。組詞共計八首，除周密詞外，另有：

王易簡一首："煙嶠收痕，雲沙擁沫，孤槎萬里春聚。蠟杵冰塵，水研花片，帶得海山風露。纖痕透曉，銀鏤小、初浮一縷。重剪紗窗暗燭，深垂繡簾微雨。　餘馨惱人最苦。染羅衣、少年情緒。謾省佩珠曾解，蕙羞蘭妒。好是芳鈿翠嫵。恨素被濃薰夢無據。待剪秋雲，殷勤寄與。"

唐藝孫一首："螺甲磨星，犀株杵月，蓀英嫩壓拖水。海蜃樓高，仙蛾鈿小，縹緲結成心字。麝煤候暖，載一朵、輕雲不起。銀葉初生薄暈，金猊旋翻纖指。　芳杯惱人漸醉。碾微馨、鳳團閒試。滿架舞紅都換，懶收珠佩。幾片菱花鏡裏，更摘索雙鬟伴秋睡。早是新凉，重薰翠被。"

馮應瑞一首："枯石流痕，殘沙擁沫，驪宮夜蟄驚起。海市收時，鮫人分處，誤入衆芳叢裏。春霖未就，都化作、凄凉雲氣。惟有清寒一點，消磨小窗殘醉。　當年翠篝素被。拂餘薰、倦懷如水。謾惜舞紅猶在，爲誰重試。幾片金昏字古，向故篋聊將伴憔悴。□□□□，□□□□。"

李居仁一首："瀛嶠浮煙，滄波挂月，潛虯睡起清曉。萬里槎程，一番花信，付與露薇冰腦。纖雲漸暖，凝翠席、氤氳不了。銀葉重調火活。珠簾日垂風悄。　螺屏酒醒夢好。繡羅幬、依舊痕少。幾度試拈心字，暗驚芳抱。隱約仙舟路杳。謾佩影玲瓏護嬌小。素手金篝，春情未老。"

李彭老一首："搗麝成塵，薰薇注露，風酣百和花氣。品重雲頭，葉翻蕉樣，共說內家新制。波浮海沫，誰喚覺、鮫人春睡。清潤俱饒片腦，芬酣半是沉水。　　相逢酒邊花外。火初溫、翠爐煙細。不似寶珠金縷，領巾紅墜。荀令如今憔悴。消未盡、當時愛香意。燼暖燈寒，秋聲素被。"

呂同老一首："冰片熔肌，水沉換骨，蜿蜒夢斷瑤島。剪碎腥雲，杵勻枯沫，妙手製成翻巧。金篝候火，無似有、微薰初好。簾影垂風不動，屏深護春宜小。　　殘梅舞紅褪了。佩珠寒、滿懷清峭。幾度酒餘重省，舊愁多少。荀令風流未減，怎奈向飄零賦情老。待寄相思，仙山路杳。"

王沂孫一首："孤嶠蟠煙，層濤蛻月，驪宮夜采鉛水。訊遠槎風，夢深薇露，化作斷魂心字。紅瓷候火，還乍識、冰環玉指。一縷縈簾翠影，依稀海雲天氣。　　幾回殢嬌半醉，剪春燈、夜寒花碎。更好故溪飛雪，小窗深閉。荀令如今頓老，總忘却、樽前舊風味。謾惜餘薰，空篝素被。"

【韻律】

這首慢詞《欽定詞譜》收錄于第二十四卷，并云："此調以賀（鑄）、王（觀）、毛（滂）、吳（文英）四詞爲正體，南宋人則填吳詞體爲多。"本詞即與吳詞相類，但吳詞前段歇拍用平起式句式，本詞易爲仄起式，吳詞後段換頭爲律拗句式，本詞改用仄起式律句，皆無不可。今人填詞，多不明律理，不知韻律，故往往不敢越雷池半步。

本調疑是一個均拍殘缺的詞調，其前後段第二、第三句組至少在周密填詞的時候，應該已經有了殘缺。如後段第二句組，校之前段少四字，其收拍則應該是"空趁斷煙飛繞"；對應前段"鳳雲百和"的四字則闕如。而"羅袖餘馨漸少"一拍則無疑屬于第三句組，爲使用輔韻的起拍，所以前段第三句組便有三字闕如。

不過，這個詞調的參差，出現于今天所見的所有宋詞中，顯見其缺失部分早已存在，祇是，現在我們已經無法探究其本貌究竟如何了，所有的祇是一種揣測。

【輯評】

清蔣敦復《芬陀利室詞話》卷三云："詞原于詩，即小小咏物，亦貴得風人比興之旨。唐、五代、北宋人詞，不甚咏物，南渡諸公有之，皆有寄托。白石、石湖咏梅，暗指南北議和事。及碧山、草窗、玉潛、仁近諸遺民，《樂府補題》中，龍涎香、白蓮、蓴、蟹、蟬諸咏，皆寓其家國無窮之感，非區區賦物而已。知乎此，則《齊天樂》咏蟬，《摸魚兒》咏蓴，皆可不續貂。即間有咏物，未有無所寄托而可成名作者。余于近來諸君子咏物之作，縱極繪聲繪影之妙，多所不取。善乎保緒先生之言曰：'凡詞後段，須拓開説去。'此可爲咏物指南。"

錢鍾書《管錐編》第一册《周易正義》一六《歸妹》條云：比喻有兩柄而復具多邊。蓋事物一而已，然非止一性一能，遂不限于一功一效。取譬者用心或別，著眼因殊，指同而旨則異；故一事物之象可以子立應多，守常處變。譬諸月，形圓而體明，圓若明之在月，猶《墨經》言堅若白之在石……王沂孫《天香・龍涎香》："孤嶠蟠煙，層濤蜕月。"或周密《天香・龍涎香》："驪宮玉唾誰搗，麝月雙心。"僅取圓之相似，不及于明。

【附録】

宋陳敬《香譜》卷一葉庭珪云："龍涎出大食國，其龍多蟠伏于洋中之大石，卧而吐涎，涎浮水面。人見烏林上异禽翔集，衆魚游泳，争嚼之，則没取焉。然龍涎本無香，其氣近于臊，白者如百藥，煎而膩理，黑者亞之，如五靈脂，而光澤能發衆香，故多用之以和香焉。"潛齋云："龍涎如膠，每兩與金等，舟人得之則巨富矣。"温子皮云："真龍涎燒之，置杯水于側，則煙入水，假者則散。"嘗試之，有驗。

明周嘉胄《香乘》卷五引《星槎勝覽》云："龍涎嶼，望之獨峙南巫里洋之中，離蘇門答剌西去一晝夜程，此嶼浮灩海面，波激雲騰，每至春間，群龍來集于上，交戲而遺涎沫。番人挈駕獨木舟登此嶼，采取而歸，或風波則人俱下海，一手附舟旁，一手揖水而得至岸。其龍涎初若脂膠，黑黄色，頗有魚腥氣。久則成大塊，或大魚腹中刺出，若斗大，亦覺魚腥，和香焚之可愛。貨于蘇門答剌之市，官秤一兩，用彼國金錢十二個一勉，該金錢一百九十二個，準中國錢九千個，價亦匪輕矣。　錫蘭山國、卜剌哇國、竹步國、木骨都束國、剌撒國、佐法兒國、忽魯謨斯國、溜山洋國，俱産龍涎香。"

明周嘉胄《香乘》卷五引《稗史彙編》云："諸香中，龍涎最貴重，廣州市值每兩不下百千，次等亦五六十千，係番中禁榷之物。出大食國近海，旁常有雲氣，罩住山間，即知有龍，睡其下或半年，或二三年，土人更相守候，視雲氣散，則知龍已去矣。往觀之，必得龍涎，或五七兩，或十餘兩，視所守之人多寡，均給之，或不平，更相仇殺。或云：龍多蟠于洋中大石，龍時吐涎，亦有魚聚而潛食之，土人惟見没處取焉。"

明陶宗儀《説郛》卷九十八引《晋書》云："韓壽，字德真，爲賈充司空掾，充女窺見壽而悦焉。因婢通殷勤，壽逾垣而至。時西域有貢奇香，一著人，經月不歇，帝以賜充，其女密盜以遺壽。後充與壽宴，聞其芬馥，意知女與壽通，遂秘之，以女妻壽。"

珍珠簾　琉璃簾[1]

　　寶階斜轉春宵翳[一][2]。雲屏敞、霧捲東風新霽[二]。光動萬星寒[三][3]，曳冷雲垂地[4]。暗省連昌游冶事[四][5]，照炫轉、熒煌珠翠[6]。難比。是鮫人織就[7]，冰綃漬淚[五][8]。　　獨記[六]。夢入瑤臺，正玲瓏透月[9]，瓊鈎十二[七][10]。金縷逗濃香[八]，接翠蓬雲氣[11]。縞夜梨花生暖白[12]，浸瀲灩、一池春水。沉醉[九]。恍歸時人在[十]，明河影裏[13]。　　（第一百一十七）

【校記】

[一] 春宵翳，丙午本原作"春宵永"，《詞繫》同，據光緒本改。

[二] 霧捲，芝蘭本、《欽定詞譜》并作"霞捲"。

[三] 光動，芝蘭本、《欽定詞譜》并作"光照"。

[四] 暗省，光緒本、芝蘭本并作"暗憶"。

[五] 漬淚，知不足齋本、四印齋本、光緒本、芝蘭本、《詞繫》并作"清淚"。

[六] 獨記，知不足齋本、四印齋本、光緒本、芝蘭本、《詞繫》并作"猶記"。

[七] 瓊鈎，光緒本、裘杼樓本并作"瓊扉"。

[八] 金縷，裘杼樓本作"細縷"。

[九] 沉醉，芝蘭本作"乘醉"。

[十] 本句丙午本原作"歸時人在"，少一領字，《詞繫》同，據光緒本改。

【箋釋】

[1] 琉璃簾：以琉璃飾物裝點的簾子。

[2] 寶階：臺階的美稱。寶：美詞。宋可旻《漁家傲》詞云："宮殿紅香華影合。寶階三道琉璃闊。"

[3] 本句是說照在琉璃簾子上的光，反射出來斑斑駁駁的亮點，猶如是天上的星星一樣。

[4] 本句化用宋釋居簡《送林府教英發》詩"幌冷雲垂地，名修玉綴班"，其中句法關係的轉化，很有特色，值得體悟、學習。

[5] 連昌：連昌宮，唐明皇與楊貴妃曾在此宮游樂。這裏泛指游冶之地。宋萬俟咏《鳳皇枝令》詞云："游人此際客江鄉，空悵望。夢連昌清唱。"

[6] 炫轉：這裏表示炫人眼目的旋轉之物。本句從唐元稹《連昌宮詞》之

"樓上樓前盡朱翠，炫轉熒煌照天地"詩中化出，呼應前一句之"暗省"二字。本句之化用可視爲經典個例，頗值得今日填詞者體悟、學習。

[7] 鮫人：傳説中的人魚，晉張華《博物志》卷九云："南海外有鮫人，水居如魚，不廢織績……從水出，寓人家，積日賣絹。將去，從主人索一器，泣而成珠滿盤，以與主人。"南朝劉孝威《小臨海》詩云："蜃氣遠生樓，鮫人近潛織。"

[8] 冰綃：極薄、極白的絲綢。唐李商隱《利州江潭作》詩"河伯軒窗通貝闕，水宮帷箔卷冰綃"、清錢斐仲《南鄉子·題陳蓮汀疏香清影》詞"明月認前身。一段冰綃漬淚痕"，均用本句敷演而成。

[9] 本句從唐白居易《竹窗》詩"煙通杳靄氣，月透玲瓏光"中化出。

[10] 瓊鉤：瑶臺上的華美的簾鉤。瓊：美詞。瓊鉤十二：暗示多重珠簾。或謂瓊鉤爲新月，甚誤，豈有"新月十二"之説，更何况本詞原爲詠簾，自然詞筆會念念不忘一個"簾"字，這應該是一個填詞者最本能的意識。費昶《行路難》詩云："朝逾金梯上鳳樓。暮下瓊鉤息鸞殿。"

[11] 本句擷用宋吳惟信《寄蔣重珍秘書》詩"翠蓬雲氣生衣袂，金殿陽光動冕旒"。翠蓬：本詞詞典不收，意謂神仙居住的地方。吳詩以"翠蓬""金殿"對，可見。又如宋程公許《蕊珠歌》云："勢與紫霄争長雄，樓觀營築擬翠蓬。"宋吳文英《丹鳳吟》詞云："吟壺天小，不覺翠蓬雲隔。"

[12] 縞夜：映照黑夜。宋王質《和虞相喜雪》詩云："縞夜寒輝花雨天。灑空飛羽箭離拳。"

[13] 明河：銀河。唐方干《淺井》詩云："夜入明河星似少，曙摇澄碧扇風翻。"

【韻律】

這個慢詞《欽定詞譜》收録于第二十九卷，本詞被列爲正格。

本詞起拍的兩個不同版本，其不同處在一入韻、一不入韻，細檢宋詞諸家，則該句多作入韻處理，獨張炎一首"緑房幾夜迎清曉，光摇動、素月溶溶如水"不叶韻，因此可見這一句以入韻爲正，本書選擇光緒本。

過片中"記"字爲句中短韻，慢詞之過片，爲詞中重要部位，很多韻律的變化體現在這一關紐處，因此前人常用句中短韻來實現錯綜變化的目的，以豐富整個詞調的韻律格局。另一個，過片六字本身是一個仄起式的律拗句法，因此其第五字"瑶"字，絶不可誤將其視爲四字句而用仄聲字。

恍歸時人在。本調本句宋元諸家均爲五字一句，獨本詞一本作四字一句，綜合研究本調結構，前段末一句組作"是鮫人織就，冰綃漬淚"，句法結構爲一字逗領四字兩句，則後段所對應的，以"恍、歸時人在，明河影裏"這樣的結構，自然是最合情理的。

【譜注】

《欽定詞譜》云："此即陸（游）詞體，惟換頭第二句不押韻异。前段第四、五句，後段第五、六句，俱作五字兩句，最爲合格，故此調以此詞作譜。"

【輯評】

清陳廷焯《雲韶集》云：《珍珠簾·寶階斜轉春宵臍》詞，"'光照萬星寒'二語真神化之筆，此題得此詞可以無憾矣。極力襯染，巧不傷雅。結筆餘波綺麗"。

清陳廷焯《詞則》云："造語精彩，其不及中仙者，詞勝而意不深厚也。"

疏影　梅影

冰條未葉[一][1]。又橫斜照水[2]、一花初發。素壁秋屏[3]，招得芳魂，仿佛玉容明滅[二][4]。疏疏滿地珊瑚冷[三][5]，全誤却、撲花幽蝶[四]。甚美人、忽到窗前[五][6]，鏡裏好春難折。　　閑想孤山舊事[7]，浸清漪倒映、千樹殘雪[六]。暗裏東風[8]，可慣無情，攪碎一簾香月。輕妝誰寫崔徽面[9]，認隱約、煙綃重叠[10]。記夢回、紙帳殘燈[11]，瘦倚數枝清絕。

（第一百一十八）

【校記】

[一] 未葉，丙午本、知不足齋本、辛酉本、彊村本并作"木葉"，芝蘭本、裘杼樓本并作"凍葉"，辛酉本并注云："董氏遠續詞選'木葉'作'凍葉'。"蔡按：梅先花後葉，"一花初發"之際，當無"木葉"可見，故據四印齋本改。

[二] 丙午本第四字空格，知不足齋本、四印齋本、彊村本用脫字符"□"，均無"容"字，據裘杼樓本補。

[三] 冷，丙午本原作"今"字，知不足齋本、四印齋本、彊村本用脫字符"□"，據裘杼樓本改。

[四] 全，丙午本原奪，據知不足齋本、四印齋本補，彊村本作"今"。

[五] 丙午本第二字空格，無"美"字，據知不足齋本、四印齋本補。

[六] 浸，丙午本原作"漫"，據知不足齋本、四印齋本、彊村本、裘杼樓本改。

【箋釋】

[1] 冰條：原指滴水在一個較長的時間内，由于氣温低于零度，而逐漸形成的冰柱，多形成于屋檐下，故又稱"庭凍"。宋梅堯臣《欲雪復晴》詩云："日氣生簾額，冰條結井床。"本句之"條"，枝條之意，樹木之細枝謂之"條"。冰條，即"冰枝"。

[2] 本句化用宋林逋《山園小梅》詩"疏影横斜水清淺，暗香浮動月黄昏"。林逋此聯被改寫者極多，此爲一例。但林逋詩本身又是擷取自南唐江爲的"竹影横斜水清淺，桂香浮動月黄昏"，且相較而言，江爲的内涵其實更豐富一些。

[3] 壁、屏：都是比喻冬天的大自然景象。素壁：白雪皚皚的景象。秋屏：蕭殺衰頹的景象。秋：静詞，狀蕭殺貌，非季節之意，如"鬢先秋"之類。宋王銍《登挾溪亭》詩云："賴有西南天一角，亂雲深處叠秋屏。"

[4] 明滅：忽隱忽現時有時無的樣子。這一個句組三句，是説原本蕭瑟的大自然，因爲梅花的開放，而漸次展露出本有的玉容了。南朝沈約《奉和竟陵王藥名》詩云："玉泉亟周流，雲華乍明滅。"

[5] 疏疏滿地：即指梅影。珊瑚：珊瑚無葉，狀梅枝甚洽。

[6] 本句化用唐盧仝《有所思》詩"相思一夜梅花發，忽到窗前疑是君"。

[7] 孤山舊事：指林和靖梅妻鶴子之事。林和靖早周密約三百年，故云"舊事"。

[8] 清末易順鼎《卜算子·歲暮江空羈懷無俚》詞云"沿路訪梅花，暗裏東風促"，取本句入詞。

[9] 輕妝：澹妝。崔徽：唐元稹《崔徽歌》序云："崔徽，河中府娼也。裴敬中以興元幕使蒲州，與徽相從累月。敬中便還，崔以不得從爲恨，因而成疾。有丘夏善寫人形，徽托寫真，寄敬中曰：'崔徽一旦不及畫中人，且爲郎死。'發狂卒。"

[10] 煙綃：綃之薄如同煙霧一般，極寫其薄。本詞寫梅影，從多個角度入筆，如前段第一句組寫水中之影，後段第一句組寫雪上之影，多是真實之影，唯這個句組不寫影而寫梅，但這個梅却是隱隱約約，如多層薄綃掩映，實際上依然如同影像一般。

[11] 紙帳殘燈：詳參【考證】。元凌雲翰《梅花清夢爲沈士敬賦》詩云"殘燈紙帳尚知我，落月屋梁疑見君"，擷取本句入詩。

【考證】

紙帳殘燈：將梅畫在紙帳上是一種古代的習俗，古人有按不同節候進行繪圖的傳統，明文震亨《長物志》卷五曾有過專門的記載："皆隨時懸挂，以見歲時節序，若大幅神圖及杏花、燕子；紙帳梅、過墻梅；松柏、鶴鹿壽意之類，一落俗套，斷不宜懸。至如宋元小景、枯木竹石、四幅大景，又不當以時序論也。"關于"紙帳"，是用藤皮繭紙縫製的帳子，其上多影畫梅花。明高濂《遵生八箋》卷八云："紙帳：用藤皮繭紙纏于木上，以索纏緊，勒作皺紋，不用糊，以綫折縫縫之。頂不用紙，以稀布爲頂，取其透氣。或畫以梅花，或畫以蝴蝶，自是分外清致。"于此可以印證，在紙帳上畫梅，是一種習俗，所以詩句中時可見梅與紙帳的結合，如宋朱敦儒《鷓鴣天》詞云："道人還了鴛鴦債，紙帳梅花醉夢間。"因此本詞特意用這一意象。

周密詞與同時代的詞友王沂孫、張炎詞同調、同題，三首詞雖然都不是步韻之作，但此類唱和極多，如前面的《水龍吟·白蓮》《天香·龍涎香》和後面的《齊天樂·蟬》都是很好的例子，更何況三首詞用的還都是同一個韻部，所以，顯係唱和無疑。而周密的"閑想孤山舊事"與王沂孫的"夢入水孤雲闊"、張炎的"空對一庭香雪"，所表達的情緒和作品立意，也是一致的。

【韻律】

這個慢詞《欽定詞譜》收錄于第三十五卷，以姜夔的"苔枝綴玉"詞爲正體，但姜夔的前後段第二句組的收拍略有參差，本詞則調整了前段的句式，更顯和諧。祇是，前段第三句組收拍中，周密用了一個平聲字領起，便覺不諧。

這是一個典型的添頭式結構的詞調，後段減去添頭"閑想"二字，則前後段字句完全相合。這種"相合"，是詞作爲音樂藝術的一種重要痕迹，體現了歌詞在歌唱時樂句旋律的一種複沓，也是詞文學的基本特徵，鑒于詞的特性，在長調的起調畢曲中有一些變化是一種常態，所以就慢詞而言，第二第三句組相合是一個基本形態，少數看似不相合的詞調，往往是因爲衍奪而造成的參差，真正前後段不合的極爲罕見。

而在這一類結構的詞調中，作爲"添頭"本身，往往具備如下幾種韻律特徵：

其一，添頭本身的可韻化。添頭與過片的句中短韻，具有極爲複雜的韻律關係，一個添頭祇要是與詞韻同平仄的，基本上在創作中就可以作爲句中韻嵌入，這是一種規律。以本調爲例，儘管周密未作添頭的韻化，但宋詞中就有這樣的詞例，如汪元量的"寂寞。孤山月夜，玉人萬里外，空想前約"，"寞"字入韻。即便添頭與詞韻屬于不同平仄的音頓，也有改變平仄而入韻的情況。

其二，添頭的高階統領作用。添頭往往不僅僅是過片中的一個成分，而是第一句組中的一個成分，它所統攝的一般都是第一句組中的若干個句子。如本調首見的姜夔詞"猶記、深宮舊事，那人正睡裏，飛近蛾綠"中，"猶記"的是"深宮那人正睡裏，飛近蛾綠"的舊事，本詞，"閑想"的也不僅僅是"孤山舊事"，而是孤山浸清漪倒映、千樹殘雪的舊事，後兩句都是倒裝，都是"記"和"想"的內容。

其三，究其韻律本質，添頭本身實際上就是一個二字逗。因此，就吟讀而言，添頭的二字後應該有一個讀住，這是一個基本的韻律特徵。這樣，在我們的填詞創作中，對添頭的構思，就不能不給予特別的留意了。

【輯評】

清陳廷焯《雲韶集》云：《疏影·冰條凍葉》詞，"梅影題難于梅花有色有香，影則凌虛幻境也，通篇曲曲摹寫精絕，秀絕，飄然欲仙，得此題魂魄矣"。

清陳廷焯《詞則·大雅集》卷三，眉批後段第二句組云："思深意遠。"

清許昂霄《詞綜偶評》云："'橫斜照水'四字是題前引子，即爲下文伏脉。'素壁秋屏'以下，方是正面描寫。""'輕妝誰寫崔徽面'比，'記夢回、紙帳殘燈'二句，比而賦。"

【附錄】

宋王沂孫《疏影·詠梅影》云：瓊妃卧月。任素裳瘦損，羅帶重結。石徑春寒，碧蘚參差，相思曾步芳屧。離魂分破東風恨，又夢入、水孤雲闊。算如今、也厭娉婷，帶了一痕殘雪。　猶記冰奩半掩，冷枝畫未就，歸棹輕折。幾度黃昏，忽到窗前，重想故人初別。蒼虬欲卷漣漪去，慢蛻却、連環香骨。早又是，翠蔭蒙茸，不似一枝清絶。

宋張炎《疏影·梅影》云：黃昏片月。似碎陰滿地，還更清絶。枝北枝南，疑有疑無，幾度背燈難折。依稀倩女離魂處，緩步出、前村時節。看夜深、竹外橫斜，應妒過雲明滅。　窺鏡蛾眉澹抹。爲容不在貌，獨抱孤潔。莫是花光，描取春痕，不怕麗譙吹徹。還驚海上然犀去，照水底、珊瑚如活。做弄得、酒醒天寒，空對一庭香雪。

以上二首，江昱以爲"似與草窗唱和之作，但不次韻耳"。

齊天樂　蟬[一]

槐薰忽送清商怨[二][1]，依稀、正聞還歇[三]。故苑愁深[四][2]，危弦調苦[五][3]，前夢蛻痕枯葉[4]。傷情念別[六]。是幾度斜陽，幾回殘月。轉眼西風，一襟幽恨向誰説。　　輕鬟猶記動影，翠蛾應妒我[七]，雙鬢如雪[5]。枝冷頻移[6]，葉疏猶抱，孤負好秋時節[八]。凄凄切切。漸迤邐黄昏[7]，砌蛩相接[九]。露洗餘悲[8]，暮煙聲更咽[十]。　　　　　　（第一百一十九）

【校記】

[一] 芝蘭本題序爲"餘閑書院擬賦蟬"。

[二] 槐薰，光緒本、補題本、芝蘭本并作"槐陰"。清商，補題本、芝蘭本并作"清泠"，芝蘭本落一"怨"字。

[三] 丙午本第四字空格，無"聞"字，知不足齋本、四印齋本、辛酉本并作"鬧"，今據彊村本、光緒本、補題本補。正聞，光緒本、補題本、芝蘭本并作"乍聞"。

[四] 愁深，補題本、芝蘭本并作"愁長"，裘杼樓本本句作"寫怨聲長"，芝蘭本注云"《詞匯》作'故怨聲聲'"。

[五] 危弦，補題本、芝蘭本并作"危枝"。

[六] 念別，裘杼樓本作"惜別"。

[七] 翠蛾，光緒本、補題本、芝蘭本并作"翠奩"。妒我，同上并作"怪我"。

[八] 孤負，知不足齋本作"辜負"，通；光緒本、補題本、芝蘭本并作"空負"。

[九] 芝蘭本注"蛩"字云："《詞匯》作'蟲'。"

[十] 暮煙，光緒本、補題本、芝蘭本并作"暮寒"。

【箋釋】

[1] 槐薰：槐花的香氣。宋葉茵《南明樓》詩云："重檐敞處受槐薰，掃盡江村雨後雲。"清商：古樂五音之一，其調凄涼，屬商聲，故名。《韓非子•十過》云："公曰：'清商固最悲乎？'師曠曰：'不如清徵。'"此喻蟬聲。三國魏曹植《正會》詩云："笙磬既設，箏瑟俱張。悲歌厲響，咀嚼清商。"

[2] 故苑：這裏是故國之意。相傳蟬爲齊后變化。晉崔豹《古今注》卷下云："牛亨問曰：'蟬名齊女者，何？'答曰：'齊王后忿而死，尸變爲蟬，登庭樹，嘒唳而鳴，王悔恨，故世名蟬曰齊女也。'"

[3] 危弦：急促而高亢的弦樂聲。危：高。《藝文類聚》卷五十七引晉張協《七命》云："若乃龍火西頹，暄氣初收，飛霜迎節，高風送秋，羈旅懷土之徒，流宕百罹之儔，撫促柱則酸鼻，揮危弦則涕流。"本詞通常都被認爲作于入元之後，故周密此以"危弦"狀蟬的鳴聲，最合斯時"懷土""流宕"的

心境。清蔣敦復《念奴嬌》詞云"我亦獨抱焦桐，危弦調苦，塵世無知己"，徑采本句入詞。

[4] 蛻痕：此指蛹化後留下的殼，即"蟬衣"。本句爲詮釋句，意謂前夢：蛻痕、枯葉，前二句的"愁深""調苦"，都是因爲往日的所有均已成爲一夢，猶如蛻痕，猶如枯葉一般。

[5] 這個句組的三句爲一今昔對比，一、二句寫化蟬之後的齊后，猶記當年青鬟搖曳，翠蛾皆妒的時光。第三句則爲陡然轉折之筆，與前二句形成反差，寫今日的狀態。蟬本無鬟無鬢，因此所寫自是齊后，而其中作者亦厠身其中，便更具感染力。

[6] 頻移：謂蟬不斷改換占枝位置，以向陽求暖。

[7] 迤邐：形容一種聲音的綿延悠長。宋丘崇《鷓鴣天·采蓮曲》詞云："兩兩維舟近柳堤。菱歌迤邐過前溪。"宋呂陶《聞蛩和長句》詩云："留連夜景蕭條甚，引惹秋聲迤邐殊。"本句取自宋賀鑄《更漏子》詞"迤邐黃昏，景陽鐘動，臨風隱隱猶聞"。

[8] 露洗：被寒冷的秋露所澆淋。唐馬戴《夜下湘中》詩云："露洗寒山遍，波摇楚月空。"

【考證】

本詞是宋亡後遺民在餘閑書院雅聚後所填，與前文《水龍吟·白蓮》《天香·龍涎香》，以及紫雲山房調寄《摸魚兒》賦蓴，天柱山房調寄《桂枝香》賦蟹，爲一組系列。長期以來學界均認爲這些雅集本身，都是具有一定的時事目的，所吟咏的作品則都是對某一特定歷史事件的含蓄反映，這種情況其實未必。例如，我們前面説到的《白蓮》詞，實在很難與"楊淑妃事件"關聯起來，僅從該詞就可以説明，這些同題作詞的活動，原本或祇是一些很純粹的文學活動。當然，處在一個大變革的時代，社會上的一些重大事件被詞人攝入詞中，進行影射，以致有幾位作者同具相同的主旨，這也是很正常的情況，但整個活動未必就是一個有組織、有意識的聚會。

此外，也有學者認爲，這五次雅集本身，也是當時"西湖詩社"的活動，尤覺無稽。周密所處的時代，實際上應該從來就沒有過今天概念上的"西湖詩社"，所謂"社"，就是"春社""秋社"的"社"，祇是在一個特定的時間進行的"聚會"而已，人聚社成，人走社散，這回是這一撥人，下回是另一撥人。習慣上之所以冠其爲"西湖"之名，蓋因幾次雅聚都在西湖之故，如本次咏蟬，雅聚于餘閑書院，則也可以稱爲"餘閑詩社"。"西湖詩社"之名最早或出于宋吳自牧的《夢粱録》，而《夢粱録》的原文是這樣："社會：

文士有西湖詩社,此乃行都縉紳之士,及四方寓流儒人,寄興適情賦咏,膾炙人口,流傳四方,非其他社集之比。武士有射弓踏弩社,皆能攀弓射弩,武藝精熟,射放心親,方可入此社耳。更有蹴鞠、打球、射水弩社,則非仕宦者爲之,蓋一等富室郎君、風流子弟與閑人所習也。"文中的"社會"二字最有意思,"社"即"會"也,就是"聚會"之義,而并非今日"社團"之義,其後所舉的例子都是用來説當時的各種聚會,"聚會"和"社團"的差異,在是否具有恒定性和組織性。譬如今日廣場上的老太太,放在宋代便是"廣場舞社",自然不可以將其視爲一種有意識的組織,即便參與者可能往往主要由某些人參加。因此,如《漢語大詞典》説的,"詩社:詩人定期聚會做詩吟咏而結成的社團"固然也未嘗不可,但是當它引用《南唐書》《麓堂詩話》等古籍爲書證,引導到現代概念的"詩社"上去,就大錯特錯了。而"非其他社集之比"一句,其實已經直統統地道出了"這一'集'遠比其他的那些'集'更有影響力",其"臨時性聚集"的意思已經非常清楚了。

本詞創作的具體時間,據夏承燾先生《周草窗年譜》考訂,應是在祥興二年(1279年)己卯,時周密四十八歲。參與本主題創作的共有八人十篇,除周密詞外,另有:

吕同老一首:"緑陰初蔽林塘路,淒淒乍流清韻。倦咽高槐,驚嘶别柳,還憶當時曾聽。西窗夢醒。嘆弦絶重調,珥空難整。綽約冰綃,夜深誰念露華冷。　　不知身世易老,一聲聲斷續,頻報秋信。墜葉山明,疏枝月小,惆悵齊姬薄幸。餘音未盡。早枯翼飛仙,暗嗟殘景。見洗冰奩,怕翻雙翠鬢。"

王易簡一首:"翠雲深鎖齊姬恨,纖柯暗翻冰羽。錦瑟重調,綃衣乍著,聊飲人間風露。相逢甚處。記槐影初凉,柳陰新雨。聽盡殘聲,爲誰驚起又飛去。　　商量秋信最早,晚來吟未徹,却是淒楚。斷韻還連,餘悲似咽,欲和愁邊佳句。幽期誰語。怕寒葉凋零,蜕痕塵土。古木斜暉,向人懷抱苦。"

王沂孫二首:"緑槐千樹西窗悄,厭厭晝眠驚起。飲露身輕,吟風翅薄,半剪冰箋誰寄。淒凉倦耳。漫重拂琴絲,怕尋冠珥。短夢深宮,向人猶自訴憔悴。　　殘虹收盡過雨,晚來頻斷續,都是秋意。病葉難留,纖柯易老,空憶斜陽身世。窗明月碎。甚已絶餘音,尚遺枯蜕。鬢影參差,斷魂青鏡裏。"
"一襟餘恨宫魂斷,年年翠陰庭樹。乍咽凉柯,還移暗葉,重把離愁深訴。西窗過雨。怪瑶佩流空,玉箏調柱。鏡暗妝殘,爲誰嬌鬢尚如許。　　銅仙鉛淚似洗,嘆攜盤去遠,難貯零露。病翼驚秋,枯形閲世,消得斜陽幾度。餘音更苦。甚獨抱清高,頓成淒楚。謾想薰風,柳絲千萬縷。"

陳恕可二首:"碧柯摇曳聲何許,陰陰晚凉庭院。露濕身輕,風生翅薄,昨夜綃衣初剪。琴絲宛轉。弄幾曲新聲,幾番淒惋。過雨高槐,爲渠一洗故宮怨。　　清虚襟度漫與，向人低訴處，幽思無限。敗葉枯形，殘陽絕響，消得西風腸斷。塵情已倦。任翻鬢雲寒，綴貂金淺。蛻羽難留，頓覺仙夢遠。"

"蛻仙飛佩流空遠，珊珊數聲林杪。薄暑眠輕，濃陰聽久，勾引凄凉多少。長吟未了。想猶怯高寒，又移深窈。與整綃衣，滿身風露正清曉。　　微薰庭院畫永，那回曾記得，如訴幽抱。斷響難尋，餘悲獨省，葉底還驚秋早。齊宮路杳。嘆往事魂消，夜闌人悄。謾省輕盈，粉奩雙鬢好。"

唐珏一首："蠟痕初染仙莖露，新聲又移凉影。佩玉流空，綃衣剪霧，幾度槐昏柳暝。幽窗睡醒。奈欲斷還連，不堪重聽。怨結齊姬，故宮煙樹翠陰冷。　　當時舊情在否，晚妝清鏡裏，猶記嬌鬢。亂咽頻驚，餘悲漸杳，搖曳風枝未定。秋期話盡。又抱葉凄凄，暮寒山靜。付與孤蛩，苦吟清夜永。"

唐藝孫一首："柳風微扇閑池閣，深林翠陰人靜。漸理琴絲，誰調金奏，淒咽流空清韻。虹明雨潤。正乍集庭柯，憑闌新聽。午夢驚回，有人嬌困酒初醒。　　西軒晚凉又嫩。向枝頭占得，銀露千頃。蛻剪花輕，羽翻紙薄，老去易驚秋信。殘聲送暝。恨秦樹斜陽，暗催光景。澹月疏桐，半窗留鬢影。"

仇遠一首："夕陽門巷荒城曲，清間早鳴秋樹。薄剪綃衣，凉生鬢影，獨飲天邊風露。朝朝暮暮。奈一度凄吟，一番凄楚。尚有殘聲，驀然飛過別枝去。　　齊宮往事謾省，行人猶與說，當時齊女。雨歇空山，月籠古柳，仿佛舊曾聽處。離情正苦。甚懶拂冰箋，倦拈琴譜。滿地霜紅，淺莎尋蛻羽。"

【韻律】

本調爲慢詞，《欽定詞譜》收錄于第三十一卷，以周邦彥"綠蕪雕盡"詞爲正體。本詞較之正體，字句及韻律全合。正體的前段第二句，是一個大拗句，六字句第二、第四、第五三字均爲平聲，如果視爲一個整句，便于律不合，此類句子必是二字逗領四字的句法，周密六首，俱應如此讀。

餘參第四十、五十四、六十四、七十四、一百二十九首之【韻律】。

【輯評】

清陳廷焯《雲韶集》云：《齊天樂・槐陰忽送清商怨》詞，"通首解蟬詠志，如聞其聲，如見其人。凄惻語。一片商音羽奏，天地爲愁，不堪卒讀"。

清許昂霄《詞綜偶評》云："《臺城路・槐陰》，朗潤清越，咏物題中所難，碧山二作亦然。"

清蔣敦復《芬陀利室詞話》卷三云："詞原于詩，即小小咏物，亦貴得風人比興之旨。唐、五代、北宋人詞，不甚咏物，南渡諸公有之，皆有寄托。白石、石湖咏梅，暗指南北議和事。及碧山、草窗、玉潛、仁近諸遺民，《樂府補題》中，龍涎香、白蓮、蓴、蟹、蟬諸咏，皆寓其家國無窮之感，非區區賦物而已。知乎此，則《齊天樂》咏蟬，《摸魚兒》咏蓴，皆可不續貂。即間有咏物，未有無所寄托而可成名作者。余于近來諸君子咏物之作，縱極繪聲繪影之妙，多所不取。善乎保緒先生之言曰：'凡詞後段，須拓開説去。'此可爲咏物指南。"

滿江紅　寄剡中自醉兄[1]

秋水涓涓[2]，情渺渺、美人何許[3]。還記得、東堂松桂[一][4]，對床風雨[5]。流水桃花西塞隱[6]，茂林修竹山陰路[7]。二十年、歷歷舊經行，空懷古。　　評硯品、臨書譜[8]。箋畫史、修茶具[9]。喜一愚天稟[10]，一閑天付[11]。百戰徵求千里馬[12]，十年餓飣三都賦[13]。問何如、石鼎約彌明[14]，同聯句。　　　　　　（第一百二十）

【校記】

[一] 東堂，芝蘭本作"東風"。芝蘭本并注："一本'東'字上多一'對'字。"

【箋釋】

[1] 剡中：即剡縣一帶，包括了今天的嵊州、新昌。剡縣，秦時置縣，至北宋易名爲嵊縣，即今浙江嵊州市。

[2] 宋張炎《瑤臺聚八仙·杭友寄聲以詞答意》詞云"秋水涓涓。人正遠、魚雁待拂吟箋"，與本詞同，也是起拍，疑"杭友寄聲"即周密本詞。

[3] 美人：指西施。剡中有西施岩，傳西施曾住于此，故云"何許"。本句化用宋何夢桂《雪樓程御史次方山房韻見寄用韻答賦》詩"美人渺何許，道遠空寤歌"。

[4] 東堂松桂，是科舉及第之典，此二句疑指自醉當年曾科舉及第後，來臨安宿周密家，與之對床夜語。唐崔子向《上鮑大夫》詩云："東堂桂樹何年折，直至如今少一枝。"

[5] 對床：同床抵足而眠。對：兩人面面相對，如對枰、對食。對床風雨：又作"對床夜雨"，謂兩人同床夜語，傾心交談，狀親密無間，多用于兄弟手足或親如兄弟之親友。典出唐韋應物《示全真元常》詩"寧知風雪夜，復此對床眠"。本句化用唐牟融《櫻城叙別》詩"屈指年華嗟遠別，對床風雨話離愁"。宋蘇軾《滿江紅·懷子由作》詞云："孤負當年林下意，對床夜雨聽蕭瑟。"

[6] 西塞：山名，在今浙江湖州市西南。本句化用唐張志和《漁父》詞

"西塞山前白鷺飛，桃花流水鱖魚肥"，張志和隱逸于江湖之間，故云"西塞隱"。周密老家在湖州，這裏是指代自己所居之處。

[7] 茂林修竹：典用《晋書·王羲之列傳》"此地有崇山峻嶺，茂林修竹，又有清流激湍，映帶左右。引以爲流觴曲水，列坐其次"。山陰：今浙江紹興市，剡中屬山陰，這裏指自醉所居之處。本句改用宋葉夢得《虞美人·上巳席上》詞"茂林修竹山陰道。千載誰重到"。

[8] 硯品：可有二解，一爲硯臺的品級，一爲硯臺的種類。中國硯的種類，大的有洮、端、歙及澄泥四類，小的地方硯則無數，如山東淄博的淄硯、江西廬山的金星硯、遼寧和吉林的松花石硯、河南濟源的盤谷硯、湖南芷江的沅州石硯、雲南和四川的苴却硯等，都是地方硯中的佼佼者，無相關藏玩底藴者，無法鑒賞。書譜：匯集各種書法風格的譜書，最著名的有唐孫過庭的《書譜》。

[9] 箋畫史：爲繪畫史作箋疏。過片所述四件事應是剡中自醉所好。

[10] 天稟：天生如此。"一愚"是周密自謂，意思是我的愚笨是天生的。唐王昌齡《上同州使君伯》詩云："伯父自天稟，元功載生人。"

[11] 天付：上天給予。"一閑"謂剡中自醉。後段第一句組列舉四件事，均屬"閑事"，故云。唐曹松《言懷》詩云："此道須天付，三光幸不私。"

[12] 千里馬：日行千里的駿馬。典出《戰國策·燕策一》"臣聞古之君人，有以千金求千里馬者，三年不能得"。

[13] 餖飣：這裏是"雜湊"之意。三都賦：晋左思所作，據云傾十年之力而成。本句化用宋蘇軾《杭州牡丹開時僕猶在常潤》詩"十年且就三都賦，萬户終輕千首詩"。

[14] 彌明：衡山道士名。本句用五更聯句失彌明之典，參【附録】。

【考證】

自醉：周密在剡中的遠親。周密另有古風《題族伯自醉翁吟稿》，稱其爲族伯，詩中云："翁今歆其醲，反騷笑湘水。翁醉非物欲，翁醉非勢利。物不能醉翁，翁所謂自醉。惟翁知其天，醉吟醒時事。"連用六個"翁"字，顯然絕非誤筆。而在本詞中則稱爲"兄"，朱彊村嘗對此有疑，謂"題詩時未考明輩行耶？"以本詞所描寫看，應是其族兄，衹是雖爲同輩但年齡懸殊，這種情況舊時甚多，因此有六個"翁"字，而"族伯"之謂，則疑是因六個"翁"字而引起的刻誤，在一個宗族社會中，作爲周密本人，根據本詞所述的兩人之交往關係，族兄和族伯是決計不會弄錯，也無須"考明"的。

【韻律】

　　這個慢詞《欽定詞譜》收録于第二十二卷，以柳永的"暮雨初收"詞爲正體。本詞同柳詞，且後段末一句組起拍用仄聲字領起，韻律更諧。

　　但周密的《滿江紅》也是有瑕疵的，這個瑕疵在前段的末一句組。

　　今天我們依然都會默認柳永詞爲正體，如《北宋詞譜》即如是説，但實際上如果考察全部五百多首宋詞，則可知柳永的"自別後、幽怨與閑愁，成堆積"并非正體。按這個模式填的宋詞，除柳永外，百不足一，幾乎所有宋詞的前段末一句組，都是張先式的"記畫橋深處，水邊亭、曾偷約"。張先的這種填法爲後人廣泛接受，其文字形式在今天則分化爲兩種，一種是張氏的和諧式填法，如賀梅子的"信醉鄉絶境，待名流、供行樂"；另一種則仍舊是柳氏的不和諧式填法，如蘇東坡的"恐异時、杯酒忽相思，雲山隔"。但即使是這種模式，也無非是明清人的主觀讀法，宋人未必也是如此讀，所以絶大部分都可以讀爲"恐异時杯酒，忽相思、雲山隔"。在實際操作中，蘇詞可以被處理爲兩種讀法，都没什麽問題，但是儘管今天的主流讀法都是三五三，實際上今人各種標點本裏將類似張先的詞讀爲"記畫橋、深處水邊亭，曾偷約"，將柳永的讀爲"獨自個、贏得不成眠，成憔悴"，將蘇軾的讀爲"但莫遣、新燕却來時，音書絶"，將黄裳的讀爲"誰共吟、此景竹林人，桃溪士"，顯然是一種錯誤的讀法，因爲多將句子讀破了，將原來的意思曲解了。

　　張式和柳式的差异祇在一字之間而已，即第三字張平柳仄。但是，三字結構本來是一個最靈活的結構，第三字往往不拘平仄，爲什麽在五百四十多首《滿江紅》中會出現如此劃一的現象：除了極少的幾個兼詞外，祇有八個真正意義上的仄聲呢？唯一的答案就是韻律使然，或者説是因爲在張式的填法中，律理上不允許第三字用仄，否則就會形成韻律不諧。

　　需要指出的是，我這裏所謂的"不和諧式"，僅僅是就文字的角度而言，指起拍八字、收拍三字之間的不均衡，并不是説韻律上的不和諧，而字面上的不均衡，本身也可以形成另一種韻律美。

　　現在我們再回過頭來討論，爲什麽説周密的前段末一句組是有瑕疵的，我們將其讀爲"二十年歷歷，舊經行、空懷古"就可以看出，前面的五字句句法已經不再是折腰式句法了，也就是説，這個末一句組的起拍，無論是張式還是柳式，都不應該是一個雙起式的句法，後詞樂時代的今天，尤其如此。

　　這種用今天的標點符號來"規範"宋詞的做法，已經成了基本形式，但是，這種"規範"對宋詞本來面目的破壞，却是極爲嚴重的，經常會到"面目俱非"的程度。仍以本詞爲例，前段的起調處，今天都已經規範爲四字起了，但是就本詞的文字組織來探究周密的這個起調，竊以爲其實應該是"秋水涓涓情渺渺，美人何許"才更符合其本來的創作意圖，而滿江紅的起調用七字起，是一個很正常的形式，周紫芝的"寂寂江天雪又滿"、趙師俠的"露冷天高秋氣爽"、趙彥端的"千種繁春春已去"、辛棄疾的"風捲庭梧黃葉墜"等，莫不如此，占極大的比例。如果我們今天覺得七字起彆扭，那并不是因爲韻律使然，而是我們被習慣性閱讀綁架而已。

【輯評】

朱彊村在强《彊村叢書》中按："《草窗韻語》有'題族伯自醉翁吟稿'詩，此稱自醉兄，或題詩時未考明輩行耶？"

【附錄】

唐韓愈《石鼎聯句詩序》：元和七年十二月四日，衡山道士軒轅彌明自衡下來，舊與劉師服進士衡湘中相識，將過太白，知師服在京，夜抵其居宿。有校書郎侯喜，新有能詩聲，夜與劉説詩。彌明在其側，貌極醜，白須黑面，長頸而高結，喉中又作楚語，喜視之若無人。彌明忽軒衣張眉，指爐中石鼎，謂喜曰："子雲能詩，能與我賦此乎？"劉往見衡湘間人説雲年九十余矣，解捕逐鬼物，拘囚蛟螭虎豹。不知其實能否也。見其老，頗貌敬之，不知其有文也。聞此説大喜，即援筆題其首兩句，次傳于喜。喜踴躍，即綴其下云云。道士啞然笑曰："子詩如是而已乎！"即袖手竦肩，倚北墻坐，謂劉曰："吾不解世俗書，子爲我書。"因高吟曰："龍頭縮菌蠢，豕腹漲彭亨。"初不似經意，詩旨有似譏喜。二子相顧慚駭，欲以多窮之，即又爲而傳之喜，喜思益苦，務欲壓道士，每營度欲出口吻，聲鳴益悲，操筆欲書，將下復止，竟亦不能奇也。畢，即傳道士，道士高踞大唱曰："劉把筆，吾詩云云。"其不用意而功益奇，不可附説，語皆侵劉侯。喜益忌之。劉與侯皆已賦十餘韻，彌明應之如響，皆穎脱含譏諷。夜盡三更，二子思竭不能續，因起謝曰："尊師非世人也，某伏矣，願爲弟子，不敢更論詩。"道士奮曰："不然。章不可以不成也。"又謂劉曰："把筆來，吾與汝就之。"即又唱出四十字，爲八句。書訖，使讀。讀畢，謂二子曰："章不已就乎？"二子齊應曰："就矣。"道士曰："此皆不足與語，此甯爲文耶？吾就子所能而作耳，非吾之所學于師而能者也。吾所能者，子皆不足以聞也，獨文乎哉！吾語亦不當聞也，吾閉口矣。"二子大懼，皆起，立床下，拜曰："不敢他有問也，願聞一言而已。周密稱'吾不解人間書'，敢問解何書？請聞此而已。"道士寂然若無聞也，累問不應。二子不自得，即退就座。道士倚墻睡，鼻息如雷鳴。二子怛然失色，不敢喘。

斯須，曙鼓動冬冬，二子亦困，遂坐睡。及覺，日已上，驚顧覓道士，不見。即問童奴，奴曰："天且明，道士起出門，若將便旋然。奴怪久不返，即出到門覓，無有也。"二子驚惋自責，若有失者。閎遂詣余言，余不能識其何道士也。嘗聞有隱君子彌明，豈其人耶？韓愈序。

玉漏遲　題吳夢窗詞集[一]

老來歡意少[1]。錦鯨仙去[二][2]，紫簫聲杳[三][3]。怕展金奩[4]，依舊故人懷抱。猶想烏絲醉墨[5]，驚俊語、香紅圍繞[四][6]。閑自笑。與君共是，承平年少[7]。　　雨窗短夢難憑[五][8]，是幾番宮商[六]，幾番吟嘯[9]。淚眼東風[10]，回首四橋煙草[七][11]。載酒倦游何處[八][12]，已換却、花間啼鳥。春恨悄[九]。天涯、暮雲殘照。　　　　　（第一百二十一）

【校記】

[一] 知不足齋本、四印齋本、辛酉本、光緒本、芝蘭本、裘杼樓本題序作"題吳夢窗霜花腴詞集"。蔡按：據張炎《聲聲慢》題序，《霜花腴》應祇是"詞卷"，而非"詞集"。或謂"霜花腴詞集"即夢窗甲乙丙丁稿，未知其據。

[二] 裘杼樓本本句奪"仙"字。

[三] 紫簫，《全宋詞》誤作"紫霞"。

[四] 俊語，芝蘭本作"醉語"，并注："《詞匯》作'綺'。"

[五] 難，芝蘭本注云："《詞匯》作'誰'。"

[六] 幾番，知不足齋本、四印齋本并作"幾□"，光緒本、辛酉本作"幾度"，芝蘭本、裘杼樓本、《詞繫》并作"幾調"。蔡按："番"字本爲二讀字，不礙律。

[七] 四，芝蘭本注云："《詞匯》作'畫'。"

[八] 本句原作"載酒倦游處"，而本調宋人此句均作六字一句，檢光緒本、芝蘭本本句并作"載酒倦游何處"，多一字；辛酉本作"載酒倦游甚處"，亦爲六字，則原本當奪一字。校之韻律，今取芝蘭本補"何"字。

[九] 裘杼樓本注云："一作'春悄幾'。"

【箋釋】

[1] 本句化用宋劉一止《即事》詩"病來歡意少，一醉未全忘"。"歡意少"是文人多愁善感的結果，很多宋人用過：周邦彥曰"漸解狂朋歡意少"，李清照曰"永夜懨懨歡意少"，劉克莊曰"景迫桑榆歡意少"，姜夔曰"倦游歡意

少"等，而唐人則絕不説一句，詩詞之差異，于此可見一斑。

[2] 錦鯨仙去：本句原指李白的謝世，這裏用來指吳文英的過世。《舊唐書》云李白嗜酒，"嘗月夜乘舟，自采石達金陵，白衣宮錦袍，于舟中顧瞻笑傲，傍若無人"。後世傳太白過采石，酒狂捉月，落水而亡。清末張爾田《玉漏遲·古微丈逝世海上》詞云"亂離詞客少。錦鯨仙去，鶴歸華表"，徑用本句原拍入詞。

[3] 紫簫：指楊纘，即紫霞翁，周密亦師亦友，精于簫。清項鴻祚《玉漏遲》詞云"寄愁何處好，金奩怕展，紫簫聲杳"，徑用本句原拍入詞。

[4] 金奩：宋人所編唐五代詞集，計收温庭筠、韋莊等詞一百四十七首。此用以指代吳夢窗之詞作。

[5] 烏絲：即"烏絲欄"的省稱，一種用烏絲分欄的高級絹製書箋。唐李肇《唐國史補》卷下云："宋亳間，有織成界道絹素，謂之烏絲欄、朱絲欄。"唐暢當《題沈八齋》詩云："綠綺琴彈白雪引，烏絲絹勒黃庭經。"醉墨：醉中所留下的墨寶。古人認爲醉中的狀態往往是最佳的，因此所留下的墨寶也是上品。唐陸龜蒙《奉和襲美醉中偶作見寄次韻》詩云："憐君醉墨風流甚，幾度題詩小謝齋。"

[6] 俊語：漂亮的文筆。宋蘇軾《次韻孔毅父集古人句見贈》詩云："名章俊語紛交衡，無人巧會當時情。"香紅：即花朵。花之典型特性爲香、紅，故云。唐齊己《辭主人絶句·放猿》詩云："堪憶春雲十二峰。野桃山杏摘香紅。"俊語、香紅圍繞：猶言文字漂亮，恰似花團錦簇。

[7] 承平：累朝太平相承的年代。唐劉禹錫《平蔡州》詩云："忽驚元和十二載，重見天寶承平時。"清項鴻祚《玉漏遲》詞云"猶憶籠香倚醉，是舊日、承平年少"，徑用本句。

[8] 短夢：短暫的往事猶如夢境一般，疑此句是指二窗曾經有過的短暫的相會，相會處則爲蘇州甘泉橋。

[9] 吟嘯：古人于詞或吟誦，或演唱，即付之吟嘯，或付之宫商，二句寫"短夢"中的場景，意謂交流詩藝。

[10] 本句化用宋王詵《憶故人》詞"無奈雲收雨散。憑闌干、東風淚眼"。

[11] 四橋：蘇州甘泉橋。吳文英久居蘇州，四橋在周密别首《拜星月慢》中也曾提及，二窗若有相會，或即在此橋附近。參見第五十一首。宋劉仙倫《賀新郎·題吳江》詞云："依舊四橋風景在，爲問坡仙甚處。"

[12] 倦游：對游宦生活的厭倦。倦游通常是表達一種清高的情緒。周密曾任職于宜興，疑二窗之相會即在斯時。本句改用宋林尚仁《寄西湖友人》詩"載酒曾游處，憶君同醉時"。

【考證】

尹焕，宋末人，寓居山陰，字惟曉。宋寧宗嘉定十年進士。嘉定十年爲1217年，故是吳文英同時代人。而吳文英的生卒年，據夏承燾先生《吳夢窗繫年》推測，應是生于寧宗慶元六年（1200年），時距周密出生尚有三十二年；卒于理宗景定元年（1260年），時周密二十八歲。這一推定後人不斷商榷，影響較大的是陳邦炎先生《吳夢窗生卒年管見》一文（載《文學遺産》1983年第1期）認爲應是嘉定五年（1212年）生，如此，則時距周密出生尚有二十年。但本詞周密"與君共是，承平年少"一句，語意深沉，措辭認真，絕非玩笑語，絕非修辭性手法。如果確實"共是承平年少"，則即便吳文英生于壬申嘉定五年（1212年），也和生于壬辰紹定五年（1232年）的周密相差整整二十歲，自然不可能"共是"，而應該完全屬于兩輩人了。有鑒于此，夢窗之生日頗爲可疑。

【韻律】

這個慢詞詞調，《欽定詞譜》收錄于第二十三卷，《欽定詞譜》認爲："此詞前段起句不押韻，北宋詞俱照此填。"而前段起句押韻者，"南宋人詞俱如此填"，因此本詞與第二格吳文英詞基本相同，祇是換頭句用平起式句式，與吳詞的仄起式不同，這種差異并不礙律，但是前段第三句組收拍，本詞用平聲起領，略覺不諧。

本調另有別名，爲《雙瑞蓮》，但各詞譜均將其作爲別調收錄。兩者的差異，僅在《雙瑞蓮》的前段第二拍多一領字，而考察本調的後段可知，前段第二句有領字實爲其正格，現在我們所見的《玉漏遲》，實際上是一個減字格。至于前後段第四句句法相反，則更是詞中常見的微調情況了。

是幾番宮商。這個折腰句中的四字結構，應該是一個仄起式的句法，第三字依律須仄，在整個宋詞中，這一字位沒有用平聲字的，即可證明。而"番"字本是一個二讀字，可仄讀，因此"番"字在這裏應讀爲去聲。至于其他版本中的"度"字、"調"字均不如"番"字通達，很可能都是因爲懷疑"番"字填誤了而作的改易，以致弄巧成拙。

天涯、暮雲殘照。這個句子，通常我們在標點本中所見的是不讀斷的，但這樣的讀法并不反映本詞原有的樣貌。從韻律的角度而言，本調是一個添頭式結構，而我們前面曾說，添頭式結構的一個重要特徵是：後段的末一句組會相應地減去二字，因此，這個結拍的六字句并不是一個天然設計的六字句，而是所對應的前段"與君共是，承平年少"減字後形成的句拍結構，相當于所減去的是"共是"二字，因此，在"天涯"之後有一個天然的讀住存在，這樣就必須將其作爲二字逗讀出，否則，六字就是一個極不諧和的大拗句式了。而就語意的角度來說，"天涯暮雲殘照"與"天涯、暮雲殘照"之間，也是存在明顯的差异的，周密的本意，應就是後者。

【譜注】

秦巘《詞繫》："後段第六句五字，比各家少一字。'錦鯨'下一本缺'仙'字，'俊'字作'醉'。'難'字，厲鶚《絕妙好詞箋》作'誰'，'調'字作'番'，'春恨悄'缺'恨'字，下多'幾'字，今從《笛譜草窗詞》。"

【輯評】

清陳廷焯《雲韶集》云：《玉漏遲·老來歡意少》詞，"'與君'八字不必明言當時之亂由于某某，但撫今追昔，于言外畢露矣。結筆有情有景"。

清王奕清《歷代詞話》引《宋名家詞評》云："又有《玉漏遲·題夢窗霜花腴詞集》全闋，更覺纏綿深至，可泣可歌。"

清丁紹儀《聽秋聲館詞話》云："《玉漏遲》云：'錦鯨騎去，紫簫聲杳……載酒倦游何處。'落'騎'字、'何'字。"

【附錄】

昱按：《夢窗詞》甲乙丙丁稿四卷，山陰尹焕序略云："求詞于吾宋者，前有清真，後有夢窗。"此非焕之言，四海之公言也。

《絕妙好詞箋》云：張炎《聲聲慢·題夢窗自度曲霜花腴卷後》云："煙堤小舫，雨屋深燈，春衫慣染京塵。舞柳歌桃，心事暗惱東鄰。渾疑夜窗夢蝶，到如今、猶宿花陰。待喚起，甚江蘺搖落，化作秋聲。　回首曲終人遠，黯消魂、忍看朵朵芳雲。潤墨空題，惆悵醉魄難醒。獨憐水樓賦筆，有斜陽、還怕登臨。愁未了，聽殘鶯、啼過柳陰。"

清末汪東《玉漏遲·杭州遇屈伯剛以詞見示次和》云："晚春歡緒少。鷗盟鷺伴，前蹤都杳。快展生平，試探故人懷抱。曲幾瓶花低映，更四下、珠簾圍繞。應共笑。鬢華自指，相逢非少。　爲我細說當年，算得意春風，鳳歌鸞嘯。幾閱滄桑，鎖院離離青草。浮世不勞夢想，但教看、湖邊飛鳥。歸路悄。愔愔半堤斜照。"

清末吳湖帆《玉漏遲·次周草窗韻賀屈大》云："杏梁花氣少。曲池前度，水流雲杳。絳領青衫，回溯舊時襟抱。休管重題醉墨，憑自舞、歌聲餘繞。應大笑。耳籌順算，年華猶少。　可堪錦繡湖山，問與誰同歡，引人舒嘯。聽雨聽風，都是斷煙衰草。夢醒更惆悵，忍替説、無情花鳥。詩境悄。依稀戀紅斜照。"

清末周岸登《玉漏遲·校讀夢窗詞集畢，因題其後。用草窗題夢窗霜花腴詞集韻》云："瑣窗清夢少。仙城路遠，古香聲杳。甬曲句東，搖識慶湖襟抱。西麓裁雲萬叠，共花外、吟魂分繞。良自笑。簽賸鬢影，未輸年少。　　浪窺七寶樓臺，助故國淒涼，感秋歌嘯。噢酒餐英，重寫霜花腴草。絲縷玄經繡網，輕付與、寒蟲羈鳥。幽恨悄。愁吟畫中靈照。"

以上錄自《草窗詞》卷上

西江月　懷剡

萬壑千巖剡曲[1]。朝南暮北樵中[一][2]。江潭楊柳幾東風。猶憶當年手種。　　鬢雪愁侵秋綠。容華酒借春紅。非非是是總成空[3]。金谷蘭亭同夢[4]。　　　　　　　　　　（第一百二十二）

【校記】

[一] 四印齋注云："應是'樵風'，因下押'東風'，故改作'中'耶？似不穩。"辛酉本亦如是注，謂是"鮑氏云"。蔡按：此言非是。蓋一二句對仗，"樵中"對"剡曲"，字面甚工，顯是原文如此。

【箋釋】

[1] 剡曲：剡溪之曲，剡溪之幽深之處。本句從宋楊億《送高學士知越》詩"萬壑千巖古剡中，錦旗朱轂此臨戎"中變化而來。

[2] 樵中：樹林中。宋王洋《寄何子楚》詩云："風隨雙鹿樵中隱，人似三閭澤畔居。"元韓性《樵風廟》詩云："朝南暮北樵風徑，遺廟千年尚乞靈。"

[3] 明陸深《淮陰祠》詩云"是非千載總成空，滿地淒涼在眼中"，化用本句入詩。

[4] 金谷：即金谷樓，代指文人游燕餞別的場所。南朝何遜《車中見新林分別甚盛》詩云："金谷賓游盛，青門冠蓋多。"蘭亭：亦是文人相聚之處。

【韻律】

本調爲小令，《欽定詞譜》收錄于第八卷，本詞用第一式柳永正格詞體。

前段第一句組仍是偶句，祇是"萬壑千巖""朝南暮北"均采用句中自對的手法，亦即"萬壑"與"千巖"相對，"朝南"與"暮北"相對。句中對也是一種標準的對仗模式。

前段起拍的"曲"與後段起拍的"綠"另爲一韻，這是詞中一種特殊押韻模式，僅在宋詞中，此類填法即達四十七首，而像史達祖四首中有三首如此，完全可以證明這是一種有意識的填詞模式。

杏花天

金池瓊苑曾經醉。是多少、紅情綠意[1]。東風一枕游仙睡[2]。換却鶯花人世。　　漸暮色、鵑聲四起。正愁滿、香溝御水[3]。一色柳煙三十里[4]。爲問春歸那裏。　　　　　　　　　　（第一百二十三）

【校記】

本詞之後丙午本有《好事近·寄遠》一首，即《蘋洲漁笛譜》卷二之《好事近·次梅溪寄別韻》删去。

【箋釋】

[1] 紅情綠意：形容無限的春光。紅、綠，分指紅花和綠葉。典出唐趙彥昭《立春日侍宴内出剪彩花應制》詩"花隨紅意發，葉就綠枝新"。清沈皞日《三部樂·題紅藕莊詞用錫鬯韻時予將之皖》詞云"是多少、綠意紅情，向疏花冷葉，團扇書就"，即用本句。

[2] 游仙睡：猶言"游仙夢"，漫游仙境的睡眠。

[3] 香溝：即御溝，宮中的小河。香：祇是美詞，并非溝香或水香。宋盧祖皋《鷓鴣天》詞云："庭綠初圓結蔭濃。香溝收拾舊梢紅。"

[4] 柳煙：春季柳葉新生，可依稀透過柳樹望見遠處景物的那種狀態。本句改用宋蘇軾《送蜀人張師厚赴殿試》詩"一色杏花三十里，新郎君去馬如飛"。

【韻律】

宋代令詞，《欽定詞譜》收録于第十卷，本詞與第一格朱敦儒詞幾同，唯後段起拍朱詞爲平字起，而本詞爲仄字起，韻律稍異。蓋本調有三處折腰句法，其中前後段第二拍例以仄起式爲正，過片則以平起式爲正，本詞俱用仄起，其聲情跌宕可感。

【輯評】

清陳廷焯《雲韶集》云：《杏花天·金池瓊花曾經醉》詞，"奇麗之句，正與夢窗异。遣詞遣韻，合拍天然"。

四字令　訪友不遇

殘月。半籬。殘雪。半枝。孤吟自款柴扉[1]。聽猿啼鳥啼[一][2]。　人歸。未歸[3]。無詩。有詩[4]。水邊佇立多時。問梅花便知。（第一百二十四）

【校記】

[一] 鳥啼，芝蘭本作"烏啼"，誤。蔡按：本句第四字依律須用仄聲，否則四連平，韻律失諧。

【箋釋】

[1] 自款：自己敲（門）。《晏子春秋》卷五《内篇・雜上第五》載："景公飲酒，夜移于晏子。前驅款門，曰：'君至。'"或謂款爲"題寫"意，誤甚。柴扉：用木片簡單釘製的門，多暗示貧寒之家。南朝范雲《贈張徐州謖》詩云："還聞稚子説，有客款柴扉。"

[2] 清李寄《謁希夷像》詩云"峽口猿啼與鳥啼，白雲終日護希夷"，用本句入詩。

[3] 本句化用宋張元幹《長相思令》詞"蟲聲低。漏聲稀。驚枕初醒燈暗時。夢人歸未歸"。其句法不同，而有別意，可學。

[4] 本句擷用宋華岳《讀蘇武李陵司馬遷傳》詩"河梁一別子卿歸，删後無詩始有詩"。

【韻律】

本調通常稱之爲《醉太平》，周密易名爲"四字令"，但并無《三字令》之特徵，取此名何故，尚不得其妙。宋人小令，《欽定詞譜》收錄于第三卷，以劉過"情高意真"詞爲正體，本詞基于正體而略有變化，其別于他詞的基本特色，是前後段的四個四字句，常常具有一種特異的韻律特性，這個特性就是：與其説它是四字句，不如視爲兩個二字句更恰當。周密填本調二首，這個特性尤其顯著。以本詞爲例，目前各標點本前段通常讀爲"殘月半籬。殘雪半枝"，但實際上其中的"月、雪"是自成一韻的，這個韻律特徵和一百四十二首的"筝塵半床。綃痕半方"完全一樣，也是一種換韻的模式；而後段的兩句，則通常讀爲"人歸未歸。無詩有詩"，細察可知，若讀爲四字一句是非常彆扭的，而實際上它是采用了兩個叠韻的修辭手法。因此，如果以句中韻的方式來吟誦這幾個四字句，無疑其韻律的表現力會更加豐滿，相信也一定更符合周密的本來用意。

這首詞的押韻模式，與孫惟信的完全一致，孫詞爲"吹簫。跨鸞。香銷。夜闌。……衣寬。頻寬。千山。萬山"，前段換韻，後段叠韻，唯一不同的在"月""雪"都是入聲。但是，按照本調的韻律規則，這兩個字位依律須是平聲，因此，"月""雪"實質上就是一種以入作平的手法，整個現存的宋詞中僅此二字用仄，即爲明證。而這種兩個平聲音頓相連的事實，本身也證明了這裏應該有一個讀住，因此，即便是像劉過那樣的"情深。意真。眉長、鬢青。……思君。憶君。魂牽、夢縈"，後一句的第二字，也應該是讀斷了才是正確的處理方法，類似《河傳》中張先的"海宇、稱慶"和李清照的"帝里、春晚"，吟讀之下，自可體會而悟出。

醉落魄　洪仲魯之江西書以爲別[一]

寒侵徑葉。雁風擊碎珊瑚屑[二][1]。硯凉閑試霜晴帖[2]。頌菊騷蘭[3]、秋事正奇絶。　　故人又作江西别。書樓虛度中秋節。碧闌倚遍愁誰説[三]。愁是新愁、月是舊時月[4]。　　　　　　（第一百二十五）

【校記】

[一] 光緒本無"書以爲別"四字。仲魯，芝蘭本、裘杼樓本并作"魯仲"。
[二] 雁風，光緒本作"雁飛"。
[三] 愁誰，光緒本作"愁難"，芝蘭本作"誰人"。

【箋釋】

[1] 雁風：雁歸時節的風，即秋風。唐杜荀鶴《長安道中有作》詩云："帽檐曉滴淋蟬露，衫袖時飄卷雁風。"珊瑚屑：這裏是比喻一地的白霜。周密自創詞彙。

[2] 霜晴帖：疑即王羲之《快雪時晴帖》。

[3] 騷蘭：以蘭爲主題作詩。騷：此爲動字。清龔翔麟《惜秋華·寄鄉友》詞云"浦子潮生，正頌菊騷蘭，橘春凉後"，徑用本句。

[4] 本句化用宋釋居簡《秋塘陳敬父席上餞薛子舒之官建康》詩"月是秦淮舊時月，平分只合與金刀"。

【考證】

洪燾，字仲魯，據《齊東野語》爲洪咨夔的次子，族内行第三十，洪咨夔生年可考，爲1176年，則按正常情况，洪燾生年約在1200年左右，甚至之前，因此與1232年出生的周密，確乎爲兩輩人。所以周密在《癸辛雜識》

中稱其爲"公",顯屬前輩無疑。這裏所說的送別,或人有忘年之交,親送前輩遠行江西,或隨父輩同送,書以爲別,也都在情理之中。而洪焘此番前往江西,應是以朝議大夫寶章閣待制的身份,去擔任江西運使并知隆興府一職(宋馬廷鸞《碧梧玩芳集》有記,惜年月無考)。

但江昱認爲:本詞不見載于《蘋洲漁笛譜》,出《草窗詞》,所以懷疑本詞很可能是周密父周晉所作,後人誤收進了《草窗詞》。江昱并引周密《齊東野語》卷七有"洪端明入冥"一節,説是在嘉熙丁酉歲,洪焘曾經有一次入冥去陰司的經歷。考周密年齡,則丁酉歲的時候尚祗有六歲,以此作爲背書雖然與本詞的送別沒有什麼瓜葛,因爲這些故事,完全可以是回憶之筆,但是,以後輩送前輩,而稱對方是"故人",確乎有身分不合之處,由此再體味後段詞意,則全然是朋友之間的送別語,如中秋本是朋友相聚的佳節,只可從平輩口中道出,晚輩以此爲憾便覺突兀而怪異,又如朋友分別可以説離愁,即便是不太熱絡的朋友間也不妨如此,但一個看不出交往很多的晚輩,告訴前輩自己分別的離愁,也令人覺得唐突而不切,所以,我們從後段的文字中看不出一絲晚輩送別前輩應有的措辭,由此認定本詞并非出自周密之手,可以成爲一説。

【韻律】

此爲唐人小令,但唐詞過片例用仄起仄收式律句句式,而宋詞則改用平起仄收式律句,這也是我所説詞的句式可以不拘的一個典型例子。《欽定詞譜》收錄于第十二卷,宋詞以第二格張先"山圍畫障"詞爲正體,本詞與張詞同。

《醉落魄》即《一斛珠》。落魄,讀爲"落拓",義同,落寞、寂寞的意思。

本調前後段結句爲一九字句,與《南歌子》之類相仿佛,因此"頌菊騷蘭""愁是新愁"實質上并非四字句,而是四字逗,如"烂嚼紅茸、笑向檀郎唾",是最典型的填法。但今天的標點本,因爲受傳統詞譜的影響,都將其視爲四字一句、五字一句,這對于填詞的準確構思,無疑是缺乏積極作用的。由于是九字句,因此填成張先的"但願、羅衣化作雙飛羽"、蘇軾的"記得、歌時不記歸時節"之類的,也就在情理之中了。

【譜注】

萬樹《詞律》云:"後起句平仄與前詞异。宋人多用此體,'正'字、'舊'字用去聲,抑揚有調。'中'字片玉、逃禪用上聲,然不如用平。石屏詞有一首五十五字,乃後第三句誤落二字,非有此體。"

杜文瀾云:"周密詞,'碧闌倚遍誰人説'句,'誰人説'三字,鮑刻《草窗詞》作‘愁誰説’，正呼起‘愁是新愁，月是舊時月’二句，宜從。”

【輯評】

清陳廷焯《雲韶集》云：《醉落魄·寒侵莖葉》詞，“筆法亦正自奇絶。低徊曲折”。

清鄧廷楨《雙硯齋詞話》云：“弁陽翁工于造句……至如《醉落魄》之‘愁是新愁，月是舊時月’，皆體素儲潔，含豪邈然。”

祝英臺近　後溪次韻日熙堂主人[一][1]

殢餘醒、尋舊雨[2]，愁與病相半[3]。緑意陰陰，絲竹静深院[二][4]。絶憐、事逐春移，淚隨花落[5]，似剪斷、鮫房珠串[6]。　　喜重見。爲誰倦酒傭詩，筠屏掩雙扇[三][7]。白髮潘郎[8]，羞見看花伴。可堪、好夢殘時，新愁生處，煙月冷、子規聲斷。　　　　（第一百二十六）

【校記】

[一] 光緒本題序爲“後溪”。

[二] 静深，丙午本此二字爲空，據知不足齋本補。

[三] 筠屏，知不足齋本、四印齋本、芝蘭本作“筼屏”，辛酉本作“筼房”。

【箋釋】

[1] 日熙堂主人：即李彭老，字商隱，周密詞友。

[2] 殢餘醒：被餘醒所困擾。舊雨：老朋友。唐杜甫《秋述》云：“常時車馬之客，舊，雨來；今，雨不來。”

[3] 本句化用宋杜安世《臨江仙》詞“眉山斂翠近秋波。日長初睡起，愁與病相和”。

[4] 絲竹：弦樂與管樂，泛指音樂。漢蔡琰《胡笳十八拍》詩云：“是知絲竹微妙兮，均造化之功。”絲竹本是喧鬧之物，這裏説“静深院”，是一種反襯手法。

[5] 本句徑取宋俞國寶《瑞鶴仙》詞“東風曉來惡。繞西園無緒，淚隨花落”入詞。

[6] 鮫房珠串：傳説中鮫人之淚水可化而爲珍珠，這裏是比喻淚珠如斷綫珍珠一樣。

[7] 筠屏：竹篾製作而成的屏風。周密自創詞彙。清許德蘋《慶清朝慢》詞云：“筠屏倚、怎樣描出，似醉昏昏。”

[8] 白髮潘郎：晋潘岳《秋興賦》序云："余春秋三十有二，始見二毛。"後即以此爲典，謂"潘鬢"，指中年鬢髮發白，并比喻人的年華蹉跎。唐劉長卿《罷攝官後將還舊居留辭李侍御》詩云："潘郎悲白髮，謝客愛清輝。"

【考證】

後溪，明張國維《吳中水利全書》卷三云："武康縣銅峴山發源，爲前溪，一名餘英溪。東過縣治，北過黃隴山，東抵砂溪。兩溪之支流，長流于溪之下流。德清縣之北，餘不溪之支流水注焉。後溪之水，發源烏回山，過龍尾，來會之水亦注焉。北經峴山漾，入江子匯，爲霅溪。霅溪受苕溪、餘不溪、前溪諸流之水，迤邐北行，散入于烏程大錢、小梅等二十七瀆。"與江昱所引《宏治湖州府志》說法不同，竊以爲《吳中水利全書》爲專業專著，或更可信。《永樂大典》卷二二八〇也有類似的記載："後溪在縣東北一里，即縣後之溪也。其源自烏回眾山流出，過龍尾橋，又過豐橋，東注于前溪之北流。慶元六年，知縣丁大聲以其廢淤，不利舟楫，募民浚治。自龍尾橋至獅子山下，長一千二百丈，公私便之，廣五丈，役工一萬六千八百有奇，五旬而畢。"

日熙堂主人：即李彭老，字商隱，周密詞友。江昱所引李彭老詞爲原作，而《歷代詩餘》卷四十九所錄，其題序"後溪次周草窗韻"七字應是誤植，江昱從誤。檢各本《絕妙好詞》第六卷，李彭老此詞均無題序。周密《草窗韻語》"挽李太監仁永"詩，次首云："摳衣猶欠日熙堂。僅拜儀刑振鷺行。"此詞與李彭老韻合，則該日熙堂主人爲李彭老無疑，由此，朱彊村以爲李彭老極有可能就是仁永之子。

【韻律】

此爲近詞，《欽定詞譜》收錄于第十八卷中，以程垓"墜紅輕"詞爲正體，本詞與程詞韻律全合。

本調的前後段末一句組，是一個比例超長的均，今人分析往往會將其視爲三句，就文法而言似乎不錯，但是我們分析其韻律，則這個末一句組仍然是由一起一收兩個單位組成。起的部分爲前十字，從韻律的角度說，這十字就是一個二字逗領四字驪句的結構，它屬于一個結合很緊密的單位，而不可以將其分解爲六字一句、四字一句。這對我們填詞的構思來說極爲重要，嚴格地說，如果你構思爲六字一句、四字一句，那麼實際上已經違反了它原有的韻律規則了。

周密的三首詞，全部采用四字儷句的方式經營，固然是非常精緻，但是我們曾說過，對仗屬于作法範疇的問題，而不屬于律法範疇，因此，這個二字逗是否必定要領一個四字驪句，自然就是否定的，後八字如果是行雲流水似的一氣而下，依然是合乎律理的，例如張玉田填爲"怪他流水迢迢，湖天日暮。想只在、蘆花多處。"一樣合乎韻律，"怪他"的不是"流水迢迢"四字，而是"流水迢迢，湖天日暮"八字，尤其是張詞更添入一個"暮"字入韻，韻律的脉絡就更爲清晰了。反觀今人填詞，由于基本都不瞭解詞的內在韻律，很多誤填都不爲人知，例如有人填爲"酒闌争遣幽懷，此時空記，劫塵外、鏡邊低語"，將"此時空記，劫塵外、鏡邊低語"組合爲一個單位，就説明對這個詞調的韻律没有瞭解。由此可見，掌握一個詞調的內在韻律，對準確填詞，有多麽重要的意義。

【附録】

李彭老《祝英臺近·後溪次周草窗韻》云："杏花初、梅花過，時節又春半。簾影飛梭，輕陰小庭院。舊時月底鞦韆，吟香醉玉，曾細聽、歌珠一串。忍重見。描金小字題情，生綃合歡扇。老了劉郎，天遠玉簫伴。幾番鶯外斜陽，闌干倚遍，恨楊花、遮愁不斷。"

朱彊村云：《草窗韻語·挽李太監仁永》詩，次首云："摳衣猶欠日熙堂。僅拜儀刑振鷺行。"此詞與彭老韻合，則主人爲彭老，疑彭老爲仁永之子也。

甘州　燈夕寄二隱[一][1]

漸萋萋芳草綠江南，輕暉弄春容[2]。記少年游處，簫聲巷陌[3]，燈影簾櫳[4]。月暖烘鑪戲鼓，十里步香紅[5]。欹枕聽新雨[6]，往事朦朧。　　還是江南夢曉[二]，怕等閑愁見，雁影西東。喜故人好在[7]，水驛寄詩筒[8]。數芳程、漸催花信[9]，送歸帆、知第幾番風。空吟想、梅花千樹，人在其中[三]。　　（第一百二十七）

【校記】

[一] 知不足齋本、四印齋本、辛酉本、芝蘭本題序作"燈夕書寄二隱"。

[二] 丙午本原注："一本有'春'字"。江南，知不足齋本、四印齋本、辛酉本作"江春"，芝蘭本作"春江"。

[三] 其中，丙午本注：一作"山中"。蔡按：《絕妙好詞》作"山中"。

【箋釋】

[1] 燈夕：傳統以元宵爲燈節，故其夕則簡稱爲"燈夕"。二隱：《浩然齋雅譚》云："秋崖李萊老，與其兄篔房競爽，號龜溪二隱。"

[2] 輕暉：各種春日柔和的光照，包括日影、草色、水光、遠煙、輕靄等，不僅僅局限于日光。周密第十一首《浪淘沙》云"繡户掩芙蓉。帳減香篝。遠煙輕靄弄春容"，變换不同的文字表達相同的詞意，頗可賞玩。

[3] 清末李岳瑞《蘭陵王·翡仙歿後倏忽經年》詞云"春來似過客。寂寂。簫聲巷陌"，徑取本句入詞。

[4] 本句意謂燈光映照簾櫳，此二句句法相同，隱去動字。句從宋洪咨夔《眼兒媚·壽錢德成》詞"花光燈影浸簾櫳。蓬島現仙翁"中化來，可見其原貌。

[5] 香紅：花朵，花叢。唐吳仁璧《鳳仙花》詩云："香紅嫩緑正開時，冷蝶饑蜂兩不知。"

[6] 新雨：剛剛新下的雨。唐韋應物《曇智禪師院》詩云："時夏方新雨，果藥發餘榮。"本句化用宋吳淑姬《祝英臺近·春恨》詞"病酒無聊，敧枕聽春雨"。

[7] 本句出自宋劉跂《寄葉勤次其韻》詩"故人好在長相憶，悵望江皋麋鹿群"。

[8] 水驛：水路上的官方驛站。唐王建《送嚴大夫赴桂州》詩云："水驛門旗出，山巒洞主參。"詩篇：古代官方驛站備有一種專用的竹筒，用來傳遞公文、詩文，稱爲"驛筒"，詩家則因爲經常傳遞詩稿，故稱其爲"詩筒"，這就像是"吟席""吟窗"，祇是特指詩人所在的坐席和窗户，而并非是有專門供詩人坐的席和專門供詩人用的窗一樣。《漢語大詞典》謂"詩筒"是"盛詩稿以便傳遞的竹筒"。不確，并無專門用來寄詩的"筒"。宋歐陽修《送潤州通判屯田》詩云："善政已成多雅思，寄詩宜逐驛筒來。"

[9] 花信：自小寒至穀雨，每五天爲一番風候，與相關的花期相對應，即每五天有一種花開放，共計爲二十四番，故稱之爲"二十四番花信風"，後一句"第幾番風"即指此。

【考證】

本詞作于何年無考。"記少年游處"一語可知周密與二隱實爲髮小，故此類主題之詞作可能作于成年後任何一年。唯吴熊和先生《唐宋詞彙評（兩宋卷）》編年爲"咸淳三年（1267年）作"，并附夏承燾先生《周草窗年譜》中關于咸淳三年歲末訪二隱的考證。蔡按：歲末訪二隱與燈夕寄書其實風馬牛，若必以爲有關，那麽歲末訪二隱也在丁卯除夕之前，而燈夕應是戊辰正月十五，何况并無書證證明本詞作于這一次的訪問之後，至於其後所引江昱《考證》《龜溪二隱集》及朱孝臧《蘋洲漁笛譜考證補》、《草窗韻語》卷四《次李監韻二首》等書證，則祇能證明周李之間相識久遠，并不能佐證本詞的創作時間。

本集中周密與二隱往來的記載，止于丁卯訪二隱之作。對于名字的稱謂，江昱認爲："在早年初交，尚係各稱，餘皆并稱二隱，蓋即古人雙丁兩到之意。惟契好，故加此徽稱，若云別是一人，則據各詞意觀之，殊非恒流。豈有人如此，而不更見于他集者？或曰：十解擬之一詞，擬二人乎？曰：是，不然二李壎箎倡和，同工競爽，臭味洵無差池，擬之何不可？并且現擬花間矣。花間亦一人乎？近兩人詞有傳本，即名《二隱詞抄》，足證予言之非鑿。"但其後朱彊村對二隱遺作有整理合集，而是集名之謂《龜溪二隱詞》，與夏承燾先生的《龜溪二隱集》近。

【韻律】

這首慢詞《欽定詞譜》收錄于第二十五卷，以柳永"對瀟瀟暮雨"詞爲正體，但柳詞的"一番洗清秋"本爲仄起式句式，這可以從他《巫山一段雲》中的"一番碧桃成"得到證明，却因爲常常被誤解爲平起而填成不律句法，周密本詞也不例外，這雖然可以説明填詞對句法句式的要求本不很高，甚至對用字平仄的要求是否如我們今天所認識的那樣嚴謹，都可以懷疑，但從嚴謹的要求來看，總是一個缺憾。此外，後段末一句組中，三字逗所領的原本是一個一二一格式的四字結構，不但早期的詞人有所恪守，如柳永用"倚欄杆處"，黄裳用"指煙霞去"，晁補之兩首作"更何須惜""算何如此"，即便是周密同時的陳允平，三首中也有兩首用"赴花魚宴""醉長生酒"，可見周密填詞，并不如通常我們認爲的那樣，在韻律上是非常謹嚴的。

本調起拍，是一個一字逗領起七字的句法，故以八字一氣貫之爲正格，今標點本多有讀爲上三下五式者，如本詞被讀爲"漸萋萋、芳草绿江南"，後一首被讀爲"信山陰、道上景多奇"，于韻律而言，皆誤。謹以此二首而言，"萋萋芳草""山陰道上"兩個四字，本是最緊密的語言單位，即便從文法的角度而言，也不應該讀破。

【輯評】

清陳廷焯《詞則·大雅集》卷三，眉批後段末一句組云："筆意高遠，可與玉田相鼓吹。"

俞陛雲《唐五代兩宋詞選釋》云："詞人老去，生平積感重重，更誰知我，賴有一二故交，尚可依依話舊，故草窗寄以此詞。'少年游'五句，簫聲戲鼓，當日裘馬英年，何等豪興，惟老友尚知其情狀。下闋言今雖睽別，幸水驛非遥，尚可通芳訊而達誠素，深盼春風早送歸帆，牙期交誼，情見乎辭矣。"

【附録】

《浩然齋雅譚》云："秋崖李萊老與其兄筼房競爽，號龜溪二隱。"

又　題疏寮園[1]

信山陰道上景多奇，仙翁幻吟壺[2]。愛一邱一壑[一][3]，一花一草，窈窕扶疏[4]。染就春雲五色，更種玉千株。咳唾騷香在[5]，四壁驪珠[6]。　曲折冷紅幽翠，渺流花潤净[二]，步月堂虚。羡風流魚鳥，來往賀家湖[7]。認秦鬟越妝窺鏡[8]，倚斜陽、人在會稽圖[9]。圖多賞、池香洗硯[三]，山秀藏書[10]。　　　　　　（第一百二十八）

【校記】

[一] 一邱，知不足齋本、四印齋本并作"一丘"，通。

[二] 渺流，知不足齋本、四印齋本、芝蘭本并作"涉流"。

[三] 圖多，"圖"字，丙午本空格替，彊村本作"□多"，據知不足齋本、四印齋本補。

【箋釋】

[1] 疏寮：宋代詞人高似孫，字續古，齋號疏寮，鄞縣（今浙江寧波）人。歷校書郎、會稽主簿、處州守。爲官貪酷，諂事韓侂冑，爲人所不齒。對其比較一致的評價是：其讀書以奧僻爲博，作文以怪澀爲奇。

[2] 吟壺：詩人的酒壺。宋吴文英《丹鳳吟·賦陳宗之芸居樓》詞云："吟壺天小，不覺翠蓬雲隔。"所謂"吟壺天小"，即"壺中日月長"的另一種説法。

[3] 一邱一壑：典出劉宋劉義慶《世説新語·品藻》云："明帝問謝鯤：'君自謂何如庾亮？'答曰：'端委廟堂，使百僚準則，臣不如亮；一丘一壑，自謂過之。'"這是宋人筆下最愛的措辭之一，無數人寫過，有的甚至多次用及，如陸游詩中至少用過四次；楊萬里、李彌遜等的詩中，辛弃疾的詞中至少用過三次。究其原因，自然與詩人之懷抱有關。

[4] 扶：扶摇之義。扶疏：峻拔、疏朗而美觀之意。今均解爲"枝葉繁茂分披貌"，或非。詳見第六十五首【箋釋】[7]。

[5] 咳唾：比喻高雅的談吐或詩文。唐李白《妾薄命》詩云："咳唾落九天，隨風生珠玉。"典出漢趙壹《魯生歌》詩"勢家多所宜，咳唾自成珠"。騷香：即詩香，指優美的詩詞。

[6] 驪珠：傳説中的寶珠，參【附録】。唐白居易《與微之唱和來去常以

竹簡貯詩》詩云："煩君贊咏心知愧，魚目驪珠同一封。"

[7] 賀家湖：即鏡湖。賀知章退隱鄉里後，唐玄宗曾詔賜鏡湖剡川一曲，故稱。宋王十朋《知宗游東湖用貢院納涼韻》詩云："東湖曾一到，想像賀家湖。"

[8] 秦鬟：特指浙江的秦望山，山在今浙江紹興諸暨市楓橋，爲會稽山山脉中的名勝。或謂"秦鬟"係美女，誤。宋李彭老《摸魚兒·紫雲山房擬賦蒓》詞云："但望裏江南，秦鬟賀鏡，渺渺隔煙翠。"第一百三十四首《一萼紅》詞云"最憐他、秦鬟妝鏡，好江山、何事此時游"，亦同此俱指秦望山。鏡：鏡湖，亦即前文"賀家湖"。本句詞意爲：秦望山一身越人的妝扮，對著鏡湖在梳妝。

[9] 會稽圖：謂會稽山水如圖畫一般。

[10] 本句與前一句之四字結構，均爲倒裝句法，意謂洗硯池香，藏書山秀。

【考證】

關于高似孫，江昱共引三本書的資料，叙錄高氏生平點滴。引《中興館閣續錄》云："高似孫字續古，鄞縣人，淳熙十一年進士，慶元五年除秘書省校書郎，六年通判徽州。"引《四朝聞見錄》云："高疏寮居近城，因城叠石，曰：南麓麓後高數級，登汲于甕泄之，以管淙淙環佩聲入方池，池方四五尺，畫二卦于扁，自麓之後，登城爲嘯臺。"引《佩楚軒客談》云："高續古東墅亭館名：秀堂疏閣、分繡閣、是堂雪廬、凉觀聽雪齋、雲壑清香館、漁莊歷齋、綠漪墨沼、游雅齋、藏書寮疏寮、蘭磴集硯亭、朝霞林藻景亭、岩壑臺、光碧鄉、剡興亭、蓬萊游春塢、霽雪亭、耶溪月、木蘭徑、陽明麓雪岩、西窑鰲峰。"

這些資料固然"觀之足證草窗此詞語語精切，都非泛設"，但江昱考證所引却容易引起誤會。高似孫爲鄞縣人（一說爲餘姚人，見《光緒餘姚縣志》卷二十四），但疏寮園并不在餘姚或鄞縣，而在紹興。因爲高似孫在孝宗淳熙十一年（1184年）中進士後，調任會稽縣擔任主簿，在會稽所建的別墅稱爲"東墅"，而疏寮則是其中藏書樓所在。正因爲如此，詞中才會有"賀家湖""秦鬟越妝""會稽圖"等紹興才有的詞彙。

周密游會稽，據王沂孫《淡黃柳》題序"甲戌冬，別周公謹丈于孤山中。次冬，公謹游會稽，相會一月。又次冬，公謹自剡還，執手聚別，且復別去"，則本詞或作于乙亥冬，或丙子冬，即周密四十四歲或四十五歲時。

【韻律】

這首慢詞《欽定詞譜》收錄于第二十五卷，以柳永"對瀟瀟暮雨"詞爲正體，但柳詞的"一番洗清秋"本爲仄起式句式，這可以從他《巫山一段雲》中的"一番碧桃成"得到證明，却因爲常常被誤解爲平起而填成不律句法，周密本詞也不例外，這雖然可以説明填詞對句法句式的要求本不很高，甚至對用字平仄的要求是否如我們今天所認識的那樣嚴謹，都可以懷疑，但從嚴謹的要求來看，總是一個缺憾。此外，後段末一句組中，三字逗所領的原本是一個一二一格式的四字結構，不但早期的詞人有所恪守，如柳永用"倚闌杆處"，黄裳用"指煙霞去"，晁補之兩首作"更何須惜""算何如此"，即便是周密同時的陳允平，三首中也有兩首用"赴花魚宴""醉長生酒"，可見周密填詞，并不如通常我們認爲的那樣，在韻律上是非常謹嚴的。

渺流花澗净，步月堂虚。此二句爲一字逗領四字儷句結構，其中四字句爲三一式句法，這種結構從文法的角度看似乎是兩個句子，但從韻律的角度而言，它的結合十分緊密，實際上是類似一句句子的單位。

【附録】

《吹劍録》云：高内翰文虎，作《西湖放生池記》，以鳥獸魚鱉，咸若作禹事。其子疏寮作《蟹略》，以林和靖《草泥行郭索》作杜詩，父子皆爲博學强記所誤。

《莊子·列禦寇》云：人有見宋王者，錫車十乘，以其十乘驕稚莊子。莊子曰："河上有家貧恃緯蕭而食者，其子没于淵，得千金之珠。其父謂其子曰：'取石來鍛之！夫千金之珠，必在九重之淵，而驪龍頷下，子能得珠者，必遭其睡也。使驪龍而寤，子尚奚微之有哉！'今宋國之深，非直九重之淵也；宋王之猛，非直驪龍也；子能得車者，必遭其睡也。使宋王而寤，子爲齏粉夫！"

《新唐書》卷一百九十六《隱逸列傳·賀知章》云："賀知章字季真，越州永興人……肅宗爲太子，知章遷賓客，授秘書監……天寶初，病，夢游帝居，數日寤，乃請爲道士，還鄉里，詔許之，以宅爲千秋觀而居。又求周宫湖數頃爲放生池，有詔賜鏡湖剡川一曲。既行，帝賜詩，皇太子百官餞送。"

張炎《掃花游·賦高疏寮東墅園》云："煙霞萬壑，記曲徑幽尋，霽痕初曉。緑窗窈窕。看隨花毯石，就泉通沼。幾日不來，一片蒼雲未掃。自長嘯。恨喬木荒凉，都是殘照。　　碧天秋浩渺。聽虚籟泠泠，飛下孤峭。山空翠老。步仙風，怕有采芝人到。野色閑門，芳草不除更好。境深悄。比斜川、又清多少。"

齊天樂　次二隱寄梅

護春簾幕東風裏[1]，當年問花曾到。玉影孤搴[2]，冰痕半拆[一]，漠漠凍雲迷道。臨流更好[二][3]。正雪後逢迎[三]，陰光相照[4]。夢入羅浮[5]，古苔啁哳翠禽小[四][6]。　一枝空念贈遠[7]，溯波流不到，心事誰表。倚竹天寒[8]，吟香夜冷，幾度月昏霜曉[五][9]。尋芳欠早。怕鶴怨山空[10]，雁歸書少。不恨春遲，恨春容易老[六][11]。　　　（第一百二十九）

【校記】

[一] 半拆，丙午本原作"半折"，四印齋本作"半坼"，據知不足齋本、彊村本、辛酉本改。

[二] 好，芝蘭本注云："《草窗詞》作'妙'。"余所見諸本非是，唯辛酉本注云："一作'妙'。"

[三] 雪後，知不足齋本、四印齋本、辛酉本、芝蘭本并作"雪意"。

[四] 禽，芝蘭本注云："《草窗詞》下多一'啼'字。"余所見諸本非是。

[五] 月昏，丙午本原作"日昏"，芝蘭本亦同，據知不足齋本、彊村本、四印齋本改。

[六] 恨春，丙午本原作"恨素"，據知不足齋本、彊村本、四印齋本改。

【箋釋】

[1] 護春簾幕：即通常所說的"步障"。步障的一個功能，就是保護花木，而在詩人的眼裏，護花即護春。這種描述在唐宋詩詞中極多，如司空圖《牡丹》的"主人猶自惜，錦幕護春霜"、丘崈《驀山溪》的"簾幕護春寒，篆香溫、笙簧韻美"、劉學箕《池蘋》的"盡道重簾妨暖日，疏枝却得護春寒"、呂同老《天香》的"簾影垂風不動，屏深護春宜小"、歐陽修《洛陽春》的"錦屏羅幕護春寒，昨夜三更雨"，等等。

[2] 玉影：月亮之影，月光。宋王沂孫《聲聲慢》詞云："高寒户牖，虛白尊罍，千山盡入孤光。玉影如空，天葩暗落清香。"參見第一百零七首。

[3] 本句取自宋朱熹《次韻寄題芙蕖館》詩"臨流更好揮椽筆，俯檻何妨接羽觴"。

[4] 陰光：太陰之光，猶太陽之光稱"陽光"然；月光。晋阮籍《采薪者歌》詩云："陽精蔽不見，陰光代爲雄。"

[5] 羅浮：山名，在廣東省東江北岸。相傳隋趙師雄在此夢遇梅花仙女，故多爲咏梅典實。本句化用宋晁補之《和東坡先生梅花》詩"羅浮幽夢入仙窟，有屐亦滿先生門"。

[6] 古苔：梅花老枝上的青苔。本句化用宋姜夔《疏影》詞"苔枝綴玉，有翠禽小小，枝上同宿"。

[7] 一枝贈遠：古人有折枝贈遠方親友的習俗。本句用陸凱《贈范曄》詩"折花逢驛使，寄與隴頭人。江南無所有，聊贈一枝春"爲典。

[8] 倚竹：這裏是説梅花挨著青竹生長。中國歷來將梅與竹視爲文人品格的象徵，松竹梅歲寒三友，梅蘭竹菊四君子，均有梅竹，故這裏是暗示自己與二隱的關係。本句化用唐杜甫《佳人》詩"天寒翠袖薄，日暮倚修竹"。

[9] 本句與宋陳允平《瑞龍吟壽吳丞相》詞"幾度月昏霜曉，望馳天北，驛傳湘渚"同，二者必有相互引用關係。

[10] 鶴怨：指期待著歸隱的人。典出南朝孔稚圭《北山移文》的"蕙帳空兮夜鶴怨，山人去兮曉猿驚"。意謂鶴因隱士出山、蕙帳空空而愁怨。後宋張炎《新雁過妝樓賦菊》詞"寒香應遍故里，想鶴怨山空猶未歸"，從本句擴展。

[11] 本句化用宋徐集孫《惜春》詩"方此惜春容易老，晚風吹落野棠梨"。

【考證】

當年問花曾到。所指當是第十八首《三犯渡江雲》所記的棹雪訪二隱。二隱寄梅所附之詞俱已佚。

【韻律】

本調爲慢詞，《欽定詞譜》收録于第三十一卷，以周邦彥"緑蕪凋盡"詞爲正體。本詞較之正體，字句及韻律全合。餘參第四十、五十四、六十四、七十四、一百一十九首之【韻律】。

憶舊游 寄王聖與[1]

記移燈剪雨[2]，換火篝香，去歲今朝。乍見翻疑夢[3]，向梅邊携手[一]，笑挽吟橈[4]。依依故人情味[5]，歌舞試春嬌。對婉娩年芳[二]，漂零身世，酒趁愁消。　　天涯未歸客[6]，望錦羽沉沉[7]，翠水迢迢。嘆菊荒薇老，負故人猿鶴[8]，舊隱誰招[三]。疏花漫撩愁思[四][9]，無句到寒梢。但夢繞西陵[五][10]，空江冷月[六]，魂斷隨潮[11]。　　　　（第一百三十）

【校記】

[一] 向，《詞繫》作"更"。
[二] 婉娩，《詞繫》作"娩婉"。
[三] 誰招，芝蘭本、《詞繫》并作"難招"。
[四] 漫撩，芝蘭本作"漫捺"。
[五] 西陵，知不足齋本、四印齋本、辛酉本、《詞繫》并作"西泠"，誤。

[六] 冷月，芝蘭本作"月冷"。

【箋釋】

[1] 王聖與：即王沂孫。見【考證】。

[2] 剪雨：剪雨夜之燈花，與唐人所用的字面義不同。爲中心詞省用法，周密翻新詞彙。參見第七十八、九十七首【箋釋】。知道中心詞省用法可以解開很多不可解的詞語，是理解古詩文的重要工具。清末易順鼎《燭影搖紅‧江上阻風作》詞云"剪雨移燈，隔雲呼笛船初泊"，本此。

[3] 乍：冷不丁地。乍見：忽然遇見。翻：反而。本句逕用唐司空曙《雲陽館與韓紳宿別》詩"乍見翻疑夢，相悲各問年"。

[4] 橈：船槳，借代爲舟。吟橈：詩人乘坐的船。周密自創詞彙。清張玉珍《點絳脣‧悔堂弟將至走筆迎之》詞云："吟橈來否。祇在燒燈候。"

[5] 依依：依稀，隱隱約約。本句逕取宋姜夔《徵招》詞"迤邐。剡中山，重相見、依依故人情味"。

[6] 天涯未歸客：典出唐劉禹錫《酬馬大夫登洭口戍見寄》詩"猶念天涯未歸客，瘴雲深處守孤城"。此後無數人化用、改寫，此爲一例。

[7] 錦羽：羽毛斑斕的鳥，中心詞省用法。唐李群玉《鸂鶒》詩云："錦羽相呼暮沙曲，波上雙聲戛哀玉。"沉沉：杳無音信的樣子。唐韋莊《秦婦吟》詩云："沉沉數日無消息，必謂軍前已銜璧。"

[8] 猿鶴：本指隱逸之人，這裏是"猿鶴的心念"之意，即歸隱的念頭。中心詞省用法。唐孫魴《廬山瀑布》詩云："却羨爲猿鶴，飛鳴近碧湍。"

[9] 漫撩：莫惹，空惹。"漫"是一個表否定的詞，但否定程度要較"莫"更輕微。參見第四十七首【箋釋】[5]。宋張鎡《酬張子立投贈》詩云："淺拙固難酬妙寄，漫撩春夢草池邊。"

[10] 西陵：錢塘江邊一古鎮，在今杭州西興鎮，可觀潮。或謂即"西泠"者，誤，這個句組的語境，涉"江"、涉"潮"，自然與西湖之西泠無關。唐靈一《酬皇甫冉西陵見寄》詩云："西陵潮信滿，島嶼沒中流。"明何良俊《盛仲交原倡》詩云"但許風流擅南館，不教飛夢繞西陵"，從此化出。

[11] 清末易順鼎《燭影搖紅‧江上阻風作》詞云"魂斷隨潮，江南無處尋花落"，逕用本句入詞。

【考證】

王聖與即王沂孫，字聖與，號碧山，又號中仙，紹興人。有《碧山樂府》二卷，一名《花外集》。《志雅堂雜鈔》又記載："王聖予，嘗緝《對苑》一書，甚精。凡十餘册，止于三字，如'獅子橘''鳳兒花'之類。"《延祐四明志》記載他在至元中，曾經擔任過慶元路學正。與周密同爲宋末四大詞家。周密與王沂孫的交往，根據有記載的史料來看，應該是首次在杭州孤山，王沂孫曾專門賦《淡黃柳·甲戌冬別周公謹丈于孤山中》詞，可以證明："花邊短笛。初結孤山約。"

西陵，今有人解爲是西湖之"西泠"，"西泠"別稱確有"西陵"者，如詩詞中最早可見的南朝《錢塘蘇小小歌》載："何處結同心，西陵松柏下。"周密《增補武林舊事》卷六亦云："西陵橋，又名西林橋，又名西泠橋。"但是，本詞中末一句組所說的是"但夢繞西陵，空江冷月，魂斷隨潮"，則此西陵與湖無關，而是與"江""潮"有關。

與江、潮有關的"西陵"，則應是指錢塘江畔的"西陵渡"，如南朝謝惠連有《西陵遇風獻康樂》詩云："昨發浦陽汭，今宿浙江湄。"西陵渡即今天杭州濱江區的"西興"，至少魏晉之後西陵就是送別之地，如唐李白《送友人尋越中山水》詩云："東海橫秦望，西陵繞越臺。"但是，西陵在錢塘江南岸，而杭州在錢塘江北，因此，這個"西陵"祇是一種借代手法而已，指錢塘江邊的某一渡口，王沂孫由此上船回紹興。周密在第一百三十六首《送聖與還越》中也有"正潮過西陵"的句子，正可爲本詞旁證。

由此可知，詞中的"去歲今朝"，即指周、王在杭州相會的那一天，所以本詞應填于乙亥年的冬季，時周密四十四歲。

【韻律】

本詞屬慢詞，周密共填三首，《欽定詞譜》以周邦彥"記愁橫淺黛"詞爲正格，本詞列爲第五格，校之正格，均在前後段的結拍處有所不同，但前段《欽定詞譜》衍多一字，作"別鳳引離鴻"，實誤，後段差異解析如下。

本調後段末一句組，例作五字一句、七字一句，宋詞二十六首有二十四首如是填。但是周密詞，于此略有調整，如第一百零九首，後段末一句組作"悵寶瑟無聲，愁痕沁碧，江上孤峰"，添一字，作一五二四式句法。這種句法就全詞考察，應是刻意而爲，因爲前段末一句組正是一五二四式句法，如此，則前後段韻律更爲協和，具有另一種韻律特色，符合詞調變化的一般規則，本詞與第一百零九首同一填法，可爲這一"刻意"佐證。

本調後段第七拍之正格填法，爲平起仄收式句法，因此"疏花漫撩愁思"句中的"撩"字，應讀爲仄聲，見《集韻》嘯部，讀力吊切，音"料"，《康熙字典》云："亦取也。"

其餘參見第四十一首【韻律】。

【譜注】

《欽定詞譜》云："此亦與周（邦彥）詞同，惟換頭句不藏短韻，後段結句添一字、作四字兩句異。"

秦巘《詞繫》云："換頭亦不叶韻。前結句五字，後結句八字，比各家各多一字。《笛譜》《草窗》皆無，自是另格。周別作，前結作'別鳳引離洛'，後結作'江上孤蜂'，與此同。一本去'引'字、'孤'字，何必牽合。'故人情味'，'人'字不宜用平，後同。'思'去聲。"

【附錄】

宋張炎《瑣窗寒》序云："王碧山又號中仙，越人也。能文工詞，琢語峭拔，有白石意度，今絶響矣。餘悼之玉笥山，所謂長歌之哀，過于痛哭。"

清末易順鼎《憶舊游·春日題五榕江閣》詞云："正春沙有雁，曉樹無鶯，暗盡芳朝。一尺桃花雨，恰吹愁成浪，流到詩橈。東風百蠻如畫，綠染瘴天嬌。奈官路斜陽，題紅萬里，鵑淚難消。　　晴絲水窗憑，只隔望簾疏，載夢帆迢。記向橫塘過，負垂楊兩岸，玉手親招。還將寄鸞殘句，寫上碧雲梢。漸人影都無，江心冷月孤蕩潮。"

聲聲慢　送王聖與次韻

瓊壺歌月[一][1]，白髮簪花[2]，十年一夢揚州[3]。恨入琵琶[4]，小憐重見灣頭[5]。尊前謾題金縷，奈芳情、已逐東流。還送遠，甚長安亂葉[6]，都是閑愁。　　次第重陽近也[7]，看黃花綠酒[8]，也合遲留[二]。脆柳無情，不堪重繫行舟[9]。百年正消幾別[10]，對西風、休賦登樓。怎去得[三]，怕凄涼時節，團扇悲秋[11]。　　（第一百三十一）

【校記】

[一] 歌月，芝蘭本、《詞律》作"敲月"。

[二] 也合，光緒本、芝蘭本、《詞律》并作"祇合"。

[三] 怎去，芝蘭本作"乍去"。

【箋釋】

[1] 瓊壺：即《晉書》中王敦"擊壺而歌，壺邊盡缺"之唾壺。第二十七首《玉京秋·長安獨客又見西風》詞云："客思吟商還怯。怨歌長、瓊壺暗缺。"歌月：因月而歌，擊壺而歌的內容多為感慨歲月流逝，故歌月可知即歌時。唐崔櫓《春晚岳陽言懷》詩云："何以不羈詹父伴，睡煙歌月

老潺潺。"

[2] 本句擷取自宋黃庭堅《南鄉子·重陽日宜州城樓宴集即席作》詞"花向老人頭上笑，羞羞。白髮簪花不解愁"。

[3] 本句化用自唐杜牧《遣懷》詩"十年一覺揚州夢，贏得青樓薄幸名"。周密另有《眼兒媚》詞云："十年一夢揚州路，空有少年心。"

[4] 本句擷取自宋劉一止《雪中聽琵琶》詩"要趁回風看舞態，莫令嬌恨入琵琶"。

[5] 小憐：北齊後主高緯之嬪妃，姓馮，名小憐，詳參【附錄】。唐李賀《馮小憐》詩云："灣頭見小憐，請上琵琶弦。"周密另有《琵琶》詩云："荻花江上逢商婦，楊柳灣頭見小憐。"

[6] 本句用宋周邦彥《齊天樂·秋思》詞"渭水西風，長安亂葉，空憶詩情宛轉"爲典。周密另有《掃花游·九日懷歸》詞云："正長安亂葉，萬家砧杵。"

[7] 次第：轉眼間。唐王建《惜歡》詩云："次第頭皆白，齊年人已殘。"清末趙熙《甘州·寺夜》詞云"次第重陽近也，記去年此際，海水西流"，徑用本句入詞。

[8] 黃花：菊花。綠酒：綠蟻酒。"綠蟻"爲一種酒名，南朝謝朓有《在郡臥病呈沈尚書》詩云："嘉魴聊可薦，綠蟻方獨持。"北魏張銑注云："綠蟻，酒也。"或謂"綠蟻"爲酒面所浮之綠色泡沫，余不敢信。本句擷用宋晏幾道《采桑子》詞"黃花綠酒分後，淚濕吟箋"。

[9] 明胡應麟《丘計部汝謙》詩云"岸岸啼猿江色裏，不堪重繫木蘭舟"，化用本句入詩。

[10] 明倪謙《送王克敬南還》詩云"百年消幾別，兩地詎能忘"，化用本句入詩。

[11] 本句出自唐李嘉祐《古興》詩"莫道君恩長不休，婕妤團扇苦悲秋"。

【考證】

本詞爲與王沂孫的唱和之作，就題序看，應該是周密送王沂孫，但王有別詞在先，故周密步韻和之，而不是像通常那樣的送人之作則爲首唱。這在語感中便使人略顯彆扭，這種彆扭的形成是有原因的，從周、王二詞中存在的一點蹊蹺，可以給出答案：王沂孫詞中說的是"春風二月梢頭"，正是仲春時節，但周密詞中卻是"次第重陽近也""對西風、休賦登樓"，則其詞創作時間應該在八月底九月初的金秋季節。由此可以很清晰地看出，這兩首同韻之作，並非一時之作，這也是爲什麼周詞的題序略顯彆扭的原因。

至于這兩首詞的具體創作時間，竊以爲王詞作於至元二十三年（1286年）二月，時周密五十五歲。據宋戴元表《剡源文集》卷十《楊氏池堂讌集詩序》云："丙戌之春，山陰徐天祐斯萬、王沂孫聖與、鄞戴表元帥初、台陳方申夫番、洪師中中行皆客于杭……公謹以三月五日將修蘭亭故事，合居游之士凡十有四人，共宴于曲水，客皆諾，如約。"根據這一記載，可見與王詞絲絲入扣：周密計劃三月五日雅聚，以當時之情形，自然需要在二月就發出邀請函，所以是"春風二月梢頭"，然後整理停當，如約赴杭。

　　但是周密此詞，則并非作於這一次雅聚時，而應該是作於是年秋至至元二十七年（1290年）庚寅秋周密五十九歲的五年間。就本詞所記和一般常理來分析，王沂孫赴前述三月初五的雅聚之約，一般不會盤桓到秋天纔返鄉，所以，周密王沂孫應該還有一次未被後人發現的晤面，而最大的可能，愚以爲是在至元二十四年（1287年）的八月仲秋時節，時周密五十六歲。

　　這一觀點的理由是，至元二十四年（1287年），周密得王獻之《保母志》，其中有王沂孫的題詩，該題詩雖未署年月，但其前爲山陰王易簡題詩，再其前爲趙孟頫的跋文，其跋中有"丙戌冬，伯幾得一本，繼之公謹丈得此本，領諸人賦詩，然後朋識中知有此本。丁亥八月，僕自燕來還，亦得一本"之語，可見應作於至元二十四年（1287年）八月。而王沂孫詩之後，依次爲"三齊呂同老敬觀""至元戊子，鮮于樞再觀"，則鮮于樞的第二次鑒賞爲次年戊子，因此可以判斷，題詩於兩者之間的王沂孫，必定在期間曾到過杭州。而因爲當時《保母志》的發現猶如今日的三星堆，加之周密號召題詞，所以同好中紛紛前往圍觀、留墨，莫不以一睹爲快。鑒於題詩留墨必得作者親臨，所以王沂孫極有可能就是爲此而來。因此，是年秋八月，王沂孫在杭，即爲之題詩，然後于八月底九月初離杭返回紹興。而周密這首"次第重陽近也"的詞，就是在這次送行時所作，送王沂孫而用王沂孫去年之詞韻，也更在情理之中。這雖然是一種推斷，但時間上的銜接是嚴絲密縫的，退一步說，即便王沂孫并非專程而是因他事來杭，順便一觀，也必在"丁亥八月"和"至元戊子"兩個墨迹之間，且要符合"重陽"的要素，那就是或丁亥重陽前，或戊子重陽前了。

　　關於諸人留墨的順序，鮑廷博已將其題跋作爲附錄部分，完完整整刻錄于其知不足齋叢書本《四朝聞見錄》戊集之後的附錄中了。

【韻律】

　　本調爲宋代流行慢詞，周密共有五首，均爲平韻體，本調《欽定詞譜》收錄於第二十七卷，以晁補之"朱門深掩"、吳文英"檀欒金碧"和王沂孫"啼螿門靜"三首爲正體，本詞與晁詞同，唯後段第一句組收拍微調爲一字逗領四字儷句异。

周密平韻體《聲聲慢》共有五首，前四首後段均爲四十八字，這是唯一一首後段五十字的。其不同處在末一句組不減字，仍舊保持與前段完全一致的韻律，這種不同，效果并不在于增加了二字一個小頓，而在于末一句組的韻脚也回歸成了"平平"脚。這種填法的人極少，目前宋詞中另外可見的僅王之道、晁補之、黃人杰三人四首如此，有意思的是，這四首詞無一例外題爲《勝勝慢》，其間或有一定的關係。

前段"尊前谩題金縷"句，依律第五字應爲仄聲，"金"字平聲，違律。

餘參第六十八首、六十九首、一百零一首、一百零八首【韻律】。

【譜注】

萬樹《詞律》云："平韻。後結與前結同，另爲一體。琴趣亦有此體，詞亦精，因其第四句用'斷腸如雪'，與前諸家不合，故録此篇。其後段于'看黃花'句作'別後縱青青'，平仄與惜香'空記得當時'同，不拘。"

【輯評】

清陳廷焯《雲韶集》云：《聲聲慢·瓊壺敲月》詞，"撫今追昔，世事茫茫，可勝浩嘆。祇'次第'二字便有多少時光易過之感，妙是從上文生出。結更凄絶"。

清陳廷焯《詞則·大雅集》卷三，眉批前段末一句組云："幽情苦意。"

【附録】

《北史·后妃列傳下·馮淑妃》云："馮淑妃名小憐，大穆後從婢也。穆後愛衰，以五月五日進之，號曰'續命'。慧黠能彈琵琶，工歌舞。後主惑之，坐則同席，出則并馬，願得生死一處。命淑妃處隆基堂，淑妃惡曹昭儀所常居也，悉令反換其地。周師之取平陽，帝獵于三堆，晋州丞告急，帝將還，淑妃請更殺一圍，帝從其言。識者以爲後主名緯，殺圍言非吉徵。及帝至晋州，城已欲没矣。作地道攻之，城陷十餘步，將士乘勢欲入。帝敕且止，召淑妃共觀之。淑妃妝點，不獲時至。周人以木拒塞，城遂不下。舊俗相傳，晋州城西石上有聖人迹，淑妃欲往觀之。帝恐弩矢及橋，故抽攻城木造遠橋，監作舍人以不速成受罰。帝與淑妃度橋，橋壞，至夜乃還。稱妃有功勛，將立爲左皇后，即令使馳取褘翟等皇后服御。仍與之并騎觀戰，東偏少却，淑妃怖曰：'軍敗矣！'帝遂以淑妃奔還。至洪洞戍，淑妃方以粉鏡自玩，後聲亂唱賊至，于是復走。内參自晋陽以皇后衣至，帝爲按轡，命淑妃著之，然後去。帝奔鄴，太后後至，帝不出迎；淑妃將至，鑿城北門出十里迎之。復以淑妃奔青州。後主至長安，請周武帝乞淑妃，帝曰：'朕視天下如脱屣，一老嫗豈與公惜也！'仍以賜之。"

宋王沂孫《聲聲慢》云："迎門高髻，倚扇清吭，娉婷未數西州。淺拂朱鉛，春風二月梢頭。相逢靚妝俊語，有舊家、京洛風流。斷腸句，試重拈彩筆，與賦閑愁。　猶記凌波去後，問明璫羅襪，却爲誰留。枉夢相思，幾回南浦行舟。莫辭玉樽起舞，怕重來、燕子空樓。謾惆悵、抱琵琶，閑過此秋。"

踏莎行　題中仙詞卷[1]

結客千金[2]，醉春雙玉[3]。舊游宫柳藏仙屋。白頭吟老茂陵西[4]，清平夢遠沉香北[5]。　玉笛天津[6]，錦囊昌谷[7]。春紅轉眼成秋緑。重翻花外侍兒歌，休聽酒邊供奉曲[8]。　　　（第一百三十二）

【箋釋】

[1] 中仙：王沂孫，號碧山，又號中仙、玉笥山人。張炎《山中白雲詞》云："王碧山能文，工詞，琢語峭拔，有白石意度。"

[2] 盡散千金而交結友人之意，用吕不韋贈千金助子楚事。《史記·吕不韋傳》云："吕不韋曰：'子貧，客于此，非有以奉獻于親，及結賓客也。不韋雖貧，請以千金爲子西游，事安國君及華陽夫人，立子爲適嗣。'子楚乃頓首。"這裏是説王沂孫之好交結。

[3] 雙玉：雙玉鍾。中心詞省用法。參見第九十七、一百三十首【箋釋】。此二句謂王沂孫之個性豪放。

[4] 白頭吟老：根據"茂陵"，即漢武帝劉徹的陵墓，應是指司馬相如，司馬晚年曾賦閑于茂陵，因此"茂陵"常用來借指司馬相如。南朝沈約《君子有所思行》詩云："共矜紅顔日，俱忘白髪年。寂寥茂陵宅，照曜未央蟬。"

[5] 唐李白有《清平調》三首，其中有"解釋春風無限恨，沉香亭北倚闌干"的句子。沉香：即沉香亭，唐代宫中的亭。本句是説往日大宋的沉香亭畔的生活，都已經成了清平之夢，遠遠逝去，景象不再了。同時也暗指二人入元後清冷的生活。

[6] 天津：天津橋，在洛陽南。參見【附録】。本句以李暮的笛藝高超譬喻王沂孫的詩藝。

[7] 錦囊：用錦緞製成的袋子，古人的詩作多用錦囊收藏，故又被借用爲"詩作"之意。《新唐書·文藝傳下·李賀》有記載云："每旦日出，騎弱馬，從小奚奴，背古錦囊，遇所得，書投囊中。"昌谷：李賀所居之地，在今河南

宜陽縣西，後成李賀之代稱別號。本句意謂王沂孫如李賀一樣，勤于作詩。

[8] 供奉曲：宮廷內演奏的歌曲。唐劉禹錫《聽舊宮人穆氏唱歌》詩云："休唱貞元供奉曲，當時朝士已無多。"

【韻律】

本調爲宋人小令，《欽定詞譜》收錄于第十三卷，以晏殊"細草愁煙"詞爲正體。本詞即用正體，唯後段結拍不用平起式句法，儘管顯見是因爲"供奉曲"而權，但總是一個小缺憾。

本調前後段起拍處的兩個四字句，就製曲的角度來說，是由一七字句拍添一字而來，因此八字本爲一體，所以該八字通常都用儷句形式構成。這種文法角度爲兩句而韻律上則是一個句拍的情況，是詞中常見的結構形式。理解這種結構，在填詞創作中對準確構思，無疑是具有重要意義的。

後段結拍，依律須是平起仄收式句法，本調全宋兩百餘首，僅本詞和李流謙"惟有斷鴻知此意"兩句作仄起仄收式句法，百不足一，因此顯係誤填，而這個誤填，基本可以判斷是"聽"字的兩讀引起。

【附錄】

唐元稹《連昌宮詞》詩有注云："念奴，天寶中名倡，善歌，每歲樓下酺宴。累日之後，萬衆喧隘，嚴安之、韋黃裳輩辟易不能禁，衆樂爲之罷奏。明皇遣高力士大呼于樓上曰：'欲遣念奴唱歌，邠二十五郎吹小管逐，看人能聽否。'未嘗不悄然奉詔，其爲當時所重也如此。然而明皇不欲奪俠游之盛，未嘗置在宮禁，或歲幸湯泉，時巡東洛，有司潛遣從行而已。又，明皇嘗于上陽宮夜後按新翻一曲，屬明夕正月十五日。潛游燈下，忽聞酒樓上有笛奏前夕新曲，大駭之。明日密遣捕捉笛者，詰驗之，自云：'其夕竊于天津橋玩月，聞宮中度曲，遂于橋柱上插譜記之，臣即長安少年善笛者李暮也。'明皇异而遣之。"

宋張炎《洞仙歌·觀王碧山花外詞集有感》云："野鵑啼月，便角巾還第。輕擲詩瓢付流水。最無端、小院寂歷春空，門自掩，柳發離離如此。　　可惜歡娛地。雨冷雲昏，不見當時譜銀字。舊曲怯重翻，總是離愁，淚痕灑、一簾花碎。夢沉沉、知道不歸來，尚錯問桃根，醉魂醒未。"

江昱原注：王碧山詞，予所得鈔本凡二，一名《玉笥山人花外詞集》，爲白門周司農櫟園先生藏，凡南宋鈔本詞十六家。予從姑爲司農孫婦，舉以畀余者，校吳本爲多。

以上《草窗詞》卷下

國香慢[一] 夷則商賦子固凌波圖[1]

玉潤金明[2]。記曲屏小几，剪葉移根[3]。經年、汜人重見[4]，瘦影娉婷。雨帶風襟零落[二]，步雪冷、鵝管吹笙[三][5]。相逢舊京洛[四]，素靨塵緇[6]，仙掌霜凝[五]。　國香流落恨[六][7]，正冰鋪翠薄[七]，誰念遺簪[8]。水空天遠[八]，應念礬弟梅兄[9]。渺渺魚波望極[10]，五十弦、愁滿湘雲[11]。淒涼耿無語[12]，夢入東風，雪盡江清。　　　（第一百三十三）

【校記】

[一] 原詞調名各本均作 "夷則商國香慢"，誤。"夷則商" 爲本詞調所屬宮調名，意謂商調之夷則均，而非調名，不當雜糅同列，今人亦有將六字視爲調名者，蓋因此而誤導。

[二] 零落，彊村本作 "零亂"。

[三] 雪冷，四印齋本、辛酉本、《詞繫》并作 "雲冷"。吹笙，知不足齋本、彊村本、四印齋本、辛酉本、芝蘭本、《詞繫》并作 "吹春"。

[四] 京洛，四印齋本作 "京雒"，堆絮園刻本、《詞律》作 "京路"。

[五] 霜凝，知不足齋本、四印齋本、辛酉本并作 "香凝"。

[六] 流落，丙午本原作 "零落"，據知不足齋本、彊村本、四印齋本改。蔡按：前段第三句組已見 "零落"。

[七] 冰鋪，彊村本、四印齋本并作 "冰消"，芝蘭本作 "冰銷"，《詞律》作 "冰綃"。

[八] 空天，知不足齋本、辛酉本并作 "天空"。

【箋釋】

[1] 夷則商：宮調名，俗稱 "商調"，萬樹《詞律》作 "彞則商"。子固：趙孟堅，字子固，浙江海鹽人。書畫家，趙孟頫的從兄。凌波圖：水仙圖。宋李彌遜《再次前韻》詩云："江妃水仙尚依稀，凌波挽客亦重違。"

[2] 玉潤：本是贊美人語，此人格化，贊美水仙。典出《晉書·衛玠傳》載："玠妻父樂廣，有海內重名，議者以爲'婦公冰清，女婿玉潤'。"本句從宋王安石《和耿天騭以竹冠見贈》詩 "玉潤金明信好冠，錯刀剡出蘚紋乾" 出。

[3] 剪葉：修剪枝葉。移根：水仙的種植以根莖移植爲主，故云。清周之琦《慶春宮》詞云："漢皋佩杳誰憐。剪葉移根，幾番淒絕"，徑取本句入詞。

[4] 汜人：此以汜人比喻水仙。"汜人重見" 云云，詳參【附錄】。

[5] 鵝管：即笙上的樂管，因笙上之管狀如鵝毛管，故稱。唐李賀《天上謠》云："王子吹笙鵝管長，呼龍耕煙種瑤草。"

[6] 塵緇：塵污，污垢之意。此二句化用晉陸機《爲顧彥先贈婦》詩"京洛多風塵，素衣化爲緇"，"塵緇"一詞，也是本此二句而來。

[7] 國香：此指水仙花，水仙曾被朝廷指定爲御貢之花。本句從宋許及之《過常山村店中見菊》詩"國香何恨成淪落，秋月春風不解愁"中化出。

[8] 遺簪：此以遺簪自況，哀自己不被人所關注。《韓詩外傳》卷九云："孔子出游，少源之野有婦人，中澤而哭，其音甚哀。孔子使弟子問焉曰：'夫人何哭之哀？'婦人曰：'鄉者，刈蓍薪，亡吾蓍簪，吾是以哀也。'弟子曰：'刈蓍薪而亡蓍簪，有何悲焉？'婦人曰：'非傷亡簪也，蓋不忘故也。'"

[9] 本句化用宋黃庭堅《王充道送水仙花五十枝欣然會心爲之作咏》詩"含香體素欲傾城，山礬是弟梅是兄"，意謂水仙與山礬花和梅花一樣潔白芳香。

[10] 魚波：湖波。湖中有魚，波下有魚，故有此用法，屬移就的修辭手法。宋張炎《梅子黃時雨・病後別羅江諸友》詞云："待棹擊空明，魚波千頃。"

[11] 五十弦：即瑟。湘女被認爲是水仙花之前身，這裏用湘靈鼓瑟典，事見《楚辭・遠游》詩云："二女御《九韶》歌使湘靈鼓瑟兮，令海若舞馮夷。"唐吳融《送荆南從事之岳州》詩云："遥知月落酒醒處，五十弦從波上來。"

[12] 第一百零七首《好事近・次梅溪寄別韻》詞云："一餉淒凉無語，對殘花幺蝶。"

【考證】

趙孟堅，宋宗室，《嘉興府圖記》云："趙孟堅，字子固，海鹽人。系出安定郡王。初以父蔭入仕，後登進士第，歷官集英殿修撰，知嚴州，遷翰林學士承旨。孟堅修雅博識，善筆札，工詩文，多藏三代以來金石名迹。又善作梅花、水仙、蘭竹，于山水尤奇。襟度蕭爽，時比之米南宮。年九十七卒。謚文簡。"他在《甲辰歲朝把筆》一詩中自述説："四十五番見除夕，稍知慚愧此之日。"以甲辰（1244年）前推，則生于1199年，因爲在該年歲朝（即大年初一）寫該詩，則該年除夕遠未來臨，《全宋詞》及《全宋詩》的簡介中都謂其生于1200年，或有小誤。

《樂郊私語》則説他隱居于浙江嘉興："子固入本朝，隱居嘉禾之廣陳鎮，時載以一舟，舟中琴書尊杓畢具，往往泊蓼汀葦岸，看夕陽，賦曉月爲事。從弟子昂自苕中來訪，公閉門不納。夫人勸之，始令從後門入。坐定，第問：'弁山笠澤佳否？'子昂云：'佳。'公曰：'弟奈山澤佳何？'子昂慚退。便令蒼頭濯其坐具。"趙孟堅是趙孟頫的從兄,長其十歲。

趙孟堅的水仙畫得很有特色,《畫禪室隨筆》云:"子固水仙,欲于揚無咎梅花作敵,周草窗極重其品,曾刺舟嚴陵灘下,見新月出水,大笑云:'此文公所謂綠凈不可唾,乃我水仙出現也。'"本詞就是題其水仙圖而作。考《珊瑚網·趙孟堅水墨雙鉤水仙卷自跋》中有趙孟堅自跋文:"予久不作此,又方病目未愈,子用徵夙諾良,亟急起,描寫轉益,拙俗觀者,求于形似之外可爾。"趙孟堅跋後有趙孟頫跋文,而再後就是"弁陽老人周密題《夷則國香慢》云云"。故周密所題的可見就是這幅"雙鉤水仙圖"。

【韻律】

這個慢詞詞調《欽定詞譜》收錄于第二十七卷,以張炎的"空谷幽人"詞為正體,這個詞調的第二句組有一個特點,即其前段用二字逗領四字儷句的句法,與後段并不對應,張炎用"結根、倦隨蕭艾,獨抱孤貞",而周密則用"經年、汜人重見,瘦影娉婷",與張詞完全吻合,周密的不少詞是非常步趨張炎的,儘管張炎小他十六歲。但今人因受清儒句讀影響,模糊了對二字逗的認識,因此各標點本中前六字均不讀斷,對準確理解原詞韻律及準確地進行創作,都具有一定的影響。

後段第七句,"五十弦、愁滿湘雲"就韻律而言,是一個權宜的填法。折腰式的七字句,通常有兩種形式,一種是三四式折腰,一種是一六式折腰,兩種形式通常都以單起式句法為主,如張炎二首,一作"便無夢、吹到南枝……最難忘、弄影牽衣",一作"隱蓬蒿、甘老山林……尚依依、澤畔行吟",均為單起式句法。因此,像"五十弦、愁滿湘雲"這種雙起式的句法就比較少見。而我們從本調早期詞作有曹勛的"化均鳳曆同風……奉觴雁序雍容"可知,這個句拍的韻律或從六字句添字而來,則更應以單起式句法為正,尤其是在前段并非雙起式句法的情況下,後段以"五十"雙起折腰,謂其敗筆,亦無不可。

元韻之"根"、侵韻之"簪"、文韻之"雲",叶韻庚青部。

【譜注】

萬樹《詞律》云:"前後惟起句异,餘同。'經年'句上六下四,'水空'句上四下六,似乎有异,然十字語氣相連,作者句法,不妨前後一轍也。'舊京洛''耿無語'俱用仄平仄,勿誤。此調惟草窗有之,題作'彝則商國香慢',愚謂'彝則商'三字乃是宮調,非詞名也,故刪之。"

杜文瀾云:"'經年汜人重見'句,'汜'字原闕,應從《蘋洲漁笛譜》補。"

秦巘《詞繫》云："《草窗詞》原題上有'夷則商'三字，是宫調名，非詞名也。《蘋洲漁笛譜》注商調，張炎詞無慢字。"

"換頭有'國香'字，自注宫調，其爲自製無疑。庚青韻雜入真文元，不可學。'舊京洛''耿無語'，用仄平仄，宜從之。"

【輯評】

清張德瀛《詞徵》卷三云："周公謹《國香慢》，以根、婷、春、凝、簪、兄、雲、清通叶。"

俞陛雲《唐五代兩宋詞選釋》云："子固爲宋之宗室，入元後隱遁，以一舟載琴書，泊蓼灘葦岸，夕陽曉月，徜徉其間。其弟子昂訪之，每拒不見，想其品節之高。則知草窗此詞，皆有寓意也。起五句細切本題。'雨帶'句已嘆其零落。'素靨''仙掌'二句，一悲其蒙難，一回念故宫，以正喻夾寫之。下闋首句喻其淪落江湖。次二句以遺簪比遺民。'愁滿湘雲'句撫一曲《水仙》而懷帝子，仍意兼正喻。結拍三句，東風入夢，一片空明，詞境之高，亦畫與人品之潔也。《珊瑚網》云：'趙孟堅《水墨雙鈎水仙卷》自跋云："觀者求于形似之外可爾。"彝齋弁陽老人周密題《夷則國香慢》云云。'知此畫乃子固惬心之作。草窗嘗泊舟嚴陵灘，見新月出水，大笑云：'此……乃我《水仙》出現也。'其愛重凌波畫卷如此。"[①]

【附錄】

唐沈亞之《沈下賢集·湘中怨解》卷三云："太學進士鄭生，晨發銅駝里，乘曉月度洛橋。聞橋下有哭，甚哀。生下馬，循聲索之，見其艷女，翳然蒙袖曰：'我孤，養于兄。嫂惡，常苦我。今欲赴水，故留哀須臾。'生曰：'能遂我歸之乎？'應曰：'婢御無悔！'遂與居，號曰汜人。所誦楚人《九歌》《招魂》《九辯》之書，亦常擬其調，賦爲怨句，其詞麗絶，世莫有屬者。因撰光風詞曰：'隆佳秀兮昭盛時。播薰綠兮淑華歸。顧里荑與處蕚兮，潛重房以飾姿。見稚態之韶羞兮，蒙長霧以爲衣。醉融光兮渺渺瀰瀰。迷千里兮涵煙湄。晨陶陶兮暮熙熙。舞婀娜之穠條兮，騁盈盈以披遲。酡游顔兮倡蔓卉穀，流菁電兮石髮髓旋。'生居貧，汜人嘗解篋，出輕繒一端，與賣胡人，酬之千金。居數歲，生游長安，是夕謂生曰：'我湘中蛟宫之姊也，謫而從君，今歲滿，無以久留，君所欲爲訣耳。'即相持啼泣，生留之不能，竟去。後十餘年，生之兄爲岳州刺史，會上巳日，與家徒登岳陽樓，望鄂渚張宴。樂酣，

[①] 此引文據上海古籍出版社 2011 年版，但其他版本標點亦同。彝齋爲趙孟堅號，不當連讀弁陽老人周密，但不知是原文之誤還是後人標點之誤。

生愁思，吟之曰：'情無垠兮䨣䨣洋洋，懷佳期兮屬三湘。'聲未終，有畫艫浮漾而來，中爲彩樓，高百餘尺，其上施緯帳欄，籠畫飾帷，搴有彈弦鼓吹者，皆神仙娥眉。被服煙霓，裙袖皆廣長，其中一人起舞，含嚬淒怨，形類汜人。舞而歌曰：'泝青山兮江之隅，拖湘波兮褭綠裾。荷拳拳兮情未舒。匪同歸兮將焉如。'舞畢，斂袖翔然凝望樓中，縱觀方怡，須臾，風濤崩怒，遂迷所往。元和十三年，余聞之于朋中，因悉補其詞，題之曰'湘中怨'，蓋欲使南昭，嗣煙中之志，爲偶倡也。"

宋黄庭堅《戲咏高節亭邊山礬花詩序》云："江湖南野中有一種小白花，木高數尺，春開極香，野人號爲鄭花。王荆公嘗欲求此花栽，欲作詩而陋其名，予請名，曰'山礬'。野人采鄭花葉以染黃，不借礬而成色，故名'山礬'。"

以上錄自《珊瑚網·名畫題跋》卷六

一萼紅　登蓬萊閣有感[1]

步深幽[2]。正雲黃天澹[3]，雪意未全休[4]。鑒曲寒沙[5]，茂林煙草，俯仰千古悠悠[一][6]。歲華晚、漂零漸遠，誰念我、同載五湖舟[7]。磴古松斜，崖陰苔老[8]，一片清愁。　回首天涯歸夢[9]，幾魂飛西浦，淚灑東州[10]。故國山川，故園心眼[11]，還似王粲登樓[12]。最負他、秦鬟妝鏡[二][13]，好江山、何事此時游。爲喚狂吟老監[14]，共賦銷憂[三][15]。

（第一百三十四）

【校記】

[一] 千古，丙午本原作"今古"，據知不足齋本、光緒本、彊村本、四印齋本改。

[二] 負他，辛酉本作"憐他"。

[三] 原注：閣在紹興，西浦、東州皆其地。

【箋釋】

[1] 蓬萊閣：見【考證】。

[2] 深幽：偏僻、幽静之地。中心詞省用法。唐李德裕《思歸赤松村呈松陽子》詩云："昔人思避世，惟恐不深幽。"

[3] 雲黃：形容雲層極厚，多指雪天的雲。并非指色黃，唐人曾多有描寫，可見一斑：王涯説"雲黃知塞近，草白見邊秋"，白居易説"宿雲黃慘澹，曉雪白飄颻"，盧綸説"月昏驚浪白，瘴起覺雲黃"，王建説"塞黑雲黃欲渡河，風沙迷眼雪相和"，本詞寫雪意將休之際，正恰。唐白居易《歲除夜對酒》詩

云：“草白經霜地，雲黄欲雪天。”天澹：或以爲是晴空，蓋望文生義。天之本色爲藍爲蒼，蒼藍之色澹，在夜晚自是烏黑，而在白天則是澹至色白，亦即暗示雲層之厚。所以唐鄭谷《别同志》詩云"天澹滄浪晚，風悲蘭杜秋"，絶非晴空萬里。宋吴文英《醜奴兒慢·麓翁飛翼樓觀雪》詞云"看真色、千岩一素，天澹無情"，也是同雲漫天之意。

[4] 雪意：即將下雪的征兆。本句化用宋周紫芝《聞雪》詩"黄昏雪意未全成，寒入重衾曉更清"。

[5] 鑒曲：即鑒湖，在浙江紹興，距蓬萊閣約九十里。寒沙：冬季的沙灘。南北朝丘遲《旦發魚浦潭》詩云："森森荒樹齊，析析寒沙漲。"

[6] 俯仰：一俯一仰之間，形容時間之短促，猶言彈指。晋阮籍《采薪者歌》詩云："富貴俯仰間，貧賤何必終。"

[7] 五湖：在此語境中即"太湖"，詳參【附録】。

[8] 此二句語序，以今天來説，即"古松斜于磴，陰苔老于崖"。

[9] 清錢孟鈿《月華清·中秋》詞云"回首天涯夢斷。正塞雁行歸，玉簫聲遠"，即用本句入詞。

[10] 西浦、東州：各本原注均爲紹興地名，今不詳，待考。

[11] 心眼：心中所牽挂處；心思。唐施肩吾《登峴亭懷孟生》詩云："峴山自高水自緑，後輩詞人心眼俗。"本句擷取自宋蘇軾《永遇樂·徐州夜夢覺北登燕子樓作》詞"天涯倦客，山中歸路，望斷故園心眼"。

[12] 王粲登樓：东漢王粲在荆州依劉表，意不自得，且痛家國喪亂，乃以"登樓"爲題作賦，借寫眼前景物，以抒鬱憤之情。後詞曲中常以"王粲登樓"喻士不得志而懷故土之思。唐劉禹錫《望賦附宮人憶月之歌》詩云："張衡側身愁思久，王粲登樓日回首。"

[13] 秦鬟：紹興秦望山。妝鏡：紹興鏡湖。參見第一百二十八首【箋釋】[8]。

[14] 老監：唐朝詩人賀知章，紹興人，曾官秘書監，晚年自號"秘書外監"，故稱。後世詩人常用賀監、老監指代年老的詩人騷客，這裏是作者自況。唐白居易《秘省後廳》詩云："盡日後廳無一事，白頭老監枕書眠。"

[15] 賦銷憂：呼應前文之"王粲登樓"，王粲《登樓賦》云"登兹樓以四望兮，聊暇古雅日以銷憂"，故"銷憂"已成一典，常被後世詩人使用，如劉長卿《和樊使君登潤州城樓》詩云："王粲尚爲南郡客，别來何處更銷憂"。

【考證】

清秬曾筠《浙江通志》卷四十五云："《名勝志》：'在州治設廳之後，吴越錢王所建，舊記云："蓬萊山正偶會稽。"""《寶慶會稽續志》："蓬萊閣在設廳後，臥龍山下……其名以'蓬萊'者，蓋因元微之詩而始得名也。"這裏說的元稹詩，即《以州宅誇于樂天》，其詩尾聯曰："我是玉皇香案吏，謫居猶得近蓬萊。"

所謂"設廳"，各代的含義略有不同，在宋代即指太守官府中的正廳堂。因爲常用來作設宴的地方，故稱。宋程大昌在《演繁露續集》卷六中云："今人謂公庫酒爲兵厨酒，言公庫之酒因犒軍而醖也。太守正廳爲設廳，公厨爲設厨，皆以此也。"而紹興府的太守府所在地，據宋施宿《嘉泰會稽志》卷一云："府治據臥龍山之東麓。"而施宿其前的宋范仲淹《范文正集》卷七有《清白堂記》云："會稽府署，據臥龍山之南足。北上有蓬萊閣，閣之西有凉堂，堂之西有岩焉。岩之下有地，方數丈，密蔓深叢，莽然就荒。"與施宿之後張淏的《寶慶會稽續志》說"蓬萊閣在設廳後，臥龍山下"是一致的，初以爲施宿的記載或有誤，但查看地形圖，其臥龍山略呈"厂"字形，故可知蓬萊閣確在臥龍山主峰的南山坡上，但其西側也是餘峰，蓋施宿或將其視爲山椒也。而其下便是府署所在，疑即今天的"府山食府"所在地。

又，《絕妙好詞箋》卷七引南宋王象之的《輿地紀勝》云："紹興郡治在臥龍山上，蓬萊閣在郡設廳後，取元微之'我是玉皇香案吏，謫居猶得近蓬萊'句也，名公多題咏。"宋祝穆《方輿勝覽》卷六也說："臥龍山、鑒湖，尤爲一郡佳處。"可知蓬萊閣在宋代，也是一個遷人騷客喜愛登臨的游覽勝地。

至于本詞的創作時間，正是一個"雪意未全休"的時節，應該是和王沂孫在《淡黃柳》一詞的題序中所說的"甲戌冬……次冬，公謹游會稽，相會一月；又次冬，公謹自剡還，執手聚別"相吻合的，亦即，本詞或作于乙亥冬，或作于丙子冬，時周密四十四、四十五歲。

此外，江昱特意注云："西湖孤山亦有'蓬萊閣'。"或是另有含義，因爲周密與王沂孫曾在孤山相會，詞人在創作時有所聯想，也符合一般的創作實際。

【韻律】

本慢詞《欽定詞譜》收錄于第三十五卷，以姜夔的"古城陰"爲正體，《欽定詞譜》云："此調押平聲韻者以此詞（蔡按，指姜夔詞）爲正體，王沂孫詞五首、張炎詞三首及周密、詹正詞俱如此填。"

步深幽。這是一個不完全句，又稱之爲逗結構，我們不能因爲他後面有一個句號，就將其視爲是一個完整的句子。當然，就文法意義上來說，可以將它視爲屬于一個無主句，但我們研究詞、研究詞體，自然要從韻律的角度來審視每一個句拍。就韻律的角度而言，"步幽深"與柳永"嗟因循、久作天涯客"中的"嗟因循"、蘇東坡"浪淘盡、千古風流人物"中的"浪淘盡"、岳飛"抬望眼、仰天長嘯"中的"抬望眼"本質上是一個完全相同的單位。

問題是，爲什麼我們總是會將"步幽深"視爲一個句子，而很自覺地將"抬望眼"等視爲一個逗結構呢？兩者的差異僅僅是一個後面用了句號，一個用了頓號，而長期的文化暗示告訴我們，祇有用頓號的才能稱之爲"逗"。這個時候我們完全忘記了詞是無標點時代的產物，完全忘記了無論是句號也罷、頓號也罷，都不是周密或者柳永、岳飛們原本標示的，我們甚至因爲忘記而不知道，一個逗結構的表達原本與標點符號無關，換言之，逗結構的存在與使用什麼標點符號、乃至是不是使用標點符號都沒有任何關係，否則你無法解釋何以一字逗、二字逗就不用頓號。

此外，是不是逗結構也與是否押韻無關，亦即，一個逗結構無論它是否在韻，從律理的角度說，它的身份依然是"逗"，這在宋詞中有大量的詞例可以證明，尤其是在末一句組中，這就無須展開了。同樣的《一萼紅》，劉天迪的"擁孤衾、正朔風淒緊，氈帳夜生寒"就不押韻，這在韻律上和《沁園春》的末一句組完全相同，比如納蘭容若的"真無奈、倩聲聲檐雨，譜出迴腸"，我們總不能說，此《一萼紅》與彼《一萼紅》不是同一個詞調吧。

我們詳說這個"逗"的問題，固然是基於詞體學研究的原因，但是，作爲填詞創作，知道兩者的區別，就可以更準確地進行構思，創作出更完美、更符合詞調本來樣貌的作品來，同樣是具有很重要的作用的。

【譜注】

萬樹《詞律》云："'鑒曲'至'湖舟'，與後'故國'至'時游'同。《圖譜》收尹礪民一首，于'何事此時游'作'更忍凝眸'，落去一字，此句正與'同載五湖舟'相對，豈可聽其缺落，而收作一百七字調乎？《詞綜》載李彭老，亦誤落一字。又，尹詞起句'玉搔頭'，二字正是起韻，《圖》注起句八字，直至第十三字方起韻，誤人不少。"

又云："白石于'爲唤'句作'待得歸鞭到時'，'時'字平聲，不拘。《詞綜》載劉天迪云：'夢破梅花角聲'，'聲'字平聲，正用此體。"

杜文瀾云："按，草窗詞'最負他'三字，'負'作'憐'，可從。又按，此調王碧山五首，張玉田三首，句調皆與此同。至萬樹所論尹礪民、李篔房二詞，謂誤落一字，查劉伯溫一首，亦一百七字，如謂劉係踵前詞之誤，而尹、李乃同時之人，何以所少之字皆同？尹作'更忍凝眸'、李作'老是來期'，疑另有此體，非誤落也。"

【輯評】

周濟《周評絕妙好詞箋》云："草窗詞美在縝密，如此章稍空闊，愈益佳妙。"

清馮金伯《詞苑萃編》卷十四云："紹興郡治在卧龍山上，蓬萊閣在郡設廳後，取元微之'我是玉皇香案吏，謫居猶得近蓬萊'句也。名公多題咏……後有周公謹密題《一萼紅》詞云……（《輿地記勝》）"

清陳廷焯《白雨齋詞話》卷二云："公謹《一萼紅·登蓬萊閣有感》一闋，蒼茫感慨，情見乎詞，當爲草窗集中壓卷。雖使美成、白石爲之，亦無以過。惜不多觀耳。詞云……（略）"

清陳廷焯《雲韶集》云：《一萼紅·步深幽》詞，"此詞蒼茫感慨，情見乎詞，當爲草窗集中壓卷，雖使清真、方回、白石、梅溪諸家爲之，亦不能毫釐相過，大抵詞各有極，既據其巔矣，又何加焉？"

清陳廷焯《詞則·大雅集》卷三以本詞殿周詞，眉批云："蒼茫感慨，情見乎詞，雖使美成、白石爲之，亦無以過。當爲草窗集中壓卷。"後段復眉批："悲憤。"

俞陛雲《唐五代兩宋詞選釋》云："蓬萊閣在紹興郡治，取元微之'謫居猶得住蓬萊'詩句以名樓。秦少游詩：'路隔西陵三兩水，門臨南鎮一千峰。'名卿佳士往游者，每有題咏。此詞首五句寫樓中所見之景，以'俯仰今古'句總領前半首。'飄零''歲晚'，撫今之意也；'松斜''苔老'，懷古之意也。以'故國''故園'句總領後半首。東州、西浦，皆在閣之左近。草窗濟南人，其'歸夢天涯'句，故園之思也；大好江山而倦客登臨，已在社屋陰沉之後，故國之思也。'山川''心眼'二句，非但句法高渾，且含無限悲涼。結句以樓近鑒湖，故憶及'狂吟老監'，乃本地風光。'消憂'句用《登樓賦》'聊假日以消憂'句，回顧上文'王粲'句也。"

【附錄】

《國語·越語下》云：反至五湖，范蠡辭于王曰："君王勉之，臣不復入越國矣。"王曰："不穀疑子之所謂者，何也？"對曰："臣聞之，爲人臣者，君憂臣勞，君辱臣死。昔者君王辱于會稽，臣所以不死者，爲此事也。今事已濟矣，蠡請從會稽之罰。"王曰："所不掩子之惡，揚子之美者，使其身無終沒于越國。子聽吾言，與子分國。不聽吾言，身死，妻子爲戮。"范蠡對曰："臣聞命矣。君行制，臣行意。"遂乘輕舟以浮于五湖，莫知其所終極。王命工以良金寫范蠡之狀，而朝禮之，浹日而令大夫朝之，環會稽三百里者，以爲范蠡地，曰："後世子孫，有敢侵蠡之地者，使無終沒于越國，皇天后土、四鄉地主正之。"

《三國志·魏書·王粲傳》云：王粲字仲宣，山陽高平人也。曾祖父龔，祖父暢，皆爲漢三公。父謙，爲大將軍何進長史。進以謙名公之胄，欲與爲婚，見其二子，使擇焉。謙弗許。以疾免，卒于家……時董卓作亂，仲宣避難荊州，依劉表，遂登江陵城樓，因懷歸而有此作，述其進退危懼之狀。

《會稽志》云："張伯玉《州宅詩》序云：'越守王工部，至和中新葺蓬萊閣，成畫圖來乞詩。'工部乃王逵也。"

掃花游　九日懷歸

江蘺怨碧[1]，早過了霜花[2]，錦空洲渚。孤蛩自語。正長安亂葉[3]，萬家砧杵[4]。塵染秋衣[一]，誰念西風倦旅。恨無據[5]。悵望極歸舟，天際煙樹[6]。　　心事曾細數。怕水葉沉紅[7]，夢雲離去[8]。情絲恨縷[9]。倩回紋爲織[10]，那時愁句。雁字無多[二]，寫得相思幾許。暗凝佇。近重陽、滿城風雨[11]。　　　　　　（第一百三十五）

【校記】

[一] 秋衣，丙午本原作"征衣"，據知不足齋本、彊村本、四印齋本改。

[二] 雁字，丙午本原作"寫字"，據知不足齋本、彊村本、四印齋本改。

【箋釋】

[1] 江蘺：一種香草名。屈原《離騷》詩云："扈江離與辟芷兮，紉秋蘭以爲佩。"

[2] 霜花：秋花。唐李賀《河南府試十二月樂詞》詩云："霜花飛飛風草草，翠錦爛斑滿層道。"

[3] 本句徑用宋周邦彥《齊天樂·秋思》詞"渭水西風，長安亂葉，空憶詩情宛轉"。而周詞又以唐賈島《憶江上吳處士》詩"秋風吹渭水，落葉滿長安"爲典。"長安亂葉"周密集中兩用，另有第一百三十一首《聲聲慢·送王聖與次韻》詞云："還送遠，甚長安亂葉，都是閒愁。"

[4] 砧杵：搗衣石和棒槌。這裏是中心詞省用法，指搗衣石和棒槌所發出的擣衣聲。本句擷取自唐溫庭筠《池塘七夕》詩"萬家砧杵三篙水，一夕橫塘似舊游"。

[5] 無據：此爲"沒有來由"之意。宋万俟咏《卓牌兒·春晚》詞云："閑悶閑愁，難消遣、此日年年意緒。無據。奈酒醒春去。"

[6] 此二句化用南朝謝朓《之宣城郡出新林浦向板橋》詩"天際識歸舟，

雲中辨煙樹"。按：謝詩"煙樹"今多作"江樹"，但宋人也有版本作"煙樹"，如宋謝采伯《密齋筆記》所引即如此。

[7] 沉紅：沉入水底的落紅。宋翁元龍《隔浦蓮近》詞云："沉紅入水，漸做小蓮離藕。"本句徑取自宋吳文英《采桑子慢·九日》詞"水葉沉紅，翠微雲冷雁慵飛"。

[8] 夢雲：用楚襄王夢遇巫峽神女，行雲雨之事。此二句并言好時光一去不返。

[9] 本句擷取自宋吳文英《珍珠簾·春日客龜溪過貴人家》詞"恨縷情絲春絮遠，悵夢隔、銀屏難到"。

[10] 回紋：即回文。織回文，用竇滔妻蘇蕙織錦回文典故，參見【附錄】。

[11] "滿城風雨近重陽"可謂宋詩金句，自江西派詩人潘邠老吟出，雖僅是一句，後世用入詩詞中却有無數，最早的應是宋謝逸《亡友潘邠老有滿城風雨近重陽之句今去重陽四日而風雨大作遂用邠老之句廣爲三絶句》，連作三首，其一云："滿城風雨近重陽，安得斯人共一觴。"周密本句亦是化用。

【考證】

九日懷歸，意謂計劃于九日歸鄉，故本詞并不作于九日，詞中"近重陽"三字可證。而寫作本詞的地點，應在杭州，所以滿眼皆是"長安亂葉"，因此，這裏所懷的歸意，自然是指的故地湖州。這是最中國的情緒，無論身在何地，重陽登高之時，總是不希望茱萸插處少親人。夏承燾先生《草窗年譜》云："草窗居杭，以三世先墓在湖，歲必一至或再至；晚年于先墓側得一地，欲構宅曰'復庵'。"一段，可旁證。

【韻律】

慢詞，《欽定詞譜》收錄于第二十四卷，以周邦彦"曉陰翳日"詞爲正格，本詞與周邦彦詞全同，并步其韻而作。

我們在前一首中談到了不完全句"三字逗"的問題，本調前後段末一句組中的三字結構，則是很典型的另一個例子。"恨無據""黯凝佇"都是完全的句子，還是一個完整的三字句，要從整個末一句組的均拍中進行分析後，才能確定。就"恨無據。悵望極歸舟，天際煙樹"而言，"悵"字所帶的是其後的四字二句，而不僅僅是一句，因此"悵望極歸舟，天際煙樹"是一個完整的結構，既如此，"恨無據"就不可能是一個依附于它的不完全句了，就韻律的角度來說，這是一個重要的、甚至是唯一的判斷依據，而不在于就其詞意上的分析，因爲詞意與韻律無關。

【輯評】

俞陛雲《唐五代兩宋詞選釋》云："起三句賦秋色，已含有淒然思歸之意。'孤蛩'句借蛩以自況，以下皆自述也。'長安'七句寫深秋物態，氣象開展，即承以'秋衣''歸舟'五句，章法開合，便耐攬擷。下闋皆寫懷，無限心頭往事，恐舊夢如雲，隨波流去。'情絲織愁'數句，申足上文之'心事細數'，言有無窮積感。而傳寫更無'雁字'，極表其寂寥誰語之懷。結句歸到九日本題。且風雨滿城，客心更劣矣。"

【附錄】

《晉書·列女傳》"竇滔妻蘇氏"條云："竇滔妻蘇氏，始平人也，名蕙，字若蘭，善屬文。滔，苻堅時爲秦州刺史，被徙流沙，蘇氏思之，織錦爲回文旋圖詩，以贈滔。宛轉循環，以讀之，詞甚淒惋。凡八百四十字，文多不錄。"

三姝媚　送聖與還越

　　淺寒梅未綻。正潮過西陵[1]，短亭逢雁。秉燭相看[2]，嘆俊游零落[3]，滿襟依黯[4]。露草霜花，愁正在、廢宮蕪苑。明月河橋[5]，笛外尊前，舊情銷減。　　莫訴離腸深淺[一]。恨聚散匆匆[6]，夢隨帆遠[二]。玉鏡塵昏[7]，怕賦情人老，後逢淒惋。一樣歸心，又喚起、故園愁眼[8]。立盡斜陽[9]，無語空江歲晚[10]。　　　　（第一百三十六）

【校記】

[一] 離腸，知不足齋本、四印齋本、辛酉本并作"離觴"。

[二] 帆遠，丙午本原作"飄遠"，知不足齋本亦同，據彊村本、四印齋本改。

【箋釋】

[1] 西陵：錢塘江南岸一古鎮，在今杭州西興鎮，著名渡口，可觀潮。或謂本詞所指即孤山山麓的"西泠"，誤，這個句組的語境，涉"江"涉"潮"，自然與西湖之西泠無關。唐靈一《酬皇甫冉西陵見寄》詩云："西陵潮信滿，島嶼没中流。"本句化用宋羅志仁《霓裳中序第一·四聖觀》詞"湖曲雕闌倚倦。正船過西陵，快篙如箭"。

[2] 秉燭相看：用唐杜甫《羌村》詩"夜闌更秉燭，相對如夢寐"，反其意而用之，以訴相別之情。

[3] 俊游：暢意交游。這裏是中心詞省用法，指的是曾經一起快意共游的人。宋史達祖《慶清朝》詞云："荀令舊香易冷，嘆俊游疏懶，枉自銷凝。"清鄭文焯《齊天樂・西園感舊》詞云"江南賦情最久。俊游零落早，歡事稀有"，化用本句入詞。

[4] 依黯：托身于黯然之中，形容心有所念而又神情黯然。宋蘇軾《答寶月大師書》云："愈遠鄉里，曷勝依黯。"

[5] 河橋：橋梁。常被用來指好友送別分手處。此爲呼應"俊游零落"，緊扣送別王沂孫。南朝王褒《送別裴儀同》詩云："河橋望行旅，長寧送故人。"清陳維崧《踏莎行・舟次河橋》詞云："一分明月照河橋，橋頭船裏愁千萬。"

[6] 本句化用宋歐陽修《浪淘沙令》詞"聚散苦匆匆，此恨無窮。今年花勝去年紅"。

[7] 塵昏：因積塵而變得昏暗。這一個句組三拍意謂：因爲怕離別太久，等得人老，而使以後的相逢變得令人傷感，所以明鏡也昏暗起來，免得對鏡，庶幾可以忘却容顏之改變。

[8] 此二句化用宋張守《王承可惠官字韻詩次韻》詩"歸心隨贛水，愁眼望桑乾"。

[9] 立盡：久久地佇立。立盡斜陽：久久佇立，直至斜陽落盡。本句化用宋柳永《玉蝴蝶》詞"黯相望。斷鴻聲裏，立盡斜陽"。

[10] 其後宋張炎《聲聲慢》詞云"髮已飄飄，休問歲晚空江"，用本句入詞。

【考證】

本詞與王沂孫詞，均爲在錢塘江邊執手而別的作品，以當時的交通計，自杭州回紹興，從錢塘江水路走應該是最方便，順流啓帆，天不亮即可到達。而出發的時辰則在"立盡斜陽"之後的二更時分，所以是"蘭缸花半綻"，需要"秉燭相看"的時候。

具體的時間，則很懷疑就是王沂孫來圍觀《保母帖》之後的返鄉送別，而實際的寫作，本詞應該早于《聲聲慢》，這才是現場版。這也是爲什麽送別詞《聲聲慢》周密不是首唱的原因，因爲真正意義上的送別王沂孫，是這首《三姝媚》，而《聲聲慢》則應該是事後意猶未盡時所填。正因爲如此，所以説是"淺寒"時分，所以"逢雁"，且是"新雁"。也就是杭州已經被王沂孫稱爲"故京"的至元二十四年（1287年），時周密五十六歲。

【韻律】

本調爲慢詞，《欽定詞譜》收錄于第二十七卷，以史達祖"煙光搖縹瓦"詞爲正體，本詞即正體，唯後段第三句組收拍用去聲起，略覺不諧。

四字三句爲一個句組的格式，在慢詞中是一個常見的組合。這一組合在今人眼裏是一個很靈活的結構單位，但是，細究宋詞，却往往是有一定的規律的，通常會有幾種不同的模式，例如可以是"四、四四""四四、四"或者"四、四、四"結構，此外，還可以通過變化韻律形成其他的均拍模式。這種規律涉及各樂句停頓的不同長短時間，因此必定會與詞樂的變化有關，亦即與詞調的韻律有關，而不僅僅是一種因詞人"跟風"而形成的約定俗成。以本調爲例，在周密之前，均爲"四、四四"模式的填法，例如今存最早的史達祖詞作"諱道相思||偷理綃裙、自驚腰衩"，吳文英共填三首，也均如此填，顯然是一種有意識的"趨同"。但是周密打破了這種固定的韻律模式，"明月河橋、笛外尊前||舊情消減"已經變爲了"四四、四"式填法，因此，這種細微的不同是一種今人不爲注意的韻律變化，其後張炎的"夢醒簫聲、流水青蘋||舊游何許"，就是遵循這一韻律模式的。

瞭解這種細微的變化，對于今天做到創作的完美是很有幫助的。在後詞樂時代的今天，填詞無需考慮已然不知面目如何的詞樂如何，任何憑空想象的所謂講究，比如四聲如何應用之類，也全是無稽之談，但是，唐宋人如何，我們就應該如何，則必定是一個應該遵循的填詞硬性"規則"，以《三姝媚》爲例，既然本調不存在"四、四、四"結構的宋詞，那麼如果今天還如此填，自然就是有違本調的基本韻律，談不上是"字正腔圓"了。

這一點今天雖然無人關注，但于創作論，極爲重要。

黯、減，均屬嗛韻，詞韻十四部，本詞叶詞韻第七部，可見宋代二部可以通叶。

【輯評】

清沈雄《古今詞話》云："《柳塘詞話》曰：公謹濟南人，著《齊東野語》。居吳興，又著《癸辛雜識》。詞二卷，別名《蘋洲漁笛譜》。其送王聖與邅越，賦《三姝媚》；送陳君衡被召，賦《高陽臺》；送趙元父過吳，賦《慶春宮》；與莫兩山話舊，賦《踏莎行》。又有'十擬詞'，此一時祇有弁陽老人耳。故寄調以題詞者亦多。"

俞陛雲《唐五代兩宋詞選釋》云："此送王碧山歸越中之作。'廢宮蕪苑'句，有'顧瞻周道'之悲，'故園愁眼'句，有'日暮鄉關'之感。起三句紀送別之時，其餘皆叙別意，深情宛轉，惆悵河梁。'後逢淒惋'四字，尤爲沉痛。此家、國及離索之三種牢愁，皆在老年并集，人何以堪。臨江無語，惟有'立盡斜陽'。釋迦佛所云'無可說，無可說'也。"

【附錄】

宋王沂孫《玉笥山人詞集·三姝媚·次周公謹故京送別韻》云："蘭缸花半綻。正西窗淒淒，斷螢新雁。別久逢稀，謾相看華髮，共成銷黯。總是飄零，更休賦、梨花秋苑。何況如今，離思難禁，俊才都減。　今夜山高江淺。又月落帆空，酒醒人遠。彩袖烏紗，解愁人、惟有斷歌幽婉。一信東風，再約看、紅腮青眼。只恐扁舟西去，蘋花弄晚。"

獻仙音[一]　弔雪香亭梅[1]

松雪飄寒[2]，嶺雲吹凍，紅破數椒春淺[二][3]。襯舞臺荒，浣妝池冷[三][4]，淒涼市朝輕換[5]。嘆花與人凋謝，依依歲華晚。　共淒黯[四]。問東風、幾番吹夢[6]，應慣識當年，翠屏金輦[7]。一片古今愁[8]，但廢綠平煙空遠[9]。無語銷魂，對斜陽、衰草淚滿。又西泠殘笛，低送數聲春怨。

（第一百三十七）

【校記】

[一] 四印齋本、辛酉本、光緒本調名作"法曲獻仙音"。
[二] 數椒，芝蘭本作"數枝"。春淺，辛酉本作"香淺"。
[三] 浣妝，知不足齋本、光緒本并作"浼妝"。
[四] 淒黯，光緒本作"淒惋"。

【箋釋】

[1] 雪香亭：古亭名，在杭州西湖北岸集芳園內，一說在聚景園內，參見【考證】、【附錄】。

[2] 松雪：積在松樹上的雪。南朝顏延之《贈王太常僧達》詩云："庭昏見野陰，山明望松雪。"

[3] 紅破：紅花破萼而綻放。出自唐白居易《開襟》詩"黃萎槐蕊結，紅破蓮芳墜"。數椒：多個山峰。山頂謂之"椒"，《文選》載謝莊《月賦》云："洞庭始波，木葉微脫。菊散芳于山椒，雁流哀于江瀨。"唐李善注云："山椒，山頂也。"南朝有江總《故營涅槃懺還塗作》詩云"留連入澗曲，宿昔陟巖椒"，唐駱賓王有《兵部奏姚州破賊設蒙儉等露布》詩云"凌石菌以開營，拒巖椒而峻壘"，巖、椒，均爲山峰之意。南朝劉駿《登魯山》詩云"解帆憩通渚，

息徒憑椒丘",椒丘,意謂其丘尖聳如峰。南朝江淹《爱遠山》詩云"緤余馬于椒阿,漾余舟于沙衍",椒阿,就是"山阿"。明王守仁有《秋日飲月岩新構別王侍御》詩云"新構鬱層椒,石門轉深寂",層椒,即叠峰。這個句組的三拍寫大環境,本句是説幾座山上的梅花方才破蕚,春意猶淺。

[4] 襯舞臺、浣妝池:疑爲園中原有舊景觀。

[5] 市朝:集市和朝廷,有時可以偏指集市,有時可以偏指朝廷,這裏是説南宋朝廷。晋陶潜《歲暮和張常侍》詩云:"市朝凄舊人,驟驥感悲泉。"

[6] 清末胡薇元《法曲獻仙音·擬草窗》詞云"問春風、幾番吹夢,應記得、當時墜釵遺鈿",化用本句入詞。

[7] 金輦:皇家的豪華車駕。南朝徐湛《賦得班去趙姬升詩》詩云:"香飛金輦外,苔上玉階中。"

[8] 本句擷用宋方岳《宿多景樓奉簡吳總侍》詩"往事六朝南北史,晴江一片古今愁"。

[9] 廢緑:無人問津的緑原。平煙:瀰漫于大地上的煙靄。廢緑平煙,典出唐温庭筠《蓮浦謡》詩"鳴橈軋軋溪溶溶,廢緑平煙吴苑東"。而周密本詞,句源更似來自吴文英《西平樂慢·過西湖先賢堂》詞"嘆廢緑平煙帶苑,幽渚塵香蕩晚,當時燕子,無言對立斜暉"。

【考證】

《西湖游覽志》云:"清波門外,舊有聚景園。先是高宗居大内,時時屬意湖山,孝宗乃建園,奉上皇游幸,其後累朝臨幸。理宗已後,日漸荒落,故高疏寮詩:'翠華不向苑中來。可是年年惜露臺。水際春風寒漠漠,官梅却作野梅開。'園傍舊有浮屠之廬九,并歸園内。"

江昱認爲:《武林舊事》云:"葛嶺集芳園内,有雪香亭。"説者因謂周詞乃即指此,不知集芳初雖張婉儀別墅,理宗朝即賜賈似道,改名後樂園,終屬賈氏,并未復還官家。今觀倡和諸作,皆苑籞興亡之感,無一語涉賈,則據王詞稱"聚景"者,爲得之。而當時以諫官陳言,罷絶臨幸,以致培桑蒔果,廢爲荒圃,則李詞"官圃"之名,復相洽也。况《咸淳臨安志》載聚景諸亭名,云"又有亭植紅梅",而不載亭名,安知其不亦名"雪香"乎?故此詞以指"聚景園"爲是。

江昱認爲周密所説的雪香亭并非葛嶺集芳園内的,而是清波門外聚景園内的,且僅以聚景園内"又有亭植紅梅"一句爲事實,以"安知其不亦名'雪香'乎"爲論據,便認定該亭就是雪香亭,未免過于玄乎,因爲"安知其必名爲'雪香'乎?"宋吴自牧《夢粱録》卷十九記聚景園内情况甚詳:"聚景園，孝、光、寧三帝嘗幸，歲久蕪圮，僅存者，一堂兩亭耳。堂扁曰'鑑遠'，亭曰'花光'，一亭無扁，植紅梅。有兩橋，曰'柳浪'，曰'學士'。"吳自牧是杭州本地人，所以當朝的事記得十分詳細，是否有匾都記得，豈會不知無匾亭亭名？何以新杭州人周密還記得這個無匾亭叫"雪香"，而同時代老杭州的他偏偏不記得？不合邏輯。

此外，查《武林舊事》卷四原文云："葛嶺元係張婉儀園，後歸太后殿。內有古梅、老松甚多，理宗賜賈平章，舊有清勝堂、望江亭、雪香亭等。"而本詞就詞作編排和詞作主旨看，應是宋亡後所作，吊梅者，實爲睹物生情吊宋之托，而入元後該園必不屬於賈似道私家，所以對這已經是故宋的舊事説是"舊有"，所以説是"市朝輕換"，所以提"慣識當年"。那麼，江昱"終屬賈氏，并未復還官家"之理由，在改朝换代之後便毫無道理了。

《齊東野語》卷十九對該園的描述更爲細緻："景定三年正月，詔以魏國公賈似道有再造功，命有司建第宅家廟，賈固辭，遂以集芳園及緡錢百萬賜之。園故思陵舊物，古木壽藤，多南渡以前所植者，積翠回抱，仰不見日，架廊叠磴，幽眇透迤，極其營度之巧。猶以爲未也，則隧地通道，抗以石梁，旁透湖濱，架百餘楹飛樓、層臺、凉亭、燠館，華邃精妙，前揖孤山，後據葛嶺，兩橋映帶，一水横穿，各隨地勢以構築焉。堂榭有名者，曰蟠翠（古松）、雪香（古梅）、翠巖（奇石）、倚繡（雜花）、挹露（海棠）、玉蕊（瓊花、荼蘼）、清勝（假山），已上集芳舊物。"正因爲雪香亭邊的是"古梅"，則周密作本詞時或梅已因故枯死，所以才有"吊梅"之説，也符合情理。當然，"吊梅"也可以理解爲是"吊落梅"，但無論如何，這個聽得到"西泠殘笛"的雪香亭，不可能遠在清波門外，而應是在孤山邊上的葛嶺山脚。

最後，還有一點可以作爲旁證的是，杭州的公園，園名和亭名、榭名、樓名是不會重用的，道理也許很簡單，當時的讀書人，有足夠的文化多想出一個雅緻得體的名字來。

【韻律】

本調的歸屬是一個難題，按照前段是一個近詞的格局，但是按照後段，則是一個慢詞的規模與之相類的，或唯有《洞仙歌》可以相比。《洞仙歌》我曾依據古人的調名將其歸屬于令詞，按照同樣的方式，則本調可以歸屬爲近詞。《欽定詞譜》將本調收錄在第二十二卷，并以周邦彦的"蟬咽凉柯"詞爲正體，本詞與美成詞同。

本調通常被稱爲《法曲獻仙音》，但實際上《獻仙音》本屬法曲，竊以爲五字調名實爲多餘。這使我想起四十多年前我讀大學時，有位教文學評論的老師常説"女姑娘"，而被大家逗樂，這個五字調名，便具有异曲同工之妙。該詞調是一個罕有的結構，前後段懸殊極大，前段三個句組，是個近詞的規模，後段四個句組，則是慢詞的架構了。與此相同的著名的詞調《洞仙歌》也是如此，前段兩個句組，後段三個句組。極疑這些詞調原本并不分段，因此不存在歌拍和過片，祇是向來習慣了雙段，看到這樣的龐大的單段極不適應，因此非割開了不能稱意。

不過，此説無據，僅供參考。

但廢緑平煙空遠。本句正確的讀法，應該是讀爲一字逗領六字式的句法，但今所見的標點本，包括所有的《獻仙音》在内，對這一句子則都是讀爲上三下四式的折腰句法，因此絶大部分句子都被讀錯。考察全部的宋元詞，除了個别詞例，三字後讀斷就意味著將句子讀破了，例如"廢緑平煙"就是一個最小的語言單位，原本不可割裂。又如姜夔的"問逋仙今在何許"，所問的不是"逋仙"，而是問"逋仙何在"；姜詞的"且休歌九辯懷楚"，也不是"且休歌"，而是"休（唱著歌）懷楚"。祇有在極少的詞作中，比如張炎那種"又何妨、分傍茶灶"的句子中，才是既可以讀爲一六式，又可以讀爲上三下四式的。

在後詞樂時代的今天，折腰式句法的"譜式"確定，應該有這樣一個原則：在服從基本韻律的前提下，參照語意應該是一種必須，因爲我們標點的目的是爲了將詞句讀順、讀通，如果我們標點了之後反而讀不通，甚至引起歧義了，破壞原有的結構了，那肯定是有違我們句讀的初衷的。

這個句子以一字逗領六字式的句法爲正，不僅僅在于文法層面的原因，從韻律的角度來説也是有依據的。因爲我們考究這個句子的來源和形成，其前世原本就是一個六字句，這從今存最早的柳永詞作"別後忍教愁寂"中，即可以看出。

【輯評】

清陳廷焯《雲韶集》云：《獻仙音·松雪飄寒》詞，"感慨欷歔，真乃無一字不凄婉。回首可憐歌舞地。結束嗚咽"。

清陳廷焯《白雨齋詞話》卷二云："公謹《獻仙音·吊雪香亭梅》云：'一片古今愁，但廢緑平煙空遠。無語消魂，對斜陽衰草淚滿。'又'西泠殘笛，低送數聲春怨'。即杜詩'回首可憐歌舞地'之意。以詞發之，更覺凄惋。"

清陳廷焯《詞則·大雅集》卷三，眉批後段云："即杜詩'回首可憐歌舞地'意。以詞發之，更覺凄惋。"

俞陛雲《唐五代兩宋詞選釋》云："雪香亭在西湖葛嶺張婉儀之集芳園中，

由太后收歸，理宗又賜賈平章。殿前古梅、老松甚多，有清勝堂、望江亭等處，而雪香亭梅花尤盛。玉輦臨游，朱門歌舞，斯亭閱盡興亡，老梅猶在，宜弁陽翁百感交集也。起筆寫梅亭寒景，便帶凄音，由荒亭説到朝市，由朝市説到看花之人，如峽猿之次第三聲。後関言'翠屏金輦'，何等繁華，而貞元朝士無多，惟歷劫寒梅，猶親見當年之盛，與漢苑銅仙、隋堤楊柳，同戀前朝。結句'西泠殘笛'，寓餘感于無窮矣。"

【附錄】

宋李彭老《法曲獻仙音·官圃賦梅繼草窗韻》云："雲木槎丫，水荭搖落，瘦影半臨清淺。翠羽迷空，粉容羞曉，年華柱弦頻換。甚何遜、風流在，相逢共寒晚。　總依黯。念當時、看花游冶，曾錦纜移舟，寶箏隨輦。池苑鎖荒涼，嗟事逐、鴻飛天遠。香徑無人，甚蒼蘚、黃塵自滿。聽鴉啼春寂，暗雨蕭蕭吹怨。"

宋王沂孫《法曲獻仙音·聚景亭梅次草窗韻》云："層綠峨峨，纖瓊皎皎，倒壓波痕清淺。過眼年華，動人幽意，相逢幾番春換。記喚酒尋芳處，盈盈褪妝晚。　已銷黯。況凄凉、近來離思，應忘却、明月夜深歸輦。荏苒一枝春，恨東風、人似天遠。縱有殘花，灑征衣、鉛淚都滿。但殷勤折取，自遣一襟幽怨。"

清蔣敦復《法曲獻仙音》云："珠箔飄煙，琱窗閣霧，一片夕陽紅淺。麝月香消，犀雲妝冷，高樓鳳簫聲換。甚鶯燕，紛來去，芳菲弄春晚。　總銷黯。憶西園、翠衫銀榼，自勸駕、東皇落英飛輦。何處不天涯，奈心遠、楊花尤遠。休恨楊花，恨霜華、菱鏡漸滿。把琴絲彈徹，雲水玉人湘怨。"

清末程頌萬《法曲獻仙音·寄夔笙悼亡和草窗韻》云："燕月隨尊，楚雲迷褥，樓笛記邀春淺。近閣薇香，倚奩棠聘，天荒定無巢換。苦修到梅陰重，雲輧促歸晚。　更銷黯。幾餐櫻、試呼藏酒，翻索賦、瑤林雪迷仙輦。帳燭故翩姗，任瘦影、羞郎仍遠。身在情枯，盡吳霜、飄鬢恁滿。袙芳名鏽勝，淒玩玉臺香怨。"

高陽臺　送陳君衡被召[1]

照野旌旗[2]，朝天車馬[3]，平沙萬里天低。寶帶金章[4]，尊前茸帽風欹[5]。秦關汴水經行地[6]，想登臨、都付新詩。縱英游，疊鼓清笳[7]，駿馬名姬[8]。　酒酣應對燕山雪[9]，正冰河月凍，曉隴雲飛。投老殘年[10]，江南誰念方回[11]。東風漸綠西湖柳，雁已還、人未南歸。最關情，折盡梅花[12]，難寄相思。

（第一百三十八）

【箋釋】

[1] 陳君衡：即陳允平，參第九十九首【箋釋】[1]。

[2] 照野：這裏猶言遍野。照：有對著義。唐羅隱《梅花》詩云："吳王醉處十餘里，照野拂衣今正繁。"

[3] 朝天：朝見天子。陳允平被召入京，故有此説。陳允平在當時并非顯赫之人，所謂被召，應是新朝甫立，亟需人才而已，此二句"照野""朝天"這樣的誇張筆法，顯然未必符合實際，而祗能是一個遺民略帶嘲諷的揄揶而已。本句擷取自宋范成大《題開元天寶遺事》詩"朝天車馬詔頻催，釀得新湯未敢開"。

[4] 寶帶：華麗的佩帶。唐韋應物《白沙亭逢吳叟歌》云："龍池宮裏上皇時，羅衫寶帶香風吹。"金章：特指高官的官服。唐王昌齡《青樓曲》詩云："金章紫綬千餘騎，夫婿朝回初拜侯。"

[5] 茸帽：用皮草製成的帽子。宋吳文英《十二郎·垂虹橋上有垂虹亭屬吳江》詞云："念倦客依前，貂裘茸帽，重向淞江照影。"風欹：被風猛烈地吹著。唐許棠《汴河十二韻》詩云："浪倒長汀柳，風欹遠岸樓。"

[6] 秦關汴水：秦地的關卡，汴地的河流。陳允平從浙赴大都，并不路過秦汴之地，因此這是虛筆，泛言征途辛苦而已。詩有虛筆、有實筆，凡虛筆不必考實。

[7] 本句擷用宋陸游《園中觀草木有感》詩"城頭插雙旗，叠鼓催清笳"。

[8] 自宋陸游《望梅》詞"嘆名姬駿馬，盡付杜陵，苑路豪客"之後，"名姬駿馬"一詞即紛入詩人眼中，宋劉克莊更是多次在作品中用及：《沁園春·送孫季蕃吊方漕西歸》詞云"嘆名姬駿馬，都成昨夢，隻鷄斗酒，誰吊新丘"，《賀新郎·賦黄荼蘼》詞云"想赴瑶池約。向東風、名姬駿馬，翠韉金絡"，《賀新郎·叙謫仙爲宫教兄壽》詞云"駿馬名姬俱散去，參透南華微妙"。此後歷代詩人都以一探爲快，周密本詞即爲一例。但先生本句之"名姬"有所指，應即是已成胡姬的王昭君，因此本句暗含陳允平"入胡"之意。

[9] 燕山雪：此語雙關，一指大都所在的燕地之雪，一指漫天大雪。典出唐李白《北風行》詩"燕山雪花大如席，片片吹落軒轅臺"，其中有有這杯酒墊底，什麼樣的風雪都能應對之意。明梁清標《霜葉飛·冬日寄懷杜子靜》詞云"霸陵老、豈因人熟，當年對酒燕山雪"，化用本句入詞。

[10] 本句擷取自宋王灼《次韻師渾甫》詩"投老殘年無處著，只堪脱帽見霜顱"。投老：日漸老去。

[11] 方回：賀方回，即賀鑄。這裏是周密以賀方回自比，宋黄庭堅因秦觀逝世而有《寄賀方回》詩云"解作江南斷腸句，祇今惟有賀方回"，這裏是説，今天我也是這個"惟有"的人，但是又有誰還記得呢？

[12] 本句用陸凱《贈范曄》詩"折花逢驛使，寄與隴頭人。江南無所有，聊贈一枝春"爲典，以"折一枝"和"折盡"所引起的强烈反差，表達"難寄"。

【考證】

陳允平，字君衡，號西麓，浙江奉化人。有《西麓詩稿》及詞集《西麓繼周集》《日湖漁唱》。詳參第三十七、三十八首【考證】。

陳允平被召入京爲何年，已不可考，大範圍則必在戊寅（1278 年）被仇家告發"約蘇劉義謀復宋"，而遭圍捕入獄之後，在庚寅（1290 年）周密五十九歲、王沂孫身故之前。

至于爲何王沂孫説"周公謹有懷人之賦"，但現在我們所見的則是"送陳君衡被召"，這之間的牴牾，竊以爲唯一可以解釋得通理由，應該是本調周密曾經爲陳允平寫過兩首，首唱爲"送陳君衡被召"，次詞則爲"陳君衡遠游未還，叠前韻懷之"，王沂孫所見爲次詞，已佚。

【韻律】

《欽定詞譜》收録本慢詞于第二十八卷，并以劉鎮"燈火烘春"詞爲正體，本詞即正體，與劉詞全同。

本詞前後段第一句組是一個錯式的結構，其本質上仍是一種添頭式結構，所添的還是兩個字。祇是這種添頭的各句句法是讀破式的，前段是四四六式，後段是七五四式。而我認爲實際上是八六和七九的對應，我們要將"照野旌旗，朝天車馬"和"冰河月凍，曉隴雲飛"分别視爲一個整體來看待，這一個認識對我們創作極爲重要。

通常我們有一種不太正確的理念，總以爲"對仗"屬于一個格律層面的概念，有的書上會説某詞某處"必須對仗"，甚至有研究詞律的文也在探討對仗的問題。似乎不對仗就成了違律。但是，對仗屬于一種修辭手段，而所有的修辭手段都屬于"作法"層面的考量，是作者主觀意圖上的體現，與存在于客觀規則上的"律法"完全風馬牛不相及。這一點，我們考察唐宋詞就可以得到一個很清晰的認識：所有經常被人對仗的地方，例如《浣溪沙》的後起二句、《滿江紅》中前後段的兩個七字句，都可以找到不對仗的詞例。這種不同范疇的概念不可混同，是一個適用于所有詞調的基本準則。

本詞前段一二句是一個整體，後段第二第三句也必須是九字一體，不可構思爲五字一句、四字一句的模式，這種韻律特徵的形成，有其内在的律理成因，詳參第一百四十首之【韻律】。

【輯評】

清鄧廷楨《雙硯齋詞話》云："弁陽翁工于造句……至如《高陽臺》之'投老殘年，江南誰念方回。東風漸緑西湖柳，雁已還，人未南歸'……皆體素儲潔，含豪邈然。"

俞陛雲《唐五代兩宋詞選釋》云："陳君衡，名允平，觀其詞意，當是受北朝干旌之召，爲當時顯宦。故上闋言旌旗笳鼓，駿馬名姬，極寫行色之壯。下闋但賦離情，于陳君衡出處，不加褒貶之詞，僅言江湖投老，見兩人窮達殊途，新朝有振鷺之歌，而故國無歸鴻之信，意在言外也。"

唐圭璋《唐宋詞簡釋》云："此首送陳君衡北上，兼有豪俠俊逸之勝。起寫途景，氣概頗大。次寫途情，胸次亦壯。一路飲酒賦詩，笳鼓喧喧，且有名姬相伴，寫來何等風流曠達。換頭，設想遠去冰雪之域。'投老'兩句，自傷無人顧念。'東風'兩句，嘆人去不歸。著末備致懷念之意，殊覺真摯。"

【附録】

宋王沂孫《高陽臺·陳君衡遠游未還周公謹有懷人之賦倚歌和之》云："駝褐輕裝，狨鞯小隊，冰河夜渡流澌。朔雪平沙，飛花亂拂蛾眉。琵琶已是凄凉調，更賦情、不比當時。想如今，人在龍庭，初勸金卮。　　一枝芳信應難寄，向山邊水際，獨抱相思。江雁孤回，天涯人自歸遲。歸來依舊秦淮碧，問此愁、還有誰知。對東風，空似垂楊，零亂千絲。"（江昱按：此即用草窗送別體韻，但今《草窗集》内亦未另有懷君衡作。）

慶宫春[一]　送趙元父過吳[1]

重叠雲衣[2]，微茫雁影[二]，短篷穩載吳雪[3]。霜葉敲寒，風燈搖暈[4]，棹歌人語嗚咽。擁衾呼酒，正百里、冰河乍合[5]。千山换色，一鏡無塵[6]，玉龍吹裂[7]。　　夜深醉踏長虹[8]，表裏空明[9]，古今清絶[10]。高堂在否[三]，登臨休賦，忍見舊時明月[11]。翠銷香冷，怕空負、年芳輕別。孤山春早，一樹梅花，待君同折。　　（第一百三十九）

【校記】

[一] 芝蘭本調名作《慶春宫》，《欽定詞譜》亦用此名，影響更大。

[二] 雁影，知不足齋本、四印齋本、辛酉本、芝蘭本、《詞繫》并作

"鴻影"。

[三] 高堂，彊村本作"高臺"。

【箋釋】

[1] 趙元父：趙與仁，字元父，號學舟，宋末元初詩人。

[2] 雲衣：雲彩，雲層。本句化用宋姜夔《除夜自石湖歸苕溪》詩"笠澤茫茫雁影微，玉峰重疊護雲衣"。

[3] 短篷：小船。唐陸龜蒙《正月十五惜春寄襲美》詩云："見織短篷裁小楫，拿煙閑弄個漁舟。"吳雪：吳地的雪，周密自創詞彙。宋周密《塘西秋晚》詩云："苕老飄吳雪，橙香墜楚金。"

[4] 明顧璘《獨燎》詩云"風燈搖短暈，霜角裊哀音"，即化用本句。

[5] 乍合：這裏是開始冰封的意思。乍：開始。宋張鎡《雪》詩云："池邊廢沼邀閑立，乍合冰澌怯杖敲。"

[6] 一鏡：形容在千山換色之後的大地，猶如鏡子般平整白亮。明顧清《前題次十峰司憲韻》詩云"山形依舊兩眉綠，江水無塵一鏡空"，下聯從本句化出。

[7] 玉龍：猶言"玉笛"，比喻笛子。或以爲是"雪"，則誤。因爲若是"雪"，則無法解釋"吹裂"二字。更重要的是，本句化用宋趙以夫《金盞子·水仙》詞"殷勤折伴梅邊，聽玉龍吹裂"，"玉龍吹裂"亦即"聽玉龍吹裂"，正是梅邊吹笛的意象。

[8] 長虹：長長的橋梁。唐羅鄴《聞友人入越幕因以詩贈》詩云："岸邊叢雪晴香老，波上長虹晚影搖。"

[9] 空明：此爲長虹之下的水波澄澈清亮。本句用宋葉茵《洞庭秋月》詩"玉輪輾出琉璃宮，碧落空明無表裏"，反其意而用之。

[10] 本句擷取自宋陸游《建安遣興》詩"古今清絕沅湘路，臥想蒲帆十幅開"。

[11] 忍見：豈忍見，不忍見，不能見。然否二重語義詞。參見第二十五首【箋釋】[8]。

【考證】

趙元父，《絕妙好詞箋》卷七云："與仁，字元父，號學舟。宋史宗室，世系表燕王德昭十世孫。希挺長子，入元爲辰州教授。"辰州，即今湖南省懷化市。

趙元父爵里不可考，但周密《癸辛雜識後集》有一韓平原被捉的軼事記錄，其中有趙元父祖母蘄國夫人徐氏口述之細節，謂其時與趙元父之母安部頭，皆在韓平原府中，曾目擊其事。由是觀之，或趙元父也是杭州人，所以周密有機會聽到。

趙元父與張炎也有交往，張炎有《甘州》《憶舊游》二詞，其題序中記錄趙元父之生平點滴："辛卯歲，沈堯道同余北歸，各處杭越。逾歲，堯道來問寂寞，語笑數日，又復別去。賦此曲，并寄趙學舟別來堯道作秋江、趙學舟作曾心傳……余離群索居，與趙元父一別四載。癸巳春，于古杭見之，形容憔悴，故態頓消。以余之況味，又有甚于元父者，抑重余之惜，因賦此調，且寄元父，當爲余愀然而悲也。"

過吳，這裏的意思是訪吳，杭州本爲吳地，故此應是北上之意，目的地或爲浙北，或爲蘇南。

【韻律】

《欽定詞譜》收錄本慢詞于第三十卷，并以王沂孫的"明玉擎金"詞爲正體，本詞即正體，與王詞全同，甚至王詞中第二句組收拍的不諧之處也未做糾正。

詞的每一個句拍之間是什麼關係，決定了我們在創作的時候進行怎樣的構思，而這些關係在現有的譜書或別的書上，往往是從不涉及的，全靠我們通過閱讀唐宋人的作品，自己細細體味，如果不加體會，不辨關係，其構思很可能就是走上歧途。

我們以本詞的韻律爲例，來作一個簡要的示範。

本調是一個齊尾式的結構，因此其前後段末一句組結構如一，都是四字三句的以"四、四四"模式爲其典型模式的架構。例如今存最早的姜夔是"傷心重見||依約眉山、黛痕低壓""如今安在||唯有闌干、伴人一霎"，即便是周密的後段，也是"孤山春早||一樹梅花、待君同折"，三個例子中都是後八字一氣，凝成一個更緊密的結構，換言之，中間的四字，并非一句，而是一逗。

那麼周密的前段爲什麼是"千山換色、一鏡無塵||玉龍吹裂"呢？這就涉及一個深層的韻律關係：詞樂時代詞人的創作習慣與詞樂的譜式之間的關係，這兩者之間原本并不存在必然的聯繫，樂譜祇規範一個詞調的長短、樂句的長短和涉及情緒基調的旋律等問題，而不約束文句本身，今人研究詞體詞譜，動輒要引入詞樂說事，很多情況下未必有理，尤其當你原本就不明白詞樂的時候，就更是一個很荒謬的自欺欺人了。周密精通詞樂，自然可以捭闔自如，但我們今天在無詞樂時代填詞，對于已經成型的模式，自然以謹守爲是，除非是在非常熟練之後。

合，合部韻，屬詞韻第十九部，叶第十八部詞韻。

【譜注】

秦巘《詞繫》云："'高堂在否'四字，各家同。王沂孫作'花惱難禁'，可不拘。"

【輯評】

俞陛雲《唐五代兩宋詞選釋》云："此爲嚴冬送友，由越水赴吳而作。擁衾孤艇，犯風雪而宵行，一片清寒之境，如營邱之畫寒林，右丞之圖雪景。轉頭處'夜深''清絶'三句，俯仰古今，詞境亦清絶。'舊時明月'五句，爲行人著想，盼其早歸。上闋尤佳，覺拂紙有寒氣也。"

【附錄】

清蔣敦復《慶宮春》云："結鷺尋煙，呼鷗分雨，客愁鬢影如雪。古壘春寒，空江天遠，夜潮聲帶嗚咽。浩歌歸去，記十載、荆高乍合。劍花飛舞，蠟燭光搖，銀龍吹裂。　日日痛飲狂吟，博簺樗蒲，兩人癡絶。春明騎馬，輕紅十丈，怕負故鄉風月。著書珍重，料不是、尋常闊别。他時清夢，太華峰頭，碧蓮同折。"

清末陳鋭《慶宮春·寄懷文叔問舍人蘇州，用草窗韻》云："修鶴梅崦，零鷗荷蕩，畫船幾聽吳雪。催老清歌，驚春狂淚，市簫何限凄咽。夢游如絮，莽萬里、煙塵頓合。京華北望，鼓角南來，壯肝都裂。　昔時倚醉承平，怒馬鮮裘，俠情雙絶。朱顔照水，而今鶤鵒，怕見海潮生月。舊題團扇，肯憐我、歡場携别。山中芳杜，遠道相思，不堪親折。"

高陽臺　寄越中諸友[1]

小雨分江[2]，殘寒迷浦，春容淺入蒹葭。雪霽空城[3]，燕歸何處人家。夢魂欲渡蒼茫去[4]，怕夢輕、還被愁遮[一]。感流年[二]，夜汐東邊[5]，冷照西斜[6]。　萋萋望極王孫草[三][7]，認雲中煙樹[8]，鷗外春沙[四]。白髮青山[9]，可憐相對蒼華[10]。歸鴻自趁潮回去，笑倦游、猶是天涯[11]。問東風，先到垂楊，後到梅花[12]。　　　（第一百四十）

【校記】

[一]夢輕，陸輔之《詞旨》注云"輕，一作'驚'"，此説于詞意似更切，然不知所本。

[二] 本句《詞旨》作"感年華",或誤。

[三] 萋萋,丙午本原作"凄凄",知不足齋本、四印齋本、辛酉本、芝蘭本及《詞旨》皆同,古人多混用,而此處以"萋萋"更勝,據彊村本改。

[四] 鷗外,四印齋本作"漚外"。

【箋釋】

[1] 越中:此指當時的會稽,今浙江紹興。

[2] 分:分派,分配。本句意謂:小雨似乎都落到了江中,小雨落在大地上,潤物無聲,不知不覺,但落在水面上卻絲絲在目,故有此語。宋蘇軾《汲江煎茶詠》詩云"大瓢貯月歸春甕,小杓分江入夜瓶",字義差近。

[3] 空城:戰亂後的城市人煙稀少,猶如空城。

[4] 蒼茫:廣闊無邊的樣子,這裏是指錢塘江江水的莽蒼闊大。南朝何遜《行經范僕射故宅》詩云:"瀲灧故池水,蒼茫落日暉。"

[5] 夜汐:這裏指錢塘江的夜潮。白日漲落爲潮,夜間漲落爲汐。宋白玉蟾《題天寧寺海月亭》詩云:"晝潮夜汐大江東,江上東南寶剎雄。"

[6] 冷照:這裏是清凉的月亮。通常指清凉的月光或月色。或謂是日光者,甚誤,一個"汐"字即可知也。宋錢時《冰壺》詩云:"一掃從前萬慮非,寒光冷照發幽微。"

[7] 本句化用淮南小山《招隱士》詩"王孫游兮不歸,春草生兮萋萋"。第一百一十首《水龍吟》詞云"燕翎誰寄愁箋,天涯望極王孫草",亦與此同。

[8] 煙樹:煙雲繚繞的樹木,化用宋宋祁《連秀才東歸》詩"煙樹遍雲中,迎君馬首東"。周密《瀟湘八景·遠浦歸帆》詩亦用到這一事,云:"江蘺搖落三湘秋,雲中煙樹誰歸舟。"

[9] "白髮青山"典出唐伍唐珪《山中卧寄盧郎中》詩"一徑綠苔凝曉露,滿頭白髮對青山"。

[10] 相對蒼華:蒼,即前句的"青山";華,即前句的"白髮",這裏說的是,隔著錢塘江,越中與杭州的青山相對,猶如諸友與自己的白頭相對一樣,令人心生可憐之情。

[11] 元薩都剌《題劉渙中司空隱居圖》詩云"自笑天涯倦游客,十年未有一廬居",化用本句入詩。

[12] 元王義山《座間分韻得道字》詩云"菊花了後到梅花,梅花開時雪交加",化用此二句入詩,構思有异曲同工之妙。後到:疑是"先到"之誤筆,或是傳抄之誤,因爲整個末一句組是一個"問"字構成,則自然是問"先到楊邊是先到梅",如果已有先後,則并無疑問,"問"字也就不存在了。

【考證】

通常酬答類的詩詞，都是雙方之間的問候、致意、剖衷等相互傾談，本詞雖題序爲寄友，但詞并不涉及懷念友人類主題的各種元素，而祇是咏物而已，因此可以視爲是單純的詞藝切磋類的行爲。而王沂孫詞，也是一首王氏擅長的單純的咏物詞，字裏行間既不涉及越中諸友，也不涉及周密或周密的原唱，張惠言認爲此題應是咏梅詞，甚洽。這種很單純的作品交流，在今天是一種常見模式，但在現存的宋代詞作中是十分罕見的，作爲一種模式的樣板，本詞具有一種典型意義和類型價值。

王沂孫詞，今所見各標點本均有題序，云"和周草窗寄越中諸友韻"，但本詞明鈔本《玉笥山人詞集》無題序，天津圖書館所藏抄本《玉笥山人詞集》無題序，續修四庫所用知不足齋本《花外集》亦無題序，唯知不足齋本與《石湖詞》合刊本有"和周草窗寄越中諸友韻"，四印齋刻本和天津圖書館所藏本《花外集》刻本也有"和周草窗寄越中諸友韻"，極疑原詞并無題序，題序爲後人所添。

【韻律】

《欽定詞譜》收錄本慢詞于第二十八卷，并以劉鎮"燈火烘春"詞爲正體，本詞即正體，與劉詞全同。

在第一百三十八首中，我們指出了對仗屬于作法，而不是韻法的問題，這個認識對我們的創作是有實際的指導意義的。明白了這一點，我們再回過來看本詞的"小雨分江，殘寒迷浦"和"雲中煙樹，鷗外春沙"，就會讓我們在詞創作上更準確地遵循其應有的韻律，以前段爲例，所有的宋詞中僅有柴元彪的"丹碧歸來，天荒地老"未對仗，其餘全部采用對仗的手法。那麼，從韻律的角度來看對仗，它有什麼特質呢？它的特質就是：由于對仗的兩句在韻律結構上十分緊密，它實際上的韻律單位并不是兩句，而是一個相當于"一句"的單位，所以我們又稱其爲"儷句"，這個"一句"和"兩句"的差異，在構思上自然會有完全的不同。而究之于緣起，或與詞的均拍有關，即一個句組之内一般都由一起拍、一收拍構成，這或許是"小雨分江，殘寒迷浦"之所以成爲一個單位的深層的律理原因。

至于後段，由于"認雲中煙樹，鷗外春沙"本身是一個一字逗領四字兩句的結構，因此對對仗的要求就弱些，宋詞中有將近四成的作品未作對仗，但九字一氣的要求則是必須，絕對不可以構思爲五字一句、四字一句。這種規範，詞譜是不做說明的，全靠我們自己讀唐宋詞去體悟。

【輯評】

清鄧廷楨《雙硯齋詞話》云："弁陽翁工于造句……（至如《高陽臺》）云'雪霽空城，燕歸何處人家。夢魂欲渡蒼茫去，怕夢輕還被愁遮'，皆體素儲潔，含豪邈然。"

清陳廷焯《詞則·大雅集》卷三，眉批後段云："幽怨得碧山意趣，但厚意不及。"

元陸輔之《詞旨》收入"警句"九十二則，包括周密《高陽臺》"夢魂欲渡蒼茫去，怕夢輕還被愁遮"。

李佳《左庵詞話》卷下云："詞家有作，往往未能竟體無疵。每首中，要亦不乏警句，摘而出之，遂覺片羽可珍。如……周草窗云：'夢魂欲渡蒼茫去。怕夢輕、還被愁遮。'"

【附錄】

宋王沂孫《高陽臺》云："殘雪庭陰，輕寒簾影，霏霏玉管春葭。小帖金泥，不知春在誰家。相思一夜窗前夢，奈個人、水隔天遮。但淒然，滿樹幽香，滿地橫斜。　　江南自是離愁苦，況游驄古道，歸雁平沙。怎得銀箋，殷勤與説年華。如今處處生芳草，縱憑高、不見天涯。更消他，幾度東風，幾度飛花。"

清末奭良《高陽臺·唐花用中仙韻》云："矮樹烘雲，翹枝浥露，便宜六琯吹葭。春意盈盈，重來不到田家。油窗安向南榮好，淺薰爐、錦幔低遮。襯銀幡、簾影參差，燭影橫斜。　　龍泉古盎中庭静，有旁嵌白石，細碾圓沙。競説長春，拼成一段芳華。繁英鬥艷幽香淺，問東君、可遍天涯。只連昌、無數雕欄，無數名花。"

探芳訊　西泠春感[一][1]

步晴晝。向水院維舟[2]，津亭喚酒[3]。嘆劉郎重到[4]，依依謾懷舊。東風空結丁香怨[5]，花與人俱瘦[6]。甚淒涼，暗草沿池[7]，冷苔侵甃[二]。　　橋外晚風驟。正香雪隨波[8]，淺煙迷岫。廢苑塵梁，如今燕來否[9]。翠雲零落空堤冷，往事休回首[10]。最消魂，一片斜陽戀柳[11]。　　（第一百四十一）

【校記】

[一] 知不足齋本、四印齋本、辛酉本、光緒本、芝蘭本調名均作"探芳信"，光緒本題序爲"西湖春感和玉田韻"。

[二] 冷苔，芝蘭本作"濕苔"。

【箋釋】

[1] 西泠：又作"西陵"，在西湖孤山，宋代之前稱爲"西林"，爲一漁村，又叫西村。宋郭祥正有《西村》詩速寫此地："遠近皆僧舍，西村八九家。得魚無賣處，沽酒入蘆花。"

[2] 水院：住宅之前所面臨的一片水域。宋李彭老《木蘭花慢》詞云："記舊時游冶，燈樓倚扇，水院移船。"維：維繫。維舟：繫舟。南朝何遜《與胡興安夜別》詩云："居人行轉軾，客子暫維舟。"

[3] 津亭：渡口爲路人休息所建的亭子，也是親朋遠行時的送別餞行之處。唐岑參《崔倉曹席上送殷寅充石相判官赴淮南》詩云："清淮無底綠江深，宿處津亭楓樹林。"

[4] 劉郎：本指劉禹錫，這裏是作者自比，可知這是第二次來西泠。本句化用唐劉禹錫《再游玄都觀》詩"種桃道士歸何處，前度劉郎今又來"。

[5] 丁香：丁香或丁香結與"愁"結在一起，始于李商隱的《代贈》詩，云："芭蕉不展丁香結，同向春風各自愁。"之前的唐詩中均不涉愁，因此"丁香結愁"皆出于李詩，五代起大量產生。"丁香結"是丁香花的蓓蕾，其花因爲都是幾十上百朵地叢生在一起，視覺衝擊力很大，所以被用來比喻鬱結不解的愁緒。

[6] 丁香花細長如釘，故名，因此説"花瘦"。本句化用宋劉一止《夜行船》詞"今度何郎，尊前疑怪，花共那人俱瘦"。

[7] 暗草：夜間的草。南朝劉孝先《和亡名法師秋夜草堂寺禪房月下》詩云："數螢流暗草，一鳥宿疏桐。"

[8] 香雪：大片的白色花朵。唐韓偓《和吳子華侍郎令狐昭化舍人嘆白菊衰謝……》詩云："正憐香雪拔千片，忽訝殘霞覆一叢。"

[9] 此二句用晉陶潛《雜詩》詩"春燕應節起，高飛拂塵梁"，而反其意。塵梁：積滿灰塵的屋梁，意同廢苑，寫南宋亡國後的民間境況。

[10] 往事回首：典出唐李群玉《湘陰江亭却寄友人》詩"往事隔年如過夢，舊游回首謾勞思"，後人輾轉用其意，或寫"不必回首"，或寫"空回首"，或寫"難回首"，或寫"不堪回首"，林林總總。徑用周密"往事休回首"成句者，即無數。

[11] 斜陽戀柳：意謂日不願落，富含深意。清陳匪石《下水船·和東山》詞云"悄回佇。一片斜陽煙柳，前日嘶驄來處"，化用本句入詞。

【考證】

黃畬《山中白雲詞箋》注本調張炎原詞作于元成宗大德三年（1299年），

時張炎五十二歲，周密應爲六十八歲。吳熊和《唐宋詞彙評》據此繫周密詞亦作于大德三年（1299年），但夏承燾先生《周草窗年譜》則考定周密卒于大德二年（1298年）。夏承燾先生對周密卒年的判斷確可商榷，但以張炎詞作于大德三年（1299年）爲據，認定周詞也作于大德三年（1299年），則失于草率，因爲周詞并非雅集之作，也沒有"寄玉田""示玉田"之類的意思，則玉田未必就第一時間得而和之。以兩首詞的內容來看，周詞寫"甚淒涼""燕來否"的愁于前一年，張詞過一年步其韻而和，所以才有"愁到今年，多似去年否"的說法，或更在情理之中。

故本詞應繫于大德二年（1298年）方恰。

【韻律】

此亦慢詞，《欽定詞譜》收錄于第二十二卷，并以史達祖"謝池曉"詞和吳文英"暖風定"詞爲正體，本詞即吳文英詞體，但吳詞前段第二句違律，本詞糾正爲律句。

本調調名通常作《探芳信》。

本調這種總體韻律架構的模式，我們在第五十四首的【韻律】中有過探討，它本身是一個添頭式的調式，即後段起拍較之前段會添二字。但典型的添頭式詞調又每每會在後段的結拍中減去二字，以保持前後段文字的均衡。本調就是這樣的典型模式。

強調本詞的這一個韻律特徵，是爲說明後段第二句組的闕字問題。本詞除前後段首拍、結拍參差二字外，其餘各句應前後相互對應，在周密之前，前後段第二句組除吳文英二首與此相同外，其餘諸詞均爲十字、兩拍（楊炎正減字格一首，爲九字、兩拍），即爲證明。而本詞後段作"廢苑塵梁，如今燕來否"，校之前段第二句組"嘆劉郎重到，依依謾懷舊"顯闕一領字，無疑是循夢窗之誤而來。現存本調闕字詞共計五首，除本詞外，張炎、李彭老二第一句組爲步本詞韻而作，則又是受本詞誤導了。

綜上所述，儘管《詞律》《欽定詞譜》等譜書均將本詞一格列爲又一體，填者仍以回避爲是。

【輯評】

清陳廷焯《雲韶集》云：《探芳信·步晴晝》詞，"好句如煙、如夢、如雲。一往情深"。

清陳廷焯《詞則·大雅集》卷三，眉批後段云："點綴'空梁落燕泥'句，更饒姿態。"

俞陛雲《唐五代兩宋詞選釋》云："西湖當南宋時，翠華臨幸，士女嬉游，花月樓臺，爲西湖千百年來極盛之際。自白雁渡江以後，朝市都非，草窗以淒清詞筆寫之。'人花俱瘦'句，言花事之闌珊，'暗草沿池'句，言池館之凋殘，'廢苑塵梁'句，言離宮之冷落，觸處生悲，不盡周原之感，湖山舉目，誰動餘哀，剩有白髮遺黎，扶笻憑吊，如殘陽之戀柳耳。"

俞陛雲《唐五代兩宋詞選釋》云："唐末五代遺民，行歌禾黍，輒托諸美人香草，雖茹蘗飲冰，而其辭則亂，良足傷矣。玉田和草窗'西湖春感'詞，則'丹心如舊，忍説銅駝'等句，皆情見乎詞，以抒忠愛。和'瘦'字韻與草窗同工。和'柳'字韻草窗有戀闕之忱，玉田有摇落之感，皆長歌之哀也。"

【附錄】

宋李彭老《探芳訊·湖上春游繼草窗韻》云："對芳晝。甚怕冷添衣，傷春疏酒。正緋桃如火，相看自依舊。閑簾深掩梨花雨，誰問東陽瘦。幾多時，漲綠鶯枝，墮紅鴛甃。　　堤上寶鞍驟。記草色薰晴，波光摇岫。蘇小門前，題字尚存否。繁華短夢隨流水，空有詩千首。更休言，張緒風流似柳。"

宋張炎《探芳訊·西湖春感寄草窗》云："坐清晝。正冶思縈花，餘酲倦酒。甚采芳人老，芳心尚如舊。消魂忍説銅駝事，不是因春瘦。向西園，竹掃頹垣，蔓蘿荒甃。　　風雨夜來驟。嘆歌冷鶯簾，恨凝蛾岫。愁到今年，多似去年否。舊情懶聽山陽笛[六]，目極空搔首。我何堪，老却江潭深柳。"

元仇遠《探芳信·和草窗西湖春感詞》云："坐清晝。記步幄行春，短亭呼酒。悵襯裙香遠，波痕尚依舊。赤闌橋下桃花觀，寒勒花枝瘦。轉回廊、古瓦生松，暗泉鳴甃。　　山雨夜來驟。便綠漲平堤，雲横遠岫。細認沙頭，還見有落紅否。楊花自趁東風去，空白鴛鴦首。勸游人、莫把驕驄繫柳。"

清趙我佩《探芳信·湖上探梅追憶君蓮用草窗韻》云："趁清晝。好嶺上探芳，堤邊載酒。只玉波無恙，青山尚依舊。東風識得詞人面，笑比梅花瘦。怕重來、軟緑成陰，亂紅飛甃。　　何處笛聲驟。正夢醒烏蓬，淚凝螺岫。湖水湖煙，相看斷腸否。劇憐冢畔香魂杳，往事空回首。感流光、又見春歸細柳。"

清王策《探芳信·暮秋月夜時方因病止酒用王碧山韻》云："夜如晝。奈花徑無花，酒徒斷酒。月仍前度月，人誰舊年舊。謾愁髀肉生閑裏，落得平消瘦。況饑村、突冷餘塵，井荒缺甃。　　海氣耳邊驟。怕鯨欲移宫，鰲思翻岫。晴過今宵，來夜再晴否。霜風又捲山松髮，秃似瞿曇首。更何言、栗里門前病柳。"（按：題序謂"用王碧山韻"，應是誤筆。）

清末周岸登《探芳訊·擬游青原三鳳駕未果軍書蜂午宿諸難踐用弁陽翁韻爲山靈訊》云："坐清晝。恁興冷如僧，愁濃似酒。嘆漚塵驚電，年涯已非舊。槎枒肝肺星星鬢，詩與人爭瘦。怕窺園、紺老霜葩，翠滋苔甃。　　風健雁程驟。指蒼兕臨江，煙赢凝岫。望裏青原，游倞尚慳否。山靈應怪來何晚，呵壁空搔首。渡江雲，迎路依依是柳。"

　　清末趙熙《探芳信·寄哲生聖傳用草窗韻》云："坐春晝。慣雨過尋山，僧來貰酒。念仙庵前世，如今夢華舊。吳妝爭照春波影，人比黃鸎瘦。木蘭舟，杜老清祠，薛濤香甃。　　花外玉驄驟。看珠樹臨風，峽雲歸岫。一對簫聲，曾唱小紅否。紅羊都換青羊市，爛醉同犀首。譜新詞，休道屯田是柳。"

　　清末馮煦《探芳信·重過寶應城北舊居景物荒寒泫然欲涕撫玉田西泠春感韻》云："掩空晝。記款雁弦詩，呼蛩絮酒。奈蓬蒿徑悄，西風漸非舊。屏山影裏珠塵散，不獨斜陽瘦。近黃昏、月蛻虛廊，煙蟠廢甃。　　寂寂暮寒驟。剩敗葉侵階，冷蘿垂岫。問訊青琴，梅邊斷腸否。十年嬴得西州淚，門外重回首。更無聊、數盡昏鴉暝柳。"

　　清末汪東《探芳信·花事正盛懶不出游風雨無時漸成零落用草窗西泠春感韻賦此》云："遣芳晝。便小鼎焚香，深杯注酒。奈中年才過，心情便非舊。尋春欲賦燕臺句，不奈東陽瘦。任明朝、暗綠侵帷，墜紅飄甃。　　晴雨變何驟。看淚漲荒波，恨迷煙岫。燕燕知時，能知廢興否。極天歌吹連烽火，萬事堪搖首。倚風前，獨數隋堤剩柳。"

效顰十解

四字令　擬花間[1]

眉消、睡黄[2]。春凝、淚妝[3]。玉瓶水暖微香[一]。聽蜂兒打窗[4]。　　筝塵。半床[5]。綃痕。半方[6]。愁心欲訴垂楊。奈飛紅正忙。

（第一百四十二）

【校記】

[一] 玉瓶，丙午本、芝蘭本原作"玉屏"，據知不足齋本改。

【箋釋】

[1] 擬：模擬、模仿。這裏是模仿詞的風格的意思。是此"效顰十解"詞，均爲模仿他人風格的作品。

[2] 睡黄：周密自創詞彙。古人眉間點黄爲妝，"睡黄"屬于夜妝，也稱"宿妝"，詳參【考證】。清鄭文焯《遐方怨》詞云："帶圍新來寬素腰。宿妝山額睡黄銷。"又作"額黄"，見【附録】。

[3] 淚妝：當時上流社會婦女的一種時髦妝飾。《宋史·五行志》載："理宗朝，宮妃繫前後掩裙，而長窣地，名'趕上裙'；梳高髻于頂，曰'不走落'；束足纖直，名'快上馬'；粉點眼角，名'淚妝'。"

[4] 本句化用宋辛弃疾《清平樂》詞"恁地十分遮護，打窗早有蜂兒"。

[5] 床：琴床。用來擺放琴的几案。

[6] 綃痕：綃帕上的淚痕。周密自創詞彙。元王國器《踏莎行·繡床凝思》詞云："雲窗霧閣没人知，綃痕浥透紅鉛淚。"半方：整塊綃帕稱"一方"，半塊即"半方"。

【考證】

花間：此指花間體的風格。五代後蜀趙崇祚編有詞集，名《花間集》，所收作品之風格多爲綺麗婉約一派，對後世影響極大。《四字令》爲典型宋詞，并不產生于花間時代，因此可知，周密的"擬"僅僅是擬的風格，而與詞調無關，與韻律無關。即便是後面九首擬個人的詞，也祇是摹擬其風格，而與其具體的某一首詞無關。

睡黃考。"睡黃"爲古代的一種夜妝，也稱"宿妝"，唐溫庭筠《菩薩蠻》詞"蕊黃無限當山額，宿妝隱笑紗窗隔"即是一個具體的描寫。今人通常以爲"宿妝"即殘妝、舊妝者，是一種極大的誤解，因爲"宿妝"是晚餐之後所作的妝容，因此直到睡前的"宿妝"，實際上都屬于"新妝"。所以劉禹錫在《馬嵬行》詩中云"共愛宿妝妍，君王畫眉處"，如果是殘妝，試想又如何"妍"法？晏殊的《訴衷情令》中更有"眉葉細，舞腰輕。宿妝成"之説，"宿妝成"就是所謂"晚妝方就"之意，如果"宿妝"就是"殘妝"的話，那麽怎麽可能會有"殘妝初成"的道理。

所以説，"宿妝"就是晚餐之後爲了特定的人和特定的事所作的妝容，當然，就寢之後的"宿妝"一定會受到破壞，所以在到了晨起的時候，它就自然而然地纔變成了"殘妝"，如本詞所説的"睡黃"即是。

【韻律】

宋人小令，《欽定詞譜》收録于第三卷中，以劉過"情高意真"詞爲正體，本詞較之正體有差異，前段第一、第二句中，應讀爲二字一逗，類似《河傳》中張先的"海宇、稱慶"和李清照的"帝里、春晚"。後段則是一個換韻，與第一百二十四首同。詳見該首【韻律】。

【輯評】

清李佳《左庵詞話》云："《詞林正韻》有云：入聲作三聲，詞家多承用。如……周密《醉太平》'眉銷額黃'，'額'字叶移介切。"

俞陛雲《唐五代兩宋詞選釋》云："蜂兒打窗與春色惱人、鶯啼驚夢，皆在幽静境中攪亂愁人心緒。下闋寫愁，用兩半字，便覺含情無限。'垂楊'二句，飄零風雨，自顧不遑，何暇聽人之低鬟訴怨耶。此調神似《花間》。"

西江月　延祥觀拒霜擬稼軒[一][1]

緑綺紫絲步障[2]，紅鸞彩鳳仙城。誰將三十六陂春[3]。換得兩堤秋錦[4]。　　眼纈醉迷朱碧[5]，筆花俊賞丹青[6]。斜陽展盡趙昌屏[7]。羞死舞鸞妝鏡。　　　　　　（第一百四十三）

【校記】

[一]《全宋詞》注云："按，此首别誤作陳逢辰詞，見《歷代詩餘》卷二十。"

【箋釋】

[1] 延祥觀：參見【考證】及【附錄】。拒霜：即木芙蓉。木芙蓉盛放于晚秋，耐寒不凋，故名。唐李范有句云："天涯故友無來信，窗外拒霜空落花。"

[2] 綠綺：綠色的絲綢。步障：一種類似屏風的帷幕，但屏風用在室内，步障用在室外。紫絲步障：即"絲障"，屬于一種豪華的步障。參見第十六首【箋釋】[11]。《晋書·石崇傳》云："（石崇）舉貴戚王愷、羊琇之徒，以奢靡相尚……愷作紫絲布步障四十里，崇作錦步障五十里以敵之。"可見其一斑。

[3] 三十六陂：宋神宗元豐時期，推行新法，開鑿疏浚河流，在汴京附近，把洛水和汴水聯通，引古索河爲水源，注入房家、黄家、孟家三陂，波及三十六陂，後即以"三十六陂"爲"江湖"的代稱，如宋陳允平《宿鷺》詩云"三十六陂煙水闊，夜深無奈月明多"，這裏指代西湖。本句化用宋張良臣《感舊》詩"三十六陂春水綠，四十九年人事非"。

[4] 兩堤：指西湖上的蘇堤與白堤，這裏仍是指代西湖。

[5] 眼纈：原意爲觀看彩帛引起的一種眼花。宋孫覿《雪》詩云："衣棱森欲起，眼纈醉复眩。"朱碧：本句與後一句對仗，"朱碧"與"丹青"爲互文。

[6] 筆花：優美的文筆。五代王仁裕《開元天寶遺事》卷二"夢筆頭生花"條云："李太白少時，夢所用之筆，頭上生花，後天才贍逸，名聞天下。"宋陳郁《得盧蒲江劉懲齋倡和墨》詩云："天錫吟箋慰老懷，筆花文藻卷中開。"俊賞：盡情地鑒賞。宋姜夔《揚州慢》詞云："杜郎俊賞，算而今、重到須驚。"

[7] 趙昌：宋代畫家，最擅長畫花鳥。宋蘇軾《書鄢陵王主簿所畫折枝》詩云："邊鸞雀寫生，趙昌花傳神。"趙昌屏：繪有趙昌之作的屏風。此指大自然的景色。

【考證】

關于辛棄疾，《宋史·列傳第一百六十》有傳，《絕妙好詞箋》卷一"辛棄疾"下注云："棄疾，字幼安，號稼軒，歷城人。耿京聚兵山東，節制忠義軍馬，留掌書記。奉表來歸，高宗召見，授承務郎，差簽判江陰。累官浙東安撫加龍圖閣待制、樞密院都承旨。德祐初，以謝枋得請贈少師，諡忠敏。有《稼軒長短句》十二卷。"

"劉後村云：公所作，大聲鏜鞳，小聲鏗鍧，横絶六合，掃空萬古。其穠麗綿密者，亦不在小晏、秦郎之下。"

四聖延祥觀，在《夢粱錄》卷八中有詳細記載：謂觀在孤山，舊名四聖堂，道經云："四聖者，紫微北極大帝之四將，號曰'天蓬、天猷、翊聖、真武大元帥'，真君元是顯仁，韋太后繪像奉事甚謹，朝夕不忘香火，高廟爲康邸出使，將行，見四金甲神人，執弓劍以衛。紹興間，慈寧殿出財，建觀侍奉，遂于孤山古刹，徙之爲觀。次年，内庭迎四聖聖像，奉安此觀。觀額詔復'東都延祥'，舊名殿扁曰'北極'，四聖之殿，殿門扁曰'會貞之門'。三清殿扁曰'金闕寥陽'，法堂扁曰'通真'，元命閣扁曰'清寧'，皆理廟奎墨。藏殿扁曰'瓊章寶藏'，孝廟親墨，有堂扁曰'瀛嶼元是'，凉堂扁曰'建西'。宫以堂爲黄庭殿，别創新堂，以此扁奉之。觀有瑞真道館，即延祥觀門也。"

《癸辛雜識續集》卷下"沉香聖像"條云："杭西湖延祥觀，四聖小像并從人，共二十身，皆蠟沉香，凡數百兩，即韋太后北巡狩歸日所雕。皆飾之以大珠。及楊髡據觀爲寺，盡取之，爲笠珠及香餅，可嘆也。"

《武林舊事》云："孤山路四聖延祥觀，有韋太后沉香四像，小蓬萊閣、瀛嶼堂、金沙井、六一泉，花寒水潔，氣象幽古，三朝臨幸。"

【韻律】

本調爲小令，《欽定詞譜》收録于第八卷，本詞用第一式柳永正格詞體。

我們在第七十六首中提到，早期的詞有一種特徵，他們由于在句式上并没有太多的變化，因此經常依賴于韻的轉換，來實現整個詞調韻律上的變化，《西江月》也是其中的一種模式。

本詞以庚青韻爲基本韻，前段第三拍"春"字，真韻，叶韻"城""青""屏"。

【輯評】

清厲鶚《絶妙好詞箋》卷七云："《武林舊事》云：'孤山路四聖延祥觀，有韋太后沉香四聖、小蓬萊閣、瀛嶼堂、金沙井、六一泉。花寒水潔，氣象幽古，三朝臨幸。'周密有咏延祥觀拒霜《西江月》。"

俞陛雲《唐五代兩宋詞選釋》云："此咏延祥觀拒霜花而作。凡花開極盛時，身在花間，若霞蔚雲蒸，照眼生纈，此詞足狀拒霜花爛縵之觀，字句亦鏤金錯彩。四聖延祥觀在西湖孤山路，有韋太后所奉沉香四聖象，備花木亭臺之勝，三朝皆臨幸之。"

【附録】

清楊玉銜《西江月·延祥觀拒霜和稼軒》云："豪客周遭繡幕，詩仙坐擁花城。异鄉偏有故鄉春。織出九張機錦。　　蜀帳濃渲霞彩，濤箋艷篆煙青。

西施半醉倚銀屏。臨水殘脂點鏡。"

清末周岸登《西江月·延祥觀拒霜擬稼軒》云："帝女朝元絳闕，觀文擁御霞城。龍香醉劑巧回春。幻出錦官如錦。　妝暈凝膚紅白，簇成没骨丹青。輕霜真瑟玉圍屏。羞説畫中人鏡。"

江城子　擬蒲江[一][1]

羅窗曉色透花明[二][2]。艷瑶笙[3]。按瑶箏。試訊東風[三]，能有幾分春[4]。二十四闌憑玉暖[5]，楊柳月、海棠陰。　依依愁翠沁雙顰[6]。愛鶯聲。怕鵑聲[7]。人自多情[8]，春去自無情[9]。把酒問花花不語[10]，花外夢、夢中雲。　　　　　（第一百四十四）

【校記】

[一] 知不足齋本、四印齋本、辛酉本并作"擬賀方回"。

[二] 曉色，辛酉本作"曉日"。

[三] 試訊，知不足齋本、四印齋本、辛酉本并作"幾信"。

【箋釋】

[1] 蒲江：盧祖皋，字申之、次夔，號蒲江，浙江永嘉人，南宋著名詞人，有《蒲江集》傳世。

[2] 羅窗：以繡羅織物爲窗簾的窗子。唐李商隱《題二首後重有戲贈任秀才》詩云："一丈紅薔擁翠筠，羅窗不識繞街塵。"

[3] 艷：裝飾。唐和凝《宮詞》絶句云："蘭殿春融自艷笙，玉顏風透象紗明。"

[4] 本句化用唐李端《東門送客》詩"逢花莫漫折，能有幾多春"。

[5] 二十四：形容多，與十二、三十六、七十二等相同。或謂"二十四闌"爲闌干的美稱，非是。第一百零二首云："二十四闌愁倚遍，空悵望，短長亭，長短橋。"

[6] 雙顰：雙眉蹙起，表示愁怨。宋楊萬里《題東西二梁山》詩云："獨將亡國千年恨，留下雙顰寄岸花。"

[7] 鵑聲：傳説杜鵑之啼哀痛之極，其晝夜悲鳴，血出乃止。宋何夢桂《和昭德孫聞鵑》詩云："平生抵掌志伊吾，聞著鵑聲淚血枯。"

[8] 本句擷取自宋范成大《連夕大風凌寒梅已零落殆盡》詩"人自多情春不管，強顏猶作送春詩"。

[9] 本句化用唐白居易《早夏曉興贈夢得》詩"無情亦任他春去，不醉爭銷得晝長"。

[10] 唐溫庭筠《惜春詞》詩云"百舌問花花不語，低回似恨橫塘雨"，後"問花花不語"成金句而被無數詩人擷用，如歐陽修"淚眼問花花不語"、嚴憚"盡日問花花不語"、戴表元"從翁問花花不語"、王惲"我欲問花花不語"、晁補之"把酒問花花不語"等，本詞即徑取晁詞之句。

【考證】

盧祖皋在今天并不是很著名的詞人，但當時盧祖皋在浙江却是一個頗有名望的作手，宋黃昇在《中興以來絕妙詞選》卷八中就有這樣的記載："申之樂章甚工，字字可入律呂，浙人皆唱之。"對盧詞具體作品的評價，黃昇十分推崇，比如他在《中興詞話》中說，盧祖皋的《虞美人·釣雪亭》詞"無一字不佳，每一咏之，所謂如行山陰道中，山水映發，使人應接不暇"。這應該是周密之所以將盧祖皋列爲十擬之一的原因所在。關于盧祖皋，明凌迪知《萬姓統譜》卷十七有一個大概的記錄："盧祖皋，字申之，永嘉人。登慶元第，歷館閣。嘉定中，以軍器少監與建人徐鳳立直北門，時慶澤孔殷，綸言沓布，祖皋抒思泉湧，號爲稱職……工樂府，意度清遠，江浙間多歌之。有《蒲江集》。"

據《花庵詞選》卷八記載，盧祖皋的舅舅是明州鄞縣的樓鑰，永嘉趙師秀、樂清翁卷等都是他的詩友，"樂章甚工，字字可入律呂"。

【韻律】

本調也是北宋小令，其初始形態是唐人的單段式小令，《欽定詞譜》收錄于第二卷，雙段式詞以蘇軾的"鳳凰山下"詞爲正體，本詞與蘇詞全同。本詞的結構應屬于近詞，前後段對應十分工穩，都由三均構成。以詞韻第十一部庚青韻爲基本韻，通叶十三部侵韻的"陰"字及六部真文韻的"春""顰""雲"。

周密作法的一個韻律特徵是，前後段共有四處兩個三字對，由于早期單段式詞均以非對仗句式爲基本填法，因此在雙段體中，也依然是采用六字一氣式的筆法爲主，但是周密兩首的前後段第一句組均采用了三字儷句的方式填寫，走的不是流暢詞風的主流路子，但韻律上就形成了一種工穩、雅緻的風格。

【附錄】

《貴耳集》云："蒲江貌宇修整，作小詞纖雅，詩如《舟中獨酌》云'山川似舊客，懷老天地何'，言春事深；及《玉堂有感》《松江別詩》，余領先生詞外之旨。"

清末周岸登《江城子·擬蒲江》云："羽衣霞帔倚通明。鳳排笙。雁排筝。合舞鈞天，同踏絳都春。千乘載花紅一色，虹作蓋，蓋成陰。　遥憐電笑與星鬘。佩環聲。步虛聲。認是多情。偏自又無情。舉酒問天天也醉，天似夢，夢疑雲。"

少年游　宮詞擬梅溪[一][1]

簾銷寶篆捲宮羅[二][2]。蜂蝶撲飛梭[3]。一樣東風[三]，燕梁鶯院[四]，那處春多。　曉妝日日隨香輦[五][4]，多在牡丹坡[5]。花深深處，柳陰陰處，一片笙歌。　　　　　　（第一百四十五）

【校記】

[一] 知不足齋本、四印齋本、辛酉本作"宮詞擬小山"，芝蘭本注云："《少年游》兩結皆五字，《詞綜》于'那處'下增一'得'字，亦不合調，疑是《眼兒媚》之訛。"

[二] 寶篆，知不足齋本、四印齋本、辛酉本并作"寶相"。

[三] 東風，裘杼樓本作"春風"。

[四] 鶯院，知不足齋本、四印齋本、辛酉本、光緒本、裘杼樓本并作"鶯戶"。

[五] 香輦，裘杼樓本作"春輦"。

【箋釋】

[1] 梅溪：史達祖，字邦卿，號梅溪，宋開封人。工詞，多抒寫閑情逸致，重形式，追求細膩工巧，與姜夔齊名。有《梅溪詞》。

[2] 寶篆：香點然後漂浮的煙，因其如篆，故云。簾銷寶篆：煙從簾子中飄出。宋丘崈《洞仙歌·元宵》詞云："望鰲山天際，寶篆翻空，看未了，湧出珠宮貝宇。"

[3] 撲飛梭："飛梭"指一種庭院中的裝飾物，詳參第十五首之【箋釋】[4]。

[4] 香輦：原指帝王后妃所乘坐的車，唐詩中多如此用，後亦泛指華貴的車。香，美詞。元耶律鑄《紅叱撥》詩云："天然紅玉飛香輦，宜載花閑醉玉仙。"

[5] 牡丹坡：牡丹盛放的坡。元張雨《水調歌頭·爲初心真人七帙初度時延祥有賜田之命》詞云"今朝佳氣五雲，都在牡丹坡"，化用本句入詞。

【韻律】

《少年游》爲唐人小令。《欽定詞譜》收錄于第十三卷，以馮延巳詞爲正體，但儘管本詞《欽定詞譜》列爲第五格，余讀本詞，直覺體味到與《少年游》的韻律并不相合。而全宋如此體式者僅此一首，便非常可疑。究竟屬于變格抑或是別調竄入，極難斷定，反復驗證，恍然知其爲《眼兒媚》無疑。

一個詞調最爲關鍵的地方，在它的起結處，而這兩個詞調的差異，主要也正是體現在起拍與結拍上。《眼兒媚》的起拍均爲七字一句，《少年游》則雖也爲七字句，却常常可以添一字，讀破爲四字兩句；《眼兒媚》的結拍均爲四字一句，《少年游》的結拍則爲五字一句，却也常常可以添一字讀破爲折腰式的六字句。而正因爲《少年游》從不在結拍處減字，所以讀本詞便生覺異之感。可以這麽說，這兩個詞調的一個重要區別點就是：結拍爲四字句的，是《眼兒媚》，爲五字或六字句的，則是《少年游》。

特附錄《欽定詞譜》據爲正格的無名氏詞《眼兒媚》（《欽定詞譜》誤作賀鑄詞），供讀者比較："蕭蕭江上荻花秋。做弄許多愁。半竿落日，兩行新雁，一葉扁舟。　　惜分長怕君先去，直待醉時休。今宵眼底，明朝心上，後日眉頭。"

【輯評】

元陸輔之《詞旨》收入"警句"九十二則，包括周密《少年游》"花深深處，柳陰陰處，一片笙歌"。

清許昂霄《詞綜偶評》云："'一樣東風，燕梁鶯院，那處春多'，即'梨花雪、桃花雨，畢竟春誰主'之意，然俱從義山'鶯啼花又笑，畢竟是誰春'脱出。"

清况周頤《蕙風詞話》卷二云："草窗《少年游·宮詞》云：'一樣春風，燕梁鶯户，那處得春多。'即'梨花雪，桃花雨，畢竟春誰主'之意。俱從義山'鶯啼花又笑，畢竟是誰春'脱出。"

清陳廷焯《雲韶集》云：《少年游·簾銷寶篆卷宮羅》詞，"擬叔原便真似叔原，能者無所不可。清麗之極，小山集中高境"。

清李佳《左庵詞話》云："詞家有作，往往未能竟體無疵。每首中，要亦不乏警句，摘而出之，遂覺片羽可珍。如……周草窗云：'夢魂欲度蒼茫雲。怕夢輕、還被愁遮。'又云：'花深深處，柳陰陰處。一片笙歌。'"

俞陛雲《唐五代兩宋詞選釋》云："鶯歌燕舞，春屬誰邊？猶之水殿雲房，月明何處？離宮三十六，知羊車望幸之難，此擬宫詞而作。結末三句，樂醉鈞天，身浮香海，極寫聲色繁華之境。題云'擬梅溪'，恐梅溪有此麗筆，或遜其渾成也。"

【附録】

《絶妙好詞箋》云:"張功父云:史生之作情詞,俱到纖綃泉底去,塵眼中有瓌奇警邁,清新閑婉之長,而無詭蕩污淫之失,端可分鑣清真,平睨方回。"

清楊玉銜《少年游·宮詞擬小山》云:"霓裳腰舞簇雲羅。絲柳織鶯梭。一片氍毹,釵摇鈿墜,落比花多。　有時太液恩波共,春宴付鑾坡。昭陽天外,廣寒宵半,縹緲聞歌。"

清末周岸登《少年游·宮詞擬梅溪》云:"八蠻吴錦七絲羅。宮樣費金梭。織就鴛鴦,剪成胸襪,裹得愁多。　玉壺碧灑東風草,紅滿洗心坡。恨守羊車,夢隨魚輦,别院聞歌。"

好事近　擬東澤[1]

新雨洗花塵[2],撲撲小庭香濕。早是垂楊煙老,漸嫩黄成碧。　晚簾都捲看青山,山外更山色。一色梨花新月[3],伴夜窗吹笛。

（第一百四十六）

【箋釋】

[1] 東澤:即張輯。《絶妙詞選》云:"張宗瑞,名輯,鄱陽人,自號東澤。有詞二卷,名《東澤綺語債》,朱湛盧爲序,稱其得詩法于姜堯章,世所傳《欸乃集》,皆以爲采石月下,謫仙復作,不知其又能詞也。其詞,皆以篇末之語,而立新名云。"

[2] 花塵:空氣中漂浮著的花粉、花香。明馮時可《送徐中舍二玄南邊》詩云"新雨洗塵坌,雲氣漸撥除",從本句化出。

[3] 梨花新月:其意思爲:新月溶溶的月光,如梨花般灑滿大地。本句化用宋謝逸《南歌子》詞"畫樓朱户玉人家。簾外一眉新月、浸梨花"。

【考證】

張輯爲南宋詞人,其填詞好作新名,但此類新名并非調名,而祇是詞名,宋元人對這一點非常清楚,所以不會有人襲用他的新名,這是一個重要的證據。但大部分清代詞譜學家對於"調名"和"詞名"之間的不同,缺乏一個科學的認識,一概籠統混爲一談,因此張輯杜撰的詞名,幾乎全部被收羅進了詞譜著作中,至今爲止一直都被視爲是該詞調的别名,這是一種極爲錯誤的認知,在這個問題上,祇有萬樹是有清醒的認識的,因此其《詞律》基本不擷取詞名作爲詞調的別名。與張輯相同的比較著名的代表，還有韓淲、賀鑄，此三人的詞名占了今天所有所謂詞調別名中的大部分。

至于江昱所説"其詞皆以篇末之語，而立新名"云云，亦未必，如寓《憶王孫》的《畫蛾眉》，不僅并非擷"篇末語"，甚至并未用詞中語，而祗是根據詞中"曉起梳頭對玉臺"一句而擬。

【韻律】

這是一個較熱門的小令，《欽定詞譜》收録于第五卷，以宋祁"睡起玉屏風"詞爲正體，本詞與宋詞同。

本調的用韻是小令中最簡的，僅用四個，即便是在前後段第三句這樣的仄收句子中，宋詞中也罕見有用韻的，正式用法僅見二首，千中不足七。而本調的韻律特徵是，每個韻脚的模式均以"平仄"收，韻前字絶不用仄聲字，即便是前段第二句，本爲仄起仄收式句法，按律後四字應作"平平仄仄"，第五字應仄或可仄，也不用仄聲字，而采用拗體格式"仄平平仄"。

【輯評】

俞陛雲《唐五代兩宋詞選釋》云："暮春雨後看山，叠翠層青，鮮明照眼，迨送夕陽、迎素月，一聲長笛，散入東風，是何等蕭閑襟抱。草窗《效顰十解》，多窈窕之懷，此獨具疏散之致，誦之灑然意遠。"

【附録】

清蔣敦復《好事近》云："花影隔墻來，低壓闌干紅濕。月子纖纖今夜，添一絲涼碧。　　横斜珠斗轉黄昏，銀漢澹無色。天上人間何處，憶玉人吹笛。"

西江月　擬花翁[1]

情縷紅絲冉冉[2]，啼花碧袖熒熒[3]。迷香雙蝶下庭心。一桁愔愔簾影[一][4]。　　北里紅紅短夢[5]，東風雁雁前塵[6]。稱銷不過牡丹情[7]。中半傷春酒病[8]。　　（第一百四十七）

【校記】

[一] 一桁，丙午本原作"一行"，據四印齋本改。

【箋釋】

[1] 花翁：即孫惟信。《西湖游覽志》云："孫惟信，字季蕃，仕宋光宗時，

弃官隱西湖上。爲長短句，好藝花卉，自號'花翁'，家徒壁立，無旦夕之儲，彈琴讀書晏如也。既卒，安撫趙與籌葬之，墓近水仙王廟。仇仁近詩：'水仙分地葬詩人。一片荒山野火焚。薦菊有亭今作圃，掃松無子謾留墳。蝸牛負殼粘碑石，老鶴携雛入隴雲。欲把管弦歌楚些，却憐度曲不如君。'"《兩浙名賢錄》云："孫惟信，婺人，工詩，喜談謔。嘉定初，嘗于大雪中登廬阜絕頂，盡得其景物之詳，作記游卷。"

[2] 冉冉：這裏是裊裊下垂的意思。晋陸機《爲周夫人贈車騎》詩云："湛露何冉冉，思君隨歲晚。"

[3] 熒熒：形容衣袖因濡濕而產生的光閃閃的樣子。唐王昌齡《送竇七》詩云："清江月色傍林秋，波上熒熒望一舟。"

[4] 一桁：一挂。南唐李煜《浪淘沙》詞云："秋風庭院蘚侵階。一桁珠簾閑不捲，終日誰來。"愔愔：這裏是寂寞無聲的意思。南朝柳惲《長門怨》詩云："玉壺夜愔愔，應門重且深。"

[5] 北里：唐代長安平康里，爲妓院聚集地，位于城北，故亦稱"北里"。後因泛稱娼妓聚居之地。唐楊巨源《觀妓人入道》詩云："荀令歌鐘北里亭，翠娥紅粉敞雲屏。"

[6] 雁雁：雁之昵稱。前塵：往事。

[7] 稱：相當，匹配。銷：擔得起。稱銷：足以承受，消受得起。周密自創詞彙。況周頤謂是宋人方言，或未確。

[8] 中半：其中的一半。宋項安世《方太君生日》詩云："春最好時才中半，人難學處是修齡。"酒病：猶言"病酒"。參見第六十五首【箋釋】[2]。

【韻律】

本調爲小令，《欽定詞譜》收錄于第八卷，本詞用第一式柳永正格詞體。
一桁愔愔簾影：本句依律爲仄起式句法，而各本多作"一行"，則違律無疑，因此據四印齋本改爲"一桁"。

【輯評】

清況周頤《蕙風詞話》續編卷二云："草窗《西江月》詞，'稱銷不過牡丹情。中半傷春酒病'……稱銷……皆唐宋人方言。"

俞陛雲《唐五代兩宋詞選釋》云："垂簾靜晝中有縮絲啼袖之人，芳序蹉跎，都半在傷春病酒中，其情懷可想。'紅紅''燕燕'二句，感尺波之電謝，其爲美人嗟遲暮耶？亦詞客自傷耳。"

【附録】

《武林舊事》云：孫花翁惟信，字季蕃，隱居湖山，弃官自放，能詩，詞尤工。

清末周岸登《西江月·擬花翁》云："盼盼橫波緑剪，蠱蠱淚燭紅熒。三星一月見心心。悄立姮娥憐影。　　釵約翹翹短鬢，繁香昔昔凝塵。酥娘肌骨膽娘情。撩我些些春病。"

醉落魄　擬參晦[1]

憶憶。憶憶[2]。宮羅褶褶銷金色[一][3]。吹花有盡情無極[4]。淚滴空簾、香潤柳枝濕。　　春愁浩蕩湘波窄。紅蘭夢繞江南北[5]。燕鶯都是東風客。移盡庭陰、風老杏花白[6]。　　　　（第一百四十八）

【校記】

[一] 金色，丙午本原作"玉色"，芝蘭本同，韻律稍覺不諧，據知不足齋本、四印齋本、彊村本改。

【箋釋】

[1] 參晦：趙汝茪。《絶妙好詞》云："趙汝茪，字參晦，號霞山。"《宋史·宗室世系表》載："（趙汝茪），商王元份八世孫，善官子。"

[2] 本句通常都不讀斷，失一韻。

[3] 褶褶：皺迭貌。宋張先《踏莎行》詞云："映花避月上行廊，珠裙褶褶輕垂地。"銷金色：褪了原有的金色。

[4] 吹花：吐花，花開。南朝蕭慤《春日曲水》詩云："禁苑至饒風，吹花春滿路。"本句化用宋趙鼎《滿江紅·丁未九月南渡泊舟儀真江口作》詞"須信道、消憂除是酒，奈酒行有盡情無極"。

[5] 紅蘭：一種蘭草。清王蔭槐《焦山放歌懷子頤并寄柳村徵君》詩云"幽懷夢繞江南北，瀛海茫茫獨鶴飛"，化用本句入詩。

[6] 元陳泰《梅南歌》云："去年隨春過江北，十里春風杏花白。"元李裕《洛陽路》詩云"夢逐游絲看春日，一夜東風杏花白"，均化用本句入詩。

【韻律】

此爲唐人小令，但唐詞過片例用仄起仄收式律句句式，而宋詞則改用平起仄收式律句，這也是我所説詞的句式可以不拘的一個典型例子。《欽定詞譜》收錄于第十二卷，宋詞以第二格張先"山圍畫障"詞爲正體，本詞與張詞基本相同，唯起調略异。

醉落魄，亦即《一斛珠》，魄，讀"拓"。

憶憶憶憶，本句依律應爲平起仄收，故若作四字句，則前二字爲以入作平手法，但因詞的起拍每每可以插入句中韻，因此也可以讀爲"憶憶。憶憶"，第二字作句中韻，就一般句讀習慣而言，四叠字連讀，也太過拗澀。

本調前後段結句爲一九字句，與《南歌子》之類的相仿佛，因此"淚滴空簾""移盡庭陰"實質上并非四字句，而是四字逗，如"爛嚼紅茸、笑向檀郎唾"，是最典型的填法。但今天的標點本，因爲受傳統詞譜的影響，通常都將這類句子視爲四字一句、五字一句，這對于填詞的準確構思，無疑是缺乏積極作用的。由于是九字句，因此填成張先的"但願、羅衣化作雙飛羽"、蘇軾的"記得、歌時不記歸時節"之類，也就在情理之中了。

【輯評】

清王闓運《湘綺樓評詞》云："此亦偶然得句，而清絶天然，幾于化工，亦考上上。"

俞陛雲《唐五代兩宋詞選釋》云："各家詞中，間有擬古之作，草窗獨多，作《效顰十解》，各極其致。趙甌北贈袁隨園詩云：'古今只此筆數枝。怪哉公以一手持。'草窗其手持數筆乎？此調叠用'憶'字起筆，則前半皆憶舊之情。轉頭處領以'春愁'二字，則後半皆寫愁之筆。'波窄'二句頗新警，因波窄而愁寬，故大江南北，不能限夢之往來也。"

【附錄】

清末周岸登《醉落魄‧擬參晦》云："魂尋夢憶。思君不見君顔色。升天入地情何極。角枕單衾，侵曉淚波濕。　金尊未涫愁腸窄。花南悄望參橫北。衰蘭怯送秋風客。惱煞啼鳥，催起半窗白。"

朝中措　茉莉擬夢窗[1]

彩繩朱乘駕濤雲[2]。親見許飛瓊[3]。多定梅魂纔返[4]，香瘢半掐秋痕[一][5]。　枕函釵縷[6]，熏篝芳焙[7]，兒女心情。尚有第三花在[8]，不妨留待凉生。　　　　　（第一百四十九）

【校記】

[一] 半掐，丙午本原作"半搯"，據知不足齋本、四印齋本、彊村本改。

【箋釋】

[1] 夢窗，吳文英（約 1212—約 1272 年）字君特，號夢窗，晚號覺翁。本姓翁氏，入繼吳氏。四明（大致等于今浙江寧波鄞州區）人。有《夢窗甲乙丙丁稿》，或名《夢窗詞》。

[2] 乘：古代四匹馬爲一乘，朱乘，即四匹赤紅的馬匹。"乘"字依律爲仄聲，故并非動字之義。本句描寫仙女許飛瓊降臨時的車駕，彩繩爲繮，赤兔爲駕，蹈雲而來。

[3] 許飛瓊：傳説中西王母的侍女，泛指仙女。唐白居易《霓裳羽衣歌》詩云："上元點鬟招萼緑，王母揮袂别飛瓊。"

[4] 多定：帶有肯定意味的假定，或許。宋史達祖《青玉案》詞云："官河不礙遺鞭路。被芳草、將愁去。多定紅樓簾影暮。"

[5] 香瘢：花朶被采摘後留下的瘢痕。宋吴文英《高陽臺·落梅》詞云："壽陽空理愁鸞。問誰調玉髓，暗補香瘢。"

[6] 枕函：又稱"枕匣"，製成匣子狀，可以用來盛放物件的枕頭，這裏的"釵縷"即匣中物。宋劉克莊《挽李秀岩》詩云："甘泉頌就抛荷橐，寶苑方收入枕函。"

[7] 熏篝：古人用來給衣物等熏香用的熏籠。宋曹組《小重山》詞云："深擁熏篝倏已冥。寂寥山枕畔，夢難成。"芳焙：點燃後用來熏物的香料。或謂芳焙爲"焙籠"者，誤。本句與前一句構成對偶，其意爲枕函中的釵縷，熏篝中的芳焙，二句是説，茉莉即可繫在釵上作爲裝飾，又可做香料用來熏物。

[8] 第三花：應是指茉莉，何以稱"第三"，不詳。

【考證】

周密十首擬詞，如前所述，衹是摹擬其風格，而與其具體的某一首詞無關，所以周密謂之"效顰"。因此，吴熊和《唐宋詞彙評（兩宋卷）》將這一組詞視爲唱和，謂"張輯原詞已佚""孫惟信原詞已佚"云云實誤，將吴文英《朝中措·贈趙梅壑》一詞對號列入于本詞之"考證"中，亦誤。

【韻律】

《欽定詞譜》于第七卷收録本調，以歐陽修"平山闌檻"詞爲正體，本詞即正體。本調是宋詞，製成于宋初，因此依然保持著早期詞調的基本特徵。後段的"枕函釵縷，熏篝芳焙，兒女心情"十二字，實際上是從前段的七字一句、五字一句模式中衍化而來，即五字句首字容前，再將八字讀爲四字二句。因爲有這樣的一種變化淵源，所以，有一部分詞仍然保留了前後段均用七五六六句法的結構形態，甚至連過片七字句都採用入韻的模式，如辛棄疾的"年年金蕊艷西風。人與菊花同。霜鬢經春重綠，仙姿不飲長紅。　焚香度日盡從容。笑語調兒童。一歲一杯爲壽，從今更數千鍾"。這種內在的韻律特徵告訴我們，實際上填詞本身重要的不是依照譜書，而是依據唐宋詞的實際，準確摸索一個詞調內在的韻律規則，瞭解了這一規則，即可達"無招勝有招"的地步，在合乎基本律理的基礎上，實現隨心所欲也不是什麽不可能的事了。

雲、痕，以文元韻叶庚韻的瓊、情、生。

【輯評】

清況周頤《蕙風詞話》卷二云："《朝中措・茉莉擬夢窗》云：'尚有第三花在，不妨留待凉生。'庶幾得夢窗之神似。"

俞陛雲《唐五代兩宋詞選釋》云："咏茉莉花以雅切爲主，昔人詩如'香從清夢回時覺，花向美人頭上開'，'清泉浸後香恒滿，細縷穿成蕊半開'及'謝娘頭上過東風'，皆稱佳句。此詞咏花，前半從虛擬著想，後半乃徵實，密攢插鬢，細焙添香，女兒妙用，不負此花。結句不説盡，自饒餘味。'枕函'三句，在咏茉莉者亦擅塲之作。"

【附錄】

清沈嘉轍等《南宋雜事詩》卷七云："七揷高鬟茉莉花。茜鷄蠆雁巧筵奢。樓中妝點嬌兒女，荷葉新裁半臂紗。"茉莉初出之時，其價甚穹，婦人簇帶，多至七揷，所值數十券，不過供一餉之娛耳。　又，乞巧小兒女，多衣荷葉半臂，設茜鷄蠆印，鳧雁水禽之類。

清末周岸登《朝中措・茉莉擬夢窗》云："蕊珠金絡墜鬟雲。寒翠碾霜瓊。香重冰肌不汗，雪霏秋佩無痕。　龍綃垂帳，龍香透腦，偏逗春情。睡久溜釵橫腕，枕函一夜凉生。"

醉落魄　擬二隱[1]

餘寒正怯[2]。金釵影卸東風揭[3]。舞衣絲損愁千褶[一][4]。一縷楊絲、猶是去年折。　臨窗擁髻愁難説[二][5]。花庭一寸燕支雪[6]。春花似舊心情別。待摘玫瑰、飛下粉黃蝶。　　　　（第一百五十）

【校記】

[一] 衣絲，四印齋本作"絲衣"。絲損，光緒本作"綠損"。

[二]難說，知不足齋本、辛酉本作"誰說"。

【箋釋】

[1] 二隱：即李彭老和李萊老，一字商隱，一字周隱。

[2] 怯：弱，謂寒意漸漸消失。

[3] 金釵影卸：不識，祈讀者賜教。揭：起，謂東風漸漸浩蕩。

[4] 絲損：織舞衣的絲因爲"千褶"而受損。宋吳文英《探芳信》詞云："舞衣疊損金泥鳳，妒折闌干柳。"周詞三、四兩句顯受其影響而來，故疑"絲損"或是"疊損"之誤。疊損，即折疊的時間太長（暗示久不穿著），乃至形成了令人不快的"千褶"。

[5] 擁髻：捧持髮髻，話舊生哀。典出漢伶玄《趙飛燕外傳》附《伶玄自叙》"通德占袖，顧睞燭影，以手擁髻，凄然泣下"。宋蘇軾《浣溪沙·贈賣大夫歌者其人嘗在大家》詞云："擁髻凄凉論舊事，曾隨織女度銀梭。"

[6] 燕支：即胭脂。本句意謂落紅滿地，猶如下了一寸紅色的雪。

【韻律】

《醉落魄》非常用調名，即《一斛珠》。落魄，讀爲"落拓"，義同。此調爲唐人小令，但唐詞過片例用仄起仄收式律句句式，而宋詞則改用平起仄收式律句，這也是我所說詞的句式可以不拘的一個典型例子。《欽定詞譜》收錄于第十二卷，宋詞以第二格張先"山圍畫障"詞爲正體，本詞與張詞同。

餘參第四十八首。

怯，洽韻，叶屑葉韻。

【輯評】

清王闓運《湘綺樓評詞》云："周密《醉落魄·餘寒正怯》：此亦偶然得句，而清艷天然，幾于化工，亦考上上。"

俞陛雲《唐五代兩宋詞選釋》云："當翠袖驚寒之際，衣褶損愁，金釵卸影，回首去年，正柳枝贈別之時，乃情景合寫。下闋'一寸燕支雪'五字，惜花兼寫春深，語殊工妙。有東坡《寒食》詩'春去不容惜，泥污燕支雪'詩意。觀其'楊絲'及'春花'二句，知通首皆傷離感舊之詞。"

【附錄】

清楊玉銜《醉落魄·擬二隱》云："虛房膽怯。流蘇薰透還慵揭。風階拜月吹裙褶。寄去荼薇，知否儂親折。　　遼西夢境鶯能說。迷離柳絮漫天雪。歸來燕子人離別。形影相隨，羞對過墻蝶。"

清末周岸登《醉落魄·擬二隱》："雲屏夢怯。流蘇斗帳愁空揭。被痕春浪紅翻褶。被是孤眠，痕是舊時折。　憑窗訴與花枝説。花零絮亂飄香雪。繡鴛裙衱今乖别。一寸離魂，終擬化飛蝶。"

浣溪沙　擬梅川[1]

蠶已三眠柳二眠[2]。雙竿初起畫鞦韆[3]。鶯櫳風響十三弦[一][4]。　魚素不傳新信息，鸞膠難續舊姻緣[二][5]。薄情明月幾番圓。（第一百五十一）

【校記】

[一] 鶯櫳，辛酉本作"鶯籠"。
[二] 舊姻緣，知不足齋本作"好姻緣"，四印齋本作"好因緣"。

【箋釋】

[1] 梅川：施岳，號梅川。生卒年均不詳，約宋理宗淳祐中前後在世。精於音律，死後楊纘樹梅作亭，薛夢珪作墓志，李彭老書，周密題，葬於西湖虎頭岩下。

[2] 三眠：蠶初生至成蛹，蜕皮三四次。蜕皮時不食不動，如睡眠狀態。第三次蜕皮謂之三眠。唐李白《寄東魯二稚子》詩云："吳地桑葉緑，吳蠶已三眠。"柳二眠：宋朱勝非《紺珠集》卷十二"三眠柳"條云："李義山賦注云：'漢苑有人形柳，三眠三起。'"這裏説"蠶三眠""柳二眠"，是一種詼諧説法，意謂睡了又睡，時間已過大半。

[3] 雙竿：謂太陽已經升到兩竿高。唐李郢《南池》詩云："日出兩竿魚正食，一家歡笑在南池。"

[4] 鶯櫳：歌姬住處的窗子。周密自創詞彙。十三弦：指箏，唐宋時教坊用箏爲十三弦，故稱。唐白居易《聽崔七妓人箏》詩云："花臉雲鬟坐玉樓，十三弦裏一時愁。"

[5] 鸞膠：一種可以粘合琴弦的膠水。宋朱勝非《紺珠集》卷五"鳳麟洲"條云："鳳麟洲以麟角作膠，名'集弦膠'，能屬連弓弩斷弦，又名'續弦膠'。"唐劉兼《征婦怨》詩云："鸞膠豈續愁腸斷，龍劍難揮别緒開。"

【韻律】

本調爲唐人小令，《欽定詞譜》收錄於第四卷。《浣溪沙》也是早期詞調，全詞均爲雙起式句式，因此沒有後來的宋詞中其他詞調的那種激越、頓挫的樂感。本調的整體架構明顯留有近體詩詩律的痕迹，如基本符合粘對規則。

而從這一粘對殘迹來看，本調的早期狀態應該是八句式的，這一點，也可以從今天所見的敦煌詞《浣溪沙》中看出端倪，敦煌詞中的《浣溪沙》雖然前後段的第四句字數都不等，在整個詞體上却都是八句式的，亦即後來被稱爲《山花子》的詞調才是《浣溪沙》之正宗，也因此，賀鑄將本調稱爲《減字浣溪沙》，有其深刻的道理。

【輯評】

俞陛雲《唐五代兩宋詞選釋》云："前半賦春景，有姚冶嫺嬛之態。後半寫離思，撫今則尺素稀逢，追昔則冰弦莫續，窗前圓月，何日倚幃雙照，如杜陵詩之乾我淚痕耶？"

【附錄】

《絶妙好詞箋》卷四云：沈義甫云："梅川音律有源流，故其聲無舛誤，讀唐詩多，故語雅澹。"

清末周岸登《浣溪沙‧擬梅川》云："人自無眠柳自眠。纖腰慵起競鞦韆。電鈴傳語響風弦。　雙陸已輸猢亂局，斷琴重續鳳求緣。嬋娥爭似舊時圓。"

踏莎行　與莫兩山談邗城舊事[一][1]

遠草情鍾[2]，孤花韻勝。一樓篸翠生秋暝[3]。十年二十四橋春[4]，轉頭明月簫聲冷[5]。　賦藥才高[6]，題瓊語俊[7]。蒸香壓酒芙蓉頂[8]。景留人去怕思量，桂窗風露秋眠醒[9]。　　　（第一百五十二）

【校記】

[一] 丙午本調名作"踏沙行"，四印齋本作"踏莎行"，據彊村本改。談，四印齋本、彊村本并作"譚"，通。光緒本本詞未收，芝蘭本注"兩"字云"《詞綜》作'若'"，檢今《詞綜》五十四首周詞，并無《踏莎行》一調。

【箋釋】

[1] 莫兩山：即莫崙，參見【考證】及【附錄】。邗城：揚州的古地名，因邗溝而得名。北魏酈道元《水經注‧淮水》云："昔吳將伐齊，北霸中國，自廣陵城東南築邗城，城下掘深溝。"廣陵，亦即揚州。

[2] 遠草：遠方之草，此指邗城之草。本詞記舊事，于杭州寫揚州，故云"遠草"。唐耿湋《奉和元丞杪秋憶終南舊居》詩云："秋風摇遠草，舊業起高情。"

[3] 一樓：應是指平山堂。平山堂位於揚州市西北郊蜀岡中峰大明寺內，始建於宋仁宗慶曆八年（1048 年），歐陽修時任揚州知府。平山堂是專供士大夫、文人吟詩作賦的場所，周密若到揚州，諒必登此樓。

[4] 十年："舊事"距今之時間，亦用唐杜牧《遣懷》詩"十年一覺揚州夢，贏得青樓薄倖名"典。二十四橋：古橋名，清李斗《揚州畫舫錄》卷十五記："二十四橋，即吳家磚橋，一名紅藥橋，在熙春臺後。"唐杜牧《寄揚州韓綽判官》詩云："二十四橋明月夜，玉人何處教吹簫。"

[5] 本句意謂十年一過，物是人非，仍承前一句二十四橋來，明月、簫聲，均杜牧詩中語。

[6] 賦藥：宋姜夔有《揚州慢》詞咏二十四橋："念橋邊紅藥，年年知爲誰生。"

[7] 題瓊：揚州有后土寺瓊花名揚宇內，宋人談邗城而及瓊花必是情理中事，如宋李龍高有《揚州》詩云"二十四橋春色裏，相逢祗是說瓊花"，鄭覺齋有《揚州慢》咏瓊花者"問弄雪飄枝，無雙亭上，何日重游"，丘靜山有《吊瓊花》詩云"玉魂不返東風老，二十四橋明月寒"。周密自己也有咏瓊花之《瑤華》詞云"記少年，一夢揚州，二十四橋明月"，此句必是實錄"與莫兩山談邗城舊事"。

[8] 蒸香：製酒前蒸米時的飯香。明黎遂球《將進酒》詩云："蒸香滴酪沉青天，花間酩酊寧須錢。"壓酒：釀製酒的時候，發酵之後需壓糟濾汁，故云。唐李白《金陵酒肆留別》詩云："白門柳花滿店香，吳姬壓酒勸客嘗。"

[9] 桂窗：猶言"秋窗"。這裏用唐李紳《贈毛仙翁》詩"桂窗一別三千春，秦妃鏡裏娥眉新"。

【考證】

莫崙，字子山，號兩山。《正德丹徒縣志》云："崙，江都人，寓家丹徒，度宗咸淳四年陳文龍榜進士。"明楊慎《詞品》則謂"號若山"，而《詞綜》卷二十三及《歷代詩餘》卷一百七謂"字若山"，此二書或本《詞品》，而《詞品》則不知其所據。朱彊村據項□輯《絕妙好詞》小傳云："莫崙，吳興人。"周密《癸辛雜識》云："梁棟，鎮江人，與莫子山甚稔。一日，偶有客訪，子山留飲作菜，元魚爲饌，獨不及棟。棟憾之，遂告子山嘗作詩有譏訕語。官捕子山入獄，久之，始得脫而歸，未幾病死。余嘗挽之云：'秦邸獄成杯酒裏，烏臺禍起一詩間。'紀其實也。"

"十年二十四橋春"一句應是叙寫過往的筆法，目前未見有周密游揚州之記載，但周密到過揚州是可以斷定的，否則"邗城舊事"便無從談起。疑景定四年周密三十二歲"沿檄宜興""督毗陵民田"時，或曾到過揚州，則本詞"十年"，便是四十二歲時所填。當然，詩詞中的"十年"未必就是個確數，多數情況下衹是一種概說，以"十年左右"的意思來理解，更恰。此外，我們認爲《蘋洲漁笛譜》的正二卷成書于周密四十三歲時，也可以旁證這一觀點，綜合這些，本詞或作于周密四十四、四十五歲時，是個比較穩妥的看法。

《癸辛雜識》也有一則關于莫子山的軼聞：梁棟，字隆吉，鎮江人。登第嘗授尉，與莫子山甚稔。一日，偶有客訪子山，留飲，作菜元魚爲饌，偶不及棟。棟憾之，遂告子山嘗作詩有譏訕語。官捕子山入獄，久之，始得脫而歸，未幾病死。余嘗挽之云："秦邸獄成杯酒裏，烏臺禍起一詩間。"紀其實也。後十年，棟之弟投茅山許宗師爲黃冠，許待之厚，既而棟又欲挈妻孥而來，許不從，棟遂大罵之，許不能堪，遂告其曾作詩云"浮雲暗不見青天"，指以爲罪，于是捕至建康獄，未幾病死，此恢恢之明報也。

清厲鶚《宋詩紀事》卷七十五載：《湛困靜語》云莫子山暇日山行，過一寺，頗有泉石之勝，因誦唐人絶句，以快喜之，云："終日昏昏醉夢間。忽聞春盡强登山。因過竹院逢僧話，又得浮生半日閑。"及叩其主僧，庸僧也，與語略不相入，屢欲捨去，僧意以爲檀施，苟留作午供。鬱鬱久之，殆不自堪，因索筆，以前語錯綜其詞，書于壁曰："又得浮生半日閑。忽聞春盡强登山。因過竹院逢僧話，終日昏昏醉夢間。"

【韻律】

本調爲宋人小令，《欽定詞譜》收錄于第十三卷，以晏殊"細草愁煙"詞爲正體。本詞即用正體，與晏詞同。

俊，震韻，叶梗、迥、敬、徑韻。

本調應由七言八句近體詩衍化而來，唯第一、第五句各添一字，然後讀破爲四字兩句，因此，認識這個詞調的韻律，應該明確前後段的兩個四字句本爲一體。這種一體，在詞中的表達一般有兩種模式：一是八字一氣的填法，二是四字儷句的填法。

本調的另一個特徵是，詞中的七字句，無論是否韻句，均采用平起式爲基本句式，從而以三個類似的旋律，構成本調的總體韻律。

【輯評】

俞陛雲《唐五代兩宋詞選釋》云："此詞追憶揚州，'明月簫聲'與姜白石之空城畫角，同其凄韻。'賦藥'等句，謂藥闌咏金帶之篇，玉蕊訪唐昌之觀，往日抽毫進牘，在蒸香壓酒之旁，曾日月之幾何，頓換'桂窗風露'，舊歡若夢，如玉谿生之追憶惘然矣。"

【附錄】

宋李彭老《踏莎行·題草窗十擬後》云："紫曲迷香，綠窗夢月。芳心如對春風説。蠻箋象管寫新聲，幾番曾試瓊壺缺。　　庾信書愁，江淹賦別。桃花紅雨梨花雪。周郎先自足風流，何須更擬秦筝咽。"

以上十九首出自《絶妙好詞》卷七
以上四十首出自丙午本《蘋洲漁笛譜》集外詞，原未注所出

附録一　調名音序檢索表

減字木蘭慢 ··· 1
　　　　蘇堤春曉 ··· 5
　　又　平湖秋月 ·· 11
　　又　斷橋殘雪 ·· 16
　　又　雷峰落照 ·· 21
　　又　麯院風荷 ·· 26
　　又　花港觀魚 ·· 30
　　又　南屏晚鐘 ·· 35
　　又　柳浪聞鶯 ·· 38
　　又　三潭印月 ·· 42
　　又　兩峰插雲 ·· 46
踏莎行（殘句）·· 50
浪淘沙 ··· 51
浣溪沙 ··· 52
　　　浣溪沙 ··· 53
　　　浣溪沙 ··· 54
東風第一枝　早春賦 ·· 55
楚宮春　爲洛花度無射宮 ··· 58
大聖樂　東園餞春即席分題 ··· 61
露華　次張宿雲韻 ··· 70
桃源憶故人 ·· 73
糖多令 ··· 74
西江月 ··· 76
菩薩蠻 ··· 77
繡鸞鳳花犯　賦水仙 ·· 78
探春慢　修門度歲和友人韻 ··· 81
瑤花慢 ··· 85
玉京秋 ··· 89

鷓鴣天 ……………………………………	92
夜行船 ……………………………………	94
采綠吟 ……………………………………	95
解語花 ……………………………………	100
曲游春 ……………………………………	103
大聖樂　次施中山蒲節韻 ………………	109
桂枝香　雲洞賦桂 ………………………	113
杏花天　賦莫愁 …………………………	116
又　　賦昭君 …………………………	119
南樓令　次陳君衡韻 ……………………	121
又　　又次君衡韻 ……………………	124
秋霽 ………………………………………	125
齊天樂 ……………………………………	129
憶舊游　落梅賦 …………………………	132
一枝春 ……………………………………	134
又　　一枝春 …………………………	138
點絳唇 ……………………………………	141
戀繡衾　賦蝶 ……………………………	142
江城子　賦玉盤盂芍藥寄意 ……………	144
綠蓋舞風輕　白蓮賦 ……………………	146
玲瓏四犯　戲調夢窗 ……………………	149
謁金門 ……………………………………	152
眼兒媚 ……………………………………	153
拜星月慢 …………………………………	155
好事近 ……………………………………	159
長亭怨慢　歲丙午、丁未 ………………	161
齊天樂 ……………………………………	168
月邊嬌　元夕懷舊 ………………………	171
宴清都　登霅川圖有賦 …………………	175
梅花引　次韻筼房賦落梅 ………………	178
瑞鶴仙 ……………………………………	181
倚風嬌近　填霞翁譜賦大花 ……………	184
英臺近 ……………………………………	187
浪淘沙 ……………………………………	189

浣溪沙		190
又	浣溪沙	191
齊天樂		192
大酺	春陰懷舊	196
霓裳中序第一	次賀房韻	199
過秦樓	避暑次宙雲韻	204
聲聲慢		206
又	聲聲慢	210
風入松	立春日即席次寄閒韻	213
浪淘沙		214
鷓鴣天		215
夜行船		217
齊天樂		218
滿庭芳	賦湘梅	220
清平樂	次宿雲韻	222
又	再次前韻	223
乳燕飛		224
掃花游	用清真韻	227
龍吟曲	賦寶山園表裏畫圖	230
風入松	爲謝省齋賦林墅清趣	232
鳳棲梧	賦生香亭	234
少年游	賦涇雲軒	235
西江月	荼蘼閣春賦	236
清平樂	橫玉亭秋倚	237
朝中措	東山棋墅	238
聞鵲喜	吳山觀濤	241
浣溪沙	題紫清道院	244
吳山青	賦無心處茅亭	245
英臺近	賦攬秀園	246
長相思		250
清平樂		251
又	杜陵春游圖	252
又	三白圖	253
柳梢青		254

又	柳梢青	257
又	柳梢青	258
又	柳梢青	258
南樓令	次陳君衡韻	261
又	戲次趙元父韻	262
聲聲慢	九日松澗席	264
明月引		265
又	養源再賦余亦載賡	268
六幺令	次韻劉養源賦雪	270
又	再雪再和	272
謁金門	次西麓韻	274
好事近	次梅溪寄別韻	275
聲聲慢	柳花咏	277
憶舊游	次韻籛房有懷東園	279
水龍吟	次陳君衡見寄韻	281
又	次張斗南韻	283
徵招	九日登高	286
醉江月	中秋對月	289
夜合花	茉莉	293
水龍吟	白蓮	295
天香	龍涎香	301
珍珠簾	琉璃簾	305
疏影	梅影	307
齊天樂	蟬	310
滿江紅	寄剡中自醉兄	315
玉漏遲	題吳夢窗詞集	319
西江月	懷剡	323
杏花天		324
四字令	訪友不遇	325
醉落魄	洪仲魯之江西書以爲別	326
祝英臺近	後溪次韻日熙堂主人	328
甘州	燈夕寄二隱	330
又	題疏寮園	333
齊天樂	次二隱寄梅	335

憶舊游	寄王聖與	337
聲聲慢	送王聖與次韻	340
踏莎行	題中仙詞卷	344
國香慢	夷則商賦子固凌波圖	346
一尊紅	登蓬萊閣有感	350
掃花游	九日懷歸	355
三姝媚	送聖與還越	357
獻仙音	吊雪香亭梅	360
高陽臺	送陳君衡被召	364
慶宮春	送趙元父過吳	367
高陽臺	寄越中諸友	370
探芳訊	西泠春感	373
四字令	擬花間	378
西江月	延祥觀拒霜擬稼軒	379
江城子	擬蒲江	382
少年游	宮詞擬梅溪	384
好事近	擬東澤	386
西江月	擬花翁	387
醉落魄	擬參晦	389
朝中措	茉莉擬夢窗	390
醉落魄	擬二隱	392
浣溪沙	擬梅川	394
踏莎行	與莫兩山談邗城舊事	395

附錄二　周密自創詞彙五十九例

B

1. 碧砧：擣衣石的美稱，未必是指色彩碧綠，經常使用，也未必長滿青苔。碧，是一種玉，此爲美詞。《玉京秋》云："畫角吹寒，碧砧度韻，銀床飄葉。"

2. 波溶：水域闊大的樣子。溶有搖漾之義，但前一句已寫水紋搖漾，此句必非重複。且"雲澹"寫天，天高水闊，方才相得益彰。《露華》云："暖銷蕙雪，漸水紋漾錦，雲澹波溶。"

3. 卜鏡：一種占卜方式。唐宋未見，至清末方見有李宗瀛"何期此境今到生，反乎覆者誰卜鏡"、馮煦"總休卜、鏡中消息"、宋育仁"夜涼偷卜鏡"、樊增祥"不用占鷄卜鏡"等句，但具體方式或內容未詳。《探春慢》云："映燭占花，臨窗卜鏡，還念嫩寒宮袖。"

C

4. 粲夜：在夜間給出明亮的影像。《桂枝香》云："仙影懸霜，粲夜楚宮六六。"

5. 稱銷：足以承受，消受得起。稱：相當，匹配。銷：擔得起。《西江月》云："稱銷不過牡丹情。中半傷春酒病。"

6. 愁幂：愁緒濃郁。幂：本是用來遮蓋物品的巾布。《曲游春》云："輕暝籠寒，怕梨雲夢冷，杏香愁幂。"

7. 叢笛：亂糟糟的笛聲。叢，雜亂繁複的樣子，《漢書·酷吏傳贊》云："張湯死後，網密事叢。""亂弦叢笛"于此爲典，如清吳藻《陌上花》云："游塵撲撲，東風吹碎，亂絲叢笛"，即本此。《曲游春》云："漠漠香塵隔。沸十里、亂弦叢笛。"

8. 翠闕：月宮。《減字木蘭慢》云："看翠闕風高，珠樓夜午，誰擣玄霜。"

9. 翠丸：（1）或謂即翠鳥之意。《減字木蘭慢》云："啼覺瓊疏午夢，翠丸驚度西樓。"（2）青糰。《掃花游》云："翠丸薦俎。掩清尊謾憶，舞蠻歌素。"

D

10. 東風筆：以東風爲筆。東風可以吹開梅花，則能將花子返魂的，亦必是東風之筆了。《杏花天》云："返魂誰染東風筆。寫出鄞中春色。"

11. 度韻：譜寫韻調。本句意謂：擣衣砧響起的有節奏的聲音，猶如充滿韻律的曲調。《玉京秋》云："畫角吹寒，碧砧度韻，銀床飄葉。"

F

12. 芳程：芳，即爲"春"，其意謂春天的時日，也可以直接譯爲春光。《一枝春》云："芳程乍數。喚起探花情緒。"

13. 粉沁：即粉沁入汗中，草窗周密自創詞彙。這是一種修辭手法，笑臉暖人心，本是一種比喻説法，暖而至于出汗，更是誇張之筆。《東風第一枝》云："瘦肌羞怯金寬，笑靨暖融粉沁。"

G

14. 紺濕：狀雲鬟給人的視覺感受。紺，是色彩，濕，是狀態。健康發亮的烏髮往往有一種濕漉漉的感覺，今人所謂"保濕"，正是追求這樣的效果，故云。《減字木蘭慢》云："正霧衣香潤，雲鬟紺濕，私語相將。"

15. 宮斜：舊日宮殿的頹圮，意謂一個皇朝的没落。賦宮斜：周密有《褒親崇壽寺》詩云："宮斜鳳去無人見，且看門前粉壁龍。""賦宮斜"即指此類詩賦。《梅花引》云："步繞羅浮歸路遠，楚江晚，賦宮斜、招斷魂。"

H

16. 酣蜂：使蜂更勤快。酣，是一種使動式的用法，這種用法在詩詞中，可以增强作品文辭的詩意性，提升韻律上的美感。《解語花》云："晴絲罥蝶，暖蜜酣蜂，重簾捲、春寂寂。"

J

17. 剪燕：舊時習俗，立春日剪彩帛爲燕戴于頭上。南朝梁宗懍《荆楚歲時記》云："立春日，悉剪彩爲燕以戴之，貼'宜春'二字。"《探春慢》云："剪燕心情，呼盧笑語，景物總成懷舊。"

18. 剪雨：剪雨夜之燈花，爲中心詞省用法。唐人張喬七絶《笛》云："剪雨裁煙一節秋，落梅楊柳曲中愁。"所用爲字面義，與此不同。清末易順鼎《燭影摇紅·江上阻風作》詞云"剪雨移燈，隔雲呼笛船初泊"，本此。

19. 鮫房：鮫人所住的地方。傳説中鮫人淚下成珠。晉張華《博物志》卷九云："南海外有鮫人，水居如魚，不廢織績……從水出，寓人家，積日賣絹。將去，從主人索一器，泣而成珠，滿盤，以與主人。"《梅花引》云："露冷鮫房，清淚霰珠零。"

20. 錦鵁：繡著錦鵁的鞋靴。《鷓鴣天》云："金鴨冷、錦鵁閑。銀釭空照小屏山。"

21. 倦紅：即將凋謝的紅花。《大聖樂》云："嬌緑迷雲，倦紅顰曉，嫩晴芳樹。"

L

22. 漣甏：指浮玉山。浮玉山因爲"巨石如積，陂陀磊塊"，猶如一個巨大的青甏，浮于太湖漣漪之中，故云。本句亦用于先生《和親老蒼玉洞韻》詩"歌聲振林木，妝影搖漣甏。鳥啼覺山靜，湍急和雲漱"，也是代指山體。《乳燕飛》云："波影摇漣甏。趁熏風、一舸來時，翠陰清畫。"

23. 奩霏：意謂漫天的雨雪烟雲。奩：比喻整個空間猶如裝在一個匣中。《酹江月》云："奩霏净洗，唤素娥睡起，平分秋色。"

24. 奩月：明鏡般的月亮。《減字木蘭慢·斷橋殘雪》云："是醉魂醒處，畫橋第二，奩月初三。"奩月初三，則是指月色僅僅細眉一彎。

25. 六六：形容詞，表示明亮的、燦爛的之意。《桂枝香》云："仙影懸霜，粲夜楚宮六六。"

M

26. 霉風：五月江南爲梅雨季節，梅雨又稱"霉雨"，故霉雨季節的潮濕風，稱爲"霉風"。《大聖樂》云："虹雨霉風，翠縈蘋渚，錦翻葵徑。"

27. 梅彈：梅子。特指青梅做成的彈丸。此時柳綿縈舞，則青梅方子，古人即以梅子為彈丸。《浣溪沙》："生怕柳縣縈舞蝶，戲抛梅彈打啼鶯"。

N

28. 惱人偏是：詞中語。惱人：逗人，招惹人。《減字木蘭慢》云："算惱人偏是，縈絲露藕，連理秋房。"

29. 弄顰佯妒：猶言撒嬌。《一枝春》云："妝梅媚晚，料無那、弄顰佯妒。"

P

30. 佩渚：用唐李頎《湘夫人》詩"佳期來北渚，捐佩在芳洲"。湘夫人被視爲水仙之化身，如宋高似孫《水仙花賦》云："水仙花，非花也，幽楚窈眇，脱去埃滓，全如近湘君、湘夫人、離騷大夫與宋玉諸人，世無能道花之清明者，輒見乎辭。"故本句爲咏水仙。《聲聲慢》云："瑶臺月冷，佩渚煙深，相逢共話淒涼。"

31. 顰曉：爲早晨的到來而擔憂，意謂爲时光流逝而遭致的凋殘憂心忡忡。顰：皺眉，引申爲擔憂。《大聖樂》云："嬌綠迷雲，倦紅顰曉，嫩晴芳樹。"

Q

32. 茜雪：紅色的雪，喻飄落的紅花。《清平樂》云："一樹湘桃飛茜雪。紅豆相思漸結。"

33. 瓊籌：熏籠的美稱。瓊：美詞。《天香》云："金餅著衣餘潤，銀葉透簾微裊。"

34. 瓊駕：晶瑩皎潔的月亮。《減字木蘭慢》云："碧霄澄暮靄，引瓊駕、碾秋光。"

35. 瓊絲：原指晶瑩剔透的絲狀的花蕊，出自唐劉禹錫《和嚴給事聞唐昌觀玉蕊花下有游仙》"雪蕊瓊絲滿院春，羽衣輕步不生塵"。周密賦予新意，比喻晶瑩的絲弦。可代指弦樂器。《采綠吟》云："移棹樾空明，蘋風度瓊絲。"

36. 秋縷：即謂秋天的"霜縷"，也就是白髮。《齊天樂》云："嘆衣染塵痕，鏡添秋縷。"

S

37. 珊瑚屑：這裏是比喻一地的白霜。《醉落魄》云："寒侵徑葉。雁風擊碎珊瑚屑。"

38. 麝塵：極細的麝香粉，這裏指蝶翅上的粉狀鱗片。《戀繡衾》云："粉黃衣薄霑麝塵。作南華、春夢乍醒。"

39. 麝痕：形容隱隱約約、似有若無的桂花的香氣。《桂枝香》云："麝痕微沁，蜂黃淺約，數枝秋足。"

40. 笙字：指笙管上標飾音階的銀字，指代笙的音調，猶言琴弦、篪簧之類。如五代和凝《山花子》詞云："銀字笙寒調正長，水紋簟冷畫屏凉。""銀字笙"即有銀字的笙。《夜行船》云："笙字嬌娥誰爲艷。香襟冷、怕看妝印。"

41. 霜管：潔白的管樂，玉管。《采綠吟》云："移棹樾空明，蘋風度、瓊絲霜管清脆。"

42. 睡黃：古人眉間點黃爲妝，"睡黃"屬于夜妝，也稱"宿妝"，唐溫庭筠《菩薩蠻》詞云"蕊黃無限当山額，宿妝隱笑紗窗隔"，即是。今通常以爲"宿妝"即"殘妝、舊妝"者，或非，因爲"宿妝"爲晚餐之後所作，故睡前也有"宿妝"，且屬于新妝，祇有晨起時的"宿妝"纔是殘妝，如本詞的"睡黃"即是。《四字令》云："眉消睡黃。春凝淚妝。"

T

43. 土華：成片生長的附著于地表的無名小花。《風入松》云："藍田誰種玲瓏玉，土華寒、暈碧雲根。"

W

44. 紋枕：有花紋的枕頭。《浣溪沙》云："畫屏紋枕小紗櫥。"
45. 吳雪：吳地的雪。《慶宮春》云："重叠雲衣，微茫雁影，短篷穩載吳雪。"

X

46. 戲叢：一群人圍著看戲所形成的一個人叢。周密自創詞彙，但未被人接受。《月邊嬌·元夕懷舊》云："戲叢圍錦，燈簾轉玉，抔却舞勾歌引。"
47. 綃痕：綃帕上的淚痕。《四字令》云："箏塵半床。綃痕半方。"
48. 杏鈿：盛開了的杏花。清之前所見，均出周密之詞。周密《解語花》詞云："淺薄東風，莫因循、輕把杏鈿狼藉。"《露華》云："怕裏早鶯啼醒，問杏鈿、誰點愁紅。"
49. 喧睡：吵人睡覺。這裏是説萬荷正睡，急雨喧之。《過秦樓》云："魚牽翠帶，燕掠紅衣，雨急萬荷喧睡。"
50. 懸霜：猶言披霜。《桂枝香》云："仙影懸霜，粲夜楚宫六六。"

Y

51. 煙檐：煙靄中的椳檐。《拜星月慢》云："想人在、絮幕香簾凝望，誤認、幾許煙檐風幔。"
52. 瑶房：集中"瑶房"三見，均指花朵。《楚宫春》"雲擁瑶房翠暖，繡帳捲、東風傾國"，指洛陽花；《過秦樓》"臨檻自采瑶房，鉛粉露襟，雪絲縈指"，指蓮花；《夜合花》"青蕤嫩萼，指痕猶映瑶房"，指茉莉花。
53. 吟橈：詩人乘坐的船。《憶舊游》云："乍見翻疑夢，向梅邊携手，笑挽吟橈。"
54. 吟艇：詩人所乘的小舟。但凡詩人與相關所有物事，都可以用"吟"來稱説，如吟座、吟窗、吟筆、吟箋。《點絳唇》云："雪霽寒輕，興來載酒移吟艇。"
55. 鶯櫳：歌姬住處的窗子。《浣溪沙》云："蠶已三眠柳二眠。雙竿初起畫鞦韆。鶯櫳風響十三弦。"
56. 游勒：猶言游繮、游騎，這裏指騎馬賞玩風景的人。《曲游春》云：

"柳陌。新煙凝碧。映簾底宮眉，堤上游勒。"

57. 鴛徑：鴛鴦行走的路，集中兩見，均用來作"野徑"的美稱。《露華·次張斺雲韻》云："鴛徑小、芳屏聚蝶，翠渚飄鴻。"《大酺·春陰懷舊》云："傍鴛徑鸚籠，一池萍碎，半檐花落。"

58. 筠屏：竹篾製作而成的屏風。《祝英臺近》云："喜重見。爲誰倦酒傭詩，筠屏掩雙扇。"

Z

59. 珠房：這裏是蓮房、蓮蓬之意，因蓮蓬中有蓮子，突出如珠，故云。《綠蓋舞風輕》云："花底。謾卜幽期，素手采珠房，粉艷初退。"

附録三　周晉詞（誤收爲周密詞）

以下三首，周密的《絶妙好詞》作周晉詞，應可信。而《草窗詞》各本、《弁陽老人詞》均誤收爲周密詞。

周晉，宋濟南人，後寓吴興，字明叔，號嘯齋，周密之父。工書，酷嗜書籍金石，藏書四萬餘卷。理宗紹定四年（1231年）爲富陽令，人稱"周佛子"。歷監衢州，知汀州等。

點絳唇　訪牟存叟南漪釣隱（《弁陽老人詞》作"訪南漪釣隱牟存叟"）

午夢初回，捲簾盡放春愁去。畫長無侶。自對黄鸝語。　　絮影蘋香，春在無人處。移舟去。未成新句。一硯梨花雨。（辛酉本原注：鮑氏云：此闋《絶妙好詞》作周晉。）

清陳廷焯《雲韶集》云："（午夢初回）'捲簾'七字奇警。不減清真。"
清李佳《左庵詞話》卷上云："周密詞，'看畫船盡入西泠，閑却半湖春色''一硯梨花雨'……皆佳。"

清平樂

圖書一室。香暖垂簾隙。花滿翠壺熏研席。睡覺半窗晴日。　　手寒不了殘棋。篝香細勘唐碑。無酒無詩情緒，欲梅欲雪天時。（辛酉本原注：鮑氏云：此闋《絶妙好詞》作周晉。）

柳梢青　楊花

似霧中花，似風前雪，似雨餘雲。本自無情，點萍成緑，却又多情。　　西湖南陌東城。甚管定、年年送春。薄幸東風，薄情游子，薄命佳人。（辛酉本原注：鮑氏云：此闋《絶妙好詞》作周晉。）

附錄四　周密詩詞序跋錄

一、丙午本序跋

(一) 卷首識

弁陽老人《蘋洲漁笛譜》二卷，乾隆丙午刻本，江氏昱爲之箋釋。按：公謹有《絕妙好詞選》，在《草堂》諸本之上，厲太鴻之箋，亦復精博絕倫，此册索引諸書，多出彼箋之内，而所謂"集外詞"編附于後者，亦未之見，何邪？

旌夫因年雅愛是編，曷不取詞箋詞綜諸書所有，抄録補著，以存一家之言乎？光緒二年中夏，黄岩王蜺觀畢作此。

(國家圖書館藏丙午本《蘋洲漁笛譜》卷首)

(二) 卷二後跋識

昔登霞翁之門，翁爲予言，草窗樂府妙天下。因請其所賦觀之，不寧惟協比律吕，而意味迴不凡，花間、柳氏，真可爲輿臺矣。翁之賞音，信夫。

近觀《徵招》《酹月》之作，淒涼掩抑，頓挫激昂，此時此意，猶宋玉之悼屈平也歟。一倡三嘆，使人泫然增疇昔之感。因爲書之，以識予懷云。

王櫛

《癸辛雜識》：王櫛，字茂悦，號會溪，初，郴州就除福建市舶。其歸也，爲螺鈿屏風圖，賈相盛事十項，製作極精，自度宗即位，至淮擒李花，各繫之贊。以獻，賈大喜，每燕客，必設于堂焉。行將有要除，而茂悦且殂矣。

昱按：《徵招》《酹月》二作，原係大字另頁，而櫛跋低一字差小，跋内霞翁、草窗皆另行提寫，似别刻一箋，而後人附入集後之作，今一例編入，而志其書本如此。

《踏莎行》敬賦　草窗絶妙詞，夢窗覺翁吴文□

楊柳風流蕙花清潤蘋□

未數張三影沉香□□醉調
清平新辭□□□□□
鮫室裁綃□□□□□□
白雪争歌郢西湖同結杏
花盟東風休賦丁香恨蜃樓

昱按：右詞缺十三字，與《徵招》《酹月》皆大字，此詞另爲一頁，今仍其舊存之。

蔡按：前文原錄于卷二《酹月》詞後，依次爲王櫧跋、江昱注。後八行，依樣抄錄，所有奪字符爲余所添，其中：首行應奪"英"字；次行或奪"洲"字；三行原空二字，應誤，蓋該詞六行，行十字，循之以律，"清平新辭"四字連平，則必爲前段四句句脚、五句句首，故應空一字，爲奪字也；四行空六字，應有一分段空格，則計奪五字，即前段歇拍處；五行"鮫室裁綃"捫其律爲後起拍，其後奪六字；六行全；七行全。然則該《踏莎行》原貌如下，有下劃綫者，據彊村本補，不知其所從。

敬賦草窗《絶妙詞》　　吳文英

楊柳風流，蕙花清潤。蘋□未數張三影。沉香倚醉調清平，新辭□□□□□。鮫室裁綃，□□□□。□□白雪争歌郢。西湖同結杏花盟，東風休賦丁香恨。

（三）丙午本《蘋洲漁笛譜跋》

草窗南宋遺老，風雅博洽，多所述造，于詞尤爲擅場。同時如張玉田輩極稱之，然所謂《蘋洲漁笛譜》究未之見。昨從慈溪友人處見有副本，方體宋字，于當時避諱字皆闕點畫，似從刻本影抄者。計五十葉中闕四葉。後大字有跋者二詞，又夢窗題詞一闋，字體與前無異，末亦脱落數字，想皆原刻。但草窗所選《絶妙好詞》中附己作二十二闋，俱不載入此集。朱秀水《詞綜》亦有八闋，爲此所無。意此或其一集，而非生平全稿也。

嗟乎。草窗詞家大宗，康、柳摙艷之作遍天下，而此蕭蕭寸帙，不湮没于網蠹者，殆于一綫，亦可慨已。緣抄而藏之，悉仍其舊，復以家藏《草窗詞》諸本編附于後，爲《集外詞》，以存草窗一家之全璧。至題中人地歲月以及本事、軼事、詞話、倡和之作，凡有交涉可互相發明者并疏附詞後。冬釭夏簟，時復披玩，恍聽漁笛静吹，覺蘋洲夜月，差不冷落耳。

大清乾隆四年己未五月揚州江昱識。

二、彊村叢書本序跋

（一）夏敬觀識

色彩鮮新，音響調利，是其所長。然內心不深，則情味不永，是詞才有餘，詞心不足也。

調利則無澀味，鮮新則非古彩，所以下夢窗一等。總之，愛好太過，亦是一病。

白石恰到好處，效之者輒過，平情而論，調利最易，斂勒最難，白石手辣，故不病于調利，草窗、玉田，兩不能也，碧山差勝一籌。

映庵（書于彊村叢書本《蘋洲漁笛譜》後）

（二）陳祺壽跋

右《蘋洲漁笛譜》二卷，儀征江明經昱爲之考證，《集外詞》一卷，明經所輯，以補《漁笛譜》之遺，其弟恂刻于新安郡齋者也。明經跋稱原本于宋帝諱皆闕點畫，蓋影宋本抄者。祺壽考之，朱竹垞《詞綜發凡》有云：周公謹集雖抄傳，賦西湖十景，今集無之。又舉所選輯諸集，有《草窗詞》而無《漁笛譜》，十景詞乃冠此譜之首，知竹垞未見此本也。厲樊榭《南宋雜事詩注》有云：西湖十景，周草窗賦《木蘭花慢》，已軼不傳。是又樊榭所未見《雜事詩》引用書目，雖有此譜，恐爲殘本，則此本信足貴矣。明經考證致精，然亦間有疏者。如《長亭怨慢》注，稱《淳安縣志》"洪夢炎號然齋"，昱按"'然'字草書類'恕'，或有一訛，存以備考"云云。祺壽按，《癸辛雜識》（續集下卷秦九韶條）有云："既至，遍謁臺幕洪恕齋勛爲憲。"知恕齋名勛，非夢炎也。

按：《儀征縣志》云："昱，字賓谷，號松泉。稟貢生。與弟恂篤學孝友，著有《尚書私學》《韻歧》《松泉詩集》《梅鶴詞》《瀟湘聽雨錄》五種行世，而不載及《漁笛譜考證》。《志》爲劉孟瞻、張石樵合纂，兩先生熟諳鄉故，而皆不知明經此書。矧今又百年後乎？明經又有《山中白雲疏證》，彊村先生嘗得其稿本刻之，爰出示此帙以供賞析。先生忻然命工重雕，表章先哲，惠此來者。豐城雙劍，久而必合，其諸海內倚聲家所樂聞乎！歲在彊圉大荒落仲夏之月，丹徒陳祺壽跋。"

三、曼陀羅華閣叢書本《草窗詞》序跋

（一）重校周草窗詞稿叙

周草窗之詞，以姜白石爲模範，與吳夢窗同志友善，并驅爭先。自來選家采取雖多，而專集流傳甚少。汲古閣毛氏舊藏《草窗詞稿》二卷，復就昆

山葉氏借録《蘋洲漁笛譜》二卷，毛斧季曾作兩跋，惜未曾刊入《六十家詞集》之中，故《四庫全書·詞曲類》止收草窗所選《絕妙好詞》，而其自作之詞，未經著録。阮文達公始從知不足齋鮑氏傳抄《蘋洲漁笛譜》，繕録進呈。

內府研經室《外集提要》云：《詞綜》以爲，《草窗詞》一名《蘋洲漁笛譜》。今考《草窗詞》比斯《譜》實增多數闋，則知《笛譜》是其當日原定，《草窗詞》或後人掇拾所成，其説甚核。其後鮑氏刊《笛譜》于叢書第八集，又得《草窗詞》善本，刻入第二十三集。并以《笛譜》及《絕妙好詞》、《蓉塘詩話》之異同，注于《草窗詞》逐句之下。其《絕妙好詞》及《笛譜》所有，而《草窗詞》內逸去者，復補輯二卷。于是讀《草窗詞》者始獲見其全帙。然自叢書以外，未有單行之本，購求甚難。余既重編《夢窗詞稿》付刊，因取鮑本《草窗詞》重爲校正，凡各家選本之異同，鮑本未經涉及者，分注各闋之末。亦授諸梓人，俾與《夢窗詞稿》同時流播焉。

秀水杜文瀾序。

（二）曼陀羅華閣叢書《草窗詞》叙

觀察杜公重編《吳夢窗詞稿》付梓，余既爲之作叙，頃復以校刊《周草窗詞稿》定本見示余。謂草窗爲宋代完人，而宋史不爲立傳，今就其詞稿及所作《齊東野語》《癸辛雜識》《武林舊事》，參以他書考證，知其先世本居濟南歷城，建炎南渡時僑居湖州。

曾祖祕，官至中丞，贈少師。祖某，官至侍郎，贈少傅。外祖章良能，官至參政，諡文莊。父晉，字叔明（蔡按：據周密《絕妙好詞》，應是"明叔"），歷任州郡，嘗守汀州，又嘗知慶元府。理宗紹定五年，叔明方官富春令，草窗生于縣署，是年歲在壬辰。韶齔時，即隨叔明寓杭都。嘉熙四年，庚子，隨叔明赴福建漕幕運幹之任。淳祐元年，辛丑，侍親自閩還，年甫幼學，已能留心記事。五年丙午、六年丁未，叔明官衢州通判，草窗亦隨侍，年甫成童，即飫聆諸名流緒論。

稍長，以門蔭出仕，銓試第十三人。淳祐末年，嘗官義烏令，又嘗監當局務。景定初，爲浙西帥司幕官。四年癸亥，奉檄至荊溪。咸淳十年，甲戌，監杭都豐儲倉。其在仕途，受知于馬碧梧，而不肯附賈似道。

入元以後，隱居不仕。元成宗元貞三年，以星變改元大德，是年歲在丁酉，草窗記其事。《十駕齋養新録》據此謂草窗六十六歲尚無恙，其説信有明徵。余更考草窗録高炳如七十七歲所書，而跋其末云"余年及炳如之歲"，是大德十一年，歲在丁未，草窗年七十七，仍無恙矣。

其中年寄寓杭都最久，晚年往來于杭湖之間。自稱四水潛夫，或稱弁陽老人，或稱弁陽嘯翁。藝林推爲領袖。生平撰述宏富，尤邃于詞。蓋淵源既得自家傳，兼有外家之授受，又得楊守齋爲之酌定，故早年即負盛名。

其與吳夢窗酬唱，在癸亥春暮，年甫三十有二。夢窗之年齒，諸書雖無明文，然其甲稿內有《惜紅衣》一闋，序云："余從姜石帚游苕、霅間，三十五年矣，重來傷今感昔，所以咏懷。"今考石帚所著有《續書譜》，身後爲謝采伯所刊，事在嘉定戊辰。又有《絳帖平》（按：應是"絳平帖"之刻誤），其自叙作于嘉泰癸亥，戊辰距癸亥僅有五年。夢窗與石帚同游，即使至遲，亦不過癸亥前後，其時，夢窗之年即使尚幼，亦當在弱冠上下。自嘉泰癸亥，至景定癸亥，凡六十年，其與草窗唱和之時，必已八十上下，是長于草窗將五十歲，真可謂忘年之交。蓋所重在道義文字之切磋，故不妨折之行輩而與爲友也。亦足徵征草窗之詞筆，久爲耆宿所推矣。

至于義不仕元，而所著書中拳拳于景炎、祥興君相，實與王伯厚、謝臯羽諸賢媲美，足增文苑之光。雖詞稿中署年月者不多，其次第後先，未易揣度，然其寄托搖深，比興精切，志趣所在，尚可推測而知。故詳考其出處始終，俾善讀者以意逆志，獲知微指所存。用副觀察，闡揚前哲，嘉惠來學之心焉。

咸豐十一年二月既望，儀征劉毓崧識。

（三）阮元《研經室外集》之《蘋洲漁笛譜》提要

《蘋洲漁笛譜》二卷。宋周密撰，密著有《癸辛雜識》。

《四庫全書》已著錄是書，乃其所作詩餘，秀水朱彝尊撰《詞綜》，以爲《草窗詞》一名《蘋洲漁笛譜》，今考《草窗詞》比斯《譜》實增多數闋，則知《笛譜》是其當日原定，《草窗詞》或後人掇拾所成，特以此爲藍本耳。

是書從長塘鮑氏知不足齋舊鈔傳寫，前有吳文英題詞，後附《徵招》《酹月》二闋，并王橚識尾，據琴川毛扆舊跋云："西湖十景詞，向缺末二首，偶閱《錢塘志》中載此，亟命兒鈔補之，然其脫略，仍無從搜輯也。"

蔡按：曼陀羅華閣叢書《草窗詞》，共分四卷，卷上五十八首，見《蘋洲漁笛譜》者五十首、《樂府補題》者三首；卷下五十七首，見《蘋洲漁笛譜》者三十一首、《絕妙好詞》六首，其中羼入周晉詞三首；補上卷十八首，從《絕妙好詞》補入；補下卷二十一首，從《蘋洲漁笛譜》補。

四、四印齋本序跋

（一）王鵬運跋

右周公謹《草窗詞》二卷，《詞補》二卷，歸安朱古微學士輯校本。初，余以杜刻《草窗詞》體例踳駁，欲取鮑氏知不足齋本校刊，而以《蘋洲漁笛譜》諸詞序，附見各闋之後，并旁及草窗雜著之足與其詞相發明者，概附著之。即校録字句，亦止據《蘋洲漁笛譜》《絶妙好詞》二書，以成周氏一家之言。商之古微，古微以草窗著籍弁陽，又詞中多吴興掌故，遂欣然從事，往復商榷，逾月而書成。

按：草窗雜著之傳于今者，曰《齊東野語》二十卷，《癸辛雜志》四集六卷，《武林舊事》十卷，《浩然齋雅譚》三卷，《志雅堂雜抄》一卷，《雲煙過眼録》二卷，《續録》一卷，《澄懷録》二卷，《絶妙好詞》七卷。若陶氏《説郛》所刊，爲目幾二十餘種，皆從以上諸書摘出，另立新名以眩觀聽，爲明人刻書陋習。《南宋雜事詩》所引《乾淳起居注》《乾淳歲時記》《武林市肆記》等皆是也。所歉然者，《浩然齋視聽抄》《浩然齋意抄》二書未得寓目耳。詞中標目訛舛，古微跋語中已詳言之。其尤誤者，下卷羼入周明叔三詞，杜氏遂題曰"借刻周晋"。考草窗所以稱述，其親之見諸雜著者，皆據事直書，無誇大溢美之意。而謂欲于自選詞中，借刻己作以誣親而增重，賢如草窗，諒不出此。其爲後人掇拾訛誤無疑。今仍存三詞，而著其説于此，質之古微，當亦謂然也。

庚子三月，古微以刊本屬校，記其緣始如此。

半塘老人王鵬運，識于校夢龕。

（二）朱祖謀跋

右周公謹《草窗詞》二卷，《詞補》二卷。按：公謹詞，自定名爲《蘋洲漁笛譜》，長塘鮑氏，先據琴川毛氏本刻之，中有脱簡，後刻《草窗詞》，復輯《笛譜》及《絶妙好詞》所載，而茲集逸去者，爲《詞補》二卷。秀水杜氏據之刻于吴中，而或列原題，或以《笛譜》詞序羼入，體例殊未盡善。去年春夏間，半塘老人約校《夢窗詞》，既卒業，復取鮑氏《草窗詞》，重加商斠，編題一依其舊，而以《笛譜》諸題移附詞後，并仿查心穀、厲太鴻《絶妙好詞箋》之例，爲之輯校。取證本事，間載軼聞，所引皆公謹自著書，不復泛濫旁涉，其摭及查、厲《詞箋》者，以猶是弁陽翁志也。

集中諸題與《笛譜》詳略得失，頗相懸異。如《渡江雲·再雪》《齊天樂·梅》《一枝春·春晚》，又和韻《長亭怨慢·懷舊》《乳燕飛·夏游》《明月引·寄恨》《柳梢青·梅》，皆爲未盡當時事實。至《拜星月慢》之春晚寄夢窗，《齊天樂》之赤壁重游，《聲聲慢》之水仙、梅，《江城子》之閨思，訛舛尤甚，阮氏謂爲後人掇拾所成，其説至審。惟《笛譜》既非完書，不得不據此爲定本。校既畢，爰述其崖略如此。

光緒庚子三月歸安朱祖謀跋。

五、弁陽老人詞序跋

引錄毛扆跋

甲子仲夏，借昆山葉氏舊錄本影寫，用家藏《草窗詞》參校，毛扆識。

"西湖十景"詞，向缺末二首，偶閱《錢塘志》，中載公謹詞三首，所缺者恰有之，亟命兒抄補。其餘脫落處，未識今生得見全本否也。己巳端午前一日。扆又識。

六、《宋七家詞選·周公謹詞選》戈載跋

弁陽嘯翁詞，一曰《草窗詞》，一曰《蘋洲漁笛譜》。汲古閣刻宋名家詞，未見是書，故未列入。後鮑氏刊在《知不足齋叢書》內，二本并存，略有異同。

今予所錄，多從鮑刻，始知各家選本，繆誤不少。如《少年游》"那處春多"句，《詞綜》多一"得"字；又，《玉京秋》"翠扇恩疏"句，"恩"字諸本落去；又，《玉漏遲》"錦鯨仙去""載酒倦游何處"二句，"仙""何"二字脫；又，《一枝春》"空自想、楊柳風流""記曾是、倚嬌成妒"二句，諸本"想"作"傷"，"記曾"作"曾記"；又，《玲瓏四犯》"還在劉郎後"句，《詞綜》《詞律》多一"歸"字；又，"憑問柳陌舊鶯"句，《詞綜》《詞律》脫"舊"字，"鶯"誤作"情"；"人比似、垂楊誰瘦"句，乃一六、一七兩句，《詞綜》《詞律》作"憑問柳陌情人，比似垂楊誰瘦"句，"情"字宜去，又少一字；又，《霓裳中序第一》"洛汜分綃"句，《詞律》多"悵"字；又，《繡鸞鳳花犯》"漫記得，漢宮仙掌""誰嘆賞、國香風味"二句，《詞綜》落"得"字、"嘆"二字；又，《齊天樂》"天寒空念贈遠""吟薌未了"二句，《詞綜》《詞潔》"空念"作"宮怨"，"吟"作"冷"；又，《曲游春》"正滿湖、碎月搖花"句，《詞綜》《詞律》作"正恁醉月搖花"，少一字，不知施中山原詞作"任滿身、露濕東風"句，亦七字也；又，《秋霽》"又成陳迹"句，《詞綜》脫"成"字；又，《大聖樂》"冷落錦宮人歸後"句，《詞綜》脫"人"字，"宮"誤作"衾"；又，《大酺》"空負朝雲約"句，諸本作"空負雨期雲約"句，多"雨"字，"朝"誤作"期"；又，"燕麥兔葵恨"句，諸本脫"恨"字。凡此皆不及《笛譜》之妙也。

然《笛譜》亦有訛者，《綠蓋舞風輕》"粉艷初洗"句，"洗"作"褪"，失韻；又，《木蘭花慢》"初三月夜，第二橋灣"句，作"畫橋第二，奩月初三"句，出韻；又，《秋霽》"畫舸橫笛"句，"舸"作"船"；又，《長亭怨》

《渡江雲》，分段以換頭句作上半煞尾，則又不可從者已。古人名作，往往改之又改，前後所見不同。亦有傳抄而致誤者，惟在後人善讀之，辨其是非耳。草窗博聞多識，著述宏富，《癸辛雜識》《齊東野語》之外，又有《浩然齋雅談》，下卷詞話，持論精確。所輯《絕妙好詞》，采掇菁華，無非雅音正軌。故其詞盡洗靡曼，獨標清麗，有韶倩之色，有綿渺之思，與夢窗旨趣相侔，二窗并稱，允矣無忝。

其于律亦極嚴謹，蓋交游甚廣，深得切劇之益。如集中所稱霞翁，乃楊守齋也。守齋名纘，字繼翁，又號紫霞翁，善彈琴，明宮調，有《圈法周美成詞》，又有《紫霞洞簫譜》。嘗著《作詞五要》，于填詞按譜、隨律押韻二條，詳哉言之，守律甚細，一字不苟。又有寄閒者，即張斗南，名樞，號雲窗，玉田之父。嘗度《依聲集》百闋。玉田《詞源》稱其曉暢音律，有《寄閒詞》，旁綴音譜。每作一詞，必令歌者按之，稍有不協，隨即改正，故無落腔之病。草窗與此二公暨夢窗、王碧山、陳西麓、施梅川、李篔房輩，相與講明而切究之，宜其律之無不諧矣。學問之道，相得益彰，友顧可不重乎。惟用韻則遜于夢窗，是其疏忽之處。予此選，律乖韻雜者，不敢濫收。如《木蘭花慢》西湖十景，洵為佳構，大勝于張成子《應天長》十闋，惜有四首混韻者，故僅登六首。其小序有云：詞不難于作而難于改，不難于工而難于協。旨哉是言，可與知者道，難與俗人言爾。載識。

七、附錄

（一）絕妙好詞序跋

1. 四庫全書提要

臣等謹按：《絕妙好詞箋》七卷。

《絕妙好詞》宋周密編，其箋則國朝查為仁、厲鶚所同撰也。密所編南宋歌詞，始于張孝祥，終于仇遠，凡一百三十二家。去取謹嚴，猶在曾慥《樂府雅詞》、黃昇《花庵詞選》之上。又宋人詞集，今多不傳，并作者姓名，亦不盡見于世。零璣碎玉，皆賴此以存于詞選中，最為善本。

初，為仁采撼諸書，以為之箋，各詳其里居出處，或因詞而考証其本事，或因人而附載其佚聞，以及諸家評論之語，與其人之名篇秀句，不見于此集者，咸附錄之。會鶚亦方箋此集，尚未脫稿，適游天津，見為仁所箋，遂舉以付之，刪複補漏，合為一書，今簡端并題二人之名，不沒其助成之力也。所箋多泛濫旁涉，不盡切于本詞，未免有嗜博之弊。然宋詞多不標題，讀者每不詳其事，如陸淞之《瑞鶴仙》、韓元吉之《水龍吟》、辛棄疾之《祝英臺近》、尹煥之《唐多令》、楊恢之《二郎神》，非參以他書，得其源委，有不解爲何語者。其疏通證明之功，亦有不可泯者矣。

密有《癸辛雜識》諸書，鶚有《遼史拾遺》諸書，皆別著錄。爲仁，字心穀，號蓮坡，宛平人，康熙辛卯舉人。是集成于乾隆己巳，刻于庚午，鶚序稱其"尚有《詩餘紀事》如干卷"，今未之見，殆未成書歟。

乾隆四十六年四月，恭校上。

總纂官：臣紀昀　臣陸錫熊　臣孫士毅
總校官：臣陸費墀

2. 厲鶚序

《絕妙好詞》七卷，南宋弁陽老人周密公謹所輯。宋人選本朝詞，如曾端伯《樂府雅詞》、黃叔暘《花庵詞選》，皆讓其精粹，蓋詞家之準的也。所採多紹興迄德祐間人，自二三鉅公外，姓字多不著夫士生隱約，不得樹立功業，炳焕天壤，僅以詞章垂稱，後世而姓字猶在，若滅若没間，無人爲從故紙堆中抉剔出之，豈非一大恨事耶。

津門查君蓮坡，研精風雅，耽玩倚聲，披閱之暇，隨筆剳記，輯有《詩餘紀事》如干卷，于是編尤所留意，特爲之箋，不獨諸人里居出處，十得八九，而詞中之本事，詞外之佚事，以及名篇秀句，零珠碎金，攈拾無遺。俾讀者展卷時，怳然如聆其笑語，而共其游歷也。

予與蓮坡有同好，向嘗綴拾一二，每自矜創獲，會以衣食奔走，不克卒業，及來津門，見蓮坡所輯，頗有望洋之嘆，并舉以付之，次第增入焉。譬諸掇遺材以裨建章，投片瓊以厠懸圃，其爲用不已微乎。蓮坡通懷集益，猶不忘所自，必欲附賤名于簡端，辭不得已，因述其顛末如此云。

乾隆戊辰閏七夕前三日錢唐厲鶚書于津門之古春小茨。

3. 武唐柯煜序

粵稽詩降爲詞，六朝潛啓其意，而體創于李唐；五代繼隆其軌，而風暢于趙宋。柳屯田之"曉風殘月"，蘇學士之"亂石崩雲"，世所共稱，固無論矣。建炎而後，作者斐然。數南渡之才人，無非妍手，咏西湖之麗景，儘是尚家。薄醉樽前，按紅牙之小拍；清歌扇底，度白雲之新聲。況乎人間玉碗、闕下銅駝，不無荊棘之悲，用志黍離之感。文弦鼓其凄調，玉笛發其哀思；亦有登山臨水，勝情與豪素爭飛；惜別懷人，秀句與郵筒俱遠。凡斯體制，有待纂編。于是草窗周氏彙次成書。山玉川珠，供其采擷；蜀羅趙綿，藉彼剪裁。蔡家幼婦之碑，固應無愧；黃氏散花之集，詎可齊觀。秀遠爲前此所無，規矩實後來之式。然而劍氣長埋，珠光易匿。五百年之星移物換，金石尚爾銷沉；一卷書之雲散波流，簡帙能無散佚。于今風雅殆勝曩時，翡翠筆床，人宗石帚，琉璃硯匣，家擬梅溪。爰有好事之家，千金購其善本，嗜奇之士，古鼎質其秘書。時歲甲子，訪戚虞山叔丈，遵王招携永日，郗方回之游燕，久欽逸少門風，盧子諒之婚姻，夙附劉琨世戚，觴咏之暇，簽軸斯陳。謝氏五車，未足方其名貴；田宏萬卷，猶當遜其珍奇。得此一編，如逢拱璧。不謂失傳已久，猶能藏弃至今，諷咏自深，剞劂有待，河北膠東之紙傳此名篇，然脂弄墨之餘，成余素志。上偕諸父，俾我弟昆。共訂魯魚，重新梨棗。從此光華不没，風景常新，非惟一日之賞心，允矣千秋之勝事。

武唐柯煜序。

4. 高士奇序

草窗周公謹，集選宋南渡以後諸人詩餘，凡七卷，名之曰《絶妙好詞》。公謹生于宋末，以博雅名東南，所作音節凄清，情寄深遠，非徒以綺麗勝者。兹選披沙揀金，合一百三十二人，爲詞不滿四百，亦云精矣。余嘗論選家以今稽古，病在不親，《穀梁》所謂聽遠音者，聞其疾而不聞其舒也。若同時之人，徵搜該博，參互詳審，其去疴疻、正謬悠，較之後代，難易什伯。宋人選宋詞，如曾慥《樂府雅詞》、趙粹夫《陽春白雪》，以及《謫仙》《蘭畹》諸集，皆名存書逸，每爲可惜。草窗所選，乃虞山錢氏秘藏鈔本。柯子南陔得之，與其從父寓匏舍人及余考校缺誤，繕刻以行，夫古書顯晦，各有其時。皇上聖學淵奧，凡經史子集以及類説稗乘，罔不搜討，宋元舊本，漸已畢出。彼曾、趙諸集，又豈無搜廢簏而弃之者，是書之出，其嚆矢夫。

康熙戊寅夏五江村高士奇序于清吟堂。

（二）其他

張宗楠《詞林紀事》卷十五云："鄭元慶《湖録》：四水者，湖城以苕水、餘不水、前溪水、北流水合而入于郡霅溪，故名四水。舊人詩'四水交流霅霅聲'是也。據此，則四水潛夫與弁陽嘯翁皆寓公之意。"

饒宗頤《詞集考》卷六云：《蘋洲漁笛譜》，周密撰。公謹早登紫霞翁楊纘之門，妙解音律，故翁稱"草窗樂府妙天下"。周濟《四家詞選》則云："草窗鏤冰刻楮，精妙絶倫，但立意不高，取徑不遠。"觀其《西湖十景》小序云："詞不難作而難于改，語不難工而難于協。"可以知其甘苦矣。

阮元"四庫未收書目提要"之《蘋洲漁笛譜》二卷《提要》云："《詞綜》以爲《草窗詞》一名《蘋洲漁笛譜》，今考《草窗詞》比斯譜增多數闋，則知《笛譜》是其當日原定，《草窗詞》或後人掇拾所成，特以此爲藍本耳。"按：張炎《一萼紅》題云："弁陽翁詞名《蘋洲漁笛譜》。"此公謹友人之説，最可據信。傳本題《草窗詞》者，《唐宋百家》本、《宋元小詞》本不分卷；江魚亭藏鈔本作一卷；天一閣等藏鈔本作二卷。題《蘋洲漁笛譜》二卷者，源出毛斧季影寫宋鈔，宋諱闕筆。《西湖十景》詞末二首，乃毛氏從《錢塘志》鈔補。

鮑氏《知不足齋叢書》并刻二種，一爲《草窗詞》上下卷，共一百十五首（上卷見《笛譜》者五十首，見《樂府補題》者三首；下卷見《笛譜》者四十一首，見《絕妙好詞》者六首。）附鮑氏輯補上下卷共四十首（上卷十八首從《絕妙好詞》補，下卷二十二首從《笛譜》補）。一爲《蘋洲漁笛譜》二卷，據毛斧季本，中有缺葉，阮元曾傳寫呈内府。兩種并有《叢書集成》覆印。

江昱《疏證》本《蘋洲漁笛譜》二卷，缺脱同毛斧季本，存詞一百一十四首，昱又輯集外詞一卷三十九首。其《疏證》不及《山中白雲》詳備。有乾隆五十一年江恂刻本，《四部備要》本。

《曼陀羅華閣叢書》本《草窗詞》二卷補二卷，咸豐十一年刊。

《草窗詞》二卷一册，休寧汪季青藏印（臺北圖書館藏）。

《山左人詞》本《草窗詞》二卷補二卷，光緒二十七年金陵刊。

《彊村叢書》本《蘋洲漁笛譜》及集外詞據江本，朱氏于考證略有加補。

《全宋詞》二五三至二五五周密詞，據朱本，以鮑本《草窗詞》誤收二首入附錄。

附錄五　宋人題詞

踏莎行　題草窗詞卷

[宋]毛玥

　　顧曲多情，尋芳未老。一庭風月知音少。夢隨蝶去恨墙高，醉聽鶯語嫌籠小。　　紅燭呼盧，黄金買笑。彈絲踮屐長安道。彩箋拈起錦囊花，緑窗留得羅裙草。

踏莎行　題草窗詞卷

[宋]王沂孫

　　白石飛仙，紫霞淒調。斷歌人聽知音少。幾番幽夢欲回時，舊家池館生青草。　　風月交游，山川懷抱。憑誰説與春知道。空留離恨滿江南，相思一夜蘋花老。

淡黄柳

[宋]王沂孫

　　甲戌冬，別周公謹丈于孤山中。次冬，公謹游會稽，相會一月又次冬，公謹自剡還，執手聚別，且複別去。悵然于懷，敬賦此解。
　　花邊短笛。初結孤山約。雨悄風輕寒漠漠。翠鏡秦鬟釵別，同折幽芳怨摇落。　　素裳薄。重拈舊紅萼。嘆携手、轉離索。料青禽、一夢春無幾，後夜相思，素蟾低照，誰掃花陰共酌。

慶宫春　謝草窗惠詞卷

[宋]王易簡

　　庭草春遲，汀蘋香老，數聲佩悄蒼玉。年晚江空，天寒日暮，壯懷聊寄幽獨。倦游多感，更西北、高樓送目。佳人不見，慷慨悲歌，夕陽喬木。　　紫霞洞窅雲深，裊裊餘香，鳳簫誰續。桃花賦在，竹枝詞遠，此恨年年相觸。翠箋芳字，謾重省、當時顧曲。因君凝佇，依約吳山，半痕蛾緑。

浣溪沙 題草窗詞

[宋]李彭老

玉雪庭心夜色空。移花小檻鬥春紅。輕衫短帽醉歌重。　彩扇舊題煙雨外，玉簫新譜燕鶯中。闌干到處是春風。

踏莎行 題草窗十擬後

[宋]李彭老

紫曲迷香，綠窗夢月。芳心如對春風說。蠻箋象管寫新聲，幾番曾試瓊壺缺。　庾信書愁，江淹賦別。桃花紅雨梨花雪。周郎先自足風流，何須更擬秦簫咽。

一萼紅 寄弁陽嘯翁

[宋]李彭老

過薔薇。正風暄雲澹，春去未多時。古岸停橈，單衣試酒，滿眼芳草斜暉。故人老、經年賦別，燈暈裏、相對夜何其。泛剡清愁，買花芳事，一卷新詩。　流水孤帆漸遠，想家山猿鶴，喜見重歸。北阜尋幽，青津問釣，多情楊柳依依。最難忘、吟邊舊雨，數菖蒲、花老是來期。幾夕相思夢蝶，飛繞蘋溪。

清平樂 題草窗詞

[宋]李萊老

日寒風細。庭館浮花氣。白髮潘郎吟欲醉。綠暗蘼蕪千里。　西園南浦東城。一春多少閑情。日暮采蘋歌遠，夢回喚得愁生。

青玉案 題草窗詞卷

[宋]李萊老

吟情老盡江南句。幾千萬、垂絲縷。花冷絮飛寒食路。漁煙鷗雨，燕昏鶯曉，總入昭華譜。　紅衣妝靚涼生渚。環碧斜陽舊時樹。拈葉分題觴咏處。蓇香猶在，庾愁何許，雲冷西湖賦。

惜紅衣　寄弁陽翁

[宋]李萊老

　　笛送西泠，帆過杜曲。晝陰芳綠。門巷清風，還尋故人屋。蒼華髮冷，笑瘦影、相看如竹。幽谷。煙樹晚鶯，訴經年愁獨。　　殘陽古木。書畫歸船，匆匆又南北。蘋洲鷗鷺素熟。舊盟續。甚日浩歌招隱，聽雨弁陽同宿。料重來時候，香蕩幾灣紅玉。

臺城路　寄弁陽翁

[宋]李萊老

　　半空河影流雲碎，亭皋嫩凉收雨。井葉還驚，江蓮亂落，弦月初生商素。堂深幾許。漸爽入雲幬，翠綃千縷。紈扇恩疏，晚螢光冷照窗户。　　文園憔悴頓老，又西風暗換，絲鬢無數。燈外殘砧，琴邊瘦枕，一一情傷遲暮。故人倦旅。料渭水長安，感時吟苦。正自多愁，砌蛩終夜語。

西江月　絕妙好詞乃周草窗所集也

[宋]張炎

　　花氣烘人尚暖，珠光出海猶寒。如今賀老見應難。解道江南腸斷。　　謾擊銅壺浩嘆，空存錦瑟誰彈。莊生蝴蝶夢春還。簾外一聲鶯喚。

一萼紅　弁陽翁新居，堂名志雅，詞名《蘋洲漁笛譜》

[宋]張炎

　　製荷衣。傍山窗卜隱，雅志可閑時。款竹門深，移花檻小，動人芳意菲菲。怕冷落、蘋洲夜月，想時將、漁笛静中吹。塵外柴桑，燈前兒女，笑語忘歸。　　分得煙霞數畝，乍掃苔尋徑，撥葉通池。放鶴幽情，吟鶯歡事，老去却願春遲。愛吾廬、琴書自樂，好襟懷、初不要人知。長日一簾芳草，一卷新詩。

疏影　余于辛卯歲北歸，與西湖諸友夜酌，因有感于舊游，寄周草窗

[宋]張炎

　　柳黄未結。放嫩晴消盡，斷橋殘雪。隔水人家，渾是花陰，曾醉好春時節。輕車幾度新堤曉，想如今、燕鶯猶説。縱艷游、得似當年，早是舊情都别。　　重到翻疑夢醒，弄泉試照影，驚見華髮。却笑歸來，石老雲荒，身

世飄然一葉。閉門約住青山色，自容與、吟窗清絕。怕夜寒、吹到梅花，休捲半簾明月。

甘州　餞草窗歸雲

[宋]張炎

　　記天風、飛佩紫霞邊，顧曲萬花深。甚相如情倦，少陵愁老，還嘆飄零。短夢恍然今昔，故國十年心。回首三三徑，松竹成陰。　　不恨片篷南浦，恨剪燈聽雨，誰伴孤吟。料瘦筇歸後，閑鎖北山雲。是幾番、柳邊行色，是幾番、同醉古園林。煙波遠，筆床茶灶，何處逢君。

附錄六　綜　評

　　宋沈義父《樂府指迷》云："咏物詞，最忌説出題字。如清真'梨花'及'柳'，何曾説出一個梨、柳字。梅川不免犯此戒，如《月上海棠》咏月出，兩個'月'字，便覺淺露。他如周草窗諸人，多有此病，宜戒之。"

　　宋張炎《詞源》卷下云："近代詞人用功者多，如《陽春白雪》集，如《絶妙詞選》，亦自可觀，但所取不精一。豈若周草窗所選《絶妙好詞》之爲精粹。惜此板不存，恐墨本亦有好事者藏之。"

　　宋張炎《詞源》卷下云："近代楊守齋精于琴，故深知音律，有《圈法周美成詞》。與之游者，周草窗、施梅川、徐雪江、奚秋崖、李商隱，每一聚首，必分題賦曲。但守齋持律甚嚴，一字不苟作，遂有《作詞五要》。觀此，則詞欲協音，未易言也。"

　　清先著等《詞潔輯評》卷三云："二詞（蔡按：指李彭老"對芳晝"詞與張炎"坐清晝"詞）同韻，必皆繼草窗作者，惜周詞不見。詞至宋末，予倡女和，人人各極其工，真樂事也。"

　　清先著等《詞潔輯評》卷五云："美成如杜，白石兼王、孟、韋、柳之長。與白石并有中原者，後起之玉田也。梅溪、夢窗、竹山皆自成家，遜于白石，而優于諸人。草窗諸家，密麗芊綿，如温、李一派。玉臺沿至于宋初，而宋詞亦以是終焉。以詩譬詞，亦可聊得其仿佛。"

　　清沈曾植《菌閣瑣談》云："吳夢窗、史邦卿影響江湖，別成絢麗，特宜于酒樓歌館，釘坐持杯，追擬周、秦，以纘東都盛事。于聲律爲當行，于格韻則卑靡。賴其後有草窗、玉田、聖與出，而後風雅遺音，絶而復續。亦猶皋羽、霽山，振起江湖哀響也。"

　　清汪森《詞綜·序》云："自古詩變爲近體，而五七言絶句，傳于伶官樂部，長短句無所依，則不得不更爲詞。當開元盛日，王之渙、高適、王昌齡詩句，流播旗亭，而李白《菩薩蠻》等詞，亦被之歌曲。古詩之于樂府，近體之于詞，分鑣並騁，非有先後。謂詩降爲詞，以詞爲詩之餘，殆非通論矣。西蜀、南唐而後，作者日盛。宣和君臣，轉相矜尚。曲調愈多，流派因之亦別。短長互見，言情者或失之俚，使事者或失之伉。鄱陽姜夔出，句琢字鍊，歸于醇雅。于是史達祖、高觀國羽翼之，張輯、吳文英師之于前，趙以夫、蔣捷、周密、陳允衡、王沂孫、張炎、張翥效之于後。譬之于樂，舞《箾》至于九變，而詞之能事畢矣。"

清汪森《詞綜·序》云："草窗、西麓兩家，則皆以清真爲宗。而草窗得其姿態，西麓得其意趣。草窗間有與白石相似處，而亦十難獲一。"

清杜文瀾《憩園詞話》云："南宋如白石、梅溪、夢窗、草窗、玉田諸家，大都妙解音律，所爲詞，聲文并茂。"

清馮煦《蒿庵論詞》云："周密《絕妙好詞》所選，皆同于己者，一味輕柔潤膩而已。黄玉林《花庵絕妙詞選》，不名一家，其中如劉克莊諸作，磊落抑塞，真氣百倍，非白石、玉田輩所能到。可知南宋人詞，不盡草窗一派也。近世朱彝尊所選《詞綜》，規步草窗，學者不復周覽全集，而宋詞遂爲朱氏之詞矣。"

清田同之《西圃詞說》云："白石而後，有史達祖、高觀國羽翼之。張輯、吳文英師之于前，趙以夫、蔣捷、周密、陳允衡、王沂孫、張炎、張翥效之于後。譬之于樂，舞《箾》至于九變，而詞之能事畢矣。"

清孫麟趾《詞徑》云："高澹婉約，艷麗蒼莽，各分門户。欲高澹學太白、白石。欲婉約學清真、玉田。欲艷麗學飛卿、夢窗。欲蒼莽學蘋洲、花外。至于融情入景，因此起興，千變萬化，則由于神悟，非言語所能傳也。"

清周濟《詞辨自序》云："自溫庭筠、韋莊、歐陽修、秦觀、周邦彥、周密、吳文英、王沂孫、張炎之流，莫不蘊藉深厚，而才艷思力，各騁一途，以極其致。譬如匡廬衡岳，殊體而并勝，南威西施，別態而同妍矣。"

清周濟《介存齋論詞雜著》云："草窗鏤冰刻楮，精妙絕倫；但立意不高，取韻不遠，當與玉田抗行，未可方駕王、吳也。"

清周濟《介存齋論詞雜著》云："公謹敲金戛玉，嚼雪盥花，新妙無與爲匹。公謹只是詞人，頗有名心，未能自克；故雖才情詣力，色色絕人，終不能超然遐舉。"

清沈雄《古今詞話》云："梅墩詞話曰：'彩扇舊題煙雨外，玉簫新譜燕鶯中。'此李賓房題其詞，爲互相標榜者也。"

清江順詒《詞學集成》卷一云："趙艮甫（函）《碎金詞叙》云：'宋詞以清真、白石、草窗、玉田四家爲正宗。清真典掌大晟，白石自訂詞曲，草窗詞名《笛譜》，玉田《詞源》一書，所論律吕最精。凡此四家之詞，無不可歌。其餘則或可歌，或不可歌，不過按調填詞，于四聲不盡諧協，遑論九宫。今之填詞者，祇以萬紅友《詞律》平仄爲準，不究音律之源。無怪乎好拈熟調，一遇拗體，則步步如行荆棘中矣。'（詒）案：此論精確，末僅爲拈熟調、遇拗體者說法，則似明而忽昧。"

清戈載《七家詞選》卷五跋云："草窗博聞多識，著述宏富。《癸辛雜識》《齊東野語》之外，又有《浩然齋雅談》，下卷詞話，持論精確。所輯《絕妙好詞》，采掇菁華，無非雅音正軌。故其詞盡洗靡曼，獨標清麗。有韶倩之色，有綿渺之思，與夢窗旨趣相侔，二窗并稱，允矣無忝。其于律亦極嚴謹，蓋交遊甚廣，深得切劘之益。"

清陳廷焯《白雨齋詞話》卷二云："周公謹詞刻意學清真"條云："周公謹詞，刻意學清真。句法字法，居然合拍。惟氣體究去清真已遠。其高者可步武梅溪，次亦平視竹屋。"

清陳廷焯《白雨齋詞話》卷二云："大約南宋詞人，自以白石、碧山為冠，梅溪次之，夢窗、玉田又次之，西麓又次之，草窗又次之，竹屋又次之，竹山雖不論可也。"

清陳廷焯《白雨齋詞話》卷二云："草窗《絕妙好詞》之選，并不能強人意。當是局于一時聞見，即行采入，未窺各人全豹耳。不得以草窗所輯，一概尊之（紀文達立論，好是古非今。《絕妙好詞》一編，嘆為篇篇皆善，未免以耳代目）。"

清陳廷焯《白雨齋詞話》卷二云："草窗與碧山相交最久，然《絕妙好詞》中所選碧山諸篇，大半皆碧山次乘，轉有負于碧山。"

清陳廷焯《白雨齋詞話》卷二云："當時草窗盛負詞名，玉田次之，碧山、西麓名則不逮。即後世知之者，亦不過數人，然千載下自有定論。一時得失，何足重輕。"

清陳廷焯《白雨齋詞話》卷二云："草窗、西麓、碧山、玉田，同時并出，人品亦不甚相遠。四家之詞，沉鬱至碧山止矣。而玉田之超逸，西麓之澹雅，亦各出其長以爭勝。要皆以忠厚為主，故足感發人之性情。草窗雖工詞，而感寓不及三家之正。本原一薄，結構雖工，終非正聲也。"

清陳廷焯《白雨齋詞話》卷八云："詞有表裏俱佳，文質適中者，溫飛卿、秦少游、周美成、黃公度、姜白石、史梅溪、吳夢窗、陳西麓、王碧山、張玉田、莊中白是也。詞中之上乘也。有質過于文者，韋端己、馮正中、張子野、蘇東坡、賀方回、辛稼軒、張皋文是也。亦詞中之上乘也。有文過于質者，李後主、牛松卿、晏元獻、歐陽永叔、晏小山、柳耆卿、陳子高、高竹屋、周草窗、汪叔耕、李易安、張仲舉、曹珂雪、陳其年、朱竹垞、厲太鴻、過湘雲、史位存、趙璞函、蔣鹿潭是也。"

清陳廷焯《白雨齋詞話》卷八云："公謹之《浩然齋雅談》《絕妙好詞》等編，所論與所選，均多未洽，其所自作可知矣。吾于南宋諸名家，不得不外草窗。"

清陳廷焯《詞則·大雅集》卷三録周密詞十三首，題首眉批云："草窗詞刻意學清真，句法字法，居然逼似，惟氣體終究不逮。其高者可步武梅溪，次亦平視竹屋。"

清陳廷焯《雲韶集》云："草窗詞亦是取法白石，而精深雅秀，盡有獨至處。夢窗、草窗大致相同，昔人已有定評。然兩家之師白石，取法皆同，但夢窗高處人不易知，草窗高處一望而知，此其同而不同者也。及細按之，其實夢窗何嘗沉晦，人自領略不到耳。草窗亦不僅軒豁呈露，其骨韻之高，仍與夢窗無二，真一時兩雄也。草窗風骨高、情韻深，有夜月秋雲之妙。"

清謝章鋌《賭棋山莊詞話》卷三云："王沂孫、張炎、周密、陳允平之徒，皆以（姜）夔爲宗。"

清謝章鋌《賭棋山莊詞話》卷三云："密，字公謹，濟南人。僑居吳興，號弁陽嘯翁，又號蕭齋，四水潛夫。嘗輯南渡以後諸名家樂府，爲《草窗詞選》。自著有《草窗詞》二卷，一名《蘋洲漁笛譜》。"（蔡按：蕭齋爲周密父周晉之號。）

清謝章鋌《賭棋山莊詞話》卷十一云："夢窗之奇麗而不免于晦，草窗之澹逸而或近于平。"

清謝章鋌《賭棋山莊詞話》卷十二云："短章醖藉，大篇有開闔乃妙。不醖藉則吐露，言盡意盡，成何短章。無開闔則板拙，周草窗之詞，或譏之爲平矣。"

清謝章鋌《賭棋山莊詞話》卷十二云："詞盛于宋，宋人論詞，精湛莫過樂笑翁。《詞源》一書，以澹生居士刻本爲善。考諸家所刻《樂府指迷》，即此書之下卷。而此書實名《詞源》，不宜與沈伯時相混。若選本，則周草窗《絕妙好詞》其最也。蓋在《花庵詞選》《陽春白雪》諸書之上。"

清謝章鋌《賭棋山莊詞話》續編一云："即如宋末玉田、蘋洲諸家，閱歷滄桑，固宜胸有壘塊。今一遇稍有感慨之詞，便以爲指斥時事，愁禽怨柳，塞滿乾坤，是直以長短句爲謗書矣。夫豈其然。"

清丁紹儀《聽秋聲館詞話》卷六云："詞至南宋而極工，然如白石、夢窗、草窗、玉田，皆胥疏江湖，故語多婉焉，去北宋疏越之音遠矣。"

清陳銳《袌碧齋詞話》云："詞有南北宋，如詩之有中晚唐，界限分明。獨周公謹之于程書舟，微覺波瀾莫二。"

清徐珂《近詞叢話》云："古人填詞，好用熟調，如草窗諸老，熟于一調，必屢填之，以和其手腕，此長調也。小山于小令，亦填一調至十數，蓋亦避生就熟，易于著筆耳。"

清蔣兆蘭《詞說》云："草窗詞品，雖與夢窗相近，然練不傷氣，自饒名貴。"

　　清蔣兆蘭《詞說》云："宋人選本，惟周草窗《絕妙好詞》選，最爲精粹，可作案頭讀本，他可勿論也。"

　　清劉體仁《七頌堂詞繹》云："詞人遭遇酒壁釋褐，韓偓之特遇也。太液波翻，浩然之數奇也。"

　　清鄧廷楨《雙硯齋詞話》云："弁陽翁工于造句，如'嬌綠迷雲''倦紅釀曉''膩葉陰清''孤花香冷''散發吟商''簪花弄水''貯月杯寬''護香屏暖'之類，不可枚舉。至如《大聖樂》之'對畫樓殘照，東風吹遠，天涯何許'，《徵招》之'登臨嗟老矣，問今古清愁多少'，《醉落魄》之'愁是新愁，月是舊時月'，《高陽臺》之'投老殘年，江南誰念方回。東風漸綠西湖柳，雁已還，人未南歸'，又一闋云'雪霽空城，燕歸何處人家。夢魂欲渡蒼茫去，怕夢輕還被愁遮'，《宴清都》之'憑欄自笑清狂，事隨花謝，愁與春遠'，皆體素儲潔，含豪邈然。至《長亭怨慢》之'燕樓鶴表半漂零，算惟有盟鷗堪語'，則盛自矜寵，頗睨時流，等諸自鄶以下矣。"

　　清李慈銘《孟學齋日記》云："南宋之末，終推草窗、夢窗兩家，爲此事眉目，非碧山、竹溪輩所可頡頏。"

　　王國維《人間詞話》"蘇辛詞中之狂"條云："蘇辛，詞中之狂。白石猶不失爲狷。若夢窗、梅溪、玉田、草窗、西麓輩，面目不同，同歸于鄉愿而已。"

　　王國維《人間詞話·删稿》"南宋以後詞無句"條云："朱子《清邃閣論詩》謂：'古人詩中有句，今人詩更無句，只是一直說將去。這般詩一日作百首也得。'余謂北宋之詞有句，南宋以後便無句。如玉田、草窗之詞，所謂'一日作百首也得'者也。"

　　王國維《人間詞話·删稿》"草窗玉田詞枯槁"條云："朱子謂：'梅聖俞詩，不是平澹，乃是枯槁。'（按：見《清邃閣論詩》）余謂草窗、玉田之詞，亦然。"

　　王國維《人間詞話·删稿》"梅溪諸家詞膚淺"條云："梅溪、夢窗、玉田、草窗、西麓諸家，詞雖不同，然同失之膚淺。雖時代使然，亦其才分有限也。近人棄周鼎而寶康瓠，實難索解。"

　　梁令嫻《藝蘅館詞選》引周止庵云："草窗鏤冰刻楮，精妙絕倫，但立意不高，取韻不遠，當與玉田抗行。未可方駕王、吳也。"又云："草窗最近夢窗，但夢窗思沉力厚，草窗則貌合耳。若其鏤新鬥冶，固自絕倫。"

　　《詞學》第五輯夏敬觀《吷庵詞評》云："色彩鮮新，音響調利，是其所長。然內心不深，則情味不永，是詞才有餘，詞心不足也。""調利則無澀味，鮮新則非古彩，所以下夢窗一等。總之愛好太過，亦是一病。""白石恰到好處，效之者輒過。平情而論，調利最易，斂勒最難，白石手辣，故不病于調利。草窗、玉田所不能也。碧山差勝一籌。"

劉永濟《微睇室說詞》云："周密字公謹，號草窗，先世濟南人。流寓吳興弁山，又號弁陽嘯翁。淳祐中官義烏令。宋亡不仕。詞集名《蘋洲漁笛譜》。周濟謂'草窗鏤冰刻楮，精妙絕倫，但立意不高，取韻不遠，當與玉田抗行，未可方駕王、吳也'。按，草窗交游甚廣，詞友甚多，其詞亦雜衆長，有吳之麗而無其深，有王之工而無其鬱，此周氏之所以謂其'未可方駕賀、吳也'。"

附録七　周密生平事迹及資料

一、傳記

（一）《珊瑚木難》卷五載《弁陽老人自銘》

弁陽老人周密，字公謹父，其先齊人。六世祖諱芳，隱居歷山。熙寧間，以孝廉徵，不就，賜光禄少卿。五世祖諱孝恭，吏部郎中，知同州，贈殿中監。高祖諱位，贈大中大夫。曾大父諱祕，御史中丞，贈少卿，隨蹕南來，始居吴興。大父諱珌，刑部侍郎，贈少傅。先君諱晋，知汀州，妣章氏宜人，參政文莊公良能女。

老人生于紹定壬辰五月二十有一日，娶楊氏匠監伯嵒女，以大父澤初調建康府都錢庫，廉勤自持，或以爲材，自是六上辟書畿漕京閫幕府，由豐儲倉（關）改秩升朝，出宰婺之義烏。平生及物榮親之志，至此謂可少酬，而時异數奇，素抱弗展，耄且及之矣，非天歟？景定限民田，毗陵數最夥，朝命往督之，至則除其浮額十之三，大忤時宰意，禍且不測。會母病，即日歸養醫藥，刲體捐年，再歲卒。罹憂棘，盡心葬禮，輯《慎終篇》五卷。三女弟，皆庶母出，殫力治具，悉歸之名閥。疏族貧者，賙給之無靳色，人有疾，裹藥拯療不憚煩，雖翹蠋之微，亦欲其全生遂性。然剛腸疾惡，聞見有不平，怒髮抵掌，毅然亦不少貸也。

自幼朗悟篤學，慕尚高遠，家故多書，心維手鈔，至老不廢。或勉以安佚嗇養，然性自樂之，不知其勞也。于古今得失治亂之故，必審其是，不喜隨聲接響，嘗謂班孟堅不過以成敗論人物，況近世私好、竊古眩世者哉！作詩少負奇崛雄贍，晚乃浸趣古澹，間作長短句，或謂似陳去非、姜堯章。家藏名畫法書頗多，皆嘗集録爲譜，今百不一存，而嗜古之癖故在。性滑稽，益刓去垠堮，簡易混俗，然汶汶者正自不能污我。异時故巢傾覆，拮据誅茅，至是又爲杭人矣。

所居有志雅堂、浩然齋、弁陽山房，樹桑藝竹，壘臺疏池，間遇勝日好懷，幽人韻士，談諧吟嘯，觴咏流行，酒酣摇膝浩歌，擺落羈絏，有蜕風埃、齊物我之意。客去則焚香讀書，晏如也。所著有《經傳載异》《浩然齋可筆》《齊東野語》《臺閣舊聞》《澄懷録》《武林舊事》《詩詞叢談》及詩文樂章等。烏乎！無所肖似，不克應事植勛，趾美文獻，然粗謹操修，辱知諸老晤嘗識拔，與一時名輩頡頏盛際者，餘二十年。自惟平生大節，不悖先訓，不叛官常，俯仰初終，似無慊怍，庶乎可以見吾親于地下矣。偷生後死，甲子且一周，是用飾巾治棺，以俟考終，或土或火，隨時之宜，歸祔先塋，以遂首丘之志。若歲月之詳，則俟異時子孫輩填刻于後云。

銘曰：一身之承兮，百世之澤。始終無端兮，運化莫測。景翳翳其將莫兮，愧修名之不立。海水群飛弊于天航兮，所不淪胥以溺。持此以復吾親兮，尚訓名之弗失。畸于人而偶于天，不爲金砥兮，庶乎其瓦合。其所當爲者爲之，不敢不力。有志而不得爲者，天也，吾何與焉？何誕漫兮，騖荒遠而無成。何底滯兮，不能與時而偕行。渺六合兮菀(于遠反)乎誰伸，曠千載兮庶或鑒于予心。然進不登于雜傳，退不列于隱淪。烏乎！雖予亦不能自名其爲何人也！

（二）陸心源《宋史翼》卷三十四《周密傳》

周密字公謹，曾祖祕自濟南來寓吳興，至密四世。雅思淵才，韜暉沉聲，臺閣之舊章，宮府之故事，泛濫淹注，童而習之。藏書萬卷，居饒臺榭。弁陽山水清峭，遇好景佳時，載酒肴，浮扁舟，窮旦夕賦咏于其間。最爲馬廷鸞所知。寶祐間爲義烏令，景定二年，爲臨安府幕屬，監和劑藥局，充奉禮郎兼太祝。咸淳十年，爲豐儲倉所檢察。宋運既徂，志節不屈。與楊沂中諸孫大受有連，去而寓杭。所居癸辛街，即楊氏瞰碧園也。遺民畸士日接于野，荊棘銅駝適當其會。唱和者王沂孫、王易簡、馮應瑞、唐藝孫、呂同老、李彭老、陳恕可、唐珏、趙汝鈉、李居仁、張炎、仇遠，皆宋遺民也。其詩少年流麗鐘情，壯年典實明贍，晚年感慨激發。有《蠟屐集》《弁陽詩集》。樂府妙天下，協比呂律，意味不凡，有《蘋洲漁笛譜》。善畫梅竹蘭石，多藏書法名畫，以鑒賞游諸公。自號草窗，又號弁陽嘯翁，又號蕭齋，又號四水潛夫，又號華不注山人。晚更號弁陽老人。由博返約，落其英華，澄然一石，刻石自銘。有《齊東野語》《癸辛雜識》《志雅堂雜鈔》《浩然齋雅談》《浩然齋視聽鈔》《澄懷錄》《乾淳起居注》《乾淳歲時記》《武林舊事》《武林市肆記》《湖山勝概》《弁陽客談》《雲煙過眼錄》《絕妙好詞》》。

二、周密其他非詞類著作序跋

（一）《草窗韻語》陳存敬序

作詩無它法，天資高則語妙，讀書多則格長，如是而已。余固陋，少壯不力，老益荒落，不敢復與茲事。

周君公謹，盛年美質，趣尚修雅，步長吉，褰靈均，將追古人而從之，視彼采掇風雲月露，柔聲曼色，卑卑然自以爲工者，不足云矣。天地間生意無盡言，發于聲乃生意之至精者也。君自命草窗，果于此有得，機動籟鳴，必有不求工而自工者，其進未可量也。

咸淳重光協洽仲冬甲子同郡陳存敬書《草窗韻語》。

（二）《草窗韻語》文及翁序

廉溪周子，窗前草不除去，曰：與我意思一般，充是心以往，有與物爲春之妙。

公謹號草窗，長篇短章，清麗條鬯，是足以名世矣。昔"池塘生春草"，以五言名世，"咸陽原上草"，以四句名世，"春草無人隨意綠"以七字名世，況公謹之詩已盈帙乎！夫惟胸中灑落，然後見窗前草，不肯除去，抑公謹迺廉溪派邪？不然，奚取乎窗前之草。

古涪文及翁書于玉堂之廬。

（三）《草窗韻語》一稿卷末李聾和題詩

敬題《草窗韻語》
雪林李聾和父
短弄長歌擅衆長。朱弦疏越玉鏗鏘。新篇讀到驚人處，一片宮商壓晚唐。

（四）《草窗韻語》李彭老卷末題詩

吟到元和極盛詩。蘭薌楚楚竹猗猗。十年聽盡燈前雨，眼見驪珠出海時。
乙亥中秋筼房李彭老沐手敬題。

（五）《草窗韻語》李萊老卷末題詩

綠遍窗前春色草，看雲弄月寄閑身。北山招隱西湖賦，學得元和句法新。
乙亥菊節秋崖李萊老敬題《草窗韻語》。

（六）《草窗韻語》許汝都跋

寢業頻罹兵燹，世家所寶書畫，俱爲烏有。琳季遷徙南北，篋中尚存者，有宋板書，是亦覆舟持蘭亭大呼之意也。其猶有司馬先生之風乎？
己丑仲秋嶺南許汝都識。

（七）《草窗韻語》羅文瑞跋

萬曆庚寅端陽，余有齊魯之行，過夏鎮，謁明復先生仙署。出此宋板佳刻，世所罕見，當爲法帖中求也。漫紀喜爾。
新都羅文瑞。

（八）《草窗韻語》跋

余生也□□□，爲宋刻也。但見其字畫奇□，剞劂精工，絕非□近代人所能措手，擁此可當百城，又何以□□□□。

乙丑八月□□□□□□

（九）《草窗韻語》楊汝楫跋

承乏蓼城□□十載，丁丑之秋，□得公謹周先生《草窗韻語》。詩則高超卓越，刻則爽朗遒勁，序乃咸淳重光協洽，蓋宋度宗咸淳之辛未時也。□刊抵今，五百餘年。誠哉法物！秘而珍之。康熙強圉□奮□桂秋□平楊汝楫。□庵氏識于二須□。

（十）《草窗韻語》朱彊村跋

孟蘋先生新得《草窗韻語》，自一稿至六稿，凡六卷，卷首咸淳重光協洽同郡陳存敬序、古涪文及翁序，卷末乙亥李彭老、李萊老題七言絕句，一稿後又有李甡和父題一絕。卷中書體仿《道因碑》。近見曹君直藏趙子固水仙卷，草窗題詞，筆意絕相似，疑自寫上版也。鮑刻《蘋洲漁笛譜》，稱從汲古摹本，行款正同，亦有二李題詞，當屬一時所刊。重光協洽爲度宗七年辛未，乙亥爲帝㬎德祐元年，《疑年錄》據《癸辛雜識》，至大戊申，草窗年七十七尚無恙（蔡按：至大戊申，周密當爲七十八，"草窗年七十七尚無恙"，應是大德十一年，即至大元年前一歲），由此上推，當生于紹定五年壬辰。其詩紀年至甲戌年四十三，蓋皆中年以前作也。

草窗著述最多，今存者，《齊東野語》《癸辛雜識》《武林舊事》《浩然齋雅談》《志雅堂雜鈔》《雲煙過眼錄》《澄懷錄》《絕妙好詞》諸書，獨鮑刻《草窗詞》阮文達謂爲後人掇拾所成。曩與王半塘輯校重刻，惜未獲此書，一資證佐。其詩有《蠟屐集》《弁陽詩集》，馬廷鸞、戴表元爲之序，今無傳本。陸剛父爲補傳，亦不詳。《韻語》之目，此本自元至元至正，訖康熙時，題識殆遍，乃未入收藏家著錄，洵絕無之秘帙矣。南宋江湖詞人兼以詩傳者，前惟白石最著，草窗生當末造，雖風格稍弱，而舉體修潔，庶幾似之。又生長行都，棲息苕霅，聞山水清音，不同凡響，即詩序一二小文，亦瑯瑯可誦。後有補吾鄉藝文者，必不能闕此集也。黃蕘圃跋宋刻《魚元機集》，謂千金不易，實則陳氏書籍鋪本（棚北大街，是臨安坊巷名，後人稱爲書棚，未確），寥寥十數葉，且屢經傳刻詎，若茲孤本之可貴邪！

歲在強圉，大荒落季春之月，彊村外民朱孝臧寫記。

（十一）《齊東野語》原序

余世爲齊人，居歷山下，或居華不注之陽。五世祖同州府君而上，種學績文，代有聞人。曾大父扈蹕南來，受高皇帝特知，遍歷三院，徑躋中司。

泰禧之間，大父從屬車，外大父掌帝制。朝野之故，耳聞目接，歲編日紀，可信不誣。我先君博極羣書，習聞臺閣舊事，每對客語，音吐洪暢，纚纚不得休。坐人傾簷敬嘆，知爲故家文獻也。

余韶侍膝下，竊勦緒餘，已有叙次意。嘗疑某事與世俗之言殊，某事與國史之論異。他日，過庭質之，先子出曾大父、大父手澤數十大帙示之曰："某事然也。"又出外大父目錄及諸老雜書示之，曰："某事與若祖所記同然也。其世俗之言殊，傳訛也；國史之論異，私意也。小子識之。"又曰："定哀多微詞，有所辟也；牛李有異議，有所黨也。愛憎一衷，論議乃公。國史凡幾修，是非凡幾易，而吾家乘不可刪也。小子識之。"

薦遭多故，遺編鉅帙，悉皆散亡。老病日至，忽忽漫不省憶，爲大恨。閑居追念，得一二于十百，懼復墜逸爲先人羞，乃參之史傳諸書，博以近聞胜說，務求事之實，不計言之野也。異時，展余卷者，噱曰："野哉！言乎。子真齊人也。"余對曰："客知言哉！余故齊，欲不齊不可。雖然，余何言哉？何言，亦言也，無所言也，無所不言，烏乎言！"客大笑，吾因以名其書。歷山周密公謹父書。

（十二）《齊東野語》戴表元序

《齊東野語》者，吳興周子自名其所編書也。周子，吳人，而名其書"齊語"，何也？周子其先，本齊人也。周子之客，讀其書而疑之，曰："周子之辭謙耳，非實也。"蓋昔者學廢兵起，而天下談客，悉聚于齊，臨淄、稷下之徒，車雷鳴，袂雲摩，學者翕然以談相宗，雖孟子亦嘗爲齊學者也。然而能非之。今之所謂齊東之雲者，非實辭也。故莊周目《齊諧》爲滑稽，漢高責齊虜以口舌，如斯而已矣。

今夫周子之書，其言衆，其事確，其詢官名，精乎其欲似郯子也。其訂輿圖，審乎其欲似晋伯宗也。其涉辭章禮樂，贍乎其欲似吳公子季劄也。他所稱舉，旁引曲證，如歸太山之巔，而記封丘之墟也；過瞿相之圃，而數射夫之序也。凡若是，不苟然也。而豈齊東之雲哉？故曰："周子之謙耳，非實也。"

周子曰："我自實其爲齊非也，然客謂我非齊，亦非也。我家曾大父中丞公，實始自齊遷吳，及今四世，于吳爲客。先公嘗言：'我雖居吳，心未嘗一飯不在齊也。'豈其裔孫而遂忘齊哉？而又大父侍郎公，踐（敭——）六曹，外大父參預文莊章公，出入兩制。臺閣之舊章，宮府之故事，泛濫淹貫。童而受之，白首未忘。失今弗圖，恐遂廢軼。古人有言：'人窮則反本。'若我者，今非窮乎？苟反其本，則當爲齊。故吾編吾書，而繫之齊，何不可乎？"客曰："唯。唯。"則次第其辭，以附于其書之末。

周子名密，字公謹。

至元辛卯孟春，剡源戴表元序。

（十三）《武林舊事》四庫提要

臣等謹案：《武林舊事》十卷，宋周密撰。密字公謹，號草窗，先世濟南人。其曾祖隨高宗南渡，因家湖州。淳祐中，嘗官義烏令，宋亡不仕，終于家。是書記宋南渡後都城雜事，蓋密雖居于弁山，實流寓杭州之癸辛街。故目睹耳聞，最爲真確。于乾道、淳熙間，三朝授受兩宮奉養之故迹，叙述尤詳。自序稱，欲如吕榮陽《雜記》而加詳，如孟元老《夢華》而近雅，今考所載，體例雖仿孟書，而詞華典贍，南宋人遺篇剩句，頗賴以存，近雅之言不謬。吕希哲《歲時雜記》今雖不傳，然周必大《平園集》尚載其序，稱其"上元"一門，多至五十餘條，不爲不富，而密猶以爲未詳，則是書之賅備可知矣。

明人所刻，往往隨意刊除，或僅六卷，或不足六卷，惟存故都宮殿、教坊樂部諸門，殊失著書之本旨，此十卷之本，乃從毛氏汲古閣元板傳鈔，首尾完具。其間逸文軼事，皆可以備參稽。而湖山歌舞，靡麗紛華，著其盛，正著其所以衰。遺老故臣，惻惻興亡之隱，實曲寄于言外，不僅作風俗記、都邑簿也。第十卷末"棋待詔"以下，以是書體例推之，當在六卷之末，疑傳寫或亂其舊第。然無可考證，今亦姑仍之焉。

乾隆四十六年十二月恭校上。

總纂官：臣紀昀　臣陸錫熊　臣孫士毅
總校官：臣陸費墀

（十四）《武林舊事》原序

乾道、淳熙間，三朝授受，兩家奉親，古昔所無。一時聲名文物之盛，號"小元祐"。豐亨豫泰，至寶祐。景定，則幾于政、宣矣。予曩于故家遺老得其梗概，及客修門間，聞退珰老監談先朝舊事，輒傾耳諦聽，如小兒觀優，終日夕不少倦。既而曳裾貴邸，耳目益廣，朝歌暮嬉，酣玩歲月，意謂人生正複若此，初不省承平樂事爲難遇也。及時移物換，憂患飄零，追想昔游，殆如夢寐，而感慨繫之矣。歲時檀欒，酒酣耳熱，時爲小兒女戲道一二，未必不反以爲誇言欺我也。每欲萃成篇帙，如吕榮陽《雜記》而加詳，孟元老《夢華》而近雅，病忘慵惰，未能成書。世故紛來，懼終于不暇紀載，因攄大概，雜然書之。青燈永夜，時一展卷，恍然類昨日事，朋游淪落，如晨星霜葉，而餘亦老矣。噫！盛衰無常，年運既往，後之覽者，能不興憯我窾嘆之悲乎！四水潛夫書。

（十五）《志雅堂雜抄》石岩序

弁陽翁濟南人，吳興章文莊公爲其外大父，故占籍吳興。又與楊和王有連，故又爲杭人。所居癸辛街，即楊氏瞰碧園也。詩有《蠟屐集》，鄧牧心爲之序。詞名《蘋洲漁笛譜》，尚有傳本。而《蠟屐集》則久佚，皆散見之作，非本集矣。南宋詞人，浙東西特盛。翁浸淫乎前輩，商榷乎朋儕，故詞爲專門，而不僅詞也。其著述之富，則有《絕妙好詞》《癸辛雜識》《武林舊事》《齊東野語》《浩然齋視聽抄》《弁陽客談》《浩然齋雅談》《澄懷錄》《雲煙過眼錄》《乾淳起居注》《乾淳歲時記》《武林市肆記》《湖山勝概》若干種，此又其一也。□□□典集，《浩然齋雅談》。已頃，及門葉舍人復出此本見示，書中分類疏記，略不經意，間有一二條重見于所著別錄中，想隨手劄記，不嫌互見矣。翁當湖山風月之鄉，遺民畸士日接于茅茨，荊棘銅駝適當其會。此雖無當掌故，而南宋風流，錢塘瑣事，亦略得其概焉。僕爲杭人，固樂得而資談噱也矣。至順三年朱方石岩民瞻氏序。

（十六）《志雅堂杂抄》伍崇曜跋

顧趙雲松《陔餘叢考》，則稱所著各書，在宋人說部中最可觀，洵能文之士。而依附賈似道，即其書可見，其曾否造膝，雖不可考，而立論多爲訟冤。今考是書如《江上奏功》一條，《祭器銘》一條，據事直書，自可與言外見意。至《刻奇奇集》一條，則直謂鋪張過實，原未嘗彌縫掩覆也。

（十七）《弁陽詩》戴表元序

若吾周公謹父之詩，謂有遭非歟？公謹少年，詩流麗鍾情，春融雪蕩，翹然稱其材大夫也；壯時典實明瞻，睹之如陳周庭魯廟遺器，蔚蔚然稱其博雅多識君子也；晚年展轉荊棘霜露之間，感慨激發，抑鬱悲壯，每一篇出，令人百憂生焉，又烏烏然稱其爲累臣羈客也。公盛年藏書萬卷，居饒館榭，游足僚友。其所居弁陽在吳興，山川清峭。遇好風佳時，載酒餚，浮扁舟，窮旦夕賦咏于其間。就使失祿不仕，浮沉明時，但如蘇子美、沈睿達輩，亦有足樂者，今皆無之。雖有弁陽，且不得居。頹顏皤鬢，離鄉索立，而歌歊歔如此。而人方美其詩工，不知于公謹何如哉！雖然，公謹非此，愈無以適其心。予丙戌道杭遇之，氣貌充然不衰，類有道術者，此又非後生俗子之所可知也。詩凡若干首，猶系之弁陽，示不忘風土云。

三、相關史料文摘

(一)《齊東野語》卷三摘錄

誅韓本末

當泰、禧間，大父爲棘卿，外大父爲兵侍，直禁林，皆得之耳目所接，俱有家乘、日錄可信。用直書之，以告後之秉史筆者。

(二)《齊東野語》卷四摘錄

經驗方

喉閉之疾，極速而烈，前輩傳帳帶散，惟白礬一味，然或時不盡驗。辛丑歲，余侍親自福建還，沿途多此症，至有闔家十餘口，一夕并命者。

潘庭堅王實之

庚子、辛丑歲，先君子佐閩漕幕。時方壺山大琮爲漕，朧軒王邁實之與方爲年家，氣誼相好。

(三)《齊東野語》卷十二摘錄

書籍之厄

吾家三世積累，先君子尤酷嗜，至鬻負郭之田，以供筆劄之用。冥搜極討，不憚勞費，凡有書四萬二十餘卷，及三代以來金石之刻一千五百餘種，度置"書種""志雅"二堂，日事校讎，居然籯金之富。余小子遭時多故，不善保藏，善和之書，一旦埽地。因考今昔，有感斯文，爲之流涕。因書以識吾過，以示子孫云。

捕猿戒

先君向守鄞江，屬邑武平素產金絲猿，大者難馴，小者則其母抱持不少置。法當先以藥矢斃其母，母既中矢，度不能自免，則以乳汁遍灑林葉間，以飲其子，然後墮地就死。乃取其母皮痛鞭之，其子亟悲鳴而下，束手就獲。蓋每夕必寢其皮而後安，否則不可育也。噫！此所謂獸狀而人心者乎？取之者不仁甚矣。故先子在官日，每嚴捕弋之禁云。

事聖茹素

餘家濟南曆城，曾大父少師，遭靖康之難，一家十六人皆奔竄四出。大父獨逃空穀，晝伏宵行。一旦，遇追騎在後，自度不可脫，遂急竄古祠，亟伏佑聖坐下，傍無蔽障，亦不過待盡而已。須臾北軍大索，雖眢井、林莽、棟梁間，極其冥搜，而一坐之下，初不知有人焉。及抵杭，則一家不期而集，不失一人，豈非神所佑乎。

逮今吾家，世事佑聖甚虔。凡聖降日，齋戒必謹，蓋以答神庥詒子孫，非世俗祈福田利益比也。

（四）《齊東野語》卷十三摘録

祠山應語

余世祀祠山張王，動止必禱，應如蓍龜，姑志奇驗數事于此，以彰神休。先子需澄江次，爲有力者攘去，再以毗陵等三壘干祀，第餘月不報。先妣時留雪，禱于南關之祠，有"水邊消息的非揺"之語，及收杭信，則聞霍山所祈，亦得此簽，越日，臨汀之命下矣。

戊辰年，鑄子甫五歲，病骨蒸，勢殆甚，凡藥皆弗效。禱簽得"蠱之上九"，云："蠱有三頭，紛紛擾擾，如蟲在皿，執一則了。"退，謀之醫，試投逐蠱之劑，凡去蚘蛔二，其色如丹，即日良愈。

甲寅春，往桐川炷香，得簽云"不堪疾病及東床"云云，是歲外舅捐館。壬午五月二十八日，杭城金波橋馮氏火作。次日，勢益張，雖相去幾十里，而人情惶惶不自安。時楊大芳、潘夢得皆同居，相慰勞曰："巫言神語皆吉，毋庸輕動。"余不能決，因卜去就于神，得五十六，云："遭人彈劾失官資。火欲相焚盜欲窺。"于是挈家湖濱，是夕四鼓，遂成焦土。

（五）《齊東野語》卷十四摘録

姚幹父雜文

姚鎔字幹父，號秋圃，合沙老儒也，余幼嘗師之。記誦甚精，著述不苟，潦倒餘六旬，僅以晚科主天台黃岩學，期年而殂。余嘗得其雜著數篇，議論皆有思致，今散亡之餘，僅存一二，懼復失墜，因録之，以著余拳拳之懷。

（六）《齊東野語》卷十六摘録

省狀元同郡

掄魁、省元同郡，自昔以爲盛事。熙寧癸丑，省元邵剛、狀元余中，皆毗陵人；淳熙丁未，省元湯璹、狀元王容，皆長沙人；紹熙癸丑，省元徐邦憲、狀元陳亮，皆婺州人；紹熙庚戌，省元錢易直、狀元余複，皆三山人；寶慶丙戌，省元趙時觀、狀元王會龍，皆天台人；紹定己酉，省元陳松龍、狀元王朴，皆福人；至淳祐甲辰，省元徐霖、狀元劉夢炎，皆三衢人。一時士林歆羨，以爲希闊之事。時外舅楊彥瞻以工部郎守衢，遂大書狀元坊，以表其間，既以爲未足，則又揭雙元坊，以誇大之，鄉曲以爲至榮。二公不欲其成，各以書爲謝且辭焉。

文莊公滑稽

外大父文莊章公，自少好雅潔，性滑稽。居一室，必汛埽巧飾，陳列琴書，親朋或譏其齷齪無遠志。一日，大書素屏，云："陳蕃不事一室，而欲埽除天下，吾知其無能爲矣。"識者知其不凡。後入太學，爲集正，嘗置酒，揭饌單于爐亭，品目多异。其間有大雛卵者最奇，其大如瓜，片切饾饤大盤中，衆皆駭愕，不知何物。好事者窮詰之，其法乃以鳧彈數十，黃白各聚一器。先以黃入羊胞蒸熟，次復入大豬胞，以白實之，再蒸而成。嘗迎駕于觀橋，戲以書句爲隱語，云："仰觀天文，俯察地理，吾嘗終日不食，終夜不寢，以思無益，不如學也。"衆皆莫測，公笑云："乃此橋華表柱木鸛耳。"其他善戲多類此。

其後居兩制，登政第，有《嘉林集》百卷。間作小詞，極有思致。先妣能口誦數闋，《小重山》云："柳暗花明春事深。小闌紅，芍藥已抽簪。雨餘風軟碎鳴禽。遲遲日、猶帶一分陰。　把酒莫沈吟。身閑無個事，且登臨。舊游何處不堪尋。無尋處、惟有少年心。"今家集已不復存，而外家凋謝殆盡，暇日追憶書之，以寄余《凱風》"寒泉"之思云。

馬塍藝花

馬塍藝花如藝粟，橐駝之技明天下……余向留東西馬塍甚久，親聞老圃之言如此。因有感曰：草木之生，欲遂其性耳。封植矯揉，非時敷榮，人方詫賞之不暇。噫！是豈草木之性哉！

（七）《齊東野語》卷十八摘錄

琴繁聲爲鄭衛

往時，余客紫霞翁之門，翁知音妙天下，而琴尤精詣。自製曲數百解，皆平澹清越，灝然太古之遺音也。復考正古曲百餘，而异時官譜諸曲，多黜削無餘，曰："此皆繁聲，所謂鄭衛之音也。"余不善此，頗疑其言爲太過。後讀《東漢書》，宋弘薦桓譚，光武令鼓琴，愛其繁聲，弘曰："薦譚者，望其能忠正導主，而令朝廷耽悅鄭聲，臣之罪也。"是蓋以繁聲爲鄭聲矣。又，《唐國史補》，于頔令客彈琴，其嫂知音，曰："三分中，一分箏聲，二分琵琶，全無琴韻。"則新繁皆非古也。始知紫霞翁之説爲信然。

翁往矣！回思著唐衣，坐紫霞樓，調手製閑素琴，新製《瓊林》《玉樹》

二曲，供客以玻瓈瓶洛花，飲客以玉缸春酒（翁家釀名），笑語竟夕不休，猶昨日事，而人琴俱亡，冢上之木已拱矣。悲哉！

（八）《齊東野語》卷十九摘錄

子固類元章

庚申歲，客輦下，會菖蒲節，余偕一時好事者邀子固，各攜所藏，買舟湖上，相與評賞。飲酣，子固脫帽，以酒晞髮，箕踞歌《離騷》，旁若無人。薄暮，入西泠，掠孤山，艤棹茂樹間。指林麓最幽處，瞪目絕叫，曰："此真洪谷子、董北苑得意筆也。"鄰舟數十，皆驚駭絕嘆，以爲真謫仙人。

（九）《癸辛雜識》前集文摘

陳聖觀夢

咸淳甲戌秋，余爲豐儲倉，時陳聖觀過予，爲言邊報日急。余以鄉曲通家故，因間扣之聖觀，蹙然引入小室，曰："時事將不可爲矣。"……是歲之冬，果有透渡之事（透渡即宋之北狩也）。

閩鄞二廟

嘉熙庚子歲，先子爲閩漕幹官。時方公大琮爲計使，特加禮敬，一臺之事悉委之。……時方久旱，先子遂書牒云："本路正茲闕雨，神能三日內爲霖，當與保奏。"方公笑，語吏魁曰："汝可以運幹所擬，白之于神。"吏敬錄其語，往祠所焚之，次日大雨。連雨晝夜，境內霑足，遂從其請，竟獲封侯。而里人以周公能通神明，作歌美之，且刻梓書其事，鬻于市焉。乙卯歲，先子守鄞江，以貢士院敝甚，遂一新之，院內舊有土神七姑廟在焉。先子素剛介，并欲撤去，且命鑿二井以便汲。既而得泉，皆污濁不堪用。監修判官周頡及吏魁賴良者白曰："土神廟貌已久，州人賴之，今既與院中無所妨，欲姑存之。"先人謾答云："神若能令二井清泠，則可。"官吏因往白太守，語次日落成。吏欣然走告，曰："井水已可食矣。"試命汲之，清泠佳泉也，于是并爲葺其祠焉。此二事余所目擊。

筆墨

先君子善書，體兼虞、柳。余所書，似學柳不成，學歐又不成，不自知其拙，往往歸過筆墨。諺所謂"不善操舟，而惡河之曲也。"

誤著祭服

余爲國局，嘗祠禘，充奉禮郎兼太祝。

（十）《癸辛雜識》後集文摘

金龜稱瑞

真宗東封，回至兗州，回鑾驛罩慶橋，酺賜輔臣、親王、百官，宴于延壽寺。有金龜集游童衣袂，大如榆莢，丁謂以獻，上命中使齎示群臣。余爲兒童時，侍先大夫爲建寧漕屬官。廨後多草莽，其間多有此物，有甲能飛，其色如金，絕類小龜，小兒多取以爲戲，初非難得之物也。

許占寺院

南渡之初，中原士大夫之落南者衆，高宗憫之，昉有西北士夫許占寺宇之命。今時趙忠簡居越之能仁，趙忠定居福之報國，曾文清居越之禹迹，汪玉山居衢之超化。他如範元長、呂居仁、魏邦達甚多。曾大父少師，亦居湖之鐵觀音寺，後遷天聖寺焉。

游閱古泉

至元丁亥九月四日，余偕錢菊泉至天慶觀訪褚伯秀，遂同道士王磐隱游寶蓮山韓平原故園，山四環皆秀石，絕類香林，冷泉等處，石多穿透嶄絕，互相附麗，其石有如玉色者。

先君出宰

先君子于紹定四年辛卯，出宰富春，九月到任。未幾，值慈明太后上仙，應辦梓宫，百色之冗，先子優爲之，略無科擾，民稱之爲"周佛子"。撙節浮費，百廢俱舉，修建縣學，一新釋奠祭器，刻之于石。又重定釋奠儀，重建合江驛，驛後爲大閣，扁曰"清涵萬象"。辟縣囿，鑿池建堂。適有雙蓮之瑞，因名之曰"合香"，取古詩"風合雨花香"之句。壬辰歲，余實生于縣齋，其時李文清方閑居于邑中，其家強幹數十，把握縣道，難從之請，蓋無虛月。先人爲理自循，不能一一盡奉其命也，以此積怨得罪焉。

及入台，先子已滿去，乃首章見劾焉。

十三故事

余試吏部，銓第十三人，外舅楊泳齋遺書賀先君。其間一聯云："第十三傳衣鉢，已兆前聞；若九萬搏扶摇，更期遠到。"蓋用和凝登第，名在十三，及爲知舉，取范質即以第十三處之，場屋間謂之傳衣鉢。蓋外舅向亦以十三名中選故耳，以此用之，最爲切當。

記方通律

余向登紫霞翁門，翁妙于琴律。時有畫魚周大夫者，善歌，每令寫譜參訂，雖一字之誤，翁必隨證其非。余嘗扣之，云："五凡工尺，有何義理，而能暗通默記如此？既未按管色，又安知其誤耶？"翁嘆曰："君特未深究此事耳。其間義理之妙，又有甚于文章，不然安能強記之乎？"其説正與前合。蓋天下之事，雖承蜩履稀之微，亦各有道也。

知州借紫

故事：知州軍皆例借紫魚袋。先子爲衢倅時，外舅楊彦贍知郡，既而除工部郎官，交郡事甫畢，則自便門至倅廳相謝，則已衣緋矣。余時在侍旁，不曉所謂，先子語之曰："蓋知州則許借紫，今既滿任交事，法當仍還元服故也。"

大父廉儉

大父少傅素廉儉，僑居吳興城西之鐵佛寺，既又移寓天聖佛刹者幾二十年。杜門蕭然，未嘗有毛髮至官府。時楊伯子長孺守湖，嘗投謁造門，至不容五馬車。伯子下車顧問，曰："此豈侍郎後門乎？"爲之歎嘆而去。時寓公皆得自釀，以供賓祭。大父雖食醋亦取之官庫。一日與客持螯，醋味頗異常時，因扣從來，蓋先姑婆乳母所爲斗許，以備不時之需者。遂令亟去之，曰："畢竟是官司禁物，私家豈可有耶？"其自慎若此。待子弟僕甚嚴，雖甚暑，未始去背子鞋襪。

（十一）《癸辛雜識》續集卷上文摘

江西術者奇驗

咸淳甲戌之春，余爲豐儲倉。久以病痁不出，忽聞賈師憲丁母憂而出，凡朝紳以至各局，皆在唁奠送之。江幹同官曾昭陽來問疾，因及此事，云："師憲旦夕必再來。"

杭城食米

余向在京幕，聞吏魁云：杭城除有米之家，仰糴而食凡十六七萬人，人以二升計之，非三四千石不可以支一日之用，而南北外二廂不與焉，客旅之往來又不與焉。

雷雪

至元庚寅正月二十九日癸酉，是年二月三日春分，余送女子嫁吳氏，至博陸。早雪作，至未時，電光繼以大雷，雪下如傾，而雷不止，天地爲之陡黑。余生平所未見，爲驚懼者終日。

（十二）《癸辛雜識》續集卷下文摘

虹見井中

丁未歲，先君爲柯山倅，廳後屏星堂前有井。夏月雨後，虹見于井中，五色俱備，如一匹彩，輕明絢爛，經一時乃消，後亦無他。

戊子地震

至元二十五年戊子歲，冬十月二十四日丙子，夜正中，地大震。始如暴風駕海潮之聲，自西南來，雞犬皆鳴，窗户礋礋有聲。繼而屋瓦皆搖，勢若掀箕，余初聞是聲，大驚，以爲大寇至，懼甚，噤不敢出息。繼而覺卧榻撼，如乘舟迎海潮，始悟爲地震也。遠近皆喧呼，或以爲火，凡兩茶頃，甫定。次日，親朋皆相勞問，互言所聞。至十一月初九日，庚辰辰時，又震。余向于庚子歲，侍先子留富沙，曾經此變，乃晡時，杭、雪則在二鼓後。此理不可曉。

（十三）《癸辛雜識》別集卷上文摘

和劑藥局

和劑惠民藥局，當時制藥有官，監造有官，監門又有官。

二僧入冥

乙未歲，余還雪省墓……

（十四）《雲煙過眼錄》卷四文摘

余家有墨粧圖，不知所出。後見周宣帝傳位太子，自稱天元皇帝，禁天下婦人不得粉黛，自非宮人者，黃眉墨粧，方知所出。

（十五）《浩然齋雅談》文摘

余家向有小廨，在杭之曲阜橋，每夕五鼓間，早朝傳呼之聲，雖大雨風雪中亦然。于是慨嘆虛名之役人也如此。既而于壁間得一絶，云："霜拂金鞍玉墜腰。鄰雞催唤紫宸朝。争如林下飽清夢，殘月半窗松影摇。"頗得予心之同，因以類得數篇，并書于此，樂天寄陳山人云。（摘自《浩然齋雅談》卷中）

（十六）《草窗韻語》文摘

二稿"老火濁不流"詩題序

咸淳丁卯七月既望，會同志避暑于東溪之清賦，泛舟三匯之交。舟無定游，會意即止；酒無定行，隨意斟酌。坐客皆幅巾練衣，般薄嘯傲，或投竿而漁，或叩舷而歌，各適其適。既而蘋風供涼，桂月飛露，天光翠合，逸興橫生，痛飲狂吟，不覺達旦，真雋游也！

吾鄉自昔號水晶宮，蓋苕、霅二水交匯于一城之中，此他鄉所無。而邦人習玩，往往不復管領，遂使水月之趣，溪山之勝，鬱而不彰，大是欠事。坡翁謂：太白去後，世間二百年無此樂。赤壁之游，實取諸此。坡去今復二百年矣，斯游也，庶幾追前賢之清風，爲异日之佳話云。

藏書示兒

少年誦詩書，頗有稽古志。中焉得良師，講說擊蒙昧。步趨古聖賢，千載儼如對。豈惟收放心，中自有樂地。維持識綱常，討訪極根柢。同异辯堅白，委曲窮瑣細。精微究七略，獵涉到百類。近求事物間，遠探天人際。研朱極讎校，鈎玄謹書識。揚子喜問奇，中郎欣得异。源委本六經，上下獵衆智。雖爲吏壅汨，此事亦不置。矻矻常窮年，何敢嘆勞勩。初非事進取，蓋亦志平治。庶幾致吾君，不負學古意。豈期事大繆，分寸不可冀。或病元凱癖，或嘲孝先睡。亦惟殖鹵莽，何敢望穫刈。穮蓘當益勤，會見逢有歲。謏聞愧博識，鈍質無强記。少習日浸忘，瞠若殊有愧。夜行笑老學，雞蹠不忍弃。正如蠹書魚，齕紙猶有味。千卷善和藏，萬簽鄴侯庋。心惟與口誦，尚欲見所未。辛勤三十年，正爾窺一二。波瀾浩如海，不可辯涯涘。要之自信篤，土炭各有嗜。勿以多歧亡，勿以半塗廢。孰云道甚遠，不息行可至。學問之所尊，尊在道與義。苟爲不能然，雖多亦奚謂。道之充諸身，如人有元氣。氣以實而剛，氣以弱而躓。浩然在存養，不可以力致。文辭乃枝葉，界限在義利。油然悟真筌，于此得良貴。立言吾豈敢，識字亦未易。我家有書種，謹守毋或墜。詩成付吾兒，永以詔來世。

四、他書文摘

（一）宋牟巘《牟氏陵陽集》卷七《周公謹贊》

儒而俠，其非歟？廛而隱，其幾歟？違俗而聱牙，玩世而滑稽歟？吾亦不自知。或隱几著書，或狂歌醉墨，是殆見吾衡氣機也。將求之北山之北，忽在乎西湖之西，然已見囿于筆墨矣，儼幅巾而杖藜。

（二）宋鄧牧《伯牙琴》四庫提要

伯牙琴一卷，宋鄧牧撰，牧字牧心，錢塘人，宋亡不仕，至元已亥入洞霄，止于超然館。沈介石爲營白鹿山房，居之。後無疾而逝。牧與謝翱、周密等友善，二人皆抗節遁迹者，嘗爲翱作傳，爲密作《蠟屐集》序。而翱傳叙交情尤篤。翱之臨卒，適牧出游。翱作詩有謝"豹花開，桑葉齊。戴勝芊生藥草肥。九鎖山人歸不歸"之句，九鎖山人，牧別號也。其志趣可想見矣。密，放浪山水，著《癸辛雜識》諸書，每述宋亡之由，多追咎韓賈。有黍離詩人"彼何人哉"之感。

（三）宋馬廷鸞《碧梧玩芳集》卷十五"題周公謹蠟屐集後"條

東坡評搖集此事，以爲君子可寓意于物，而不可留意于物。今夫詩，天地間一靈物也，故曰"乾坤有清氣，散入詩人脾"。君子之于是物也，寓焉而已。陶淵明每見樹木交陰，時鳥變聲，便欣然有喜，臨流賦詩寓之謂耳。嘔心出腑，如李長吉，則留之爲弊也。以餘觀公謹，非能爲詩，不能不爲詩也。悠然而長，黯然而幽，有圓轉流麗之新聲，無慘澹經營之苦思，謂之寓者非耶。雖然，公謹一出門，則遙集紛紛矣，獨無感乎？感則悲，悲則吟，豈獨有取于蠟屐之區區乎？故曰：公謹非能爲詩，而不能不爲詩者也。

（四）宋馬廷鸞《碧梧玩芳集》卷十五"題周公謹弁陽集後"條

公謹雅思淵才舊矣，然其韜暉沉馨，又何至也。余庚午、辛未係官中書，公謹數過余，未嘗覿其詩。暮年東門西山，相望千里。一日遺余古句，一日又餉余行卷，既又櫜其平生五大編，曰："爲我評之。"今日所覩，皆琳琅珠玉。前日所未覩者，何也？得非公謹是時留筆力，第思齊續生民，以大鳴國家之盛，宜不浪出乎？

公謹上世，爲中興名從臣，家弁陽，邇京師。開門而仕，則跬步市朝之上；閉門而隱，則俯仰山林之下。其所交，皆承平諸王孫。觴咏流行，非絲非竹，致足樂也。而今也，乃與文士弄筆墨于枯槎斷崖之間，騷客苦吟于衰草斜陽之外，樂之極者，傷之尤者乎？雖然，《詩》固有正有變也，觀風者，不必觀之《關雎》《麟趾》，觀于《匪風》《下泉》可也；觀《雅》者，不必觀之《文王》《大明》《緜》，觀于《蕩》之傷，《旻》之閔可也。抑公謹爲詩，則又不然，讀《南郊》《慶成》諸篇，則懽愉之辭，難工者尤工；讀《蓬萊》《懷舊》等作，則窮苦之辭，易好者尤好。是又無論正變，皆奇作也。吾愛其中有句云："淒涼怕問前朝事，老大猶看後世書。"昔人有言：獨吾與伯業能耳。嗚呼！悕矣。豈易爲俗人言哉。

（五）宋戴表元《剡源文集》卷十《楊氏池堂宴集詩序》

丙戌之春，山陰徐天祐斯萬、王沂孫聖與、鄞戴表元帥初、臺陳方申夫、番洪師中中行，皆客于杭。先是，雪周密公謹與杭楊承之大受有連，依之居杭。大受和武恭王諸孫，其居之苑禦，多引外湖之泉以爲池。泉流環回鬥折，涓涓然縈穿徑間，松篁覆之，禽魚飛游，雖在城市，而具山溪之觀，而流觴曲水者，諸泉之最著也。公謹樂而安之。久之，大受昆弟捐其餘地之西偏，使自營別第以居，公謹遂亦爲杭人。杭人之有文者，仇遠仁近、白珽廷玉、屠約存博、張模仲實、孫晉康侯、曹良史之才、朱袗文芳，日從之游。及是，公謹以三月五日，將修蘭亭故事，合居游之士，凡十有四人，共宴于曲水，客皆諾如約。而大雷雨作，自朝達晝不止，官途水尺，行者病涉，十四人之中其六不至。公謹望望然冀之，起視曲水，則既漫爲塹。恚而曰："余惟客缺是愧，若飲，豈必曲水哉！"乃揖其在者，遷酒與殽，近集于臨池之堂。背堂有危樓翼然，俯納衆碧，大受又特具禮領客陟之，既又復于初。公謹大出所蓄古器物，享客爲好。或膝琴而弦，或手矢而壺，或目圖與書而口歌以呼。醉醒莊諧，駢嘩競狎，各不知人世之有盛衰今古，而窮達壯老之歷乎其身也。酒半酣，有作而嘆曰："茲游樂哉，其有思乎？抑亦知夫茲游之所由起乎？蓋夫茲游者，蘭亭之變，蘭亭者，鄭・國風《溱洧》之變也。鄭之《溱洧》在當時，小人知慚之，而晉之蘭亭在後世，君子以爲善也。雖然，人生而感樂哀之情，猶天時之不能廢于寒暑，其發之有節，而導之有故，苟使變而不失正，則歲時樂游，以盡人事之適，豈惟君子，雖先王張弛之道，其孰能廢之？方晉之未遷故都之氓，處五方之中，而習累世之盛，男袿女袂，春游而祓焉。固其閭閻委巷之所通行也。晉之既遷，名士大夫僑居而露宿愁苦，而嗟咨有願爲盛時故都之氓不可得矣。故且駕言出游，以寫我憂，而何擇于禊之有？吾觀蘭亭，一時臨流援筆之作，率囁嚅喑噁，如長沮荷蕢，冥然而遠，懷其能言者，不過達生捐累，如莊周翛翛然羨死灰枯骷之適，若是者謂之樂乎？非耶。今吾人之集于斯也，宜又不得視晉人，而樂于晉人，何耶？"于是坐中之壯者茫然以思，長者愀然以悲，向之嘆者欲幡然以辭。既而歡曰："事適有所寄也，今日之事，知飲酒而已，非嘆所也。且我何用遠知古人，盍各爲辭以達其志。"辭之達志莫如詩，公謹遂取十四韻，析之爲籌，使在者探而賦之，不至者授之所探而徵之。得某韻，爲古體詩若干言；得某韻，爲近體詩若干言。群篇鼎成，鹹有倫理。是庶幾托晉賢之達，而返鄭風之變也已矣！因次第聯爲巨編，而命表元爲之序。

（六）元顧瑛《草堂雅集》卷五《鵲華秋色圖》

吳興公自序云：公謹父，齊人也。余通守齊州，罷官來歸，爲公謹說齊之山川，獨華不注最知名，見于左氏，而其狀又峻峭特立，有足奇者。乃爲作此圖，其東則鵲山也，命之曰《鵲華秋色》云。張雨賦詩于左：

弁陽老人公謹父，周之子孫猶懷土。南來寄食弁山陽，夢作齊東野人語。濟南別駕平原君，爲貌家山入囊楮。鵲華秋色翠可餐，耕稼陶漁在其下。吳儂白头不歸去，不如掩卷聽春雨。

（七）元王行《三山鄭菊山先生清雋集·題周草窗畫像卷》

宋運既徂，吳有三山鄭所南先生，杭有弁陽周草窗先生，皆以無所責守，而志節不屈著稱，前二十年時，獲瞻所南先生立像于吳門唐氏，所南孤勁嚴峭，有凜然不可犯之色。觀其終身，未嘗北向而坐，可概見焉。今獲瞻草窗先生像于長洲沈氏，草窗豪偉逸秀，有飄飄邁俗之氣。觀其自贊之辭，可概見焉。二先生姿韻雖殊，要皆介然特立，足以增亡國之光者矣。晚生後學，不淂親接其言辭風範于當時，乃獨于其遺像，以想見其人，可勝歆慕也哉。沈氏字伯凝，家多法書名迹，而尤寶藏此卷云。重光作噩，良月丙午望，王行書。

（八）元袁桷《清容居士集·復庵銘》

弁陽老人周公謹父，卜終老之丘于先中丞公墓左，築室其上，揭名曰"復庵"。謂其故人子袁桷曰："復，反也，反諸其本也。聖人作《易》之義深矣，余取斯名也，厥有旨。昔太公表東諸侯歸葬于營丘，《禮》以謂不忘其本。余家故齊人，雖南徙吳興，而其遺禮，三世猶守之。自余失仕，居錢塘，非有酬豢之樂，而忘其歸，不幸而不得歸者，勢也。今老矣，苟終無所歸，則于復之道奚取？抑嘗推死生、晝夜之理，其變無窮，反身而觀，虛一而明者，物莫能御。則兹丘之樂，殆與造物者去來，而莫窮其所止也。子爲我暢繹而銘之。"銘曰：

大明麗天，隱于昆崙。晦冥有時，以全其根。海氣騰溢。爲雲爲澤。吐奇滋生，復反故壑。嗟彼昏氓。睢睢涼涼。齒髮日化，莫知其鄉。馳車羊腸，倒戈蟻垤。少誇老衰，運往一跌。維子周子，心君天游。顧瞻松柏，肇謀菟裘。峰回泉渟，虎伏馬立。鬱爲斯丘，不龜以吉。煌煌先德，如珠在淵。既揚其輝，終閟其妍。盤桓斯丘，豈不念歸。三返晝夜，以爲德機。伊複之道，其微如芒。磅礴一氣，變化以彰。原本稽中，是則是象。謹獨內觀，動靜交養。他年逍遙，駕風禦雲。匯爲江河，炳爲星辰。其來無趾。其去孰止。爲善是嗣，貽于孫子。

（九）明田汝成《西湖游覽志》卷十三"清河坊宋稱古清河坊"條

癸辛街，相傳楊和王建子第于府側，取癸辛方向，其門巷曰："癸辛街"。宋季，周密公謹居此，所著有《癸辛雜識》《齊東野語》。

後　　記

　　2019年12月，我開始著手詞體學書稿《詞擊韻律銓疏》的寫作，因爲向來有缺乏專注力的毛病，所以找點別的事同時進行，以備注意力"有价值"轉移，是一個我喜歡的寫作模式，同時也可以預防長期陷在一種思維模式中導致疲勞，作爲大腦休息的方法，這對保證時間的充分利用也非常有效。當時我問王兆鵬先生，想校注一本書，有什麽好的書可以推薦，王老師説："可注周密詞，到現在還没一個好注本。"

　　没有這個推薦，這本書就不存在了。我們都要感恩。

　　12月10日，費了兩天時間，我收集了七八種《蘋洲漁笛譜》和《草窗詞》，加上芝蘭之室刻《弁陽老人詞》和一些周密的《癸辛雜識》之類的雜書，正式開工了。

　　是書正卷以國家圖書館所藏乾隆丙午刻本《蘋洲漁笛譜》爲底本，集外詞以另一種乾隆五十一年（1786年）江恂刻本爲底本；參校本采用芝蘭之室刻《弁陽老人詞》、知不足齋毛扆校本《蘋洲漁笛譜》、彊村叢書本《蘋洲漁笛譜》、咸豐辛丑曼陀羅華閣叢書本《草窗詞》、知不足齋本《草窗詞》、四印齋本《草窗詞》；此外，還采用了光緒十一年（1885年）刻《宋七家詞選》草窗詞卷、掃葉山房本《絶妙好詞箋》、康熙戊午裘杼樓本《詞綜》、知不足齋本《樂府補題》，以及《詞律》《欽定詞譜》《詞繫》《歷代詩餘》等相关古籍爲旁校本和參考書。

　　是書寫作過程中，經歷了史無前例的疫情衝擊，心有旁鶩，在惶惶不可終日的心緒下，花了大量的時間去關注時事。作爲高危人士，當時最深切的感受就是：這本書如果寫成，是在白衣衛士的保護下做成的。我們都要深深地感恩。

　　是書原本是作爲副產品寫的，不料開寫後感覺非常興奮，大約過了十來天，我就將其"扶正"了，停了詞體學的書稿，全力以赴進行。此書算是一氣呵成，并如願以償地申報成功了當年的國家社會科學基金後期資助重點項目，有幸獲得了五名匿名專家評委的一致好評。

　　現在回想起來有些後怕，王兆鵬"到現在還没一個好注本"這句話其實頗具壓力，所以我在結項之前又請王老師審讀書稿，以期獲得一些高屋建瓴的意見。果然，王老師除了對自序做了細緻指點外，又提出增加編年繫地、解題、輯評三部分內容和增補韻律詳解的意見，而這些內容，有的也是評審老師所提出的，王老師更將他搜集的 20 世紀以來所有的周密研究論著目錄贈送給了我，于是，才有了你現在看到的這個樣子。

因爲曾經有較長時間的詩詞寫作和教學經歷，所以，是書的寫作我有一個偏心，除了與一般的詞集箋注相同外，一定要充實寫手們需要的內容，所以，本書的"韻律"部分是我比較滿意的部分，也是評審專家一致贊譽有加的地方。私意以爲，一個完整的詞集的箋注、韻律的詮釋應該是一個必要的組成部分，否則，詞的箋注和散文的箋注便没了任何區別。

我也是讀過幾本詞集箋注類書的，常常爲讀不懂某一個詞語却又每每在書中未見箋注而苦惱，也知道即便是学界具有專業素質的朋友中，也多有這種經驗，所以，我以爲我寫的書除了應該盡可能做好語詞詮釋外，必得秉承"不知爲不知"的原則，把我想破腦袋也解不出的詞語標注出來，告訴你"這個詞我不懂"。我相信這無疑是一個"廣撒英雄帖"的辦法，一個很好的學習機會，因爲讀者中必有能解的，箋注者不必賢于讀者是一個常識，懇望有知我所不知的朋友，或哪怕衹是一點不成熟想法的，能有以教我，我的郵箱：xixibuke@qq.com、xixibuke@asia.com（國際）。

還有一點，箋注者不應該僅僅是"大詞典的搬運工"，一則詞典中有很多錯誤的詮釋，二則某一個釋義未必與某一處詩文语境絲絲入扣，語義上存在差异是很常見、很正常的事，因此，是書的詞義詮釋原則，是"實詩求是"，詮釋一定貼合具體的語境。如果一本箋注書僅僅是幫讀者翻詞典而已，那麼價值幾乎等于零，没必要寫，更没必要買。基于這樣的一個指導原則，本書的語詞詮釋有不少是自說自話，有的甚至背離了辭書，若覺得有所商榷，亦請不吝賜教。這一個工作若能合格，感恩指點我訓詁門徑的先師胡從曾、郭在貽兩位先生。而郭老師曾告訴我做學問要"識斷精警，用力勤劬，能燭幽闡微，發前人之所未發"的教誨，我一直將其視爲座右銘，指導我的整個研究和寫作工作，希望在這本書上也有所符合。

以上三點，是我自己覺得應該值得提出來說一下的。

最後，有詩詞五闋，記錄了那個特殊時期的寫作過程，錄并以紀始終：

庚子二月初六完成《蘋洲漁笛譜箋疏》初稿，俯仰八旬，人世滄桑，不堪回首。見微友發湖上闋如圖，感而記之

安寧方可費精神。數卷清詞苦較真。我與江山皆入定，黄昏安處到清晨。

又

澄波黯黯欲精神。寂寞斷橋思舊人。許是蒼天亦知痛，悄然閉却一湖春。

庚子二月初八修訂文稿，開筆致兆鵬兄，調寄《沁園春》

千百年前，憑君搖指，來到周家。爰滄桑字裏，一江碧水；衰榮身外，萬道紅霞。故國山川，故園秋眼，夢裏蟬荷月透紗。秋娘在，嘆風塵滿面，青鬢如鴉。　　風華。荏苒誰誇。愧手裏衰毫和墨斜。但旁回側轉，風光飛動；枯思冥坐，字句梳爬。用捨由人，裁成在我，且信駝羊是渥洼。風吹過，看孤山側畔，遍處梅花。

拙著周密詞箋注通過庚子國家社會科學基金重點項目審核，暮秋十五讀專家評審意見，感賦《大江東去》

澄波入硯，蘸一湖煙水，寫他千古。長在湧金門上望，聽得草窗微語。舊譜無存，新題無數，豐韻難留住。油雲滿目，此中誰袪愁去。　　還顧。聽曲周郎，等閑鄂客，都在天涯路。吟舸今朝帆的的，莫笑征人遲暮。我欲乘風，江山萬里，此番任飄舉。蓬瀛不遠，誰論青鳥凡羽。

《蘋洲漁笛譜箋疏》三校有記

六十生涯祇獨行。登樓遠望淚將傾。風塵不覺詞情老，歲月還憐綺夢成。瓦礫文章雙雪鬢，江山韻律一紅旌。欲趨雲步千山去，策杖穿林聽雨聲。

　　本書的每一個板塊都可能存在自己未知的失誤，幸讀者有以教之。任何賜教，請發電子郵件：xixibuke@qq.com、xixibuke@asia.com（國際），或徑發于微信公衆號"老道雅譚"（微信號：laodao-yatan）"讀者互動"專欄本書專帖下，再謝。

辛丑六月即朔　三稿于西溪抱殘齋

參考著作

[宋]周密《蘋洲漁笛譜》，清乾隆五十一年（1786年）江恂刻本。
[宋]周密《草窗詞》，清咸豐十一年（1861年）曼陀羅華閣叢書本。
[宋]周密《弁陽老人詞》，芝蘭之室刻本。
[宋]周密等著《樂府補題》，知不足齋本。
[宋]周密《絕妙好詞箋》，掃葉山房本。
[清]戈載《宋七家詞選》，清光緒十一年（1885年）刻本。
[清]朱彝尊等《詞綜》，清康熙十七年（1678年）裘杼樓本。
[清]萬樹《詞律》，清康熙二十六年（1687年）堆絮園刻本。
[清]陳敬廷、王奕清等《欽定詞譜》，清康熙五十四年（1715年）內府刊朱墨套印本。
[清]秦巘等《詞繫》，北京大學藏稿本。
[清]沈辰垣、王奕清等《歷代詩餘》，清康熙四十六年（1707年）刻本。

唐圭璋《詞話叢編》本，中華書局2005年版：
[宋]沈義父《樂府指迷》。
[宋]張炎《詞源》。
[元]陸輔之《詞旨》。
[明]楊慎《詞品》。
[清]王奕清《歷代詞話》。
[清]沈雄《古今詞話》。
[清]杜文瀾《憩園詞話》。
[清]謝章鋌《賭棋山莊詞話》。
[清]鄧廷楨《雙硯齋詞話》。
[清]譚獻《復堂詞話》。
[清]王闓運《湘綺樓評詞》。
[清]張德瀛《詞徵》。
[清]許昂霄《詞綜偶評》。
[清]先著等《詞潔輯評》。
[清]陳廷焯《白雨齋詞話》。

［清］陳廷焯《詞則》。
［清］陳廷焯《雲韶集》。
［清］李佳《左庵詞話》。
［清］查禮《銅鼓書堂詞話》。
［清］丁紹儀《聽秋聲館詞話》。
《景印文淵閣四庫全書》，台灣商務印書館 1986 年版：
［宋］葉紹翁《四朝聞見錄》。
［宋］周密《浩然齋雅談》。
［宋］周密《武林舊事》。
［宋］周密《齊東野語》。
［宋］周密《癸辛雜識》。
［宋］潛說友《咸淳臨安志》。
［宋］周應合《景定建康志》。
［宋］羅濬等《寶慶四明志》。
［宋］陳起《江湖後集》。
［宋］吳自牧《夢粱錄》。
［宋］耐得翁《都城紀勝》。
［宋］祝穆《方輿勝覽》。
［宋］李劉《四六標準》。
［宋］晁公武《郡齋讀書志》。
［宋］袁桷《清容居士集》。
［宋］張邦基《墨庄漫錄》。
［明］田汝成《西湖游覽志》。
［明］孫鑛《書畫跋跋》。
［明］周祈《名義考》。
［明］徐一夔《始豐稿》。
［清］厲鶚《宋詩紀事》。
［清］于敏中等《日下舊聞考》。
［清］梁詩正等《西湖志纂》。
［清］嵇曾筠等《浙江通志》。
［清］和珅等《大清一統志》。
［清］高晉等《南巡盛典》。
［宋］陳思《兩宋名賢小集》。
［宋］周密《草窗韻語》，密韻樓叢書刻本。

[宋]陳允平《日湖漁唱》，上海古籍出版社 1989 年版彊村叢書本。
[宋]陳允平《西麓繼周集》，上海古籍出版社 1989 年版彊村叢書本。
[宋]趙聞禮《陽春白雪》，宛委別藏清抄本。
[明]陳耀文《花草粹編》，國家圖書館藏萬曆癸未刻本。
[明]吳之鯨《武林梵志》，中國佛寺史志匯刊（第一輯）。
[清]戈載《詞林正韻》，清道光元年（1821 年）翠薇花館本。
[清]周濟《宋四家詞選》，清同治十二年（1873 年）刻本。
[清]幻敏《竺峰敏禪師語錄》。
[清]徐兆昺《四明談助》，寧波出版社 2000 年版。

夏承燾《唐宋詞人年譜》，上海古籍出版社 1979 年版。
唐圭璋《全宋詞》，中華書局 1965 年版。
唐圭璋等《唐宋詞選注》，北京出版社 1982 年版。
龍榆生《唐宋詞格律》，上海古籍出版社 2014 年版。
陳匪石《聲執》，上海古籍出版社 2016 年版。
夏敬觀《䀫庵詞評》，民國詞話叢編本。
梁令嫻《藝蘅館詞選》，廣東人民出版社 1981 年版。
俞陛雲《唐五代兩宋詞選釋》，上海古籍出版社 1985 年版。
吳熊和《唐宋詞彙評（兩宋卷）》，浙江教育出版社 2004 年版。
謝桃坊《唐宋詞譜校正》，上海古籍出版社 2012 年版。
蔡國強《欽定詞譜考正》，華東師範大學出版社 2017 年版。
蔡國強《詞律考正》，華東師範大學出版社 2019 年版。